VICTORIA ROUTLEDGE

Ein Mann ist *kein* Mann

Buch

Die junge Kate Craig hat eine Menge Lieblingsabneigungen. Dazu gehört unter anderem, von ihrem Freund allein gelassen zu werden. Und London, diese grässliche Häuseransammlung, in der sie darüber hinaus noch unglaublich teures Bier ausschenken! Bei einem Kurzbesuch lässt Kates Freund Giles dann die Bombe platzen: Er geht für längere Zeit nach Chicago. Empört mietet sie sich das erstbeste Zimmer in der Stadt, das sie finden kann, und sucht sich eine Arbeit. Zähneknirschend entdeckt sie bald eine weitere Abneigung: Mit den schmutzigen Schränken ihrer Wohngemeinschaft könnte sie es zur Not ja noch aufnehmen – was aber soll sie mit zwei attraktiven Mitbewohnern anfangen, die voller Überraschungen stecken?

Autorin

Victoria Routledge, geboren 1974 in Nordengland, lebt heute in London. Nach ihrem Studium in Cambridge arbeitete sie in einem großen britischen Verlagshaus. Seit dem überwältigenden Erfolg ihres ersten Romans *Sekt oder Selters* widmet sie sich ganz dem Schreiben. *Ein Mann ist kein Mann* ist ihr zweiter Roman.

Von Victoria Routledge ist bereits erschienen

Sekt oder Selters. Roman (35099)

VICTORIA ROUTLEDGE

Ein Mann ist kein Mann

Roman

Aus dem Englischen
von Jutta-Maria Piechulek

BLANVALET

Die Originalausgabe erschien 2000 unter dem Titel
»Kiss Him Goodbye« bei Warner Books,
a division of Little, Brown and Company, London.

Umwelthinweis
Alle bedruckten Materialien dieses Taschenbuches
sind chlorfrei und umweltschonend.
Das Papier enthält Recycling-Anteile.

Blanvalet Taschenbücher erscheinen im Wilhelm Goldmann Verlag,
einem Unternehmen der Verlagsgruppe Bertelsmann

Deutsche Erstveröffentlichung Januar 2001
Copyright © der Originalausgabe 2000 by Victoria Routledge
Copyright © der deutschsprachigen Ausgabe 2001
by Wilhelm Goldmann Verlag, München
in der Verlagsgruppe Bertelsmann GmbH
Umschlaggestaltung: Design Team München
Umschlagfoto: Stone/Getty One
Satz: Uhl + Massopust, Aalen
Druck: Elsnerdruck, Berlin
Verlagsnummer: 35356
Lektorat: Maria Dürig
Redaktion: Andrea Maria Längst
Herstellung: Heidrun Nawrot
Made in Germany
ISBN 3-442-35356-4
www.blanvalet-verlag.de

1 3 5 7 9 10 8 6 4 2

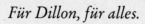

Für Dillon, für alles.

1

»…ich weiß, dass ich es schon mehrmals gesagt habe, aber ich sage es noch mal. Es war die Kälte im vergangenen Mai, als die *Hämorriden*…«, ihre Lippen kräuselten sich kurz, »meines Arthurs meinen gesamten Tagesablauf durcheinander brachten…«

Kate murmelte höfliche Überraschungsworte, schloss die Augen und verdrehte sie ungesehen hinter den Lidern. Die alte Dame redete im gleichen Takt wie der Motor immer weiter und auch noch immer in dem Ton, in dem sie schon drei Meilen nach Stratford-upon-Avon zu sprechen begonnen hatte. Es war kaum auszumachen, wann sie Atem holte.

»…haben Sie?«

Kate öffnete die Augen und sie fühlte sich unerklärlich beschämt. Ohne hinzusehen, spürte sie, wie sich ein durchdringendes Alte-Damen-Starren in ihre linke Wange bohrte. Was war wohl die logische Gedankenfolge nach Hämorriden? »Nun ja…«, wagte sie eine Vermutung. »Nein?«

Peng! Die Hände der alten Dame schlugen triumphierend zusammen. »Das ist genau das, was ich sagte, obwohl man das aus der Antwort, die ich bekam, kaum hätte schließen können…«

Kate glitt wieder in ein höfliches Halbbewusstsein zurück. Das endgültige und definitive Anzeichen für das Erwachsensein war, dass man sich moralisch verpflichtet fühlte, sich auf langen Reisen mit alten Damen zu unterhalten.

Das war nicht immer so gewesen. Kate erinnerte sich lebhaft daran, wie ihre Mutter sich am Bahnhof von Birmingham über sie beugte, ihr eine Zehncentmünze und einen Zettel mit ihrem Namen und ihrer Adresse gab und ihr eindringlich einschärfte: »Und sprich *nicht* mit Menschen, die du nicht *kennst*!« Und dabei hatte sie ihr angstvoll auf die Schulter getippt. Pfadfinder-Reisen, Schulausflüge zu Eisbahnen und Museen und selbst die Pfadfinder-Treffen, die unter der Schirmherrschaft von Prinz Philipp standen, waren für Kates Mutter alle gleich: gefährliche Unternehmungen, bei denen Kidnapper und Mörder herumlungern könnten.

Und Kate hatte gehorcht.

Doch plötzlich, im Alter von achtzehn, hatte sich alles geändert. Nachdem sie im Oktober mit tausend grässlichen Warnungen zu ihrer persönlichen Sicherheit zur Durham Universität geschickt worden war, kehrte Kate im Dezember mit einer von der Studentenunion zur Verfügung gestellten Taschenalarmanlage zum Schutz vor Vergewaltigungen und einer ›Nutze die Nacht‹-Haltung nach Hause zurück. Sie wurde an der Tür begrüßt mit einem: »Hast du jemand Nettes im Zug kennen gelernt, Schätzchen?«

Kate klappte fast der Kiefer herunter, weil Mrs. Craig sich sonderbarerweise für eine Reihe von Abendkursen über Themen eingetragen hatte, von denen sie Kate fünf Jahre zuvor entschlossen abgehalten hatte, nur um ihr nun vorzuhalten, dass sie so wenig freundlich sei. Das war der Anfang vom Ende.

Es hatte noch siebzehn weitere Fahrten von und nach Durham gegeben – die letzte triumphierende Heimkehr lag erst zwei Monate zurück –, auf denen Kate sich nie mit einem einzigen ihrer Mitreisenden unterhalten hatte. Und nun wollte sie in den National-Express-Bussen auch nicht mehr damit anfangen.

Sie war schon zwei Stunden unterwegs, und noch immer hatte sie die mit Proviant gefüllte Plastiktüte der Tesco-Lebensmittelkette nicht angerührt. Gewisse Charakterzüge der alten Persönlichkeit ihrer Mutter waren offenbar schwer abzuschütteln, und ihre Lunchpakete hatten immer schon biblische Ausmaße gehabt. Kate versuchte, nicht mit dem

Pergamentpapier zu rascheln, in dem die Sandwiches eingewickelt waren.

In den letzten beiden Stunden hatte sich die alte Dame, die wie angenagelt auf dem Platz neben ihr saß, in einem nicht enden wollenden Monolog vorwiegend über den verdächtig stümperhaften Versuch ihres Schwiegersohns ausgelassen, in ihrem Bungalow eine Gaszentralheizung zu installieren. Kate, die am Fenster in der Falle saß und dort von zwei mit Strickzeug, Taschenbüchern und alten Ausgaben der Zeitschrift *Take a Break* gefüllten Einkaufsnetzen eingezwängt war, konnte nur zuhören.

»...wenn ich all diese Sendungen im Fernsehen sehe, möchte ich wirklich nicht nach Jamaika fahren, aber das ist nicht eigentlich der Punkt – Ooooh, Sandwiches, wie herrlich.«

Kate drehte die Schulter nur so weit herum, wie die Netze es zuließen. Seit sie die alte Dame zuletzt angesehen hatte, hatte diese ihren Angorahut der Bequemlichkeit halber abgesetzt, und nun hatte sie einen breiten roten Streifen auf der Stirn. Damit sah sie fast aus wie Mark Knopfler mit Stirnband.

»Möchten Sie ein Sandwich haben, Mrs....?«

»Mrs. Brown, meine Liebe. Wenn Sie nichts dagegen haben!«, sagte die alte Dame und sah wie ein Spatz auf dem Rand einer Mülltonne in die Tüte hinein.

Oh Gott, dachte Kate, die sich plötzlich an das klebrige Lächeln erinnerte, nun muss ich mir auch noch anhören, wie sie isst. Kate hatte sich von Anfang an keine großen Hoffnungen für diese Reise gemacht. Ihre Mutter hatte im ganzen vergangenen Jahr darauf herumgeritten, dass sie sich etwas für den Sommer suchen solle, möglichst einen Job und unter keinen Umständen einen, dem sie von zu Hause aus nachging. Mrs. Craig hatte jetzt mehr Kurse belegt als Kate, und Kate hatte ihre Mutter im Verdacht, dass sie noch etwas ganz Dramatisches vorhatte. Und dazu wollte sie allein zu Hause sein.

Doch obwohl Kate einst mit wütendem Protest festgestellt hatte, dass keine zehn Pferde sie nach London bringen würden, wurde ihr jetzt klar, dass sie damals außer den Pferden noch große blonde Männer in Cricket-Pullovern hätte erwähnen sollen. Allerdings hätte sie den Cricket-Pullover nicht genannt. Ihr Bruder Mike, ein Fondsmanager in der City, ging mit solchen Informationen rücksichtslos um. Mike – und die Aussicht, in Clapham auf dem Stockwerk zu schlafen, auf dem sich auch sein eheliches Schlafzimmer befand – waren weitere Gründe, warum sie die M1 nicht hinuntergesaust war. Mike war wirklich kein musterhafter großer Bruder gewesen: Zu seinen Spezialitäten gehörte das Verstecken von Fünfhundertpfund-Noten unter dem Monopoly-Spielbrett und das Ändern der Heimatadresse auf Kates Notfallzettel. Doch am schrecklichsten von allem war, dass er ihr immer wieder sagte, dass sie adoptiert worden sei.

Kates leidenschaftlich herbeigesehnte Gelegenheit zur Vergeltung kam bei Mikes Heirat im vergangenen Jahr, bei der sie in pistaziengrünem Satin hinter seiner langmütigen Freundin Laura herging. Doch als Laura hörte, wie sie all diese Histörchen auf dem Hochzeitsempfang von sich gab – mit einem milden Blick schwesterlicher Vergebung, falls ihre Mutter auftauchte –, hatte Laura, die nun unglaublicherweise Mikes Ehefrau war, Mike neckisch mit ihrem winzigen und sehr teuren handgebundenen Bouquet geschlagen und gegurrt: »Ach du! Ich hoffe, dass unsere Kinder nicht genauso garstig sein werden!«, ehe sie davonstürzte, um die Champagner-Pyramide neu zu arrangieren. Kate hatte nie verstanden, warum Laura Mike geheiratet hatte, da doch ihre Berufung darin bestand, die Europäische Union in handliche Abschnitte zu unterteilen und mit pastellfarbenen Kennfarben zu versehen, während Mike sich vornehmlich damit beschäftigte, sich geröstete Erdnüsse direkt aus der Packung in den Mund zu werfen.

Daher hatte Kate sich nie genötigt gefühlt, ihren instinktiven Abscheu gegen London zu überwinden, um Mike in seiner Lieblingsstadt zu besuchen, obwohl er seit seinem Abschluss in Clapham lebte. Die Stadt hatte etwas an sich, das sie zurückschrecken ließ: Vielleicht war es ihre Größe oder das komplizierte U-Bahn-System oder die Möglichkeit, dass sie sich verirrte oder überfallen wurde oder etwas Unhygienisches aß oder die Menschen unfreundlich zu ihr sein könnten. Kate war noch nicht dahinter gekommen, was es nun wirklich war.

Und obwohl sie einen Freund hatte, der in einer großen Wohnung in Chelsea lebte, hatte sie es vermieden, während der letzten beiden Semesterferien nach London zu fahren. Zum Glück mochte Giles lange Autofahrten. *Leider* verbrachte er aber auch seine Ferien damit, seinen europafreundlichen Lebenslauf um verschiedene weit entfernte Eurostaaten zu erweitern, während Kate sich frustriert die Fingernägel abkaute und sich beschimpfte, weil sie sich nicht intensiver um ihren Abschluss in Deutsch bemühte.

Aber sie war sicher, dass sie London liebend gern für immer ferngeblieben wäre oder den Besuch dort noch ein wenig länger hinausgeschoben hätte, wenn Giles sie nicht auf seine unwiderstehliche Art dazu eingeladen hätte, eine Woche allein mit ihm in Chelsea zu verbringen, während seine Eltern auf den Galapagos-Inseln Urlaub machten.

Ehrlich gesagt hatte sie ihm damals gerade den Rücken gewaschen (Kate bebte vor Lust, als sie jetzt daran dachte – es war eine ihrer liebsten Vorstellungen). Und sie hatte sich mehr auf seine muskulösen Schultern konzentriert, die sich durch sein ganzjähriges Tennisspiel im Hurlingham Club langsam entwickelt hatten, als auf das, was er sagte. Giles hatte die erotischste und tollste Stimme, die Kate, außer in den Filmen von Merchant Ivory, je gehört hatte. Und sie hörte gern zu, wenn sie wie geschmolzene Schokolade um so relativ uninteressante Themen wie Keynes' Theorie der Ökonomie und die schwankenden Werte der Goldreserven herumfloss, während sie seinem flachen Bauch und den langen Beinen die Aufmerksamkeit schenkte, die sie verdienten.

Und als er schließlich einen kurzen Besuch in London nach Semesterschluss in seine Rede einfließen ließ, befand sich Kate schon in einem tranceähnlichen Zustand aufgestauter Lust, in dem sie auch einem Probespiel für das englische Cricket-Team zugestimmt hätte.

Sie schloss die Augen und stellte sich wieder sein Gesicht vor. Selbst nach einem Jahr war Kate zum Kichern zumute, wenn sie ihren Freund Giles beschrieb. Er war fröhlich, ziemlich wohlhabend, besaß kein einziges Paar unbequemer Schuhe und war unverschämt toll. Was er an ihr fand, überstieg Kates logisches Denkvermögen, doch was immer es auch war, sie war dankbar dafür. Wenn sie mit ihm zusammen war, hatte Kate das Gefühl, dass sie es mit allem und jedem aufnehmen konnte, denn sie hatte ja den Ersten Preis gewonnen – einen braun gebrannten, blonden, gut riechenden einsachtzig großen Mann. Doch ihre sehnsüchtigen Gedanken an Giles' kostspielig gebräunte Körperteile wurden viel zu schnell von dem Monolog zerstreut, der sich erneut in ihr linkes Ohr ergoss.

»Essen Sie die hier nicht, meine Liebe? Ein so dünnes Mädchen wie Sie muss doch aufgepäppelt werden. Man kann ja die Knochen in Ihrem Ellbogen sehen…«

Klar kann man die Knochen in meinem Ellbogen sehen, Madam. Können Sie sich vorstellen, was ich alles auf mich genommen habe, um der Vorliebe meines gefährlich attraktiven Freunds für dünne Mädchen zu entsprechen?, dachte Kate. Sie wusste nicht viel von den ›anständigen Mädchen der Oberschicht‹, mit denen sie um Giles' Zuneigung buhlte, und sie war auch noch nie in ihrem Leben Ski gelaufen oder hatte den Reel getanzt, doch Giles hatte ihr sarkastisch seine Schwester Selina auf den Partyseiten des *Tatler* gezeigt, und für Kate schien das gemeinsame Gewicht von Selina und den beiden phantomartigen Blondinen, mit denen sie zusammen abgebildet war, bei circa fünfundvierzig Kilogramm zu liegen (einschließlich der Verpackung). Das und die Tatsache, dass Giles ihr nur sehr kleine, sehr seidene Unterwäsche schenkte, bedeutete, dass sie Majonnaise-Sandwiches nur noch in den Ferien essen konnte. Doch das war es wert. Unwillkürlich lächelte Kate ihr Spiegelbild im Fenster an.

»Wo steigen Sie denn aus?«, riss Mrs. Brown Kate aus ihrer Träumerei.

Das möchten Sie wohl gerne wissen, dachte Kate, doch sie hörte sich mit höflicher Stimme erwidern: »London«. Eine Stricknadel aus Mrs. Browns geplatztem Netzbeutel bohrte sich durch den Stoff ihres Rucksacks, und Kate fragte sich, welchen Teil ihrer traumhaft schönen Unterwäsche sie gerade ruinierte.

»Treffen Sie sich mit einem jungen Mann?«, fragte Mrs. Brown weiter.

»Hmm, ja.« Der Bus machte eine scharfe Kurve, und ein mit Eselsohren verziertes Taschenbuch rutschte aus dem Beutel und glitt hinter Kates Sitz. Sie war zu eingeklemmt, um es hervorzuziehen.

»Wie heißt er denn?«

Kate hatte sich schon immer gewünscht, in Situationen wie dieser spontan schwindeln zu können, und so zu tun, als ob sie eine ihrer Freundinnen sei. Dann würden alle Antworten wie von selbst kommen, statt dass sie widerwillig zusammenhanglose Einzelheiten aus ihrem Leben offenbarte und schließlich wie eine zwanghafte Lügnerin dastand.

»Hmm, Bob.«

Warum hatte sie das gesagt? Niemand unter vierzig wurde heute noch Bob genannt.

»Ach, wie reizend, mein Schwager wird auch so genannt. Ist er ein Robert oder ein Bob?«

Will sie mich nur aufs Glatteis führen?, fragte sich Kate alarmiert. Weiß sie längst, dass ich lüge, und versucht nun, mir auf die Schliche zu kommen?

»Ich nenne ihn Rob.« Sie wurde dunkelrot. In Wirklichkeit nenne ich ihn Giles.

»Wunderbar, Liebes. Oh, sehen Sie doch nur, wo wir sind.

Na, dann muss ich ja jetzt meine Siebensachen zusammenpacken.«

Gott sei Dank, dachte Kate. Sie fragte sich, wo sie tatsächlich waren. Der Blick aus dem Fenster hatte sich in der vergangenen Stunde praktisch nicht verändert.

»Eigentlich«, begann sie plötzlich ein wenig nervös, weil London ihnen so rasend schnell entgegenkam, »eigentlich fahre ich nicht bis London. Ich steige am Hendon-Bahnhof aus – mein Freund Rob holt mich dort ab, und wir wollen einen Tag in der Natur verbringen. Anschließend nimmt er mich mit zu sich nach Hause.«

»Ach, doch hoffentlich, damit Sie seine Eltern kennen lernen?«, fragte Mrs. Brown, die sie mit zusammengekniffenen Augen nach Art eines Alte-Frauen-Verhörs ansah.

Nein, um hemmungslos im traumhaften Bett seiner amerikanischen Mutter herumzutollen, während die sich wahrscheinlich gerade auf einer zum Strand zurückschwimmenden Schildkröte sonnte.

»Nun ja, sozusagen. Ich war noch nicht häufig in London, und er möchte mich vorsichtig daran gewöhnen, wenn Sie verstehen, was ich meine«, fügte Kate hinzu.

Als Giles das am Telefon vorgeschlagen hatte, hatte es wie eine wunderbare Idee geklungen: einen netten Tag in der Natur miteinander zu verbringen, romantisch auf dem Grundstück eines vornehmen Hauses außerhalb Londons herumzuspazieren, das von so viel Grün umgeben war, dass sie glauben konnte, noch zu Hause zu sein. Dann eine kurze Fahrt in dem plüschigen Inneren des Wagens von Giles' Mama bis zum Eingang der herrlichen Wohnung in Chelsea. Dann noch ein wenig Romantik an der Schwelle, Abendessen und zu Bett gehen. Sehr früh zu Bett gehen.

Keine Panikattacke auf einem überfüllten Bahnsteig der Londoner U-Bahn, keine unabsichtliche Fahrt nach Romford in einem roten Bus, nicht in eine Gruppe japanischer Touristen geraten und schreiend zu Madame Tussauds Wachsfigurenkabinett mitgerissen werden.

Jedenfalls war das die Vorstellung gewesen.

Giles hatte vorgeschlagen, dass sie den Tag in Kenwood verbringen könnten. Er hatte sie gebeten, am Hendon-Bahnhof auszusteigen, wo der Bus ihrem Fahrplan nach ganz bestimmt hielt. Er hatte es sogar noch rot umkringelt. Er würde Picknicksachen mitbringen und Eis. Was immer sie wollte: sie musste nur noch auftauchen.

Kate sah ängstlich auf die Uhr und dann auf den Fahrplan. Nervös biss sie eine Ecke des Salatsandwiches ab. Sie spürte, dass sich ihre Kehle zusammenzog.

»Ach, Sie können es wohl kaum noch erwarten, ihn zu sehen, was?«, krächzte es in ihr Ohr.

»Nein, das kann ich auch nicht«, stimmte Kate zu, die sich zu dem höflichen Kompromiss entschlossen hatte, nur knappste Antworten zu geben, während sie aus dem Fenster blickte.

Noch ehe sie etwas hinzufügen konnte, hielt der Bus, die alte Dame schraubte sich mit einigen Schwierigkeiten aus ihrem Sitz heraus und ließ ihr ramponiertes Taschenbuch fallen, als sie losging.

Kate stand verlegen auf, um ihr mit den Taschen zu helfen, die auf dem Boden herumstanden, und eine Kaskade Rollo-Bonbons, die sie gar nicht bemerkt hatte und die nun weitgehend geschmolzen waren, ergoss sich von ihrem Schoß. Leidvoll sah sie auf ihre Jeans hinunter. Mit einer spontanen Lüge hatte sie Giles einmal gesagt, dass sie keine Schokolade aß, und er hatte so beeindruckt ausgesehen, dass Kate anschließend lieber gestorben wäre, als zuzugeben, dass sie nach Riesensmarties süchtig war. Das Ganze wurde nicht besser dadurch, dass er sich vor seinen Kommilitonen im College damit groß tat, dass sie über den Genuss von Schokolade erhaben sei. Doch das Schlimmste von allem war, dass er, nach einem für sie langen und einsamen Sommer, aus Zürich zurückkehrte und ihr aus der internationalen Hauptstadt der Schokolade nur einen blöden Plüschbernhardiner mitbrachte – denn was hätte sie auch schon von einer dreißig Zentimeter langen Toblerone-Stange gehabt?

Und der Gegenbeweis klebte nun überall auf ihren Jeans. Und es waren noch nicht einmal ihre eigenen Rollos gewesen!

»Ach meine Liebe, Sie müssen sie in den Kühlschrank legen und dann mit einem Eiswürfel reinigen«, bemerkte die Rollo-Besitzerin über die Schulter, während sie, beladen mit ihren Taschen, den Mittelgang entlangschlurfte. Sie winkte schon jemandem draußen munter durchs Fenster zu.

»Ja, danke«, murmelte Kate. Es waren ihre besten Jeans. Ihre besten Jeans in Größe acht, von denen sie insgeheim vermutete, dass sie nur ein falsches Etikett trugen und in Wirklichkeit Größe zehn waren. Wie gern sie sie achtlos über einen Stuhl warf und damit ihren vorübergehenden Triumph über die ererbten Craigschen gebärfreudigen Hüften demonstrierte!

Mit einem Ruck fuhr der Bus an und Kate sank kläglich zurück auf ihren Platz.

Mrs. Brown winkte ihr energiegeladen vom Bürgersteig aus zu und Kate rang sich ein Lächeln und ein falsches Handwedeln ab. Sie konnte sich nicht einmal alten Frauen gegenüber durchsetzen.

Unter der wenigen Ersatzkleidung, die sie in der Reisetasche oben im Gepäcknetz mitgenommen hatte, befand sich noch eine zweite Jeans. Warum sollte sie nicht noch einmal wie bei den Schulbusreisen versuchen, die Hose zu wechseln, ohne vorbeifahrende Autofahrer auf sich aufmerksam zu machen?

Kate zerrte die Tasche herunter, fand ihren Walkman, zwängte sich in ihren Sitz zurück und presste die Knie gegen den Vordersitz. Dabei wusste sie nur zu gut, dass ihre Kehrseite nach spätestens einer halben Stunde zu kribbeln anfangen würde. Die Sonne schien sehr heiß durchs Fenster. Sie schloss die Augen und drehte den Walkman so laut auf, dass sie die Musik über den Motorenlärm hinweg hören konnte

– was gefährlich laut war, wie sie wusste. Doch Kenickie verscheuchte vorübergehend die leisen Stimmen in ihrem Kopf, die sich angesichts des größeren Bildes gemeldet hatten, das ihr plötzlich vor Augen stand.

Europa. Was war im Augenblick in Europa los? Giles würde sicherlich über konkretere Dinge sprechen wollen als nur über die frivolen Banalitäten, die sie gern als Konversation ausgab. Kate hatte sich irgendwann einmal ein komplettes Andrew-Lloyd-Webber-Musical über Golfschlägerwagen ausgedacht, nur um ihn davon abzuhalten, ihr die Schuldenfrage der Dritten Welt zu erklären. Zugegeben, ihre begleitende Rückenmassage hatte ihn schließlich von seinem Bildungseifer abgebracht und er hatte viel gelacht, doch irgendwann würde er das entsetzliche Ausmaß ihrer Unwissenheit entdecken. Und obwohl es schmeichelhaft war, dass er sie für weit klüger hielt, als sie wirklich war, würde es höchst peinlich sein, wenn herauskam, dass sie den Wechselkursmechanismus nicht erklären konnte. Kate hatte ihre Eins im mündlichen Französisch-Examen nur bekommen, weil sie an den richtigen Stellen leise irgendetwas auf Französisch gemurmelt hatte, und die gleiche Technik schien auch bei Giles *und* der Weltpolitik zu funktionieren. Doch nun wünschte sie mit all der Reue eines schuldigen Katholiken, dass sie an ihrem Vorsatz festgehalten hätte, jeden zweiten Tag die Wirtschaftsseiten der Zeitung zu lesen.

»I'm in heaven, I've been told… Who told ya?«

War sie wirklich die Einzige im College, die keinen Job für den Herbst gefunden hatte?

Hmm, kurz und bündig: Ja. Kates Augenlider flatterten nervös, doch sie zwang sich, die Augen geschlossen zu halten. Sie ließ die wohltuenden Gitarrenklänge durch ihre Ohren hindurch in ihren Körper fließen.

»I'm in heaven, I'm too young to feel so old…«

Muss man unbedingt unterrichten, wenn man einen allgemeinen Abschluss in Kunst hat und sich einer Ohnmacht nahe fühlt, wenn man Zahlen sieht?

»*Yeah, Yeah, Yeah, Yeah, Yeah, Yeah, Yeah …*«

Kates Augen klappten auf. Schluss damit. Das war ja fast so, als säße Mama in ihrem Kopf. Sie schaltete die Kassette ab und griff nach dem Zoologie-Buch, um sich von den Stimmen abzulenken. Und um ehrlich zu sein, war das wohl genau das, was Mrs. Brown ihr so wild vom Bürgersteig aus signalisiert hatte.

2

Giles schwitzte schon leicht in sein weißes Hackett Polohemd, als er die Fulham Road hinunterging und dort abbog, wo der BMW unter einem Baum geparkt stand. Mit der Fernsteuerung schaltete er die Alarmanlage ab, öffnete die Tür und warf die Wochenendzeitungen auf den ledernen Beifahrersitz: die *Times*, den *Daily Telegraph*, den *Guardian*, *Le Monde* und die *Financial Times*. Bisher war Kate nie pünktlich gewesen, und er hatte genügend Lesestoff, um alles aufzuholen, ehe die Einführungswoche in der Bank anfing.

Selina verriet grundsätzlich mit drei Hinterlassenschaften, dass sie sich den Wagen ausgeliehen hatte, und sie waren auch jetzt da. Für seine langen Beine musste er den Sitz erst einmal weit zurückschieben. Der gesamte Fußraum war mit Tic-Tacs übersät. Im Interesse der Familienbande ließ Giles ihr das durchgehen – sie war nur noch einen weiteren Tag zu Hause, während ihre Wohnung renoviert wurde. Er schaltete den Motor an und fuhr aus der Parklücke heraus.

»Doctor, Doctor Fox, dun-ner-nernerrrrrrr …«

Und das war das dritte Zeichen, dachte Giles und schob eine Fleetwood-Mac-Kassette in den Recorder. Verdammtes Capital Radio. Ich weiß gar nicht, woher sie das hat.

Obwohl Giles und seine Schwester eigentlich ganz gut miteinander auskamen, wollte er sie an diesem speziellen Wochenende nicht in der Nähe haben. Schließlich hatte es einiges an Überzeugungskraft gekostet, Kate nach London zu locken. Kates Ansichten über London stammten weitgehend aus den Büchern von Charles Dickens und Oscar Wilde, zwei ihrer Lieblingsautoren, und sie wurden noch abgerundet von der Fernsehsendung *Police, Camera, Action*. Selina dagegen repräsentierte die Hochglanzbeilage der Sonntagszeitungen, die Kate mit Rücksicht auf ihren Blutdruck nicht lesen wollte. Gesellschaftlich und nun sogar auch beruflich. Selina hatte die Gesellschaftsreporter so gut kennen gelernt, dass einer ihr schließlich einen Job bei der Zeitschrift verschaffte.

Er wollte sie natürlich in keiner Weise herabsetzen, dachte er, während er ohne zu blinken vom Bürgersteig fuhr: Selina war eine gute Schreiberin, wenn sie überhaupt schrieb. Ihr Job bestand darin, mit ihrem Freund, dem Restaurantkritiker, gleich nach dem College in Restaurants zu gehen und heimlich für ihn zu essen und sich Notizen zu machen. Seine Aufgabe war, viel Wirbel zu machen und sich mit dem Besitzer und allen zufällig anwesenden Prominenten fotografieren zu lassen. Dieses glückliche Arrangement war vor kurzem allerdings leicht getrübt worden, als Justin verkündete, dass er ein Jahr lang als Schwuler leben wolle, was zum Teil dafür verantwortlich war, dass Selina sich hektisch auf die Wohnungsrenovierung und die Umgestaltung ihres Lebens gestürzt hatte.

»Er ist ein Hetero-Schwuler, Dad!«, hatte sie wild protestiert, als ihr Vater diese Wochenkolumne mit für ihn ungewöhnlich trockenem Humor beim Abendessen vorgelesen hatte. »Das ist jetzt sehr ›in‹.«

»Hast du gewusst, dass jetzt Chris Evans für ihn isst?«

»Oh, er hat nie gegessen«, sagte sie wütend. »Er hat sich ständig Sorgen über seinen Taillenumfang gemacht und darüber, dass er den Schnitt seiner Anzüge ruinieren könnte. Seit ich ihn kenne – Sag nichts, Giles!«

Giles hatte die Hände gehoben und das Käsebrett weitergereicht.

Es war prima, dass seine Eltern weg waren, dachte er, als er in die Brompton Road einbog, ohne sich um eine wütende Frau auf einem Fahrrad zu kümmern. Kate hätte sicherlich einige Probleme, mit ihnen klar zukommen. Vor allem, seit seine Mutter wieder ›Französisch bei den Mahlzeiten‹ gefordert hatte. Wenigstens war Selina so lange fern zu halten, wie die Geschäfte geöffnet waren. Er unterdrückte ein Lächeln, als er daran dachte, was Kate wohl zu Selinas Louis-Vuitton-Fußball sagte, der jetzt in der Gewissheit einen Ehrenplatz in der Diele hatte, dass er niemals von etwas weniger Schickem als einer flachen Manolo-Blahnik-Sandalette getreten werden würde. Kate war berüchtigt dafür, dass sie mit ihren Ansichten nie hinter dem Berg hielt.

Wenigstens, wenn sie sich nicht in Durham aufhielt. Seiner Ansicht nach hatte sich Kate in Durham dadurch über Großbritannien lustig gemacht, dass sie sich weigerte, sich von irgendetwas beeindrucken zu lassen, was sie für unsinnig hielt. Sie hatte keine Ahnung davon, was modern war, wollte es auch nicht wissen, musste es nicht wissen. Sie besaß einen seltsamen, doch instinktiven Sinn für ihren persönlichen Stil. Nicht jeder hätte sich in dem zeigen können, was Kate im College trug, doch sie sah immer aus wie ein Model aus den Zeitschriften, die sie niemals aufschlug. Selbst Selina war beeindruckt gewesen von dem Foto, das Giles von Kate in seiner Brieftasche hatte, auf dem sie ›unglaublich außerirdisch‹ aussah (Selinas Worte, nicht seine – denn für ihn sah Kate absolut diesseitig aus) mit ihrer Wolke kupferfarbenen Haares und dem klaren grünäugigen Blick. Das, dachte er, würde sicherlich Kate schmeicheln, die damals auf dem Foto nicht sichtbare Wellingtonstiefel getragen hatte und nur deshalb so feindselig in die Kamera gesehen hatte, weil sie gerade eine Kontaktlinse verloren hatte.

Eine lange Autoschlange hatte sich zum Rechtsabbiegen gebildet und Giles nahm zerstreut den Gang heraus, während er sich fragte, wohin er sie zum Abendessen ausführen sollte. Die Hälfte der Restaurants, die er mit Selina aufsuchen würde, würden in Kates Gesellschaft unangenehm protzig wirken. Was gar nicht so schlecht war, fiel ihm ein, während er nervös im Innenspiegel nach Haaren in seiner Nase suchte.

Kate glich keinem der anderen Mädchen, mit denen er zusammen gewesen war, und Giles hatte schon viele Freundinnen gehabt. Denn im Gegensatz zu fast allen anderen war sie nicht beeindruckt von dem in Geschenkpapier verpackten Leben oder irgendwelchen anderen in Geschenkpapier verpackten Dingen. Er beschenkte sie gerne, teilweise, weil er wissen wollte, wie sie reagierte, doch hauptsächlich, weil ihr das Geschenk selbst wichtiger war als seine Herkunft. Am besten gefiel Giles, dass sie sich in seiner Gegenwart nicht anders verhielt als sonst.

Er wusste, dass Kate sich nicht an ihr Kennen lernen erinnerte (jedenfalls behauptete sie das), doch er hatte gesehen, wie sie den lauthalsen sexistischen Sprecher des College-Debattierclubs systematisch auseinander genommen hatte. Und obwohl sie schon fünf große Gläser Bier intus hatte (die erstaunliche Aufnahmefähigkeit für Bier war ein weiteres geheimnisvolles Faszinosum an Kate), hatte sie Shagger Dave anschließend wieder zu einem wirklich sehr traurigen Etwas zusammengesetzt. Leider hatte ihr großer Abgang bedeutet, dass sie an jenem Abend nicht mehr in die Bar zurückkehren konnte, doch Giles war ihr nach draußen gefolgt – und der Rest war Geschichte.

Giles fuhr schnell weiter. Nun, fast Geschichte. Er hatte einige Überredungskunst aufbringen müssen. Je mehr er sich ins Zeug legte, desto mehr schien sie zu glauben, dass er sie hochnehmen wollte. Ehrlich gesagt, fragte er sich mitunter, was *sie* in *ihm* sah. Sie war lustig, schön, manchmal empörend grob und konnte massieren, dass sich seine inneren Organe dabei fast auflösten.

Doch aus Gründen, die er nicht begriff, schrumpfte sie außerhalb Durhams wie eine Schildkröte mit Mundgeruch in sich zusammen. Giles war Realist. Er hatte einen Lebenslauf, angesichts dessen Kabinettsminister sich fragen würden, ob sie sich nicht wieder der Aquarellmalerei widmen sollten. Und er konnte einfach nicht verstehen, warum Kate sich so gehen ließ. Sie war offensichtlich intelligent – ihr Abitur war besser als seins *und* ihr Kneipen-Quizteam hatte einen Ausscheidungskampf im lokalen Fernsehen gewonnen – doch sie würde nicht glänzen, wenn sie weiter in ihrem Zimmer in Stratford blieb, während der Rest der Welt voranschritt. Wenn Kate nicht die Zähne zusammenbiss und bald aus ihrer Versenkung auftauchte, würde ihr ohnehin kümmerlicher Ehrgeiz völlig verdorren, und das würde eine tragische Vergeudung von so viel Talent darstellen.

Giles umfasste das Steuerrad fester. Kate war viel zu außergewöhnlich, um den Rest ihres Lebens damit zu verbringen, am Ende der Welt abzuhängen und die Texte der Top 40 auswendig zu lernen. Sie musste mit London bekannt gemacht werden. Und London musste mit der fabelhaften Kate Craig bekannt gemacht werden. So schnell und so schmerzlos wie möglich.

»Bei Gott, Billy Wainwright, ich schwöre, dass du dafür bezahlen wirst!«, keuchte Meg, deren Atem in ihrer verschrumpelten alten Kehle rasselte. Sie drohte ihm hilflos mit der Faust, und dann weiteten sich ihre Augen, als ob sie den leibhaftigen Tod vor sich sähe und fiel rückwärts in den Graben.

»Billy! Du hast… du hast…« Tränen strömten wie silberne Rinnsale aus Nellies Augen.

Billy Wainwright schüttelte das Kind grob von seinem Arm. »Sie hat den Tod verdient. Sie war eine böse alte Frau.« Er wischte sich die knorrigen Bergmannshände an den rauen Grubenhosen ab und spuckte in den Staub.

»Aber Billy Wainwright, sie war unsere Mama!«, rief Nellie aus und bekreuzigte sich andächtig. Eines der sieben Kinder, die an ihrem Rock hingen, begann zu weinen.

Billy spuckte wieder aus und wandte sich ab. Er warf

einem vorbeigehenden Hund, der vor Schmerzen aufjaulte, einen Stein nach.

Das ist ja absoluter Unsinn, dachte Kate, als sie die Seite umblätterte. Ich könnte das besser schreiben. Warum sprechen die sich alle mit ihren vollen Namen an, obwohl sie doch miteinander verwandt sind? Mit Sicherheit war es in den Bergarbeiterstädten von North Lancashire nicht so formell zugegangen, selbst nicht – sie sah auf die grelle Schrift auf der Titelseite – in ›den brutalen Zeiten Anfang des Jahrhunderts‹.

»Ich sag dir was«, krächzte er und warf Leandra, die Jüngste der Familie, auf den Karren, der schon mit all ihren irdischen Gütern beladen war. »Sie war nicht deine Mama.«

Nellies porzellanglattes Puppengesicht verzog sich verwirrt und sie schüttelte die Mähne ihres goldenen Haars zurück.

»Das verstehe ich nicht, unser Billy. Wie kann das sein? Sind wir denn nicht unserem Papa wie aus dem Gesicht geschnitten mit dem goldenen Wainwright-Haar, das doch schon durch so viele Generationen unser Erkennungszeichen war?«

Billy spuckte wieder in den Staub und zerrte ein weiteres Kind auf den Karren. Es begann wie eine verängstigte Kuh zu schluchzen.

»Hör auf zu flennen, Lisa-Marie«, knurrte er wütend und gab dem Kind eine Ohrfeige.

Also, das ist nun wirklich frei erfunden, dachte Kate verächtlich.

»Schimpf nicht mit ihr. Sie ist noch ein Kind.« Nellie drängte sich zwischen ihre fünf Schwestern und ihren Bruder, der rot vor Wut war.

Mit wutverzerrtem Gesicht, auf dem sich seine Narbe deutlich gegen das helle goldene Haar abhob, drehte Billy

sich zu Nellie um. »Ja, und unsere Mutter, unsere richtige
Mutter, war auch kaum älter als ein Kind, als sie uns geboren
hat! Oh, jetzt kannst du überrascht gucken, unsere Nellie,
aber hast du dich nie gefragt, warum ihre Hände so weiß und
weich waren und woher sie diese Engelsstimme hatte? Jeden-
falls nicht von Meg Wainwrights Leuten, das sage ich dir!«

Wer könnte es sein, fragte sich Kate trotzdem. In dem Dorf
war fast jede Frau im gebärfähigen Alter taub, verkrüppelt
oder eine bekannte Hexe. War dieser kolossale Roman nur
ein einziger Schwindel? Könnte da noch ein Fall von Herr/
Dienstmädchen-Vergewaltigung oder Inzest kommen? Es
waren noch ungefähr zweihundert Seiten übrig und höchstwahrscheinlich würden sich Billy und die strahlende Nellie
vor dem Ende durch irgendwelche lange vergessenen Bluts-
bande wiederfinden. Wenn sie nicht den Versuchungen ihrer
eigenen goldenen Körper erlagen – nachdem sie natürlich
passenderweise vorher entdeckt hatten, dass sie gar keine
echten Geschwister waren.

Sie überflog schnell den hinteren Klappentext, um zu
sehen, ob Inzest drohte, doch das half ihr nicht. Dort gab es
mehr Auslassungspunkte nach jedem eindrucksvollen Satz
als in einem Handbuch für Morsezeichen.

Noch immer flogen die Meilen nur so vorbei, die Batte-
rien ihres Walkman reichten auch noch gut, sie schaffte es,
ihre Jeans zu wechseln, und sie machte sich auch nicht sehr
viele Gedanken über das Herbeiwinken eines Taxis oder ob
sie Giles' sagenhafte Schwester treffen musste.

Selina.

Örk.

Kate vergrub sich schnell wieder in den *Verlorenen Kindern von Corkickle.*

Es war ein Uhr dreißig. Blieben noch zehn Minuten bis zur
Ankunft des Busses. Giles schaltete den Motor aus und ent-
spannte sich auf seinem Sitz. Perfekt. Er konnte die entge-

genkommende Straße klar von seinem Parkplatz aus sehen, und wenn der Bus um die Kurve bog, konnte er zur Haltestation schlendern. Und das Erste, was Kate von London sehen würde, wären er und ein großer Blumenstrauß.

Giles hatte sie telefonisch bestellt und nicht geahnt, dass Farben solch ein Problem sein konnten.

Rot, unmodern.

Weiß, für eine Braut.

Rosa, für kleine Mädchen. Und Kate war wirklich kein kleines Mädchen. Schließlich entschied er sich für Orange, das zu ihrem Haar passte und bat darum, auch eine Menge Blätter einzubinden. Er sah sie jetzt zweifelnd an.

Die Picknicksachen waren im Kofferraum, die Blumen lagen auf dem Beifahrersitz, und nun musste er nur noch darauf warten, dass sie auftauchte. Sie hatte seine Handynummer und hatte nicht abgesagt, also würde sie mit ein wenig Daumendrücken rechtzeitig hier sein. Schließlich konnte ja auch bei Bussen wenig schief gehen, wenn man erst einmal eingestiegen war, oder?

Giles sah die Straße hinauf, doch der Bus war nicht in Sicht, trotz der Menschenmengen, die von und zur U-Bahn-Station kamen und gingen. Auf der M 25 musste viel los sein. Er nahm den *Daily Telegraph* und faltete das große Zeitungsblatt geschickt zusammen, konnte sich jedoch nicht auf die Spalten konzentrieren. Eine erregte Spannung schwirrte angenehm in seinem Magen herum.

Auch wenn Kate es nicht glauben würde, hatte er sie vermisst, als er fort war. Damals hatte sie so getan, als interessiere sie sein Praktikum in Zürich nicht, doch sein Freund Dan hatte ihm später erzählt, dass sie ziemlich elend ausgesehen habe, als er den anderen Jungs erzählt hatte, was für eine hervorragende praktische Erfahrung es darstellen würde. Anscheinend hatte Dan gesehen, dass sie vor der Collegebar ein Bierglas eindrucksvoll weit weggeschleudert hatte, als sie sich unbeobachtet gefühlt hatte. Sie hatte auch ein wenig verletzt ausgesehen, als er zurückkam, und ihre

Augen hatten ihn leicht vorwurfsvoll über den riesigen Plüsch-Bernhardiner hinweg angesehen, den er ihr mitgebracht hatte. Allerdings hatte sie wenigstens seine Verlegenheit anerkannt, dass er ihn unter den Arm geklemmt durch den Zoll gebracht hatte. Und genau zu diesem Zeitpunkt war ihm überrascht klar geworden, wie sehr er sie vermisst hatte.

Ohne Kates Kichern und ätzende Bemerkungen hatte er sich in der Schweiz einsam gefühlt. Er war auch zu Ostern im letzten Jahr einsam gewesen, als er in New York ein Praktikum gemacht hatte. Und ja, er hatte sich gefragt, ob andere Männer zu Hause sich auch so atemlos fühlen mochten wie er, wenn sie über den Rand ihrer Lesebrille hinweg lächelte; ob sie von ihrer starken Mischung aus Schüchternheit und Widerspenstigkeit auch so fasziniert waren.

Aber das war im letzten Sommer gewesen. In diesem Sommer hatte er den Job bekommen, auf den er jahrelang hingearbeitet hatte. Er hatte ein wirklich nettes Auto, und er hatte die Wohnung bei seinen Eltern, bis er in eine Wohngemeinschaft umzog, was ungefähr für September geplant war. Und in fünf Minuten würde seine tolle spröde Freundin – Giles war sicher, dass noch nie zuvor ein solches Mädchen am Redcliffe Square gesehen worden war – aus dem Bus steigen, und der Sommer würde anständig beginnen.

Nellies weiße Hand zitterte, als sie den Riegel am Tor zur Kirche hob. Sicherlich würde sie hier auf dem Kirchhof von Corkickle die Antworten finden, nach denen sich ihre sehnsüchtige Seele verzehrte. Mühsam kletterte sie über zerbrochene Grabsteine und bemooste Erdhügel hinweg zu dem vernachlässigten Grabstein, den sie von weitem gesehen hatte. Sie wischte den Schnee fort und las: ›Lady Vanessa Henrietta Constantina Tollington-Smyth, 22. Februar 1854 bis 31. April 1874.

»Mutter!«, schrie Nellie, sank im Schnee auf die Knie und klammerte sich an dem Grabstein fest. »Gott sei Dank, dass

der schreckliche Mr. Hedgington mir während meiner Ein-
kerkerung das Lesen beigebracht hat und ich nun den Na-
men auf deinem Grab entziffern kann.«

Kate biss sich auf die Lippe, und ein paar Tränen rannen ihr
übers Gesicht. Sie wischte sie mit dem Handrücken weg und
schob ihren Hintern in eine bequemere Position. Er kribbelte nun ganz und gar, und sie hatte seit sieben Kapiteln
kein Gefühl mehr in ihren Pobacken, obwohl sie das kaum
bemerkt hatte.

Arme Nellie. Nachdem sie so viel durchgemacht hatte
und mit so wenig ›Schulwissen‹ so weit gekommen war, war
es das Mindeste, dass die Autorin sich eine anständige Handlung ausgedacht hatte, damit sie schließlich den lange verloren geglaubten Grabstein ihrer Mutter ausfindig machen
konnte.

Seite 357. Kate blätterte die letzten Seiten schnell durch.
Da noch so viele Seiten übrig waren, war zu vermuten, dass
noch einige weitere Fragen für die sehnsüchtige Seele der armen Nellie übrig geblieben waren. Kate seufzte und gestand
sich ein, dass sie selbst den buckeligen Sohn des örtlichen
Minenbesitzers nicht heiraten würde, um damit zu verhindern, dass ihr Bruder von dem randalierenden Bauernmob
gelyncht wurde. Obwohl Mike, im Gegensatz zu dem übel-
launigen, aber letztlich noblen Billy Wainwright, wahrscheinlich etwas getan haben musste, um das zu verdienen.

Giles faltete den Wirtschaftsteil der *Times* zusammen und
warf einen Blick auf das Kreuzworträtsel in *Le Monde*. Er
hatte sich dazu gezwungen, sich mit dem Wirtschaftsartikel
zu befassen, damit die Zeit schneller verging, doch nur fünf
Minuten waren vergangen. Vor Aufregung glitt sein Blick
nur flüchtig über die Zeilen. Wenn er den Wagen verließ und
zur Haltestelle ging, würde der Bus vielleicht kommen.

Er öffnete die Wagentür, stieg aus und genoss den satten
Ton, mit dem die Fahrertür ins Schloss fiel. Die Sonne war

jetzt heißer als zu dem Zeitpunkt, als er die Wohnung verlassen hatte, und seine schwarze *Ray-Ban-Sonnenbrille* glitt auf seiner schweißnassen Nase herunter. Er schob sie mit dem Handballen wieder hoch, fuhr sich mit den Fingern nervös durch das blonde Haar und überprüfte befangen sein Aussehen im Seitenspiegel.

Ein paar Leute standen an der Bushaltestelle auf der anderen Straßenseite herum, und sein Herzschlag beschleunigte sich, als ein Bus auf dem Hügelkamm auftauchte.

Ein paar Leute starrten Giles an, als er zur Haltestelle rannte, und er lächelte ein wenig der Blumen wegen, die er etwas zu lässig so hinter seinem Rücken versteckte, wie man vielleicht ein falsches Bein trug. Sie starrten ihn weiter an.

Der Bus war jetzt so nah, dass er die Gesichter der Fahrgäste sehen konnte. Sein Blick glitt über die Fenster, bis er hinten im Bus Kates vertrautes rötliches Haar entdeckte und sah, dass sie ihre langen, in Jeans steckenden Beine gegen den Sitz vor ihr gestützt hatte. Ihre Stirn war vor Konzentration ganz kraus gezogen – sie schien den Fahrplan zu studieren, um sicherzustellen, dass das die richtige Haltestelle war, an der sie aussteigen musste, dachte er mit plötzlichem Beschützerinstinkt.

»Kate!«, schrie er und winkte heftig. Wenn sie jetzt nicht nach vorne ging, würde der Bus nicht halten. Giles spürte jetzt mehr als deutlich, dass die Leute um ihn herum ihre Blicke auf ihn hefteten und hob die Stimme zu einem scharfen Ruf.

»Katie!«

Hoch oben im Bus sah es für Giles so aus, als riebe Kate sich die Augen und blätterte nicht im Fahrplan herum, sondern in einem Taschenbuch. Und während er noch dastand und starrte, fuhr der Bus zu seinem Entsetzen in einer Wolke stinkender Abgase an ihm vorbei.

»Scheiße!«, zischte er und vergaß dabei keine Sekunde lang, wie lächerlich er hier mit dem ungeheuer verkitschten Strauß orangefarbener Rosen vor dem Bahnhof von Hendon aussehen musste und noch dazu angezogen war, als sei er einer Anzeige in einem Hochglanzmagazin entsprungen. Die Familie, die auf den nächsten Bus, der in Richtung Stadt wartete, musterte ihn neugierig, aber schweigend.

»Scheiße!«, fauchte Giles wieder. Er wollte schon die Blumen in den nahen Mülleimer stopfen, überlegte es sich dann aber anders. Er machte auf dem Absatz kehrt, klemmte sich den Strauß wie einen Rugbyball unter den Arm und spurtete so schnell er konnte zum Auto zurück.

»Auch wenn ich hier im Kindbett sterben sollte, werde ich meiner Tochter das Geburtsrecht geben, das mir unglücklicherweise verwehrt blieb: die Ehre eines Namens.« Nellies fiebrige Stirn verharrte einen Moment lang auf den weichen Baumwollkissen mit ihrer kostbaren Borte aus französischer Spitze.

»Nellie!«, keuchte Billy, während er ihre zarten weißen Finger mit seiner schwieligen Hand umklammerte. »Keine andere Frau wird jemals deinen Platz aus meinem Herzen verdrängen. Und ich werde das Kind so aufziehen, dass es wie du wird.«

»Alles Gute, Billy Wainwright«, flüsterte Nellie, als ein glückseliges Lächeln ihr schönes Gesicht zum letzten Mal überstrahlte. Ihre Reise war beendet.

Kate schloss schniefend das Buch. Es war von Anfang bis Ende völliger Quatsch gewesen. Die Handlung hatte so große Löcher, dass man mit einem Land-Rover hätte hindurchfahren können. Nellie hatte acht, sechs und fünf Geschwister an den verschiedenen Stellen der Geschichte gehabt, und es war nie klar geworden, wer der Vater der kleinen Nellie gewesen war – wahrscheinlich, weil die Autorin es selber nicht wusste.

Dennoch fühlte Kate sich gefühlsmäßig völlig ausgewrungen und hatte sogar schon begonnen, in archaischen nordischen Satzformen zu denken. Mit einem tiefen Seufzer stopfte sie das Buch in ihren Rucksack und sah auf die Uhr.

Wenn man den Stau auf der Autobahn in Rechnung stellte… mit einem flauen Gefühl im Magen wurde Kate klar, dass sie nicht wusste, wo sie war und dass der Fahrplan nutzlos war. Sie richtete sich kerzengerade auf, legte beide Hände ans Fenster und starrte in Panik hinaus.

Geschäfte flogen mit wachsender Regelmäßigkeit vorbei: und noch dazu Großstadt-Geschäfte – Dixon, The Body Shop, Woolworth. Verzweifelt suchte sie nach Straßenschildern, doch sie waren jetzt wohl schon zu weit in der Stadt.

»Oh nein«, hauchte sie. Ihr Herz hämmerte. Wo war sie? Wie konnte sie es mit einem Rucksack und einer Plastiktüte schaffen? Sie würde wie eine Touristin aussehen und sofort überfallen werden. Ihre schweißnassen Hände glitten an der Fensterscheibe herab.

Atme tief durch, atme tief durch, dachte sie. Sie schaffte einen tiefen Atemzug, raffte ihre Sachen an sich, kämpfte sich unter ständigem Anstoßen zum Busfahrer nach vorn und schlug sich die Schienbeine an irgendwelchen Einkaufstaschen an.

»Sind wir schon am Bahnhof Hendon vorbeigekommen?«, fragte sie den Fahrer keuchend. »Ja, schon vor einigen Kilometern«, erwiderte er fröhlich. »Wir sind gleich da, Schätzchen. Setzen Sie sich und genießen Sie die Sehenswürdigkeiten der Londoner Innenstadt. Sie zahlen sich tot für diesen Nepp von Stadtrundfahrten.«

»Aber ich wollte nicht in die Innenstadt fahren!«, jammerte Kate. »Mein Freund wartet am Bahnhof Hendon auf mich! Warum hat der Bus dort nicht gehalten?«

»Weil Sie sich nicht gemeldet haben.«

»Aber die Haltestelle steht im Fahrplan!« Kate dachte an die Busse zu Hause, die an jeder Haltestelle auf der Strecke hielten, ohne dass die Fahrgäste etwas tun mussten. Und manchmal warteten sie sogar mehr als zehn Minuten lang.

Der Fahrer sah sie freundlich an. Sie sank auf den nächsten Platz und sah mit nassen Augen zu ihm auf.

»Bitte lassen Sie mich aussteigen.«

»Gedulden Sie sich, wir sind bald am Victoria-Bahnhof, Schätzchen.«

Panik erfasste Kate. Der Anblick einer Greggs-Bäckerei an der Ecke mit dem vertrauten blauweißen Karo der Durham-Bäcker tröstete sie seltsamerweise.

Donuts.

Durham.

Giles.

»Bitte lassen Sie mich hier an der Ampel raus. Ich rufe ihn von der Telefonzelle dort an.«

Der Fahrer hielt bei Rot an der Ampel. Dort war wirklich eine Telefonzelle an der Straße. Er durfte Fahrgäste nur an offiziellen Haltestellen herauslassen, doch… Kate sah ihn mit entsetzt aufgerissenen Augen flehend an.

Er neigte den Kopf in ihre Richtung, als sei sie ein kleiner Hund und lächelte väterlich. Dann öffneten sich zischend die Türen. Kate stürzte hinaus und verhedderte den Rucksackriemen in der Türangel. Sie riss daran, lockerte ihn und löste ihn im letzten Moment, als der Bus schon anfuhr. Durch den Schwung taumelte sie auf den Bordstein. Niemand beachtete sie, und dafür war sie dankbar.

Kate stolperte zur Telefonzelle und zerrte ihr Notizbuch aus der Tasche. Ihre Finger zitterten, als sie die Telefonkarte in den Schlitz schob und auf das Amtszeichen wartete. Etwas beruhigt von dem vertrauten Klang – hatte sie nicht schon ihr halbes Leben damit verbracht, mit Giles zu telefonieren? – atmete sie tief ein, sah sich lässig um und bemühte sich heftig darum, so auszusehen, als ob sie einfach eine Londonerin sei, die locker jemanden anrief, den sie sehr gut kannte… aus einer Telefonzelle und mit einem Rucksack.

Giles nahm das Gespräch nach dem ersten Klingeln an. An den Verkehrsgeräuschen im Hintergrund hörte sie, dass er im Auto war. Kate machte sich auf eine Standpauke gefasst, dass sie die Anweisungen nicht genau befolgt hatte. Doch seine Stimme klang sorgenvoll und vielleicht sogar ein wenig resigniert.

»Okay, Liebling, wo bist du?«

»Woher wusstest du, dass ich es bin?« Ihre Brust verkrampfte sich bei dem Bemühen, nicht zu weinen.

»Wer sonst hätte es sein können? Also, weißt du, wo du bist?«

Kate sah sich um. Es gab keine aussagekräftigen Schilder an den Geschäften, die sich an der Straße entlangzogen. Nirgendwo Straßennamen. Verirrt. Sie atmete zitternd ein und kniff die Augen zu.

»Ich bin im Wagen, Katie, und auf dem Weg zu dir. Ich habe versucht, dem Bus zu folgen, doch ich habe dich vor einer Weile an einer Ampel verloren. Ich bin bald dort – du musst mir nur einen Hinweis geben, okay? London ist groß!«

Kaum hatten die Worte seinen Mund verlassen, wusste Giles, dass er das Falsche gesagt hatte, denn ein panisches Jammern bohrte sich sofort in sein Ohr.

»Sieht dir die Telefonzelle an, Liebling«, konnte er über das heftige Atmen hinweg rufen. »Ist die Nummer 0181 oder 0171?«

Es entstand eine kurze Pause, und dann war das Geräusch herabfallender Sachen zu hören. »Nein, nein, es geht mir wirklich gut«, sagte Kates vor Eile gedämpfte Stimme. »Es geht mir gut. Gehen Sie weg.«

»Katie, ist alles in Ordnung?«

»Ja, ja«, krächzte sie. »Hier war jemand … ein Polizist … hmmm, die Nummer ist 0171.« Ihre Stimme wurde höher. »Ist das schlecht?«

»Du bist nur … ein wenig weiter gefahren, als ich gedacht habe«, sagte Giles vorsichtig. »Bleib, wo du bist.«

Er achtete kaum auf die nächste Mutter mit Kinderwagen, die an der Kreuzung wartete, klemmte sich das Handy zwischen Ohr und Schulter und fuhr in gekrümmter Haltung an der Ampel los. Sie konnte irgendwo zwischen Highgate und

Victoria sein – und sie würde einfach schon dadurch Aufmerksamkeit erregen, dass sie so unverdächtig wie möglich auszusehen versuchte.

»Kannst du eine U-Bahn-Station sehen?«

»Nein.«

»Bist du sicher?«

»Ja!«

»Okay, okay, ich bin in Mutters Auto, und du rufst einfach, wenn ich vorbeifahre. Okay?«

Es entstand eine Pause von anderthalb Minuten und dann kam ein aufgeregter Schrei.

»Giles, Giles! Ich bin hier!«

Giles stieg auf die Bremse und suchte beide Straßenseiten nach ihr ab. Was hatte sie denn überhaupt an?

»Oh, nein, lass es, Giles. Das warst nicht duuuuuuu!« Kates Stimme klang seltsam abgehackt.

»Katie, wein doch nicht.« Er fuhr wieder an, entschuldigte sich bei dem Eilfahrer hinter ihm, der fast sein Frühstück erbrochen hätte. Wenigstens hatte Selina mit ihrem Fahrstil nicht die Bremsen versaut. »Bitte, fang nicht an zu weinen.«

»Es waa-aa-aar ein sehr langer Taa-aa-aag«, begann Kate und klang wie die Königin Mutter in ihrer nasalen Bemühung, nicht zu schluchzen. Sie biss sich auf die Lippe und lehnte die Stirn an das schmutzige Glas der Telefonzelle.

Nicht weinen, nicht weinen. Oh Gott, wie sehr sie wünschte, nicht hierher gekommen zu sein. Das war genau das, was sie von London erwartet hatte – zu groß, zu anonym, zu gefährlich …

Eine Hand legte sich auf ihre Schulter, und mit einer schnellen Reflexbewegung hob sie den rechten Ellbogen und stieß ihn nach hinten. »Giiiiiiiiles!«, schrie sie ins Telefon.

»Keine Angst, Katie, ich bin hier«, sagte Giles. Er streichelte sanfte Kreise auf ihren Rücken. Wenn das Mutters Katzen beruhigte, warum sollte es dann bei Kate nicht auch funktionieren. Fast augenblicklich hörte sie auf zu zittern, schmiegte sich an ihn und war glücklich, sich hinter seinem Polohemd verstecken zu können.

»Da wir jetzt schon in der Stadt sind, werden wir in der King's Road etwas essen gehen und einen Schaufensterbummel machen, wenn du möchtest. Und vielleicht dann noch einen Spaziergang im Hyde Park?« Sein Gehirn überschlug sich in dem Versuch, die Einkaufsstunden zu berechnen, in denen Selina höchstwahrscheinlich nicht zu Hause sein würde.

»In Ordnung«, sagte Kate gehorsam. »Es tut mir Leid«, begann sie wieder. »Ich bin wirklich…«

»Mach dir keine Sorgen«, sagte Giles und legte einen Finger auf ihre Lippen. »Lass uns nicht mehr darüber sprechen.«

»Aber deine Rippen…« Kate schrumpfte bei dem Gedanken innerlich wieder zusammen.

»Ich habe schon viel Schlimmeres beim Rugby abbekommen.« Er öffnete die Wagentür für sie und brachte es fertig, sich den Schmerz in seiner Seite nicht anmerken zu lassen. So viel zu den Selbstverteidigungskursen im College, dachte er kläglich. Kate würde wahrscheinlich viel besser in London zurechtkommen, als sie sich vorstellte – und sie würde sich in der Hauptverkehrszeit auch sicher problemlos durch die U-Bahnsteige kämpfen.

Kate schlüpfte auf den ledernen Beifahrersitz, obwohl ihre Jeans jetzt an ihr klebten. Giles stieg auf der anderen Seite ein, drehte sich zum Rücksitz um und holte die leicht lädierten Blumen nach vorn. Zwei grüne Tic-Tacs fielen aus den Blättern heraus. Lächelnd gab er ihr den Strauß.

Kate starrte überrascht auf die grell orangefarbenen Blumen, die von üppigen stacheligen Blättern umhüllt waren. Da sie nie erwartet hätte, dass Giles solche Blumen aussuchen würde, war sie vorübergehend sprachlos. Rosenknospen wie rosafarbene Ballettschuhe, ja; tropische Lilien und tigerartige Rosen… na gut. Und sie mussten ein Vermögen gekostet haben!

Sie senkte den Kopf über die am weitesten erblühte Lilie, schloss die Augen und atmete tief ein. Der schwere Duft stieg ihr in die Nase, schien sich von dort aus auszubreiten und ihr gesamtes Bewusstsein zu umhüllen. Und wie immer, wenn sie Giles eine Weile nicht gesehen hatte, überschwemmte die Nervosität das Sprachzentrum in ihrem Gehirn und schaltete es auf Zeitlupe um.

Kate hielt die Augen geschlossen. Abgesehen von seiner verblüffenden Großartigkeit – einen Freund zu haben, den jeder haben wollte, war noch immer relativ neu und aufregend für sie – strahlte Giles eine lässige Sicherheit darüber aus, dass sich alle Dinge so entwickelten, wie er sie geplant hatte, was sie mit fröhlichem Entzücken erfüllte. Das Versagen, das ständig wie ein unheimlicher Schatten um *ihre* Seele herum hing, gehörte einfach nicht zu Giles' Konzept und kam auch sicherlich nicht in seinem strahlenden, zuversichtlichen, dynamischen Leben vor. Obwohl das für sie erregend war, hatte es den unangenehmen Nebeneffekt, dass sie sich fragte, was genau er in ihr sah und wie sie etwas für immer aufrechterhalten konnte, das sie gar nicht kannte. Also erfüllte sie die Bewunderung dieses Übermannes nicht so sehr mit Zutrauen, sondern machte sie so lange nervös, bis die Vertrautheit zurückkehrte und sie sich entspannen konnte.

Kate spürte plötzlich eine erwartungsvolle Stille und äußerte das Erste, was ihr einfiel.

»Mmmmm. Ich liebe es, dass man Rosen fast schmecken kann, der Duft scheint ja fast essbar zu sein.«

Giles lächelte breit und erinnerte sich daran, wie Kate im College immer angehalten hatte, um an den Blumen zu riechen, die dort wuchsen. Was für eine irre Reaktion. Selina dagegen fand es langweilig, prächtige Sträuße zu bekommen.

»Bist du hungrig?«

»Mmm, ziemlich.«

»Wie hungrig?«

»Wie hungrig bist du denn?«

»Wir können essen gehen, wo immer du möchtest.«

»Ach, das ist mir egal. Ich weiß ja gar nicht, wohin wir gehen könnten.«

»Okay.« Giles beugte sich zu ihr hinüber und fuhr ihre Lippen mit dem Finger nach. Es war unglaublich, sie wiederzusehen. Warum vergaß er bloß immer, wie lebendig sie war, wenn sie getrennt waren? Und warum sollten sie sich mit einem Restaurant abmühen? Sie würden ungefähr gegen halb drei nach Hause kommen, zwei Stunden zum Essen und für einen Spaziergang im Park haben… »Warum fahren wir nicht einfach nach Hause? Du könntest dich frisch machen und ich mache uns etwas zu essen.«

Kate schaute in Giles' blaue Augen und hatte das Gefühl, dass er gerade ihre Gedanken gelesen hatte. »Schön«, sagte sie und küsste seine Finger mit zittrigem Lächeln. »Dann lass uns fahren.«

3

Kate wurde von einem starken Sonnenstrahl geweckt, der durch die zwar modischen, aber vom praktischen Gesichtspunkt her nutzlosen Conran-Rollos aus Leinen schien. Ohne ihre Kontaktlinsen blinzelte sie unattraktiv, angelte mit dem Arm, ohne sich die Mühe zu machen, ihren Körper aus der bequemen Rückenlage anzuheben und fand ihre Uhr auf dem Nachttisch. Es war zehn Uhr.

Zehn Uhr.

Sie öffnete die Augen, an denen alte Wimperntusche noch ein paar feine Wimpern schmerzhaft zusammenklebte. Der gesamte Raum strahlte in der Morgensonne wie eine Anleitung für ein Neues Leben in der Sonntagsbeilage. Eingehüllt zu sein in unbehandelte weiße ägyptische Baumwolle, war ein guter Anfang. Kate wusste, was ihre Mutter über die Brauchbarkeit von weißen Baumwollbezügen sagen würde. Speziell bei Mädchen, die ihr Augen-Make-up nicht mit der nötigen Sorgfalt entfernten, ehe sie mit dem Gesicht nach unten in den schneeweißen Kissen einschliefen.

Vasen mit Lilien, die so kunstvoll arrangiert waren, dass sie die Sonne am Fenster einfingen, verrieten auch, dass jemand anderer all die schwere Arbeit mit der Haushaltswäsche erledigte und damit der Dame des Hauses die Freiheit gab, sich mit den feineren Aspekten des Ambiente zu beschäftigen, statt mit dem Bügeln. Kate konnte auch förmlich das Urteil ihrer Mutter über die steifen Bünde orientalischer Zweige auf der Kommode hören. Und über die weißen Teppiche. Und den leicht groben grünen Siebdruck über dem Kamin.

Sie selber hatte Giles' Heim jedoch völlig umgeworfen, weil sie dachte, dass so etwas nur in den professionellen Vorstellungen der *Elle-Deco*-Journalisten existierte. Es erinnerte sie immer mehr an ein extrem teures Hotel. Sie sank in die weichen Kissen zurück und sah zum Rollo hinüber, das sich jetzt in der Brise sanft bauschte und wieder erschlaffte. Eines dieser Hotels, in denen du dich dazu bemüßigt fühlst, dein Bett aus reiner Höflichkeit selbst zu machen.

Von außen sah es einschüchternd aus. Giles war ein wenig sparsam mit der Wahrheit umgegangen, als er sagte, dass er in einer Wohnung in Chelsea wohne. Was er wirklich meinte, war, dass seine Eltern ein gesamtes altes Haus mit echten cremefarbenen Säulen an einem kleinen Park besaßen, in dem er aus Steuergründen die oberste Wohnung bewohnte.

»Ich wollte dir nicht das Gefühl geben…«, hatte er gemurmelt, als er sah, wie Kate nach Luft schnappte wie ein Karpfen, den man soeben aus dem Bassin gezerrt hatte. Schließlich war es auch völlig egal, was er gesagt hatte – sie war einfach auf so etwas nicht vorbereitet gewesen. Als sie das letzte Mal ein solch majestätisches Haus gesehen hatte, war das in der Fernsehserie *Das Haus am Eaton Place* gewesen.

Kate sah sich nach einer Stelle um, wo sie ihre Taschen absetzen konnte, ohne einen Fleck zu hinterlassen. Sie fühlte sich plötzlich gefährlich schmutzig. Sie hatte nicht vergessen, dass Giles' Mutter Innenarchitektin war, doch aus irgendeinem unerfindlichen Grund hatte sie sich dabei schablonenartige Efeublätter und traurige Urnen vorgestellt. Anstelle von dorischen Säulen und Tafelglas.

»Es ist… schön.« Giles nahm Kates Rucksack, noch ehe er den Boden berührte, hängte ihn sich über die Schulter und begann die breite Treppe zu seinem Stockwerk hinaufzusteigen. »Ach, hier ist nicht viel los, wenn Dad weg ist. Sie ist eher ein Geschäfts-Esser. Ich vermute, dass Selina das von ihr hat. Dad sagt ihr immer wieder, dass sie einen Ernährungsführer für dünne Frauen herausgeben solle, die kein Mittagessen zu sich nehmen wollen. So eine Art ›Leere-Teller-Führer‹.« Er schnaubte, doch drei Stufen hinter ihm konnte Kate nicht feststellen, ob es ein amüsiertes oder abfälliges Schnauben war, und sie wollte nicht ins Fettnäpfchen treten.

»Wo ist Selina?«, fragte sie jetzt wieder nervös.

»Zum Essen«, sagte Giles. »Bildlich und buchstäblich, wie es sich gerade so ergibt.«

Er stieß eine Tür im oberen Stockwerk auf und ließ ihre Taschen fallen. Durch drei bodenlange Schiebefenster flutete Licht in den großen Raum. Der Ausblick schien nur aus blauem Himmel, grünem Baum und weiteren hochzeitskuchen-weißen Häusern zu bestehen.

»Gefällt es dir?« Giles schien plötzlich Hemmungen zu haben. Kate grinste. Sie fand es gut, wenn er nervös war – das erlebte sie nicht allzu oft bei ihm.

»Ja.« Sie zuckte die Achseln und kräuselte die Lippen. Ihre Augen glitzerten schelmisch. »Es ist okay.«

Giles stutzte zum ersten Mal, seit Kate ihn kannte.

»Du altes Scheusal!« Lachend packte er sie, hob sie hoch und trug sie symbolisch in sein Schlafzimmer. Das wurde etwas beeinträchtigt durch Kates Panik, Giles könnte sich den Rücken verrenken und durch ihre Angst, sie könnte die

Wand mit ihren Dr.-Martens-Stiefeln schmutzig machen, doch ihren Protesten wurde dadurch ein Ende gesetzt, dass er sie auf das riesige weiße Bett plumpsen ließ – aus dem sie drei Stunden später widerwillig aufstanden, als die Haustür zuknallte und Selinas Heimkehr ankündigte.

Selina. Kate zog sich die Decke über den Kopf.

Bis zu Selina war alles ziemlich gut gegangen. Vielleicht war es das In-die-Kleider-Springen und dann mit steifem und wundersamerweise unzerknittertem Leinen konfrontiert zu werden. Oder vielleicht war es ja auch die Art, wie Selina sie mit diesem ›Ich-durchschaue-dich‹-Blick fixiert hatte, und mit einem Gesicht, das Giles' so ähnlich war und doch viel erschreckender arisch. Oder vielleicht war es die Tatsache, dass Selina den Eindruck erweckte, dass ihre Einladung zum Mittagessen, die Maler in ihrer Wohnung und ihr Elternhaus und Giles und Kate sie bis zum Äußersten langweilten und nervten.

Was auch immer es gewesen sein mochte, es lockte all ihre Abwehrgefühle gegen die Stadt hervor, die Kate zu verbergen versucht hatte.

Selbst jetzt noch, da sie sicher unter der Steppdecke lag, konnte Kate nicht sagen, ob sie vor Selina nur deshalb diesen entsetzlichen Respekt hatte, weil sie Kleider hatte, die wirklich unmöglich blasse flache Sandaletten erforderten oder ob sie sie nur verachtete, weil sie es schaffte, dass sie, Kate, sich so minderwertig fühlte wegen Dingen, an die sie vierzig Minuten zuvor noch keinen Gedanken verschwendet hatte.

Prima. Was empfahlen die Zeitschriften als Erstes? Dass du dich mit seinen Schwestern anfreunden solltest. Und was hatte sie getan?

Kate verbarg den Kopf im Kissen und versuchte, eine Liste der Zehn Schrecklichsten Dinge zu machen, Die Sie Zu Selina Hätte Sagen Können Und Nicht Gesagt Hatte. Das heiterte sie jedoch bei weitem nicht so auf, wie sie gehofft hatte.

Mitten in dieser Selbstbeschuldigung unter der Steppdecke ging die Tür auf, und Giles kam mit einem Frühstückstablett herein.

»Kate?«, fragte er, als er die Bewegung unter der Steppdecke sah.

Die Steppdecke flog zurück und Kates gerötetes Gesicht tauchte auf.

»Ich habe nicht damit gerechnet, dass du zum Frühstück herunterkommst, wenn ich es dir überlasse«, sagte er. »Also habe ich dir etwas hergerichtet und hochgebracht.« Er bot ihr das voll beladene Tablett an. In einer bauchigen Vase steckte eine weiße Gerbera, die er bestimmt aus einem der Blumensträuße unten herausgezerrt hatte.

»Ach, Liebling!«, sagte Kate und setzte sich ruckartig auf. Dann erst fiel ihr ein, dass sie überhaupt nichts anhatte, und sie presste sich die Bettdecke verlegen an die Brust.

Angesichts dieser ungewöhnlichen Schüchternheit hob Giles sarkastisch eine Augenbraue, setzte aber das Tablett ruhig auf dem Bett ab – Kate unterdrückte es, ihn vor Kaffeeflecken auf Baumwolle zu warnen – und warf ihr ein frisches weißes T-Shirt aus seiner Kommode zu, das sie sich eilig über den Kopf zog. Noch mehr Weiß. Sie hatte das Gefühl, als würde sie sich gleich darin auflösen und nur Spuren von verschmiertem Eyeliner und einen kaum wahrnehmbaren ländlichen Geruch hinterlassen.

»Ich habe ein paar getoastete Croissants und Sirup mitgebracht. Das ist so ungefähr alles, was ich kochen kann, also wirst du davon noch viel zu essen bekommen. Das war auch das Einzige, was die meisten unserer Aupair-Mädchen kochen konnten, und wahrscheinlich bin ich deshalb so gut darin.« Giles nahm sich ein großes Croissant, begoss es großzügig mit Ahornsirup und lehnte den Kopf an Kates Beine.

Kate goss sich Kaffee ein. Sehr vorsichtig. Sie nahm sich ein trockenes Croissant, knabberte daran und versuchte, nicht damit herumzukrümeln. Sollte sie Giles bitten, ihr ihre

Brille zu geben, die irgendwo in ihrer Übernachtungstasche war? Mit der Brille sah sie ein wenig grimmig aus, und normalerweise versuchte sie, sie nicht zu tragen, damit niemand ihre Ähnlichkeit mit Ronnie Barker erkennen konnte. Und sie sah wirklich wie Ronnie Barker aus. Giles sah auch verschwommen noch gut genug aus – wie eine Komposition aus blondem Haar und ausgeblichenen Bluejeans. Sehr sexy. Und das Tablett konnte sie auch ausreichend erkennen. Auf diese Entfernung konnte sie die Sahnetöpfchen unterscheiden, aber nicht die Schrift auf den Deckeln lesen. Um es zu präzisieren, Selina konnte jeden Augenblick hereinmarschiert kommen und sie halb nackt und mit Brille erwischen.

»Möchtest du heute irgendetwas unternehmen?«, fragte Giles beiläufig.

»Nein, nur bei dir sein.« Kate lächelte auf ihn hinab. Das war wenigstens wahr. Das wäre wirklich etwas Neues, ihn ganz für sich zu haben, und ihn nicht mit dem halben College (während des Semesters) oder dem internationalen Bankgewerbe (während der Ferien) teilen zu müssen.

»Ich dachte, wir könnten durch die Stadt fahren und uns ein paar Sehenswürdigkeiten anschauen. Ich kann dir die gesamte *Monopoly*-Tour durch London anbieten – Pall Mall, The Strand, Fleet Street. Mittagessen im Angel in Islington?«

»Ist das nicht eines der billigeren Hotels?«

Giles lachte, als ob sie etwas sehr Witziges gesagt hätte, und Kate kam sich ein wenig dumm vor. »Nein, nicht mehr. Obwohl die Pentonville Road noch immer ein wenig schäbig ist. Glaub bloß nicht, dass man sich heutzutage noch am *Monopoly-Brett* orientieren kann.«

»Nun, weiter bin ich bisher nicht vorgerückt«, sagte Kate. Sie zerrte ein halbes Horn von dem Croissant ab.

»Wunderbar!«, strahlte Giles. Er hatte einen überirdischen Glanz in den Augen. Wenn er fertig war, womit auch immer, würde sie ihn bitten, hier zu bleiben. »Das wird dein erster wirklicher Tag in London sein.«

»Der Einzige«, fügte Kate hinzu. Und nicht grundlos,

dachte sie, als sie sich an die Angst vom Vortag erinnerte, dass die Stadt sie verschlingen könnte.

»Jemals.«

Es entstand eine kurze Pause. Kate knabberte nervös an ihrem Croissant herum und fragte sich, wie schlimm sie wohl aussah mit dem auf ihrem Gesicht verschmierten kohlschwarzen Augen-Make-up, wie Debbie von Blondie es getragen hatte.

»Könnten wir bitte gehen, ehe Selina aufwacht?«

Giles fuhr so, wie Kate gern gefahren wäre. Während sie ihre Fahrkünste in einer örtlichen Wohnsiedlung erlernt hatte, in der es zum Glück viele willkürlich angelegte kleine Kreise und ausrangierte Fiestas zum Rückwärtsparken gab, schien Giles einen vierzehntägigen Crashkurs in der Fahrschule der New Yorker Taxis hinter sich zu haben.

»Selina sagt, dass ich wie ein Taxifahrer fahre«, sagte er stolz, während er ein schwarzes Taxi auf der Innenbahn um Trafalgar Square schnitt. Der Fahrer machte ihm wütende Zeichen, und Giles ließ ihn damit an seiner Collegeausbildung teilhaben, dass er wie wild fluchte, während er um die Kurve fuhr und dabei ununterbrochen in den Rückspiegel sah.

»Ist das Marble Arch?«, fragte Kate und bewunderte die vielen Japaner, die sich hier versammelt hatten.

»Nein, hier ist Admiralty Arch.« Giles raste die Horse Guards Parade hinunter und wies nur auf wenige Gebäude hin: »Das Admiralitätsgebäude, das Hauptquartier des Militärs, das Kabinettsministerium, das Außenministerium, das Finanzministerium Ihrer Majestät.«

Kates Hals begann zu schmerzen. Wo kamen bloß all diese Leute her? Warum nahmen sie die Ampeln mit Videokameras auf? Die größte Angst in ihrem Leben war, dass sie wie ein Tourist aussah, obwohl dafür keine Gefahr bestand, da sie ja mit fast hundert Stundenkilometern in einem Sportwagen in Richtung Buckingham Palace fuhren. Den sie wenigstens von dem Geschirrtuch zu Hause wiedererkannte, das mit dem Bild der Königlichen Hochzeit verziert war.

»Könnten wir bitte anhalten?«, fragte Kate schließlich, weil sie nicht noch weitere neoklassizistische Gebäude ansehen wollte. »Und irgendwo ein Eis essen?«, fügte sie hinzu, um Giles' Partylaune nicht zu zerstören. Bei dieser Geschwindigkeit würden sie die Innenstadt Londons bis zur Teestunde abgearbeitet haben und bis zum Wochenende Kent und Umgebung hinter sich bringen.

Giles fand einen Parkplatz am Fluss und direkt neben einem Eisverkäufer, und dann saßen sie in der Sonne und aßen Magnums und beobachteten Boote und das seltsame Paddelboot, die die Themse hinauf und hinunter fuhren. Kate hatte sich mit ihrem üblichen 25er Sonnenschutzöl eingerieben, bevor sie nach draußen ging und war jetzt froh darüber. Sie spürte, dass ihre Haut kribbelte und neue Sommersprossen förmlich vor ihren Augen auftauchten. Sie konnte sich nicht daran erinnern, dass es zu Hause jemals so heiß gewesen war.

»Von all den Städten, in denen ich gelebt habe, ist mir London am liebsten«, sagte Giles. »Hamburg war gut, aber dort haben wir nicht lange gewohnt. Ach übrigens, schmeckt dir das Eis? Ich kann die Schokolade gern essen, wenn du sie nicht magst«, fügte er plötzlich ganz fürsorglich hinzu.

»Nein, es geht schon«, sagte Kate schnell. Das könnte ja die einzige Schokolade sein, die sie bis zu ihrer Heimkehr zu schmecken bekäme. »Ich wusste nicht, dass du in Hamburg gelebt hast. Hast du dort Deutsch gelernt? Und hat dir das viele Reisen nichts ausgemacht?«

»Ach, es war ganz normal, dass Dad herumgezogen ist. Fast alle zwei Jahre waren wir wieder die Neuen in der Schule, bis wir alt genug waren, um in England ins Internat gehen zu können. Aber das ist ja bei allen Diplomatenkindern so.«

»Du Armer«, sagte Kate und dachte an ihre Schule. Man hatte sie vom fünften bis achtzehnten Lebensjahr das Karottenmädchen genannt, und sie hatte ihre gesamte Schulzeit mit denselben Leuten verbracht, mit denen zusammen sie schon in der Grundschule mit Fingerfarben gemalt hatte.

»Ich vermute, dass Mum sich mit Innenarchitektur nur beschäftigt hat, weil sie alle zwei Jahre ein neues Haus einrichten musste«, fuhr Giles nachdenklich fort.

»Weiß ist ja auch eine internationale Farbe«, meinte Kate und fragte sich, wie seine Mutter drei Kinder hatte großziehen und trotzdem arbeiten können. Vielleicht hatte sie ihnen die Hände und Füße mit Tüten von Harrods zugeklebt. Kate schlürfte an einem kostbaren Klumpen der Schokoladenhülle ihres Eises herum.

Giles sah sie verblüfft an.

»Was hat sie gemacht, ehe sie geheiratet hat?«, fragte Kate mit einem Mund voller Eis.

»Nun, sie war Forscherin, doch das hat sie wohl aufgegeben, als sie Dad kennen lernte«, sagte Giles. »Ich glaube, das war etwas mehr als ein Jahr nach dem Mädchenpensionat in Paris gewesen.« Er sah wieder verlegen aus und begann, an den Bassknöpfen des Radios herumzufummeln. Giles Informationen über seine Familie zu entlocken kam bestenfalls dem Herausziehen von Nägeln gleich, doch da sie sich in deren Haus aufhielt, schien es ihr nur höflich zu sein, ein paar Einzelheiten zu erfragen.

»Hör mal, Giles, es macht mir nichts aus, dass deine Mutter in einem Mädchenpensionat gewesen ist«, sagte sie. »Meine gesamte Familie hat die Schule kaum beendet. Mike hat sie nur begonnen. Aber du sprichst nie viel über deine Eltern und hast meine schon so oft gesehen.«

»Was soll ich dir sonst noch erzählen? Sie ist Amerikanerin aus New York, wie du weißt«, fuhr Giles fort, »und Oma und Opa sind beide Anwälte und recht wohlhabend, daher verfügt sie über etwas eigenes Geld, mit dem sie das eine oder andere sammelt. Sie reist gern.« Giles machte eine Undsoweiterundsoweiter-Handbewegung mit der freien Hand, während er geschickt das halb geschmolzene Eis auffing, ehe es auf den Ledersitz tropfte. »Eigentlich ganz schön langweilig.«

»Kaum«, sagte Kate und fragte sich, was genau sich wohl hinter dem ›einen oder anderen‹ verbergen mochte.

Sie sahen eine Motorbarkasse der Polizei vorbeifahren, hinter der sich das Wasser kräuselte und dem ein Kamerateam in einem Schnellboot folgte, das einen Dokumentarfilm drehte.

»Du hast Selina doch nicht erzählt, dass ich die Bushaltestelle verpasst habe, bitte sag es ihr nicht, ja?«, sagte Kate schließlich ohne Luft zu holen, als ihr plötzlich der Grund für Selinas kaum versteckte Belustigung aufging. »Ich möchte nicht, dass sie mich für so dumm hält. Ich meine, jetzt findet sie mich einfach nur ungehobelt, was schon schlimm genug ist. Doch wenn sie das von gestern herausfindet, wird sie mich auslachen, und ich hasse es, wenn Leute über mich lachen, vor allem, wenn es gar nicht mein Fehler war.«

Sie hielt inne und sah Giles an, der vor Lachen einen großen Teil seines Eises auf sein Hemd geschmiert hatte. »Giles, du Scheusal, wenn du es ihr erzählt hast, musst du mir eine große – und ich meine wirklich eine GROßE – Sonnenbrille kaufen, damit ich ihr nicht in die Augen sehen muss, wenn wir nach Hause kommen. O Gott, und ich dachte, es wären nur meine armseligen Kaufhaus-Jeans gewesen, über die sie sich so sehr amüsiert hat …«

»O Katie, ich werde dich vermissen!«, sagte Giles lachend, beugte sich zu ihr herüber und versteckte seine Nase an ihrem Hals.

»Mich vermissen?«, fragte Kate.

Es entstand eine unendlich kleine Pause, die vielleicht daraus resultierte, dass Giles sein Eiscremegesicht an Kates Hals abwischte, ehe er sagte: »Wenn du nach Hause zurückkehrst.«

»Oh«, machte Kate. Bis zu diesem Zeitpunkt war ihr gar nicht klar gewesen, dass wenn sie wirklich nach Hause zurückkehrte, sie ihn sehr lange nicht wiedersehen würde.

Giles und Kate wurde gleichzeitig klar, dass es zum ersten Mal in ihrer Beziehung keine Rückkehr ins College im Oktober geben würde. Sie hatten bei der allgemeinen Feierei und bei all diesen betrunkenen ›Du bist mein bester Freund‹-Schwüren am Ende des Semesters nicht darüber gesprochen, ob ihre Beziehung auch beendet sein würde. Was natürlich nicht hieß, dass Kate nicht darüber nachgedacht hatte. Das war nur ein weiterer dieser zwar kleinen aber hartnäckigen Gedanken gewesen, die sie seither in lauter Musik ertränkt hatte. Zusammen mit ›Woher soll ich einen Job kriegen?‹ – ›Welchen Job möchte ich eigentlich?‹ und ›Wird meine Mutter schließlich bessere Examensergebnisse vorweisen können als ich?‹

Eine unbehagliche Stille entstand zwischen ihnen.

»Du möchtest nicht hierher kommen?«, fragte Giles locker.

»Mit Sicherheit nicht. Mum würde wollen, dass ich bei Mike wohne, und ich möchte nirgendwo leben, wo das Bier so teuer ist.«

Giles machte den Motor an und fuhr auf den Cheyne Walk. Derartige Unterhaltungen waren viel leichter zu führen, wenn man eine Entschuldigung dafür hatte, den anderen nicht ansehen zu müssen.

»Was wirst du denn dann den ganzen Sommer über zu Hause machen?«

»Meiner Mutter im Weg stehen, ihre Büchereibücher zurückbringen, einen Roman schreiben, das Übliche eben.« Kate wühlte im Handschuhfach herum und fand Selinas Sonnenbrille, die sie sich aufsetzte. Wenn Giles sie nicht ansehen wollte, dann würde sie das natürlich auch nicht tun. Sie löste den lockeren Zopf, und der Fahrtwind wehte ihr Haar hinter ihr fort.

Giles sah ihr Spiegelbild im Fenster eines Lieferwagens vor ihnen und war mal wieder beeindruckt davon, wie gut sie zusammen aussahen. Kate schien noch interessanter zu sein aus dieser indirekten Perspektive. Als er an der Ampel losfuhr, richteten sich seine Nackenhaare vor Verlangen auf, als der Wind ihr Haar im Nacken anhob, und er musste sich gewaltsam auf die Straße vor ihm konzentrieren.

»Ich dachte, ich könnte vielleicht eine von diesen grässlichen Familiensagas schreiben«, sagte Kate unbekümmert. »Über Igel und solchen Kram. Kohlenminen. Esel. Einbeinige blinde Hellseher.«

»Hör mal, Kate, ich möchte diesen sehr schönen Tag nicht verderben, aber solltest du dich nicht wirklich ernsthaft damit beschäftigen, was du tun möchtest…«

»Bis an mein Lebensende«, beendete sie den Satz für ihn. »Danke, Papa. Ja, ich war bei der Berufsberatung gewesen, und du weißt genauso gut wie ich, dass ich die schlechteste Anwältin der Welt wäre. Da du ein Mr. Finanzkarriere bist, ist es dir wahrscheinlich nicht aufgefallen, aber wenn du irgendwo in deinem Abschluss das Fach Englisch hast, bist du für diese Bande das, was das rote Tuch für einen Stier ist. Sobald du das Wort ›Literatur‹ auch nur in den Mund nimmst, dann stellen sie dir diesen kleinen Stapel zusammen, in dem sich auch der Prospekt über die Rechtsakademie befindet, die Testdaten zur Qualifizierung für den Staatsdienst und Broschüren über wohltätige Dienste im Ausland. Und wenn du dann ein wenig verwirrt aussiehst, dann sagen sie: ›Und haben Sie schon mal über das Unterrichten nachgedacht?‹, als ob du eine Art Masochist wärst.«

Sie holte Luft, und Giles versuchte, sie zu unterbrechen, doch er wurde von einem Kurierfahrer auf einem Moped geschnitten, was ihn vorübergehend ablenkte.

»Oh ja«, fuhr Kate fort, »und wenn du dann wie ein höfliches Mädchen Einwendungen zu machen versuchst, sagen sie: ›Und dann gibt es ja auch noch das Verlagswesen, wenn Sie Bücher so sehr mögen. Haben Sie daran schon gedacht?‹ und schieben dich zum Jobnetzwerk für Hochschulabsolventen ab, weil es darüber in der Berufsberatung nie Broschüren gibt. Also sag nicht, dass ich meine Möglichkeiten nicht erforscht habe. Meine Möglichkeiten sind praktisch gleich Null.«

Sie nahm die Lighthouse-Family-Kassette mit einiger Kraftanstrengung heraus und drehte das Radio auf den ersten Kanal, der anständige Musik spielte.

»Bitte sag mir nicht, dass ich in eine Stadt kommen soll, in der die Luft sich verdächtig verbraucht anfühlt und wo man wie ein mörderischer Verrückter fahren muss, um dorthin zu gelangen, wo man hin will, damit diese anderen Millionen Leute nicht vor dir dort sind. Und wo das Radioprogramm entsetzlich schlecht ist und wo berühmte Kriminelle vom East End eigene Kolumnen in den Lokalzeitungen haben. Giles, du klingst verdächtig wie meine Mutter. Wenn du so weitermachst, kann ich nur vermuten, dass du ihr näher bist, als ich mir vorstellen möchte.«

Giles wand sich und versuchte zu argumentieren, dass Kate zum ersten Mal seit ihrer Ankunft wenigstens Anzeichen zeigte, dass sie ganz sie selbst war. Diese glotzäugige Bambiausgabe hatte zwar auch etwas für sich, doch er war sie nicht gewöhnt. Das war Kate in Lightversion und nicht die ganze Kate.

»Wenn du ein paar Erfahrungen bei einer Zeitung sammeln möchtest, bin ich sicher, dass Selina …«

Kate sah ihn über den Rand der Sonnenbrille an. »Ich glaube nicht, Giles. Du etwa?«

»Aber ich glaube, dass du der Idee London noch keine faire Chance gegeben hast, Katie«, sagte er heftig. »Das ist mein Fehler. Ich hätte dich schon viel früher bitten sollen, hierher zu kommen, doch ich war in den Ferien nie lange genug hier. Was auch immer du letztendlich tun möchtest, wirst du meiner Ansicht nach nicht in Stratford-upon-Avon finden. Es sei denn, du willst eine Karriere daraus machen, auf einem Traktor zu balancieren oder eine Hinterhoffirma zur Herstellung von Zitronenmus zu gründen.«

Kate bewegte sich auf ihrem Sitz und legte ihre Hand auf seinen Oberschenkel. Ihre Stimmung schlug um. »Es tut mir Leid, aber ich habe völlig ferngesteuert reagiert. Ich habe diese Art Unterhaltung zu Hause schon so oft geführt, seit ich aus Durham zurückgekehrt bin. Du hast Glück, dass ich dir nicht meinen Monolog zumute: ›Soll ich zur Strafe nicht alle Hausarbeiten übernehmen‹.« Sie hielt inne und nahm die Sonnenbrille ab. »Giles, London ist klasse für einen Ferientag, doch es ist einfach... ich weiß gar nicht, wie ich meine Gefühle für London in Worte fassen soll. Ich habe Angst, dass ich hier einfach verschwinden könnte, ohne dass das jemand merkt. Findest du die Stadt nicht auch so unpersönlich? Ich glaube nicht, dass ich hier jemals leben könnte.«

»Also jetzt bist du einfach störrisch«, sagte Giles. Er wusste, wann er aufhören musste. Und er hatte noch genügend Munition parat. »Möchtest du sehen, wo meine Eltern geheiratet haben?«

»Okay«, sagte Kate überrascht. Sie war verwirrt darüber, dass Giles das Thema so schnell hatte fallen lassen, doch die Erwähnung von Eltern und Hochzeiten in einem Atemzug konnte nur Gutes bedeuten. Sie setzte die Sonnenbrille wieder auf und lehnte sich in ihrem Sitz zurück, als Giles vor einer verschwiegenen kleinen Kirche am Cheyne Walk anhielt. Allerdings sagte ihr ihr Instinkt, dass sie sehr bald schon mit etwas sehr Überzeugendem herauskommen musste. Im Augenblick waren die Aussichten für den Sommer nicht sehr gut.

4

Am Montagmorgen nahm Kate wahr, dass Giles früh aufstand – und nicht so leise, wie er eigentlich vorhatte – und als sie nach unten in die Küche kam, ermutigt von Giles' Versicherung, dass Selina nie vor zehn Uhr aufstand, fand sie eine Mitteilung für sich auf dem Küchentisch vor.

Bin bei einem Einführungsseminar. Tut mir Leid! Es wird nicht lange dauern. Habe für dich als Zeitvertreib einen Schönheitstag in Harvey Nichols' Kosmetiksalon um elf Uhr vereinbart (eigentlich Selinas Idee). Das wird über meine Kundenkarte abgerechnet, also mach dir keine Gedanken über die Bezahlung. Ich treffe dich dort um halb fünf zum Tee im Café im 5. Stock. (Siehe beiliegende Karte.)

Wenn du verloren gehen solltest, frage einen Polizisten.

Alles Liebe, Giles

Kate hatte Giles Schrift schon immer schön gefunden. Und eine schöne Schrift war bei einem Mann sehr sexy. Sie sah nicht aus wie das übliche Gekritzel eines Mannes, doch sie hatte auch keine mädchenhaften Schnörkel. Es war nicht leicht, die von Hand gezeichnete Karte unter dem schweren amerikanischen Trinkbecher herauszuziehen, der noch warm und halb mit Kaffee gefüllt war. Giles hatte mehr Namen von Geschäften als Straßennamen in ihr eingetragen.

Kate schnaubte wütend. ›Großes weißes Haus hier!‹ Also wirklich. Das war, als gäbe man jemandem einen Plan für eine Wanderung von Küste zu Küste, in dem die Richtungsangaben zum Beispiel lauteten: ›Größerer Hügel – nach rechts abbiegen‹.

Sie ging mit seiner gebrauchten Cornflakes-Schale zu dem großen Spülbecken, um sie auszuwaschen, ehe ihr aufging, dass das leise summende Geräusch von einer riesigen hochmodernen Spülmaschine stammte. Sie spülte sie trotzdem aus. Dann lehnte sie sich gegen die Arbeitsplatte, sah sich in der Küche um und fragte sich, in welchem Schrank sich die Frühstückszutaten befinden mochten. In dieser Küche waren Nahrungsmittel nicht sofort sichtbar.

Auf der Anrichte stand ein kunstvolles Arrangement aus frischen Früchten, das Kate nur ungern berühren wollte, zumal sie die Hälfte der Früchte gar nicht kannte. Giles hatte ein paar Croissants in der Bäckereitüte zurückgelassen, und da sie noch keine Fettflecken hatte, konnten sie noch nicht lange dort drin sein. Sie goss sich eine Tasse Kaffee ein und betrachtete lächelnd die Karte. ›Chanel-Geschäft hier (Mode und Accessoires für Frauen)‹. Also wirklich.

Sie hatte festgestellt, dass es manchmal ganz nützlich war, wenn Menschen einen für ein wenig beschränkter hielten als man war, doch sie hatte heute nicht vor, sich in einem Gewirr von todschicken Häusern zu verirren und sich nicht dazu in der Lage zu fühlen, nach dem Weg zu ›dem großen weißen Haus‹ zu fragen. Es musste doch hier irgendwo einen Stadtplan geben.

Sie schlenderte zum Kamin hinüber, der jetzt mit Gas betrieben wurde und auf dem oben eine lange Reihe Designer-Kochbücher standen, die aus einer Vielzahl von Schickeria-Restaurants stammten. Sie sahen unberührt aus, und die meisten hatten schicke matte Schutzumschläge, die Kate davon überzeugten, dass sie für Leser gedacht waren, die nicht im Traum daran dachten, irgendetwas aus ihnen nachzukochen. Matte Schutzumschläge würden zu Hause nur fünf Minuten lang an Ort und Stelle bleiben, dachte Kate, denn Dad würde sie sofort herunterreißen und die Bücher stattdessen aus praktischen Erwägungen heraus mit selbstklebender Plastikfolie einbinden.

Der zerfledderte Stadtplan stand am Ende der Reihe wie ein Strandesel aus Blackpool in Ascot. Sie setzte sich damit hin, und noch ehe sie ihren Kaffee ausgetrunken hatte, hatte Kate eine einfache Route ausgearbeitet, um zu Harvey Nichols zu kommen und noch dazu eine, die viel interessanter war, als an Giles' langer Reihe überteuerter Modegeschäfte vorbeizugehen.

Ungefähr anderthalb Stunden später sank Kate verzagt an eine Wand und stieß einen tiefen tiefen Seufzer aus. Sie wagte nicht, auf ihre Armbanduhr zu sehen, weil sie gar nicht wissen wollte, wie spät es jetzt schon war.

Sie hatte fast eine Stunde gebraucht, um ihre Kleidung auf ein kunstvolles Minimum aus schwarzen Jeans und einem schwarzen T-Shirt mit angeschnittenen Ärmeln zu beschränken und ein sparsamstes Make-up aufzulegen, das das Mädchen bei Harvey Nichols ihr bei ihrer Ankunft sofort mit einer Hand voll Watte wegwischen würde. Auch wenn Giles ihr mangelndes Modebewusstsein bewunderte, konnte sie sich deswegen doch nicht einen ganzen Tag bei Harvey Nichols auslachen lassen. Kate dankte Gott, dass er diesen Sommer zu heiß zum Essen gemacht hatte und ihr damit den wilden Kampf mit ihren Hüften erleichterte, die normalerweise während der Ferien außer Kontrolle gerieten, wenn Giles nicht da war und kein großes Aufhebens um kurze Röcke machen konnte.

Sie schielte auf die Uhr. Halb elf. Scheiße. Es war schon einschüchternd genug, dort hingehen zu müssen, um sich verschönern zu lassen – klar war das Selinas Idee gewesen – doch nun auch noch zu spät zu kommen… Ihre Füße schmerzten in den neuen Pantoffeln, die sie für ›abends‹ mitgebracht hatte, doch sie hatten im Spiegel so gut zu den Jeans ausgesehen – und nun sank ihr Herz noch ein wenig mehr.

Sie zog einen Fuß heraus, schüttelte ihn aus und stellte fest, dass er nicht wieder hineinpasste. Okay, also kam langes Laufen nicht mehr in Frage. Schließlich konnte sie nicht wie Toulouse-Lautrec dort hineinhumpeln. Kate zog den Stadtplan wieder heraus und schob sich die geliehene Sonnenbrille nach oben auf den Kopf, um ihn klar sehen zu können. Nein, da war nichts zu erkennen. Sie drehte ihn herum und versuchte, ein paar der Namen mit der groben Richtung in Einklang zu bringen, aus der sie gekommen war.

Kate überlegte, ob sie nicht Giles auf seinem Handy anrufen und sich von ihm führen lassen sollte, doch damit würde sie klein beigeben, und außerdem wusste sie auch gar nicht, ob er überhaupt würde sprechen können.

Sie atmete tiefer ein. Es gab nur einen Menschen, der ihr hier hätte helfen können, und der war nicht da. Also musste sie die nächstmögliche Gelegenheit nutzen: Was würde Selina in einer solchen Situation tun?

Fast wie ein göttlicher Fingerzeig bog ein schwarzes Taxi um die Ecke. Kate schob sich die Sonnenbrille wieder auf die Nase zurück und winkte ihm zu, als ihr plötzlich bewusst wurde, dass sie gar nicht wusste, wie sie mit Londoner Taxis umzugehen hatte.

Glücklicherweise war es leer. Sie versuchte, so gelassen wie möglich auszusehen, öffnete die Tür und sagte: »Harvey Nichols?«, während sie einstieg. War das richtig? Wann musste man eigentlich sein Fahrtziel angeben?

»Das ist gleich um die Ecke, Liebling«, sagte der Taxifahrer. »Sind Sie sicher, dass Sie dorthin fahren wollen?«

»Äh, ja«, sagte Kate. »Meine Füße tun mir weh.« Sie versuchte es mit Selinas Schmollmund.

»Also, ich weiß nicht recht«, sagte der Taxer über die Schulter. »Ihr Mädchen und eure Schuhe, hä? Ihr solltet euch ein hübsches Paar Turnschuhe kaufen. Aber wir Kerle möchten ja gern was Hochhackiges sehen, was?«

Kate verbiss sich eine Erwiderung und murmelte undeutlich etwas, das wie Londoner Slang klang.

Das Taxi fuhr nicht einmal fünf Minuten lang in die Richtung, aus der sie gekommen war und hielt vor Harvey Nichols. Einigermaßen erleichtert angelte sie in ihrer Tasche nach ihrer Geldbörse. Aber sie war nicht da.

Kalte Panik überschwemmte sie. Sie zog das Notizbuch heraus, den Stadtplan, die kleine Alarmanlage und die Sonnencreme, und konnte schließlich nicht mehr alles in einer Hand halten. Wo war ihre Geldbörse? Verzweifelt kippte sie den gesamten Tascheninhalt auf den Sitz und wühlte in dem Plunder herum. Sie war noch immer nicht da.

»Ist alles in Ordnung, Schätzchen?«

»Oh, ja, prima!«, stammelte Kate und blätterte in ihrem Notizbuch herum. Sie wusste zwar, wie sinnlos das war, konnte aber nicht damit aufhören. Denke wie Selina, denke wie Selina. »Ich wollte mir nur die Lippen nachziehen, ehe ich hineingehe!«

Der Fahrer lachte nachsichtig. »Mir kann das nur recht sein, ich lasse einfach die Uhr weiterlaufen. Also, dieser Mick Hucknall ist doch ein toller Sänger, was?« Er drehte den Sender lauter, was Kate nur noch nervöser machte.

Entsetzt starrte sie auf den Berg Krimskrams auf dem Sitz, während das Blut in ihren Adern hämmerte. Hatte sie die Geldbörse auf dem Küchentisch liegen lassen? Nein, denn sie hatte eine Dose Diätcola in diesem unglaublich exklusiven Laden an der Ecke in der Nähe von Giles' Haus gekauft. Doch die hatte sie mit der Ein-Pfund-Münze bezahlt, die sie in ihrer Jeanstasche gefunden hatte.

Sie spürte, wie ihr der Schweiß in den Achselhöhlen ausbrach. War sie von einem Taschendieb bestohlen worden? Nur, wenn er unsichtbar gewesen wäre. Oder sich als reiche alte Dame verkleidet hätte – denn die war der einzige Mensch gewesen, den sie hatte spazieren gehen sehen. Oh Gott, so war London eben: Man konnte ausgeraubt werden, ohne es überhaupt zu merken! Schweine! Sie würde Giles das in allen Einzelheiten erzählen, wenn sie ihn sah. Kate sank in ihrem Sitz zurück und kaute an der Lippe.

Wie sollte sie dem Taxifahrer erklären, dass sie unterwegs ausgeraubt worden war? Vielleicht konnten sie gleich zur Polizeiwache fahren, damit er sie der Unterschlagung des Fahrpreises bezichtigen konnte und sie berichten konnte, dass sie ihre Geldbörse vermisste. Handtaschendiebstahl. Verflucht noch mal. Wie oft hatte sie Nick Ross zugehört, als er gezeigt hatte, wie man seine Tasche sicherte.

… indem man seine Geldbörse in das mittlere, mit einem Reißverschluss zu schließende Lippenstiftfach der Tasche steckte.

Kate zog diesen Reißverschluss auf, und da war ihre rote Geldbörse, fett und fein. Wie peinlich. Sie stopfte schnell alles in die Tasche zurück und nahm einen Fünfer raus, den sie durch die Trennscheibe reichte. Danke, Gott.

Sie wies das Wechselgeld zurück, was sie schmerzte, weil der Taxameter nur 1,90 anzeigte, und dann stieg Kate mit fest aufgesetzter Sonnenbrille aus dem Taxi aus. Eine kleine Gruppe Touristen hatte in diskretem Abstand auf ihrem Weg zu Harrod's angehalten, falls sie sich als berühmt herausstellen sollte. Zusammengekrümmt und mit gesenktem

Kopf betrat sie das Kaufhaus und sah, dass ein Blitz aus einer Wegwerfkamera von der Türscheibe reflektiert wurde.

Drinnen nahm sie die Sonnenbrille ab, weil sie nicht protzig aussehen wollte, doch da alle anderen auch Sonnenbrillen trugen, setzte sie sie wieder auf. Kate stellte sofort fest, dass sie zu wenig Make-up trug und fühlte sich grässlich schäbig gekleidet. Was zu Hause wie der Chic von Chrissie Hinde ausgesehen hatte, entpuppte sich in dem harten Licht der hundert Kosmetik-Verkaufsstände als schmuddlig, und sie konnte sich in all den Spiegeln sehen. Kate presste Selinas Persönlichkeit wie ein Schutzschild an sich, warf einen gleichgültigen Blick auf den Wegweiser des Kaufhauses, und fuhr mit der Rolltreppe zur vierten Etage hinauf.

Um Punkt halb fünf fuhr Giles mit der Rolltreppe zur Lebensmittelabteilung hinauf und vibrierte noch immer vor Begeisterung über den Einführungskurs. Er konnte kaum glauben, dass er wirklich am Anfang einer Karriere stand, auf die er sich vorbereitet hatte, solange er denken konnte, und noch dazu in seinem bevorzugten Unternehmen. Das war wirklich ganz schön viel Glück. Nach all der harten Arbeit, den Sitzungen und all den Vorstellungsgesprächen fügte sich nun alles wie von selbst. Er schlug glücklich mit der flachen Hand auf den Gummi-Handlauf und dachte dabei an die Diskussionsgruppe, die er über die langfristigen Verflechtungen der Währungsunion geleitet hatte.

Kate.

Mitten in einem weiteren Schlag hielt er inne und wandte sich dem abgedunkelten Weinkellerbereich zu.

Kate.

Im Restaurant schien sie nicht zu sein. Gib ihr ein paar Minuten Verspätung, dachte Giles und bummelte an den funkelnden Weinen entlang.

Er fragte sich, wie es ihr im Kosmetiksalon ergangen sein mochte. Entweder sehr gut oder sehr schlecht, schätzte er. Er hatte ihr einen großzügigen Gutschein für eine Schönheitsbehandlung geschenkt, nachdem sie letztes Jahr so heftig Masern gehabt hatte und hatte gehofft, dass sie sich ihr Haar ein wenig zähmen lassen würde. Doch Kate hatte den Salon stattdessen mit silbern lackierten Fußnägeln verlassen und frisch durchstochenen Ohrläppchen und hatte scherzhaft gesagt, dass man sie gerade noch von einem Nasenring hatte abhalten können. Er betete, dass sie diesmal besserer Stimmung sein würde. Und nicht wütend über die hochnäsige Kundschaft. Oder verletzt durch die Gönnerhaftigkeit der Kosmetikerinnen. Oder von beiden.

Giles seufzte.

»Giles?«

Als er sich umdrehte, lächelte ihm Nicole Kidman mit dunkler Sonnenbrille zu, die elegant mit der Rolltreppe heraufkam und dann fast stolperte, als sie von der beweglichen Stufe herabstieg. Allerdings war das nicht Nicole Kidman, sondern Kate.

Mit dem glatt gefönten und schmal herabfallenden Kupferhaar und der hellen Haut unter der Sonnenbrille, die durch das teure Make-up fast durchsichtig wirkte, sah Kate fast so aus… als stamme sie aus seinen Kreisen. Sie sah unglaublich aus. Sie hatten ihr die aufgeworfenen Lippen in dem hellen matten Rot eines Filmstars bemalt und das winzige kaffeebraune Muttermal auf ihrem Wangenknochen hervorgehoben. Es war fast so, als ob der Glanz, den nur er zu sehen geglaubt hatte, nun der allgemeinen Bewunderung preisgegeben worden sei. Giles schluckte.

»Und?«, fragte Kate und hob die Brille an. Ihre Augen glitzerten vor kaum unterdrückter Nervosität und unter dem allerneuesten hochglänzenden, flüssigen Lidschatten. »Weißt du, dass das das erste Mal ist, seit wir uns kennen, dass dir die Worte fehlen. Hast du etwas Schlechtes gegessen?«

Giles erwiderte nichts, weil er viel zu sehr damit beschäftigt war, sich darüber zu wundern, dass ein schmuddeliges schwarzes T-Shirt und Jeans mit geraden Beinen plötzlich so perfekt aussehen konnten. Sein Blick aus merklich geweiteten Augen wanderte an ihr hinauf und hinunter. Und – o mein Gott! – die Pantoffeln! Zum ersten Mal seit zehn Jahren fiel ihm ein alter Teenagertraum von Olivia Newton-John ein.

Kate ließ die Brille wieder zurückgleiten. »Sie haben mich in Jessica Rabbit verwandelt«, sagte sie. »Nicht schlecht für jemanden, der im wirklichen Leben eher Carol Decker ist.« Sie ging hinkend zu den Tischen. Obwohl sie nur versuchte, nicht zu viel Druck auf die Blasen auszuüben, die sich auf dem empfindlicheren Teil ihres Spanns gebildet hatten, erschien Giles ihr Gang wie ein leicht lähmendes aufreizendes Wackeln.

,I've got chills, they're multiplyin'. And I'm lo-o-o-sin' contro-ol…'

Er erholte sich so weit, dass er dem Ober ein Zeichen geben konnte.

»Einen Tisch für zwei? Auf den Namen Crawford?«

Der Ober führte ihn gewandt zu einem Tisch in der Mitte des Raums, obwohl sie beide auf Kates wellenartigen Gang starrten.

Sie glitt auf ihren Platz und schaffte es damit, dass der Ober und Giles völlig umsonst hinter ihren Stuhl gingen und sich über sie hinweg anstarrten. Kate schenkte dem Ober ein Lächeln, das dieser erwiderte, und Giles schnitt eine Grimasse, die den Ober dazu veranlasste, sich umgehend zum Buchungspult zurückzuziehen.

»Er scheint mich für jemand anderen zu halten«, bemerkte Kate. »Wie du ja auch.«

Giles lehnte sich über den Tisch, nahm ihr sanft Selinas Sonnenbrille ab und ergriff ihre Hand. »Kate, ich möchte dir nur sagen, dass du unglaublich aussiehst. Einfach…« Er suchte nach dem passenden Ausdruck, mit dem er das volle Ausmaß seines neuen Verlangens beschreiben konnte und dennoch damit nicht andeutete, dass sie bisher wie ein kreischend zurechtgemachtes Mondkalb ausgesehen hatte.

Sie lächelte und runzelte dann plötzlich die Stirn. »Hör mal, Giles, ehe du weitersprichst, möchte ich dir sagen, dass ich weiß, was dieser Nachmittag kostet, und ich bin wirklich empört darüber, dass du so viel Geld für mich ausgibst. Das macht mich... ach, ich weiß nicht... irgendwie deprimiert.«

»Woher weißt du, was es gekostet hat? Das geht doch alles auf meine Kundenkarte.«

»Ja, gut, aber es hängen ja überall dort Preislisten herum, und ich kann mir einiges zusammenreimen. Es ist...«

»Es ist jeden Pfennig wert«, sagte Giles. Er war noch immer ganz gebannt von ihrer Erscheinung. »Du siehst aus wie ein Model. Der Typ glaubt, ich habe ein heimliches Treffen mit einem Filmstar. Wahrscheinlich wird er gleich den *Sun* anrufen.«

»Na gut«, sagte Kate wieder und studierte die Speisekarte in der Hoffnung, darin etwas zu finden, mit dem sie ihre Gier nach Zucker stillen konnte und gleichzeitig Giles weiter in dem Glauben lassen, dass sie Süßigkeiten verabscheute. So etwas gab es natürlich nicht.

»Außerdem«, fuhr Giles freundlich fort, »ist das nur Geld. Ich bin schon so oft zum Arbeiten fort gewesen und habe dich einfach hier gelassen, dass es nur fair ist, wenn ich dir ein bisschen was biete.« Sein Gesicht wurde ernst. »Hmm, das erinnert mich, Kate...«

»Einen Kaffee. Mit Milch. Einen Milchkaffee.« Kate klappte die Speisekarte zu, um nicht weiteren Verlockungen zu erliegen und sah zu ihm auf. Die roten Lippen wurden zu einem herzzerreißenden Schmollmund. Giles lächelte sie dümmlich an. Sie schaffte es doch tatsächlich, dass er sich wie betrunken fühlte. »Ich weiß, dass es dumm klingt, wenn du offensichtlich glaubst, dass ich so aussehe... Hmm, aber so aufgemacht bin ich gar nicht ich selbst, sondern fühle mich, als sei ich jemand ganz anderer. Findest du das nicht auch?«

»Natürlich siehst du aus wie du. Nur ein bisschen mehr... aufpoliert vielleicht. Kate, ich muss...«

Der Ober erschien neben Kates Schulter. Giles ließ den Blick schnell über die Speisekarte gleiten und sagte: »Einen Milchkaffee, einen doppelten Espresso und ein Stück Schokoladentrüffelkuchen für mich.«

Der Ober sah Kate mit hochgezogenen Augenbrauen an, und sie zuckte die Achseln und schüttelte den Kopf. »Nein, nichts für mich.« Innerlich kochte sie und versuchte, sich so weit wie möglich über Giles' anerkennende Blicke zu freuen. Diese Zufriedenheit kam einer kleinen Makrone nahe. Manchmal hatte sie schon gedacht, sie hätte sich zur leichteren Bewältigung solcher Situationen den Spruch ›Eleganz bedeutet Verzicht‹ auf den Handrücken tätowieren lassen sollen.

Um nicht länger über den silbernen Kuchenstand auf dem Tisch gegenüber nachzudenken, wechselte Kate das Thema. »Hat dir das Training heute gefallen?«

Das war die richtige Frage gewesen. Giles strahlte entzückt, und Kate spürte wieder einen Stich von Eifersucht in ihrem Magen. »Absolut. Das ist genau das, was ich schon immer tun wollte, und die anderen Burschen scheinen auch okay zu sein. Ein paar Schulfreunde, die ich seit Jahren nicht gesehen habe, waren auch dort.«

»Mmm?«, machte Kate so aufmunternd wie möglich, auch wenn sie weder eine Ahnung noch irgendein Interesse an dem hatte, was Giles tat, einschließlich der Tatsache, dass er einen Anzug und eine Laptoptasche trug.

»Tja, es wird ganz schön harte Arbeit sein, dort anzufangen, das sehe ich jetzt schon, aber das Praktikum, das ich im letzten Sommer bei J.P. Morgan gemacht habe, wird mir zugute kommen, wenn ich erst …« Er hielt mitten im Satz inne, als Kate sich ein winziges weißes Zuckerstückchen in den Mund schob. Normalerweise hätte er sie davon abgehalten, Zuckerstückchen zu essen, doch es war etwas so bestürzend Erotisches an der Art, wie ihre tief karminroten Lippen sich bewegten, als sie knirschend zu kauen begann.

»Sprich ruhig weiter«, sagte sie. »Ich höre dir zu.«

Giles schluckte. Gott, es war schwer, über das Bankwesen zu sprechen, wenn Kate so umgewandelt dort saß, wie er sie sich schon so oft vorgestellt, aber nie gewagt hatte, das vorzuschlagen. »Ach ja, das Training wird sehr intensiv sein…«

Sie sah ihm lächelnd in die Augen, senkte dann den Blick und spielte mit einem silbernen Teelöffel herum. Sie hatte seit ihrer Ankunft eine Veränderung der Atmosphäre bemerkt und herauszufinden versucht, was diese Veränderung verursacht haben mochte.

Seine Stimme sprach weiter, und sie fing nur jeweils eines von fünf Worten auf, um antworten zu können. Ihr Magen hatte während ihres gesamten Schönheitstages geknurrt, manchmal sogar peinlich hörbar. Obwohl ihr klar war, dass der Kosmetiksalon topmodisch war, hatte sie sich dort weder als Städterin gefühlt, noch war es für sie erholsam gewesen bei all dem Herumgestochere und Gekneife und den abschätzigen Blicken. Schließlich hatte es sich für sie als Geniestreich herausgestellt, dass sie während der nervenaufreibenden Behandlungen so tat, Selina zu sein.

Zu dem Zeitpunkt, als Kate sich bis zum Frisiersalon vorgearbeitet hatte, war sie dieses Plaudern leid gewesen und hatte sich schweigend in sich zurückgezogen, was der Frisör erstaunlich gut hingenommen hatte. Ja, damit hatte sie wahrscheinlich bestätigt, dass sie wirklich So Wichtig War, Dass Sie Es Nicht Nötig Hatte, Mit Frisören Zu Sprechen. Aber jetzt, da sie wieder mit Giles zusammen war und sich auf einigermaßen festem Boden befand, war diese neue Person, die sie verkörperte, nur verwirrend – vor allem, weil auch Giles so tat, als sei sie eine andere.

Voller Verachtung betrachtete Kate die frisch vom Frisör hergerichteten blonden Haarhelme um sich herum und erkannte entsetzt, dass sie selbst genauso aussah.

Giles verstärkte den Griff um ihre Hand und hüstelte. »Hmm, Kate, ich muss dir etwas sagen. Und ich muss es alles auf einmal und zusammenhängend sagen, also lass mich bitte ausreden.«

Kates Augen schwenkten zu Giles zurück, und ihr Herz sank. War es das? Hatte er sie nach London gezerrt, sie wie eine Fregatte auftakeln lassen, um sie hier bei Harvey Nichols fallen zu lassen? Sie blinzelte schnell, stellte sich dabei blitzartig alle schlimmsten Szenarien vor und verschmierte ihre Wimperntusche.

Auch Giles blinzelte nervös. »Äh, zum Teil habe ich die Sitzung heute Morgen nicht erwähnt, weil das nicht der eigentliche Trainingskurs war. Das ist nur so eine Art Vorläufer gewesen.«

Kate atmete wieder. Gut, wenn es nur um die Arbeit ging...

»Nun, worum es geht, ist...« Das war auf dem Weg hierher im Taxi viel leichter gewesen, dachte Giles, als er spürte, dass ihm das Blut in die Wangen stieg. Es war viel schwieriger, mit dieser aufpolierten Kate und ihren neu geschwungenen Augenbrauen zu sprechen. Eher so wie mit Selina und ihren Freunden. Es war beunruhigend zu sehen, dass sie sich so sicher auf seinem Terrain bewegte.

»Komm schon, Giles, spuck es aus.«

Als er aufblickte, sah Kate überrascht den unsicheren Ausdruck auf seinem normalerweise selbstsicheren Gesicht.

»Die Veranstaltung heute«, begann er, »wurde deshalb abgehalten, um zu verkünden, wer den ersten Teil des Trainingskurses in London absolvieren wird und wer nach Chicago geht. Und ich gehe nach Chicago. Für vier Monate.«

Sie versuchte, das tapfere Lächeln zurückzunehmen, obwohl eine bleierne Enttäuschung in ihren Magen hinabsank. Sie wusste, dass seine Worte in ungefähr fünf Minuten ihre Wirkung bei ihr tun würden, und das gab ihr fünf schreckliche Minuten, in denen sie das Drama der Situation genießen konnte, ehe sie sich zusammenrollen und sterben wollte. »Na hör mal, das kenne ich doch schon, oder? Also werde ich dich vier Monate lang nicht sehen. Das geht klar. Wir können uns schreiben. Ich werde sowieso zu Hause sein.«

Ihre Bestellung kam. Kate starrte auf den schaumigen Kaffee, der auf einer weißen Serviette vor sie hingestellt worden war und nahm die Tasse an ihrem lächerlich winzigen Henkel hoch.

»Nicht unbedingt«, sagte Giles.

Sie überging das, nahm den ersten Schluck und schmeckte den bitteren Kaffee durch den Schaum hindurch. Warum fühlte sie sich plötzlich so verlassen, obwohl sie diese Unterhaltung doch schon zum vierten Mal führten? Sie hatte die Ferien *immer* bei Mum, Carol Vorderman und Jerry Springer überstanden.

»Du musst nicht nach Hause gehen«, wiederholte er zögernd.

Kate stellte die Tasse ab. »Natürlich muss ich nach Hause zurückkehren«, sagte sie majestätisch. »Ich kehre immer nach Hause zurück. So lautet doch die Abmachung, oder nicht? Du gehst fort und deinem Beruf nach, und ich warte auf deine Rückkehr. Wenn du diesmal überhaupt zurückkommen wirst.« Vielleicht waren das die Reste von Selinas Persönlichkeit in ihr, die sie so sprechen ließen. Oder vielleicht machte sie auch der rote Lippenstift dynamischer.

Giles dachte, dass er ihr besser nicht sagen sollte, dass sie Schaum auf ihrer Oberlippe hatte.

Sie starrte ihn mit Filmstar-Augen an, und obwohl er wusste, dass er ihr in die Hände spielte und sich praktisch den gezwirbelten Schnäuzer des Filmschurken anklebte, wurde es Zeit, die Dinge klar zu stellen. Giles rief sich alles ins Gedächtnis zurück, was man ihm im Managementkurs beigebracht hatte und musste feststellen, dass nichts davon auf temperamentvolle Freundinnen anwendbar war.

»Also, komm schon, Kate«, sagte er. »Du kannst nicht alles haben. Wir wissen beide, dass du nicht mit mir mitkommen möchtest, weil du lieber zu Hause bleibst, und wir wissen beide auch, dass du insgeheim stinksauer bist, wenn du zu Hause bist und dich selbst bemitleidest, weil alle anderen auf Reisen sind. Hier geht es nicht mehr darum, die Ferien mit Lesen zu verbringen. Hier geht es jetzt um das wirkliche Leben. Und dem musst du dich langsam stellen.« Er begann, die Schokoladenhülle von seinem Trüffelkuchen abzuschälen.

»Was soll denn das heißen, verflixt noch mal?«, fuhr Kate hoch. Gierig betrachtete sie den Kuchen und versuchte, sich an all das Nette zu erinnern, was Giles über ihre knochigen Schultern gesagt hatte. »Nur weil ich nicht an diesen blöden, langweiligen Praktika teilnehmen möchte, heißt doch nicht, dass ich nicht weiß, was ich mit dem Rest meines Lebens anfangen will. Ich habe mich nur noch nicht entschieden.«

Doch selbst, als sie ihre Rückkehr nach Hause damit rechtfertigen wollte, dass sie sich von dort aus Arbeit suchen würde, hörte sie die Stimme ihrer Mutter die Öffnungszeiten der Bücherei herunterleiern. Und das machte sie ganz krank. Nicht ganz so krank wie der Gedanke, dass sie täglich mit der U-Bahn würde fahren müssen, aber viel kränker, als sie sich im letzten Jahr um diese Zeit gefühlt hatte. Und dabei hatte sie ihre Sehnsucht nach Giles noch nicht einmal berücksichtigt. »Warum ist dieser Tag so schief gegangen?«, flüsterte sie vor sich hin.

»Fass das doch nicht als Kritik auf«, sagte Giles. »Ich bin einfach der Ansicht, dass du ein Experiment wagen solltest, mehr nicht. Verbringe die vier Monate, während ich in Chicago bin, hier in London, such dir einen Aushilfsjob und dann…« Er zögerte. »Und wenn ich zurückkomme, machen wir dort weiter.«

Kate sah schnell auf und dann wieder auf ihre Kaffeetasse hinunter. Und was sollte das nun wieder heißen? Dass sie zusammenziehen würden? Oder sich trennen würden? Ihr Puls schlug schon wieder ganz dumpf.

»Das sind nur sechzehn Montage«, fügte Giles hinzu. »Du wirst doch wohl sechzehn Montage überleben können, oder?« Das war seine Mörderzeile, und er war ziemlich stolz darauf.

»Und was ist mit Mum?«, fragte Kate auf gut Glück. »Sie rechnet damit, dass ich nach Hause zurückkomme. Da Mike jetzt in London lebt, bin ich die Einzige, die sie in Geschichte abhören kann. Ich muss sie zur Bücherei begleiten.« Ein wenig Erpressung konnte nicht schaden, dachte sie. Auch wenn Mum Andeutungen darüber gemacht hatte, dass Küken das Nest stundenweise gegen Ende des zweiten Jahres verlassen sollten.

Giles wurde rot. »Also, ich habe mit ihr darüber gesprochen, und sie hält es für eine gute Idee. Sie sagt, dass du dich auf eigene Füße stellen und lernen musst, dass Waschmaschinen selbsttätig arbeiten.«

»Das sieht ihr ähnlich«, murmelte Kate. Sie schlug mit dem Löffel auf den Tisch. Plötzlich erschien ihr ihre Rückkehr nach Hause sehr attraktiv zu sein, da sie offenbar nicht mehr möglich war.

Giles trank einen Schluck Kaffee und verzog das Gesicht.

»Gibt es…?«, begann Kate, doch er schüttelte den Kopf und machte dem Ober ein Zeichen. Der glitt herbei und ließ Kate nicht aus den Augen.

»Sir?«

»Entschuldigen Sie, aber dieser Espresso ist lauwarm. Kann ich einen heißen bekommen?«

»Aber er war…«

Giles setzte sein ›höflich-festes‹ Lächeln auf. Kate wand sich auf ihrem Stuhl und hoffte, dass niemand zuhörte. »Hören Sie, ich möchte mich nicht mit Ihnen streiten. Aber er ist nicht frisch, hat keinen Schaum mehr, das Aroma ist weg, und er schmeckt einfach bitter.«

Der Ober neigte den Kopf ein wenig und entfernte Giles' Tasse.

Giles lächelte Kate entschuldigend an. »Tut mir Leid. Anständiger Espresso ist wie guter Wein, aber er kann widerlich schmecken, wenn er nicht richtig gemacht wurde. Ja, deine Mutter und ich haben uns lange darüber unterhalten, dass du ein paar Monate in London verbringen solltest, und sie sagte, sie sei sicher, dass du dich dort wie ein Fisch im Wasser fühlen würdest.«

Kate verdrehte die Augen. Sie konnte sich gut vorstellen, wie Mum mit Giles gesprochen hatte. Sicherlich hatte sie ihren Akzent ein wenig verstärkt und bizarre Einzelheiten über ihre schonungslos normale Familie erfunden – ›wie ein Fisch im Wasser‹, also wirklich!

»Aber wo soll ich wohnen? Wo *könnte* ich wohnen«, korrigierte sie sich eilig. »Ich kann doch nicht in deiner Wohnung bleiben, während du fort bist, oder? Und niemand aus dem College hat bisher einen Platz in einer Wohngemeinschaft gefunden.« Sie zuckte nett mit den Schultern und hoffte gegen alle Hoffnung, dass die nahe liegendste Antwort durch Giles' Kopf gegangen war.

War sie nicht. »Hmm, als ich mit deiner Mum sprach, sagte sie, dass Mike und Laura jetzt nach ihrem Umzug nach Clapham ein Gästezimmer haben.« Sein frischer Kaffee kam, und Kate meinte, sie sähe eine Spur von Spucke in der gelben Haube auf dem Kaffee. Sie konnte dem Ober keinen Vorwurf machen.

Kates Stirn zog sich zusammen, und sie atmete heftig durch die Nase aus. »Ach, hervorragend. Dann habt ihr ja schon alles miteinander klar gemacht? Gibt es noch etwas, was ich wissen müsste? Hat sie dir nicht auch schon zufälligerweise meine Geburtsurkunde und meinen Zahnabdruck zugefaxt?«

»Aber Kate…«

»Hast du denn überhaupt nichts von dem gehört, was ich dir seit unserem Kennen lernen erzählt habe? Ich Möchte Nicht In London Leben. Okay?« Ihr Kinn schob sich rebellisch vor. »Und wenn ich eines hasse, dann, dass andere Leute etwas für mich arrangieren, von dem sie genau wissen, dass ich es nicht möchte.«

Giles rutschte unbehaglich auf seinem Stuhl hin und her und spürte, dass ihnen neugierige Blicke zugeworfen wurden. Er hätte es lieber gehabt, wenn Kate keine Szene in der Öffentlichkeit machen würde.

»In Ordnung, das ist mir klar«, versuchte er es. »Doch dir muss doch klar sein, dass alles, was ich tun werde, sich hier in London abspielen wird…«

»Außer, wenn du in Chicago bist, natürlich. Oder in Toronto oder Tobago oder Moskau.« Ihre Stimme hob sich.

Giles ignorierte das und fuhr fort. »Und wenn ich hier lebe und du darauf bestehst, zweihundert Meilen entfernt Büchereidienste leisten zu müssen, wird das für uns doch ganz schön hart werden, oder nicht?« Er betonte bewusst das ›uns‹ und drückte ihre Hand. »Du scheinst zu glauben, dass nur du dich einsam fühlst, wenn ich fort bin«, fügte er mit einem intimeren Flüstern hinzu. Seine großen blauen Augen machten dort bessere Fortschritte, wo seine Management-Techniken auf steinigen Boden gefallen waren, und Kate ließ sich, wie ein glückliches Schaf, einwickeln. Wieder einmal.

Sie stützte den Kopf in die Hand und ließ ihr Haar übers Gesicht fallen.

»Ihr habt mich völlig festgenagelt, nicht wahr? Ich fühle mich… überrumpelt!«, murmelte sie unter ihren Haaren hervor. Ihr Magen schlingerte wie verrückt. Diese ganze Woche kam ihr irreal vor. Die Busfahrt schien in einem anderen Leben stattgefunden zu haben. Einen Katastrophenfilm lang entfernt. Doch wenn Giles noch etwas anderes anbot und sie mit diesem Versprechen von… Von was denn? ›Aber ich liebe dich doch!‹, schrie es in ihrem Kopf. ›Siehst du denn nicht, wie sehr ich dich liebe?‹, Doch ihre Lippen bewegten sich nicht.

»Am besten springt man einfach mitten hinein«, sagte Giles fröhlich. Er war froh, dass die Dinge jetzt wieder überschaubar wurden. Er begann damit, sein Schokoladentrüffel-Tortenstück in vier Teile zu zerlegen.

Bei dieser plötzlichen Änderung seines Tons schob Kate ihre Hollywood-Mähne zurück und wurde ganz verlegen, als sie die Blicke mehrerer neugieriger reicher Zicken von den angrenzenden Tischen noch vor dem Blick ihres Freundes auffing, der ganz vertieft darin war, die Seiten seines Kuchenstücks zu begradigen. Das war es dann also, oder? Wenn sie klein beigab und tat, wie ihr geheißen, würde ihn das Ganze dann nicht mehr interessieren?

»Du lässt mich im Stich!«, sagte sie und schlug drohend mit dem Löffel auf den Tisch.

Als letzten Ausweg ging Giles zu Plan D über: Hart, aber fair. Er nahm allen Mut zusammen und konzentrierte sich noch einmal auf all die langfristigen charakterbildenden Vorteile, die sie nach dem ursprünglichen Schock haben würde.

»Kate, so ist das Leben einfach, und ich meine, dass es Zeit wird, dass du den Stier bei den Hörnern packst und dich darauf einlässt. Du hast jetzt drei Jahre lang herumgetrödelt. Wenn du mich wirklich liebtest, würdest du versuchen, dein Leben in Ordnung zu bringen, und wenn du auch nur ein wenig Selbstachtung hättest, würdest du aufhören, mit fadenscheinigen Entschuldigungen so zu tun, als wüsstest du nichts über öffentliche Transportmittel und mir zeigen, was du kannst, ohne dass ich dir ständig aus der Patsche helfen muss. Du kannst ganz gut mit Worten kämpfen, doch zu mehr hast du es bisher nicht gebracht.«

Kate zuckte zurück, als ob er sie geschlagen hätte. »Ach, plötzlich ergibt auch die kleine Lektion gestern im Auto einen Sinn.« Sie starrte ihn an. »Hast du gedacht, dass du versuchen könntest, mich mit Provitamin-B-Haarbehandlungen zu bestechen, nachdem deine erwachsenen Gründe keinen Eindruck auf mich gemacht haben?«

Giles öffnete den Mund und schloss ihn gleich wieder.

»Nun, das funktioniert vielleicht bei Selina. Es tut mir zwar Leid, aber Liposome bedeuten mir einfach nicht sehr viel. Ich bin einfach ein Tollpatsch, der sich immer wieder in Bedrängnis bringt. Was weiß ich denn schon von einem Leben in London? Was weiß ich denn schon über das *Leben* selbst? Es langweilt mich zu Tode, mir sagen zu lassen, was ich zu tun habe, von dir, von meiner Mutter, von der *Berufsberatung* der Universität. Du bist *nicht* mein Vater.«

Kate schob den Stuhl zurück und stand auf. Auch wenn ein rasiermesserscharfer Schmerz durch ihre beiden Spanne schoss, ließ sie sich das nicht anmerken. Mit einem letzten hochnäsigen Blick auf Giles, den ihr Herz sich gar nicht leisten konnte, stakste sie vom Tisch weg, während ihr Blick im Raum herumirrte, um das Ausgangsschild zu finden, damit sie wenigstens den Eindruck erweckte, dass sie wusste, wohin sie zu gehen hatte. Hilflos? Sie? Mit Sicherheit nicht. Mit verdammter verfluchter Sicherheit nicht.

Sie hörte Giles leise »Katie!« sagen, nicht so laut, dass die Leute anfangen würden, die Szene zu genießen – und auch nicht so laut, dass sie es wirklich hörte und zurückkehrte, stellte sie voll Elend fest. Mit verschleierten Augen konnte sie sehen, dass alles um sie herum weiß war – die Tische, die Wände, die Rücken der Kleiderständer-Frauen, die um sie herum aßen – und sie zwang sich dazu, mit gleichmäßigen Schritten und würdevollem Gang aus dem Café hinaus und in den dunkleren Bereich der Lebensmittelabteilung hinein zu gehen.

Warum verhielt er sich so? Kate stieß fast mit einem sehr schicken Verkäufer zusammen, der ihr winzige Bissen von etwas anbot, das wie Katzenfutter auf Kräckern aussah und ging weiter.

Diesmal stolperte sie nicht auf der Rolltreppe und blieb mit absolut geradem Rücken hinter einer vierschrötigen Blondine in einem knubbeligen orangefarbenen Chanel-artigen Tweedkostüm stehen. Kate betrachtete ihrer beider Bild in dem Spiegel vor ihnen, als sie zum vierten Stock hinunterfuhren und erkannte sich kaum wieder. Also diese Art Frau wollte Giles haben, ja? Schlank und stolz und städtisch. Eine Harvey-Nichols-Frau.

Sie bog um die Ecke zur nächsten Rolltreppe. Nun, das war sie nicht, oder? Ihr Haar begann sich schon wieder unter der Flüssigkeit zu locken, mit der man es zum Glänzen gebracht hatte, und Kate zog ein gebrauchtes Taschentuch aus ihrer Tasche und wischte sich wütend den Lippenstift ab.

Auf der fünften Rolltreppe, die sie in die hell erleuchtete Kosmetikabteilung hinunterbrachte, zerbrach die Ungeheuerlichkeit der Situation auf Kates Kopf wie ein riesiges Ei, und ihre ursprünglich wütenden Tränen wurden von etwas abgelöst, das sich wie Panik anfühlte. Obwohl ihre Beine weiter auf die Tür zugingen, begannen die warnenden Stimmen in ihrem Kopf unartikuliert zu murmeln. Und als Kate schließlich auf die Straße hinaustrat, dämmerte es ihr, dass sie keine Ahnung hatte, wohin sie gehen sollte.

Sie blieb stehen und sank auf ein niedriges Mäuerchen herab. Scheiße. Sie zog die schmerzenden Füße aus den schwarzen Pantoffeln heraus, die am Morgen noch locker gesessen hatten und nun natürlich so eng waren, als seien sie festgeschweißt worden. Ihr war übel vor Kummer.

Wenn sie zu Hause blieb, würde ihre Mutter sie in eine partielle Katatonie hineinnörgeln, Giles würde eine andere finden, und sie wäre zwar sicher, aber halb erstickt.

Oder sie könnte sich in das völlig Unbekannte hineinstürzen und bei dem Versuch vielleicht sterben, aber das wenigstens mit einiger Würde.

Hervorragend.

5

In Kates Buch waren Blumenkästen ein Anzeichen für vorzeitige Alterung, die medizinisch behandelt werden sollte. So war es für sie nicht überraschend, dass Laura auf jedes der vier erreichbaren Fensterbretter des hübschen Reihenhauses (mit jeweils zwei Zimmern unten und oben) in Clapham einen großen Terracotta-Kasten gestellt und sie mit unerschrockenen rosa Alpenveilchen und ziemlich zerfleddert aussehendem Efeu bepflanzt hatte.

Nach dem Eispalast von Giles' Eltern in Chelsea war Mikes und Lauras Haus ein Puppenhaus. Als sie ihren Beutel von ihrer schmerzenden Schulter zu der Nachbildung eines Schuhabstreifers hinabgleiten ließ, fragte Kate sich, wo in aller Welt sie bloß schlafen sollte. Wo konnte in einem so klitzekleinen Haus noch ein Zimmer frei sein? Vielleicht hatten sie ja ein zusammenklappbares James-Bond-Wandbett im Badezimmer. Ihr dämmerte, dass es in einem Haus dieser Größe kein Entkommen gab von nächtlichen Geräuschen aus dem Schlafzimmer des Hausherrn, selbst wenn sie das Klappbett an dem netten kleinen Schornsteinaufsatz festband und dort draußen schlief.

Die Tür öffnete sich, noch ehe sie den entsetzten Ausdruck von ihrem Gesicht nehmen konnte.

»Hallooo, Kate«, sagte die Frau, bei der Kate sich nur mit Mühe erinnern konnte, dass sie nun wirklich ihre Schwägerin war. Und Mikes Frau, was noch beunruhigender war. Sie hatte sich immer vorgestellt, dass ihr Bruder sich von irgendeiner fröhlichen Volksschullehrerin mit einem eigenen ramponierten ehemaligen Mini Metro einwickeln und heiraten lassen würde. Doch Laura war Anwältin und ließ Mary Poppins leicht anarchisch erscheinen. Sehr nett auf ihre eigene Art – aber auch sehr einschüchternd.

»Hi, Laura«, murmelte Kate. Etwas an Laura verwandelte sie selbst wieder in einen schüchternen Teenager. Der Ehering vielleicht. »Es tut mir Leid, dass ich hier einfach so hereinschneie.«

»Das macht doch nichts«, flötete Laura und warf die Tasche auf die Vordertreppe. »Mike hat im Moment viel Familiensinn. Och, ist die leicht! Du hast nicht viel mitgebracht, was?«

»Als ich sie packte, wusste ich noch nicht, dass ich nicht mehr heimfahren würde.« Dünne Sommerkleider, ein bisschen Unterwäsche und winzige frivole T-Shirts nahmen schließlich nicht viel Platz weg. Mehr war dazu nicht zu sagen.

Kate schlenderte traurig ins Haus. Das Telefon klingelte in der Küche.

»Ich geh nur eben schnell ran«, sagte Laura. »Fühl dich wie zu Hause.«

Kate hörte, wie sie herumrannte, um das schnurlose Telefon zu finden. Das Wohnzimmer war ganz in Terrakotta-Schattierungen gehalten, und überall hingen Fotos von Mike, peinlicherweise in allen möglichen Verkleidungen, nur nicht als ihr Bruder: als Bräutigam, Rugby-Spieler, Cricket-Spieler, Action Man. Kate fühlte sich alles andere als heimisch.

»Entschuldige das Durcheinander«, rief Laura völlig unnötigerweise, als Kate sich nach einer Sitzgelegenheit umsah. Es gab kein Durcheinander. Es gab drei gut sichtbare Zeitungsregale und eine blaue Glasschale, in der alle fünf Fernbedienungen lagen. Sie setzte sich und zappelte nervös herum, während Laura ein angeregtes Telefonat führte, von dem Kate nur die Worte ›heute Abend‹, ›Abendessen‹, ›Baby‹ und ›Karotten‹ aufschnappte.

Schließlich tauchte Laura mit einem Tablett auf, auf dem eine silberne Pressfilterkanne, Tassen und ein Teller mit Keksen standen. Kein Zierdeckchen. Kate setzte hastig die russischen Puppen ab, an denen sie herumgefingert hatte.

»Ach, wie ich sehe hast du Mike dazu gebracht, seine *Top Gear* Magazine binden zu lassen«, sagte sie mit widerwilliger Bewunderung.

»So ist das eben in einem kleinen Haus«, sagte Laura und presste vorsichtig den Kaffeesatz mit dem Gitter in der Kanne herunter. »Man hat ganz schön zu tun, wenn man es nicht zu einem Schweinestall verkommen lassen will.«

»Hast du versucht, ihn in seinem Zimmer einzuschließen?«

Laura lachte höflich und legte Untersetzer auf den Beistelltisch aus Glas. »Wir wollten ein Haus kaufen«, fuhr sie, apropos von gar nichts, fort, »obwohl dieses hier wahrscheinlich viel kleiner ist als die Wohnung, die ich vor unserer Hochzeit bewohnte. Ich hatte genug von Wohngemeinschaften, obwohl Mike gerne mit einer Bande Jungs lebte, die den Hoover nur für Partyspiele benutzten.«

Kate nickte.

»Und die Londoner Grundstückspreise!« Laura verdrehte die Augen. »Unrealistisch. Wir hatten sooo viel Glück, dass wir dieses Haus für den Preis bekamen. Schließlich konnte ich die Hypothekenzahlungen so gestalten, dass es noch für eine Reinigungsfrau reichte. Gott sei Dank nahm einer unserer Collegefreunde gerade an einer Ausbildung für Hochschulabsolventen bei der Halifax-Bank teil. Langweilig, aber nützlich.«

Kate bemerkte die Pause, die wahrscheinlich dazu gedacht war, damit sie ein ›Und wie viel habt ihr nun für das Haus bezahlt‹ einwerfen konnte. Doch das unterließ sie. Sie hatte kaum Ahnung von den Londoner Grundstückspreisen, doch eine sehr starke Ahnung, dass Laura sich noch einige Zeit an diesem Thema festhalten könnte. Und im Augenblick wagte sie es nicht, zu viel über London zu erfahren, falls Giles das bei seiner Rückkehr als ›Eingewöhnung‹ missverstehen würde.

»Wann kreuzt denn Mike nach der Arbeit hier auf?«, fragte sie stattdessen.

Ein leichtes Stirnrunzeln kräuselte vorübergehend Lauras Stirn.

Huch, dachte Kate, habe ich einen Nerv getroffen? Oder hätte sie vielleicht nicht ›aufkreuzen‹ sagen sollen. Oder ›Arbeit‹.

»Nun, wir haben heute Mittwoch, da hat er abends immer Crickettraining, doch wir haben ein paar Freunde zum Abendessen eingeladen. Noch wird unser soziales Leben nicht von Mikes Cricketclub bestimmt.« Ein stählerner Blick trat in Lauras Augen. »Außerdem weiß er, dass du kommst, und ich habe ihm gestern Abend noch einen Postit-Zettel in den Terminkalender geklebt, dass er ein bisschen Wein mitbringen soll. Er müsste jetzt bald kommen.«

»Oh.« Es gibt für alles ein erstes Mal, dachte Kate.

»Es macht dir doch nichts aus, mit Alex und George zu Abend zu essen, oder?«

Kate schüttelte den Kopf.

»Leider haben wir das alles schon vor Wochen verabredet. Ich plane so etwas immer. Es ist erstaunlich, wie weit im Voraus man bei zwei Terminkalendern planen muss.« Laura presste sich die Hand mit der Geste ›Was habe ich bloß gesagt?‹ auf den Mund und lächelte dann freundlich über den Goldrand ihrer grünen Bistro-Kaffeetasse hinweg. »Ach du Arme. Mike hat mir erzählt, dass Miles dich hier einfach dir selbst überlassen hat.«

Kate presste die Lippen zusammen und überging die Giles/Miles-Verwechslung aus Angst, ihre Stimme könnte überschnappen, wenn sie seinen Namen aussprach.

»Aber du musst doch trotzdem stolz auf ihn sein, dass er es geschafft hat, an diesem Programm teilzunehmen«, sagte Laura deutlich beeindruckt. Sie brach einen Keks sauber in zwei Teile. »Mike und ich kennen so viele Leute, die liebend gern für diese Bank gearbeitet hätten und die erste Runde nicht überstanden haben. Und dass er sofort nach Chicago geht, wird ihm sehr nützen. Sie wählen dafür nur die wirklich herausragenden Praktikanten aus.«

»Hmmm«, machte Kate und zwang sich zu lächeln, während sie einerseits innerlich wieder einen dumpfen Schmerz spürte und andererseits schäumte, dass sie wie eine schwachköpfige Antragstellerin für Prozesskostenhilfe behandelt wurde.

»Wann fängst du eigentlich mit der Arbeit an?«

»Arbeit?« Kate starrte Laura benommen an, die ihren Kopf aufmunternd neigte. Ihr honigblonder Bob glitt auch wie in einer Shampoo-Werbung für sehr folgsames Haar hübsch zur Seite.

»Was willst du denn tun?«

Pause.

»Wovon wirst du leben?«

Neugierige Pause.

»Was hast du arrangiert?«

Eine eher nervöse Pause.

»Kate?«

Das war ein wunder Punkt. Während Giles seine kost-spielige Kollektion an Koffern und Taschen am Flughafen eingecheckt hatte, hatte Kate bei Coffee Republic mit einem Milchkaffee und einem Zettel gesessen, der aus seinem Filofax herausgerissen worden war. Darauf hatte Giles sie gebeten, eine Liste der zehn Beschäftigungen aufzustellen, von denen sie sich vorstellen konnte, sie an den kommenden sechzehn Montagen auszuüben. Da ihr das nicht gelang, dachte sie, dass die zehn Dinge wichtig für einen Job waren.

Nachdem sie sich eine halbe Stunde lang ernsthaft bemüht und nur eine umfassende Liste der zehn berühmtesten Rothaarigen in der Popszene aufgeschrieben hatte – sie hatte sich gesträubt, Giles glauben zu lassen, dass er ihren Widerstand zu schnell gebrochen hatte –, hatte Kate schließlich das aufgeschrieben, was ihr im Hinblick auf eine Berufstätigkeit wichtig war:

1. Nichts, was die Anschaffung neuer Kleidung bei Next nötig macht;

2. Keine Telefonverkäufe;

3. Kein Zusammenleben mit Mike und Laura;

4. Keine Zusammenarbeit mit blöden Heinis und reichen Zicken.

Die restliche Zeit hatte sie damit verbracht, gedankenverloren um einen Klecks Milchschaum herum zu kritzeln, der auf das Papier gefallen war. Und schließlich war sie zu verlegen gewesen, ihm die Liste zu geben, ehe er für immer in den Wartebereich verschwand. Kate hatte nicht gewollt, dass Giles' letzte Erinnerungen an sie mit Telefonverkäufen in Verbindung stehen würden, und sie hatten sich beide zu sehr darauf konzentriert, noch alles, was sie sagen wollten, in ein bedeutungsschweres und würgendes Schweigen zu pressen, um noch ihren Lebenslauf durchzusprechen.

Doch sobald Giles' Flugzeug abgehoben hatte und sehr bald nicht mehr zu sehen war, war Kate aufgegangen, dass sie nicht einmal wusste, wie sie mit der U-Bahn zu Mike kommen sollte.

Dass sie einen Nachmittag lang bei Dillon die Karriere-Ratgeberbücher durchgeblättert hatte, hatte auch nicht viel geholfen. Es war ja nicht so, dass sie nichts tun *wollte* – alles, was sie vier Monate lang von der Lücke ablenkte, die Giles in ihrem Kopf hinterlassen hatte, würde ihm beweisen, dass sie kein hilfloser Dummkopf war. Sie wusste einfach nur nicht, was sie tun könnte. Und, dachte Kate, während sie unglücklich die verstreut herumliegenden seidenen Kissen zählte und Laura mit den Kaffeetassen herumhantierte, sie hatte das Ziel Nummer drei schon verfehlt.

»Also, was werden wir denn nun…?« Laura musterte sie mit den Augen einer Lehrerin.

Glücklicherweise lenkte sie das Geräusch eines im Schloss herumstochernden Schlüssels ab. »Wir sprechen später weiter darüber.« Laura stand mit einem schnellen »entschuldige mich« zu Kate auf und verschwand mit grimmiger Miene in der Diele.

Das Abendessen war kein großer Erfolg. Kate kannte Mikes Freunde nur flüchtig von der Hochzeit und fühlte sich extrem linkisch angesichts von Lauras Rolle als Hausherrin. Doch da sie viel Zeit zum Zuhören hatte, während die Unterhaltung hin und her pendelte zwischen der Diskussion über andere Leute, die sie nicht kannte und den Bußgeldern für falsches Parken in der Londoner Innenstadt, kam Kate langsam zu der Überzeugung, dass ihre Anwesenheit mehr durcheinander brachte als nur den Sitzplan.

Anfangs hatte die Gästeliste noch ein Kleinkind umfasst, das nach viel Gegurre und Gegluckse von allen Beteiligten nun sicher im Gästezimmer untergebracht war – das noch kleiner war, als Kate befürchtet hatte: Wenn sie im Bett einen Spagat machen würde, würde sie alle Wände gleichzeitig berühren können, und außerdem befand es sich genau neben dem großen Schlafzimmer.

Kate piekte ein Stück Senfkohl auf und kaute auf ihm herum. Sie hatte ihre Emmentaler-Zwiebel-Pastete hauptsächlich deshalb schneller als alle anderen aufgegessen, weil sie, im Gegensatz zu Mikes sehr ernsthaftem Freund George, keine brennenden Ansichten über die Europäische Währungsunion beizutragen hatte. George trug noch immer seinen Büroanzug. Und er trug auch noch seine Büropersönlichkeit, dachte Kate. Georges Freundin Alex schien netter zu sein; seit sich die Unterhaltung um die Europäische Union drehte, hatten ihre Augen einen glasigen Schimmer bekommen.

Es entstand eine kurze Pause in dem Wirtschaftsvortrag, als Mike und George gleichzeitig einen Schluck Wein tranken.

»Ich sehe nur mal schnell nach Tom«, sagte Alex schnell, stand vom Tisch auf und ließ ihre rote Leinenserviette zusammengeknüllt auf dem Stuhl zurück.

Sofort wandte Laura sich Mike zu und sagte: »Siehst du, Babys machen furchtbar viel Arbeit. Man muss sich immer vergewissern, dass es ihnen gut geht. Da kommt man doch gar nicht zur Ruhe, was, George? Ich vermute, dass du und Alex schon ganz fertig seid. Besser ihr als ich.«

Das war, wie Kate feststellte, weit weniger subtil als die früheren Bemerkungen ›Sollen wir wirklich Kinder in diese unsichere Fin-de-siècle-Gesellschaft hinein gebären?‹ und ›Ich glaube nicht, dass ich einer Tochter diese Oberschenkel vererben möchte!‹, die Laura in die Unterhaltung eingestreut hatte.

George gab ein unsicheres Hmm, Hmm von sich und begann, das Gewürzset neu zu ordnen. Kate erinnerte sich daran, dass sie es ihnen zur Hochzeit geschenkt hatten. Sie sah auf und wollte sich schon darüber äußeren, als sie sah, wie Mike Laura durch die Kerzen hindurch anstarrte. Ihre Bemerkung erstarb ihr auf den Lippen.

»Wie alt ist er denn?«, fragte sie George und tat dabei so, als hätte sie nichts gesehen.

Er sah verlegen aus. »Ungefähr, na, achtzehn Monate? Laura? Ist das …?«

»Ja, ungefähr«, stimmte Laura zu, »und sie können in diesem Alter alles bekommen, nicht wahr? Ich wette, dass du deine Aktentasche am Wochenende fest verschlossen lässt!« Sie schoss einen zufriedenen Blick in Mikes Richtung, und der antwortete mit finsterer Miene und goss sich noch etwas Wein ein.

Wie alt waren diese Leute eigentlich?, fragte sich Kate, während sie bestürzt zwischen den beiden hin und her sah. Alex konnte kaum älter als sechsundzwanzig sein, doch diese unvorbereitete Art, wie George über seinen Sohn sprach … Wieso wusste er nicht, wie alt sein Sohn war? Hatten sie eine Kinderfrau? Das ist eine ganz andere Welt, dachte sie und spürte, wie sich die Einsamkeit in ihr noch ein wenig mehr verstärkte.

Laura, die Kates Verwirrung bemerkte, beugte sich über den Tisch und sagte: »Tom ist nicht Georges Sohn, Kate!«

Kate sah nur noch überraschter drein.

»Lieber Himmel, nein!«, stotterte George und ließ Wein auf sein Hemd tropfen. Er wischte mit einer Serviette daran herum, die Laura ihm diskret abnahm und in die Küche zum Einweichen brachte.

Mike sah einigermaßen ernüchtert aus. »Ja, nun, vielleicht hätten wir es vorher sagen sollen, dass Tom nicht Georges Baby ist. Er und Alex kümmern sich nur über das Wochenende um ihn. Nettes Trockentraining, was?« Freundschaftlich stieß er George an. »Das ist nur für Erwachsene«, fügte er für Kate hinzu.

»Bestimmt nicht«, sagte George.

»Es ist das erste Mal seit ewigen Monaten, dass Rachel und Fin wieder ausgehen können!«, ließ sich Lauras Stimme sofort hinter der Durchreiche hören. »Rachel sieht aus wie ein Wrack! Sie sagt, sie hat ihr Haar zum letzten Mal vor seiner

Geburt schneiden lassen! Ist das nicht entsetzlich, Kate? Die Arme!«

»Nun ja«, sagte Kate, nippte an ihrem Wein und kam sich vor wie zehn. Sie hatte sich ihr Haar zuletzt im November schneiden lassen, am Übungsabend für Lehrlinge. Das hatte ungefähr einen Fünfer gekostet.

»Aber ich finde, dass Rachel seit dem Kind *wunderbar* aussieht«, sagte Mike. Sein Gesicht nahm diesen offenen Tony-Blair-Ausdruck an, den Kate noch nie bei ihrem Bruder gesehen hatte. Sie war sich nicht sicher, ob er ihm stand. »Außerdem ist Tom solch ein ruhiger kleiner Kerl. Macht überhaupt kein Theater. Und ich denke, dass die Mutterschaft Rachel … weicher gemacht hat.«

»Eher ihr Hirn.« Laura war mit dem Hauptgang in einer orangefarbenen Le Creuset Kasserolle zurück, die sie auf dem Set abstellte.

Ein abwesender Ausdruck glitt über Mikes Gesicht. Kate erinnerte sich daran, wie sehr sein dummes Lächeln sie schon immer irritiert hatte.

Laura gab das Ragout auf die Teller, die sie im Herd angewärmt hatte. »Kannst du ihn an deine Schwester weiterreichen, Michael?«, sagte sie giftig.

»Natürlich, Lieblingaaaagggh!« Mike ließ den Teller auf den Tisch fallen, fluchte wütend und nuckelte an seinem Daumen.

»Lass mich das machen«, sagte George und benutzte seine Serviette als Topflappen.

»Ach, tut mir Leid. Sagte ich nicht, dass die Teller heiß sind?«, fragte Laura ohne auch nur eine Spur von Bedauern im Blick.

Gegen halb zwölf fielen Kate langsam die Augen zu. Der Tisch war mit weißen Wachskrümeln bedeckt, die Mike von den Kerzen abgezupft hatte, und die Unterhaltung war nur von Jeremy Paxman zu Jeremy Clarkson übergewechselt.

»Möchte jemand Kaffee haben?«, fragte Laura im Aufstehen.

»Ja, bitte«, sagte Kate. »Soll ich dir helfen?«, fügte sie in dem sicheren Wissen hinzu, dass Laura ablehnen würde.

»Nein, nein«, sagte Laura mit breitem Lächeln. »Ich sause nur schnell hoch und schau nach Tom, bis das Wasser kocht. Okay?« Sie eilte davon.

»Ich habe viel Zeit für jemanden, der seine Jeans so trägt«, sagte Mike ernsthaft zu George. »Obwohl sich das wirklich negativ auf die Spermienanzahl auswirken kann, wenn man nicht aufpasst – Warum lachst du denn?«

»Sollen wir den Tisch abräumen?« Kate sah, dass Alex die Teller aufeinander stapelte.

»Oh, ja, natürlich.«

Sie stapelten die Beilagenteller auf die Salatschalen und die Essteller auf die Unterteller – Laura benutzte gern so viel von ihrem Geschirr wie möglich – und brachten den gesamten Stapel in die Küche, während Mike die fünfte Weinflasche öffnete.

»Laura war sicherlich nur ein wenig zu diskret, um dir gegenüber etwas zu erwähnen«, vertraute Alex ihr an, als sie den Geschirrspüler füllten, »aber du wirst ja vielleicht mitbekommen haben, dass es eine gewisse… Meinungsverschiedenheit gibt. Ich bin auch manchmal nicht ganz auf dem Laufenden. Es ist ein wenig heikel.«

»Ja, ein wenig«, sagte Kate. »Aber Mike behandelt mich sowieso wie eine Fünfjährige.« Sie errötete. »Wie du wahrscheinlich…«

Alex verdrehte mitfühlend die Augen. »Also, nur damit du Bescheid weißt: Mike versucht seit einem halben Jahr, Laura dazu zu überreden, ein Baby zu bekommen und ihren Job aufzugeben. Und Laura möchte das nicht. Das macht es für uns alle ziemlich schwierig. Vor allem, weil Rachels Baby – du kennst doch Rachel von der Hochzeit? – solch ein kleiner Charmeur ist.«

»Ich kann mir nicht vorstellen, dass irgendein Kind von

Mike in diese Kategorie fallen würde«, sagte Kate, während sie Salat in den Abfalleimer kratzte.

»Also Mike spricht in letzter Zeit häufig darüber, dass eure Mutter euch beide so jung bekommen hat und noch immer darüber spricht, wie glücklich sie war, als ihr klein wart.«

Kate hielt im Kratzen inne und sah Alex ungläubig an. Mike war unglaublich. »Was gegen das spricht, dass sie seit eh und je so gestresst ist. Hast du unsere Mutter kennen gelernt? Sie schnauzt nur herum und gibt das auch selbst zu. Und sie schwört, dass alles in dem Augenblick schlimm wurde, als Mike und ich genügend Wörter gelernt hatten, um uns gegenseitig zu ärgern.«

»Aber dann kannst du doch verstehen, warum Laura mit der Familienplanung zögert, wenn man ihre verrückten Eltern bedenkt. Miss Rank Starlet 1962 und der erste Mann, der bei einer splitternackten Produktion von Onkel Wanja Regie geführt hat? Das ist doch bestimmt keine durchschnittliche Kernfamilie.« Alex stellte den Geschirrspüler an und hievte sich auf den Tresenschrank. »Wie lange willst du denn hier bleiben?«

Kate stöhnte. »Bitte fang nicht auch noch damit an. Ich weiß es nicht. Ich kenne niemanden in London. Und ich möchte nicht einmal in London sein. Und Gott allein weiß, dass ich mich wirklich nicht in einem so kleinen Haus und bei einem Arschloch von brünftigem Bruder aufhalten möchte und einer Schwägerin, die ihn in einer Weise von sich fern hält, wie in einem Brian Rix Schwank. Wenn ich einmal meinen Freund Giles hier brauche, haut er ab, und wenn es nicht um ihn ginge, würde ich nicht einmal … Ach, Scheiße.« Sie sank auf einen Barstuhl, als die Nerven in ihren Beinen zu flattern begannen. »Kannst du dir vorstellen, dass das meine erste normale Unterhaltung ist, seit er …« Ein dicker Klumpen schwoll in ihrer Kehle an und verschlug ihr die Sprache. Kate presste die Hand auf den Mund, um nicht laut aufzuschluchzen.

Alex kauerte sich neben sie und drückte ihr mitfühlend die Schultern. Die plötzliche Freundlichkeit von jemandem, den sie nicht einmal kannte, brachte Kate in weitere Schwierigkeiten. »Du armes, armes Ding. Hör mal, geh nach oben und wasch dir das Gesicht ab, damit Mike nicht sieht, wie angeschlagen du bist, und wenn du herunterkommst, werden wir uns etwas ausdenken, das verspreche ich dir«, sagte Alex. Sie gab Kate einen sanften Stoß. »Nun geh schon.«

Dankbar rannte Kate die Treppe hinauf, um ihr Make-up zu erneuern, weil sie wusste, dass sie mit dieser Wimperntusche aussah wie Robert Smith. Als sie die Tür zum Gästezimmer aufstieß, sah sie, dass Laura über die Tragetasche gebeugt dastand und das schlafende Kind mit ihrer Zahnbürste traktierte.

»Wach auf, um Gottes willen!«, zischte sie das Kind an. »Schrei oder tu sonst was, du kleiner Blödmann! Du machst das absichtlich! Ich bin noch nicht bereit für Milchpumpen und Krampfadern! Ich möchte mich nicht in meine Mutter verwandeln!«

Kate hustete und Laura fuhr mit der Zahnbürste in der Hand herum.

»Oh, hallo!« Sie wurde rot. »Ist er nicht entzückend? Der kleine Tom! Hmmm, Schätzchen!« Sie kitzelte ihn halbherzig unter dem Kinn. Tom schnarchte und sabberte sanft weiter. Kate merkte, dass es Laura in den Fingern juckte, den Sabber vom Schlafanzug zu wischen.

Zum zweiten Mal innerhalb von zwei Tagen stand Kate vor der Aufgabe, zugunsten eines Sprunges ins absolut Unbekannte das Vertraute und Ängstigende freiwillig zurückzuweisen.

6

»Also«, fragte die blondere der beiden Damen, »wo ungefähr hatten Sie sich das denn gedacht?«

»Zonen eins bis drei höchstens«, sagte Laura mit fester Stimme.

Die andere Frau, die neben dem großen Stadtplan von London stand, begann wieder, mit den Stecknadeln herumzuhantieren, die dort hineingesteckt worden waren. Die Stecknadeln hatten Köpfe in verschiedenen Grundfarben. Kate fragte sich, ob sie heimlich vereinbarte Abstufungen in der Qualität bedeuteten. »Ach, natürlich, aber wir haben doch außerhalb von Zone zwei praktisch nichts anzubieten, was, Leonie?«

»Nein, haben wir nicht. Einfach nur bis Islington. Und welche Preisklasse kommt denn in Frage?«

Kate sah Laura an, die einen Moment innehielt, dann resigniert durch die Nase ausatmete und sagte: »Zwischen achtzig und neunzig Pfund.«

Kate erbleichte.

»In Ordnung«, sagte Leonie und blätterte ihre Karteikarten durch. »Ich habe hier ein wunderbares Haus in Fulham, eine Geigerin und ihre Tochter. Ein möbliertes Zimmer mit eigenem Bad … fünfundsiebzig Pfund die Woche«, sie hob hoffnungsvoll den Blick, »gegen ein wenig leichte Hausarbeit?«

»Ich denke nicht«, sagte Laura mit einer Stimme, die Leonie und Miranda von der Maklerfirma ›Zimmer mit Aussicht‹ mitteilte, dass körperliche Arbeit nicht in Frage kam – und gleichzeitig Kate signalisierte, dass ihre Fähigkeiten, ein Haus ordentlich sauber zu halten, in etwa der Fähigkeit eines Bären entsprach, eine chemische Toilette im Wald zu benutzen.

»Und es müsste in den nächsten paar Tagen oder sofort verfügbar sein«, fügte Laura hinzu.

Kate hatte es ihrer Schwägerin überlassen müssen. Es war eine harte Entscheidung gewesen: Kate und ihren Schlafsack als Munition in dem Streit zu verwenden ›Familien sind fürs ganze Leben und nicht nur für Weihnachten da‹ oder das Gästezimmer frei zu machen, damit der Streit in aller Lautstärke ausgetragen werden konnte. Am Schluss hatte es gar keinen Kampf gegeben. Kates eigenes Angebot, innerhalb von sechsunddreißig Stunden auszuziehen, war allseitig begrüßt und mit Lauras Angebot belohnt worden, sie zu dem Maklerbüro in Fulham zu begleiten, das ihr zu ihrer ersten Behausung verholfen hatte.

»Keine speziellen Wünsche hinsichtlich der Wohngegend?« Leonie richtete die Frage an Kate, als hätte sie sie eben erst bemerkt.

Kate rang die Hände. »Nun…«

»Nein, sie kennt sich in London überhaupt nicht aus«, sagte Laura. »Sie ist zum ersten Mal hier.«

Sie tauschten ein mitleidiges und blasiertes Lächeln aus.

»Also in Chelsea kenne ich mich einigermaßen aus«, sagte sie. Örk. Woher war denn das jetzt gekommen?

Die Köpfe flogen herum. Lauras stechende Augen fixierten sie mit einem Blick, als sei sie eine Wühlmaus. Die Stille öffnete sich wie ein leerer Raum, und sie beeilte sich, ihn zu füllen, während sie tief bedauerte, dass sie neuerdings eine gewisse Widerspenstigkeit nicht unterdrücken konnte. »Ich habe mich vor kurzem am Redcliff Square aufgehalten. Schöne Straßen, viele, hmm, Bäume. Es ist… sehr hübsch dort«, schloss sie in einer recht glaubwürdig gedehnten Sprache, die sie sich mal wieder von Selina ausgeliehen hatte.

»Das übersteigt allerdings den Rahmen von achtzig bis neunzig Pfund, meine Liebe«, sagte Leonie und wandte sich wieder ihrer Kartei zu. »War da denn nicht etwas in South Holland Park, Miranda…?«

Die andere Frau warf Kate einen bedauernden Blick zu und zerrte eine hellgelbe Stecknadel aus der King's Road heraus.

Kate spürte, dass es neben ihr kälter wurde.

»Ist South Holland Park nicht Shepherd's Bush?«, fragte Laura.

»Nein, das liegt *südlich* von Holland Park«, betonte Leonie mit einer Stimme, in die sich ein stählerner Ton geschlichen hatte.

Wow, dachte Kate, genauso wie Lauras Prozesskostenhilfe-Stimme, nur noch stilvoller.

Vom Pinboard kam ein diskretes Hüsteln. »Leonie, heute Morgen bekam ich einen Anruf von dieser...« Miranda ging zu dem Ahornschreibtisch hinüber und schob ein Fax von einem kleinen Stapel in einem chromfarbenen Eingangskasten diskret ihrer Partnerin zu. »Ein Haus in West Ken«, fügte sie hinzu und verschluckte die Worte beinahe.

Leonie hob den Kopf und überflog das Fax. »Nicht schon wieder«, murmelte sie, doch dann verwandelte sich ihr gerunzelter Gesichtsausdruck in ein strahlendes Lächeln, mit dem sie Laura und Kate bedachte.

»Ich habe etwas ganz Ideales für Sie«, sagte sie. »Ich schreibe Ihnen nur schnell die Einzelheiten auf...«

Laura parkte ihren Corsa vor dem Mietshaus aus roten Ziegelsteinen und klemmte den zerbeulten Kombiwagen vor ihr dabei ein. Kate starrte eifrig auf die Karte, in der Hoffnung, dass sie sich in der Straße und dem Wohngebiet völlig geirrt hatten. Nein, hatten sie nicht. Hier war Deauville Crescent, West Kensington, und daran gab es nichts zu rütteln.

Laura öffnete die Fahrertür und marschierte über die Straße hinweg zum Säulengang hinüber. »Kate, habe ich dir den Zettel mit den Notizen gegeben?«, schrie sie, während sie in ihrer Handtasche kramte.

Kate betrachtete schweigend die Visitenkarte, auf der das Firmenzeichen von ›Zimmer mit Aussicht‹ prangte. Auf die Rückseite hatte Leonie gekritzelt: Dant Grenfell, Wohnung 27, Pennington Mansions und eine Telefonnummer. Plötzlich wusste Kate, wie sich Doris, ihre Labradorhündin, jedes

Mal gefühlt haben musste, wenn sie sie in einen Hundezwinger brachten, weil die Familie in Urlaub fuhr. Sie hatten sie gezwungen, in einer ungemütlichen, fremden Unterkunft zusammen mit einer Meute anderer Hunde zu bleiben, die sie nicht kannte, und sie hatten von ihr erwartet, dass sie sich freute, wenn die gebräunte und glückliche Familie zurückkehrte, um sie abzuholen. Arme Doris. Arme Kate.

»Komm schon, Kate, wir haben nicht den ganzen Tag Zeit!«, schrie Laura. »Welche Wohnung?«

»Siebenundzwanzig«, erwiderte Kate. Da ihr Weggang also praktisch beschlossene Sache war, fragte sie sich, ob es wirklich nötig war, dass sie aus dem Wagen ausstieg und sich die Wohnung ansah – Laura würde sich mit Sicherheit Notizen machen und konnte alle wesentlichen Dinge aus dem Fenster herausbrüllen. Spielte es eine Rolle für sie, wo sie letztlich landete?

Laura kam zum Auto zurück. »Komm schon, Kate«, sagte sie. Ihr Blick wurde ein wenig weicher, als sie das Elend bemerkte, das Kate ins Gesicht geschrieben stand. »Man kann nie wissen, ob er nicht doch ein klasse Typ ist.«

»Wenn er Dant heißt?«, fragte Kate sarkastisch. »Wofür steht denn dieses Kürzel, für Komman-dant vielleicht?«

Laura atmete tief ein und murmelte zu sich selbst: »Jetzt verstehe ich, was Mike…«

Kate sah, dass sich an einem Balkon Efeu lang herunterringelte. Das und auch die Tatsache, dass sie die erste Gelegenheit zu einer spontanen sarkastischen Bemerkung hatte nutzen können, heiterte sie etwas auf.

Sie öffnete die Tür, stieg aus und zerrte ihre Tasche hinter sich her. Darin hatte sie ihren *Führer durch London*, den sie in der vergangenen Nacht versucht hatte, auswendig zu lernen, damit sie nicht so dumm wirkte, wenn Laura sie durch die Makleragenturen zerrte. Jetzt war ihr klar, dass sie sich die Mühe hätte sparen können: Laura würde sich kaum mehr Gedanken als nötig über ihr Leben machen, auch wenn sie – und theoretisch auch Mike – anböte, dass sie die Miete für die ersten beiden Monate übernehmen würden. Es könnte sich herumsprechen.

Kate betrachtete die Klingelschilder, lehnte sich gegen die Tür, um sie zu erreichen und drückte auf die Nummer siebenundzwanzig. Die Sprechanlage knatterte wenig viel versprechend.

»Hallooo«, rief Laura und reckte sich über sie hinweg. »Laura Craig für Dant Grenfell. Wir kommen wegen der Wohnung!«

Wieder knatterte die Sprechanlage.

»Niemand zu Hause«, sagte Kate hoffnungsvoll.

Der Türsummer erklang, und sie sprang nach vorn, als das Schloss geöffnet war.

Laura betrat den dunklen Hausflur und stieg über Berge von Pizza-Service-Reklamezettel und Minitaxi-Karten hinweg. Kate folgte in sicherem Abstand. Das Haus roch nach gebratenen Zwiebeln und nach etwas anderem, das sie nicht genau definieren konnte.

Zur Wohnung siebenundzwanzig ging es vier Treppen nach oben, die mit einem rutschigen Teppich bedeckt waren. Laura stieg sie mit ihrem flotten Schritt hinauf und schwang die Arme dabei, als ob sie auf einem Stepper trainierte. Kate, die nach anderthalb Treppen völlig außer Atem war, hing erbittert über dem Treppengeländer und war sich bewusst, dass sie wahrscheinlich von der offenen Tür der Wohnung oben beobachtet wurde.

Doch als sie oben ankamen, mussten sie feststellen, dass die Tür geschlossen und kein Lebenszeichen vorhanden war. Laura machte wütend tse, tse und begann, abblätternde Farbe vom Türrahmen abzuzupfen.

»Sie wussten, dass wir kommen.« Sie hämmerte gegen die Tür, und die Messingzahl 2 drehte sich um fünfundvierzig Grad herum. Wieder machte sie tse, tse. »Hallo!«

Von innen erklangen gedämpfte Geräusche. Kate und Laura lauschten angestrengt, um zu hören, ob sich der Wohnungsinhaber näherte.

Mit finsterem Blick betrachtete Laura den leprösen Farbanstrich und seufzte so laut, dass man es in der nächsten Fahrpreiszone noch hätte hören können. »Das muss einfach nur abgeschmirgelt werden. Weißt du, Kate, es macht mich so wütend, wenn anständige alte Häuser wie dieses hier einfach so …«

In diesem Augenblick wurde die Wohnungstür gerade so weit geöffnet, dass ein halbes verstrubbeltes und unrasiertes Gesicht sichtbar wurde, das einem alten Zwanzigjährigen oder einem engelhaften Dreißiger gehören konnte. Ein Auge wurde fest zugekniffen und wieder geöffnet, als sei der Besitzer überrascht, sie noch immer dort vorzufinden.

»Örk?« Das Auge heftete sich mit offenkundiger Anerkennung auf Kates roten Lockenkopf. »Was gibt's?«

»Lass mich das machen«, sagte Laura und legte eine Hand warnend auf Kates nackten Arm. »Dant?« Sie streckte die andere Hand aus, schob gleichzeitig den Fuß in die Tür und öffnete sie gerade so weit, dass sie die Wohnung betreten konnte. Sie war schon in der Großraumküche und betrachtete abschätzend die Einbauschränke, bevor Kate schüchtern dem Besitzer des unrasierten Gesichts die Hand schüttelte und ihr folgte.

Dant Grenfell in voller Lebensgröße ähnelte einem schlecht gelaunten Teddybären, der nach einem Jahr übermäßig ausschweifenden Lebens zu früh geweckt worden war. Er schlurfte in die Küche, sein dunkles Haar fiel ihm in die blutunterlaufenen Augen, die er sich mit beiden Fäusten rieb. Er trug ein sehr altes schwarzes T-Shirt, auf dem ein Def-Jam-Logo von der Vorderseite abbröselte und zerknüllte Boxershorts in Schottenkaro. Auf dem Rücken seiner rechten Tatze prangte ein Datumsstempel.

»Haben wir Sie zu einer unpassenden Zeit erwischt?«, fragte Kate höflich. Etwas an Dant machte sie ein wenig nervös – er erinnerte sie an die schrecklichen Burschen im College, die in langen schwarzen Wollmänteln um die Englische

Fakultät herumgegangen und den Filmkreis als Privatkanal für ihre italienischen Pornos missbraucht hatten.

Hinter ihr öffnete Laura einen Schrank und schlug ihn zu, noch ehe Kate das Innenleben hatte sehen können.

»Äh, nein, einer meiner Freunde hatte letzte Nacht eine Eröffnung«, murmelte er. »Ist ein bisschen spät geworden.« Sein Kopf ruckte hoch und er fixierte Laura mit einem zusammengekniffenen Auge. »Moment mal, wer sind Sie? Sind Sie eine Freundin von Cress?«

»Mein Name«, sagte Laura wieder mit ihrer Prozesskostenhilfe-Stimme, »ist Laura Craig. Und das ist meine Schwägerin, Kate Craig. Leonie von der ›Zimmer mit Aussicht‹-Agentur hat uns versichert, dass die Räume, die Sie vermieten möchten, heute Morgen zu besichtigen seien. Sie wollte Sie anrufen. Sie sagte, sie *hätte* Sie angerufen.«

Dant sah ganz automatisch zum Spülbecken hinüber, wo das Telefon betrunken in einem Aquarium hing und seine Spiralschnur sich um ein versunkenes Goldfischschloss ringelte. Fünf Zigarettenkippen, eine zusammengeknüllte Red-Bull-Dose und eine halb belichtete Filmrolle schwammen darin, aber kein Fisch.

»*Ich* wollte das Zimmer mieten«, sagte Kate. Sie lächelte hoffnungsvoll wie eine Vertrauensschülerin der Abschlussklasse und fragte sich, von wem sie das nun schon wieder entliehen hatte.

»Gut«, grummelte Dant. Er wollte noch mehr sagen, doch Lauras erhobene Augenbrauen hielten ihn ab.

»Also«, fragte Laura, »können wir es dann nun sehen?«

Dant warf ihr einen schwarzen Blick zu und schlurfte davon. Kate folgte ihm. Laura murmelte leise etwas vor sich hin und sah auf die Armbanduhr.

Als sie an zwei Räumen mit leicht geöffneten Türen vorbeigingen, fiel Kate auf, dass Dant unter dem ranzigen Geruch des ungewaschenen Mannes nach Orangen roch, was sie trotz seines launischen Verhaltens einigermaßen beruhigte. Er kratzte sich auch häufig. Vielleicht zu häufig.

»Das ist es«, sagte er und schob die Tür auf. Kate trat ein. Drinnen war es sehr dunkel, teilweise wegen der dunkelblauen Tapeten und teilweise wegen des Blicks auf die rote Backsteinmauer gegenüber. Sie schob das Fenster hoch, um ein wenig Luft hereinzulassen und rammte sich einen Splitter in den Daumen.

»Wer lebt sonst noch hier?«, fragte Laura, während sie die Schubladen einer hohen Kommode öffnete und schloss. »Das sieht mir hier wie eine Männerwohnung aus.« Sie sagte das in einem unverdächtigen Ton, doch Kate wusste, dass das nicht als Kompliment gedacht war.

»Die Wohnung gehört mir und einer meiner Schulfreunde lebt hier auch noch. Harry ist Autohändler und ist jetzt bei der Arbeit.«

Dant und Harry. Kate seufzte und nuckelte an ihrem verletzten Daumen herum, während sie im Geist Regel Nummer 4 verabschiedete. So viel zu einem Leben ohne blöde Heinis und reiche Zicken. Doch es sah so aus, als schlössen sich Regel 3 – nicht mit Mike und Laura zusammenleben – und 4 gegenseitig aus.

»Und was ist mit dem letzten Mitbewohner …?«

»Ist ausgezogen.« Dants Miene sagte deutlich, dass dies kein Thema für weitere Diskussionen für ihn war.

»Ich verstehe.« Laura hatte ihre Inspektion der Aufbewahrungsmöglichkeiten beendet. »Können wir noch einen Blick ins Bad werfen?« Sie war schon weg, ehe Dant Zeit für eine Antwort hatte.

Kate wanderte durch den Raum, saugte weiter an ihrem Daumen und lehnte sich aus dem Fenster. Sie bemerkte, dass Dant sich noch am Türrahmen lümmelte, wusste jedoch nicht, was sie zu ihm sagen sollte. Sie konnte Laura in ihren praktischen flachen Schuhen über das Parkett laufen hören, in denen sie Mike bis fünf Zentimeter unter das Ohr reichte. Der Ausblick draußen beschränkte sich auf die Blumenkästen der Wohnung gegenüber, in denen rote und rosa fleißige Lieschen von der großen Tigerkatze platt gedrückt wurden, die auf ihnen schlief. Autos brummten auf der Hauptstraße vorbei, und sie konnte riechen, dass der Kebab-Imbiss an der Ecke sich auf das Mittagessen vorbereitete. Es war nicht ganz so schlecht, wie es von außen aussah. Vielleicht, weil man von hier aus die Außenseite nicht sehen konnte.

»*Entschuldigung*!«, zeterte Lauras Stimme vom Badezimmer her; Kate drehte den Kopf und sah einen Blitz blasser Haut vorbeihuschen, als ein dürrer männlicher Körper, der nur unzureichend mit einem grünen Handtuch bedeckt war, aus dem Bad und an der Tür vorbeistolperte und dabei heftig gegen die Wand lief.

»Äh, ja, das ist Seth«, murmelte Dant als Erklärungsversuch.

Kate hob eine Augenbraue. Er erwiderte ihr Starren, doch senkte den Blick Sekunden vor ihr. Das gab Kate ein seltsames Triumphgefühl.

»Tja, ich geh dann mal besser…«, sagte er und schlurfte davon.

Kate drehte sich langsam auf dem Absatz um. Der Raum selbst war nicht schlecht. Ziemlich groß, nicht zu viele schreckliche Möbel, ein leicht muffiger Geruch, aber… Wenn sie schon vier Monate irgendwo verbringen musste, konnte sie sie auch dort verbringen, wo sie sich verstecken konnte. Und auch gut und gerne dort, wo Mike und Laura sich nicht bemüßigt fühlten, sie mit ihren wütenden Ehekämpfen und ihren verdammten beruflichen Ratschlägen zu besuchen.

Kate schlenderte in die Diele hinaus, die mit schwarzen, künstlerisch gekratzten Bildern in Fertigrahmen dekoriert war und weiter zum Wohnzimmer, das gemütlich unordentlich war. Afrikanische Töpfe und zerfledderte Taschenbücher füllten die deckenhohen Bücherregale, und eine Playstation war quer über den Boden verkabelt worden.

Es sah ganz so aus, als könnte man hier gut hingelümmelt die Nacht verbringen. Es fühlte sich nicht unbedingt wie ein Zuhause an, aber zumindest war es prinzipiell jemandes Zuhause. Im Gegensatz zu Lauras Haus, das ihr eher wie ein Musterhaus vorkam. Vor allem trugen die Fernsteuerungen hier keine Farbcodes, und die Zeitschriften schienen alle neben der Toilette aufgestapelt zu werden. Von einem Zeitungsbehälter war jedenfalls nichts zu sehen.

Laura trat in das Zimmer, die Handtasche fest unter den Arm geklemmt. Sie hatte ihr Sperrfeuer an Fragen beendet, und ihre Lippen waren zu einer festen weißen Linie zusammengepresst, was Kate ziemlich bedrohlich fand. Dant schleppte sich nach ihr herein, mürrisch und mit Panda-Augen. Er hatte sich eine schmutzige Hose übergezogen – sehr wahrscheinlich, dachte sie, auf Lauras Aufforderung hin.

»Okay, Kate, ich denke, wir haben alles Nötige gesehen«, sagte sie und drehte sich Dant mit ausgestreckter Hand zu. »In gewisser Weise sogar mehr als genug.«

»Aber ich…«, begann Kate, während sie von einem zum anderen sah.

Dant rümpfte beleidigend die Nase und ignorierte sie beide.

Laura zog die Hand zurück und ging zur Tür. »Danke, dass wir uns umschauen konnten. Tut uns Leid, dass wir Sie aus dem Bett geholt haben.«

»No Problemo«, erwiderte Dant, und meinte damit ›mach, dass du wegkommst, alte Kuh‹.

Kate schrak zurück. »Ja, danke«, sagte sie und hoffte auf ein verstehendes Zwinkern der tief liegenden Augen. Sie wollte flüstern: ›Sie ist nicht blutsverwandt mit mir‹, wenn das nicht sowieso schon offensichtlich gewesen wäre oder ›Ich mag deine gekratzten Bilder‹, doch Laura trampelte schon die Treppe hinunter, und Dant ging zurück in sein Zimmer.

»Na, okay«, sagte sie halb zu sich selbst, ging zur Tür und zögerte dort kurz, weil sie nicht wusste, ob sie die Tür hinter sich schließen sollte oder nicht. Sie konnte fast hören, dass Giles in ihrem Kopf über ihre Schüchternheit seufzte.

Während sie sich noch nach Hilfe umsah, fiel eine dürre schwarze Katze von ihrem Versteck auf einem Hutständer herab und umkreiste ihre Beine. Kate lächelte und beugte sich zum Streicheln herab.

»Und mach die verdammte Tür zu, wenn du gehst!«, murmelte Dants Stimme offenbar unter einer Bettdecke hervor – aber nicht laut genug, um deutlich verstanden zu werden. Kate richtete sich abrupt auf. Mit einer erstaunlich kräftigen Pfote zog die Katze die Tür zu Dants Zimmer auf und schlängelte sich hinein.

»Na, okay«, sagte sie wieder und ging.

»Oh. Mein. Gott.« Laura zog den Plastikdeckel von ihrem doppelten Espresso ab und trank ihn während der Fahrt in einem Zug aus.

Kate beobachtete dieses ungewöhnliche Verhalten mit starrem Blick.

»Ich habe vergessen, dass Leute so leben, weißt du«, fuhr sie fort, sah prüfend in den Rückspiegel, ehe sie die leere Tasse in die Plastiktüte fallen ließ, die am Beifahrersitz befestigt war. »Man vergisst so etwas, wenn man erst mal ein Haus für sich allein hat. Hast du gesehen, in welchem Zustand das Bad war? Ich meine, nachdem sein Freund es freundlicherweise verlassen hatte.« Laura schnaubte nach Art ›Und darauf werden wir jetzt nicht näher eingehen‹. »An der Seite hätte man Kartoffeln pflanzen können. Entweder haben sie niemanden, der sauber macht oder sie wälzen sich im Schlamm, ehe sie ins Bad gehen. Und überall lag schmutzige Wäsche herum. Und die Fugen sehen entsetzlich aus.«

Da sie ihr Abschlussjahr in einem Haus verbracht hatte, in dem man dankbar gewesen war, wenn die Toilettenspülung auf Anhieb genügend Wasser von sich gab, erschien Kate das eher wie eine Lappalie.

»Na, egal. Was haben wir denn noch auf der Liste?« Laura griff nach den Notizen.

Schluck die bittere Pille, Kate. Und bekenne Farbe. »Also,

das letzte Zimmer fand ich wirklich gut. Mich hat das Bad gar nicht so sehr gestört. Mir gefielen die Fliesen, die sie dort haben.«

»Aber hast du nicht gesehen, in welchem Zustand das Sofa war?«

Kate runzelte die Stirn und versuchte, sich zu erinnern. »Es war doch neu, oder nicht?«

Laura wartete hinter einem Bus und ignorierte das Hupkonzert hinter ihnen. »Genau. Genau. Niemand in diesem Alter hat ein neues Sofa. Da fragt man sich doch, was sie mit dem letzten gemacht haben, dass sie ein Ersatzsofa brauchten?«

Kate öffnete den Mund.

»Oder, um mehr auf den Punkt zu kommen, was ist aus dem letzten Untermieter geworden, dass er uns den Grund für den Auszug nicht sagen wollte?«, schloss sie triumphierend. »Ich werde ›Zimmer mit Aussicht‹ anrufen, wenn wir nach Hause kommen. Seit ich die Agentur damals in Anspruch nahm, ist es mit ihr deutlich bergab gegangen.«

»Aber Laura, ich mochte die Wohnung wirklich. Sie hatten eine kleine Katze.« Kate beschloss, ihre neue Unabhängigkeit sofort unter Beweis zu stellen. Es konnte nicht mehr schlimmer kommen, und wenn sie schon leiden sollte, konnte sie aufs Ganze gehen und es so schlimm wie möglich machen. Die Wochen würden sowieso dahinfliegen. Sie biss die Zähne zusammen. »Ich möchte dort wohnen.«

Laura war so überrascht, dass sie Kate einen Blick zuwarf, doch ihre Antwort unterblieb, weil ihr Handy zu klingeln begann. Es dudelte die Melodie von ›Whistle While You Work‹.

»Ach du lieber Himmel, ich hatte Mike gebeten, die verdammte Melodie zu ändern… Kannst du das Handy bitte aus meiner Tasche nehmen?«

Gehorsam suchte Kate in Lauras geräumiger Tasche herum, nahm das Handy heraus und hielt es mit spitzen Fingern fest.

Laura seufzte, nahm das Handy, fuhr an den Bordstein

und warf Kate einen verächtlichen Blick zu. »Hallo, Laura Craig. Ja, wir haben sie gerade verlassen… und ich war nicht sehr angetan… Oh, hallo!« Der eisige Ton verschwand. »Ich verstehe… ja… ach wirklich? Wie lustig… Nein!…«

Kate starrte aus dem Fenster, während Laura weiterplapperte. Sie parkten gegenüber einer weiteren Gregg-Bäckerei, und sie fand Trost in der vertrauten blauweißen Ladenfront. Das war jetzt schon die vierte Filiale, die sie seit ihrer Ankunft sah. Das war ein gutes Zeichen. Wenn sie nun noch ein rotes Auto sah, ehe Laura ihr Gespräch beendete, würde das Haus okay sein. Sie wäre Laura, Mike und ihre Mum los, und Giles würde früher zurückgeschickt werden, um das Londoner Büro zu leiten.

»Richtig… okay, ja, das ist schön… also wirklich, das ist sehr nett von Ihnen… also dann, vielen Dank. Tschüs!« Laura schob die Antenne in das Handy zurück, versenkte es in ihrer Handtasche und stellte den Motor wieder an.

»Und?«

»Das war Cressida Grenfell, die Besitzerin der Wohnung. Dants charmante Schwester. Hat sich vielmals entschuldigt. Ist wohl im Verkehr steckengeblieben und hat uns um fünf Minuten verpasst, und dann hat sie ihren Bruder wegen des Zustands der Wohnung zusammengestaucht.« Ein blasiertes Lächeln tauchte auf Lauras ebenmäßigem Gesicht auf. »Eine sehr nette Frau, und es hat ihr sehr Leid getan, dass die Wohnung so unordentlich war. So ist sie wohl normalerweise nicht. Sie sagt, sie ist überzeugt davon, dass er das nur getan hat, um uns abzuschrecken«, fuhr Laura fort.

»Und wenn man bedenkt, dass er es fast geschafft hätte!«, rief Kate ironisch aus. »Also ist es okay, dass ich da nun leben kann, bitte?« Ihr Sarkasmus war an Laura verschwendet.

»Allerdings wollte sie mir nicht erzählen, warum das letzte Mädchen weggezogen ist«, Laura schürzte die Lippen, »und ich weiß, dass ›Zimmer mit Aussicht‹ nicht erwähnt haben, dass sie das Land verlassen hat. Doch mir ist eingefallen, dass, wer auch immer sie gewesen war, sie doch einen

Job gehabt haben muss, der jetzt wahrscheinlich ebenfalls frei geworden ist…«

Kate fühlte sich in die Enge getrieben. Doch nachdem sie die Unterkunft praktisch ohne großen Aufwand gefunden hatten, stand ein weiterer Nachmittag im Arbeitsamt mit Laura – oder schlimmer noch, das Durchsehen ihres kleinen schwarzen Buchs nach Beziehungen – auf dem Programm. Und das wollte sie sich wirklich nicht antun, nur um sich Giles gegenüber für vier lausige Monate zu beweisen.

Sie lehnte sich auf ihrem Sitz zurück und ließ sich in die angenehme Wärme des Selbstmitleids hineingleiten, dessen Tiefe noch immer unerforscht war. »Schön. Dann lass uns meine Sachen holen, und ich hocke euch nicht länger auf der Pelle.«

Laura warf ihrer Schwägerin einen verstohlenen Blick zu. Kate lächelte wie Jeanne d'Arc auf dem Weg zum Scheiterhaufen. Das war eine ganz schöne Kehrtwendung von dem nervösen, kläglichen Wesen, das so kleinlaut und mit nur einer Ersatzhose in der Tasche zu ihnen gekommen war. Laura fühlte sich ein wenig schuldig, da sie ihre einzige Schwägerin der Gesellschaft mit Fremden auslieferte, ohne sie zuvor mit einem anständigen Stadtplan vertraut zu machen.

Doch dann erinnerte sie sich daran, wie schnell Mike sich seit Kates Ankunft von dem höflichen Ehemann, zu dem sie ihn in den vergangenen viereinhalb Jahren mühsam erzogen hatte, in einen kabbelnden, streitlustigen Jammerlappen zurückverwandelt hatte, der heute Morgen zum ersten Mal seit Ewigkeiten darüber gestritten hatte, wer das Plastikspielzeug aus der neuen Müslipackung bekommen sollte. Sie schauderte. Vielleicht musste die Nächstenliebe ja nicht unbedingt im eigenen Haus beginnen, sondern konnte mit der gleichen Leichtigkeit in einem anderen Haus anfangen.

»Also gut«, sagte Laura munter. »Lass uns auf dem Heimweg bei den Maklern vorbeigehen und den ganzen Papierkram erledigen.« Sie verbannte das klirrende Geräusch von zwanzig Silberlinge aus ihrem Kopf, und Kate stellte das Radio an.

7

Mike und Laura fuhren sie am Sonntagmorgen zu den Pennington Mansions, nachdem sie am Vorabend für sie ein Abschiedsessen im ›Bread and Roses‹ in Clapham gegeben hatten. Mike hatte Laura damit geärgert, dass er Laura auf all die Vorkehrungen für Kinder hinwies, und Laura hatte Mike geärgert, indem sie ihn darauf hinwies, dass sie noch keine Lust hatte, sich von ihrer Figur zu verabschieden, die sie sich in so langen Jahren erarbeitet hatte. Mike ärgerte Kate damit, dass er sich laut und blöd verhielt, und Kate ärgerte Mike damit, dass sie London ständig als eine Stadt abtat, in der sensible Menschen einfach nicht leben konnten. Sie alle waren froh, als sie gegen neun Uhr aufbrechen konnten.

»Wo soll das denn hin?«, fragte Mike, als er ihren Rucksack aus dem Kofferraum hob.

»In die Wohnung vielleicht?«, erwiderte Kate sarkastisch.

Laura war schon mit dem Schlüssel zur Haustür gegangen, und Kate konnte sehen, dass sie im Hausflur die Reklamezettel vom Pizzaservice aufstapelte.

Kate überquerte die Straße und überließ es Mike, ihr die Taschen hinterherzutragen.

Laura wedelte ihr mit ein paar Briefen zu. »Gasrechnung, Stromrechnung, Wassergeld, Gemeindesteuer… Mein Gott, einige sind schon Monate alt!«

Kate beäugte die braunen Umschläge. »Auf welchen Namen lauten sie denn?« Der Name auf den meisten Rechnungen, der nicht Dants war, sah vage vertraut aus, doch dann verschwamm alles wie in einem bösen Traum miteinander.

»Lass ja nichts in deinem Namen erledigen, was immer es auch sein mag!« Laura durchwühlte die auf dem Abtreter liegen gelassenen Rechnungen und schob sie in die Briefkästen. »Und gib unter keinen Umständen jemandem deine Heimatanschrift. Und auch nicht unsere.« Sie hielt schließlich bei einem weißen Umschlag inne, der per Hand an die Wohnung 27 adressiert war und betrachtete ihn nachdenklich, als ob sie mit sich selbst ringen würde.

Als Kate über die Straße schaute, sah sie, dass Mike ein Gespräch mit seinem Handy beendete, sich mit einem Stift auf dem Handrücken etwas notierte, ihren Rucksack schulterte und dabei fast einen Radfahrer in Bedrängnis brachte. Erwisch mich auf einem Fahrrad in London, dachte sie. Niemals.

Laura tippte sich mit der Kante des Umschlags gegen die Zähne, hatte sich endlich entschieden und öffnete ihn.

»Laura!«, rief Kate schockiert aus. »Der gehört doch jemand anderem! Du kannst doch nicht…«

»Beruhige dich«, sagte Laura, während sie las.

Beruhige dich, beruhige dich? Mit wem hatte Laura gesprochen?

»Aber…«

»Hör mal, ich wusste, dass der so etwas sein würde.« Laura wedelte mit dem mit einem Briefkopf versehenen Briefpapier vor Kates Nase herum. »Das ist ein offizieller Brief mit Arbeitspapieren von einem Verlag, für den Dant Grenfells letzte Mitbewohnerin gearbeitet hat. Du musst nur«, sie schaute auf die Unterschrift, »Jennifer Spencer dort anrufen und ihr sagen, dass du gehört hast, dass es eine freie Stelle für eine…«

Kate überflog den Brief. »… Redaktionsassistentin…«

»… gibt und fragen, ob du zu einem Vorstellungsgespräch kommen kannst. Ich wette, sie haben deswegen noch nicht einmal annonciert. Sie werden über die Ersparnis froh sein. Verlage freut so etwas immer, habe ich mir sagen lassen.«

»Ist das ein anständiges Verhalten für einen Anwalt, Laura?«

»Nicht so ganz. Aber du willst doch einen Job haben, oder nicht?«

»Jaaaa, aber ich kenne mich im Verlagswesen überhaupt nicht aus.«

Laura kehrte zu ihrer Prozesskostenhilfestimme zurück. »Ich denke doch, dass du lesen kannst?«

»Nun…«

»Dann kannst du ja in den vier Monaten bei der Arbeit so tun als ob, und danach kannst du gehen oder sie haben dich schon vorher rausgeschmissen.«

»Oh ja, gut, dann geht das klar.«

Mike war mit all ihren weltlichen Gütern eingetroffen, einschließlich dem Kleiderpaket, das Mutter nach ihrem Judas-Telefongespräch mit Giles an Mikes Büro geschickt hatte. Kate hatte noch nicht gewagt, es zu öffnen – ihre Angst bei dem Gedanken an die Kleider, die ihre Mutter als passend ausgesucht hatte, entsprach ungefähr der Angst vor den Kleidern, die Laura ihr stattdessen aufgedrängt hätte. Es war nur ein klägliches Häufchen Sachen, doch Mike gab trotzdem ein gequältes Seufzen von sich, als er alles mit starrem Blick vor Kates Füßen fallen ließ.

Laura tippte ihm mit einem Stapel Umschlägen munter auf den Kopf. »Dritter Stock, bitte, Jeeves!«

Kate folgte dem Paar die Treppe hinauf und versuchte krampfhaft, sich daran zu erinnern, wann sie zuletzt ein anständiges Buch gelesen hatte und wann genau sie aufgehört hatte, sich gegen Lauras Organisationsversuche zu wehren.

Die Wohnung war leer und roch nun stark nach indischen Zwiebel-Bhajees.

»Herrlich, hier sieht es ja aus wie in meiner alten Bude!« Mike ließ die Taschen an der Tür fallen und überließ es Kate, sie in ihr neues Zuhause zu zerren.

»Tut mir Leid, dass wir nicht lange bleiben können«, sagte Laura, als Mike in der Küche herumzuwandern begann und in einem halb leeren Karton herumstocherte. »Wir müssen noch bei Ikea ein paar Vorhangstangen kaufen, und ich möchte nicht, dass es so spät wird. Ich packe dir nur die Lebensmittel hier aus, und dann müssen wir gehen.«

»Ach, das ist schon in Ordnung«, sagte Kate und sah sich mit flauem Gefühl in der ungewohnten Unordnung um. Ihre eigene Unordnung mochte sie, doch diese hier war deprimierend fremdartig. So viel zu einem Begrüßungskomitee. Sie wünschte, Mike und Laura würden sich beeilen und verschwinden, denn je länger ihre letzten beiden Kontaktpersonen zur Außenwelt dablieben, auch wenn sie ihr unter normalen Umständen so unwillkommen waren, desto mehr geriet sie in Gefahr, in Tränen auszubrechen und sie zu bitten, zu bleiben. Und das wollte sie wirklich nicht.

Laura rannte geschäftig in der Küche hin und her und packte die mitgebrachten Karotten und Zwiebeln in improvisierte Gemüsekörbe. Irgendwelche anderen vitaminreichen Nahrungsmittel waren hier nicht zu sehen. »Ich habe ein paar Sachen in eine Tüte gepackt, falls du kein Bettzeug und so was hast…«

Giles' weißes Bett tauchte wie ein riesiges, knuspriges, verlockendes und elegantes Baiser vor Kates geistigem Auge auf. Sie biss sich auf die Lippe. *Jeder* einzelne Gedanke, der ihr in den Kopf kam, erinnerte sie in irgendeiner Weise an ihn.

»Mike, hast du diese große Habitat-Tüte mitgebracht?«, rief Laura und machte ihm mit den Augen ein Zeichen, während sie die Suppendosen auf der Arbeitsplatte aufstapelte.

Mike fummelte an der Playstation im Wohnzimmer herum. »Sie haben hier Gran Turismo und TOCA 2 und analoge Controller, die Bastarde… Oh, ja, gehen wir jetzt?«

Laura gab Kate die Hand. »Ruf diese Verlagstante am Montag an, ja? Ansonsten habe ich ein paar Freunde, die in der City arbeiten und vielleicht ein paar Zeitarbeitsagenturen kennen. Wenn du kein Glück haben solltest, hast du ja auch noch die Liste der Leute, die Alex für dich neulich Abend gemacht hat, nicht wahr?«

»Tschüs, Schwester«, sagte Mike mit einer flüchtigen Umarmung. »Tu nichts, was ich nicht auch tun würde«, fügte er mit einem Hauch von Wehmut hinzu.

Kate nickte. Mike konnte längst nicht mehr so flexibel bestimmen, was er tun konnte oder nicht. Und sie wussten es beide.

Als sie die beiden zur Tür brachte, drehte Laura sich um, drückte Kates Arm und sagte: »Ich weiß, dass es schwer ist, aber denk einfach daran, wie stolz Miles sein wird, wenn er feststellt, wie gut du mit allem fertig geworden bist!«

»Jahhaahh«, murmelte Kate und schloss die Tür hinter ihnen. Als sie hörte, wie sie die Treppe hinuntertrampelten und sich dabei über irgendetwas zankten, lehnte sie die Stirn an die Tür und ließ ihren Tränen endlich freien Lauf. Lautlos weinend ging sie zu dem großen Küchenfenster und sah zu, wie Mike und Laura sich darum stritten, wer fahren sollte. Laura entwand Mikes Hand schließlich die Schlüssel und stieg ungeschickt ein. Mike schnipste mit zwei Fingern wie ein Schuljunge hinter dem Rücken seiner Frau her und stieg in dem Moment ein, als Laura schon vom Straßenrand losfuhr und fast die Tür am Laternenpfahl zerbeulte.

Kate schob einen Stapel alter Sonntagszeitungen vom Fensterplatz, kniete sich hin und starrte auf den leeren Fleck, auf dem Mikes Wagen gestanden hatte. Wenigstens hatten Mike und Laura sich, auch wenn sie es sich vielleicht anders wünschten. Die Tränen tropften von ihrer Nase herab. Warum konnten sie zusammen sein, obwohl sie sich ständig anmeckerten, während sie und Giles getrennt waren, obwohl sie sich anbeteten? Absichtlich überging sie die Tatsache, dass sie zu Hause mit einem Berg verbotener Schokolade gesessen hätte und Mutters ununterbrochene Vorträge über die Freuden der Ausbildung hätte ertragen müssen, wenn er während der College-Ferien in London geblieben wäre.

Kate zerrte ein rotweiß gepunktetes Taschentuch aus der Tasche und presste es an ihre Nase. Es roch noch ein ganz klein wenig nach Giles. Er hatte es ihr schweigend auf dem Flughafen gegeben, obwohl sie gar nicht geweint hatte. Zu dem Zeitpunkt. Als er schließlich durch den Ausgang gegangen war, hatten selbst Giles' Augen feucht geschimmert. Doch dann hatte er sich entschlossen umgedreht, wie er es vorausgesagt hatte und war, ohne einen Blick zurückzuwerfen, einfach davongegangen. »Ich hasse lange Abschiede«, hatte er gesagt. Ein Teil von ihr hoffte, dass er wollte, dass sie das Taschentuch im Bett an ihre Nase hielt und sich daran erinnerte, wie er roch; ein anderer Teil fragte sich, ob er es ihr einfach nur gegeben hatte, weil er sich auf peinliche Tränenfluten gefasst gemacht hatte. Dicke Tränen ließen nun die roten Punkte noch dunkler werden, und obwohl ihr Magen sich vor Kummer zusammenzog, begannen die betäubenden Auswirkungen ungezügelten Weinens schon, sie zu beruhigen.

Noch immer mit dem Taschentuch an der Nase, stand Kate auf und suchte nach der Peter-Jones-Tüte mit Lauras überzähliger Steppdecke. Sie zog sie wie eine Wurst aus ihrer Hülle und zerrte sie in ihr leeres Zimmer, zusammen mit ihrem Walkman und einer riesengroßen Toblerone-Stange, die sie in den Einkaufswagen geworfen hatte, als Laura ›ein paar Lebensmittel‹ für sie gekauft hatte. Und sie hatte sie in ihrer Tasche versteckt, damit Mike sie ihr nicht klauen konnte.

Kate kümmerte sich nicht um den Zustand des Zimmers, der ihr ziemlich gleichgültig war, rollte sich gemütlich zusammen, schob sich die Kopfhörer in die Ohren und blendete mit Led Zeppelin jeden bewussten Gedanken aus.

Als sie zwei Stunden später aufwachte, war sie so kaputt, wie man sich nach einem Schlaf während des Tages eben fühlt, und hatte einen ekligen Geschmack im Mund, den man bekommt, wenn man Schokolade vor dem Einschlafen isst und sich danach nicht die Zähne putzt. Im Zimmer war es zu warm, und es roch muffig. Kate verzog das Gesicht, als sie sah, wie spät es war und schwang die Füße auf den Boden. Eins nach dem anderen: Wenn sie sich mit ihrem Kulturbeutel im Bad genauso einschloss wie während ihres Schlafes, würde niemand an sie herankommen.

Der Raum, mit dem sie in den nächsten 121 Tagen sehr vertraut werden würde, trug Narben aus Stücken alter blauer Klebepunkte und enthielt allerlei Kleinigkeiten, die die vorherige Bewohnerin hinterlassen hatte: einen Biro-Kugelschreiber, ein Haarband, ein Streichholzbriefchen aus einem anrüchig klingenden Club, ein Kondom – noch eingepackt, wie sie leicht angewidert feststellte. Kate sah sich nach unverpackten um. Das Zimmer war so. Es lagen auch Socken herum und gräuliche Shorts, die an einem klapprigen Wäscheständer hingen – offenbar lebte sie jetzt in einer Wäscherei. Wie sie all das hier neulich vermissen konnte, wusste sie wirklich nicht. Vielleicht war es nur die heitere Suche nach einer netten Traufe, in die sie aus dem Regen der Craigs entkommen wollte.

Lauras ›intime‹ Bemerkungen über das Badezimmer kehrten mit kristallener Klarheit zu ihr zurück. Schlechte Fugen, schmutzige Badewanne, nackte Fremde… Was für ein Schwein lebte eigentlich in einem Haus wie diesem?

Ich jetzt, dachte Kate. Sie wickelte sich in ihre Steppdecke ein und wagte sich mit ihrem Kulturbeutel in die Diele.

Die Wohnung war noch immer still, und das kühle, wenn auch schmuddelige Parkett fühlte sich unter ihren heißen Füßen recht angenehm an. Wo war das Badezimmer? Mit Sicherheit nicht hinter der Tür mit dem Schild – ›Nicht stören – Bin beim Oralverkehr‹. Kate verzog das Gesicht. Das musste Harrys Zimmer sein. Fantastisch. Ein Rugby-Knilch mit Sinn für Humor und ein Spielkamerad für die Damen. Genau das, was sie sich schon immer als Mitbewohner erträumt hatte.

Die Tür daneben war nur angelehnt und ließ blauweiße Kacheln erkennen. Das Badezimmer. Mit einem Seufzer schob Kate die Tür auf und verschloss sie hinter sich. Es war dreckig, so viel stand fest. Doch die Dusche sah funktionstüchtig aus und es gab auch einen *Psycho*-Duschvorhang – wenigstens ein kleiner Beweis für ein bisschen Humor.

Eine ungeöffnete Spritzflasche mit Badreiniger stand unter dem Waschbecken. Jesus, dachte Kate, als sie die Wanne damit attackierte, Laura muss mir ihre ›Stell dir dich im Schlaf als ordentliche Hausfrau vor‹-Bänder vorgespielt haben. Sie versuchte, die Fugen nicht zu genau zu betrachten.

Kate lag bis zum Kinn im Schaum des aufreizenden Schaumbads, das sie zu Giles' Vergnügen mitgebracht hatte – die Ironie dabei entging ihr nicht –, schloss die Augen und konzentrierte sich auf die kleinen Dinge.

Rufst du die Verlagsfrau an oder lässt du dir von Laura andere Vorstellungsgespräche besorgen?

Du rufst die Frau an.

Willst du im Schmutz leben oder das Zimmer sauber machen?

Das Zimmer sauber machen.

Das war doch eigentlich ganz leicht. Solange sie ihren Kopf frei hielt, würde es ihr gut gehen. Und in einer nahen Kneipe, die eine Schankkonzession für den Straßenverkauf hatte, noch mehr Schokolade und eine Flasche Rotwein kaufen, würde der nächste kleine Schritt für sie sein.

Sie ließ sich einweichen, bis das Wasser sich auf Körpertemperatur abgekühlt hatte. Dann stand sie in der Wanne auf, war noch immer mit Schaum bedeckt und bewunderte sich in dem Rasierspiegel, der über dem Waschbecken hing. Ein großer Klecks Schaum verbarg sehr dezent ihre blassrosa Brustwarzen und ihr Magen war hübsch und glänzend. Kate drehte und wendete sich unbefangen hin und her. Sie sah aus wie diese unglaubwürdigen Frauen, die man auf die Seiten der amerikanischen Zweite-Welt-Krieg-Bomber gemalt hatte, nur mit viel weniger Brustumfang. Kate experimentierte mit ihrem Schwamm und dem Waschlappen herum, um die optimale Wirkung herauszufinden, und genau in diesem Moment öffnete sich die Tür, die sie auf der anderen Seite des Raums gar nicht bemerkt hatte, und Dant spazierte herein.

»*Ach verdammt!*« Überrascht ließ Kate ihre Requisiten fallen und stellte fest, dass sie kein Handtuch und auch keinen Morgenrock hatte. Also glitt sie recht unelegant wieder ins Badewasser zurück und schleuderte dabei Schaum auf den Boden.

Dant drehte ihr den Rücken zu, ging aber nicht hinaus.

»Das ist wohl die Strafe dafür, dass deine Schwester Seth nackt erwischt hat, als du die Wohnung angesehen hast«, sagte er.

Kate war sprachlos vor Verlegenheit und ließ sich noch tiefer unter die sich rasch auflösenden Luftblasen gleiten.

»Was hast du eigentlich mit diesem Schwamm gemacht?«, fuhr er fort.

»Sie ist nicht meine Schwester!«, konnte Kate nur herausbringen. »Und wenn es dir nichts ausmacht, wäre es mir lieber, wenn du verschwinden würdest! Du siehst doch, dass ich …« Ihrer Ansicht nach war es doch wohl offensichtlich, dass sie nichts anhatte, da sie ja in der Badewanne saß und überhaupt.

Dant verlagerte sein Gewicht auf das andere Bein und machte keine Anstalten, zu gehen. »Das beruht auf Gegenseitigkeit. Es war nicht meine Idee, dass noch jemand hier wohnt, doch du wirst schon noch selbst merken, dass mit meiner Schwester auch nicht zu reden ist.«

»Überwachst du immer deine Mitbewohner beim Baden, oder bin nur ich für diese spezielle Aufmerksamkeit auserkoren worden?«, stieß Kate hervor, weil ihre Empörung jetzt stärker war als ihre Verlegenheit. Wenn er versuchte, sie durcheinander zu bringen, dann hätte er sich keine wirkungsvollere Methode ausdenken können. Sie fragte sich, ob die Gestapo daran gedacht hatte.

»Mach dir keine Sorgen, ich hab das alles schon mal gesehen«, sagte Dant lässig zu dem Handtuchwärmer. »Ich bin in eine sehr fortschrittliche Schule gegangen. Und außerdem habe ich nichts für knochige Mädchen übrig.«

»Dann verzieh dich!« Das war ja die Höhe, dachte Kate

und bezweifelte, dass er sich für Mädchen in welcher Form auch immer interessierte. Sie presste den Schwamm fester an die Brust und starrte finster seinen Rücken an.

»Also, da ich schon mal hier bin, könnte ich ja eben schnell die Hausordnung verkünden. Ich gehe gleich weg und weiß nicht, wann ich wieder nach Hause komme.«

Kate stellte den Heißwasserhahn mit dem Zeh an. Sie versuchte dabei, so weit wie möglich unter der Wasseroberfläche zu bleiben und wirbelte das Wasser mit dem anderen Fuß auf. Es war kein Schaum vom Badezusatz mehr übrig geblieben. Sie sah sich nach etwas um, mit dem sie sich bedecken konnte, doch da sie in ihrer Unterwäsche geschlafen hatte, war nicht viel da, und die Steppdecke war zu weit weg.

»Kannst du dich dann bitte beeilen?« Kate fügte in Gedanken hinzu: ›Du verdammter Blödmann‹, doch das sagte sie nicht laut. Wenn er sie verunsichern wollte, würde sie ihm diesen Triumph nicht gönnen. Und sich nicht anmerken zu lassen, dass sie sich ärgerte, hatte sie zwanzig Jahre lang geübt, um Mike keinen Vorsprung im Ärgern zu lassen.

»Milch ist im Kühlschrank und wird von meiner Schwester Cress kostenlos geliefert. Vollmilch. Um sicher zu stellen, dass ich irgendetwas Nahrhaftes zu mir nehme. Teresa, die Reinemachfrau, kommt jeden Donnerstag und tut, was sie kann. Sie liest übrigens deine Post, also lass sie nicht herumliegen. Alle Rechnungen – Telefon, Gas, Strom, Wasser usw. usw. – werden zwischen uns dreien geteilt.«

»So, wie das Bad aussieht, müsst ihr beide ja eine Menge interessanter Post haben.« Kate nahm sich vor, herauszufinden, wie viele Schulden das weggezogene Mädchen hinterlassen hatte und keinen einzigen Pfennig davon zu bezahlen. Doch das band sie Dant nicht auf die Nase. »Ist das alles?«

»Weck mich nicht vor dem Mittagessen, selbst wenn das Haus brennen sollte, gib Ratcat nicht den grässlichen Kram, den Cress für ihn da lässt, und wenn meine Mutter anruft, bin ich niemals zu Hause. Okay?«

»Warum? Hat sie dir nicht erlaubt, auszugehen?«

Dant drehte sich um und Kate versank noch tiefer in der Badewanne. Dants Augen, deren Blick sich beunruhigt auf einen Punkt einen viertel Meter über ihrem Kopf konzentrierte, waren sehr dunkel, hatten lange Wimpern, und ein Schauer lief ihr über den Rücken. Er machte wirklich keinen Spaß.

»Ich spreche nicht mit ihr«, sagte er. »Niemals.«

»Gut«, sagte Kate kleinlaut. Wenn sie doch bloß ein gewisses Maß an Frechheit entwickeln könnte. Sie hatte das entsetzliche Gefühl in ihren Eingeweiden, dass sie kurz davor war, vor Angst ins Badewasser zu furzen.

Dant ging los, hielt an, ging drei Schritte rückwärts und hob die Steppdecke auf, die über einem Korbsessel hing. Einen Augenblick lang dachte Kate, dass er damit davonmarschieren und sie gestrandet und nackt im Badezimmer zurücklassen würde.

Dant hielt inne. Dann machte er noch zwei Schritte rückwärts und hielt sie ihr hin, ohne sich umzudrehen.

»Applaus«, sagte Kate sarkastisch und wartete darauf, dass er ging.

Er ging.

Sie horchte so lange, bis die Wohnungstür zufiel, sprang dann aus der Wanne, wickelte sich in die Steppdecke und hüpfte zur anderen Tür. Dort war kein Schloss auf der Badezimmerseite. Als sie um die Ecke herum in Dants dunkles Zimmer schaute, sah sie einen Riegel auf der Zimmerseite. Also konnte er jederzeit hereinkommen, selbst wenn der Riegel an der anderen Tür vorgeschoben war. Sehr nach Art des *Phantoms der Oper*. Kate begann zu verstehen, warum das letzte Mädchen ausgezogen war. Nun ja, das mochte ja bei Londoner Mädchen funktionieren, aber – sie riss wütend den Stöpsel aus der Wanne – sie war aus härterem Holz geschnitzt.

Kate fühlte sich seltsam verjüngt bei der Vorstellung, dass sie jemanden so griffbereit zum Hassen hatte und zog sich an. Es gab einen Moment der Unsicherheit, als sie mitten im

Verreiben der Bodylotion innehielt und sich fragte, für wen sie eigentlich ihren Hintern mit Feuchtigkeit versorgte, doch dann schob sie diesen Gedanken von sich und überlegte sich lieber einen demütigenderen Spruch für Dant als ›War das alles?‹

Brrrr.

Kate bohrte sich den Finger in die Schläfe. Das fühlte sich gut an.

Der Berg ihrer Habe lag noch immer dort, wo sie ihn in der Diele hinterlassen hatte, und eine kleine Pfütze bildete sich um einen Beutel mit Tiefgefrorenem, den Laura, völlig untypisch für sie, auszupacken vergessen hatte. Das musste an der Eile gelegen haben, mit der sie Mike aus der Wohnung bekommen wollte, ehe er sich daran erinnern konnte, wie das Leben vor der Flora-Margarine gewesen war, dachte Kate.

Sie kickte das Paket mit den Kleidern den Flur entlang zu ihrem Zimmer und schleuderte die Tüten mit den Lebensmitteln zur sofortigen Behandlung auf die Frühstückstheke. Die Küche, oder das, was sie unter Bergen von schmutzigem Geschirr und leeren Kartons sehen konnte, sah aus, als stammte sie aus der ekligen WG-Fernsehserie The Young Ones. Kate schaltete den Sonntag-Nacht-Top-40-Count-down ein und untersuchte den Inhalt des für sie bestimmten Schranks: kleine Flecken von Reis- und Currypulver mit unidentifizierbar klebrigen Ringen und einer seltsamen toten Fliege. Sie drehte das Radio lauter. Doch es sah noch immer nicht besser aus.

Teresa bewahrte fast die gesamten Reinigungsmittel genauso unberührt wie die Spritzflasche im Bad auf. Die Putz-tücher waren sogar so sauber, dass sie aussahen, als seien sie noch nie benutzt worden. Kate zog ein Mr. Proper Spray aus dem Eimer und spritzte den Schrank damit großzügig aus.

»Und wenn du glaubst, dass ich das hier überall mache,

dann hast du dich getäuscht«, murmelte sie vor sich hin. »Ich tue das nur für Lauras hochwertige Lebensmittel.« Sie putzte wütend und begann dann, die Fächer einzuräumen. Die in Chilli-Öl sonnengetrockneten Tomaten stammten lächerlicherweise von Laura, die die Körbe wohl mit ihrem schlechten Gewissen gefüllt hatte.

Zu dem Zeitpunkt, als Dr. Fox die Top-Ten-Liste abgearbeitet hatte, hatte Kate ein Fach im Kühlschrank, eine Herdplatte und ein Ende des großen Küchentischs gesäubert. Sie hatte ein Fach im Gefrierschrank mit einer Auswahl an Fertiggerichten von Marks & Spencer und Lauras selbst eingefrorenen Spenden gefüllt und den Boden gewischt. In einem Anfall von Großzügigkeit hatte sie den gesamten Boden gewischt, da sie nicht entscheiden konnte, welchen Bereich sie als den ihren beanspruchen wollte und auch nicht sicher war, wie sie das überhaupt durchsetzen sollte.

Sie hatte das Aquarium aus dem Spülbecken entfernt, aber nicht ausgeleert und sich einen Kaffee in einer Jumbotasse gemacht, die mit einem Model in einem mehr oder weniger großen Bikini verziert war, der verschwand, wenn heißes Wasser hineingeschüttet wurde. Zu ihrer Überraschung und angesichts der Berge von schmutzigen Tellern auf dem Frühstückstresen gab es hinter einer der Kiefernholzpaneele einen Geschirrspüler, und da sie Hausarbeit nur dann tun konnte, wenn die Musik laut genug angestellt war, belud Kate ihn. Er stank, aber sie fühlte sich nicht dazu verpflichtet, dieser Tatsache an ihrem ersten Tag auf den Grund zu gehen.

Nachdem nun alles im Geschirrspüler gespült wurde, verflog der Zwiebel-Bharjee-Geruch in der Küche ein wenig. Kate wischte sich die Hände an einem ungebügelten Hemd ab, und fragte sich, ob sie ihre Mutter anrufen sollte, die ihr kleines Mädchen mittlerweile sicherlich vermissen würde.

Auf der Suche nach dem Telefon ging sie ins Wohnzimmer, weil sie vermutete, dass das bedauernswerte Exemplar im Aquarium nicht das einzige Telefon war. Schließlich zog sie unter einem hingeworfenen Rugby-Hemd einen durchsichtigen Apparat mit leuchtenden Kabel-Eingeweiden hervor: die Art von Telefon, um das sie ihre Mutter 1988 angebettelt hatte. Es hatte eine lange Schnur, und Kate ging damit zurück in die Küche und wählte auf dem Weg dorthin die Telefonnummer zu Hause.

Es dauerte verdächtig lange, bis ihre Mutter ans Telefon kam.

»Hallo, ja?« Ein Krisengespräch über gemeine Anrufer, das im vergangenen Jahr in der örtlichen Schule stattgefunden hatte, hatte Mrs. Craigs Telefonverhalten so sehr verändert, dass doppelzüngige Verkäufer nun schockiert auflegten.

»Mum, ich bin's, Kate.«

Es entstand eine Pause.

»Mum? Mum, bist du dran?«

»Ich habe nur meine Seite gekennzeichnet, Liebes.«

»In was?« Kate hoffte, dass sie ihre Mutter nur dieses eine Mal mitten in einem netten Roman von Jilly Cooper erwischt hatte. Wie in alten Zeiten.

»In *Annäherung an Latein.*« Kate fragte sich, ob ihrer Mutter jetzt die Fortbildungskurse ausgegangen waren und sie nun freiwillig ihre Abschlussprüfung der Sekundarstufe I wiederholte. »Rufst du von Lauras Haus an?«

»Nein, ich rufe aus der neuen Unterkunft an, die sie für mich gefunden hat. Und das Haus gehört Mike genauso wie Laura, Mum.« Sie wünschte, ihre Mutter würde nicht immer automatisch die Partner ihrer Kinder vorziehen – und noch dazu so offensichtlich.

»Ja, gut. Hast du das Kleiderpaket bekommen? Ich habe eine so entzückende Unterhaltung mit Giles über seinen neuen Job gehabt. Er ist so ein kluger Bursche, Kate, den du dir doch sicherlich warm halten möchtest.«

»Das geht leider nicht so einfach, wenn er in Amerika ist.« Kate wusste aus Erfahrung, das es keinen Sinn hatte, um Mitleid zu heischen. Im besten Fall würde das nur zu einer

Unmenge weiterer unvermuteter Probleme führen. »Und vielen Dank auch, dass du ihn darin bestärkt hast, mich hier in London zurückzulassen. Er beharrte unerbittlich darauf, dass du mich zu Hause nicht haben möchtest. Sehr mütterlich von dir.«

»Katherine, es wird Zeit, dass du das Nest verlässt. Dein Vater und ich möchten unser eigenes Leben auch wieder leben! In diesen vier Monaten wirst du etwas aus dir machen, Liebes. Nachdem dein Bruder nach Cambridge gegangen war, hat er nie mehr seine Wäsche nach Hause mitgebracht. Und sieh ihn dir jetzt an.«

Nur, weil Laura die Mutterrolle bei ihm übernommen hatte, nachdem seine biologische Mutter sich zurückgezogen hatte. Kate nahm einen Stapel Pizzakartons von der Arbeitsplatte hoch und ließ sie in den Abfalleimer fallen. Sie spritzte Reinigungsmittel auf die Arbeitsplatte, wischte sie ab und setzte sich darauf.

»Ich habe dich nicht angerufen, um einen Rat über meine berufliche Karriere zu erbitten, Mum. Ich dachte nur, dass du vielleicht wissen möchtest, wo ich gelandet bin. Alles ging relativ schnell; Laura sah die Wohnung, hat die Sache mit der Kaution geregelt und mich hier abgeladen, ehe ich mich versehen habe. Soll ich dir die Adresse geben?«

»Nicht nötig, Liebes, ich habe heute Nachmittag mit Mike gesprochen. Und Laura hat mich angerufen und mir erzählt, wie alles gelaufen ist.«

Kate ermordete einen kränkelnden Kaktus mit Mr. Proper. »Möchtest du mir noch etwas erzählen, da du ja besser informiert zu sein scheinst als ich?«

»Du musst wirklich nicht in diesem Ton mit mir sprechen.«

Obwohl ihr nichts mehr einfiel, über das sie mit ihrer Mutter sprechen könnte, konnte sie es nicht über sich bringen, das Gespräch zu beenden. »Mum«, begann sie vorsichtig, »wenn ich keinen Job finde, und wenn alles einfach…« sie suchte verzweifelt nach etwas, das sie verletzlich aber nicht schwach klingen ließ, »... zu viel auf einmal für mich ist, kann ich doch noch immer nach Hause kommen, oder?«

»Oh Liebling, hat Giles dir das denn nicht erzählt?«

»Nein, hat er nicht«, sagte Kate mit gepresster Stimme.

»Wir vermieten die leeren Zimmer an Sprachstudenten der Sommerschule. Einer der Lehrer hat mich darauf angesprochen, weil die Schule überlaufen ist. Das ist wirklich eine gute Idee, und wir verwenden das Geld für ein Abonnement des Royal Shakespeare Theaters.«

»Oh, klasse.«

»Ja, nicht wahr? Ich werde sie alle zum Reihentanz mitnehmen.«

Plötzlich fühlte Kate sich sehr müde. »Mum, ich muss jetzt Schluss machen. Ich muss mich auf einen Job vorbereiten, um den ich mich morgen früh bewerben werde, und mein Zimmer muss noch ausgeräuchert werden, ehe ich gefahrlos barfuß darin herumlaufen kann. Ich rufe dich später in der Woche an, ja?«

»Ja, Schätzchen, tu das.«

»Tschüs, Mum, und Grüße an Dad und Doris.«

Kate glitt traurig von der Arbeitsplatte herunter und öffnete den Kühlschrank auf der Suche nach etwas Essbarem. Also sah es so aus, als müsste sie hier bleiben. Ihre eigene Mutter vermietete ihr Zimmer, noch ehe das Bettzeug ganz ausgekühlt war. Und verwandelte sich in einen dieser grässlichen ›Die Erwachsenenbildung hat mich zu einem neuen Menschen gemacht‹-Talkshow-Gast. Kate schob ein indisches Tikka Masala Huhngericht in die Mikrowelle und erinnerte sich unglücklich an die Zeit in ihrer Kindheit, als ihre Mutter mit ihr zusammen endlose Seifenopern angesehen und ihr gesagt hatte, dass sie sich keine Sorgen machen solle, wenn sie in Mathe versagte, weil sie ja einen herrlichen Biskuitkuchen backen könne.

Das Geräusch der sich öffnenden und schließenden Wohnungstür und das Schlurfen von Füßen erklang von der Diele her. Kate richtete sich auf und machte sich darauf gefasst, entweder grob oder reumütig zu Dant zu sein – sie beschloss, es davon abhängig zu machen, ob er eine Baseballkappe trug oder nicht. Doch die Gestalt, die in die Küche schlurfte, war größer und blonder, trug eine mit Grasflecken bedeckte weiße Cricketkluft und hatte eine Flasche Bier in der Hand. Es war Harry, der Oralapostel.

»Bist du der neue Vogel oder ist Dant endlich bei einer Frau gelandet?«, fragte er sehr vorsichtig. Ein erfreutes Lächeln glitt über sein Gesicht.

»Weder noch«, stieß Kate hervor. Die Mikrowelle klingelte. »Ich bin dein schlimmster Albtraum.« Sie nahm ihr Abendessen heraus, versuchte, wegen der nuklearen Hitze des Plastiks nicht zusammenzuzucken, und ließ es auf einen Teller fallen. »Pass auf, dass ich das jetzt nicht über dir ausschütte.«

Harry wich angstvoll zurück, als Kate zu ihrem Zimmer stolzierte. Sie musste fast sofort wieder zurückkommen, um den Putzeimer zu holen, doch da war er schon eingehend damit beschäftigt, in den Ausguss zu pinkeln und bemerkte sie nicht.

8

In dem Moment, als Kate sich am Empfang meldete, bedauerte sie es schon, dass sie sich nicht eingehender über den Eclipse Verlag informiert hatte. Auf jeder waagerechten Fläche im Wartebereich standen Bücher, die sie nicht kannte und Fotos von Autoren mit gespitzten Mündern, von denen sie noch nie gehört hatte. Und sie hatte geglaubt, dass sie bei Büchern mit matten Schutzumschlägen und glänzenden Ausschnitten von entkörperlichten Beinen auf dem Laufenden sei. Giles wäre zum Berserker geworden, wenn er gewusst hätte, dass ihre gestrige Vorbereitung auf das Vorstellungsgespräch großenteils darin bestanden hatte, dass sie zu dem nächsten Waterstone-Buchladen gegangen war, dort flüchtig die Abteilung moderner Romane durchgesehen hatte und es sich dann auf einem Fensterplatz mit einer weiteren Verschwörungstheorie über Prinzessin Dianas Tod gemütlich gemacht hatte.

Kate versuchte nun vergeblich, etwas zu entdecken, das sie kannte. Und als ihr nichts ins Auge sprang, griff sie sich einen Katalog und sah fieberhaft die Liste der lieferbaren und im Druck befindlichen Titel durch. Wer waren all diese Leute? Wie konnten sie als Autoren überleben, wenn niemand je von ihnen gehört hatte? Schuldbewusst sah sie zur Empfangsdame hinüber, die Anrufe mit der affenartigen Geschwindigkeit eines Akupunkteurs weiterschaltete und keine Notiz von ihr nahm.

Oh Gott. Kate sackte auf ihrem Platz zusammen. Warum sollte sie dieses Vorstellungsgespräch überhaupt führen? Einen Termin per Telefon zu bekommen, war ziemlich leicht gewesen; die Frau, mit der sie gesprochen hatte, hatte sogar deutlich erleichtert geklungen, dass sie jemanden so schnell zu einem Gespräch einladen konnte. Doch wer auch immer dieses Gespräch führen würde, würde sehr bald feststellen, dass sie hoffnungslos unwissend war. Während Kate mit leerem Blick auf die Namensliste im Katalog starrte, die vor ihr verschwamm, wurde sie von einer heftigen Sehnsucht nach Giles erfasst.

Er hätte sie in der vergangenen Nacht gnadenlos durch die Mangel gedreht; er hätte jeden im Verlagswesen gekannt, mit dem sie vorher hätte sprechen können; er hätte mit ihr die passende teamtaugliche Fachsprache eingeübt, damit sie sie in die Unterredung hätte einfließen lassen können und ihr die richtigen Namen genannt – oder vorgeschlagen, dass sie ein paar erfinden solle. Stattdessen hatte sie eine schlaflose Nacht hinter sich, in der sie durch die eine Wand die Radiohead-Band gehört hatte und durch die andere Gran Turismo. Sie hatte in den letzten achtunddreißig Stunden kaum mit jemandem gesprochen. Kate ließ den Kopf auf den offenen Katalog sinken.

»Kate Craig?«

Ein kleines blondes Mädchen hatte sich vor ihr materialisiert. Das konnte doch nicht die Redakteurin sein, oder? Oder doch? Kate ließ nervös ihren Blick auf- und abgleiten an ihr, und ihr fiel nichts ein, was sie sagen konnte und das nicht als zu vertraulich oder zu linkisch aufgefasst wurde. Sie konnte sich nur auf die Tatsache konzentrieren, dass Caprihosen offenbar doch manchen Menschen standen, und ihre Mutter verfluchen für die peinliche Zufallsauswahl von Kleidern, die sie ihr über Mike für ihr neues Arbeitsleben geschickt hatte.

»Ich bin Isobel McIntyre.« Das Mädchen hatte einen leicht schottischen Akzent und klang freundlich, wenn auch gehetzt. Isobel streckte ihr die Hand entgegen, um die ein Sicherheitspass an einer langen Kette geschlungen war. Das Foto darauf war offenbar zu einem glücklicheren Zeitpunkt aufgenommen worden.

»Ja, hallo«, sagte Kate, erhob sich linkisch und schüttelte die Hand. Neben der winzigen Isobel kam sie sich wie eine Giraffe vor und zog heimlich an ihrem für die Arbeit viel zu kurzen Rock. Verdammter Giles. Sie hätte jetzt ihre neue Leinenhose tragen können – wenn ihre Mutter daran gedacht hätte, sie ihr zu schicken – und nun nicht wie eine blöde Ally-McBeal-Kopie aussehen müssen. Ach du liebe Güte.

Isobel hatte sich schon umgedreht, führte sie aus dem Empfang hinaus zu den Liften und ihr Tee-mit-Milch-farbener Zopf wippte bei jedem Schritt.

»Sind Sie, hmm, Jennifer Spencers Sekretärin?«, fragte Kate, um ihre Sprachlosigkeit von eben auszugleichen.

Das Lächeln, das um Isobels Lippen gerade auftauchen wollte, verschwand wieder. »Nein«, erwiderte sie mit zusammengebissenen Zähnen, »ich bin Jennifer Spencers *Assistentin.*« Sie sah aus, als wollte sie noch etwas sagen, doch stattdessen drückte sie den Rufknopf für den Lift mit ein wenig mehr Kraft, als vielleicht nötig war.

Gut gemacht, Kate. Toller Anfang.

Sie standen schweigend in der Halle und warteten auf den Lift. Weitere Autoren, die Kate nicht kannte, lächelten oder sahen bescheiden aus geschmackvoll matten schwarzen Rahmen von den Wänden herab. Isobel drehte die Kette ihres Ausweises um ihre Hand, bis Teile ihrer Finger weiß wurden. Neben Isobels Spiegelbild in der Edelstahlwand verlagerte Kate ihr Gewicht von einem Bein auf das andere, versuchte, ihren Rock so weit unten wie möglich zu behalten und durchforstete ihr Gehirn nach Stoff für ein intelligentes Geplauder vor dem Vorstellungsgespräch. War es wohl zu frech, Isobel zu fragen, wer diese Eclipse-Autoren eigentlich waren? Oder würde das überhaupt noch eine Rolle spielen, wenn man bedachte, wie die Dinge bisher gelaufen waren?

»Diese Aufzüge sind sehr europäisch«, bemerkte sie fröhlich, um etwas möglichst Unverfängliches zu sagen.

Mensch, wie doof… Der Anblick von Giles in seinem schicken Euroanzug von Hugo Boss stand ihr plötzlich vor Augen. Kate bemerkte nun traurig, dass der bloße Gedanke an ihn sie ganz wackelig und schwach machte. Würde sie jemals wieder in der Lage sein, über die Europäische Union zu sprechen, ohne ständig in Tränen auszubrechen wie ein… wie ein…

»Äh, ja, das finde ich auch.« Isobel starrte sie an und sah dann auf ihre Armbanduhr.

»Ich bin doch nicht zu spät dran, oder? Oh Gott, ist meine Uhr stehen geblieben? Ich habe immer solche Mühe, pünktlich zu sein…«

Möchtest du noch irgendetwas offenbaren, Dummkopf?, dachte Kate und schlug sich im Geist auf den Kopf. ›Ich habe immer Probleme mit dem Buchstabieren‹ und ›Ich habe im College immer nur die sieben Pflichtbücher gelesen.‹

»Nein, überhaupt nicht«, sagte Isobel. »Ich habe nur gerade gehört…«, sie schien etwas sagen zu wollen und änderte dann ihre Meinung. »Ich habe nur gerade gehört, dass

Jennifer am Telefon eine Anprobe für halb zwölf in der Stadt vereinbart hat, ehe ich herunterkam – daher haben Sie nur ungefähr fünfzehn Minuten Zeit für Ihr Gespräch. Aber ich habe Sie in ihren Kalender eingetragen, also muss sie wissen, dass Sie kommen.«

»Eine Kleideranprobe?«

Isobel schloss bewusst die Augen und öffnete sie wieder langsam. »Nein, eine Schuhanprobe. Sie lässt sich alle von Hand anfertigen. In der Jermyn Street. Viele, viele Paare. Sie hat mehr Schuhe als Imelda Marcos und Barbie zusammen. Damit sie besser trampeln kann…« Ihre Lippen pressten sich zusammen, als hielte sie sich von weiteren Bemerkungen bewusst zurück.

»Verdammt noch mal!«, sagte Kate und vergaß vorübergehend ihren Bewerberstatus. Sie starrte Isobel an, die tief durch die Nase atmete.

Isobel bemerkte plötzlich Kates neugierigen Blick in den verspiegelten Seiten des Lifts und schüttelte sich. Ihr Zopf zuckte.

»Oh, tut mir Leid, aber es war schon ein langer Vormittag.« Isobel zuckte die Achseln und kicherte dann. »Also ich gebe Ihnen ja einen sehr guten Eindruck des Eclipse Verlags, was?«

Sie erreichten den vierten Stock mit einem leichten Ruck. Als sich die Türen öffneten, befand sich der Lift noch gute sieben Zentimeter unterhalb der Ebene des Stockwerks.

»Wir sind Teil einer größeren Firma«, erklärte Isobel, als Kates Augen hektisch die Wände betrachteten und vergeblich nach einem Autor suchten, von dem sie behaupten konnte, dass sie von ihm gehört hatte, falls Jennifer Spencer sie nach ihrem Lieblingsautor von Eclipse fragen würde. »Wir machen gängige Romane und auch ein paar Sachbücher – aber das werden Sie ja schon alles wissen.« Sie öffnete die Haupttür mit ihrer Sicherheitskarte.

»Äh, ja«, meinte Kate.

Isobel stürmte den Gang zwischen zwei Hälften eines

Großraumbüros hinunter, die Kate an Laborexperimente erinnerten, in denen Ratten beigebracht wird, sich in einem Labyrinth zurechtzufinden. Alle telefonierten. Zwei oder drei Leute spielten gleichzeitig Minesweeper am Computer. Als sie sahen, dass Isobel vorbeitrampelte, machten sie sich nicht einmal die Mühe, das Spielbrett vom Bildschirm verschwinden zu lassen. Kates Aufmerksamkeit wurde von einer Frau erregt, die ganz reizend ins Telefon sprach, während sie mit Hilfe der WindowArt-Software mit einer roten Spraydose wie wild in einem geöffneten Dokument herumsprühte.

»Jennifers Büro ist gleich hier. Würden Sie bitte hier draußen warten«, Isobel deutete auf einen Sessel aus Leder und Chrom und spähte durch die Rauchglasscheibe, »bis sie ihr Telefongespräch beendet hat?«

Kate lächelte höflich und nahm auf der Kante des Sessels Platz. War es möglich, dass man ihr von einem der Schreibtische aus unter den Rock sehen konnte? Warum stellten sie nicht solche rutschigen Sitze in den Umkleideräumen der Geschäfte zur Verfügung, damit man so etwas überprüfen konnte, ehe man ihnen seine Kreditkarte überließ? Warum sagten Männer einem immer, man solle Röcke zu Bewerbungsgesprächen tragen?

»Ich werde Ihnen einen Kaffee bringen«, sagte Isobel. »Es könnte länger dauern.«

»Kein Problem«, sagte Kate unbeschwert. Ihr blieben jetzt voraussichtlich nicht einmal mehr zehn Minuten für das Bewerbungsgespräch. Sobald Isobel um eine graue Stellwand herum verschwunden war, nahm Kate sich das Buch mit den Presseausschnitten vor, das auf dem Tisch neben dem Sessel lag und blätterte es durch.

Mehrere Seiten waren einem sehr ernst aussehenden jungen Mann gewidmet, von dem Kate noch nie gehört hatte und der Warwick Barlett hieß. Sein neuester Roman – *Nach einer langen Unterhaltung* – war in all den Literaturzeitungen besprochen worden, die sie schon in ihrem ersten Jahr im College nicht mehr durchgeackert hatte und bei denen sie nun drei Jahre zu spät feststellte, dass sie überwiegend von ihren Dozenten geschrieben worden waren. Sie verschob diese Selbstbeschuldigung auf später und konzentrierte sich darauf, ihrem Kurzzeitgedächtnis so viele wichtige Einzelheiten über Warwick Barlett wie möglich einzuverleiben. Wenn man sie schon als hoffnungslos unvorbereiteten Blödling entlarvte, konnte sie wenigstens ein paar lockere nette Bemerkungen bei ihrem Absturz einwerfen.

Obwohl die Bürotür angelehnt war, bemühte sich Jennifer Spencer nicht um Vertraulichkeit, und Kate stellte bald fest, dass es schwer für sie war, sich auf den tadellosen Prosastil von *Nach einer langen Unterhaltung* zu konzentrieren.

»… nein, Sie hören mir zu! Wissen Sie eigentlich, seit wann ich schon handgearbeitete Schuhe von Ihrer Firma kaufe?«, kreischte eine Stimme, die irgendwo zwischen Joanna Lumley und Joyce Grenfell lag. »Ich habe meinen eigenen Leisten in Ihrer Werkstatt!«

Kate merkte, dass sie den gleichen Satz viermal gelesen hatte und dass ihr Unterbewusstsein weit mehr an Jennifer Spencers Kaufgewohnheiten von Sandalen interessiert war als an Warwick Barletts lagenweiser historischer Entwicklung seines Themas. Sie konnte sich nicht daran erinnern, jemals gehört zu haben, dass das Wort ›Leisten‹ in diesem Sinn laut gebraucht worden war.

»Über zwanzig Jahre! Ja, das stimmt! Ich hätte mir ein kleines Haus in Chelsea für das Geld kaufen können, das ich bei Ihnen gelassen habe! Was, offen gesagt, den Betrag, den Sie unverschämterweise für ein einfaches Umarbeiten dieses Paares Schuhe, ziemlich…«

Isobel kehrte mit einer kleinen Espresso-Tasse zurück, die sie Kate mit einem entschuldigenden Lächeln reichte, dann die Tür ordentlich schloss und einen giftigen Blick auf die undurchsichtige Glasscheibe warf, als sie ging.

Kate runzelte die Stirn über sich selbst und gab Warwick

Barlett auf. Gab es nicht jemand Einfacheren? Eine nette anspruchslose Girlie-Autorin, die schon im Fernsehen gewesen war? Oder einen berühmten Chefkoch? Sie trank den Kaffee mit einem Schluck aus, und da sie nichts Stärkeres als mit Milch versetzten Nescafé gewöhnt war, schnitt sie genau in dem Moment eine »Wähh!«-Grimasse, als sich Jennifer Spencers Bürotür öffnete und sie herausgeschlendert kam.

»Isobel!«

Kates Aufmerksamkeit wurde nun von einem sehr spitzen Sandalenpaar aus echt aussehendem Krokodilleder gefesselt, das ungefähr zwei Meter vor ihren eigenen ausgelatschten schwarzen Pantoffeln stehen blieb.

»Ist das hier Kate Craig?« Kate sah, dass auf sie gezeigt wurde.

»Ja«, würgte Kate hervor, stand auf und suchte nach einer Stelle, an der sie die Kaffeetasse abstellen konnte.

»Ja.« Isobel war wieder aus dem Nichts aufgetaucht. »Soll ich Ihre Anrufe umleiten?«

»Ja«, sagte Jennifer Spencer knapp, machte eine Kehrtwendung um 45 Grad und schnurrte: »Hallooho« zu Kate. Sie hatte sich jetzt offenbar mehr für die Stimme von Joanna Lumley entschieden. »Kommen Sie herein.«

Das Büro war überraschend hell und die Jalousetten ließen einen für London untypischen Blick auf einen grünen Park zu. Auf all den Regalbrettern, auf denen keine Taschenbücher ausgestellt waren, standen unübersehbar gefährlich aussehende Pflanzen in Übertöpfen im Barockstil. Kate sah sich nach einer Sitzgelegenheit um und entdeckte bestürzt, dass sie die Wahl hatte zwischen einem storchenbeinigen Designerstuhl und einem sehr niedrigen Gobelinhocker. Oder war das eine hohe Fußbank? Einer der von Giles angedrohten Tests vor dem Bewerbungsgespräch. Sie entschied sich zögernd für den Stuhl und saß mit zusammengepressten Knien darauf. Dass sich ihre Bauchmuskeln schon nach einer Minute verspannten, ließ nichts Gutes für den Rest des Gesprächs erwarten.

»Also, Kate«, sagte Jennifer Spencer, beugte sich mit zu einem Türmchen zusammengelegten Fingerspitzen über ihren Schreibtisch, und die langen roten Nägel ragten ein Stück über ihre Fingerspitzen hinaus, »warum möchten Sie im Verlagswesen arbeiten?« Nach Kates Empfinden stellte sie diese Frage mit einem ironischen Lächeln.

»Weil ich ein Pünktlichkeitsfanatiker bin«, sagte Kate. Sie hängte ihr eigenes ironisches Lächeln an, falls das die falsche Antwort war.

»Gott sei Dank. Wenn ich noch einen Menschen schilpen höre ›Weil ich Bücher liebe‹, fange ich an zu schreien«, sagte Jennifer Spencer gedehnt. Sie lehnte sich zurück und nahm wahllos ein Taschenbuch hoch und hielt Kate seinen Titel zwischen den Handflächen entgegen. Eine kleine Galaxie Edelsteine glitzerten zu beiden Seiten des Buches auf. »Was finden Sie an diesem Umschlag gut?«

Kate starrte ihn an. *Das Satinkleid* von Andrea Cartwright. Sie hoffte, es stimmte, dass es sich um ein Eclipse-Buch handelte, obwohl das auch wieder einer dieser Vortests sein konnte. Sie verrenkte sich leicht den Hals, um den Buchrücken zu sehen, doch dort verdeckte ein beringter Finger die Stelle, an der sich das Verlagssymbol befand. »Nun, das, äh, ›Satinkleid‹ auf dem Titel hat eine hübsche… seidige Struktur?«, bot sie an. Jennifer Spencer zog ermutigend die Augenbrauen hoch. »Und, hmm, die Farbe ist sehr anziehend. Rot, sehr aufreizend. Für Frauen. In Supermärkten.« Hatte sie es dort gesehen?

»Und was *stimmt* damit *nicht*?«

Aha, eine Abwandlung des alten Berufsberatungswitzes: ›Und was für Fehler haben Sie, Ihrer Meinung nach?‹ Das kenne ich ja schon. Nicht zu kritisch jetzt. Nur gerade so viel, um Initiative zu zeigen, dachte Kate, während sie den Buchtitel betrachtete. »Hmm, ich mag die Schrift nicht. Von diesem Teil unter dem Titel? Er zerstört das Bild.«

Jennifer Spencer erstarrte leicht. »Das ist der Aufreißer-Text. Alle Bücher haben ihn, falls Sie das noch nicht bemerkt haben.«

Kate wurde rot und sah sich den Text genauer an. *Als er sie mit den Augen auszog, war er überrascht über das, was er darunter entdeckte…* Gott sei Dank war sie nicht so weit gegangen und hatte das vorgelesen.

Das Buch fiel in einen Eingangskorb, sicherlich, weil Isobel es herausnehmen und auf das Regalbrett hinter dem Schreibtisch zurückstellen sollte. »Also gut, erzählen Sie mir ein bisschen von sich, Kate.«

»Ich bin einundzwanzig, habe im Juni meinen Abschluss in Durham in Englisch, Kunstgeschichte und Klassik gemacht – und…«

»Haben Sie irgendwelche Sekretariatskenntnisse?«

»Ja.«

Was?!

Jennifer Spencer trieb sie mit ihren Augenbrauen wieder an.

»Äh, ich kenne mich mit der Textverarbeitung aus und habe eine Tippgeschwindigkeit von…« Kate versuchte, sich an eine rühmliche – und glaubwürdige – Zahl zu erinnern: »… vierzig Worten pro Minute. Und ich war Sekretärin der Studentenvereinigung.«

Hallo?!

»Also diese Erfahrungen werden Ihnen hier sehr zugute kommen. Ich fürchte, dass die ersten Jahre eines Redakteurs hauptsächlich aus Sekretariatsarbeiten bestehen.« Jennifer Spencer lehnte sich in ihrem Drehstuhl zurück und sah aus, als würde sie gleich eine königliche Spende verteilen. »Am Anfang geht man eben noch nicht mit Leuten zum Essen und macht auch keine Multimillionen-Pfund-Angebote über das Telefon«, fügte sie hinzu. Da Kate vermutete, dass das ein Scherz sein sollte, gab sie ein höfliches Bewerbungslachen von sich.

»Und wer ist Ihr Lieblingsautor von Eclipse?«

War das ein Bewerbungsgespräch oder die Fernsehsendung *Twenty Questions* oder was? Kate zwang sich, weiterzulächeln und erwiderte: »Ooooh, hmmm, ich denke mal... Warwick Barlett. Ich habe sein *Nach einer langen Unterhaltung* in zwei Tagen gelesen. Es war einfach brillant.«

Das war offenbar die richtige Antwort, doch mehr konnte sie aus dem *Literary Review* nicht zitieren.

»Er ist ein großartiger Prosa-Stylist, nicht wahr?«, sagte Jennifer Spencer.

Verflixt!, dachte Kate, als ihr damit ihre letzte angemessene Bemerkung abhanden kam. »Mmmm«, machte sie mit hoffnungsvollem Lächeln.

Mach weiter! Mach weiter!

»Leider verlieren wir ihn gerade an HarperCollins.« Der giftige Blick kehrte zurück. »Lieblingsbuch?«

Kates Blick glitt hoffnungslos durch das Büro, während sie nichts sagend »oooh, lassen Sie mich nachdenken« von sich gab, bis sie ein seltsam vertrautes Bild hinter dem Foto eines süßen Kleinkindes auf einem Töpfchen entdeckte. Nein! Könnte es...?

»*Die verlorenen Kinder von Corkickle!*«, rief sie triumphierend aus. »Ich habe dieses Buch geliebt!«

Nun ja, es war doch alles relativ, oder?

»Wirklich?« Unter der unwahrscheinlichen Prinzessin-Margaret-Frisur kam zum ersten Mal Leben in Jennifer Spencers Gesicht. »Warum?«

»Ach, das weiß ich gar nicht so genau«, sagte Kate ehrlich. »Aber ich konnte einfach nicht damit aufhören, nachdem ich angefangen hatte. Es machte mich irgendwie süchtig, ich meine, es riss mich mit«, korrigierte sie sich selbst.

»Rose Ann Barton ist eine unserer Bestseller-Autoren. Wir haben bisher eine halbe Million von den *Verlorenen Kindern* verkauft. Ich finde es gut, dass Sie das literarische Potential von Familienromanen erkennen können«, sagte Jennifer Spencer und beugte sich weiter nach vorn. »So viele Menschen verachten einen tollen Familienroman, doch

Charles Dickens zum Beispiel war auch ein Familienroman-schreiber. Und auch Shakespeare, obwohl die Romanform in jenen Tagen natürlich noch nicht erfunden worden war.«

Kate nickte verständig, vermutete jedoch, dass Dickens wahrscheinlich mit der Anzahl der Brüder und Schwestern der Heldin auf dem Laufenden geblieben wäre. Oder auch gewusst hätte, ob die Mutter der Heldin nun tot war oder nicht.

»Also, ich meine mich zu erinnern, dass Isobel gestern am Telefon gesagt hat, dass wir so schnell wie möglich jeman-den gebrauchen könnten. Verstehe ich richtig, dass Sie ohne Kündigungsfrist sofort anfangen können?«

War das alles? War das Bewerbungsgespräch beendet? Kate bemühte sich, ihre Erleichterung nicht allzu deutlich zu zeigen. »Oh ja, je eher desto besser.«

»Hervorragend. Da ich ein Treffen mit einem Agenten habe, zu dem ich jetzt sofort aufbrechen muss, werde ich Sie an den entsprechenden Redakteur weiterreichen.« Jennifer Spencer drückte auf den Summer an ihrem Telefonapparat und Isobel tauchte in der Tür auf. »Könnten Sie Kate zu einem Gespräch mit Elaine bringen? Und könnten Sie, wäh-rend ich unterwegs bin, die Essenstermine für den nächs-ten Monat vereinbaren? In meinem Eingangskasten liegt eine Liste.« Damit erhob sie sich, und auch Kate stand mit schmerzhaft protestierenden Oberschenkeln auf. Sie wollte schon ihr ›Vielen Dank, dass Sie mich empfangen haben‹-Spiel beginnen, doch irgendwie unterband Jennifer Spencers Königinnenlächeln jede weitere Äußerung bei ihr, und sie ließ sich von Isobel aus dem Zimmer führen.

»Mittagessen mit einem Agenten, Kackkram«, murmelte Isobel, während sie weitere Gänge hinuntertrampelten. »Hier ist Elaine. Versuchen Sie, sie nicht aus der Fassung zu bringen, sie hat heute einen schlechten Tag.« Und schon ver-schwand sie wieder.

Kate war überrascht, dass die Frau vor ihr, den Kopf auf die Hand gestützt hatte und ein Papiertaschentuch in eine

Tasse mit Kräutertee schnipselte. Der Schreibtisch war bedeckt von Bergen und Bergen loser Blätter, die alle von halb geleerten Tassen mit einer übel riechenden Flüssigkeit beschwert wurden.

»Entschuldigen Sie«, begann Kate zögernd, »ich heiße Kate Craig und bewerbe mich hier gerade...«

Der Kopf der Frau ruckte hoch und ihre grauen dauergewellten Korkenzieherlocken flogen wild durcheinander. Ihre Augen sahen blutunterlaufen aus, doch wenn man fair blieb, dachte Kate, war das Neonröhrenlicht auch wirklich sehr unvorteilhaft.

»O Gott, richtig, ja, ja...« Die Frau begann, die Blätter hektisch hin und her zu schieben. »Ich habe gerade einige Überarbeitungen bekommen, und Mandy hat nicht gerade...« Sie schlug sich mit der Hand auf den Mund und riss die Augen auf. »Oh, verdammt, Entschuldigung, ich sollte nicht...«

Da Kate fürchtete, dass sie den ganzen Tag stehen bleiben könnte, legte sie einen Papierstapel auf den anderen Stuhl und setzte sich. Die Augen der Frau folgten dem Stapel ängstlich, als ob sie versuchte, sich seinen Verbleib einzuprägen.

»Also...?«, begann Kate.

»Ja, gut, ich bin Elaine.« Sie streckte eine kalte und knochige Hand aus, »und ich bin als Redakteurin für die Unterhaltungsromane zuständig.« Ihr Blick kehrte reflexartig zu dem Manuskript zurück und schnellte mit einiger Mühe wieder zu Kate.

»Ist das etwas Gutes?«, fragte Kate und verließ damit alle Versuche eines Bewerbungsgespräches.

»Oh, nun, ja, natürlich, aber es ist zu spät – nun, mehr als zu spät und eher lange überfällig, um ehrlich zu sein – und da liegt das Problem. Wir haben festgestellt, dass Mandy mit ihrer Arbeit nicht auf dem Laufenden war, als sie... als sie uns verließ.« Das Telefon klingelte, und sie drückte so lange auf irgendwelche Tasten, bis es schwieg. An ihrer Miene konnte Kate ablesen, dass der Anrufer hinter dem Manuskript her war.

Elaine spielte krampfhaft mit einem Gummiband herum. »Es stellte sich heraus, dass sie alles einfach nur unter ihren Schreibtisch geschoben hatte. Sie hat den Spitzenroman für Februar als Fußstütze verwendet, während ich dachte, dass er beim Autor ist. Kein Wunder, dass ihr Korb immer leer war«, stieß sie hervor und biss sich dann auf die Lippe.

Ein unbehagliches Schweigen senkte sich herab.

»Möchten Sie mich irgendetwas fragen?«, machte Kate einen weiteren Vorstoß.

»Können Sie tippen?« Elaines Stimme klang weit schriller, als sie wohl beabsichtigt hatte. »Können Sie lesen und deutlich mit Bleistift schreiben?«

»Äh, ja«, sagte Kate.

»Können Sie innerhalb der nächsten zwanzig Minuten anfangen?«

»Warum nicht?«, erwiderte Kate.

»Fantastisch, wir werden es Probezeit nennen.« Elaine schob ihr einen Stapel Papier zu und deutete auf den Schreibtisch vor ihrem Büro – wobei sie eine Tasse mit Kamillentee umwarf.

9

Es erforderte erstaunlich wenig Zeit, bis Kate einen Platz auf dem Schreibtisch frei gemacht hatte, was nach allem, was sie bis jetzt von ihrer Vorgängerin erfahren hatte, bedeuten konnte, dass die Hälfte des Zeugs, das dort hätte liegen sollen, nun unbezeichnete Ordner füllte, die überall herumlagen. Sobald Elaine die beiden Papierstapel vor ihr abgelegt hatte, erklärte sie ihr, dass der eine das mit Bleistift korrigierte Original war und der andere die Überarbeitung des Autors, und dass beide zusammengefasst werden mussten. Nachdem sie Kate mit einem spitzen Bleistift und einem

Anspitzer versorgt hatte, floh sie sofort aus dem Büro und zur Drogerie Boots'.

Das war nun eine Stunde her und von ihr und Jennifer Spencer war nichts zu sehen. Kate hatte alle gelben Post-it-Notizzettel, die Mandys Eingangskasten zierten, auf einen Notizblock übertragen und alles, was mit Ablage gekennzeichnet war, in einem Ordner abgelegt. Bis jetzt hatte sie das Telefon ignoriert. Da sie jetzt ihre Bürofähigkeiten erschöpft hatte, konnte sie das Problem mit dem Manuskript nicht länger beiseite schieben.

Sie starrte auf die oberste Seite des ersten Papierstapels. Dann sah sie sich die oberste Seite des anderen Stapels an. Sie stimmten nicht überein. Nicht einmal entfernt. Sie dachte daran, sich leise davonzustehlen und einfach nach Hause zu gehen.

»Haben Sie Probleme, Rose Anns Handschrift zu lesen?«, fragte Isobel, die plötzlich hinter ihr stand. »Die hat mich auch schon verrückt gemacht.«

Kate zuckte bei diesem beängstigenden und unerwarteten Gedankenlesen zusammen. »Hmm, ja«, sagte sie und fragte sich dabei, wie viel ihrer Unwissenheit sie straflos preisgeben konnte.

»Als ich zum ersten Mal ihre Änderungen eingab«, fuhr Isobel im Plauderton fort, »versuchte ich, sie ein bisschen umzuschreiben. Ich habe all die offensichtlichen Fehler korrigiert – falsche Namen und die Teile, die sie von den Problemseiten aus der Zeitung *Take a Break* übernommen hatte. Ich dachte, dass sie das nicht merken würde. Doch als ich dann beleidigende Faxe bekam, habe ich es aufgegeben. Deshalb ist Elaine ja auch, wie sie ist. Ein kleines bisschen…« Isobel wedelte mit der Hand. »Sie wissen schon.«

»Also«, Kate versuchte, sich ungezwungen zu geben, »Sie sagen, dass all diese roten Anmerkungen in diesem Stapel mit einem spitzen Bleistift in diesen Stapel übertragen werden müssen?«

»In das korrigierte Originalmanuskript?« Isobel sah sie scharf an. »Das ist das übliche Verfahren, ja.«

Kate wurde rot. Sie schauten beide auf die erste Seite.

»Nun, nicht diesen Teil, natürlich.« Isobel deutete auf den Text: ›Wer ist dieser blödsinnige Redakteur? Die verdammte Enid Blyton? Wie könnt ihr wagen, in meinem verdammten Text herumzuschmieren?‹, der mit roter Schrift quer über den dritten Paragraf gekritzelt worden war.

»Klar.« Vier Monate, dachte Kate. Nur vier Monate.

Isobel zog einen ungeöffneten Karton mit Büchern heran und setzte sich darauf. »Sie werden sicher wissen wollen, für wen diese Bücher bestimmt sind und ich denke, Jennifer wird fuchsteufelswild werden, wenn uns der Orange-Preis entgeht. Aber das ist ja an Ihrem ersten Tag noch nicht Ihr Problem«, fügte sie eilig hinzu.

»Ich habe gar nicht damit gerechnet, dass dies mein erster Tag sein würde«, sagte Kate. »Ich dachte eigentlich, dass es weitere Gespräche geben würde. Niemand hat mich bisher gefragt, ob ich schon im Verlagswesen gearbeitet habe.«

Isobel schnaubte verächtlich. »Wenn Sie schon im Verlagswesen gearbeitet hätten, hätten Sie sich für diesen Job nicht beworben.« Sie kaute am Ende ihres Zopfes herum. »Ich nun wieder. Ich möchte Ihnen nicht den Spaß verderben, Schätzchen. Gott weiß, wie bedient ich bin, Mandys Arbeit zusätzlich zu meiner eigenen zu machen. Hat Elaine Sie herumgeführt, ehe sie davongestürzt ist?«

Kate schüttelte den Kopf.

»Hat Sie Ihnen nicht einmal gezeigt, wo die Toiletten sind?«

»Sie sagte etwas, dass es kostenlosen Kaffee in der Küche gebe, mehr aber auch nicht.«

»Na schön.« Isobel stand auf. »Kommen Sie mit, kleines Mädchen.« Das Telefon klingelte, und sie drückte den ›Anruf umleiten‹-Knopf ganz automatisch.

»Kann ich dann also davon ausgehen, dass ich diesen Job hier bekommen habe?« Kate folgte ihr den Gang hinunter. »Ich bin ziemlich neu in diesem Bürokram.«

»Ja, ich denke schon. Elaine ist am Ende mit ihrem Latein, seit Mandy fortgegangen ist, und da es damals so lange gedauert hatte, bis Mandy eingestellt wurde, glaube ich nicht, dass sie es sich antun werden, dieses ganze Brimborium noch mal durchzustehen.«

»Oh«, sagte Kate. Sie war sich gar nicht so sicher, ob sie diesen Job überhaupt haben wollte, nachdem es so aussah, dass sie ihn hatte, auch wenn das bedeutete, dass sie damit Mike und Laura los wurde.

Isobel marschierte in die Küche und hantierte geschickt mit einer Gaggia-Kaffeemaschine herum, die die Größe eines Kleinwagens hatte. »Es ist Teil Ihrer Arbeitsplatzbeschreibung, dass Sie lernen müssen, mit diesem Ding umzugehen, Fotokopien herzustellen und Unterschriften zu fälschen. Die Idee dabei ist, dass, wenn ein Autor zu einem Gespräch ins Büro eingeladen wird, um Schwierigkeiten zu klären – zum Beispiel, dass man sein Buch verramschen wird oder dass er keine Party zum Lancieren seines Buchs bekommen wird – werden Sie sofort losgeschickt, um ihm ein ›heißes Getränk‹ zu machen. Wenn Sie dem Autor innerhalb von fünf Minuten eine sehr kleine Tasse Kaffee in die Hand gedrückt haben und er sich darauf konzentrieren muss, ihn nicht zu verschütten, kann Jennifer oder wer auch immer den problematischen Teil des Gesprächs über die Runden bringen, noch ehe der Autor überhaupt bemerkt hat, dass es zur Sprache kam.«

»Und wenn das nicht klappt, dann kann man den verschütteten Kaffee als Ablenkungsmanöver nutzen, vermute ich mal.«

»Sehr gut!« Isobel goss sehr starken Kaffee in zwei Becher, die das Eclipse-Logo trugen. »Mit dieser Einstellung werden Sie es weit bringen. Milch?«

Kate betrachtete den furchterregenden Milch-Tauchsiederstab und beschloss, Isobel nicht so viel Umstände zu machen. »Nein, ich trinke ihn schwarz«, log sie.

»Bitte schön.« Isobel schob ihr einen der Becher zu, öffnete den Kühlschrank und verzierte ihren Kaffee mit einem Turm aus Sprühsahne.

»Warum ist Mandy gegangen?«, fragte Kate und trank schlürfend von ihrem Kaffee. Der bittere Geschmack ließ sie erbleichen. Giles trank immer Espresso, und sie hatte seit Ewigkeiten erfolglos versucht, ihn auch zu mögen.

Isobels sommersprossige Stirn kräuselte sich. »Uch, ich glaube nicht, das es meine Sache ist, dazu…«

»Ach, Entschuldigung, vergessen Sie, dass ich das gefragt habe. Das geht mich ja gar nichts an, Verzeihung, Verzeihung…« Kates Gesichtszüge entglitten ihr. »Vielleicht sollte ich jetzt an meiner, hmmm…« Gott, sie kannte nicht einmal den korrekten Begriff für das, was sie machte. Doch, dachte sie mit dem Aufblitzen ihrer alten Kampfeslust, zu keinem Zeitpunkt hatten weder Jennifer noch Elaine sie gefragt, ob sie das schon mal gemacht habe. Und sie hatten ihren Lebenslauf gesehen – allerdings einen, den Giles zwar nicht stark verändert, aber immerhin kosmetisch aufgepeppt hatte.

»Ich führe Sie nur noch schnell herum«, sagte Isobel. »Einfach nur zu den Leuten, die Sie kennen müssen und vielleicht zur Werbeabteilung – die bekommen dort all die Hochglanzmagazine. Nehmen Sie Ihren Kaffee mit.«

Für ein so kleines Mädchen kam Isobel überraschend schnell voran, als sie Kate in einer Art Blitztour durch die gesamte Redaktionsabteilung führte, die halb leer zu sein schien.

»Simon, der einzige männliche leitende Redakteur sitzt hier, ist aber zu Tisch. Er macht hauptsächlich literarische Romane – alles, was wir anderen grundsätzlich nicht verstehen. Das ist Megan, seine Assistentin… Megan, das ist Kate, Elaines neue Assistentin.«

Megan sah von ihren Korrekturfahnen auf und winkte strahlend. »Hallo, Kate. Können wir bitte bald unsere Schokoladenpause machen, Isobel?«

»In einer halben Stunde. Ich muss ein Manuskript zur

Produktion bringen, sonst bringen die mich um.« Isobel verdrehte die Augen. »Eine ihrer Praktikantinnen hat Jennifer angerufen und gefragt, wo es ist – als ob sie das wüsste! – und Jennifer flippte aus, weil sie sich nicht daran erinnerte, es jemals gesehen zu haben und hat das an mir ausgelassen.«

»*Gott*«, sagte Megan. »Na wenigstens musst du dich nicht mit all diesem fürchterlichen Kram befassen, den Mandy…« Sie schlug ihre Hand auf den Mund und wurde rot.

»Lassen Sie uns gleich weitergehen«, sagte Isobel und dirigierte Kate zum nächsten Büro. »Das ist Alisons Büro, sie macht hauptsächlich aggressive Frauenromane, ist aber auch zu Tisch, ihr Assistent Richard sitzt dort drüben, ist aber auch nicht da, wahrscheinlich macht er blau, das dort ist Jo am Telefon, sie macht viele amerikanische Thriller…« Sie blieb stehen. »Eigentlich sollte sie doch mit einem amerikanischen Literatur-Agenten beim Mittagessen sein. Ich habe ihre Verabredung mit Jennifers getauscht. Warten Sie eine Minute.«

Isobel schoss in das Büro, kritzelte etwas auf einen Post-it-Notizzettel und klebte ihn auf den Schreibtisch. Kate sah interessiert zu, wie die Redakteurin aufhörte, ihre widerspenstigen blonden Haare um einen Kugelschreiber zu wickeln und sich melodramatisch vor die Stirn schlug. Lautlos formte sie mit den Lippen »Danke!« in Isobels Richtung, versuchte erfolglos, ihr Telefongespräch zu beenden und fuchtelte frustriert mit den Armen herum.

»Kein Problem«, formten Isobels Lippen lautlos zurück und sie murmelte: »Verwirrte Kuh«, sobald sie um die nächste Ecke gebogen waren. »Die Assistentin ist in Urlaub, und sie kann nicht einmal ihren eigenen Nagellack finden. Hat mich heute Morgen telefonisch gebeten, zu ihr zu kommen und ihren Computer anzuschalten. Man würde nie glauben, dass sie um diese Zeit vor einem Jahr noch selbst Assistentin gewesen ist. Die hat ein erstaunlich selektives Gedächtnis.«

Sie quetschten sich gegen die Wand, um eine schwer beladene Frau mit jett-schwarzem welligen Haar und einer John-Lennon-Brille vorbeizulassen. Sie trug ein Tablett voller Kaffeebecher und atmete schnaubend durch die Nase.

»Ah, hier ist jemand, den Sie kennen lernen sollten«, sagte Isobel. »Sarah, das ist Kate, Elaines neue Assistentin. Kate, das ist Sarah, eine der Produktionsleiter. Sie kümmert sich um fast alle Bücher von Elaine. Übrigens«, fügte sie schnell hinzu, als Sarah zum Sprechen ansetzte, »müssen Sie ihr das Manuskript bringen, wenn Sie mit dem Einfügen der Korrekturen fertig sind. Das Manuskript, an dem Sie gerade arbeiten.«

Sarah stieß einen wilden Seufzer aus. »Ich habe es Elaine heute Morgen schon dreimal gesagt. Wenn ich es nicht bis heute Abend bekomme, geht es nicht in Druck. So einfach ist das. Kein Skript, keine pünktlichen Bücher, keine Weihnachtsgratifikationen. Was soll ich sagen? Ich schimpfe wirklich nicht gern mit Leuten herum…«

»Fein, fein«, sagte Kate vergnügt. »Kein Problem.« Sie fühlte sich ein wenig benommen bei dem Gedanken an all das Papier und klammerte sich an ihren Kaffee. Auch noch kopieren – wie schwierig kann das schon sein? Als sie zum letzten Mal kopiert hatte, hatte sie dafür einen lila Buntstift benutzt.

Sarah fixierte sie mit durchdringend blauen Augen. Kate wand sich. »Und sagen Sie Elaine, dass sie die Weiterschaltung ihres Telefons ausstellen soll. Sie kann zwar wegrennen, aber sich nicht verstecken.«

»Wir sollten jetzt wieder an die Arbeit zurückgehen.« Isobel warf Sarah ein schnelles Lächeln zu und schob Kate auf dem Gang weiter. Sie waren im Kreis zurück zu Elaines Büro gegangen. Eine neue Reihe Vitaminröhrchen auf dem Schreibtisch ließen vermuten, dass sie hier gewesen war und das Büro wieder verlassen hatte.

»Ich könnte Ihnen noch mehr Büros zeigen, doch da alle entweder im Urlaub oder noch bei Tisch sind, würde das nichts bringen.«

Kate versuchte noch, sich die Leute, die sie gesehen hatte, einzuprägen. Die Papierstapel lagen drohend auf ihrem Schreibtisch und drei neue Post-it-Notizen waren auch da. »Vielleicht sollte ich jetzt zu dem Manuskript zurückkehren?«

»Okay«, sagte Isobel. »Und melden Sie sich bei mir, wenn Sie Hilfe brauchen, und ignorieren Sie das Telefon – das hier ist viel dringender. Ich werde morgen Ihre Mailboxansage ändern, und wir sprechen darüber, wie hier alles funktioniert.«

Wenn ich dann noch hier bin, dachte Kate.

»Rose Anns Überarbeitungen lassen normalerweise Interpretationen zu«, fuhr Isobel fort und schwieg dann. »Oh, Mist, klingelt da mein Telefon?« Sie trottete davon.

Kate trank ihren Kaffee in einem Zug aus und setzte sich an den Schreibtisch.

Abraham Postlethwaites schwacher knorriger Griff um seine behelfsmäßige Krücke lockerte sich, und der blinde alte Bettler sank mit einem leisen Fluch in die Schneewehe zurück. Hatte der Herr über Postlethwaite Hall und all die vielen umliegenden Flächen natürlicher Schönheit so geendet? Wäre es nicht so gewesen, wäre diese Geschichte ganz und gar anders verlaufen…

»Sie sind ja noch immer da! Sie müssen doch das ganze Ding nicht *lesen*, sondern nur die Änderungen einfügen, die sie gemacht hat. Elaine hat diese Überarbeitungen in den letzten zehn Tagen alle durchgesehen.«

Kates Kopf fuhr hoch. Sie schielte fast von dem mühevollen Entziffern von Rose Ann Bartons wütendem Gekritzel, und ihr Schreibtisch war bedeckt mit den Resten zweier Radiergummis, mit denen sie all die redaktionellen Bleistiftkorrekturen entfernt hatte, die Rose Ann als Verstoß gegen ihren Stil empfand. Anfangs hatte sie die redaktionellen Korrekturen, die Rose Ann wieder in die ursprünglichen Fehler zurückkorrigiert hatte, bestehen lassen, doch nach drei Stunden (die sie nur damit unterbrochen hatte, dass sie Isobel bat, ihr die Bedienung der Kaffeemaschine zu zeigen), wusste sie nicht mehr, wie man einfache Worte buchstabiert und hatte zusammen mit einigen warzigen und wahrscheinlich illegitimen Romanfiguren schnell ihren Lebenswillen verloren – während sie sich von der labyrinthischen Handlung widerwillig faszinieren ließ. Und dabei hatte sie kaum bemerkt, wie die Stunden vorbeigegangen waren.

»Wie spät ist es denn?«

»Fast sechs«, sagte Isobel mit besorgtem Ton. »Sie können doch um fünf nach Hause gehen.«

Kate seufzte. »Ich weiß, Elaine hat es mir gesagt, als sie ging. Aber ich habe nur noch fünfzig Seiten übrig und ich weiß...«, sie sah schnell auf den Notizzettel an ihrem Telefonapparat »... dass Sarah das Manuskript bis zum Tagesende haben wollte, also...«

»Sie kann damit jetzt überhaupt nichts mehr anfangen. Alle sind schon weg. Die Produktionsabteilung ist immer so pünktlich, dass man die Uhr nach ihr stellen kann.«

Kate war sehr versucht, nach Hause zu gehen, doch ihre natürliche Hartnäckigkeit hatte sich ungefähr bei Seite 256 bemerkbar gemacht, und sie wusste, dass wenn sie morgen wiederkam und das alles wieder vor sich hatte, sie es bis zur Mittagspause nicht schaffen würde. Und sie musste einen guten Eindruck erwecken, wenn auch nur, um von ihrer geringen Tippgeschwindigkeit abzulenken.

»Nein«, sagte sie munter, »ich werde es fertig machen, dann kann Sarah es morgen sofort bekommen.« Sie spitzte ihren Bleistift mit weit mehr Enthusiasmus an, als sie empfand. Außerdem, weswegen wollte sie denn überhaupt nach Hause gehen?

Isobel sah sie unsicher an. »Ich sage Ihnen nur eines: ich habe für die Korrekturen von Rose Ann nie weniger als zwei Tage gebraucht.«

Kates anspitzende Hand erstarrte.

»Na, dann sage ich gute Nacht.« Isobel hievte sich einen riesigen Rucksack auf die Schulter. Er passte überhaupt nicht zu ihrer hübschen kleinen bestickten Strickjacke.

»Was schleppen Sie denn in diesem Sack nach Hause? Den Fotokopierer?«, fragte Kate in einem Versuch von Heiterkeit.

»Ach, nein, nur einige Manuskripte«, sagte Isobel und schnitt eine Grimasse. »Jennifer hat übrigens gesagt, dass Sie auch ein paar lesen sollten. Warten Sie…« Sie öffnete den Rucksack und packte einige Manuskripte auf die anderen Papierstapel auf Kates Schreibtisch.

Sie beide betrachteten ein paar Sekunden lang den Albtraum aus Papier, und dann legte Isobel die Manuskripte entschuldigend ins Bücherregal.

»Nur einfach im Laufe der nächsten Woche kurz durchsehen. Ist nicht sehr eilig.«

»Fein«, sagte Kate mit gedrückter Stimme und kehrte zu der Seite zurück, an der sie gearbeitet hatte.

Die erste Zeile, die geändert worden war von ›»Wenn der Gute Lord nicht mein Richter ist, so helfe mir Gott«, krächzte Karen und fiel kopfüber in den Schlackenhaufen‹ zu ›»Aaaargh!‹, schrie Betsy, als sie in den Minenschacht hinabstürzte«, war in Rose Anns wütender roter Schrift wieder zurückkorrigiert worden.

»Isobel«, rief Kate ihr nach, »kann Rose Ann einfach die Namen ihrer…?«

Isobel schüttelte schon den Kopf.

»Das habe ich mir gedacht«, sagte Kate und griff nach dem Radiergummi.

Einige Zeit später blätterte Kate die letzte Seite von Rose Anns Überarbeitung um, auf der sie entdeckte, dass die Mutter des kleinen stummen Jungen in Wirklichkeit seine Schwester war und nicht, wie der komplizierte Stammbaum der Redakteurin bewies, die Frau seines Cousins. Außer den bröseligen Resten von zwei weiteren Radiergummis lagen auch noch fünf zusammengeknüllte Papiertaschentücher herum, in die Kate bei der Sterbeszene nach der unabsichtlichen Tötung mit Rattengift hineingeschnäuzt hatte, die Spitzreste von drei HB-Bleistiften, ungefähr einhundert bunte Klebestreifen, mit denen der Redakteur Fragen markiert hatte und mehrere Seiten mit aufgeregten Notizen des Redakteurs, auf die Elaine gekritzelt hatte: »Ignorieren!«

Kate atmete tief aus. Gott sei Dank war das erledigt. Das Büro war ruhig, und das nächtliche Licht strömte durch die großen Fenster. Die Bürgersteige draußen waren noch voller Menschen, und Kate spürte plötzlich, dass sie hungrig war, da sie nichts gegessen hatte, seit dem Kaffee und dem Schokoladenriegel, die sie zu sich genommen hatte, um die zehn Minuten totzuschlagen, ehe sie bei Eclipse zu ihrem Bewerbungsgespräch auftauchte. Das schien eine unvorstellbar lange Zeit her zu sein.

Genug, dachte sie, während sie die Papiere zu zwei ordentlichen Stapeln zusammenschob. Ich gehe nach Hause.

10

Für den Heimweg brauchte sie fast zwei Stunden.

Hauptverkehrszeit, Menschen, die sich drängelten, Straßenmusikanten, und was zum Teufel verkündete der Ausrufer denn und die Sache mit der Londoner U-Bahn – all das war die schlimmste Erfahrung von Platzangst, die Kate jemals gemacht hatte. Da sie seit ihrer schrecklichen Busfahrt ein tiefes Misstrauen gegen Busse entwickelt hatte, entschied sie sich für die U-Bahn mit der Überlegung, dass sie dann immer ungefähr wusste, wo sie war, solange sie im Zug blieb.

So war es ein Schock für sie gewesen, als sie sicher die grüne Linie genommen hatte, um nach West Kensington zu gelangen, wie es in ihrem alten Stadtplan sorgfältig gelb eingekreist war, und sie sich plötzlich, ohne sich überhaupt hingesetzt zu haben, in Wimbledon befand. Da sie zwischen zwei dickbäuchigen Geschäftsmännern zerquetscht wurde, die den *Evening Standard* lasen, hatte sie dem Fahrplan nicht folgen können. Als man ihr sagte, dass ihre Fahrkarte nicht mehr galt und dass sie eine Strafe von zehn Pfund zu zahlen hätte, lief das Fass über. Der Verlust einer Ein-Pfund-Münze im Schokoladenautomaten und ihr fünf Minuten langes, lautloses Weinen in ihre Handtasche half ihr weit weniger als erhofft, und schließlich kehrte sie zum Earl's Court zurück, wo die sich teilenden Linien all den Ärger verursacht hatten und ging zu Fuß nach Hause. Dabei verschwand sie in jedem Telefonhäuschen, an dem sie vorbeikam, um unter dem Vorwand, ein Telefonat zu führen, ihren Stadtplan zu überprüfen.

Es war fast – aber nicht ganz – eine Erleichterung, als sie die Abzweigung zum Deauville Crescent erkannte, so dreckig der auch war. Kate ging hinein und sah hoffnungsvoll in die Briefkastenschlitze, falls Giles irgendwie ihre Adresse bekommen und ihr geschrieben hatte, dass er nicht zulassen konnte, dass sie mit zwei fremden Männern und deren räudiger Katze zusammenlebte und dass er mit dem nächsten Flug zurückkommen würde, um sie zu holen. Doch nur eine rote Gasrechnung war darin, ein paar Briefe für die abwesende Mandy und eine Gemeindesteuerrechnung, die an Leute adressiert war, von denen sie noch nie gehört hatte. Kate zog sich verdrossen die Treppe hinauf und zerrte die Tasche mit den Manuskripten hinter sich her.

Die Wohnungstür stand weit offen, als sie oben ankam, und unbeholfene Aktivitäten waren aus der Küche zu hören. Beide Jungs waren zu Hause.

»He, Dant, glaubst du, dass es der erschröcklichen Kate etwas ausmachen wird, wenn wir etwas von ihrem Trüffelöl nehmen?«

Kate erstarrte.

»Nee…« Das war eindeutig Dants sarkastische schleppende Stimme. »Ich glaube nicht, dass sie überhaupt weiß, was sie damit anfangen soll. Wahrscheinlich wundert sie sich darüber, dass es nicht nach Schokolade schmeckt.«

Kate platzte in die Küche und stieß die Tür so stark auf, dass sie gegen die Wand dahinter knallte und sich das Bild eines französischen Nackedeis löste, das auf der Rückseite angepinnt gewesen war. Harry sprang von ihrem Schrank zurück, als ob der Türgriff plötzlich unter Strom stünde.

»Was möchtet ihr euch denn noch nehmen?«, fragte sie giftig. »Wenn ihr nachschaut, findet ihr ein paar ziemlich gute Oliven – das heißt, wenn ihr sie nicht schon an euch genommen habt.«

Hinter ihr spuckte Dant seinen letzten Olivenkern aus und breitete ein Geschirrtuch über die Schale mit den anderen Kernen, die vor ihm stand.

Harry wurde feuerrot. »Oh, Mann, äh, hallo...«

»Wir dachten, dass du nicht nach Hause kommst«, sagte Dant, legte die Füße auf den Küchentisch und zündete sich eine weitere Camel an.

»Tja, ich musste länger arbeiten«, zeterte Kate. »Ich konnte ja nicht ahnen, dass ich zu Hause bleiben und meinen Küchenschrank bewachen muss.« Mit scharfem Blick musterte sie die Reste von Brot und Pastete auf dem Tisch. »Stammt das auch von mir?«

Harry fuhr sich mit der Hand nervös durch das blonde Haar. »Hm, ach herrje, ich weiß, dass das schlecht aussieht, aber ich wollte dir etwas zum Abendessen kochen, um, äh, mich für letzte Nacht zu entschuldigen.« Er versuchte sich an einem unterwürfigem Lächeln. »Wir sind, glaube ich, nicht mit dem rechten Fuß aufgestanden, oder?«

Kate sah ihn mit ihrem besten ›Ach, ja?‹-Blick an und war noch immer wütend, dass er ihr, oder besser gesagt Lauras Trüffelöl noch nicht in ihren Schrank zurückgestellt hatte.

»Dant hat Brot aus dem Feinkostgeschäft um die Ecke geholt und da du so... da du länger arbeiten musstest, haben wir schon angefangen.« Er lehnte sich an ihren Schrank, um ihn möglichst diskret zu schließen.

Kate stützte die Hände auf die Hüften. Ihr ursprünglicher Ärger verwandelte sich in Verlegenheit, zumal sie spürte, dass sich Dants amüsierter Blick in ihre linke Pobacke bohrte. Sie drehte sich um, damit er ihren Hintern nicht weiter ansehen konnte.

»Warum duschst du nicht eben?«, fuhr Harry schmeichelnd fort. »Das dauert nicht lange, und du wirst dich viel besser fühlen.«

Dant zog seine Augenbraue hoch. »Ja, du wirst dich fast wieder menschlich fühlen.« Kate starrte ihn an, doch er zog nur die andere Braue in unschuldiger Überraschung hoch. »Man weiß ja nie.«

»Wenigstens brauche ich nur eine Dusche«, gab sie zurück.

Einen entsetzlichen Augenblick lang dachte Kate, dass sie zu weit gegangen war. Ein schwarzer Blick huschte über sein Gesicht, während sie hinter sich Harry vor Lachen schnauben hörte.

»Sehr nett!«, quietschte er wie eine amüsierte Ente.

Kate drehte sich zu ihm um. Er deutete auf Dant und machte seltsame Gesten, die sie, nach Dants gereizter Miene zu urteilen, offensichtlich beide verstanden.

»Okay, ich brauche fünf Minuten.« Sie lächelte Harry unsicher an, unschlüssig, ob er ein möglicher Verbündeter war oder nicht.

»Kann sein, dass kein heißes Wasser kommt, aber wenn du es ein bisschen laufen lässt, sollte schon irgendwann welches kommen«, meinte Harry hilfsbereit. »Wenn nicht, dann zieh einmal das Klo ab. Scheint zu helfen, aber frag mich nicht, warum.«

»Danke«, sagte Kate. »Es dauert nicht lange.«

»Und wasch dir all den Schreibkraft-Dreck herunter«, murmelte Dant, als sie den Raum verließ.

Kate hielt inne und drehte sich fast um, doch die Erschöpfung dieses Tages war zu viel für sie, und sie ließ es ihm dieses eine Mal durchgehen.

Nachdem Kate ihre Zimmertür fest hinter sich geschlossen hatte, zog sie sich die Arbeitskleider aus, raffte das Haar zu einem Knoten zusammen und zog sich den flauschigen weißen Bademantel an, den Giles ihr geschenkt hatte, als sie zugegeben hatte, dass sie keinen besaß. Er trug seine gestickten Initialen auf der linken Seite, wahrscheinlich um deutlich zu machen, dass er nicht aus irgendeinem exklusiven Hotel geklaut worden war. Leider roch er, im Gegensatz zum Taschentuch, nicht nach ihm.

Sie nahm ihr Handtuch und Shampoo – oh nein, sie würde ihre Toilettenartikel nicht in einem Gemeinschaftsbad aufbewahren –, patschte zum Badezimmer hinunter und horchte angestrengt auf weitere Witzchen der beiden Comicfiguren. Sie hatten das Radio angestellt, wahrscheinlich um ihre Unterhaltung zu übertönen, und sie konnte nur hören, dass Harry mit tonlosem ›diddelliddeli‹ das Gitarrensolo aus ›Layla‹ summte und den Rhythmus mit dem Hackmesser schlug. Wahrscheinlich spielte er auf der Bratpfanne, dachte sie, linste ins Bad und vergewisserte sich mit ihrem lange erlittenen Verfolgungswahn, dass dort keine übermütigen ›Lass uns die kleine Dame erschrecken‹-Streiche auf sie warteten. Abgesehen von einem muffelnden nassen Handtuch, das auf dem Boden zurückgelassen worden war und drei lustigen Marks & Spencer Boxershorts, die auf dem Heizkörper trockneten, schien nichts vorsätzlich Unangenehmes vorhanden zu sein. Sie schloss sich ein und schob den Stuhl unter die Klinke von Dants Seitentür.

Nachdem sie ein paar Minuten unter der Dusche gestanden hatte, fühlte Kate sich schon viel besser und schämte sich fast für ihren Ausbruch. Bis zu diesem Zeitpunkt hatte sie gar nicht gemerkt, wie anstrengend dieser Tag für sie gewesen war, die Konzentration über solch eine lange Zeit. Zuhören. Sich daran erinnern, nicht ›Was?‹ zu sagen, wenn Leute einen ansprachen. Ordentlich schreiben. Kein kleines Nickerchen machen können, wenn einem um drei Uhr danach war.

Als Kate sich unter den Armen einseifte, überfiel sie der Gedanke, dass sie diesen heutigen Tag noch sechzehnmal wiederholen musste. Und sie würde das alles immer wieder zwölf Stunden lang tun müssen, dreimal bis zum Wochenende. Die Seife glitt ihr vor Schreck über diese Erkenntnis aus den Händen. Mitte Juli, Mitte August, Mitte September, Mitte Oktober… das war was? Drei Feiertage? Sie konnte sich nicht daran erinnern, jemals von solchen Trivialitäten Notiz genommen zu haben. Plötzlich fühlte sie sich wie in einer Falle. Tränen sprangen ihr aus den Augen und sie blinzelte sie fort.

Giles, dachte sie. Giles, Giles, Giles.

In der Küche debattierten Dant und Harry darüber, was sie gegen den Mangel an Zutaten für die Nudelsoße machen konnten, die bisher nur aus Harrys Zwiebel und runzeliger Zucchini und Dants reichlichem Vorrat an Knoblauch bestanden.

»Nicht einmal Tomaten?«

»Du hast mir nicht gesagt, dass ich Tomaten mitbringen soll. Außerdem ist es Jahre her, dass ich welche gekauft habe. Mandy hat sie immer kistenweise gekauft.«

Harry seufzte und öffnete Kates vollgepackten Schrank. »Es ist sehr schlimm, vor allem nach letzter Nacht, doch…«

Dant sah ihn an. »Also seltsamerweise scheint sie doch gar nicht zu wissen, was ihr gehört und was nicht. Wenn sie also so verwirrt ist und du ihr ein nettes Essen machen willst, musst du einfach all ihr glänzendes frisches Gemüse verwenden.« Er pustete eine Rauchwolke heraus. »Ich frage mich nur, warum sie das alles in den Wäschekorb gepackt hat.«

Harry reichte ihm zwei rote Paprika, eine Aubergine und ein Bund frisches Basilikum.

Dant drückte seine Zigarette in dem überquellenden Bart-Simpson-Aschenbecher aus und betrachtete das Gemüse kritisch. »Ich glaube, ich habe eine gute Austernsoße gesichtet, als du nach Kaffee gesucht hast.«

»Dant«, sagte Harry warnend.

Dant warf ihm ein abwesendes Siegerlächeln zu. »Willst du nun, dass sie sich hier zu Hause fühlt oder nicht?«

Kate trocknete sich in ihrem Zimmer ab und zog frische Unterwäsche und ihre Größe-Zehn-Jeans an, die bei all dem Stress etwas lockerer saß, was sie ein wenig aufheiterte und fand ein weißes T-Shirt. Sie wollte nicht aussehen, als hätte sie sich besondere Mühe gegeben.

Ihre schwarzen Pantoffeln – die jetzt, eine verdammte Woche zu spät, offenbar eingetragen waren – klapperten auf den Fliesen in der Diele und warnten die Jungs davor, dass sie im Anmarsch war. Dant hing noch immer in seinem Stuhl, rauchte, doch ein großer Berg geschnittenes Gemüse lag vor ihm. Harry machte eine Bratpfanne heiß und rauchte auch. Er drehte sich um und machte eine Handbewegung zum Tisch.

»Setz dich doch dorthin und nimm das Weinglas, das ich gerade gefüllt habe...«

»Alkohol haben wir immer genügend im Haus«, murmelte Dant, schob seinen Stuhl zurück und schlurfte mit dem Gemüsebrett hinüber zum Herd.

»... und das Abendessen ist in circa zehn Minuten fertig.«

Kate bezweifelte das insgeheim, weil sie noch nicht einmal mit der Nudelsoße angefangen hatten, doch sie erwähnte das nicht, damit sie sie nicht als Expertin ansahen und sie den ganzen Kram kochen ließen. Das hatte sie schon viel zu oft erlebt, um nun wieder darauf hereinzufallen. Stattdessen setzte sie sich und nippte an dem großen Weinglas.

Harry kam zu ihr herüber.

»Ich dachte, du kochst«, sagte Kate.

»Gott behüte«, sagte Harry. Er goss sich selbst ein großes Glas ein und dann eines für Dant. Kate sah, dass er nur drei Gläser mit einer Flasche füllen konnte. »Nein, nein, nein, Dant ist hier der Koch. Ich kann nur Toast verbrennen.«

Heftige Zischgeräusche kamen vom Herd. Kate drehte sich gerade noch rechtzeitig um, um mitzubekommen, dass

Dant etwas Alkohol in die Pfanne gab und ihn anzündete. Wolken von Rauch waberten um ihn herum.

»Geht es ihm gut?«, fragte sie Harry nervös. »So mache ich Spaghetti Bolognese nie.«

»He, Dant, ist alles okay bei dir?«, rief Harry höflich.

»Der verdammte Feuermelder funktioniert mal wieder nicht«, erwiderte Dant, und wedelte mit den Armen um seinen Kopf herum. »Sag Cress, dass wir die Inspektoren rufen werden, wenn sie nicht die Miete reduziert.«

Harry wandte sich Kate wieder zu. »Er ist okay. Er hat einen Kochkurs bei Prud Leith gemacht... Nun ja, eigentlich hat er nur die ersten beiden Tage des Kochkurses mitgemacht. Ihre Feuermelder funktionierten besser als unsere. Zum Glück für sie.«

»Oh!«, sagte Kate. »Dann ist Dant ein Küchenchef?«

Harry hustete in seinen Wein hinein. »Äh, nein. Seine Mutter hat ihn zu all solchen Kursen geschickt, weil sie hoffte, dass er dabei eine Art von Berufung herausfinden würde. Bisher hat er Feng Shui, Cordon-Bleu-Kochen, Innenarchitektur, Zielschießen und Blumenbinden hinter sich...«

»Warum denn? Was macht er denn den ganzen Tag?«

»Das fragt seine Mutter ihn schon seit fünf Jahren.« Harry senkte die Stimme. »Sie ist Autorin. Vielleicht hast du ja schon von ihr gehört? Sie nennt sich Anna Flail. Das ist natürlich nur ein Pseudonym.«

Kate nickte. Der Name kam ihr bekannt vor, was mehr war, als sie von der Reihe der Autoren, an der sie im Verlag vorbeimarschiert war, behaupten konnte, obwohl sie zu diesem Zeitpunkt genickt und ›Ohhh, richtig‹ gesagt hatte. Anna Flails eselsohriger Horror-Roman hatte in der Schule heimlich die Runde gemacht, und Kates Mum war fuchsteufelswild geworden, als sie ihn in ihrem Turnbeutel entdeckt hatte. Allerdings nicht ganz so wütend wie Carrie Jones – der das besagte Buch gehörte – als Kate ihr gestehen musste, dass ihre Mum es ins Feuer geworfen hatte. Nachdem sie es gelesen hatte, natürlich.

»Sie hat doch *Die Rosen des Todes* geschrieben? Wow!«

Harrys Gesicht bekam einen warnenden Ausdruck. »Also, sie mögen sich nicht, also erwähne es nicht.«

Dant durchquerte mit zwei Tellern den Raum, auf denen dampfendes Schmorgemüse angehäuft war.

»Ich möchte mich von den langweiligen Anforderungen des Arbeitslebens frei halten, und außerdem weiß ich genau, dass das die alte Ziege verrückt macht und mein altes Miststück von Schwester als zusätzlichen Bonus aufregt.«

Kate wurde rot und fragte sich, wie er sie hatte hören können. Er schien weit wachsamer zu sein, als sein versteinertes Verhalten vermuten ließ. Sie war seltsam aufgeregt darüber, dass sie mit dem Sohn von Anna Flail zusammenlebte und setzte dieses Gefühl gegen die anderen und deutlicheren Macken in Dants Persönlichkeit.

»Und was machst du?«, fragte sie Harry. Angesichts seines eleganten Anzugs vermutete sie, dass er nicht ganz so frei war wie Dant.

Dant zögerte neben ihrem Stuhl, starrte erst sie an und dann ihren Teller.

»Äh, danke«, sagte sie und sah zu ihm auf. »Es sieht toll aus.«

»Wir haben nicht jeden Tag Austernsoße,« erwiderte Dant und ging zum Herd zurück, um für sich auch einen Teller zu füllen.

»Ich arbeite bei einem Sportwagen-Händler«, sagte Harry. »Verkaufen, fahren, kaufen, das ganze Zeug.« Er griff in die Tasche seiner Anzugjacke, die über seiner Stuhllehne hing. »Warte mal, ich habe heute gerade neue Visitenkarten bekommen.« Er zog eine dicke Karte heraus, auf die oben ein goldenes Speichenrad in der Art der schicken 1950er Rennwagen eingeprägt war. Kate hielt die Karte vorsichtig an den Kanten fest und betrachtete sie: *Henry Harvey, Verkaufsberater, Keyes of London.*

»Ich habe mich schon immer mit Autos beschäftigt, und als ich das College verließ, wusste ich wirklich nicht, was ich tun sollte«, fuhr Harry fort und bediente sich großzügig mit der Sojasoße. »Ich habe ein bisschen herumprogrammiert – Internetseiten und solche Sachen – aber ich bin wirklich kein Computer-Freak. Ich wollte mit Autos arbeiten, Dad kannte ein paar Leute, und so kam ich einfach dazu.«

›Dad kannte ein paar Leute‹ – wenn es nur für alle so einfach wäre, dachte Kate bitter. Diese Leute wussten das gar nicht zu schätzen. Sie schob sich eine volle Gabel in den Mund und war überrascht, wie schmackhaft das Essen war.

»Hast du in letzter Zeit etwas verkauft?«, fragte sie Harry und schob die Karte in ihre Jeanstasche.

Sein Gesicht sackte ein wenig ab. »Äh, nein, in letzter Zeit nicht. Ich muss noch viel lernen …«

»Es muss toll sein, sich mit etwas zu beschäftigen, was man so mag«, fügte Kate hinzu und war zu höflich, um allzu deutlich zu werden. »Das ist dann ja mehr ein Hobby als ein Job, denke ich mal.«

»Oh ja, das ist es.«

Dant knallte seinen Teller ihr gegenüber auf den Tisch, noch ehe Harry weitersprechen konnte. »Da wir gerade von Hobbys sprechen, ich hoffe, dass du in Mandys Job besser bist, als sie es war. Das ist schließlich keine große Herausforderung.«

Kate wollte schon antworten, als ihr einfiel, dass sie ihnen noch gar nicht gesagt hatte, was sie machte. »Woher weißt du, dass ich Mandys Job habe?«, fragte sie.

»Ich habe gehört, wie du dich am Telefon in das Bewerbungsgespräch hineingestohlen hast und habe das Manuskript gesehen, das du heute zum Lesen mit nach Hause gebracht hast. Da muss man nicht Dr. Watson sein, um sich das zusammenzureimen.«

»Oh, sehr gut«, sagte Kate und legte die Gabel nieder. In dem Maße, wie das Adrenalin durch ihren Körper schoss, verging ihr der Appetit. »Also, abgesehen davon, dass du ohne anzuklopfen ins Bad stürmst und meine Telefongespräche mithörst, gibt es noch etwas, was ich wissen sollte?

Möchtest du, dass ich meine Zimmertür nachts offen lasse, damit du jederzeit hereinkommen kannst? Oder soll ich meine Unterwäsche herumliegen lassen, damit du dich an ihr freuen kannst, ehe ich sie wasche?«

»Dant!«, sagte Harry. »Hast du …?«

»Ach, um Gottes willen«, sagte Dant und starrte sie an. »Ich habe doch nur Spaß gemacht. Merkst du nicht, wenn jemand herumalbert?«

»Ich finde das nicht komisch. Für mich ist das ein Einbruch in meine Privatsphäre. Und wenn du mich dazu bringen willst, hier wegzugehen, indem du dich wie ein widerspenstiges Arschloch aufführst, dann kannst du das vergessen.« Kate biss sich auf die Lippen. »Wenn du allerdings tatsächlich ein widerspenstiges Arschloch bist, dann kannst du mir nur Leid tun. Aber vergeude deine Zeit nicht mit mir.«

Harry starrte verlegen auf sein Essen.

Dant sah sie drohend an. »Was ist dein Problem?«

Kate wusste, dass sie mit ihrem Argument den Tiefpunkt erreicht hatte, von dem aus es kein Zurück mehr gab.

»Hör mal, ich weiß nicht, ob Mandy ausgezogen ist, weil du sie in eine Unterwürfigkeit hineingetrieben hast, aber ich würde es ihr nicht anlasten, wenn du immer so bist. Und ich bin hier gerade erst eingezogen! Ich bin nicht blöd, und ich kann mir vorstellen, dass ihr beide hier lieber allein leben wollt und es gerne hättet, wenn ich nach Hause zurückrennen würde und ihr die Wohnung für euch haben könntet. Aber das kann ich nicht, also müsst ihr euch einfach an mich gewöhnen.«

Eine Vene begann auf Dants Stirn zu pochen, und seine Augenbrauen zogen sich zusammen, während sie sprach. Kate schluckte.

»Du hast mir die Hausordnung mitgeteilt, als du mich im Bad gestört hast. Prima. Hier ist meine: nimm nichts ungefragt aus meinem Schrank, betritt das Bad nicht mehr, ohne vorher anzuklopfen, und wenn ich deiner Mutter nichts über dein Tun und Lassen erzählen soll, dann erwarte ich von dir, dass du das Gleiche bei meiner Schwägerin tust. Okay?« So gelassen wie möglich nahm sie ein paar Bohnensprossen auf die Gabel, ließ alle bis auf eine wieder fallen und versuchte, diese eine lässig zu essen. »Das ist übrigens köstlich. Du musst mir verraten, was du alles hineingetan hast.«

Die unheilschwangere Stille wurde von einem wilden Kratzen an der Tür unterbrochen.

»Verdammtes Ding«, sagte Dant, starrte Kate an, stand auf und ließ die dürre schwarze Katze herein.

»Hast du Ratcat schon kennen gelernt?«, fragte Harry im Plauderton, als ob sie gerade über das Fernsehprogramm des Vorabends gesprochen hätten. »Sie gehörte einem ehemaligen Mitbewohner von uns. Der auch ausgezogen ist.«

»Ach wirklich«, sagte Kate. Sie zitterte innerlich und hoffte, das man ihr das nicht ansah.

»Hat auch das Aquarium dagelassen.«

»Wir haben kein Katzenfutter mehr«, sagte Dant über die Schulter. Er schlug ein paar Schranktüren zu.

»Da muss noch was sein«, sagte Harry und hob Ratcat auf seinen Schoß. Der strampelte sich sofort frei und kehrte zu Dants Beinen zurück. »Cress hat in der letzten Woche nur einen Karton mitgebracht, als sie Kates Schlüssel vorbeigebracht hat.«

»Ja, gut, aber ich gebe ihm diesen Mist nicht.« Dant nahm einen löcherigen blauen Pulli von dem Stapel Schmutzwäsche, der sich vor der Waschmaschine türmte und zog ihn sich über den Kopf. »Ich gehe was holen.«

Er schlurfte zum Tisch hinüber, schob sich drei riesig beladene Gabeln in den Mund und schlurfte aus der Wohnung. Er versuchte, die Wohnungstür zuzuschlagen, doch Harry hatte ein paar Hemden zum Trocknen darübergehängt, und die Tür prallte kleinmütig zurück.

Kate sah Harry an. »Oh je.«

»Was meinst du mit ›oh je‹?«, fragte er, während er Dants Wein in sein eigenes Glas goss. »Ich hätte es nicht besser machen können. Solange du dich vor diesem elenden Mistkerl gerade machst, bist du aus dem Schneider. Das hat noch kein Mitbewohner bisher geschafft, aber du kannst es ja versuchen.«

»Ist er immer so? Ich meine, wird er mich jetzt hassen, und wird mein Leben ab jetzt unerträglich sein?«

»Nee. Ich kenne ihn seit der Schule, und er war immer ein launischer Heini. Das hat er von seiner Mutter. Er macht das nur, weil die Leute das praktisch von ihm erwarten und ihm das durchgehen lassen. Außerdem hat er den ganzen Tag über nichts zu tun.« Harry betrachtete die Reste von Dants Gemüse und nach kurzem Überlegen kratzte er sie sich auf seinen Teller. »Das kann man doch nicht verkommen lassen, oder?«

»Ich wollte wirklich nichts vom Zaun brechen. Ich habe nichts übrig für Streitereien.« Kate nippte unbehaglich an ihrem Wein. Sie wünschte, sie wäre vorhin geradewegs in ihr Zimmer gegangen. Solche Zusammenstöße machten sie krank. »Es sah ja ganz so aus, als hätte ich einen Nerv bei ihm getroffen.«

»Tja, ein bisschen. Cress ist Annas rechtmäßige Vermieterin und Vertreterin in der wirklichen Welt. Sie lässt mich und Dant hier unter der Voraussetzung leben, dass hier noch eine dritte Person lebt, die eine Frau sein muss – teilweise wegen des zusätzlichen Geldes und teilweise auch, damit die Wohnung nicht aussieht wie ein Bombenkrater, vermute ich mal.« Harry grinste. »Cressida ist nicht dumm. Sie hat Dant die Hölle heiß gemacht, nachdem du zur Wohnungsbesichtigung hergekommen bist und er nach unserem Fußballabend nicht aufgeräumt hatte. Cress hat es ziemlich mit der Sauberkeit. Sie bezahlt sogar Teresa.«

Kate fragte sich, ob man – nach ihren Normen – durch die Benutzung eines Toilettenputzmittels einmal im Jahr schon zu einem Hygiene-Faschisten wurde. »Warum wohnt sie denn dann nicht hier?«

»Leben mit Dant? Hast du schon mal einen Straßenkampf hautnah erlebt?«

Trotz ihrer unguten Gefühle lächelte Kate und schüttelte den Kopf.

»Nein, Cress wohnt in Soho. Diese Wohnung gehört zu den komplizierten Scheidungsvereinbarungen ihrer Mutter.« Harry winkte ab. »Solange der arme kleine arbeitsunfähige Dant hier lebt, darf sie sie, als Teil der Vereinbarung oder wegen sonst was, nicht verkaufen. Doch wenn der arme kleine Dant hier allein und ohne Aufsicht leben würde, hätte die Wohnung bald den Marktwert einer Hütte in Timbuktu. Also versprach die alte Anna Cress das Mietgeld, wenn sie ein Auge auf die Dinge hier in London wirft, während sie selbst auf ihrem fettabgesaugten Hintern in Los Angeles sitzt, sich Kälberföten in die Stirn spritzen lässt und dieses seltsame Filmskript schreibt.«

Nach dem, was sie von den *Rosen des Todes* noch in Erinnerung behalten hatte, vermutete Kate, dass sie die Kälberföten nur zu Forschungszwecken hatte.

»Und was tut Cress so?« Ihr Glas war fast leer, und sie spürte, dass der Wein ihr nach dem langen Tag zu Kopf stieg. Sie fühlte sich schon fast entspannt.

Harry jagte die letzte Bohnensprosse um seinen Teller herum. »Hast du Cress schon kennen gelernt?«

»Noch nicht. Sie klang ziemlich beängstigend, als sie in der letzten Woche mit meiner Schwägerin telefonierte. Ich meine, sie schienen gut miteinander klar zu kommen.«

Er sah auf, und Kate erkannte, warum Mandy vielleicht hier eingezogen war, auch wenn Dant sie dazu gebracht hatte, wieder auszuziehen. Harrys blonde Sebastian-Flyte-Ponyfrisur und die braunen Kuhaugen ließen ihn wie den klassischen englischen Internatsschüler aussehen; dieses gute Rugbyspieler-Aussehen hatte sie so lange verspottet, bis sie Giles kennen lernte. Doch Harry besaß nicht den Lebensfunken, der Giles so unwiderstehlich machte – ob das Giles' Ehrgeiz war oder seine Weltlichkeit oder die Tatsache, dass er (nach einiger Ermutigung) in fünf europäischen Sprachen fluchen konnte, wusste sie nicht zu sagen. Trotzdem, dachte Kate leidenschaftslos, wenn Giles Erste Klasse war, dann lag Harry irgendwo unter den ersten Besten.

»Cress ist ziemlich einschüchternd, aber sie ist auch sehr, sehr gelassen«, sagte er nach einer Pause, in der er verschiedene Beschreibungen abzuwägen schien. »Sie kennt jeden. Im Augenblick arbeitet sie als Empfangsdame in einer ziemlich eleganten Bar in Clerkenwell.«

»Ich vermute mal, dass das erheblich exklusiver ist, als Bedienung in einer Cocktailbar zu sein«, sagte Kate. Sie unterdrückte einen Rülpser und betrachtete misstrauisch ihr Glas. Wie betrunken war sie? Wie betrunken konnte sie werden? Es war erst zehn vor zehn.

»Du wirst sie noch früh genug kennen lernen«, sagte Harry mit einem Hauch von Mutlosigkeit, der sich in seine wohlklingenden Vokale schlich. Er stand auf und ging zum Kühlschrank hinüber, wo er zwischen ältlichem Gemüse und einzelnen steuerfreien Lagerbierdosen herumwühlte, die aus der Zeit stammten, als es steuerfreies Lagerbier noch gab.

»Möchte du ein bisschen Stiltonkäse knabbern?«

Kate starrte auf die Käsepackung. Kannte sie die oder nicht? Gott, dachte sie, ich muss endlich meine Eitelkeit überwinden und meine Augen prüfen lassen. »Das ist meiner, oder?«

Harry sah ihn an, als sähe er ihn eben zum ersten Mal. »Ja, ich glaube schon. Entschuldigung.« Er öffnete seinen Schrank und förderte eine zerbeulte Schachtel Käsekräcker zutage, die er triumphierend herumschwenkte. »Ich wusste, dass sie noch mal passen würden, wenn ich sie nur lange genug aufbewahren würde. Macht es dir was aus, wenn wir die gleichen Teller verwenden?«

Ohne Vorwarnung verschwand das warme Zusammengehörigkeitsgefühl, das Kate erfüllt hatte, als die Wirkung des Weines plötzlich nachließ. Sie fühlte sich nur noch müde. Der nächste Tag stand ihr drohend bevor, und ihre Augen fühlten sich wund und sandig an. Sie vermisste ihren Freund. Und sie wollte nicht länger mit jemandem plaudern, dessen lässige soziale Vorteile ihr sicherlich bei genauerer Betrachtung auf die Nerven gehen würden. Sie wollte einfach nur bewusstlos werden.

Sie schob den Stuhl zurück und stand auf. »Nein, danke, ich glaube, ich muss jetzt wirklich ins Bett. Ich bin todmüde.« Sie stützte sich auf die Stuhllehne, sah zur halb geschlossenen Tür hinüber und biss sich auf die Lippe. »Hör mal, bist du sicher, dass ich Dant nicht gekränkt habe?«

Harry schien sich von ihrem Stimmungswechsel anstecken zu lassen und schob den Käse zurück in den Kühlschrank. »Nein, nein, ihm macht das nichts. Ehrlich.«

»Also dann gute Nacht«, sagte Kate. Sie hob die Hand und hielt mitten in der Bewegung unbehaglich inne. Winkte man seinen Mitbewohnern eine gute Nacht zu? Oder gab man ihnen die Hand?

»Bis morgen.« Harry füllte die Kaffeemaschine.

»Um diese Zeit noch Kaffee?«, fragte Kate und hielt auf dem Weg nach draußen inne.

Er lächelte sie frech an. »Die Nacht ist noch jung, falls dir das entgangen sein sollte.«

Ihr gelang ein Lachen. Und als sie ging, dachte sie unglücklich, dass bald wieder die computergesteuerten Räder durchdrehen und die High-speed-Zusammenstöße so lange dröhnen würden, bis die Nacht schließlich als alt angesehen wurde. Als sie in ihr Zimmer zurückgekehrt war, strich sie einen weiteren Tag auf dem ›Vier-Monate-bis-Giles'-Rückkehr‹-Kalender aus, den sie sich für ihre Wand hergestellt hatte.

11

Kate klammerte sich an den verschwitzten Handlauf, als die U-Bahn in Richtung Londoner City sauste. Schon jetzt war sie mit Touristen vollgepfropft, da die Sommersaison in vollem Gange war, und schon morgens um halb neun roch die

Luft stickig nach ungeputzten Zähnen und ungewaschenen Achselhöhlen.

Sie schottete sich mit ihrem Walkman teilweise von ihrer Umgebung ab, den sie sich an die Taille angeklippt hatte, ehe sie das Haus verließ.

Nach einer Weile sah sie über die Schultern eines japanischen Pärchens, das einen U-Bahn-Plan studierte und überprüfte, ob sie auf dem richtigen Weg war. Diesmal hatte sie sich so hingestellt, dass sie die Namen der Haltestellen deutlich sehen konnte, wenn die U-Bahn hielt. Es machte ihr nichts aus, für den Heimweg zwei Stunden zu brauchen, weil es ihr egal war, wie viel Zeit sie in der Wohnung mit Dant und Harry verbrachte, doch da sie einfach nicht vor halb acht aufstehen konnte, war der Faktor Zeit morgens das Wichtigste.

Unbefangen stand sie neben dem offenen Fenster zwischen den Wagen und ließ sich die Haare von dem schwachen Luftzug vom Nacken hochheben, als der Zug in Richtung City dahinschoss. Es war zu heiß und zu stickig für sie. Und es war noch nicht einmal neun Uhr.

Als sie ins Büro kam, hatte sie noch ein schwaches Klingeln in den Ohren und Isobel erhitzte Milch in der Küche. Ihre wütende Miene deutete an, dass, wenn die Milch frisch gewesen wäre, als sie sie mitgebracht hatte, sie nun wahrscheinlich sauer war.

»Morgen«, sagte Kate so fröhlich sie es wagte.

Isobel antwortete mit einem Grunzen.

»Kaffee?«, fragte Kate und suchte nach Bechern.

»Nein«, zischte Isobel und deutete auf den Wasserspender. »Heiße entrahmte Milch.«

Kate schlug sich die Hüfte an einem hässlichen Wasserspender an, den sie am Vortag nicht gesehen hatte. »Ist der neu?«

Jemand – Megan? – erschien mit einem Becher in der Hand an der Tür, auf dem Heiße Puppe geschrieben stand, sah die Kaffeemaschine an, seufzte und füllte den Becher mit gefiltertem Wasser.

»Ja, er ist neu«, fauchte Isobel. »Und wissen Sie auch warum? Weil wir alle entgiftet werden. Offenbar wird es erst wieder Kaffee geben, wenn wir alle ein vierwöchiges Entgiftungsprogramm hinter uns gebracht haben.«

Jo, die vorübergehend ihrer Assistentin beraubte Krimiredakteurin, erschien mit einem Becher in der Tür. Es war eine kleine Küche, die von Kate, Isobel und Isobels schlechter Laune mehr als gefüllt war.

»Das ist reichlich drakonisch«, sagte Kate. »Werden die Eclipse-Angestellten auch manchmal auf Drogen untersucht?«

Jo wirbelte auf dem Absatz ihrer ledernen kniehohen Stiefel herum und verschwand.

»Nein«, sagte Isobel und bemühte sich, ihre heiße Milch zu genießen. »Noch nicht. Wir machen es, weil die Sachbuchabteilung das phan-taaasti-sche neue Diätbuch eines Gesundheitsexperten kaufen will, der in der Talkshow von Richard und Judy aufgetreten war. Und um zu beweisen, wie sehr wir diesen Kerl verlegen möchten, wer auch immer dieser Sadist sein mag, wurde verfügt, dass wir alle uns bis zur Versteigerung zu entgiften haben. Heute Morgen kam eine E-Mail von der Geschäftsleitung, zusammen mit dem Diätplan.« Sie hielt das Kabel der Kaffeemaschine hoch. Jemand hatte den Stecker abgeknipst. »Bastarde. Wenn wir ein Buch über die japanische Kultur machen würden, würden sie uns dazu zwingen, uns die Füße zu wickeln und mit lustigen Stirnbändern vom Dach zu springen.«

Sarah, die Produktionsleiterin, kam mit einem Tablett voller Kaffeebecher herein, sah die Mitteilung am Anschlagbrett und das ausgefranste Ende des Kaffeemaschinenkabels und fluchte laut. Kate wich unwillkürlich zurück.

»Ach, um Gottes…. Ich hasse Redakteure! Wie sollen wir eigentlich nach deren Meinung ohne Kaffee mit all dem Mist fertig werden, den sie uns hier zumuten? Wenigstens? Jesus…« Vor sich hin murmelnd, füllte sie sechs Becher mit heißem Wasser.

Eine Frau mit einem exakt geschnittenen Bob erschien in der Tür. Sie war groß und schlank und trug eine Sommerhose aus fließendem Stoff, die nur große schlanke Menschen tragen konnten, allerdings aber nur große schlanke Menschen, die zehn Jahre jünger waren als sie. In der Hand hatte sie ein sehr großes Glas und eine Zitrone.

»Also wem haben wir denn diese Ungeheuerlichkeit zu verdanken?«, knurrte Sarah zu Isobel und schüttete Wasser auf den Boden.

»Wendy!«, sagte Isobel.

»Lieber Gott, ich würde am liebsten…«, begann Sarah, doch Isobel schnitt ihr das Wort ab.

»Wendy, hast du schon Kate, Elaines neue Assistentin, kennen gelernt? Das ist Wendy, unsere Redakteurin für Gesundheits- und Schönheits-Sachbücher.«

Wendy streckte die knochige Hand aus, in der sie die Zitrone hielt. Kate schüttelte sie.

»Denken Sie daran, dass Sie so viel Wasser haben können, wie Sie möchten«, sagte sie großzügig. »Das ist köstlich mit frisch ausgepresstem Zitronensaft. Es kann sein, dass Sie in den ersten paar Tagen, während die Gifte ausgeschwemmt werden, ein wenig Kopfschmerzen und eine belegte Zunge haben. Und manche Menschen leiden auch unter starken Stimmungsschwankungen.« Sie sah Sarah an. »Aber man kann sich auch völlig normal fühlen. Es kommt eben darauf an.«

Gefolgt von Kate und Isobel, stampfte Sarah hinaus.

»Frisch gepresster Zitronensaft, verdammter Kackkram«, murmelte sie. »Die saugt sie doch zum Frühstück aus.«

Isobel hob die Augenbrauen. »Sie ist wirklich nett«, sagte sie, als Sarah mit heftig aneinander schlagenden Kaffeebechern um die Ecke verschwunden war. »Sie ist nur sehr gestresst, wenn sie mit ihren Büchern in Rückstand gerät.«

»Na, dann wird sie ja begeistert sein, wenn sie das Buch von Rose Ann Barton auf ihrem Schreibtisch vorfindet«, meinte Kate. »Mit Tränenspuren, Blutflecken und Schweiß-rändern.«

Isobel dirigierte sie zu den Postfächern. »Das hoffe ich doch«, sagte sie und hob Jennifer Spencers riesigen Poststapel heraus. »Elaines seltsames Davonstürzen hing mit Sarahs Anrufen zusammen. Ihretwegen hat sie in der letzten Woche mehrmals in ihren Kamillentee geweint, weil das Manuskript so verspätet war, dass man den Druckumfang nicht berechnen konnte. Und Sie sollten Sarah bloß mal außerhalb des Büros sehen – dann ist sie sanft wie ein Lämmchen, kann ich Ihnen versichern. Ein klasse Mädchen, mit dem man prima in den Pub gehen kann. Es ist ein Skandal, womit sie sich hier herumschlagen muss.«

Elaine hatte fast so viel Post wie Jennifer Spencer. Isobel sah sie kritisch durch und reichte sie an Kate weiter.

»Keine Angst, Elaine hat normalerweise nicht so viel. Sie hat sie nur nicht mehr geöffnet, seit Mandy gegangen ist.«

»Na gut…«, sagte Kate zweifelnd. Wie lange war Mandy denn schon fort?

»Ich werde nachher Ihre Mailboxansage ändern«, fuhr Isobel fort und trieb sie den Gang zu ihrem Schreibtisch hinunter und gegen einen Strom von Leuten, die ihnen aus der Küche mit Gläsern voll Wasser und grünen Gesichtern entgegenkamen.

Kate setzte sich und ging ihren Eingangskorb durch, während Isobel sich geschickt an ihrem Telefon zu schaffen machte.

»Könnten Sie sich das mal anhören«, sagte sie plötzlich und reichte ihr den Hörer.

Isobel verdrehte die Augen, ging in Kates Büro und befasste sich mit ihrem Computer, den Kate bisher noch nicht angeschaltet hatte – hauptsächlich deshalb, weil sie den Einschaltknopf nicht gefunden hatte. Isobel fuhr den Computer hoch, ging verschiedene Passwörter durch, öffnete ein Word-Dokument und deutete auf den Monitor.

»Okay, diese Textvorlage habe ich für Sie gemacht. Lesen

Sie den Text einfach ab, wenn ich ›jetzt‹ sage«, sagte sie. »Jetzt.«

»Hallo, hier ist Kate Craig von der Romanabteilung von Eclipse leider kann ich Ihren Anruf im Moment nicht annehmen aber hinterlassen Sie doch bitte eine kurze Mitteilung nach dem Pfeifton und ich werde Sie sobald wie möglich zurückrufen oder wählen Sie bitte eine Null um zur Vermittlung zurückgestellt zu werden und lassen Sie sich bitte mit Elaine Bridges der leitenden Romanredakteurin verbinden vielen Dank für Ihren Anruf«, sagte Kate mit einem einzigen verwirrten Atemzug.

»Hervorragend«, sagte Isobel und drückte noch einige weitere Tasten. »Das hier ist die ›Weiterleitungs-Taste‹«, fügte sie hinzu und deutete auf die einzige Taste, die keine Beschriftung hatte. »Damit wird der Anrufer sofort zu ihrem Mailboxtext weitergeschaltet, wenn Sie mitten in einer komplizierten Arbeit sind oder wenn Sie keine Lust haben, mit dem Anrufer zu sprechen.« Sie richtete sich auf und wischte sich einen eingebildeten Fussel von ihrem fleckenlosen, schräg geschnittenen Rock weg. »Sie sehen ja, dass Mandy die Beschriftung heruntergewetzt hat. Also ich muss weitermachen, Manuskripte sichern. Drücken Sie den Summer, wenn Sie mich brauchen.«

Isobel verließ sie, als Elaine, unter dem Gewicht einer großen Mulberry-Gladstone-Tüte gekrümmt, eintraf. Jeder hier, stellte Kate fest, schien so eine Tüte zu haben.

»Hallo, Elaine«, sagte Kate, drehte sich auf dem Stuhl herum und sagte es so sehr im Ton der ›glücklichen Sekretärin‹, wie sie nur konnte.

»Ach, Kate, hallo«, erwiderte Elaine. »Tut mir Leid, dass wir gestern kaum Zeit hatten, uns miteinander zu unterhalten, aber, nun ja…« Sie zog ein Manuskript nach dem anderen aus ihrer Tüte, die unerschöpflich in ihrer Aufnahmefähigkeit zu sein schien. »Das sind alles Ablehnungen – sie haben sich angesammelt, seit Mandy gegangen ist und es gab niemanden, der die Anschreiben tippen konnte.«

Kate sah sich jedes Deckblatt an. Elaine hatte Notizen in barocker Handschrift auf den Originalbrief des Agenten gekritzelt, und nach den Verbesserungen zu urteilen, hatte sie so viel Zeit gebraucht, um die Ablehnung per Hand zu formulieren, dass sie sie gleich selber hätte tippen können. Kate sah zu, wie Elaine neun Manuskripte aufstapelte und zwei halb zerfledderte amerikanische Bücher, die eine zweite Heimat in England suchten.

»Okay?«, fragte Elaine. »Ein Kurier macht um die Mittagszeit herum die Runde bei allen wichtigen Agenturen, also wenn Sie so gut wären…?« Sie schleppte sich in ihr Büro, wo sie sich sofort eine Sammlung Vitaminpillen in die Hand schüttete.

Kate drehte sich zu ihrem Schreibtisch zurück, sah den Computermonitor an und wusste schlagartig, dass sie vergessen hatte, wie man ein Dokument auf einem PC erstellt, da alle Computer im College benutzerfreundliche Apple Macs gewesen waren.

Scheiße. Ihr Herz sank. Noch ein Hindernis. Und dabei hatte sie sich bisher doch gut geschlagen.

Kate dachte eingehend darüber nach, wen sie anrufen könnte.

Nicht Giles, da er ihr noch keine Telefonnummer mitgeteilt hatte. Er wollte niemanden dort drüben mit unnötigen und störenden Privatgesprächen ärgern, ehe er nicht sicher im Sattel saß.

Keinen ihrer Collegefreunde, weil alle mit ihren Rucksäcken und Witzbüchern auf Reisen waren.

Nicht Mike. Er würde es nicht wissen.

Laura würde es wissen, doch die würde sie sofort über ihren Job und die Wohnung und alles andere ausquetschen, was sie an ihrem zweiten Arbeitstag wirklich nicht am Telefon besprechen konnte.

Kate rutschte auf ihrem Stuhl hin und her, um die Mittelnaht ihrer Jeans zu befreien, die sich in ihrer Popofalte verklemmt hatte. Das machte alles nur noch schlimmer. Warum trug man denn überhaupt noch Tangas? Sie stand auf und schob die Hände in die Taschen, um den Schritt herunterzuziehen, als ihre Finger sich um etwas Scharfkantiges schlossen.

Und sie zog Harrys Visitenkarte heraus, die er ihr gestern Abend gegeben hatte.

Perfekt. Er wusste bestimmt genau, wie man Dateien und Ordner finden konnte und würde es ihr nicht übel nehmen, dass sie es nicht wusste. Und es interessierte sie auch nicht, was er und Dant von ihr hielten, da die sie ja nicht auf der Grundlage eines frisierten Lebenslaufes beschäftigten.

Sie wählte die Nummer, die auf der Karte angegeben war und sah sich sichernd um, ob sich nicht jemand hinter ihr aufhielt.

Das Telefon klingelte sieben Mal, ehe eine sonore Stimme sagte: »Keyes, guten Morgen?«

»Äh«, sagte Kate und fragte sich, wo diese Durham-Einsilbigkeit herkam, wenn sie nervös war, »kann ich bitte mit Henry Harvey sprechen?«

»Am Apparat.«

»Oh, Harry«, sagte Kate und beugte sich dabei herab, als ob sie eine der unteren Schubladen ihres Aktenschranks inspizieren würde. »Ich bin's, Kate. Entschuldige, dass ich dich bei der Arbeit anrufe, aber vielleicht könntest du mir ja einen Gefallen tun.«

»Kate? Oh, *Kate*, hallo.« Über die Melodie der Vier Jahreszeiten hinweg konnte Kate einen Motor brummen hören. »Möchtest du ein Auto kaufen?«

»Äh, nein.« Kate fummelte mit der Computermaus herum, als Elaine mit einer Schachtel voll Kräuterteebeutel vorbeieilte. »Hör zu, wenn du mir sehr schnell sagen kannst, wie ich Dateien und neue Dokumente auf einem PC erstellen kann, kannst du all den Käse im Kühlschrank haben. Ich habe bisher nur einen Mac benutzt und bin ein wenig… äh…«

Am anderen Ende der Leitung hörte sie, wie ein Computer angeschaltet wurde.

»Hast du den Monitor vor dir?«

»Ja«, sagte Kate. Nichts war bisher darauf zu sehen, und wenn sie nicht bald irgendein Dokument auf den Monitor zaubern würde, würde sie wie ein kompletter Affe aussehen.

»Gehe zum Dateimanager…«

»Zu was?« Sie fühlte, wie sich ihr Hals zusammenzog. Kein Wunder, dass Giles sie für hoffnungslos hielt. Sie hatte die Bürofähigkeiten einer Giraffe. Einer Giraffe mit einem Abschluss in Fingerfarbenmalerei.

»Keine Panik. Es ist wirklich ganz einfach und genauso wie beim Mac. Schließe alles, bis du nur noch den Bildschirm mit den kleinen Symbolen, Bildchen oder sonst was hast.« Harrys Stimme war von beruhigender Sicherheit, was sicherlich daher rührte, dass er in der siebten Klasse ganze Schwadronen über das Kricket-Feld gescheucht hatte.

Kate betete, dass sie nicht gerade irgendetwas Wichtiges in den virtuellen Papierkorb warf und schloss alle Fenster.

»Kannst du den kleinen Computer-Assistenten sehen?«

Voller Panik ließ sie den Blick über den Monitor sausen und entdeckte das kleine Computer-Symbol in der Ecke. »Ja! Ja, ich habe ihn!«

»Klick ihn an.«

Kate klickte darauf.

»Wähle ›neu‹ aus dem Rollmenü aus… Okay? Nenne es Kates Tagesdatei… Okay? Und wenn du nun eine Datei abspeichern willst, speichere sie dort drin, wenn der ›Speichern unter‹-Auswahlkasten auftaucht.«

»Oh, Harry, du hast mir gerade das Leben gerettet«, sagte Kate und atmete tief aus. »Vielen, vielen Dank.«

»Kein Problem. Aber der Käse ist weg, fürchte ich. Habe gesehen, dass Dant ihn heute Morgen um fünf verputzt hat.«

Kate schloss die Augen. »Darüber kann ich jetzt nicht nachdenken, weil ich genügend andere Sachen am Hals habe.« Sie hörte Harry gar nicht unnett lachen und fühlte sich vorübergehend ganz gut, was vielleicht von dem Koffein in dem Milchkaffee herrührte, den sie sich an der U-Bahn-Station als Frühstück gekauft hatte.

»Okay dann, bis heute Abend«, sagte Harry und legte auf.

Als Kate sich auf ihrem Stuhl zurücklehnte und einen ganzen Schrank an Dateien herstellte, stellte sie fest, dass er sie überhaupt nicht gefragt hatte, warum sie so etwas Einfaches nicht wusste oder warum sie ihn um Hilfe angerufen hatte.

Recht nett unter seiner unerträglichen Aufgeblasenheit, dachte sie und zog Elaines ersten Ablehnungsbrief unter dem Gummiband hervor.

Kate hatte ihre zweite heiße Milch halb ausgetrunken und Elaines fünften Brief zur Hälfte getippt (»Wir bedauern so sehr, dass wir auf unserer Liste keinen Platz für ›Das Mysterium der Kuh des Richters‹ finden können, aber wir glauben auch nicht, dass bestialische Grausamkeit, wie wunderbar sie auch immer dargestellt wird, ein Plus für den gemütlichen Krimimarkt wäre…«), als jemand hinter ihr hustete, weil keine Tür zum Anklopfen da war.

Kate drehte sich auf ihrem Stuhl herum. Eine Frau, die sie noch nicht kennen gelernt hatte, stand mit Armen voller Schriftstücken da, die alle kurz davor waren, sich aus den Gummibändern zu lösen, von denen sie zusammengehalten wurden.

»Hi, ich bin Alison«, sagte sie und streckte eine Hand aus. »Sie sind ja wohl Kate? Klasse! Sie können doch Protokoll führen, oder?«

»Äh, ja«, sagte Kate, obwohl sie sich nicht ganz sicher war, was sie mit ›Protokoll führen‹ meinte. Alison, Alison… die mit den aggressiven Frauen? Was immer *das* bedeuten sollte.

»Fantastisch!« Alison zog ein paar lose Schriftstücke aus ihren Stapeln heraus und drückte sie Kate in die Hand. »Kommen Sie, Elaine?«, rief sie zu Elaines Büro hinüber.

Kate sah auf das Schriftstück herab und las die Überschrift: ›Protokoll der Akquisitions-Redaktionskonferenz vom 19. Juli‹.

Als sie aufblickte, sah sie, dass Elaine und Alison Kräuter-teebeutel verglichen. Ihre Hand lag schon auf dem Telefon, um Isobel um Notfallhilfe zu bitten, als die beiden Frauen aus dem Büro herausgesegelt kamen mit riesigen Kaffeetöpfen, Kugelschreibern, Papier, Bündeln von Manuskripten und – in Elaines Fall – einer Tube Handcreme.

»Tut mir Leid, dass ich Ihnen das aufgehalst habe«, sagte Alison lächelnd, doch sie sah auch nicht die Spur bedauernd aus, »hat Isobel Ihnen das nicht erklärt? Alle Assistenten führen reihum bei den Redaktionskonferenzen Protokoll, damit sie wissen, was los ist und erfahren, was wir planen. Die anderen sind alle unabkömmlich, und Isobel erwähnte, dass Mandy in dieser Woche dran gewesen wäre.«

»Kommen Sie, Kate, los, los«, sagte Elaine. »Kugelschreiber, Papier...« Sie rieb sich die Stirn. »Ich muss Rose Anns neues Projekt diesmal vorbringen, und Jennifer wird es nicht mögen«, fügte sie in Alisons Richtung hinzu, die mitleidig lächelte.

»Was muss ich...?«, begann Kate unsicher.

»Es ist wirklich sehr interessant«, sagte Alison. Kate wusste nicht recht, wen von ihnen beiden Alison ansprach. Sie gingen langsam zu den Aufzügen, und Kate fühlte sich von Elaines Nervosität mitgerissen. »Schreiben Sie einfach das auf, was alle sagen und lassen nachher alles Geschwafel weg. Nun, fast alles Geschwafel.«

Das ließ Elaine anhaltend kichern, in das Alison einstimmte. Sie klangen wie zwei Handys.

»Sie werden bald kapieren, was wichtig ist und was nicht«, sagte Elaine, als der Fahrstuhl in der dritten Etage anhielt.

Alison schob die Tür zum Sitzungssaal auf. »Sie sollten auf Nummer Sicher gehen und alles aufschreiben, was Jennifer sagt.«

»Damit wir eine Zeugin haben«, murmelte Elaine.

Um ein Uhr wankte Kate die Treppe hinunter und schloss sich in der Damentoilette ein. Sie verkniff sich einen Blick in den Spiegel. Sie konnte sich auch so gut vorstellen, wie schiere Panik aussah.

Mit dem Kopf zwischen den Beinen versenkt, ließ das Pochen in ihrem Kopf nach, als das Blut in ihre Gliedmaßen zurückfloss. Sie öffnete ein Auge und betrachtete ihre Aufzeichnungen, die auf dem Boden neben dem Abfalleimer für Hygieneartikel lagen. Ihre rechte Hand fühlte sich an, als hätte sie gerade *Krieg und Frieden* per Diktat aufgenommen und dann noch einen dreistündigen Vortrag über Samuel Richardsons längere Werke.

Anfangs hatte sie absolut alles aufgeschrieben, was gesprochen wurde und war auch verhältnismäßig gut mitgekommen, wenn man berücksichtigte, dass sie keine Idee gehabt hatte, wer die Leute waren, die um den Tisch herum gesessen hatten. Dann war Jennifer hereinmarschiert und Kate war klar geworden, dass die Konferenz noch gar nicht begonnen hatte. Und als sie ihre Aufzeichnungen durchgesehen hatte, erkannte sie, dass alle über die Werbeparty am Vorabend gesprochen hatten und über den improvisierten Striptease einer Reporterin, die damit vergeblich versuchte, die Party in die Tageskolumne zu bekommen. Und sie hatte noch nicht einmal den Namen der Reporterin mitbekommen.

Von diesem Zeitpunkt an war die Konferenz ins Orbit geflogen. Von dem Moment an, da Jennifer die Sitzung wie ein Hundetrainer leitete, der mit Feuerreifen arbeitete, wurden neue Projekte im Sauseschritt um den Tisch herum vorgestellt, die Jennifer entweder als ›peinlich unmodern‹ abtat oder rücksichtslos zerpflückte. Kate hatte ganze Sätze aufgeschrieben, die sie nicht verstand, alle Zahlen, die erwähnt wurden und sich ab einem verzweifelten Punkt sogar Notizen über das Aussehen der Anwesenden gemacht, um ein wenig Licht in die Sache zu bringen.

Der offizielle Nullpunkt war erreicht, als Elaine an die Reihe kam, neue Projekte vorzustellen. Kate spitzte in diesem Moment die Ohren, da Rose Ann Barton die einzige Autorin war, die sie kannte und sie in dieser Gladiatorenatmosphäre das Prickeln des Teamgeistes für Elaine in sich spürte.

»Wie Sie alle wissen, hat Rose Anne Barton keinen Vertrag mehr, da wir jetzt das neue Manuskript von – äh…«

»*Verlierer und Gewinner*«, schnappte Jennifer.

Kate schrieb das nieder.

Elaine schob ihre Papiere herum und errötete nervös. »Absolut. Nun, ich habe ein paar Verkaufszahlen zusammengestellt…« Sie schob mehrere Blätter zu Jennifer hinüber, die sie um den Tisch herum weiterreichte und ihr eigenes Blatt argwöhnisch durch die Brille betrachtete. Die Tatsache, dass sie es auf Armeslänge hielt, verbesserte offenbar nicht den Gesamteindruck. Kate beugte sich über Alisons Unterlagen, doch sie wusste nicht, wonach sie in dieser Unzahl an Zahlen und Spalten suchen sollte.

»Nach der Fernsehverfilmung der *Corkickle Bälger* will ihr Agent eine erhebliche Erhöhung des Vorschusses haben«, begann Elaine mutig.

Kate sah, dass alle die Verkaufszahlen studierten, und Alison deutete hilfsbereit auf eine Zahl, die so enorm groß war, dass sie sie anfangs für den Jahresumsatz des Verlags gehalten hatte.

Jennifer schwieg, was sogar Kate als schlechtes Zeichen ansah.

»Und, hmm, es geht ja weniger um das Geld als um die…«, Elaine schluckte, »… anderen Dinge.«

Jennifer nahm die Brille ab.

»Wenn man diese Zahlen betrachtet«, fuhr Elaine fort und massierte sich dabei Handcreme in ihre Nagelhaut, »wird deutlich, dass Rose Anne mit ihren Verkaufszahlen einen Spitzenplatz erreicht hat, und doch zahlen wir mehr für die redaktionelle Bearbeitung ihrer Bücher als wir an Vorschüssen für einige meiner anderen Autoren zahlen. Jennifer, Sie wissen am besten, wie extrem arbeitsintensiv diese Bücher sind. Ich musste das neueste Buch mühsam in einen publizierbaren Zustand versetzen, und das war mehr als eine

Woche lang ohne Assistentin der reinste Albtraum – obwohl ich zugeben muss, dass Rose Ann und Mandy nicht gerade ausgesprochene Busenfreundinnen gewesen sind. Und jetzt wird sie vertraglich dazu verpflichtet, drei Bücher pro Jahr zu liefern. Damit haben wir wahrscheinlich den Punkt erreicht, dass sie von jemandem betreut werden muss, der mehr Zeit zur Verfügung hat...«

»Elaine«, unterbrach Jennifer sie. Einen Moment lang erstarrten alle Umsitzenden.

»Ihnen muss doch klar sein, dass Rose Ann der einzige Grund dafür ist, dass wir uns in dem Wissen sonnen können, dass Eclipse an erster Stelle der *Guardian* Fastseller-Liste steht. Sie ist der Grund dafür, dass Sie eine Weihnachtsgratifikation bekommen. Als ich Ihnen Rose Ann zur Betreuung übergab, war das eine Chance, die viele andere hier selig mit beiden Händen ergriffen hätten.«

Alle nickten heftig und vermieden dabei, Jennifer auf sich aufmerksam zu machen. Kates Kugelschreiber blieb in der Luft hängen, als sie mit sich rang, ob sie diese Vereinbarung notieren sollte oder nicht.

»Wenn Sie mir nun sagen, dass Rose Ann mehr Geld braucht, um weiterhin diese fantastisch erfolgreichen Bücher für uns zu schreiben, statt zum Beispiel für Random House oder Headline, dann werden wir es auftreiben können. Das ist kein Problem. Wenn Sie mir aber sagen, dass Ihnen die Zeit fehlt, das Beste aus ihr herauszuholen«, Jennifer setzte die Brille wieder auf und sah hochnäsig hindurch, »dann sollten wir vielleicht mal Ihre Autorenliste durchforsten und herausfinden, was Sie einsparen, wenn Sie ein paar mittelmäßige Großmütter-Würger zugunsten der Ausgaben für Rose Ann sausen lassen. Hmmm? Zwei Fliegen mit einer Klappe. Wir werden das außerhalb dieser Konferenz besprechen. Ich möchte nicht, dass das erst protokolliert wird, nachdem John die Umsatzzahlen eingearbeitet hat. Was liegt noch an?«

Elaine sackte in sich zusammen und äußerte nur noch ein

Alibimissfallen an Jos neuem amerikanischen ›Tiefkühl-Thriller‹ (psychotischer Tiefkühlkostverkäufer terrorisiert die nächtliche New Yorker Feinkostkultur), den Jennifer fröhlich an sich gerissen hatte. Nachdem noch alte Projekte blitzartig abgehandelt worden waren, die Kate in dem Protokoll der letztwöchigen Konferenz geortet hatte, da Alison sie darauf hingewiesen hatte, rauschte Jennifer zu einer anderen Konferenz davon.

Elaine hatte den Kopf auf die Arme geworfen und dabei ihren mausgrauen Haaransatz gezeigt. »Oh Gott, meine letzte Chance!«, hatte sie Alison gegenüber gestöhnt. »Drei weitere Bücher!«

Um sie herum rafften die anderen ihre Unterlagen zusammen, nahmen ihre riesigen Kaffeebecher und gingen zum Mittagessen davon. Kate hörte einen Redakteur murmeln: »Himmel, einen Moment lang dachte ich schon, dass Jennifer mir diese alte Idiotin aufhalsen würde.« Sie sah auf ihre dürftigen Notizen und fühlte sich wieder schlecht. Dann ging auch sie.

Als sie jetzt zusammengekrümmt an der Toilettentür lehnte und auf die Aufzeichnungen über Rose Ann Barton herabsah, kehrte die Erinnerung an ihr Vorstellungsgespräch zurück und daran, dass sie vergnügt Büroerfahrungen erfunden hatte. War sie denn völlig blöd, um Gottes willen? Hatte sie denn tatsächlich angenommen, dass sie niemals einen Brief würde tippen müssen? Kate griff sich mit beiden Händen in die Haare. Und sie hatte gedacht, dass die *Verlorenen Kinder von Corkickle* ein gutes Omen gewesen waren.

Sie konnte sich nicht daran erinnern, wann zuletzt sie sich so gedemütigt gefühlt hatte: Sie würde aus dem hübschen Grund kündigen müssen, dass sie nicht in der Lage war, die verlangte Arbeit zu leisten. Also würde sie sich doch noch auf Lauras kleines schwarzes Buch verlassen müssen, in dem all die Vitamin-B-Leute aufgelistet waren. Sie richtete sich wieder auf und betätigte die Toilettenspülung, um sich nicht verdächtig zu machen und zog die Tür auf.

Isobel tauchte einen riesigen handgebundenen Strauß gelber Blumen in das mit Wasser gefüllte Waschbecken und murmelte böse vor sich hin.

»Isobel... hmm«, begann Kate und hielt inne, da ihre Stimme zu schwanken begann.

Isobel sah sie im Spiegel gerade heraus an. »Sie sehen ziemlich spitz um die Nase aus.«

»Isobel, ich...« Wieder hielt Kate inne und hielt das Wirrwarr ihrer Notizen hoch. Seitenverkehrt im Spiegel sahen sie noch schlimmer aus, obwohl die Zeichnung von Jennifer Spencer, aus deren Kopf Blitzstrahlen herausschossen, noch erkennbar war.

»Ich habe das Konferenzprotokoll total vermasselt, und niemand kann mir dabei helfen, weil niemand sonst dabei war. Ich...« Kate fragte sich, wie viel sie Isobel gegenüber zugeben sollte und entschied, dass sie nichts mehr zu verlieren hatte. »Ich habe soviel Büroerfahrung wie Tara Palmer-Tomkinson, und wenn Elaine das merkt, wird sie mich rausschmeißen«, endete sie dramatisch.

»Oh Gott«, sagte Isobel, während sie sich die Hände an einem Papierhandtuch abtrocknete. »Und ich dachte schon, dass irgendetwas Schlimmes los wäre. Niemand hat hier wirklich Büroerfahrung, Sie Dummerchen. Wir alle tun hier nur so, während wir hier arbeiten. Geben Sie mir Ihre Notizen, und wir werden das aus dem Ärmel schütteln, während alle beim Mittagessen sind.«

»Schlechte Dauerwelle, Roter Pullover. Hat drei T für die nächsten beiden Inspektor-Lovie-Krimis angeboten; Agent empört über das Angebot und droht, den Autor woanders unterzubringen, wenn wir nicht ›Das Tagebuch einer Mittelalterlichen Hebamme‹ des Autors nehmen; abgelehnt in der April-Konferenz. Schlechte Dauerwelle wird mit Autor zum Essen gehen, aber nicht zu teuer. Die Moschino-Tüten-

Frau soll einen Marketingplan für Lovie zusammenbasteln und alles nutzen, was wir für die letzte Serie von Kriminalkommissar Waters verwendet haben. Die Nylonkrawatte mit Paisleymuster soll Exportzahlen erfinden.« Kate sah auf. »Mehr habe ich nicht geschafft.«

»In Ordnung«, sagte Isobel und bog die Finger über dem Keyboard. »Die Frau im Roten Pullover wird Cynthia gewesen sein, die die meisten der Krimiautoren macht. Und ich benutzte das Wort ›macht‹ mit Bedacht, wenn Sie verstehen, was ich meine. Ich weiß, was Sie mit der Dauerwelle meinen, aber andererseits möchte man ja die Krimischreiber nicht damit einschüchtern, dass man zu modern daherkommt. Hmm.« Sie begann zu tippen. »Nadine Brownlow, zwei unbetitelte Inspektor-Lovie-Krimis. CH bot 3000 Pfund an – haben Sie die Rechte mitbekommen?«

»Die was?«

»Die Rechte für die Gebiete, in denen wir das Buch verkaufen dürfen.«

»Nein.«

»Na gut, kein Problem.« Isobel blätterte das Monitorbild nach unten. »Also, für das letzte Buch hatten wir die Weltrechte, und ich glaube nicht, dass der Agent einen amerikanischen Ankauf erreichen wird, es sei denn, die Detektive der Isle of Man sind plötzlich bei CBS groß eingestiegen, also sagen wir 3000 Pfund für die Weltrechte. Agent sucht dringend Verlag für das nicht serientaugliche ›Tagebuch einer Mittelalterlichen Hebamme‹ (siehe April-Protokoll) als Teil des Vertrages. CH soll das Originalangebot mit dem Marketingplan von DH – das ist Diane, die Marketing-Frau – wiederholen. EJ – das ist Ewan, der Auslandsverkäufe-Typ. Sein Freund kauft ihm alle Krawatten und mir hat jemand erzählt, dass er teilweise farbenblind ist, aber da wir hier politisch sehr korrekt sind, erwähnen wir das nicht – soll die Auslandsverkäufe prüfen. Da gibt es wahrscheinlich keine, aber das muss man im Protokoll nicht erwähnen. Was kommt dann?«

Kate verzog das Gesicht. »Vom nächsten Projekt habe ich überhaupt nichts mitbekommen. Sie haben darüber so schnell und im Flüsterton gesprochen. So, als ob sie nicht wollten, dass ich etwas davon höre.«

Isobel sah die Notizen durch. »Ach, ich weiß, was das ist. Gott, sind die widerlich. Wenn sie nicht wollen, dass das ins Protokoll aufgenommen wird, sollen sie das doch einfach sagen. Oder es passiert eben so was ...« Sie begann wieder zu tippen.

»Emma Ball, unbetitelter Superthriller«, las Kate vom Monitor ab.

»Schsch«, machte Isobel. »Wir sollen nichts davon erfahren.«

»JS hat 500 000 Pfund angeboten plus 100 000 Pfund für das Marketing der nächsten beiden Bücher von höchst erfolgreicher Autorin, falls sie beschließt, ihren derzeitigen Verlag im Sommer zu verlassen. EB soll mit Autorin und Agent in der nächsten Woche zum Essen gehen; DH soll Marketingplan ausarbeiten. Mensch, fünfhundert Riesen! Bedeutet EB Elaine?«

»Oh ja«, stimmte Isobel zu. »Jennifer ist ganz wild darauf, ein junges Talent zu ergattern. Jeder möchte das. Emma Ball ist ungewöhnlich, weil sie keine Mädchenromanzen schreibt, und sie hat für sich eine eigene Nische gefunden. Psychotische Romanzen, die in London spielen.«

»Woher wissen Sie denn das alles?«, fragte Kate. »Ich habe nicht gehört, dass sie den Namen in der Konferenz erwähnt haben.«

»Natürlich nicht, oder?« Isobel hob ein geöffnetes Hardcover-Buch hoch, hinter dem sich eine hereingeschmuggelte koffeinhaltige Dose Red Bull verbarg. »Das braucht man einfach, wenn die Hölle los ist«, erklärte sie, als sie die Dose aufriss. »Sie werden schon noch merken, dass der einzige Vorteil, für Leute zu arbeiten, die weder ihre Faxe selber schreiben, noch ihre Anrufe entgegennehmen können, darin besteht, dass man früher oder später all das herausfindet, was sie einem nicht erzählen, wenn man ihnen all diese Sachen abnimmt.«

»Oh«, sagte Kate und war überrascht, wie viel Isobel aus ihren Notizen herausgeholt hatte. Sieben Projekte hatten auf dieser einen Seite gestanden, und als sie sie auf Isobels Monitor sah, hatte sie das Gefühl, als sei sie bei einer ganz anderen Konferenz gewesen.

»Ist das alles?« Isobel goss das Red Bull Getränk in einen Becher und trank ihn mit einem Zug aus. Sie schnitt eine Grimasse. »Wie lange dauert es, bis es zu wirken beginnt? Schneller als ein Espresso?«

»Das hängt davon ab, ob Sie es mit Wodka trinken oder nicht.« Kate nahm einen kleinen Fotorahmen hoch, der mit einem Lakritz-Allerlei verziert war. Er enthielt ein Foto von Isobel, die von einem breit grinsenden Mann geknuddelt wurde, der doppelt so groß war wie sie. Sie saßen in der riesigen Teetasse eines Vergnügungsparks. »Ist das Ihr Freund?«

Isobel sah auf und lächelte das Foto an. Ihr Gesicht bekam den Ausdruck, den Frauen sich normalerweise für Babys und junge Kätzchen vorbehalten. »Aaaah. Ja. Da waren Will und ich letztes Jahr in Florida. Er ist mein lieber großer Bär.«

»Er sieht wie ein richtiger Schatz aus«, sagte Kate. Außer dem ›Ich war im EpcotCenter‹-T-Shirt, doch das erwähnte sie nicht. »Sind Sie schon lange zusammen?«

»Ach, schon ewig«, sagte Isobel und tippte noch immer lächelnd weiter. »Wenn ich Will nicht hätte, hätte ich Jennifers Kopf schon vor Jahren in den Aktenschrank gestoßen.«

»Mein Freund ist in Amerika – ausgerechnet dann, wenn ich ihn brauche«, sagte Kate und verdrehte die Augen mit der amüsierten Verzweiflung einer Sitcom: ›Männer! Was soll man bloß mit ihnen machen?‹ Das war ein mulmiger Versuch, über Giles zu sprechen, um ihn in ihrem Leben noch zu fühlen und gleichzeitig ihr Herz zu verschließen. Wenn sie erklären musste, wo er war, würde das nicht unbedingt ein Bild ewiger Verbundenheit heraufbeschwören.

Hier gab es nicht einmal jemanden, mit dem sie sich ernsthaft unterhalten und allgemeine Themen zum Vorwand nehmen konnte, um dann auf Giles zu sprechen zu kommen. So wie jetzt.

»Oh, Kate, das ist ja schrecklich schwer.« Kate sah nach unten und entdeckte, dass Isobel sie mit ehrlichem Mitgefühl anschaute. »Und sind Sie auch zum ersten Mal in London?«

»Woran haben Sie denn das gemerkt?«, fragte Kate verwundert.

Isobel sah mit dem gleichen warmen und traurigen Ausdruck in den Augen zu ihr auf. »Ich habe Ihren Lebenslauf gelesen. Also, sagen Sie mir, wenn ich etwas tun kann, um Ihnen diesen Albtraum zu erleichtern. Ich dachte, dass nur ein Atomkrieg in Dumfries mich dazu bewegen könnte, in England zu leben, doch hier bin ich. Das kann uns allen passieren.«

»Danke«, sagte Kate mit einem winzigen Lächeln. »Das ist wirklich sehr nett von Ihnen.«

»Kein Problem«, meinte Isobel. »War das alles von der Konferenz? Normalerweise dauern die immer Stunden, doch man kann die wichtigsten Fakten auf anderthalb Seiten zusammenfassen.«

»Auf der nächsten Seite sind noch ein paar Notizen, aber ich möchte Ihre Zeit nicht länger in Anspruch nehmen.« Kate riss sich zusammen und dachte, dass es klug wäre, wenn man sah, dass sie das Protokoll selber schrieb und nicht Isobel beim Schreiben von deren Aktenschrank herabzuschaute.

»Schön«, sagte Isobel und überflog das Gekritzel. »Ich sehe das nur schnell durch… Blabla-blabla… Das ist schon gekauft worden, was Alison auch immer sagt. Ich habe gehört, dass sie heute Morgen den hohen Rabatten zugestimmt hat. Sie lässt Jennifer nur warten, damit sie nachher wie eine Heldin aussieht. Bla-bla-bla… Himmel! Jo hat diesen Mafia-Tiefkühlthriller nicht geschickt bekommen. Er wurde Elaine geschickt, und die hat ihn an sie weitergereicht. Und das weiß ich ganz genau, weil ich das Manuskript in den Computer eingegeben habe. Jo hat noch nie so etwas Großes direkt von einer Agentur bekommen. Was ist ein… Der Amerikanische Feger ist kein Titel. So nennen wir Marguerite DuCoyne – ihr neues Buch trägt den vorläufigen Titel ›Die süße Umarmung der Liebe…‹«

Kate schrieb wie wild mit und errötete bei dem Gedanken daran, welche möglichen Demütigungen Isobel über sie nun verbreiten konnte. Ihr fiel ein, dass Isobel sie ärgern könnte, doch sie verdrängte diesen Gedanken aus ihrem Kopf. Das war ja der schnurgerade Weg in die totale Hysterie.

»Ich ziehe alles, was ich geschrieben habe, auf Diskette und kopiere das auf Ihren Computer. Keine Angst, ich mache das jetzt gleich«, sagte Isobel, als sie sah, dass Kates dankbares Lächeln verschwand, als sie ihren Computer erwähnte.

»Danke für Ihre Hilfe, Isobel«, sagte sie und presste ihre Notizen an sich. »Ich war wirklich kurz davor, einfach davonzurennen und nie mehr zurückzukommen. Sie haben die beiden Tage meiner Verlagskarriere gerettet.«

Isobel drehte einen ihrer beiden Zöpfe herum. »Kein Problem. Ich erinnere mich noch gut an meine erste Woche. Es war ein Horror. Jo, Sie wissen schon, die mit den verrückten Stiefeln, war damals Assistentin und genauso rotzfrech wie jetzt auch. Sie hat mich einfach im Regen stehen lassen. Hat mir nicht einmal von Jennifers Nachmittagsnickerchen erzählt, das Miststück. Und als ich dann Jennifer an ihrem Schreibtisch zusammengesackt sitzen sah, ohne Schuhe und mit dem Kopf zwischen den Beinen, habe ich natürlich versucht, sie wiederzubeleben, und natürlich bekam Jennifer einen Panikanfall, und natürlich hat sie sich mit den Ellbogen gewehrt und mir damit zu Nasenbluten verholfen. Zweieinhalb Jahre habe ich gebraucht, um mich zu rehabilitieren.«

Kate konnte Isobels perfekten Anblick nicht mit Nasenbluten in Einklang bringen. Oder sich Jennifer ohne Schuhe vorstellen.

Isobel schniefte und nahm die Diskette mit dem Protokoll heraus. »Also, das und Elaine noch einen weiteren Tag lang bei ihrer Lebensführung zu helfen, hätte mich bestimmt in die Rauschgiftsucht getrieben...« Sie drehte sich auf ihrem Stuhl herum und sah Kate an. »Wenn eines hier in diesem Büro fehlt, dann ist es ein Sinn für Ironie. Und ich kann wirklich nicht alles allein machen.«

»Nun, ich kann Sie sicherlich zur größten Assistentin machen, die es je im Verlagswesen gegeben hat«, sagte Kate.

Isobel schnitt eine Grimasse.

12

London schien von Tag zu Tag heißer zu werden. Und es wurde auch nachts nicht viel kühler. Für Kate war der Sommer noch nie die beste Jahreszeit gewesen, und nun schien die Hitze vom Straßenpflaster aufzusteigen und von den hohen Gebäuden herabzustürzen, um sich zu einem nicht enden wollenden heißen Wirbel zu treffen. Abends arbeitete sie, solange sie konnte, da das Büro Klimaanlage hatte und Dants mit ungeleerten Abfalleimern und schmutzigen Socken voll gestopfte Wohnung unvergleichbar stank. Dann fuhr sie mit einer Reihe von Bussen nach Hause, weil sie sich nicht überwinden konnte, mit der U-Bahn zu fahren. Und sie wanderte durch so viele grüne Bezirke wie sie finden konnte.

Mittwoch war ein Tiefpunkt. Die Temperatur stieg auf 32 Grad an, und die überbeanspruchte Klimaanlage im Büro brach zusammen. In der Produktionsabteilung wurde jemand ohnmächtig. Als Kate nach Hause kam, ging sie schnurstracks in ihr Zimmer und schälte sich aus ihrer ärmellosen Bluse, die ihr am Rücken klebte und gelblich verfärbt war von all dem Deodorant, das sie sich angesprüht hatte.

Sie ließ ihre Tasche auf den Nachttisch fallen, zerrte sich die restliche Kleidung vom Leib, zog sich den flauschigen weißen Morgenmantel an, an dem langsam schon Fäden herunterhingen und warf sich auf ihr ungemachtes Bett. Die ›Tage-bis-Giles‹-Tabelle an der Wand über ihrem Kopf war noch immer schrecklich lang, und ihr schien, als hätte sie schon ihr ganzes Leben lang eine 9 vorwählen müssen, um eine Amtsleitung zu bekommen, sobald sie den Telefonhörer abnahm. Kate seufzte und strich einen weiteren Tag aus. Noch zwei Tage bis zum Wochenende. Sie versuchte, nicht auf die Anzahl der Tage zu achten, bis er nach Hause zurückkam.

Kate rollte sich auf die andere Seite und nahm das Foto von Giles vom Nachttisch. Er trug ein Dinnerjackett für einen Collegeball und sah toll aus. Sie trug ein grünes Etuikleid mit Nackenband und sah hungrig aus. Sie trug auch keinen Schlüpfer, obwohl man das auf dem Foto nicht sehen konnte. Vielleicht konnte man es von dem Glanz in Giles' Augen ablesen, dachte Kate hoffnungsvoll, doch der könnte auch von den fünfzig Pfund in ihrer Handtasche gekommen sein, die er gerade im Kasino gewonnen hatte.

Sie stellte den Bilderrahmen mit einem weiteren Seufzer zurück auf den Nachttisch und stellte sich vor, wie alle Spannung aus ihrem Körper ins Bett abfloss, so, wie Fett von Chips in ein Stück Küchenkrepp lief. *London* laugte sie aus. Das lag daran, dass sie nicht mit den Menschen zusammen war, die sie am meisten vermisste; Menschen, bei denen sie sie selbst sein konnte. Eclipse zählte nicht: Wenn sie sich konzentrierte, war sie zu schüchtern, um mit den meisten anderen Assistenten zu sprechen, und obwohl Isobel freundlich zu ihr war, wollte Kate sie nicht damit irritieren, dass sie ständig wie eine einsame Klette an ihr hing.

Die Wohnungstür schlug zu. Kate horchte auf das Geräusch, stand aber nicht auf. Harry musste von der Arbeit zurückgekehrt sein. Aus der Diele war ein Rascheln zu hören, dann schlug die Tür wieder zu. Harry musste zum Kricket-Training gegangen sein. Und er hatte noch nicht einmal hallo gesagt, dachte Kate verdrossen und vergaß dabei, dass er gar nicht wissen konnte, dass sie da war und dass sie ihn nicht sehen wollte.

Vom Bett aus sah sie sich im Zimmer um und bemerkte jeden Fleck und Riss in den Wänden. Drei Haken fehlten an den durchhängenden Gardinen, und Kate dachte voll Verlangen an Giles' gebauschte Leinenrollos. Draußen kehrte die Katze aus dem Nachbarhaus, die viel fetter und glänzender aussah als Ratcat, in den Blumenkasten zurück und drehte ihren gestreiften Bauch in die Sonne. Ein Auto fuhr am Haus vorbei, aus dem die Bässe so laut herausschallten, dass die Katze aufstand, einen Buckel machte und durchs Fenster wieder in das Zimmer dahinter verschwand.

»Ach, verdammt noch mal«, sagte Kate laut, obwohl ihr klar war, dass sie Gefahr lief, sich wie Dant anzuhören. Mit großer Mühe erhob sie sich, sammelte die drei Kaffeebecher ein, die auf dem Boden neben dem Bett standen, schleppte sich in die Küche, stellte sie ins Spülbecken und ging ins Bad, um sich lauwarm abzuduschen. Auf der Seife klebten zwei schwarze Schamhaare, und einen Moment lang war sie kurz davor, in irrationale Tränen auszubrechen. Stattdessen öffnete sie das Fenster, warf die Seife hinaus und suchte in einem Pappkarton voller Toilettartikel (Teresas Art, das Badezimmer aufzuräumen) nach Dants Shampoo.

Kate hatte schon lange vermutet, dass der Glanz auf Dants Schopf mit chemischer Hilfe erzeugt worden war, und die Entdeckung eines Shampoos für ›gefärbtes, trockenes und geschädigtes Haar‹ bestätigte ihren Verdacht. Großzügig schäumte Kate ihre Achselhöhlen mit der aromatherapeutischen Mischung und Provitamin B ein und schätzte, dass sie allein für fünfzig Pence von diesem Spezialshampoo auf ihren Achselhaaren hatte und fragte sich, ob Ratcat vielleicht nicht auch Lust auf eine Spezialbehandlung hatte.

Um halb acht Uhr schien noch immer die Abendsonne ins Wohnzimmer, und da von Dant nichts zu sehen war und Harry fort war, machte Kate sich einen Bananenmilchshake in dem kaum benutzten Mixer und trottete im Morgenmantel mit dem schlechten Krankenhausdrama unter dem Arm in Dants Zimmer. Sie setzte sich auf den sonnigsten Platz des Sofas und schwenkte die CD-Fernsteuerung mit königlicher Geste in Richtung von Dants Hifi-Anlage. Die Wohnung war irgendwie unheimlich ohne Hintergrundgeräusche. Doch ohne jemanden, der sie nervös machte, fühlte sich Kate ungewöhnlich heimisch. Dant schien Lloyd Cole gehört zu haben, ehe er gegen Morgen ins Bett gefallen war. Das passte zwar nicht sehr gut zu *Station 9: Blut auf den Betten,* aber nachdem Kate das Anfangskapitel überflogen hatte, konnte sie sich nichts vorstellen, was dazu passen könnte. Nach siebzehn Seiten voller verspritztem Plasma und vollgekleckerten chirurgischen Gesichtsmasken hatte ihr Milchshake einiges an Attraktion verloren.

Da sich die Wohnungstür in einem besonders gefühlvollen Lloyd-Cole-Moment öffnete, bei dem Kate kräftig mitsang und drei Seiten in der Minute beiseite legte, hörte sie die Schritte in der Diele erst, als Lloyds Gejaule verklungen war. Und als Kate sie hörte, fühlte sie sich vorübergehend von den Gefühlen von Macht (weil ihr zum ersten Mal auffiel, dass sie das Manuskript nicht zu Ende lesen musste) und Gesundheit (nach dem Duschen und dem Milchshake) so berauscht, dass sie keine Anstalten machte aufzustehen.

Die Schritte gingen in die Küche und Schränke wurden geräuschvoll geöffnet und geschlossen. Kate las ungerührt das siebte Kapitel zu Ende, in dem der Chefarzt durch den besonders grässlichen Missbrauch einer Zange beseitigt wurde, und ließ dann das Gummiband wieder um das Manuskript schnappen. Schularbeiten erledigt. Dieses Manuskript würde in der gleichen Jiffy-Tüte zurückgehen, in der es eingegangen war.

»Dant? Möchtest du einen Milchshake haben?«, rief sie und griff nach ihrem klebrigen Glas. Aus der Küche war nur ein Geräusch zu hören, als die Klappe vom Geschirrspüler zugeschlagen wurde.

Kate ging barfüßig hinüber und drückte auf dem Weg dorthin das restliche Wasser aus ihrem Haar.

»Ich sagte, möchtest du einen…« Sie sah auf und stellte fest, dass dort nicht Dant oder Harry war und nicht einmal Seth, der Stripper.

»Hi, ich bin Cressida«, sagte die Erscheinung in Schwarz und streckte die Hand aus, was Kate ziemlich stark an Morticia aus der Addams Family erinnerte.

»Oh, hallo«, stammelte Kate und wischte sich die Hand, an der noch Bananenmus klebte, an ihrem Morgenmantel ab. Ihr Händedruck war viel begeisterter als die modisch schlaffe Hand, die sie schüttelte, und sofort spürte Kate, dass ein linkisches Gefühl wie falsche Heidi-Zöpfe auf ihren Schultern lastete.

Cressida war groß und schwarz und weiß in der Art der Guinness-Werbung. Sie sah aus wie eine Gotin, allerdings erkannte selbst Kate, dass ihre perlmuttweiße Haut und ihr wie Teermakadam glänzendes Haar nicht echt waren. Sie war gertenschlank in dem schwarzen Hosenanzug – doch während Kate nach verrücktem Hungern höchstens knochig gewirkt hatte, hatte Cressida die moderne Geschmeidigkeit, moosgrüne Fingernägel und einen Ring am Daumen.

Unerklärlicherweise fühlte sich Kate in ihrem Morgenmantel wie ein Sumo-Ringer.

»Ich dachte, ich schau mal herein und sehe nach, wie du dich eingelebt hast – ich darf doch du sagen, oder? – und wechsele ein paar Worte mit meinem Bruder, doch wie ich sehe, beehrt er jemand anderen mit seiner Anwesenheit. Und wenn ich mir diesen Schweinestall hier ansehe, dann haben es die Jungs noch immer nicht geschafft, den Abwasch turnusmäßig zu erledigen, wie sie es versprochen hatten.« Cress hob eine ihrer in Form gezupften Augenbrauen.

»Ah, nein, ich meine, ich habe getan, was ich konnte, aber es gibt ein paar Sachen…« Kates Stimme verlor sich, da ihr Wunsch, zu gefallen und ihre Verärgerung über den Zustand der Küche sich die Waage hielten. Sie scharrte mit den Füßen über die kalten Fliesen und erinnerte sich zu spät daran, dass sie ihr Versprechen, regelmäßig zur Pediküre zu gehen, nicht gehalten hatte.

Cress verdrehte die Augen. »Wenn ich Dant sich selbst überlassen würde, würde die Wohnung hier aussehen wie der Standort eines radikalen Berufsumweltschützers, der faule kleine Mistkerl. Nichts für ungut…« Sie schaltete erst den Geschirrspüler an und dann die Waschmaschine. »Ich habe Dants rote Bettsocken zusammen mit Harrys schmutzigen Kricketsachen hineingesteckt, die alle auf dem Küchentisch verstreut herumlagen, und ich hoffe, das wird den beiden eine Lehre sein.« Sie rieb sich nach Lady-Macbeth-Manier die Hände. »Möchtest du einen Espresso haben?«

»Nein, ich bleibe bei Milchshakes«, sagte Kate, während sie sich an Harrys Versuch erinnerte, die Espressomaschine zu reparieren. Das Teil, das schließlich übrig geblieben war, verhinderte seither, dass der Tisch wackelte. »Ich mache eine Entgiftungskur«, fuhr sie, der Wirkung wegen, hinzu.

»Oh Gott, das könnte ich nicht.« Cress nahm aus ihrer Handtasche ein ungeöffnetes Kaffeepaket heraus, riss es mit den Zähnen auf und füllte die Maschine. Ihr preiselbeerfarbener Lippenstift verschmierte nicht einmal dabei. »Ich habe in meinem Körper mehr Chemikalien als die Toiletten in der Betty-Ford-Klinik. Wenn man eine davon entfernen würde, würden meine Venen kollabieren.«

»Es ist für die Arbeit.« Sie glaubte nicht, dass sie jemanden kannte, der wirklich Drogen nahm. Kate zermarterte sich den Kopf nach ein paar Einzelheiten von Miriam Goodes Entgiftungsplan, die auch außerhalb des Büros wenigstens entfernt schick klangen.

»Ach, ja richtig, Dant hat mir erzählt, dass du dir Mandys alten Job bei Eclipse unter den Nagel gerissen hast.« Cress rammte den Kaffeefilter trotz des fehlenden Teils in die Maschine. »Das muss interessant sein.«

»Könnte man sagen. Am Anfang muss man viel auf einmal lernen, aber ich weiß noch nicht, wie lange ich dabei bleiben werde. Mein Freund lässt…« Als ihr das entschlüpfte, dachte Kate, dass es vielleicht nicht sehr günstig wäre, ihrer Wirtin mitzuteilen, dass sie plante, Mitte November in die Freiheit zu verschwinden. Mitten in ihrer Rede schwenkte sie um: »Mein Freund lässt gerade seine Beziehungen in der Bank spielen, für die er arbeitet.« Das war eine Lüge, doch Cress vermittelte ihr das gleiche Minderwertigkeitsgefühl wie die Mädchen damals in der Schule, die sich die Haare mit Spezialspray aufgehellt hatten.

Cress goss einen Schluck Whisky aus der Flasche in Dants Küchenschrank in ihren Kaffee und kippte ihn in einem Zug herunter. Sie verzog das Gesicht. »Uch, an deiner Stelle würde ich im Verlagswesen bleiben. Bankiers sind so verdammt langweilig. Die Bar war so überlaufen von ihnen, dass wir die Regel einführen mussten, dass keine Berufskleidung bei uns getragen werden durfte. Aber die meisten von denen haben gar keine. Keine Freizeitkleidung, meine ich.«

Wieder griff sie in ihre Tasche und zog eine weiche Packung amerikanischer Camels heraus. Sie hielt sie Kate entgegen, doch die lehnte ab und beschäftigte sich damit, die Banane für ihren Milchshake zu zerkleinern, was, neben ihrem ungeschminkten Gesicht und dem Unisex-Morgenmantel, schrecklich tugendhaft wirkte.

Cress setzte sich auf die Arbeitsplatte und überkreuzte ihre schlanken Knöchel. Kate warf ein paar Eiswürfel in den Mixer und bemühte sich, nicht darauf zu achten, dass Cress' Oberschenkel nicht breiter wurden, als sie sich setzte. Vielleicht war sie auf Speed, dachte sie boshaft.

»Und wie hast du dich denn nun bei Tom und Jerry eingelebt?«, fragte Cress und blies den Rauch aus dem Mundwinkel in Richtung Fenster.

»Prima.« Kate stellte den Mixer an und fürchtete sich wie immer eine Sekunde lang entsetzlich davor, einen Finger durch das Hackmesser zu verlieren. »Sie sind ein bisschen schlampig, aber ich habe einen Bruder, deshalb bin ich daran gewöhnt.«

»Dant ist ein Schwein. Harry ist ein kleiner Hund.«

Kate fragte sich, was sie selbst wohl war. Eine kleine Kuh?

»Ist Mandy deshalb ausgezogen?«, fragte sie.

»Ach, die.« Cress löste die Beine wieder, und Kate musste feststellen, dass die makellos gepflegten Nägel, die aus den kalbsledernen Sandalen heraussahen, genauso moosgrün lackiert waren wie die Fingernägel. »Sie und Dant… also, sie kamen nicht richtig miteinander zurecht. Oder vielleicht doch, ich weiß es einfach nicht. Es gab viel Geschrei und durch die Gegend fliegende Wurfgeschosse. In der Wohnung war einfach nicht genug Platz für zwei dramatische Königinnen. Ich glaube, der Schlusspunkt wurde schließlich dadurch gesetzt, dass ein Freund von ihr ein Ticket nach Australien hatte, das er ihr anbot. Und sie nahm es. Verdammt unangenehm für mich – ich musste aus Amerika zurückkommen, um hier alles zu klären.«

Aber sie hatte sich keinen Tag frei genommen, um ihr und Laura die Wohnung zu zeigen, vermerkte Kate für sich. »Im Verlag will mir niemand erzählen, warum sie gegangen ist. Ich komme mir fast wie eine zweite Ehefrau vor – ich telefoniere mit Autoren, und wenn ich sage, wessen Assistentin ich bin, werden sie seltsam ruhig und fragen dann: »Mandy?«, als ob ich von den Toten auferstanden wäre.«

Cress drückte die Zigarette auf der Untertasse der Espressotasse aus. »Ich glaube, nach einer Weile fand sie ihren Job ein bisschen frustrierend. Sie war ziemlich aggressiv. Und man hat wohl auch keine Lust, sich nach einem harten Arbeitstag den Weg mit der Machete durch die Berge von Dants schmutzigen Unterhosen zu bahnen, um ins Badezimmer zu kommen.«

»Hast du nie hier mit ihnen gelebt?« Das Du ging Kate einigermaßen flüssig von den Lippen.

»Eine Woche lang. Aber nur aus Forschungsgründen, das kann ich dir versichern.« Cress glitt vom Tresen herunter und sammelte ihre Tüten ein. Kate richtete sich so weit wie möglich auf und lehnte sich auf Zehenspitzen locker gegen den Kühlschrank, um noch ein wenig größer zu wirken.

»Wir müssen uns sowieso mal zu einem Drink treffen und miteinander reden«, sagte Cress in einem für Kate überraschend endgültigen Ton. Die gesamte Begegnung war ihr weit mehr wie ein Bewerbungsgespräch vorgekommen als ihre hektische halbe Stunde zu Jennifer Spencers Füßen. »Vielleicht kann ich dich dann ja auch zu etwas Stärkerem verführen als Bananenbrei.« Sie lächelte sie an, als ob sie ein Kleinkind wäre und suchte ihre Autoschlüssel.

Kate lächelte instinktiv und hasste sich sofort dafür. Sie zog den Gürtel ihres Bademantels fester.

»Sag bitte Dant, dass ich hier war und ihn heute Abend anrufen werde.« Cress musste das Thema nicht extra erwähnen. »Und grüß Harry von mir.« Auf dem Weg zur Tür kickte sie ein paar Kricketsachen und Ratcats durchweichtes Mäuschen mit ihren glänzenden Sandalen beiseite.

»Tschüs!«, sagte Kate.

Ohne sich umzudrehen hob Cress die Hand. »Ich rufe dich an«, sagte sie und fand alleine hinaus.

13

Kate hatte sich schon einige Zeit damit abgequält, wie sie Giles von ihrem Umzug vom Busen der Craigs in das Idiotenhaus berichten sollte. Sie hatte keine Adresse in Amerika. Mitten in der Ungeheuerlichkeit seiner Abreise hatte sie ihn um eine Kontaktadresse in der Fremde gebeten, damit sie ihn in einer Umgebung wusste, die sie sich nicht vorstellen konnte, und er hatte ihr gesagt, sie solle zum Redcliffe Square schreiben, da Selina Anweisung habe, all seine Post an die Bank zu schicken, bis er sich irgendwo niedergelassen hatte.

Auf dem Flughafen hatte Giles mit seiner nettesten festen-aber-sanften Stimme klar gestellt, dass es ihnen beiden helfen würde, ›die Dinge voranzutreiben‹, wenn sie in den ersten paar Wochen keinen Kontakt miteinander hätten. Keine Briefe und schon überhaupt keine Telefonate.

Giles hatte sich schon immer bei Trennungen leichter getan als sie. »Kurz und bündig, Kate«, hatte er immer am Ende des Semesters gesagt, wenn sie sich zu einem letzten tränenreichen Kuss ins Wagenfenster hineingebeugt hatte, ehe er nach London zurückfuhr. Diesmal war er genauso sanft und genauso rücksichtslos entschlossen gewesen, so sanft, dass sie den ganzen Schmerz über seine Abreise erst viel später spürte.

Erst auf der betäubten U-Bahn-Fahrt zurück in die City fiel ihr auf, dass er sich nicht dafür entschuldigt hatte, dass er fortging oder sie allein in einer Lage zurückließ, in der sie gar nicht sein wollte. Dicke Tränen waren ihr ungesehen über das Gesicht geströmt, als sie an dem Deckengriff hing und zwischen schnatternden amerikanischen Touristen hin und her schwankte. Er war sich einfach keiner Schuld bewusst gewesen, für die er hätte um Verzeihung bitten müssen.

Kates erster Gedanke, als sie Mikes und Lauras Kriegsgebiet in Clapham betreten hatte, war, Giles einen langen und leidenschaftlichen Brief zu schreiben, auch wenn er ihn über die herablassende Selina erreichen würde, der sie durchaus zutraute, dass sie den Brief über Dampf öffnen und später wieder zukleben würde. Nachdem sie, eingeschlossen in dem Gästezimmer, acht tragische Seiten voller Selbstmitleid geschrieben hatte, während sich Mike und Laura durch die Seifenoper *Brookside* zankten, beging sie den fatalen Fehler, ihn am nächsten Morgen noch einmal zu lesen. Entsetzt über ihre eigene Hilflosigkeit und die Verwendung des Ausdrucks ›seelische Leere‹, hatte sie ihn tief in ihren Rucksack versenkt.

Doch jetzt, da sie im Deauville Crescent festsaß, wieder erstarkt durch gerechten Zorn und Harrys Alanis-Morissette-Kassette, die fast jeden Morgen durch ihr Zimmer jammerte, hatte Kate sich selber heruntergeregelt zu einer knappen ›Mir Geht's gut‹-Postkarte, doch sie hatte es noch nicht geschafft, sie knapp genug zu halten. Weil sie nicht notleidend erscheinen wollte, indem sie mehr als zwei kurze Sätze schrieb – einen über ihre Neuigkeiten und einen, der geradeheraus nach seinen fragte – schrieb und zerriss sie mehrere Karten, deren Tenor von beiläufig bis deutlich distanziert reichte, bis die Symbolik dessen, was auf der Vorderseite der Postkarte abgebildet war, sie heimsuchte und sie die ganze Sache schließlich ganz aufgab.

Und in all dieser Zeit hatte sie kein Wort von Giles gehört. Kate hatte ihre neue Adresse ihrer ›Danke-für-die-Gastfreundschaft-Mitteilung‹ an seine Eltern beigefügt, und obwohl ein dumpfes Verlangen ihr weiterhin schwer im Magen lag, nahm sie sich vor, dass sie sich erst mit ihm in Verbindung setzen würde, nachdem er es getan hatte, und wenn sie das sonst was kosten würde. Das war die gleiche Halsstarrigkeit, die ihre Mutter immer ihre ›boshafte Hochnäsigkeit‹ genannt hatte, die jedoch, konsequent auf ihren Schokoladenkonsum angewendet, ihr letztlich ein Paar Jeans in Größe zehn und die Bewunderung von Giles eingebracht hatte.

Kate lag auf ihrem Bett und erneuerte ihre alte Bekanntschaft mit Mr. Yorkies Schokoriegel – weil sie nicht gleichzeitig ihr Schweigen Giles gegenüber *und* ihren Verzicht auf Schokolade ertragen konnte – und las die Kulturseiten der Samstagszeitung, als die Sprechanlage an der Wohnungstür summte. Sie wartete einen Moment ab, ob nicht einer der Jungs hingehen würde, merkte dann, dass es erst elf Uhr vormittags war und für sie noch mitten in der Nacht, seufzte tief auf und warf allen Papierkram auf den Boden.

Es summte wieder und Kate rief: »Ich komme!« in die Sprechanlage. Als ihr einfiel, dass das der Postbote mit einem Einschreibpäckchen von Giles sein könnte, sauste sie barfüßig die Treppe hinunter. Die vier Treppen schienen plötzlich kein Ende zu nehmen, und sie betete, dass der Postbote nicht weggegangen war, ehe sie unten ankam.

Kate riss die Tür auf. Auf der vorderen überdachten Veranda stand Selina mit einer großen Schachtel. Hinter ihr parkte Giles' BMW hinter dem schräg in der Parklücke stehenden Citroën, in dem ein Mann saß, der wie Jamie Theakston aussah.

Selina konnte nicht umhin, vor Kates ›Tötet alle Rockstars‹-T-Shirt und den schmuddeligen Jeans zurückzuweichen. Kate entdeckte plötzlich, dass der rote Nagellack auf den Fußnägeln, der so sorgfältig und vor gar nicht langer Zeit im Kosmetiksalon aufgetragen worden war, wie bei einer kleine Hure in einer Wohnwagensiedlung langsam abzublättern begann.

Kate lehnte sich an den Türrahmen und versuchte so auszusehen, als ob sie aus Stilgründen gegenüber einem zypriotischen Lokal mit Schankkonzession über die Straße lebte.

»Hi, Selina!«, strahlte sie. »Wie schön, dich zu sehen!«

Selina brachte es nur zu einem leicht verkniffenen Lächeln und streckte ihr die Schachtel entgegen. »Ich habe gestern Abend mit Giles gesprochen, und er schlug vor, dass ich dir seine Stereoanlage vorbeibringen sollte, während er weg ist. Damit du ein wenig Gesellschaft hast.«

Wie das computeranimierte Locket-Bonbon in der Werbung öffnete sich Kates Herz und ließ warme Gefühle durch ihren Körper strömen. »Wirklich? Wie nett von ihm – ich habe hier meine Anlage schon vermisst, doch es war mir nicht so wichtig, dass Mum sich die Mühe macht und sie mir hierherschickt.« Sie streckte die Hände nach der Schachtel aus.

Selina gab sie ihr zögernd. »Er sagte, dass er sich nicht vorstellen könne, dass du ohne ohrenbetäubende Hintergrundmusik leben könntest. Ich hoffe, dass sie noch auf Garantie läuft«, sagte sie in zweideutigem Ton.

»Hat Giles mir noch etwas ausrichten lassen?«, fragte Kate und erinnerte sich etwas zu spät daran, dass sie sich ja ganz gelassen wegen seiner Funkstille geben wollte. Sie winkelte ihr rechtes Bein hinter sich ab und versuchte, ganz locker auszusehen.

Selina legte den Kopf in der irritierenden spröden Geste seitwärts, die sie von Laura so gut kannte. »Oh, nur, dass er den neuen Job liebt und hofft, dass du ihn nicht zu sehr vermisst. Er hat eine neue Adresse. Ich habe sie dir in die Schachtel gelegt.«

Kate kämpfte den Impuls nieder, die Schachtel sofort aufzureißen und in den Styropor-Schnitzeln herumzuwühlen. »Oh, gut. Gut. Wir hatten verabredet, dass wir uns nicht zu oft schreiben wollten, bis wir uns beide eingelebt haben.« Sie zwang sich zu einem lockeren Achselzucken, doch Selina sah schon zu ihrem Wagen hinüber. Familienpalaver stand an diesem Samstag offenbar nicht auf Selinas Tagesordnung. »Prima«, sagte sie und zog ihre Haare unter dem Kragen ihres Tennishemdes hervor. »Wir haben einen Tennisplatz für halb elf ergattert, also möchte ich dich nicht länger aufhalten, okay?«

»Selina«, rief Kate, als sie sich zum Gehen umdrehte. »Hat Giles gesagt, dass er … mich vermisst?« Sie zwickte sich mit den Zehen in die Wade, um sich auf den Schmerz vorzubereiten, dass sie ihr sagte, er vermisse sie nicht.

Selina starrte sie so an, als hätte Kate sie gerade gefragt, warum ihr Wagen blau sei. »Hmm, so ungefähr. Er sagte, er war viel zu beschäftigt, um Heimweh zu haben.«

»Oh, ja, das habe ich mir schon gedacht«, sagte Kate schnell. »Mittlerweile ist er es ja schon gewöhnt, sich an immer neuen Orten einzuleben.« Sie wünschte, dass Selina mit all ihrer Blasiertheit irgendwohin verschwinden möge, vorzugsweise in ein mit Landminen verseuchtes Gebiet.

Aber Selina war schon auf halbem Weg zu ihrem Auto, und erst als Kate klar wurde, dass sogar Selina ihn ihr näher gebracht hatte, spürte sie, dass ihr die letzte Verbindung zu Giles gerade entglitt.

Sie erwiderte Selinas munteres Winken, als der BMW auf die Hauptstraße zurückfuhr. »Fahr nicht in einen Lastwagen, ja?«, schrie sie und blieb so lange stehen, bis der Wagen ihren Blicken entschwand. Dann kehrte sie zur muffig rie-

183

chenden Treppe zurück und trug Giles' Stereoanlage zur Wohnung 27 hinauf.

Als sie oben an der Treppe ankam, war Harry aufgestanden, briet sich in Boxershorts Schinken und kümmerte sich nicht um das Durcheinander um ihn herum. Gran-Turismo-Geräusche quietschten aus dem Wohnzimmer herüber.

»Morgen!«, sagte er. »Möchtest du ein Schinken-Sandwich haben?«

Kate bemühte sich, die weichen blonden Haare auf seinen Beinen zu ignorieren. »Nein, ich glaube, ich habe mich zum Vegetarier entwickelt. Das kann nicht gesund sein. Pass auf das spritzende Fett auf, wenn du Schinken in kurzen Hosen brätst. Hast du dir schon mal die Haare an den Beinen entfernt?«

Er deutete mit dem Fischheber auf ihre Schachtel. »Was ist denn das?«

»Das?«, sagte Kate, als ob sie die Schachtel gerade erst in ihren Armen entdeckt hätte. »Oh, mein Freund hat mir ein Geschenk geschickt.«

Das Wort ›Freund‹ klang schokoladig, als es ihren Mund verließ und es hing wie ein warmes Gefühl von Zugehörigkeit um sie herum, auch wenn der Mensch, zu dem sie gehörte, nicht wirklich hier war. Sie hatte Giles bisher kaum erwähnt und auch keine persönlichen Einzelheiten über sich selbst, weil sie nicht den Eindruck entstehen lassen wollte, dass er sie verlassen hatte oder dass sie keine anderen Freunde hatte, die sie vor der WG-Hölle retteten. Doch ein gelegentliches Angeben war doch nicht gefährlich, oder?

Harry hob die Augenbrauen und warf Schinken auf einen Teller. »Freund, was? Und ausgerechnet jetzt, da Dant hoffte, dass du lesbisch bist.«

»Ja, genau.« Kate unterdrückte einen lauten Seufzer über ihr tiefes inneres Entsetzen. »Er arbeitet eine Weile in Amerika und hat mir das als Überraschung geschickt.«

»Nett«, sagte Harry und schlug ein Ei in die Pfanne.

»Na dann«, sagte Kate, als sie sich an die Adresse erinnerte, die in der Schachtel lag. »Ich werde das mal eben aufbauen.«

Kate stellte die Stereoanlage auf den Nachttisch und die Boxen zu beiden Seiten des Betts.

Sie steckte den Stecker ein und begann, die Sender neu einzustellen. Da das Radio über alle modernen Schikanen verfügte, stellte es automatisch viele Sender neu ein, von denen sie noch zuvor gehört hatte, und hauptsächlich zu Jungle-Musik, die offenbar aus einem Kohlenkasten in Dagenham ausgestrahlt wurde, als sie zur Langwelle hinüberwechselte.

Womit sollte sie sie einweihen? Jede Musik, die sie für ihren Walkman mitgenommen hatte, erinnerte sie an den Sommer, den sie gerade in Durham zurückgelassen hatte. War das gut oder schlecht? Kate drehte ihren Rucksack um und nahm alle Kassetten heraus, dann legte sie sich aufs Bett und ließ sich von REM und Giles verzaubern.

Kates tranceartiger Zustand wurde durch das Klicken unterbrochen, als die Kassette zu Ende gespielt hatte und den Stimmen von Männern, die sich ins Wohnzimmer zurückgezogen hatten. Vierzig Minuten lang hatte die Musik sie zu dem Platz im College zurückschweben lassen, als sie auf ihrem Bett lag und sie irgendwie losgelöst und naiv angehört hatte. Doch jetzt war sie wieder in London. Einen kurzen Augenblick lang wusste sie nicht, wo sie war, doch dann erinnerte sie sich wieder, und die Einsamkeit verstärkte sich in ihrer Brust. Sie wunderte sich darüber, wieso sie das Geschrei so lange hatte verdrängen können.

»Du bist ein Scheißkerl!«, brüllte eine Stimme.

»Bremse! Brems doch, du Trottel«, schrie Harry. »Der graue Bereich ist die Rennstrecke, um Himmels willen! Habe ich das denn nicht erklärt?«

Widerwillig schwang Kate die Beine aus dem Bett, wanderte hinüber und sah ins Zimmer.

Dant und Seth, der Flitzer aus Lauras unglücklichem Badezimmer-Erlebnis, der angezogen kaum wiederzuerkennen war, hockten über der Playstation und schlingerten und schwankten, als ob sie wirklich in den Wagen saßen, die auf dem Bildschirm fuhren. Harry lag in seinem Bademantel und mit einer Dose Lagerbier auf dem Boden und gab laute und abschätzige Bemerkungen von sich. Die Reste seines gebratenen Essens waren über den ganzen Tisch verteilt.

»Wolltest du dich zu uns gesellen?« Harry war gerade kurz davor, Seth zu überrunden, der mehr oder weniger aufgegeben hatte und versuchte, sich eine Zigarette anzustecken und seinen Wagen in die Zuschauer steuerte, weil er sehen wollte, ob sie gleich beim Aufprall sterben würden. Kate folgerte aus Seths unordentlichen Boxershorts und dem zerknitterten T-Shirt, dass er die Nacht auf dem Sofa verbracht hatte. Seine behaarten Spinnenbeine steckten noch immer halb in einem Schlafsack. Als sie sich fragte, ob er hier oder in Dants Zimmer geschlafen hatte, errötete sie unwillkürlich.

»Deine Schwester hat angerufen«, sagte Dant. »Ich habe ihr gesagt, dass du nicht da bist.«

»Und damit hat sie sich zufrieden gegeben?«

»Ja, schließlich schon.«

»Beifall.« Kate fragte sich, welche Strategie Dant angewendet hatte, weil sie immer erst entkommen konnte, nachdem man sie über eine halbe Stunde lang durch die Mangel gedreht hatte. Laura würde sich vielleicht nicht dazu herablassen, vorbeizukommen, aber sie würde bestimmt auch nicht so leicht ihre Kontrolle aufgeben.

Sie löste sich vom Türrahmen und ging gehemmt zum unbesetzten Sofa hinüber, von wo aus sie das Spiel auf dem Fernsehschirm nur teilweise verfolgen konnte, weil die Köpfe der anderen ihr ein wenig die Sicht nahmen. Das Zimmer war eine einzige Müllhalde, selbst nach deren Maßstäben, und war übersät mit den Überbleibseln des Frühstücks, die auf die Abfälle der vergangenen Nacht aufgehäuft worden waren. Sie pickte Schinkenstückchen von den Sofakissen und schnipste sie angewidert auf einen in der Nähe stehenden Teller.

Harry stand vom Boden auf und zog seine Boxershorts zurecht. »Wer möchte Tee haben?« Er sah mit hochgezogenen Augenbrauen in die Runde.

Kate nickte und bemühte sich, nicht weiter darauf zu achten, dass ein entscheidender Knopf an seinem Hosenschlitz fehlte.

»Und etwas Toast.« Dant ließ den Bildschirm nicht aus den Augen.

»Können wir jetzt Tombraider spielen?«, quengelte Seth.

Kate fand eine leere Tesco-Tüte hinter dem Sofa und begann, leere Chipspakete und Bierdosen hineinzustopfen. Sie zwang sich, hinter den Kissen nachzusehen, doch sie konnte sich nicht dazu überwinden, die Hand seitlich ins Sofa zu schieben.

Unter der *Sunday Times* vom letzten Wochenende lagen vier Fotopäckchen, die sich noch immer in den Umschlägen der Truprint-Fotokette befanden. Kate vergewisserte sich, dass Dant und Seth noch immer ihre Wagen zusammenkrachten und öffnete den Umschlag.

Es waren offensichtlich Urlaubsfotos, die der Örtlichkeit nach wohl irgendwo in Frankreich aufgenommen worden waren. In irgendjemandes Ferienhaus, dachte Kate mit missbilligendem Schaudern, als sie Dant im Garten sah. Dant, der mit blutunterlaufenen Augen und zerzausten Haaren Omelettes machte, Dant in einem offenen VW-Käfer-Kabrio, Dant ohne Hemd in einem Brunnen, Dant schlafend auf dem Tisch und umgeben von auf dem Foto nicht sichtbaren Mengen von Weinflaschen.

Das nächste Päckchen enthielt mehr Gruppenaufnahmen: Sie erkannte Harry, Dant, Seth und Cressida, die mit einer Menge ihnen ähnlicher Leute zusammen waren. Nach ihrem Zustand zu urteilen, mussten sie entweder einen Urlaubstag in der Nähe einer Weinkellerei verbracht haben oder sie hatten einen Einkaufswagen-Spurt in einem Hypermarché auf dem Weg nach draußen gewonnen. Nicht dass sie so aussahen, als hätten sie noch irgendwohin rennen können. Eine Serie von Bildern vor dem Abendessen folgte: Mädchen mit Schultern, die sogar noch knochiger waren als Kates, in sommerlichen Trägerkleidern und mit kirschroten Lippen, und Männer in khakifarbenen Baumwollhosen und Jacketts. Erstaunlicherweise trug Dant eine schwarze Leinenhose mit Kordeldurchzug und sah aus wie ein mürrisches Model aus dem Lifestyle-Magazin *Dazed and Confused*. Harry trug ein weißes T-Shirt unter seinem Hemd, überragte ein paar Mädchen und lächelte engelsgleich. Tische waren mit Weingläsern vollgestellt, die im Kerzenlicht funkelten.

Kate atmete durch die Nase aus und wandte sich dem dritten Päckchen zu. Es enthielt offensichtlich Fotos vom Morgen danach. Sie saßen um den Küchentisch herum, hatten alle Schatten unter den Augen, außer einem Mädchen, das offenbar nicht wusste, dass es ein blaues Auge hatte. Viel Orangensaft und Kaffee sprachen für sich. Weiteren mittelmäßigen Fotos des sonnenbeschienenen Landhauses folgten noch zwei Bilder von Cress, auf denen sie erst ein gelangweiltes V-Zeichen in die Kamera machte und dann die Linse teilweise mit der Hand abdeckte.

Kate blätterte weiter, bis wieder Menschen zu sehen waren. Ein Bild, das von vorn aus vor dem Käfer aufgenommen worden war, zeigte Harry am Steuer in einem weißen T-Shirt und einer Kricket-Kappe, drei Mädchen (blond und kichernd), die sich auf der Rückbank zusammenquetschten, und Cress saß wie eine eiserne Jungfrau mit schwarzer Sonnenbrille und schwarzer Grace-Kelly-Baumwollbluse vorn. Harry, der die Kamera nicht bemerkte, sah Cress unbefangen an, die den Fotografen durch ihre Sonnenbrille anstarrte.

Hmm, dachte Kate, während sie das Foto nach hinten in den Umschlag schob. Interessant.

Die restlichen Fotos schienen nur von Cress zu sein: Cress, wie sie sich Sonnencreme auf die Beine schmierte;

Cress, die Wein trank und ihre Füße in einen Fluss hinab-baumeln ließ; Cress auf einem Fahrrad; Cress, die unter einem Baum Philip Roth las. Auf jedem Foto sah sie gelassen und irgendwie distanziert aus, vor der Sonne geschützt durch einen großen Hut und weite Leinenhosen, geschützt vor allen anderen durch ihre Jackie-O-Sonnenbrille und einem ›hau ab‹-Ausdruck auf dem Gesicht. Die anderen Mädchen, die manchmal mit aufs Foto geraten waren, sahen neben ihrer schwarzweißen Schönheit ziemlich linkisch aus. Trotz ihrer kurzen Röcke und Netzjäckchen, die, wie Kate neidisch feststellte, große Flächen ganztägig erworbener brauner Haut enthüllten, schien Cress in ihren fließenden Stofflagen weit weniger anzuhaben als sie.

Harry kam mit einer Teekanne und drei Bechern in einer Hand und einem Teller mit Toast und Marmite-Hefesirup in der anderen zurück. »Ach ja, die Ferienschnappschüsse«, sagte er und stellte die Teekanne auf einen Pizzakarton. »Ich hatte ganz vergessen, dass du sie zum Entwickeln geschickt hast.«

»Sie sind nicht schlecht«, sagte Dant, klappte einen Toast zusammen und schob ihn sich in den Mund. »Allerdings ist kein sichtbarer Beweis für einen Scheidungsanwalt dabei.«

»Gott sei Dank«, meinte Harry. »Kate, nimmst du Milch? Oder Zucker?«

»Milch, danke«, sagte Kate abwesend. Sie blätterte an Fotos vorbei, die Cress auf einem Sofa liegend zeigten, Cress, die sehr un-Cress-haft in einer Hängematte lag, und dann hielt sie bei einem Foto inne, auf dem Cress sich wie eine weiße Katze im Schatten eines Baums ausgestreckt hatte, sich fast nackt sonnte und sich sorglos einen rot-weißen Sarong wie eine blutige Bandage um die schlanken Hüften geschlungen hatte. Kate blinzelte schockiert, und ihre Haut prickelte vor Verlegenheit. Sie spürte, wie die Röte in ihre Wangen stieg, während sie unentrinnbar auf Cress' runde elfenbeinfarbene Brüste starrte und die winzigen, perfekten Brustwarzen, die wie zwei Geleekleckse von hellstem

Rosa aussahen. Die langen gebogenen Beine, die bis auf eine Gänseblümchen-Kette um einen schlanken Knöchel herum nackt waren, waren genau so, wie sie sie sich unter den fließenden Kleidern vorgestellt hatte, und obwohl Cress schlank war, war kein Muskel bei ihr zu sehen. Das war kein Körper, der ins Fitness-Studio ging. Sie sah unwirklich porzellanfarben und kühl in dieser glühenden und gnadenlosen Sonne aus. Hatte Cress gewusst, dass sie fotografiert wurde? Ihre Augen waren hinter ihrer allgegenwärtigen Sonnenbrille versteckt.

Harry beugte sich mit dem Tee herab, und Kate schob die Fotos eilig in den Umschlag zurück. Wenn es noch weitere gab, so wollte sie die nicht mehr sehen.

»Danke«, sagte sie und nahm ihm den Becher ab. Es war der mit dem Model und dem verschwindenden Bikini.

Harry sah den Ausdruck auf ihrem Gesicht und gab ihr sofort seinen Becher, auf dem zwei Blindenhunde abgebildet waren. »Entschuldige, das war nicht sehr politisch korrekt«, sagte er reumütig. »Kann ich mal einen Blick auf die Fotos werfen?«

»Oh ja, natürlich«, sagte Kate und gab ihm alle vier Päckchen.

»Das ist Scheiße«, sagte Seth und schaltete Touring Cars 2 aus. »Lass uns noch ein bisschen mit Lara spielen.« Er hantierte mit der Playstation herum.

»Ich habe alle Filme zum Entwickeln gegeben«, sagte Dant mit vollem Mund. »Du kannst schon mal ausrechnen, was du mir schuldest, wenn Ihre Ladyschaft kommt, um ihren Satz Fotos abzuholen.«

Harry beschäftigte sich mit dem ersten Päckchen. »Du schuldest mir noch das Bier von letzter Nacht, also sind wir quitt. Wir alle waren im Juli bei einem Freund in der Bretagne«, erklärte er Kate. »Es war eine fantastische Zeit.«

Sie lächelte höflich.

»Hier ist ein nettes Foto von dir«, sagte Harry und hielt ein Foto von Dant hoch, auf dem er mit erbärmlicher Miene in einem französischen Hypermarché einen Einkaufswagen voller Wein und Käse vor sich her schob. »Oder?«

»Ja, ja«, sagte Dant und verdrehte Seths Arm zu einem Ameisenkribbeln. Seth schrie auf und ließ die Fernsteuerung fallen.

Kate stand auf und ging zum Fenster hinüber. Sie zog trotz der Proteste der anderen die Gardine beiseite und ließ ein wenig Sonnenlicht ins Zimmer scheinen. Es war ein herrlicher Tag. Sie schlürfte ihren heißen Tee und stellte fest, dass Harry die Earl-Grey-Teebeutel verwendet hatte, die Laura so großzügig zur Verfügung gestellt hatte.

Ein Jeep fuhr vorbei, aus dem ›Walking on Sunshine‹ heraubtönte: einer der Songs, die sie am meisten an das College und an Durham erinnerten. Gerade als sie anfing, sich tröstend zum Beatrhythmus zu bewegen, traf es Kate wie ein Schlag, dass das eine Erinnerung *war*, eine Empfindung, die von jetzt an immer mehr verblassen würde. Sie befand sich auf einem Laufband, von dem sie unwiderruflich von diesem Teil ihres Lebens fortgezogen wurde, genauso wie jetzt gerade Achtzehnjährige zu Hause über ihren Leselisten saßen und sich darauf vorbereiteten, ihren Platz an der Uni einzunehmen. Sie starrte noch auf die Straße hinunter, nachdem der Jeep längst vorbeigefahren war, blicklos und so lange, bis eine Kirchenglocke weit entfernt die volle Stunde schlug und sich die Wohnungstür öffnete.

»Was willst du?« Kate hörte die Spannung in Dants Stimme und schloss daraus, dass es Cress sein musste. Sie hatte einen eigenen Schlüssel und machte sich nicht die Mühe anzuklopfen. Normalerweise erwischte sie mindestens einen von ihnen bei etwas Peinlichem.

»Hallo, Jungs!« Keine Spur von Ironie.

»Morgen.« Harry und Seth.

Kates erster Impuls war, sich zu verstecken und ihr auszuweichen, nachdem sie an diesem Morgen schon mehr als genug von ihr gesehen hatte, wurde von dem Wunsch verdrängt, die Dinge zu glätten – und herauszufinden, wie

Cressida sich völlig normal verhielt. Oder was für sie als normal durchging, räumte Kate ein.

»Hi, Cressida«, sagte sie und zwang sich, sich von ihrem tröstenden Fenster fort zu drehen.

Cress trug ein kleines seidenes Sommerkleid, das wahrscheinlich irgendwoher kam, wo der Preis in keinem Verhältnis zur Größe und zum Aussehen stand. Doch weit wichtiger war, dass sie es in dieser ›Ich weiß gar nicht, wo dieses alte Ding herkommt‹-Haltung trug, die das Kleid perfekt ergänzte. Sie sah unfairerweise toll aus. Für ein dunkelhaariges Mädchen hatte sie absolut keine sichtbare Körperbehaarung. Kate sah, dass Seth und Harry ihren Rücken mit unverhohlener Bewunderung anstarrten. Dant schnitt wieder mit gesteigerter Energie an seinen Zehennägeln herum.

»Ich wollte mir nur die Ferienfotos anschauen und dich zu einem Milchshake mitnehmen«, sagte Cress und strich sich das lange schwarze Haar zu einem Pferdeschwanz zurück. »Also, du kannst den Milchshake bekommen, aber ich möchte lieber etwas Stärkeres haben.« Sie flocht ihr Haar geschickt hinter ihrem Rücken, zeigte dabei perfekt geformte Oberarme und schnüffelte theatralisch. »Riecht hier nicht sehr gut, oder?«

»Klasse!« Kate hasste den kindlichen Überschwang in ihrer Stimme, konnte aber nichts dagegen tun. Cress besaß die gleiche beunruhigende magische Anziehungskraft wie Dant (sie schrak vor sich selbst zurück, doch anders war es nicht zu bezeichnen), doch auf eine viel nettere Art. Und sie musste aus diesem Haus heraus, um die Erinnerungen an glücklichere Zeiten auszulöschen, die die Stereoanlage in ihr heraufbeschworen hatte und in denen sie sich noch in Giles' Zimmer befunden und neben Giles' Bett gestanden hatte.

»Ich bin noch nicht mit den Fotos durch«, stieß Dant hervor, ohne von seinen schmutzigen Zehen aufzublicken.

»Kein Problem. Ich werde mir die Mühe machen, all die herauszusortieren, auf denen du wie ein Werwolf aussiehst.

Wir können sie uns ja noch anschauen, wenn wir zurück kommen, oder?« Cress sah Kate freundlich lächelnd an.

Kate lächelte automatisch zurück. Es war keine Spur mehr von Cressidas Anmaßung ihr gegenüber übrig geblieben, als sie sich kennen gelernt hatten, und sie fühlte sich geradezu pathetisch dankbar.

Cress klingelte mit ihren Wagenschlüsseln. »Okay, dann lass uns gehen.«

»Oh, musst du schon so bald wieder gehen?«, murmelte Dant.

Kate nahm eine Strickjacke von dem Wäschestapel herunter und wünschte, sie hätte Zeit zum Bügeln gehabt.

»Ist das nur für Mädchen?«, fragte Harry ein wenig zu beiläufig. Er saß zusammengeknotet da, um seine Boxershorts zu verbergen, doch alles, was er damit erreicht hatte, war, dass er nun völlig nackt aussah.

»Ich fürchte, ja. Wenn du mitgehen würdest, könnten wir ja nicht so viel über dich reden.«

»Das hält dich doch sonst nicht ab.« Dant kippte seine Nagelabschnitte auf den Teppich.

»Bis später!«, sagte Kate und folgte Cress aus der Wohnung. Sie fragte sich, ob sie einen Lippenstift in ihrer Handtasche hatte und lächelte Ratcat zu, als er ihnen zwischen den Beinen hindurchrannte.

»Okay, das reicht jetzt mit Tombraider«, sagte Dant plötzlich, schnappte Seth die Fernsteuerung weg, der noch immer hinter Cressida her starrte. »Wo ist Resident Evil? Habe ich es mir doch gedacht.«

14

Früher als sie es für möglich gehalten hatte, rutschten Kates Tage in eine gewisse Routine hinein. Um halb acht schrillte ihr Wecker, und sie blieb erschöpft liegen und hörte Capital Radio, während sie versuchte, sich zum Aufstehen zu überreden und gleichzeitig gegen jede Hoffnung hoffte, dass wegen eines Bombenalarms ihr Stadtteil abgeriegelt sein würde. Der letztmögliche Augenblick zum Aufstehen kam mit dem Reisebericht nach den Achtuhr-Nachrichten; wenn sie später aufstand, gab es keine Möglichkeit mehr, die verlorenen fünf Minuten wieder aufzuholen.

Diese bis ins Kleinste ausgetüftelte Routine ließ ihr zehn Minuten zum Waschen, zwei Minuten zum Trocknen des Achseldeodorants, fünf für ein flüchtiges Make-up, fünf Minuten, um das Zimmer nach frischer Unterwäsche zu durchsuchen und weitere fünf, um ein paar krause Kleidungsstücke aus dem Wäschetrockner zu bügeln. Und was dann an Zeit noch übrig war, blieb ihr zum Frühstücken. Seit sie aus Mikes und Lauras Haus ausgezogen war, hatte sie noch keine volle Schale Müsli zu sich genommen.

Doch dieser Morgen war selbst für einen Montag schlimm. Sie hatte nach den Nachrichten vier kritische Minuten weggedöst. Dann hatte Harry ihren Ablaufplan damit durchkreuzt, dass er zwanzig Minuten früher aufstand und ein lautes Bad in ihrer wichtigen Badezimmerzeit zwischen 8.05 und 8.15 nahm. Schockiert hörte sich Kate frustriert vor dem Badezimmer jaulen, während die Reservoir Dogs drinnen plärrten.

»Harry! Harry!«

Bumm. Bumm bumm bumm bumm bummm. Bumm bumm bumm, hämmerte Kate mit der Faust gegen die Tür.

»Harry! Ich muss jetzt ins Bad, oder ich komme zu spät.« Sie sah auf ihre Uhr. Jetzt hätte sie schon wenigstens ihre Unterwäsche anhaben müssen, und die Waschmaschine war seit dem gestrigen Abend noch immer voll nasser Wäsche. »Ich *bin* schon zu spät dran. Kannst du dich bitte beeilen?«

Ein leises Platschen war zu hören, von dem sie hoffte, dass es bedeutete, dass Harry aus der Wanne stieg. Die Musik verstummte und begann gleich wieder mit dem nächsten Song. Das zweite Planschen klang so, als wäre Harry wieder ins Wasser zurückgestiegen. Die 8.20-Ansage des Hubschraubers, der den Verkehrsbericht lieferte, klang vorwurfsvoll aus ihrem Zimmer herüber.

Kate hüpfte von einem Fuß auf den anderen. »Harry!« Wie laut musste Musik denn bloß im Bad sein, verdammt noch mal? Sie alle spielten Musik in Konzertlautstärke, doch das war nur, weil jeder seine eigene Musik aus den wettstreitenden Tönen heraushören wollte. Nach ein paar Wochen hatte Kate nicht mehr bewusst mitbekommen, dass Dants Stereoanlage zu spielen begann, wenn er mitten in der Nacht nach Hause kam, obwohl sie in letzter Zeit häufig von Zodiac Mindwarp geträumt hatte.

Kate ratterte jetzt mit der Türklinke, als ihr plötzlich auffiel, dass sie Dant in der vergangenen Nacht gar nicht nach Hause kommen gehört hatte. Doch obwohl sie sich ein wenig Sorgen über seinen Verbleib machte, hatte sie im Augenblick ganz andere Probleme. Sie ging mit nackten Füßen über die kalten Fliesen, holte tief Luft, betrat Dants Zimmer und versuchte, ihren Blick nur auf die Tür vor ihr zu konzentrieren. Wenn sie jetzt etwas Unangenehmes sehen würde, würde das sie fertig machen. Und wenn sie bemerken würde, dass er wirklich im Bett lag und sie beobachtete, wäre das sogar noch schlimmer gewesen.

Sie ging mit angehaltenem Atem quer durch das Zimmer, doch nach zwei Schritten ließ ein plötzlicher schmerzhafter Stich in ihre linke Fußsohle sie entsetzt aufschreien.

Ein Planschen war vom Bad her zu hören.

»Verdammt, verdammt, verdammt«, stieß Kate atemlos aus, hüpfte auf einem Fuß und versuchte dabei, den anderen so weit hoch zu heben, damit sie erkennen konnte, ob sie sich die Fußsohle verletzt hatte. Es schien nichts geblutet zu haben. Tastend suchte sie den Boden nach dem ab, auf das sie, verdammt noch mal, getreten war.

Ihre Hand berührte etwas, das sich wie eine tote Maus anfühlte. Ratcat verbrachte viel Zeit in Dants Zimmer, und für einen Stadt-Kater, der hauptsächlich von geangeltem Thunfisch existierte, zeigte er bemerkenswert raubtierhafte Züge.

Mit äußerster Anstrengung konnte Kate sich dazu bringen, das Teil so weit hochzuheben, dass sie es in der Dunkelheit erkennen konnte. Wo war bei einer toten Maus etwas Spitzes? Sie hatte plötzlich die entsetzliche Vorstellung von einer toten Maus, die auf irgendetwas aufgespießt war.

Als ihre Augen sich an die Dunkelheit gewöhnt hatten, war es fast eine Enttäuschung. Das Ding war eine mit Mariboufedern besetzte grellrosafarbene Pantolette, an die Kate sich noch aus Sexkomödien der fünfziger Jahre erinnerte und die sie noch vor gar nicht langer Zeit in den Fenstern anrüchiger Läden auf dem Heimweg gesehen hatte. Wen hatte Dant hier in seinem Zimmer gehabt, der so etwas trug? Sie drehte sie in der Hand hin und her. Ziemlich groß. Sogar größer als ihre eigenen Füße, deren Größe der Fluch ihres Lebens waren.

Vielleicht gehörte sie Dant.

Kate ließ den Schuh hastig fallen und ging leicht hinkend weiter auf die Badezimmertür zu.

Außer dem Bildschirmschoner, der sich auf dem Monitor seines Computers bewegte (und neuerdings lautete, wie Kate bemerkte: ›Drogen funktionieren nicht, sie lassen dich nur rülpsen‹), befand sich das Zimmer in völliger Dunkelheit, durch die sie gerade mal sehen konnte, dass die zum Bad führende Tür mit einem lebensgroßen Poster von Marilyn Monroe bedeckt war, die in einem eng anliegenden Fischernetz-Trikot auf einer Ukulele spielte. Kate bedeckte die Augen mit den Händen und schob die Tür auf.

Es gab ein wildes Planschen in der Badewanne und Gespritze.

»Harry, es tut mir Leid, dass ich hier hereinkomme, aber ich werde mich furchtbar verspäten, wenn ich jetzt nicht ins Badezimmer kann.« Nachdem sie nun im Badezimmer war, fiel Kate auf, dass sie gar nicht wusste, was er ihrer Ansicht nach tun sollte. Verlegenheit zog ihr langsam den Magen zusammen. »Ich muss duschen.«

Wasser rauschte herab, als Harry aufstand. Warum

schimpfte er nicht? Hatten Internatsschulen Gemeinschafts-
bäder? Badeten er und Dant zusammen? Kates Gesicht lief
hinter ihren Händen rot an.

»Okay, okay. Du kannst deine Augen jetzt aufmachen.
Ich bin ganz bedeckt.«

Kate nahm unsicher eine Hand weg. Harry stand in der
Wanne, war in ein Handtuch gewickelt, mit Badeschaumfet-
zen verziert und sah bemerkenswert munter aus für jemanden, der normalerweise erst lange, nachdem sie das Haus
verlassen hatte, auftauchte.

»Ich werde jetzt schon viel zu spät zur Arbeit kommen«,
sagte sie und konnte dabei einen gewissen Unmut nicht unterdrücken.

»Spring in die Dusche, zieh dich schnell an, und ich bringe
dich zur Arbeit. Das liegt auf meinem Weg«, sagte er, stieg
aus der Wanne und trocknete sich das Haar mit einem zweiten Handtuch ab.

Kate sah hinter ihrer einen Hand, mit der sie noch immer
die Augen bedeckte, auf die Wanduhr. Es blieb ihr noch eine
halbe Stunde, um von der Dusche zum Fotokopierer zu
kommen.

»Also?«, sagte Harry und warf ihr sein Reservehandtuch
zu. »Beeil dich.«

Zehn Minuten später fuhren sie die North End Road in seinem alten blauen Rover hinunter. Wasser tropfte aus Kates
nassen Haaren in die Schale mit Cornflakes, die sie sich zwischen die Knie geklemmt hatte.

»Warum fährst du zur Arbeit, wenn du nur eine Viertelstunde zu Fuß dorthin gehen musst?«, fragte sie, während sie
eine Banane schälte. »Das ist nicht sehr umweltfreundlich.«

»Weil ich mir die Parkerlaubnis für Anwohner unserer
Straße nicht leisten kann. Oh, danke.« Harry beugte sich
herüber und biss die halbe Banane ab. »Es ist einfacher, wenn
ich den Wagen über Nacht draußen parke und ihn wegfahre,
ehe die Parkwächter kommen. Und so kann ich auch aufpas-

sen, dass niemand mein Radio klaut.« Er schob sich den Rest der Banane in den Mund.

»Köstlich.«

»Ist heute ein besonderer Tag für dich?« Harry quetschte sich etwas Haargel auf den Handrücken und fuhr sich damit durch seine schlaffen Haare, während er den Wagen mit den Knien steuerte.

»Nein. Es ist nur Montag«, sagte Kate. »Der schlimmste Tag der Woche. Doppelt so viel Post wie sonst, und Autoren, die wegen brennend unwichtiger Fragen anrufen, die sie das ganze Wochenende über ausgebrütet haben. Alle sind schlecht gelaunt, und wir bekommen noch immer keinen Kaffee, bis wir das verfluchte Entgiftungsbuch gekauft haben.«

»Oh«, sagte Harry. Er wischte sich seine klebrigen Hände an dem Kricket-Pullover ab, der auf dem Rücksitz lag und ließ die Hände dann wie ein Verliebter über das große Steuerrad aus Holz gleiten. Wie ein großes Schiff war der Wagen kaum vom Kurs abgekommen. »Warum bist du denn dann so hübsch angezogen?«

Kate sah auf ihr geblümtes locker sitzendes Kleid – das Giles am besten gefallen hatte und das sie versucht hatte, mit einer purpurroten, in der Waschmaschine geschrumpften Strickjacke einer Bürobekleidung ähnlicher zu machen. Es war eine ungewöhnliche Kombination für einen Arbeitstag, die hauptsächlich deshalb zustande gekommen war, weil sie keine sauberen Socken mehr gehabt hatte, die sie zu Hosen hätte tragen können und auch keine schwarze Unterwäsche oder T-Shirts. Und dieses Kleid war das Einzige, das sie mit Turnschuhen tragen konnte, ohne wie die Kleine Waise Annie auszusehen. Es sah wirklich hübsch aus, doch sie hatte einige Mühe gehabt, die Knöpfe über ihrem vormenstruell vergrößerten Busen zu schließen.

»Weil ich meine Sachen erst waschen kann, wenn du und Dant die Waschmaschine leer gemacht habt«, erwiderte sie scharf. Doch da er sie auf seinem Weg zur Arbeit mitnahm, biss sie sich auf die Lippe und fügte hinzu: »Und wenn man am Montag nicht nett aussehen kann…«

»Das ist die richtige Einstellung!«, sagte Harry und kurbelte sein Fenster herunter, um den Ellbogen hinauslehnen zu können. »Lass sie im Ungewissen, sage ich immer.«

»Warum bist du eigentlich so früh aufgestanden?«, fragte sie, während sie vorsichtig einen Löffel voll Cornflakes zu ihrem Mund führte, als sie darauf warteten, dass sie weiterfahren konnten.

»Ach, weißt du…«, sagte Harry vage. »Wir bekommen heute ein paar neue Wagen herein. Ich habe mich dazu entschlossen, von jetzt an etwas dynamischer zu sein. Ich möchte nicht wie Dant enden. Das macht doch keinen guten Eindruck auf die Mädchen, oder?«

»Nuuun, ich glaube nicht, dass Mädchen sich darüber viele Gedanken machen… Ach, verdammt noch mal.« Eine Milchpfütze schwappte auf ihr Kleid, als er an der Ampel losfuhr. Sie tupfte es mit dem Geschirrtuch ab, in das Harry seinen Toast eingewickelt hatte. Als sie wieder aufschaute, sah sie, dass sie nicht mehr weit vom Büro waren.

»Möchtest du mich hier nicht rauslassen?«, fragte sie mit einem Blick auf ihre Uhr. Sie musste noch kurz vor Elaine hineinschlüpfen, solange die noch von dem erhöhten Verkehr aufgehalten wurde, der von den Eltern verursacht wurde, die ihre Kinder zur Schule fuhren.

»Ich kann dich auch bis zur Hintertür fahren. Ich weiß, wo die ist.« Harry drängte sich quer über eine volle Fahrbahn, überholte einen Postwagen und hielt schließlich an einer roten Doppel-Linie vor dem Lieferanteneingang zum Bürogebäude.

Kate raffte linkisch ihre Taschen zusammen und versuchte dabei, nicht die Milch aus der Müslischale herausschwappen zu lassen. Ein Taxi hupte hinter ihnen.

»Danke, Harry, das war wirklich sehr nett von dir«, sagte sie und wusste, dass ein würdevoller Abgang zwar wünschenswert, aber nahezu unmöglich war. Sie konnte noch immer nicht ganz seinen Anblick mit den Schaumtröpfchen vergessen. Ganz davon abgesehen, dass sie mit Harry genau dasselbe getan hatte wie Dant mit ihr an ihrem ersten Abend, was eine Vertrautheit suggerierte, die ihr überhaupt nicht angenehm war.

Doch Harry schien absolut entspannt zu sein. »Kein Problem. Bis heute Abend.« Er beugte sich herüber und öffnete die Tür für sie, da sie sich damit abmühte, all ihre Sachen in eine Hand zu nehmen. Die Geste ließ sie erröten, und sie kletterte ungeschickt aus dem Wagen. Harry fuhr röhrend davon und winkte ihr zu, was sie erwiderte und ließ sie vor der Drehtür mit einer Handtasche, einer Sporttasche, einer Oddbins-Tüte voller Manuskripte und einer Schale mit Cornflakes stehen.

Das Problem, wie sie mit der Drehtür fertig werden könnte, wurde dadurch gelöst, dass Elaine zur gleichen Zeit ankam. Sie bot nicht an, Kate etwas abzunehmen, doch sie gab der Drehtür so viel Schwung, dass Kate ihr folgen konnte und die Glastür mit ihrer Stirn weiterdrücken konnte.

Die Fahrt im Aufzug verging schweigend und sie beide starrten ihre Montagmorgen-Gesichter in den verspiegelten Seitenwänden an. Kate vermutete, dass Elaine sie gern auf ihre dreiminütige Verspätung aufmerksam machen wollte, doch das konnte sie nur, wenn sie ihre eigene Verspätung zur Sprache kommen ließ. Sie gab auch keinen Kommentar über ihre Cornflakes ab.

Als der Aufzug im dritten Stock hielt, hatte sich eine kleine Menschenmenge versammelt, die alle ihre Handtaschen nach der elektronischen Passierkarte durchsuchten, mit der sie sich einlassen konnten.

»Kate«, fragte Elaine, »haben Sie Ihre Karte?«

Alle drehten sich nach ihr um.

»Ich glaube, sie ist in meiner Handtasche«, sagte Kate, »aber ich habe keine Hand frei, um danach zu suchen.«

Elaine warf ihr einen vorwurfsvollen Blick zu.

Kate ging zu dem elektronischen Abtaster an der Tür hinüber, schwang ihre Tasche vor ihren Körper und presste die Hüfte dagegen. Die Tür öffnete sich mit einem Klicken, und alle Leute gingen hindurch. Eine der Werbedamen, die ein ähnliches Kleid wie Kate trug, doch mit einem sichtbaren purpurroten BH-Träger, hielt ihr die Tür auf, damit sie als Letzte hindurchgehen konnte.

Verdammte Manieren, dachte Kate und stampfte zu ihrem Schreibtisch. Elaine hörte schon ihre Mailbox-Mitteilungen ab. Das war ein ziemlicher Kontrast – zwischen Harrys Galanterie und dem Sklavendasein bei der Arbeit. Sie warf ihre Taschen unter ihren Stuhl und brachte ihr durchgeweichtes Frühstück in die Küche.

Kate merkte an dem Geruch eingeschmuggelten Kaffees, dass irgendetwas nicht stimmte, und sie war nicht überrascht, Isobel vor dem Anschlagbrett vorzufinden, wo sie blicklos auf das Poster starrte, das sie alle dazu ermunterte, sich freiwillig rentenversichern zu lassen, während die Kaffeemaschine vor sich hin zischte.

»Isobel?« Kate berührte ihren Arm und folgte ihrem Blick, um herauszufinden, was so interessant war – ob jemand von der Personalabteilung ein Memo über zu lange Mittagspausen angebracht hatte, wie Jennifer es der Abteilung düster mit einer seltsamen E-Mail in der vergangenen Woche angekreidet hatte, obwohl sie es gerade nötig hatte, die Überziehung der Mittagspause anderen anzulasten. Doch dort hing nur der fröhliche Mann in dem sündhaft teuren Sportwagen und lächelte sie aus seinem Ledersitz an. Es war offensichtlich, dass das, was er vor seinem glücklichen Rückzug ins Privatleben gemacht hatte, sicherlich nichts mit dem Verlagswesen zu tun gehabt hatte.

»Isobel?«, fragte Kate wieder und stellte ihre Schale ins Spülbecken. Isobel musste vor lauter Gier nach Koffein den Stecker repariert haben. Sie legte vorsichtig den Arm um die schmalen Schultern. »Was ist mit dir? Ist irgendetwas…?

Das freundschaftliche Du, das Isobel ihr vor dem letzten Wochenende angeboten hatte, war für Kate noch immer ungewohnt.

»Dieser Bastard.« Kate musste noch näher kommen, um das schwache Flüstern verstehen zu können. Isobel schluckte und atmete so tief ein wie Babys, die kurz danach den Kopf zurückwarfen und zu brüllen begannen. Kate nahm ihren Arm, führte sie aus der Küche hinaus und stieß an der Tür mit Jo zusammen.

»Oh je«, sagte Jo und starrte neugierig Isobels aufgelösten Zopf an. »Ist alles okay?«

»Eine unverträgliche Kontaktlinse«, erklärte Kate, und Isobel rieb sich mit überraschender Geistesgegenwart ihr Auge.

Jo sah wenig überzeugt aus und wollte offenbar noch weiter nachforschen.

»Ich habe gerade Jim von der Poststelle mit Blumen gesehen«, sagte Kate verzweifelt. »Erwarten Sie welche?«

Jo machte auf ihrem Keilabsatz kehrt, rannte durch den Gang zurück und warf nur noch einen neugierigen Blick über die Schulter. Kate sah mit einem Anflug von Genugtuung, dass Jo ein Stück abblätternde Haut in der Form des Batman-Symbols über dem Rückenausschnitt hatte, wo sie mit der Sonnencreme nicht hingekommen war.

Sie schlurften zur Haupttür, und Kate erinnerte sich daran, dass ihr elektronischer Schlüssel noch in ihrer Handtasche unter ihrem Schreibtisch war. Ohne aufzusehen zerrte Isobel ihren Schlüssel, der um ihren Hals hing, nach vorn, und die Tür öffnete sich für sie beide. Kate führte Isobel, deren Schultern nun vor unterdrückten Schluchzern bebten, zum vierten Stock hinauf, wo sich die Buchhaltung befand, weil sie glaubte, dass in diesen Toiletten weniger Informanten der Redaktionsabteilung zu fürchten waren. Sie schob sie in die größte Kabine und verschloss die Tür.

Isobel sank auf die Toilette und verbarg den Kopf in den Händen, stand wieder auf, klappte den Toilettendeckel herunter und brach in Tränen aus.

Kate hievte sich auf den Wasserbehälter und wartete darauf, dass Isobel zu weinen aufhörte. Sie wünschte, sie hätte daran gedacht, ihren Computer noch anzuschalten. Wenigstens hing ihre Jacke neben ihrem Schreibtisch, denn dann würde Jennifer nicht glauben, dass sie blau machte. Wie würde *Jennifer* es schaffen, ihren Computer einzuschalten, solange Isobel hier hysterisch in der Toilette stand und nicht einmal in Jennifers Brüllweite war?

Schließlich hob Isobel den Blick aus blutunterlaufenen Augen und sagte mit ihrem, vom Elend noch verstärkten schottischen Akzent: »Er ist weeeeeg.«

Kate runzelte die Stirn. »Will?« Isobel hatte jetzt zwei Fotos von Will auf dem Schreibtisch stehen und rief ihn mindestens zweimal am Tag an. »Aber wolltet ihr euch nicht...«

»...gerade verloben?« Isobels Gesicht zog sich wieder zusammen. »Ja, wollten wir.«

»Was ist passiert?«

Es entstand eine Pause, in der Isobel versuchte, sich zu fassen. Zweimal öffnete sie den Mund, um zu beginnen, doch jedes Mal bedeckte sie ihn mit der Hand und kniff die Augen zu. Endlich griff Isobel mit einer Hand nach ihrem Zopf und begann, ihn mit heftigen Bewegungen zu entwirren. »Ach, das ist *soooo* dumm. Warum entwickeln sich große Kräche immer aus dummen kleinen Dingen?«

»Mmmmm«, stimmte Kate zu, obwohl sie sich nicht daran erinnern konnte, jemals mit Giles einen anständigen Krach gehabt zu haben – Kabbeleien, ja, aber die hatte ja jeder, oder nicht? – vor allem wohl deshalb, weil er niemals lange genug an einem Ort war, um sich auf eine gegenseitige General-Beschimpfung einzulassen. Ihre Stirn kräuselte sich. Hatten wir wirklich niemals einen Krach gehabt? Und war das denn nichts Gutes?

»Oh Gott.« Isobel teilte ihr Haar in drei Stränge und hatte einen Schluckauf. »Ich werde dir sagen, wie es passiert ist. Ich habe am Freitag ein paar Magazine mitgenommen – die Werbeabteilung schmeißt sie ja immer weg –, und ich habe eine davon am Freitagabend in der Badewanne gelesen, während Will mit seinen Freunden aus war. Er platzte zu Gott weiß welcher Zeit herein, stinkend und grässlich und sagte, dass er mein kleines Männlein sei und ich sein kleines Weibchen, solchen Unsinn eben. Na ja, das Nächste, was ich weiß, ist, dass es Samstagmorgen war und er vor mir stand, unrasiert und mit einem Exemplar von *Company* in der Hand. Er schrie Zeter und Mordio und dass er seine Sachen packen würde.«

Ihre Schluckauf-ähnlichen Schluchzer kehrten zurück.

»Warum?«, fragte Kate. »Ist denn *Company* so schrecklich? In *Marie Claire* stehen viel schlimmere Sachen, mal ganz abgesehen von dem, was er vielleicht in *Loaded* lesen kann. Und er kann dir doch nicht vorschreiben, was du lesen sollst, oder?«

»Neeein«, sagte Isobel. »Er ist morgens mit einem grauenvollen Kater aufgestanden und einem komischen Magen, wie er es gerne nennt, was aber in Wirklichkeit nur eine Umschreibung für einen Scheißkater ist. Und während er herumsaß und sich von seinen zwölf Bier und einem Kebab erholte, hat er mein Magazin gelesen.« Sie presste sich eine Hand auf den Mund. »Er klappte es bei dem ›Wie-treu-sind-Sie‹-Test auf.«

»Aber ihr wollt euch doch gerade verloben!«, sagte Kate. »Wie treu ist das denn?«

Isobel schnitt eine Grimasse. »Ja, gut, *ich bin* so ehrlich und treu wie nur was, aber ich habe den Test ja nicht gemacht. Julie und Maria haben ihn gemacht.«

Die Bedeutung dieser Mitteilung dämmerte Kate langsam, als sie versuchte, die Namen auf den Sommerparty-Fotos zuzuordnen, die Isobel ›aus Sicherheitsgründen‹ in ihrer Schublade versteckt hatte.

»›Ihr Partner geht freitags immer mit seinen Freunden aus‹«, zitierte Isobel. »A) Machen Sie eine Gesichtsmaske und warten Sie auf seine Heimkehr? B) Laden Sie Ihre Freundinnen zu einer feuchtfröhlichen Nacht mit George Clooney ein? Oder C) Laden Sie Ihren Arbeitskollegen, der George Clooney wie aus dem Gesicht geschnitten ist, zu einer feucht-fröhlichen und leidenschaftlichen Nacht zu sich ein‹.«

»Ach du liebe Güte.« Kate rutschte vom Wasserkasten herunter.

»Es half auch nicht, dass Julie B) und C) angekreuzt hatte.« Isobel war am Ende ihres Haars angekommen, das nun zu einem festen dicken Zopf geflochten war. Ein paar Fusseln von Papiertaschentüchern waren mit eingeflochten, doch Kate machte sie nicht darauf aufmerksam. »Nachdem wir erst einmal angefangen hatten, zerrten wir natürlich alles raus – seine Socken, die überall herumlagen, dass ich mir keine großen Rechnungen leisten kann, dass ich zulasse, dass die Katze den Garten in ein Chaos verwandelt – du weißt schon… diese ganze Leier. Er verließ das Haus gegen Mittag, und ich habe seither nichts gegessen oder irgendetwas anderes getan. Ich bin einfach…«

Ihre Stimme verlor sich, doch Kate wusste genau, was sie meinte. Es war das gleiche Gefühl, das sie gehabt hatte, als Giles durch die Einchecksperre ging: eine erschütternde Ahnung, dass die Welt ohne sie weitergehen würde und sie nur noch eine Art Geist sein würde. Sie hatte sich benommen und verwirrt gefühlt und alle Dinge als unvollkommen angesehen, weil er nicht da war, um sie auch zu sehen. Sie drückte Isobels Hand.

Das schien Isobel von dort zurückzuholen, wohin sie sich vorübergehend zurückgezogen hatte. »Dieser gemeine Mistkerl«, stieß sie hervor. »Wie kann er es wagen, so hinauszustürmen, als ob wir mitten in einer verdammten Shakespeare-Tragödie gewesen wären? Gott, wir haben zusammengelebt, seit wir das College verlassen haben. Ich denke, wenn ich jedes Mal, wenn er zum Trinken weggegangen ist, irgendwelche George Clooney-Doppelgänger bei mir gehabt hätte, hätte er das mittlerweile längst spitz gekriegt. Und außerdem habe ich gar nicht die Zeit dazu bei all den Fahnenkorrekturen, die ich machen muss!«

Kate versuchte zwar, ihre Gedanken bei Isobel und Will zu halten, doch dieses flaue Gefühl kehrte mit Macht in ihren Magen zurück. Sie konnte fast Giles' Aftershave riechen. Aus unerfindlichen Gründen hätte sie seinen Nacken besser zeichnen können als sein Gesicht.

»Ich fühle mich so viel besser, weil ich es jemandem erzählen konnte«, fuhr Isobel fort, während sie sich das verschmierte Augen-Make-up vor dem Spiegel wegwischte. »Ich kann mit meiner Mum und meinem Dad nicht darüber sprechen, weil sie glauben, dass ihm die Sonne aus dem Hintern scheint.«

»Isobel, er wird spätestens Mittwoch wieder zurück sein.«

»Ich weiß das. Er wird zurückkommen, sobald er keine saubere Hose mehr hat. Es ist ja nicht dieses Hinausstürmen, was mich so nervt, sondern die Andeutung, dass er mir nicht traut, verstehst du? Und nachdem ich nun jemandem sagen konnte, wie dumm dieser ganze Krach war, ist er gar nicht mehr so schlimm für mich. Wenigstens habe ich mich nicht so weit erniedrigt, *seine* Eltern für die Wahl ihres Autos zu kritisieren.«

Kate dachte, dass sie es hassen würde, in einem Krach mit Isobel die Unterlegene zu sein. Sie war zurückhaltend und würde vielleicht doch alles geben, was sie hatte. Wie würde Giles bei einem Krach sein? Sie konnte sich nicht erinnern, dass er jemals eine leidenschaftliche Meinung von sich gegeben hatte.

»Lass uns die Post holen, falls Jennifer fragt, wo wir gewesen sind.« Isobel schob die letzten Haarsträhnchen in ihren Zopf und strich sich über den Scheitel. Sie drehte sich um und lächelte Kate an. Nur ihre roten Augen verrieten die zuvor geweinten Tränen. »Du bist eine gute Zuhörerin, Kate«, sagte sie. »Danke.«

»Das geht schon klar«, sagte Kate zerstreut: Giles hatte alle anderen Gedanken aus ihrem Kopf vertrieben.

Der Rest des Tages verging einigermaßen schnell. Da Kate ihr bestes Kleid trug, erwartete sie seltsamerweise, dass irgendetwas Festliches passieren würde, doch das geschah nicht. Pflichtbewusst postierte sie sich neben den Aktenschränken und legte alles ab, was sich in ihrem Korb angesammelt hatte, und auch deshalb, weil sie von dort aus ein Auge auf Isobel haben konnte, die ein paar hitzige Telefonate in heftigem Flüsterton führte und dann ihre Mailbox anstellte.

Um halb sechs Uhr schaltete Kate ihren Computer ab und ging zu Isobel hinüber, um sie zu fragen, ob sie vielleicht auf einen Drink mitgehen wollte, doch Isobels Strickjacke war von der Rückenlehne ihres Stuhls verschwunden und der Monitor war dunkel. Kate war erleichtert, aber auch gleichzeitig ein wenig verletzt; sich anzuhören, dass jemand anderer den Freund vermisste, war insofern tröstlich für sie, dass nicht nur sie so einfach zurückgelassen worden war, zumal Giles noch immer in ihrem Kopf saß, weil er international und dynamisch und abwesend war. Es war auch nett, dass Isobel meinte, ihr vertrauen zu können. Kate fühlte einen Anflug von Schuld darüber, dass ihr warmes Gefühl der Freundschaft aus Isobels Elend erwuchs. Es wäre nett gewesen, wenn sie ein bisschen Wein miteinander getrunken und in einem Park zusammengesessen hätten und über ein paar Dinge hätten sprechen können. Trotzdem war es das Beste, wenn Isobel ihre Angelegenheiten selber regelte. Wie sie es ja auch tun musste.

Zum ersten Mal, seit sie in Deauville Crescent angekommen war, stieg Kate in den richtigen Zug ein, ohne großartig darüber nachdenken zu müssen, und obwohl sie auf der Fahrt ein Buch für die Arbeit las, schloss sie es instinktiv und stieg an der richtigen Haltestelle aus. Als sie die Straße zum Crescent entlangging, genoss sie sogar das Gefühl, wie die Hitze des Pflasters durch die Sohlen ihrer Turnschuhe drang. Sie war erleichtert, dass sie nur zufällig begonnen hatte, das Leben in London zu genießen, als sie zur Haustür kam und sich daran erinnerte, dass ihre Schlüssel in der Wohnung auf dem Küchentisch lagen. Von dort hatte sie sie vor dem Verlassen der Wohnung mitnehmen wollen, um die U-Bahn noch zu erreichen. Wenn Harry sie nicht mitgenommen hätte.

»Oh, verdammt«, zischte sie. Es war sechs Uhr. Harry würde noch nicht zu Hause sein. Und was Dant anging, konnte es gut möglich sein, dass er Großbritannien bei dem Motorradrennen für Touristen auf der Isle of Man vertrat. Erwartungsvoll drückte sie auf die Klingel, doch sie erhielt keine Antwort, und mit einer gewissen Unausweichlichkeit spürte sie, dass sie dringend eine Toilette benötigte.

Kate hörte dankbar der vernünftigen Stimme zu, die vorschlug, dass sie Essen gehen, sich in ein paar Buchläden umsehen und vielleicht sogar bis zu Kensington Gardens spazieren und anschließend zurückkommen und nachsehen könnte, ob in der Zwischenzeit jemand aufgetaucht war. Das würde zwar ihre Dummheit kaschieren, doch wenn Harry mit seinen Freunden nach der Arbeit ausging, kam sie vielleicht frühestens um Mitternacht in die Wohnung.

Auf der anderen Straßenseite stand ein Telefonhäuschen. Kate schulterte seufzend ihren Beutel und stapfte hinüber.

»Harry, deine Freundin ist wieder dran«, schrie eine sehr herablassende Stimme, ohne dass die Sprechmuschel abgedeckt wurde.

Kate errötete und wartete. »Harry? Kate schon wieder, entschuldige.« Sie hatte noch immer ihren Blick auf die diversen Visitenkarten gewandt, die Prostituierte mit blauen Klebepunkten an den Wänden des Telefonhäuschens befestigt hatten.

»Ach, Kate, hallo, entschuldige, ich dachte… Soll ich dich nach Hause chauffieren?« Kate hoffte, sie würde einen witzigen Unterton in seiner Stimme hören.

»Äh, nein, ich, äh, habe mich ausgeschlossen.«

Am anderen Ende erklang ein schallendes Gelächter.

Kate versuchte, ein wenig Würde zu bewahren. »Ich wollte nur wissen, wann du heute Abend nach Hause kommen wirst. Ich kann natürlich auch die Polizei anrufen und von ihr die Tür aufbrechen lassen. Dazu reichen ein paar gezielte Hinweise auf das, was sich in Dants Sockenschublade befinden könnte.«

Sie war bei acht Pence angelangt und das Zählwerk tickte.

»Hör mal, warum kommst du nicht zu Fuß zu uns hierher und holst mich ab? Es ist ja nicht weit, wie du heute Morgen so freundlich betont hast. Bis du hier ankommst, bin ich fertig. Du hast Glück – ich wollte heute Abend ausgehen, doch sie haben abgesagt, also könnten wir irgendwo zusammen essen gehen, wenn du Lust hast.«

Kate zog all die Karten, mit denen Mädchen unter 21 angepriesen wurden, von den Wänden und stapelte sie auf dem Brett. Sie konnte nicht genau sagen, ob sie Harry gut genug leiden konnte, um mit ihm zum Abendessen zu gehen, da das eine anständige Unterhaltung erforderte und die Dinge in der Wohnung ändern würde: Sie würde nicht mehr, wie bisher, schweigend in ihrem Zimmer verschwinden können. Nicht, dass es sehr spaßig war, mit dem Gesicht nach unten auf ihrem Kissen zu liegen und die letzten Stunden mit Giles in London wieder aufleben zu lassen. Aber das kam einer Art von Verpflichtung gleich. Außerdem wusste sie von einem Gang zum Bargeldautomaten in der Mittagspause, dass ihr bis zum Monatsende nur noch ungefähr der Gegenwert für eine U-Bahn-Karte und vier Mahlzeiten übrig geblieben war. Und Harry würde sicherlich nicht an McDonalds denken.

Andererseits war sie ziemlich hungrig und hatte wenig Lust darauf, am Deauville Crescent herumzuhängen. Es wäre auch recht nett, ihr hübsches Kleid ein bisschen spazieren zu führen, ehe es in die Wäsche wanderte und in dem Wäschestapel auf immer verschwand.

All das ging ihr in der Zeit durch den Kopf, die sie

brauchte, um vier Visitenkarten zu entfernen und hinter den Telefonautomaten fallen zu lassen.

»Okay, ich habe ja deine Karte mit der Adresse«, sagte sie und starrte auf euterartige Brüste einer brasilianischen Busenschönheit.

»Braves Mädchen, also dann bis in einer halben Stunde.«

Harry legte auf, ehe Kate gekränkt sein konnte über das ›brave Mädchen‹.

Schließlich musste Kate gar nicht die kleinen umgebauten ehemaligen Ställe finden, in denen sich die Keyes of London befanden, weil Harry ihr schon auf der Straße entgegenkam. Aus der Entfernung, dachte sie, sah er fast aus wie Giles, wenn er nicht diesen blöden Gang hätte. Giles schlenderte. Harry, der einen halben Kopf größer war und etwas dunkleres Haar hatte, schlurfte.

Er hob eine Hand zum Gruß. »Ich dachte, wir gehen zu Ed.«

Kate fragte sich, ob das ein weiterer piekfeiner Freund mit einer kleinen Wohnung in der Nähe der King's Road war.

»Eds Schnellrestaurant«, ergänzte Harry, als er ihr Gesicht sah. »Burger, Milchshakes – solche Sachen. Okay?«

»Schön«, sagte Kate und stellte eine schnelle Kopfrechnung an.

Harry sah zu ihr herüber. Während sie neben ihm ging, hüpfte Kates Pferdeschwanz in Höhe seiner Schulter auf und ab, obwohl sie nur flache Turnschuhe trug. In hochhackigen Schuhen, dachte er überrascht, würde sie nicht sehr viel kleiner sein als er. Mit ihrer Ray-Ban-Sonnenbrille und dem geblümten Kleid mit dem flatterigen Saum konnte sie als eine der kunstvoll zerzausten Ortsansässigen durchgehen, obwohl er das Gefühl hatte, dass Kate das nicht unbedingt als Kompliment auffassen würde. Sie war anders als die Mädchen, die er kannte. Es überstieg sein begrenztes Wissen über Frauen, dachte er wehmütig, zu sagen, ob sie jeweils empfindlich oder charmant reagieren würde.

Das Schnellrestaurant sah wie der Drehort von *Happy*

Days aus, roch nach anständigen Chips und die Ober winkten Harry zu, der fröhlich zurückwinkte. Offenbar war er hier Stammkunde. Kate zögerte unsicher, bis er sich auf einen der mit rotem Leder bezogenen Hocker an der Bar hievte, die sich an einer Seite des Raumes entlangzog und hinter der ein Koch Burger auf eine Kochplatte warf. Sie war erleichtert, dass er sich nicht für die Gemütlichkeit einer mit Kunstleder ausgekleideten Nische entschieden hatte. Das wäre ihr ein *bisschen* zu eng gewesen.

Harry warf einen flüchtigen Blick auf die Speisekarte und reichte sie an Kate weiter. »Guten Tag bei der Arbeit gehabt?«

Sie fand es leicht, sich mit ihm zu unterhalten, und als sie erst einmal damit angefangen hatte, erzählte sie ihm von Isobels Katastrophe mit den Zeitschriften und Elaines neueste unzumutbare Inanspruchnahme ihrer Zeit.

»Also willst du nicht wirklich diese Assistenten-Laufbahn einschlagen?«, fragte er, stützte sich auf dem Tresen ab und legte den Kopf auf seine verschränkten Arme.

»Kurz gesagt, nein. Was nimmst du?«

»Ich würde mir darüber keine Gedanken machen. Mandy hat es auch gehasst. Und sie war nicht so…« Harry hielt inne. »Ich nehme das Übliche: Burger, Pommes, blähende Zwiebelringe und Schokoladen-Malzmilch.«

Kate betrachtete die Speisekarte mit entsetzten Augen und fragte sich, warum alle Burger in London so teuer waren. Giles hatte ihr immer gesagt, dass man die Lebenshaltungskosten in jeder Stadt der Welt auf der Preisbasis eines Big Mac errechnen könne. Diese Preisbasis zugrunde gelegt, befand sie sich an der Armutsgrenze eines Cheeseburgers.

Sie legte die eingeschweißte Karte auf den Tresen und gab sich ganz locker, als der Ober sich ihnen näherte. »Ich bin nicht sehr hungrig. Bei diesem heißen Wetter habe ich kaum Appetit. Hmm, ich werde eine Diätcola nehmen und einen, äh, kleinen Cäsarsalat.«

Harry sah sie neugierig an. »Also, ich nehme einen Big Bubba, durchgebraten, dazu Schinken, eine große Portion Pommes, Zwiebelringe und eine Schokoladen-Malzmilch. Und zwei Kaffee, während wir warten. Danke.« Er gab die Speisekarte zurück.

Der Ober verschwand. Kates Magen knurrte anklagend.

Harry griff in seine Tasche und holte eine Hand voll Münzen heraus, die er auf den Tresen legte und nach zwanzig Pence durchsuchte. Kate zählte ungefähr zehn Pfund an Wechselgeld.

»Für die Musikbox«, sagte Harry und deutete mit dem Kopf auf die kleinen Musikautomaten, die an der Bar entlang glänzten.

Sie ging die Auswahl durch und entdeckte Songs, die sie nicht mehr gehört hatte, seit sie von zu Hause zur Universität fortgegangen war.

»›Let's Jump The Broomstick‹!«, rief sie aus. »Oh, ich liebe das! Das war das Lieblingslied meines Vaters.«

Harry teilte den Stapel Münzen in zwei Teile und schob ihr einen zu. »Na dann los.« Der Ober stellte weiße Schnellrestaurant-Kaffeebecher vor sie hin, doch Kate wählte schon ihre Songs mit den großen melamin-beschichteten Knöpfen aus.

»A8 ›Great Balls of Fire‹; B7 ›God Only Knows‹; A2 ›Lipstick On Your Collar‹; C9 ›Mr. Sandman‹, E6 ›Pretty Woman‹…« Sie hielt inne. »Oder E3 ›Why Do Fools Fall In Love‹? Welches willst du lieber haben?«

Harry goss Milch in seinen Kaffee und trank den Becher mit einem Schluck halb aus. »Ich bin da wirklich kein Experte. Aber du scheinst dich gut auszukennen.« Er schob noch einen seiner zwanzig Pence zu ihrem Stapel hinüber. »Nimm beide.«

Kate lächelte und trank ihren Kaffee. Die ersten Klavierakkorde von ›Great Balls of Fire‹ hämmerten aus den Lautsprechern, und sie schloss die Augen mit einem süßen Glücksgefühl. Es machte sie immer glücklich. Entweder war es dieser einfache Beat oder die eindringlichen Stimmen oder vielleicht auch die sehnsüchtige Erinnerung an ihre frühe Kindheit, als ihre Eltern diese Musik für sie in der Garage zum Tanzen gespielt hatten.

Sie öffnete die Augen und sah, dass Harry sie anschaute. Ihr Essen war gekommen. Neben seiner Tellersammlung sah ihr Salat ziemlich armselig aus.

»Entschuldige«, sagte sie und spießte ein Salatblatt ohne große Begeisterung auf, während er sich seinen tropfenden Burger schmecken ließ. »Ich mag diese Musik. Mein Freund steht mehr auf Pink Floyd. Wirklich unangenehm.«

»Probier mal davon«, sagte Harry kauend und schob ihr seinen Milchshake zu. Der Strohhalm stand so aufrecht wie Excalibur in einem See aus Schokolade. Gehorsam schlürfte Kate und war überrascht, wie viel Mühe es machte, das flüssige Eis durch den Strohhalm hochzuziehen.

»Wow! Ich gönne mir so etwas nie«, sagte sie. »Zu schön. Das ist genau das, wonach ich süchtig werde, und dann muss ich es wegen meiner Jeans wieder aufgeben.«

»Du solltest auch einen bestellen.« Harry winkte dem Ober zu.

»Okay«, sagte Kate. Was für eine Überrumpelung. »Gib mir die Karte. Welche anderen Geschmacksrichtungen haben sie denn noch?«

Harry sah sie mit ernstem Blick an. »Nein, du solltest einen mit Schokolade nehmen. Er ist der Beste.«

Kate betrachtete die Karte. »Was ist mit Erdnussbutter und Banane? Das klingt köstlich.«

»Schokolade.«

»Hast du schon mal einen anderen probiert? Erdbeere, hmmmm.«

»Nein. Warum willst du unbedingt die anderen probieren? Ich weiß, was am besten schmeckt.«

»Aber woher willst du das denn wissen, wenn du noch nie… Hallo?«, sagte Kate zu Harry. Doch Harry sah den Ober an, der zögerte und auf eine Antwort wartete.

»Noch einen Schokoladenshake, bitte«, sagte Harry.

»Entschuldigung, ich möchte einen Shake mit Erdnussbutter und Banane haben.« Kate starrte Harry an.

»Geben Sie's ihm nur, Liebling«, sagte der Ober. »Wenn Sie ihn gleich unter den Pantoffel nehmen, sparen Sie später Zeit.«

»Er ist *nicht* mein Freund«, sagte Kate und bemühte sich, keine Kränkung in ihrer Stimme mitschwingen zu lassen. Wenn Sie meinen *wirklichen* Freund sehen könnten, dachte sie mit einem neuen Anfall von Kummer.

Harry sagte nichts, und Kate war ihm dankbar dafür.

Als der Shake kam, schmeckte er nicht so gut wie der mit Schokolade, doch Kate gebärdete sich fast hysterisch erfreut darüber. Nur ein kleines Loch in ihrem Magen hatte der Salat gefüllt und sie musste einfach etwas von dem großen Berg Zwiebelringen naschen, die Harry ihr scheinbar in der Nähe ihres Tellers übrig gelassen hatte.

»Ich hatte Recht mit dem Schokoladenshake, was?«, fragte Harry. Er tauchte einen Zwiebelring nach seinem Ritual erst in Ketchup und danach in amerikanischen Senf.

»Nein«, sagte Kate automatisch. »Wie kannst du dir einer Sache so sicher sein, wenn du die Alternativen nie ausprobiert hast?«

»Weißt du, dass Dants Mutter glaubt, dass er schwul ist?«

»Wie bitte?« Kate errötete und versuchte, nicht an Lauras schnelle Schlussfolgerung zu denken, als Seth vorbeigeflitzt war. »Äh, glaubt sie das?«

»Soweit ich weiß, ist er es nicht, und ich kenne ihn schon seit seinem achten Lebensjahr. Der einzige Grund, warum sie das denkt, ist, dass sie ihn noch nie mit einer Freundin gesehen hat. Sie ruft ihn ständig an und schlägt ihm vor, dass er mit all ihren netten schwulen Freunden ›einen Drink nehmen solle‹. Wenn es nach ihr ginge, hätte Dant keine größeren Probleme, die sich nicht mit ein paar familientherapeutischen Workshops und einigen Broadway-Musicals lösen lassen.«

Harrys Gesicht war jetzt sehr ernst. Kate wand sich ein bisschen und fragte sich, ob er ihr das alles wirklich erzählen sollte. Oder ob sie es überhaupt wissen wollte. Der Verdacht, dass sie mit einem Liebhaber eine kleine Meinungsverschiedenheit gehabt hatte, schien ihre Freundschaft um einiges vorangebracht zu haben.

»Vielleicht ist er ja schwul«, meinte Kate, da er das Thema selbst angeschnitten hatte. »Das macht doch nichts. Vielleicht hat er ja bis jetzt noch nicht den richtigen *Mann* kennen gelernt?«

Harry zuckte die Achseln. »Das glaube ich nicht. Ich glaube, dass Anna nur versucht, damit chic zu wirken, dass sie eine Familie mit sexueller Vielfalt vorzuweisen hat.« Er schob sich eine Haarsträhne aus den Augen. »Was ich eigentlich sagen wollte, war, dass man manchmal sofort weiß, was man möchte und dass es Zeitverschwendung ist, sich mit dem Rest abzugeben. Dant hat noch nicht das richtige Mädchen kennen gelernt und daher hat er kein Interesse daran, mit anderen Mädchen seine Zeit zu verschwenden, wenn er genau weiß, dass das mit ihnen nicht funktionieren wird.«

»Aber macht das denn nicht auch Spaß?« Kate dachte an die Freunde, die sie vor Giles gehabt hatte. Allesamt Mistkerle, aber vorübergehend durchaus eine gute Ablenkung. Und sie alle hatten wenigstens eine Zeit lang bewiesen, dass es ein Leben nach den Karottenmädchen-Witzen gab. »Aber wie kann man wissen, ob etwas richtig ist, wenn man keinen Vergleich hat?«

»Ich weiß, dass ich mich lieber für das richtige Mädchen aufspare. Warum bis dahin herumschlafen und sich damit den Ruf eines billigen Aufreißers zulegen...« Harry starrte seinen leeren Milchshake in einer Art an, die vermuten ließ, dass er jetzt den theoretischen Teil der Unterhaltung verlassen hatte.

»Für einen siebenundzwanzig Jahre alten Kerl würdest du gut auf die Briefkastenseite eines Frauenmagazins von 1959 passen«, bemerkte Kate. Erst Isobel und nun Harry. Einsamkeit schien ansteckend zu sein, oder vielleicht verwandelte sie sich ja langsam in eine jungfräuliche Briefkastentante.

»Manchmal ist es schwierig, das herauszufinden, wenn man jemanden nicht leicht kennen lernen kann oder der kein Interesse zeigt. Ich mag in diesem Punkt sehr altmodisch sein, doch sag mir, warum es okay sein soll, dass eine Frau einen netten Kerl nur deshalb für schwul hält, weil er keine Freundin hat, während Frauen fuchsteufelswild sind, wenn man vermutet, dass sie frigide sind, nur weil sie nicht mit einem schlafen wollen?«

Kate hatte keine gute Antwort auf diese Frage und drückte auf ›Stupid Cupid‹ in der Musikbox. Der Ober brachte ihnen die nachgefüllten Kaffeebecher. Sie tranken ihren Kaffee und hörten sich den Songtext an.

Harry lief unter seiner Bräune rosa an. »Kate, du bist ein Mädchen. Warum sind Frauen so mittelmäßig?«

»Weil die Männer das seit fünfhundert Jahren gefördert haben, und es ist schwer, diese Haltung zu ändern.«

»Na ja, es gibt Frauen und Frauen.« Harry starrte in die Reste seines Schokoladenshakes.

Kate dachte an die Fotos unter dem Sofa: Cress im Schatten; Cress auf dem Beifahrersitz des Käfers; die heimlich gemachte Aufnahme von Cress, als sie oben ohne in einem Sarong aussah wie Morticia Addams im Urlaub. Sie fragte sich, ob es einen anderen Grund gegeben haben mochte, dass Harry heute Morgen so früh aufgestanden war. Oder wer seine Abendverabredung abgesagt hatte.

»Vermute ich richtig, dass das Objekt deiner Zuneigung all diese Qualen wert ist?«, versuchte sie es vorsichtig.

»Vielleicht.« Er schwieg. »Ja. Ich warte schon zehn Jahre auf sie. Ein paar Jahre mehr machen da auch nichts mehr aus.«

»Zehn Jahre!« Kate wollte schon weitersprechen, doch sie hielt sich zurück, als sie Harrys Gesichtsausdruck sah. Er ähnelte sehr dem zum Himmel erhobenen Blick von Johannes dem Täufer, der im Wohnzimmer ihrer Großmutter als Gipsabdruck an der Wand gehangen hatte. »Das *muss* Liebe sein«, fügte sie stattdessen hinzu, obwohl sie sich nicht sicher war, dass sie das auch so meinte.

»Das glaube ich auch. Dant allerdings nicht, aber er hat sich jetzt schon ein Jahr lang geweigert, mit mir darüber zu sprechen.«

»Cressida?«

Harry nickte resigniert. »Ja, Cressida. Sie ist meine Traumfrau.« Er errötete ironischerweise. »Mein Schokoladenshake. Ich kenne sie, seit ich mit Dant in die Vorschule gegangen bin. Ich weiß nicht, was ich tun würde, wenn sie sich mit jemand anderem treffen würde. Das ist wahrscheinlich auch das, was mich bei der Stange hält, die Tatsache, dass ich sie noch nie mit einem anderen Mann gesehen habe.« Er lächelte traurig. »Was nicht sehr viel ist, da sie mir deutlich zu verstehen gegeben hat, dass sie an mir nicht interessiert ist.«

Kate war sehr gerührt, dass er ihr das erzählte, doch sie konnte nicht verstehen, wie die eiskalte Cressida, die sie kannte, solch zärtliche Hingabe hatte hervorrufen können.

»Ich glaube, dass sie dich trotzdem mag«, sagte sie, während sie sich gleichzeitig den Kopf zerbrach über etwas, das Cress zu ihr über Harry gesagt hatte. Das Einzige, was ihr einfiel, war, dass Cress ihn einen kleinen Hund nannte, und sie war sich nicht sicher, ob das als Kompliment gedacht war.

Harry schnaubte über das ›mögen‹. Schon als sie es ausgesprochen hatte, wünschte Kate, sie hätte es unterlassen: Wie sie aus eigenen traurigen Erfahrungen wusste, konnte man ›mögen‹ nicht einfach nur mit ›ich will nichts von dir‹ übersetzen, sondern es hatte noch die Nebenbedeutung von ›Ich will nichts von dir *und habe Mitleid mit dir*.‹ Sie biss sich auf die Lippe.

»Du warst in letzter Zeit oft mit ihr zusammen, nicht wahr?«

Kate nickte. Sie und Cress waren in Hoxton Square gelandet, und nach ein paar Gläsern Wein (Milchshakes standen nicht auf der Barkarte) hatten sie sich angeregt über die Wohngemeinschaften unterhalten, in denen Cress gelebt hatte, über die Jungs, mit denen sie zusammengewohnt hatte und wie man mit Teresa, der Putzfrau, klar kam. Genau gesagt war Cress nach anderthalb Flaschen Wein ziemlich vertrauensvoll geworden und hatte Kate von Mandys absonderlicher Besessenheit von Kerzen erzählt.

Kate hatte ihr danach gleich die Geschichte ihres ersten Abends in der Wohnung erzählt – Cress war Dant und Harry gegenüber so abweisend gewesen, dass sie sicher war, dass sie nicht indiskret war – und Cressida hatte auf sehr schicke Art schrill aufgelacht. Obwohl Kate sich die ganze Zeit über nicht sehr wohl gefühlt hatte, hatte sie bei sich doch eine gewisse sträfliche Blasiertheit darüber gespürt, dass sie mit jemandem ausging, der so offensichtlich cool war. Seitdem war sie ein paar Mal nach der Arbeit zu Cress' Bar gegangen oder Cress war in der Wohnung vorbeigekommen und hatte sie zum Abendessen irgendwohin geschleppt. Und anschließend wusste Kate zwar, dass sie sich köstlich amüsiert hatte, doch sie konnte sich nicht daran erinnern, worüber sie gesprochen hatten.

»Also, ich würde nicht sagen, dass wir beste Freundinnen geworden sind oder etwas Ähnliches, aber wir haben ein paar lustige Abende miteinander verbracht. Sie hat eine Menge interessanter Geschichten drauf.« Kate beschloss insgeheim, bei ihrer nächsten Begegnung mit Cress ein paar nette Bemerkungen zu machen über Harrys reizendes Angebot, sie zur Arbeit zu fahren und über sein gutes Kochen.

»Das hat sie von ihrer Mutter. Zusätzlich zu all den anderen Problemen, die sie hat, ist sie schon zwanzig Jahre lang in Psychotherapie.«

»Wirklich?«, fragte Kate, die nicht wusste, wie viel Mitgefühl sie zu ihrem offensichtlichen Interesse mischen sollte.

»Ach herrje«, sagte Harry. Er knetete seine Stirn. »Ich denke, du solltest die ganze Geschichte kennen lernen, damit du bei ihr nicht ins Fettnäpfchen trittst. Na ja. Also, wo soll ich anfangen? Du weißt vielleicht, dass das Buch von Dants und Cressidas Mutter ganz schön gewagt war, all diese Sachen mit Zwillingen und was sie getan haben?«

Ein großer Teil von *Rosen des Todes* kehrte urplötzlich wieder in ihr Gedächtnis zurück: die zündelnden Zwillinge, die telepathischen Mitteilungen an den Wänden, und die anrüchigen Inzestgeschichten, die eine ›Was ihr wissen müsst‹-Sonderstunde der Schulkrankenschwester erforderten, als das Buch im Besitz eines der Söhne eines Lehrers gefunden wurde.

»Nein!«, sagte Kate mit vor lüsternem Entsetzen geweiteten Augen.

Harry schien genauso entsetzt zu sein, als er von seinem Getränk aufsah. »Nein! Oh, verdammt, nein, nichts von alledem! Nein, ich glaube, Dant hat einmal einen Papierkorb angezündet, doch das war auch das einzige Pyromanische bei ihm gewesen. Und sie haben immer gewusst, was der andere ausheckte. Ich glaube, dass es eher um eine ›wie du mir, so ich dir‹-Sache ging. Also, was ich sagen wollte«, fuhr er fort, während Kate versuchte, ihre Enttäuschung zu verbergen, »war, dass Anna sich keine Mühe gegeben hat, die äußere Erscheinung der Zwillinge zu kaschieren. Du erinnerst dich doch – das dunkelhaarige Mädchen und der blonde Junge. Die anderen lasen es Dant laut im Schlafraum vor, nachdem das Licht ausgemacht worden war, und offenbar sind sie auch mit Cress so mies umgegangen. Das hat sie zerbrochen.«

»Äh«, sagte Kate, »das habe ich jetzt nicht ganz verstanden. War Dant denn blond?«

»Oh Scheiße«, sagte Harry und wurde rot. »Was bin ich doch für ein Arschloch. Nein, äh, behalte es für dich, dass Dant sich die Haare färbt.«

»Nein!«

»Mmm.« Harry nickte ziemlich verlegen darüber, dass er solch persönliche Dinge weitergeben musste. »Das Buch machte am Wochenende die Runde im Schlafsaal, und am Mittwoch war er nicht mehr ein kleiner Sting, sondern mehr ein…« Er suchte nach einem Vergleich.

»Bob Geldof?«, bot Kate an.

»Äh, ja, vermutlich. Also das war ja alles schon schlimm genug gewesen, doch dann kam der Film raus.«

Kate hatte sich den Film nicht ansehen dürfen. Zu diesem Zeitpunkt war schon der Eltern-Lehrer-Kreis an der Sache dran gewesen. Sie hielt ihren Kaffeebecher zum Nachfüllen hin, und Harry wartete so lange, bis der Ober sich zum anderen Ende des Tresens zurückgezogen hatte, ehe er weitersprach.

»Anne ging in die Staaten, um beim Casting zu helfen, also war das alles wirklich ihre Schuld. Du kannst dir nicht vorstellen, was es für Dant und Cress bedeutet hat, mit ihrer berühmten drehbuchschreibenden Mutter zur Premiere zu gehen, die sie schon in der Schule total lächerlich gemacht hatte. Und dann mussten sie sich selbst im Film sehen, in dem sie von einem fetten kleinen Mädchen mit einem Schielauge und einem offenkundig psychotischen Racker gespielt wurden, der im wirklichen Leben eigentlich mit zwölf Jahren schon drogensüchtig war.«

»Oh Gott«, sagte Kate. Es war schon schlimm genug, sich diese berühmte Mutter vorzustellen, obwohl sie die verdrehte elterliche Sichtweise durchaus nachvollziehen konnte. Allerdings in sehr viel geringerem Maße.

Harry seufzte und legte die Hände um seinen Kaffeebecher. »Die arme Cress verlor fast über Nacht sehr viel Gewicht und Dant färbte sich die Haare und geriet aus dem Gleis. Ich vermute, das funktionierte nach dem Motto ›Wenn du mich sowieso schon so siehst, warum sollte ich es dann nicht tun?‹«

»Geht es denn beiden jetzt wieder gut?«, fragte Kate und fühlte sich schuldig, weil sie Cress um deren überschlanke Oberschenkel beneidet hatte.

»Mehr oder weniger. Nun ja, eigentlich nicht. Sie haben

eine Menge Therapien hinter sich, deren Finanzierung Anna dazu zwingt, in Hollywood zu bleiben und absoluten Scheißdreck fürs Kabelfernsehen zu schreiben. Ich meine, das wäre schon eine Ironie, wenn Anna über ihr chirurgisch veredeltes Arschloch hinwegsehen könnte. Doch sie sind beide ganz schön kaputt. Ich habe Cress schon gekannt, bevor das alles passierte«, er sah lächelnd auf, »als sie noch ein kleines Mädchen war, und es war nie leicht, mit ihr auszukommen, aber, na ja«, er sah wieder auf seinen Kaffee herunter, »sie braucht jemanden, der sie wieder gerade rückt. Ich weiß, dass ich sehr glücklich mit ihr sein könnte, und ich könnte sie auch wieder sehr glücklich machen.«

Kate sah ihn voll Mitgefühl an. Sie wusste, wie es war, wenn man das Gefühl hatte, man könnte jemanden mit der eigenen Liebe heilen: Sie hatte nur Glück gehabt, Giles im College kennen zu lernen. Obwohl bei ihm ja kaum Schäden zu reparieren gewesen waren. Harry sah so zärtlich und ernsthaft aus wie ein großer Labrador. Sie musste an sich halten, um ihn nicht zu umarmen. Bei Cressida musste noch einiges ganz schön verkehrt sein, wenn sie nicht unter Harrys Kricket-Pullover kriechen wollte.

Dann erinnerte sie sich daran, wie Cressida im wirklichen Leben war.

»Himmel«, sagte Harry mit einer Stimme, die vor falscher Fröhlichkeit nur so strahlte. »Lass uns aufhören, über mich und Cress zu reden, das ist wirklich langweilig. Dant hat, weiß Gott, oft genug damit gedroht, fortzugehen statt über meine Tragödie zu sprechen. Wie ist es denn bei dir? Wo ist dein Mann?«

»Ach, weißt du, im Vergleich zu dir und Isobel ist bei uns alles sehr unkompliziert«, sagte Kate, während sie versuchte, die beiden Seiten von Cress zur Deckung zu bringen. Die Cress, die sie kannte, war eine Frau, die sich auf Sex im Liegen möglicherweise nicht einlassen würde, wenn sich ihre Haare dadurch vielleicht statisch aufladen würden. Quälend modisch und ganz und gar nicht sein Typ. Und obwohl

Harry wirklich sehr liebevoll war, hatte er offenbar die Paarungsinstinkte eines Pandabären. Sie konzentrierte sich wieder auf die Unterhaltung.

»Mein Freund Giles arbeitet im Bankgewerbe und absolviert gerade sein Anfangstraining in Chicago. Wir sind seit«, Kate zögerte vor der Unangemessenheit des Wortes in Anbetracht seines vollgestempelten Passes, »seit einem Jahr zusammen.«

»Dann scheint das ja was Ernstes zu sein?«

»Ja, ich denke schon.« Kate erinnerte sich an die vage Andeutung, zusammenzuziehen, von der sie *glaubte*, dass sie sie auf dem Flughafen gemacht hatte, als er abflog. Das wurde immer dürftiger, so oft sie daran dachte, und sie dachte viel darüber nach.

»Du Glückliche«, sagte Harry. Er zog sein Jackett an und kehrte zurück zu der gewohnten Herzlichkeit. »Gehen wir?«

Kate suchte in ihrer Tasche nach ihrer Geldbörse.

»Nein, das geht auf mich, da du so höflich warst, dir meine Leidensgeschichten anzuhören, ohne schreiend wegzulaufen«, sagte Harry. Er nahm ein paar Scheine aus der Tasche, ließ sie auf dem Edelstahl-Tresen liegen und winkte den Köchen wieder zu, als sie gingen.

Kate folgte ihm auf die Straße hinaus und hatte dabei noch immer mit ihren inneren Bildern zu kämpfen, die ihr Dant und Cress wie Rubikwürfel erscheinen ließen. Und sie versuchte, sich einen Reim auf die verwirrenden Eindrücke zu machen.

15

Der erste Brief von Giles kam an dem gleichen Morgen, als zwei neue Pickel in Kates Gesicht auftauchten, die letzte Zahlungsaufforderung für die Gasrechnung eintraf und Kate unter den schlimmsten Periodenschmerzen litt, die sie je erlebt hatte.

So viel zur Reinigung meines Körpers von Giften, dachte sie, als sie einen Pickel vor dem schmutzigen Rasierspiegel ausdrückte und ihre inneren Organe sich so zusammenknoteten, dass sie wie ein aufgeblasener Hund aussah. Wenn regelmäßiger Sex angesagt war, dann konnten Periodenschmerzen wenigstens als Vorwand für die Ausrede benutzt werden, dass es besser war, einen ordentlichen Gin zu trinken und die Beine hochzulegen, statt sie sich bei irgendwelchen Sexspielchen zu verrenken. Sie biss die Zähne fester zusammen, um von dem Schmerz in ihrem Unterbauch abzulenken. Der Pickel wollte nicht aufgehen und saß nun rot glühend auf ihrer blassen Haut. Sie klatschte ihre übliche 25er Sonnenschutzcreme darüber, worauf er sich ein wenig zusammenzog.

Harry schlug mit der Faust an die Badezimmertür.

»Ja, ja.« Und die andere nützliche Sache bei Perioden war, dass man mit ihnen die Zeit messen konnte, ob man nun gemerkt hatte, wie sie verging oder nicht. Sie hatte gar nicht das Gefühl, dass es schon acht Wochen her war, seit sie nach London gekommen war, doch offensichtlich war es ja so. Die Stadt genoss das, was die Wetterfrösche ›eine Periode herrlichsten Spätsommers‹ nannten und was Kate die unnötige Verlängerung einer unangenehmen Hitzewelle nannte.

Sie verließ das Bad und begegnete Harry auf dem Flur. Er fuhr sich mit einer Bürste durch das verstrubbelte blonde Haar, und seine Augen waren noch schlaftrunken verschlossen. Ein Guinness-Werbe-T-Shirt war unter seinem gestreiften Bademantel zu sehen.

Kate konnte ihre Morgenroutine mit ähnlich geschlossenen Augen hinter sich bringen und der Gedanke daran machte sie besorgt. Sie sparte sich mittlerweile auch die fünf Minuten für ein minimales Make-up, da ihr Gesicht in dieser Spätsommerhitze und wegen der unzureichenden Klimaanlage bis zur Mittagszeit ohnehin glänzte. Sie schlurfte die Treppe hinunter und ließ Ratcat dabei gleich hinaus.

In den Briefkästen steckte die übliche Sammlung von

Rechnungen: einige rot, einige verdächtig dünn, einige adressiert an Leute, die nicht mehr hier im Haus wohnten. Harry hatte Aufkleber mit Cressidas neuer Adresse gedruckt und sie neben der Tür hinterlassen, wo sich die Post stapelte; aus reiner Gewohnheit schickte Kate alle Rechnungen außer der Gasrechnung weiter.

Für Harry war ein *Autocar*-Magazin gekommen und für Dant das September-Programm des National Film Theatre. Und darunter fand sie einen Brief in einem wattierten Umschlag, auf dem ihr Name in Giles' schöner Schrift geschrieben stand.

Kates Herz schlug schneller, und sie war plötzlich hellwach. Endlich, verdammt noch mal. Die Hand, die den Brief hielt, zitterte, und sie konnte ihn nur anschauen. In dem einen Augenblick, als er meinen Namen schrieb, muss ich sein einziger Gedanke gewesen sein, dachte sie. Und dann rannte sie die Treppe hinauf.

Sie sparte sich den Brief bis zur Mittagspause auf.

Seit Juli hatte sie zwei Postkarten bekommen, die sie beide auswendig wusste: Die eine zeigte das World Trade Center und die andere ein Eis. Die erste lautete: ›Verbringe tolle Zeit und lerne alle möglichen Leute aus aller Welt kennen! Wetter ist unglaublich – du würdest es hassen! Hoffe, London ist nicht allzu unerträglich! Bis bald, Giles.‹ Kein Kuss. Die zweite lautete: ›Habe dir so viel zu erzählen! Die Bank ist irre und ich lerne ständig. Es ist heiß und sonnig hier – meine Bräune ist irre, doch du würdest leiden! Bin ganz froh, dass du nicht hier bist, freue mich aber, dich im November wiederzusehen. Giles x.‹

Als Jurastudent erwirbt man Fähigkeiten, um mit dem Recht umzugehen, dachte Kate, während sie in der U-Bahn die Knie zusammenpresste, damit der verschlagen aussehende Mann ihr gegenüber ihr nicht unter den Rock sehen konnte. Mit einem Abschluss in Französisch kann man fröhlich mit Franzosen sprechen und auch mit einigen Kanadiern. Doch mit einem Abschluss in Englisch ist man zu lebenslänglichem Wahnsinn verurteilt. Was, überlegte sie, war besser? ›Liebe‹ und kein Kuss oder ein hastiges ›x‹, weil kein Platz mehr übrig war? Und welche Bedeutung hatte es, dass er zweimal erwähnt hatte, dass sie nicht braun werden konnte? War das rücksichtsvoll gemeint oder war ihr Gejammere über Sonnencreme das Wichtigste, an das er sich im Zusammenhang mit ihr erinnerte? Und was das ›Bin froh, dass du nicht hier bist…‹ anging… Sie presste ihre Tasche, in der der Brief steckte, fester an sich.

Kate hatte sich gefragt, ob er bei Postkarten nach dem gleichen Prinzip handelte wie sie selbst: dass sie zu klein und zu öffentlich waren, um bedeutungsvolle Worte zu transportieren. Da Giles' schöne Schrift auch ziemlich groß war, blieb ihm nur Platz für zirka zwanzig Wörter. Doch nun hatte sie ja einen ganzen Brief, der sicherlich auch endlich eine reguläre Adresse enthielt, an die sie direkt und nicht mehr über Selina schreiben konnte und ein paar Hinweise darauf, wie sehr er sie vermisste, und den sie immer wieder lesen konnte.

Den ganzen Vormittag behielt sie ihre Handtasche dicht bei ihren Füßen und in der Mittagspause ging sie zum Hyde Park. Der Brief fühlte sich lang an, mindestens zwei A-4-Seiten lang.

Sie angelte ihre Geldbörse aus der Handtasche und nahm das kleine Foto von Giles heraus, ein überzähliges Passbild von dem Set, das er für sein Visum hatte machen lassen. Sie schob es unter den Riemen ihrer Sandale, damit sie ihn ansehen konnte, während sie las. Sie leckte sich die Finger sauber, öffnete das Kuvert vorsichtig und widerstand der Versuchung, den Brief gleich bis zum Schluss und zu dem Absatz zu überfliegen, in dem er ihr wahrscheinlich schrieb, wie sehr er sie vermisste.

›Liebe Katie‹, schrieb er.

Katie, dachte Kate und ließ sich den Klang seiner Stimme durch den Kopf gehen. Niemand außer ihm nannte sie Katie.

›Es tut mir Leid, dass es so lange gedauert hat, bis ich dir schreiben konnte, aber ich bin sicher, dass du verstehen wirst, wie verrückt alles gewesen ist. Und ich bin auch sicher, dass du genauso beschäftigt warst wie ich und bestimmt besser als ich verstehen wirst, dass Büros nur so gut funktionieren wie ihre Sekretärinnen!‹

Kate stolperte erbost über das Wort Sekretärin. Also das hatte Selina ihm mitgeteilt? Diese Kuh. Das kam davon, wenn man sich auf kurze Postkartentexte verließ, die nur unzureichende Erklärungen erlaubten. Ihre Begeisterung verringerte sich merklich und sie konnte sie auch nicht wieder beleben.

›Die Arbeit hier ist wirklich unglaublich toll, und obwohl ich dich und London vermisse, ist hier alles so sehr in Bewegung, dass ich das Gefühl habe, mich mitten im Epizentrum von allem zu befinden. Ich eigne mir hier alles sehr schnell an… die IT Revolution… wertvolle Erfahrungen bei Microsoft… internationale Ziele… Währungsunion…‹

Kates Augen begannen, die Seite zu überfliegen. Sie setzte sich auf und zwang ihre Augen dazu, die technischen Teile über Giles' Training zu lesen, das sehr praxisnah zu sein schien und das er auch ziemlich detailliert beschrieb. Offenbar fand er alles faszinierend, und sie sollte schon mit dem Versuch beginnen, dieses Interesse zu teilen. Ihre Bauchkrämpfe setzten wieder schmerzhaft ein.

›Ich teile eine Firmenwohnung mit zwei anderen akademischen Trainees, Jürgen aus München und Benedict aus Paris und so habe ich viel Übung in meinen anderen Sprachen, wann immer wir einkaufen gehen. Unsere Wohnung ist toll und geht auf eine der geschäftigsten Straßen der Stadt hinaus. Ich hoffe, dass deine Wohngemeinschaft gut funktioniert – ich habe in meinem Stadtplan nachgesehen, wo du jetzt wohnst, aber ich kann Deauville Crescent selbst nicht finden.‹

Gut, dachte Kate.

Giles schilderte die Kurse, an denen er teilnahm und auch

das, was von ihm an Ergebnissen in seinen vier Monaten erwartet wurde. Er schien alles in der Hälfte der erwarteten Zeit bewältigt zu haben, und plötzlich spürte Kate, dass ein seltsamer Groll sich in ihre Freude über seinen Erfolg mischte.

Sie legte den Brief auf ihr Knie und nahm ihren Sonnenhut ab. Ihr Kopf schmerzte dort, wo das Hutband zu fest gesessen hatte. Wenn *ihr* Büro sie als »Praktikantin der Woche« wenigstens einmal zum Essen ausführen würde. Das, was dem am nächsten kam, war, dass Elaine sie vor den Krimi-Strategie-Konferenzen zur Drogerie Boots schickte, um Notfalltropfen für sie zu holen. Doch bei Giles ist das anders, dachte sie. Er wollte das immer tun. Du musst dich nur noch acht Wochen lang einfach mit Jos Fotokopierpolitik abfinden.

Kate schob die Tatsache, dass sie erst die Hälfte ihrer Gefängnisstrafe hinter sich hatte, beiseite und griff wieder nach dem Brief. Sie war doch ziemlich enttäuscht darüber, dass nach der endlosen Warterei auf diesen Brief so viel über die Bank darin stand, nicht sehr viel über Giles und so gut wie nichts über sie. Sie kam zu dem Schluss, dass ihre Verstimmung hormonell bedingt sein musste.

›*Bankexamen im nächsten Sommer… bla, bla, bla… Reihentanz-Verein wie deine Mutter!… bla, bla, bla…*‹

Kate überflog die Seite. Sie konnte das alles später in ihrem Zimmer genauer durchlesen, doch was sie jetzt brauchte, ehe sie zu einem Nachmittag zurückkehrte, an dem sie die Antworten auf Rose Ann Bartons schwachsinnige Fanpost tippen musste, war etwas Konkretes und am liebsten Lockeres, über das sie sich freuen konnte.

Giles enttäuschte sie nicht.

›*Es dauert nicht mehr lange, bis ich nach England zurückkommen werde, und an meinem ersten Abend zu Hause werde ich dich zu The Ivy zum Abendessen ausführen. Ich habe den Tisch vor meiner Abreise bestellt, um sicher zu sein, dass die Reservierung steht, also notiere dir in deinem Ter-*

minkalender den 10. November, und sieh zu, dass du das grüne Kleid, das ich dir in Newcastle gekauft habe, gebügelt hast.‹

Kate wusste, welches er meinte. Es war kleiner und enger als ein Tanga für ein Nilpferd. Das letzte Mal, als sie hineinpasste, war nach einer langwierigen Nahrungsmittelvergiftung gewesen. Sie musste unbedingt in Harrys Restaurantführer *The Ivy* nachschlagen, wenn sie nach Hause kam. Doch da sie gut zwischen den Zeilen lesen konnte, vermutete sie jetzt schon, dass es teuer sein würde.

›*Ich vermute, dass du sehr beschäftigt sein musst, denn es sieht dir gar nicht ähnlich, dass du eine Postkarte schickst, wenn ein achtseitiger Brief auch reichen würde, also hoffe ich, dass das bedeutet, dass du dich eingelebt und neue Freunde gefunden hast. Obwohl ich dich sehr vermisse, lenkt mich die Arbeit tagsüber von allem ab. Doch nachts fühle ich mich ohne dich sehr einsam und frage mich, ob du mich auch so vermisst wie ich dich. Ist das sehr selbstsüchtig von mir?‹*

Nicht, wenn man bedenkt, dass du einfach abgehauen bist und mich hier zurückgelassen hast, sagte die sarkastische Stimme in ihrem Kopf.

Armer Giles, er muss wirklich einsam sein, sagte die andere.

›*Trotzdem denk doch bloß daran, wie viel wir uns zu erzählen haben, wenn wir uns im November wiedersehen! Bis dann und alles Liebe, Giles.‹*

Kate drehte die Seite um, falls er noch ein PS angefügt hatte. Hatte er nicht. Sie las den letzten Absatz noch einmal durch. Er beendete den Brief ziemlich abrupt, doch vielleicht hatte er es eilig, ihn zur Post zu bringen. Sie drehte den Umschlag um. Er war als Firmenpost abgestempelt. Kate fragte sich, ob er seine Sekretärin gebeten hatte, ihn per Eilboten zu schicken oder wie das in Amerika hieß.

Der Menschenstrom, der sich auf die Parktore zu bewegte, ließ vermuten, dass die Mittagspause zu Ende war. Kate schob den Brief wieder vorsichtig in den Umschlag zurück, setzte sich den Hut wieder auf und nahm ihre Handtasche.

»Gott sei Dank sind Sie da«, sagte Elaine, als Kate ihren Hut an den Haken hängte.

Kate sah auf die Uhr, die erst auf fünf nach zwei stand und dachte, dass das ziemlich früh war im Vergleich zu jemandem, der normalerweise erst zwanzig Minuten später vom Mittagessen zurückkam.

»Gibt es ein Problem?«, fragte Kate. Ihr Schreibtisch sah noch genauso aus wie vor ihrem Weggang. Zugegebenermaßen hatte sie ein paar dringende Briefe in einer Mappe in ihrer Büromaterialschublade versteckt (Isobels Bürotipp Nummer 8), doch Elaine konnte sie nicht gefunden haben.

»Sie müssen für mich sofort eine Kiste Cognac, etwas hellrote Strickwolle und ein *Cluedo*-Spiel kaufen gehen«, sagte Elaine. Sie zog ihren rechten Schuh nervös an und aus, was ihren Körper auf und ab bewegte, als stünde sie auf einem sehr niedrigen Trampolin. »Und etwas Geranienöl, aber das ist nicht so eilig.«

»Welche Cognac-Sorte?« Kate nahm aus reiner Gewohnheit ihren Notizblock, obwohl sie keine Ahnung hatte, auf was Elaine hinauswollte.

Elaines Augen weiteten sich. »Ich weiß es nicht! Courvoisier, Remy Martin, es steht hier irgendwo drin!« Sie drückte Kate ein Manuskript in die Hand und deutete nickend darauf.

»Äh…« Kate runzelte verzweifelt die Stirn.

»Das alles muss bis drei per Fahrradkurier zu ihrem Agenten geschafft werden, damit es mit unserem gefaxten Angebotsbrief zusammen ankommt, also beeilen Sie sich bitte!« Elaine wedelte hilflos mit den Händen herum und hetzte davon, um sich den Leuten anzuschließen, die vor Jennifer Spencers geschlossener Tür schon Schlange standen.

Kate nahm das Manuskript mit zu Isobels Büro, um sich von ihr Rat zu holen.

»Elaine wird langsam verrückt.«

›... werde ich Ihren Brief dem Autor zuschicken, der mit Sicherheit höchst fasziniert sein wird von Ihren Erfahrungen bei der Frettchen-Zucht in Ost-Anglia. Mit freundlichen Grüßen Jennifer Spencer.‹ Isobel hämmerte auf die ›Enter‹-Taste und ließ ihren letzten Brief ausdrucken. »Entschuldige, geht es hierbei um das Angebot an Emma Ball?«

Kate zuckte die Achseln.

»Ich habe gehört«, sagte Isobel, während sie in ihrem Schreibtisch nach einem Briefumschlag suchte, »dass Elaines letztes Mittagessen mit Emma Balls Agent so erfolgreich war, dass wir die halbe Million, die bei der Redaktionskonferenz vorgeschlagen wurde – bei der du vor Wochen Protokoll geführt hast, erinnerst du dich? – plus einer Kiste Brandy anbieten und all den anderen Mist, mit dem – PS – die Heldin die verschiedenen Mörder im Buch tötet.«

»Spuren von Richard III.« Kate sah auf das Manuskript in ihrer Hand herab. Es war gut 700 Seiten lang. »Hast du das gelesen?«

Isobel zog den Brief aus dem Drucker und zögerte bescheiden. »Nuuuun«, murmelte sie und kritzelte Jennifers Unterschrift hin. »Ich habe einen kurzen Blick darauf geworfen, obwohl ich nicht unbedingt...«

Ein Schmerz schoss Kates Rücken hinauf und sie presste die Hand wie eine alte Frau auf ihre Wirbelsäule. »Hast du irgendwelche Schmerztabletten, Isobel?« Sie starrte mit zusammengezogenen Augen auf Elaines Kopf, den sie über die Aktenschränke hinweg in der Schlange auf und ab hüpfen sah. »Will Elaine wirklich, dass ich diesen Weinbrand kaufe? Was kostet der denn? Zwanzig Mäuse die Flasche? Mal neun?«

»Mindestens.« Isobel zog die Schublade mit den Arzneimitteln und Deos auf und gab ihr ein paar Nurofen Extra.

»Aber das kann ich doch gar nicht bezahlen! Ich habe nur noch ganze fünfzig Mäuse übrig!« Kate sank auf einen niedrigen Aktenschrank und schluckte die Tabletten mit einem Schluck von Isobels eingeschmuggeltem Red Bull.

Das konnte nicht gesund sein. »Was soll ich denn nur tun? Kommt das häufig vor?«

»Ständig, fürchte ich«, sagte Isobel und suchte in einer Mappe nach irgendetwas. »Du warst ja noch nicht hier, als Jo drei Kilogramm türkisches Fruchtgeleekonfekt und ein Foto des Redaktionsteams, das sich als Bauchtanz-Gruppe verkleidet hatte, zu dem Agenten schickte, der den Roman ›Türkei, meine Türkei‹ anbot. Wie sich später bei näherer Überprüfung des Skripts herausstellte, wäre sie besser dran gewesen, wenn sie eine Familienpackung Preiselbeersauce geschickt hätte.… Ah, hier ist es ja.«

Sie gab Kate ein Bestellformular zusammen mit dem Katalog eines Weinhändlers. Kate blätterte sich bis zu den Spirituosen vor und erbleichte über die Preise.

»Maaaaaaaaann.«

»Lieber Himmel, mit dem Betrag, den Elaine für das Essen mit dem Agenten ausgegeben hat, könnte man zwei Kriminalromane ankaufen«, sagte Isobel abwehrend, während sie etwas auf den Bestellschein kritzelte. »Jetzt lässt du dir das von Elaine abzeichnen und bringst das Bestellformular zu Berry Brother und Rudd. Das ist ein netter Spaziergang.«

»Du hast die Preise nicht darauf vermerkt.«

»Ich weiß«, sagte Isobel. »Das geht zulasten unseres sehr hohen und geheimen Weinkontos. Niemand weiß davon, sonst würden wir bankrott gehen, wenn irgendein Betrüger sich mit einem Agenten zusammentun und ihm seinen Weinkeller auffüllen würde.«

»Und was ist mit dem restlichen Kram?«

»Hmmm«, sagte Isobel und wandte sich wieder ihren Fanbriefen zu. »Ich fürchte, das muss über die Portokasse laufen und John Lewis. Nimm fünfzig Kröten und ein Taxi. Elaine würde das auch machen.«

Zu ihrer eigenen Überraschung schaffte Kate es, innerhalb einer Stunde die Strickwolle und das *Cluedo*-Spiel per Fahrradkurier zur Agentur zu schicken. Dass der Cognac separat geliefert werden würde, wollte sie Elaine nicht unbedingt auf die Nase binden. Für jemanden wie sie, der man normalerweise eine Bürophobie unterstellte, hatte sie sich doch ganz gut bei dieser Organisation geschlagen, dachte Kate. Es war ihr sogar gelungen, die Ankunftszeiten der Geschenke und des Faxes auf die Minute genau abzustimmen. Sie verwendete das Fax, das Elaine ihr zum Versenden gegeben hatte, das sie, wie bei Isobel abgeguckt, las, als es durchlief.

Es war so interessant, dass sie damit zu Isobel ging, damit sie es sich ebenfalls ansehen konnte.

»Kannst du dir diesen Geldbetrag vorstellen?« Kates Gesicht hatte einen ungläubigen Ausdruck. »Das ist mehr als alle Assistenten zusammen in fünf Jahren verdienen. Für zwei angebliche Superthriller, die in der Kosmetikabteilung von Harrods spielen.«

Isobel schwieg, griff nach dem Fax und starrte es entsetzt an.

»Hast du das verschickt?«

»Ja, das sieht man an dem kleinen blauen Punkt, der…«

»Hast du das getippt?«

»Nein«, sagte Kate und fuhr sarkastisch fort: »Ich mache doch nur den langweiligen Mist. Sobald es interessant wird, schreibt sie es selbst, und ich muss hier wie Pik Sieben herumstehen…«

»Scheiße, Scheiße, Scheiße«, murmelte Isobel und sagte dann: »Hol mir schnell das *Handbuch der Schriftsteller und Maler*.«

»Warum?«, fragte Kate. »Stimmt da irgendetwas…«

»Ja, du hast es an die falsche Stelle geschickt.« Isobel wählte mit einer Hand eine Nummer und blätterte mit der anderen gleichzeitig durch ihre Kartei. »Das ist ein anderer Verlag, und ich wette, dass der auch mitbietet.«

Kates aufgeblasene Innereien entkrampften sich sofort und gaben alle angestaute Luft von sich. »Oh, mein Gott.«

»Das ist nicht dein Fehler – Elaine hat sich aus der Faxliste die falsche Faxnummer herausgesucht, die dumme

Kuh... Oh, hallo, ist dort Diane? Hi, Diane, hier ist Isobel. Ja, es geht mir gut, und Ihnen? Wirklich? Wie toll! Oooh, herzlichen Glückwunsch...«

Kate fragte sich, WIE VIEL Geranienöl nötig war, um eine erwachsene Frau zu vergiften. Oder wie man einen Mord mit dem *Cluedo*-Spiel begehen konnte.

»Also Diane, es könnte sein, dass Sie mir das Leben retten können. Oooh, ja,« Isobel brach in ein mädchenhaft schrilles Lachen aus, das nicht zu ihrer erbitterten Miene passte, »wie in der Werbung für die Gelben Seiten... Also, jemand hat ein Fax an Carol geschickt, das sie gar nicht erhalten sollte, und das ist eine ziemlich kitzlige Sache, und ich frage mich... Oh, können Sie? Okay, ich bleibe dran...«

Sie bedeckte die Sprechmuschel und verdrehte die Augen in Kates Richtung. »Nicht an den Nägeln knabbern.«

Kate merkte, dass sie ihre rechte Hand und einen unangenehmen Nagellackgeschmack im Mund hatte.

Isobel wedelte nach dem Fax, auf dem, wie Kate jetzt erst bemerkte, in Elaines wackeliger Handschrift ›PERSÖNLICH UND VERTRAULICH‹ stand. »Schick *das* an *diese* Nummer.« Mit einem bonbonrosafarbenen Nagel deutete Isobel auf die richtige Seite. »So schnell wie möglich – sie haben es noch nicht bekommen, und wann war der Termin? Drei Uhr?«

»Soll ich das Original durchstreichen, damit Elaine merkt, dass sie den Fehler gemacht hat?«, fragte Kate auf der Suche nach einem Weg, sich selbst loszusprechen von der drohenden Metzelei. Elaines Kopf hüpfte noch immer in der Schlange zu Jennifer auf und ab. Und Jennifers Tür war noch immer geschlossen.

»Nein!«, sagte Isobel nachdrücklich. »Oh Gott, Diane, Sie sind wirklich eine Lebensretterin! Es war schon in ihrem Eingangskorb?« Ihr Gesicht sackte ab. »Aber Sie wissen nicht, ob sie es gelesen hat. Guuuut. Okay, na dann können wir nur das Beste hoffen, was?«

Kate schloss die Augen und betete, während das Fax

durch die Maschine lief. Sie konnte nur hoffen, dass Elaine nicht den zweiten Punkt entdeckte. Oder sie konnte sagen, dass sie es zur Sicherheit noch ein weiteres Mal abgeschickt hatte. Wie konnte Isobel bloß all die Faxnummern behalten?

»Also, die Getränke gehen beim nächsten Treffen der Society of Young Publishers auf mich!« Isobel wurde wieder alberner und schottischer. »Vielen, vielen Dank, Diane, Sie sind die Größte. Ja, tschüs!«

Kate schloss die Tür und lehnte sich dagegen, als Isobel den Hörer mit einem tiefen Seufzer auflegte. »Mehr können wir nicht tun, fürchte ich.«

»Ach, Scheiße.« Kate presste sich die Hand auf den Mund: eine alte Angewohnheit, die sie schon überwunden geglaubt hatte. »Ach, Scheiße.«

16

Elaine bekam das Emma-Ball-Buch nicht. Eine tiefe Melancholie senkte sich auf die Abteilung herab, die ihren Tiefpunkt an dem Freitag erreichte, als der *Bookseller* im Büro die Runde machte, in dem auf Seite vier ein großes Foto von Emma Ball und ihrem aufgeblasenen und geschniegelten Agenten zu sehen war, die beide von dem Hauptgeschäftsführer des Another Publishing House umarmt wurden, über einer aufblasbaren Cognacflasche und einem silbern angestrichenen Rasenmäher. Eine verlegene Assistentin stand im Hintergrund, war auch silbern angesprüht (›Tod durch Ersticken, à la *Goldfinger*‹), die offensichtlich nur ihr Unterhemd und ihren Slip anhatte.

»Gnade uns Gott«, sagte Isobel düster.

Mit bebenden Händen stellte Elaine noch drei weitere Flaschen mit ätherischen Ölen zu der Sammlung auf ihrem Fensterbrett und bat Kate, einen Termin beim Frisör für sie zu vereinbaren.

Kates Telefon klingelte, als sie den letzten Stapel hoffnungsloser Manuskripte aus der Morgenpost in die Datenbank für unverlangte Einsendungen eingab – sie konnte den Telefonhörer jetzt schon so gut balancieren, dass sie das Tippen nicht einmal unterbrechen musste.

»Eclipse Redaktionsabteilung«, sagte sie ganz automatisch und trug ›Mord in moderner Form‹ in die Spalte ›Erhaltene Manuskripte‹ ein. Kate konnte jetzt schon ›Mord‹, ›Tod‹, ›morgen‹ und ›amerikanisch‹ tippen, ohne auf die Tasten sehen zu müssen.

»Kate, hier ist Jennifer. Bitte kommen Sie doch zu einer kurzen Unterhaltung in mein Büro.«

Wie in den schlechten Kriminalromanen gefror Kate das Blut in den Adern. Jennifer musste etwas über das Fax herausgefunden haben.

»Gut«, piepste sie und hängte auf, da Jennifer ebenfalls aufgelegt hatte.

Als sie um die Tür von Jennifers Büro blickte, sah sie, dass Isobel, Richard und Megan schon alle Sitzgelegenheiten besetzt hatten. Sie alle sahen auf, als sie hereinkam. Megan umklammerte eine Schachtel Papiertaschentücher, und ihre Augen waren gerötet.

Kate spürte, dass sie rot wurde – eines der klassischen Zeichen von Schuld, mit dem ihr Körper sie verriet. Darüber hinaus verschränkte sie die Arme und begann auf der Lippe zu kauen. Würde Jennifer sie gleich vor den anderen Assistenten herunterputzen? Obwohl es Elaines Fehler gewesen war? Die Ungerechtigkeit erfüllte sie mit einer Wut, die ihre Knie weich werden ließ.

»Ach, Kate.« Jennifer lächelte hochnäsig wie ein Afghanischer Windhund mit Lockenwicklern. »Dann sind ja alle da. Schließen Sie die Tür.«

Kate schloss die Tür und lehnte sich locker dagegen. Für sie war nur die Fußbank übrig geblieben, und es war eine einfache Sache der Geometrie, dass ihre Knie ihren Hintern überragen würden und Jennifer und auch Richard, wenn er sich nach ihr umdrehte, ihr bequem unter ihren flatterigen kurzen Rock schauen konnten, wenn sie sich darauf setzen würde.

»Sie werden mittlerweile alle wissen, dass wir das Emma-Ball-Buch nicht bekommen haben«, sagte Jennifer und legte ihre Finger zu einer Pyramide zusammen.

Kate bemühte sich, Isobel mit einem Blick um Hilfe zu bitten, doch Isobel war offenbar fasziniert von Jennifers glitzernden Ohrringen.

»Und Sie werden auch wissen, dass ich sehr enttäuscht bin, *wirklich sehr* enttäuscht«, fuhr Jennifer fort. Richard schob sich die Brille auf der spitzen Nase hinauf und kritzelte emsig etwas auf seinen Notizblock. Kate schloss die Augen.

Jennifers Stimme wurde schärfer. »Genauer gesagt bin ich *fuchsteufelswild* darüber, dass uns dieses Buch entgangen ist, weil es einen Aspekt abdeckt, den wir hier dringend brauchen. Darüber bin ich mir durchaus im Klaren. Was wir auf unserer Bücherliste benötigen, ist eine junge, schwungvolle, aufreizende Belletristik. Belletristik, die sich hervorragend auf Supermarkt-Regalen macht, aber gleichzeitig mit den Besten um literarische Preise konkurrieren kann. Autoren, die wir unter der Rubrik Lebensstil in der *Sunday Times* unterbringen können und auch in der Literaturbeilage der *Times*. Bücher, die den 20-plus-Markt nach dem Motto anheizen: ›Hey, das bin ich, das ist mein Leben‹.«

Kate sah auf. Jennifer hatte jetzt die Augen geschlossen und schien wie in einer Schutzhülle zu sprechen. Nun baute Isobel in spöttischer Nachahmung auch eine Pyramide mit den Händen und faltete sie mit perfekter Präzision in dem Moment, als Jennifer die Augen wieder öffnete.

»Und hier kommen Sie nun ins Spiel.«

Richard hörte überrascht auf zu schreiben. Ein zerknülltes Papiertaschentuch fiel unbemerkt von Megans Knie herab.

»Ich möchte, dass *Sie* diese neuen Autoren finden. Autoren, die noch nirgends unter Vertrag sind – unentdeckte und von niemandem vertretene Talente. Ich bin sicher, dass Sie

Freunde vom College her haben, die immer gedroht haben, Bücher über Sie alle zu schreiben. Also, gehen Sie hinaus und bringen Sie sie dazu, genau das zu tun. Nehmen Sie diese Bücher und bringen Sie sie hierher.« Ein fanatischer Glanz erhellte ihr Gesicht.

Richard und Megan öffneten gleichzeitig die Münder, doch Jennifer hob eine Hand. Megan nieste trotzdem. »Wir werden alle Einzelheiten in der nächsten Strategie-Konferenz diskutieren, doch ich wollte Sie schon einweisen, ehe ich zu einem zweiwöchigen Urlaub das Büro verlasse. Kate, können Sie noch eine Minute hier bleiben, bitte? Wir müssen noch etwas miteinander besprechen.«

Die anderen gingen im Gänsemarsch hinaus. Kate entfernte sich steif von der Tür.

»Taschentuch!«, bellte Jennifer und deutete auf den Boden.

»Oh Gott, Entschuldigung, Jennifer.« Megan wirbelte herum, nahm das verirrte Tuch auf und nieste hinein.

Jennifer zuckte zusammen.

Kate setzte sich auf Megans Stuhl und hielt sich an den Seiten fest.

»Tür!«

»Oh, richtig, ja«, sagte Megan und schloss die Tür hinter sich.

Jennifer wartete, bis die Tür ins Schloss fiel und Megans Sandalen sich klappernd auf dem Gang entfernten und sagte dann: »Kate, Sie sind jetzt ja schon mehr als zwei Monate hier, nicht wahr?«

Sie lächelte, doch Kate war sich nicht sicher, wie sie das interpretieren sollte. Jennifers Lächeln war häufig drohend. »Ja, das stimmt«, erwiderte sie vorsichtig.

»Und Sie haben langsam den Dreh raus, ja?«

»Ganz gut.« Kate versuchte, bescheiden aber kompetent zu wirken. »Ich lerne recht schnell, hoffe ich.« Wenn man sie wegen des Faxes feuern würde, hatte sie keine Möglichkeit mehr, auf ihrem Weg nach unten Elaines Dummheit zu decken.

»Jaaaaa«, sagte Jennifer. »Abgesehen von ein oder zwei kleinen Schnitzern? Nun, ich wollte mit Ihnen über…«

Das Telefon klingelte, und Kate erkannte Isobels Stimme. »Jennifer, der Empfang sagt, dass Rose Ann Bartons Agent telefonisch mitgeteilt hat, dass Rose Ann ins Büro kommt und mit Ihnen essen gehen möchte.«

Zu Kates Überraschung wurde Jennifers Gesicht blass. »Gut, sagen Sie ihnen, dass sie ihr sagen sollen, dass ich in fünf Minuten vor dem Haus sein werde. Sie muss nicht hereinkommen.« Sie legte den Hörer ab. »Oh je«, sagte sie zu Kate und kehrte zu ihrem Lächeln zurück. »Das tut mir Leid. Es sieht so aus, als müssten wir unsere kleine Unterhaltung auf die Zeit nach meinem Urlaub verschieben.«

Kate atmete aus und ließ die Schultern sinken. »Ja, gut.« Sie stand auf und traute sich zu sagen: »Ich wünsche Ihnen einen schönen Urlaub.«

»Martha's Vineyard ist immer himmlisch, wenn die Tagestouristen weg sind«, sagte Jennifer, während sie Bücher und Stifte in ihre Tanner-Kroll-Tüte schob. Dann fügte sie düster hinzu, als Kate schon die Hand an der Türklinke hatte: »Aber wir müssen uns wirklich ernsthaft über ein paar Dinge unterhalten. Wirklich wichtige Dinge. Ich werde Isobel bitten, einen Termin im Kalender zu reservieren. Setzen Sie sich mit ihr in Verbindung.«

Kate floh.

Isobel hatte drei Terminkalender auf ihrem Schreibtisch. Ihren eigenen Tischkalender, in dem die Fahnenabgabedaten, die Veröffentlichungsdaten und die Daten der Werbeveranstaltungen in verschiedenen Farben eingetragen waren; Jennifers Tischkalender mit Daten der Arbeitsessen, der Werbeveranstaltungen und Bestrafungsaktionen in Jennifers und Isobels sehr unterschiedlichen Schriften und Jennifers privaten Kalender, der die Termine der Schulfahrten, der Kindermädchen und der Treffen der Nachbarschaftswachen enthielt.

Megan saß jammernd auf Isobels niedrigem Aktenschrank.

»Sie will doch nur, dass wir unerfahrene Leute finden, die sie dann kostenlos ausbeuten kann. Und Richard wird all seine revoltierenden Freunde dazu bringen, Bücher über *Star Trek* oder Kobolde zu schreiben, damit er sie dann redigieren kann und… Oh, hi, Kate.« Da Megan Kate nicht ansah, vermutete sie, dass Isobel ihr von dem Fax erzählt hatte.

»Hast du diesen Anruf erfunden, um mich vor dem Tod durch Niederbrüllen zu retten?«, fragte Kate, während sie in Isobels Schreibtisch nach einer Dose Red Bull suchte.

»Nein. Rose Ann kommt niemals ins Haus. Jennifer muss sie draußen treffen. Und das läuft auch immer kurzfristig ab.« Isobel riss eine Tüte mit Riesensmarties auf und begann, sie nach Farben zu sortieren. »Aber immerhin ist sie jetzt zwei Wochen lang weg. Ich glaube nicht, dass sie nach dem Mittagessen noch zurückkommen wird.«

»Und es ist Wochenende!« Megan stahl sich ein orangefarbenes Smartie und hatte es schon im Mund, noch ehe Isobel protestieren konnte.

»Hast du etwas Schönes vor?«

Isobel öffnete ihren Terminkalender und betrachtete ihn mit dem Lächeln einer Katze. »Nun, wenn heute Freitag ist, dann treffe ich mich mit John. Dem Arzt.«

»Ooooh«, sagte Megan. »Doktor John.«

Kate seufzte missbilligend. »Isobel, ich möchte ja nicht wie Claire Rayner klingen, aber das Ausgehen mit all diesen verschiedenen Männern wird Will nicht davon überzeugen, dass du ihn vermisst und zu ihm zurückkommen willst. Das macht einfach den Eindruck, als ob du wirklich zu diesen verrückten untreuen Frauen gehörst.«

Isobel schüttelte ihren Zopf. »Es macht Spaß. Ich mag es. Nach drei Jahren kennt man den Inhalt der Sockenschublade eines Mannes ein wenig zu genau, glaub mir.«

»Und Sie, Kate?«, fragte Megan.

»Sie wird zu Hause herumsitzen und den einen einzigen Mann vermissen, während sie zwei andere an die Wand redet«, erwiderte Isobel bissig, während sie die Kappe eines Federhalters abnahm.

Kate zischte. »Werde ich nicht. Ich werde wie ein braves Mädchen meine Manuskripte lesen und mir darüber Sorgen machen, was Jennifer mit mir besprechen will, wenn sie aus dem Urlaub zurückkommt.«

»Um zehn Uhr dreißig am Montag in vierzehn Tagen«, fügte Isobel hinzu. Sie trug den Termin in Jennifers Kalender ein und übertrug ihn für Kate auf einen Post-it-Zettel.

»Wie auch immer«, sagte Megan. »Kommt ihr nicht zu Sarahs Geburtstagsumtrunk in die Produktionsabteilung?«

Sie schüttelten die Köpfe und Megan zuckte die Achseln. »Wie ihr wollt.« Megan glitt von dem Aktenschrank herunter, klapperte den Gang entlang und sammelte Begleiter zum Mittagessen auf dem Rückweg zu ihrem Schreibtisch ein.

»Mach dir keine Gedanken über sie«, sagte Isobel, als sie sah, dass Kate Megans sich entfernendem Rücken besorgt nachschaute. »Das kleine Madamchen. Sie ist gar nicht so großartig, wie sie glaubt. Ich musste ihre letzte Beurteilung tippen.«

Kate liebte den Freitagabend, weil beide Jungs aus waren und sie so tun konnte, als ob das Haus irgendwo anders hin transportiert worden sei, dorthin, wo sie gerade sein wollte. Es war außerdem einer von Teresas Putztagen, also war es sogar sauber.

Sie begann den Abend damit, dass sie alle Manuskripte, die sie nach Hause mitgebracht hatte, hinter den Tisch in der Diele warf, wo sich die Post stapelte und sich einen starken Espresso machte, den sie in einem Zug austrank. In ihrem Zimmer zog sie sich die Kleider aus und genoss nach der schmutzigen Wärme in der U-Bahn und im Büro die kühlende Luft auf ihrer Haut. Sie ging zum Badezimmer hinüber, ließ sich ein Bad ein und schmierte eine reinigende Heilerde-Maske dünn aufs Gesicht. Dann legte sie sich eine halbe Stunde lang in die Badewanne, spielte mit Harrys Gameboy und hörte sich auf Virgin Radio die Sendung *Wheels of Steel* an.

Was für eine Wonne, dachte Kate und wackelte mit den Zehen über dem Schaum herum, während der Espresso durch ihren Körper sauste. Ich sollte wirklich überlegen, was ich für Giles' Empfang tun werde. Der zehnte November. Wirklich nicht mehr weit entfernt. Ungefähr so lange, bis die Fahnenabzüge von Rose Anns neuem Buch von der Druckerei zurückkommen. Gar nicht mehr viel Zeit, wenn man all die Dinge bedenkt, die bis dahin erledigt werden müssen.

Sie ließ etwas mehr heißes Wasser in die Badewanne, indem sie den Hahn mit den Zehen aufdrehte. Mehr als die Hälfte der sechzehn Montage hatte sie hinter sich. Sie dachte an Giles. In allen Ferien, die sie getrennt verbracht hatten, hatte sie sich nie mehr nach ihm gesehnt als hier in dieser zu heißen und zu geschäftigen Stadt. Sie vermutete, dass das teilweise daran lag, weil sie sich ständig daran erinnerte, warum sie überhaupt hier war: um auf seine Rückkehr zu warten. Sie war hier, weil er nicht hier war.

Sie ließ sich unter den Schaum gleiten, bis nur noch ihre Nase aus dem Wasser heraussah. Das warme Wasser machte sie scharf, und sie ließ ihre Hand versuchsweise über ihren glitschigen Oberschenkel gleiten. Ihre Haut war glänzend und glatt wie bei einer nassen Robbe und noch immer erstaunlich haarlos nach der Wachsbehandlung. Es kam ihr vor, als seien Jahre vergangen, seit Giles zuletzt mit der Hand über ihren Oberschenkel gestrichen hatte, um die Zartheit nach der Behandlung bei Harvey Nichols zu prüfen, und nicht nur neun Wochen. Neuneinhalb Wochen, um genau zu sein.

Das Telefon klingelte in der Diele. Kate ließ die Hand über den Bauch gleiten und dachte an Erdbeeren. An Erdbeereis, das Giles damals von ihrem Bauch geschleckt hatte. Wie lange war es her, dass sie ihn zuletzt geküsst hatte? Selbst elementare Sinnesempfindungen verblassten so schnell.

Das Telefon klingelte weiter. Der Anrufbeantworter lag in Einzelteilen in einer Schachtel in Harrys Zimmer. Wer immer auch anrief, er war entweder sehr hartnäckig oder hatte schlechte Nachrichten zu übermitteln. Kate überlegte, wie schlecht die Neuigkeiten sein könnten. Es konnte auch Dant sein, der Harry volltrunken bitten wollte, ihn nach einer Party zu retten, die die ganze Nacht über gedauert und gerade geendet hatte. Praktisch niemand rief mehr für sie an. Nicht einmal ihre Mutter, nachdem nun der Abendschulunterricht wieder an den Wochentagen begonnen hatte.

Das Telefon klingelte noch immer. Es mussten wirklich schlechte Nachrichten sein. Dant hätte mittlerweile die Geduld verloren. Mit verärgertem Schnauben überging Kate den dumpfen Schmerz der Enttäuschung, der sich in ihrem Körper ausbreitete und hievte sich aus der Wanne. Das Handtuch, das sie über die Wärmestange gehängt hatte, hatte sich nicht erwärmt und fühlte sich seit der Morgentoilette noch immer feucht an, als sie es nun um sich wickelte und ihre wenig hilfsbereiten Füße die Schlappen fanden.

Nach dem dampfigen Bad war es in der Diele kühl, und sie bekam eine Gänsehaut auf den Armen.

»Hallo?«, bellte sie, nachdem sie das Telefon fast von der Wand gerissen hatte.

»Katie?«

Kate schnappte aufgeregt nach Luft.

»Giles! Oh mein Gott, wie schön, deine Stimme zu hören! Ich habe gerade an dich gedacht!« Die ganze Distanz, die sie mit ihren Postkarten vorgetäuscht hatte, löste sich in einem koffeinhaltigen Glücksrausch auf. Sie schloss die Augen, um ihn besser hören zu können. Es war verrückt, seine Stimme in diesem Haus zu hören, das er nie gesehen hatte.

»Ich rufe aus dem Büro an.« Sein gemessener Ton warnte sie, dass er nicht frei sprechen konnte, doch Kate war viel zu aufgeregt, um darauf Rücksicht zu nehmen.

Dant und Harry hatten tolle Stimmen, doch am Telefon schaffte Giles es noch immer, dass sie sich nackt fühlte, nur weil er mit ihr sprach. Auf diese Art konnte er die harmlosesten Bemerkungen erotisch klingen lassen – wenn er wollte – was sie normalerweise in einen zitternden Zustand fügsamer Minderwertigkeit versetzte, ungeachtet dessen, was er sagte. Und für jemanden, der vom Büro aus anrief, sprach er nun in seiner besten Schlafzimmerstimme.

»Hier ist es ungefähr sieben, dann muss es bei dir Mittagszeit sein.« Kate zog ihr Handtuch fester um sich. »Du hast mich aus der Badewanne geholt. Außer einem Handtuch habe ich nichts an.«

»Wirklich?« Das Interesse in Giles' Stimme war unüberhörbar. Kate lächelte glücklich.

»Oh ja. Allerdings«, sie ließ das Handtuch zu Boden fallen, »huch, jetzt ohne Handtuch.«

Giles lachte durch die Leitung und hustete dann. »Hör mal, Katie, so gern ich auch mit dir über Handtücher sprechen würde, muss ich jetzt zur Sache kommen.«

Also war das gar kein zweckfreier netter Anruf? Ein Schauer der Verwundbarkeit lief Kates Wirbelsäule hinauf. Sie zog das Handtuch mit dem Fuß näher zu sich.

»Ich habe gerade ein paar tolle Neuigkeiten erfahren, von denen ich weiß, dass du sie nicht ganz so toll finden wirst. Doch ich wollte dich sofort davon unterrichten. Ich habe es erst heute Morgen erfahren.«

»Schieß los«, sagte Kate sanft und strich sich über die Gänsehaut, die sich auf ihrem Arm gebildet hatte. »Ich habe den Brief gelesen. Ich schalte doch nicht ganz ab, wenn du über den internationalen Rentenmarkt sprichst und all diesen Kram.« Sie lehnte sich gegen die Wand und erinnerte sich daran, wie sexy er in seinem Anzug ausgesehen hatte. In seinen Anzügen, sollte sie wohl sagen. Denn er hatte Mengen davon. »Also los, was hast du verbrochen?«

Es entstand eine winzige Pause zwischen ihnen, und sobald Kate den gezwungen klingenden strahlenden Ton in seiner Stimme hörte, wusste sie, dass sie jetzt gleich etwas Schreckliches erfahren würde. Eine andere Frau? Irgendeine Krankheit? Entlassung? Sie fühlte sich entsetzlich verletzlich und blind an ihrem Ende der Telefonleitung, da sie weder in seinem Gesicht lesen noch seine Hände halten konnte.

»Man hat mich aus dem laufenden Programm für Hochschulabsolventen hinausbefördert.«

»Oh, aber das ist doch fantastisch!« Kate atmete einigermaßen erleichtert aus. Beförderung. Nur eine Beförderung. »Natürlich sind das tolle Nachrichten. Gut gemacht! Was für ein Star!«

Wieder war da eine Pause. »Hmm. Tja, man hat mich für ein anderes Projekt vorgesehen. Doch das bedeutet, dass ich bis Weihnachten hier bleiben muss.«

Die Pause wurde zu einem Duett der Stille. Kates Mund öffnete sich zu einem lautlosen Schrei. Weihnachten. Das war – in ihrem Kopf drehte sich alles – ja noch dreizehn Wochen entfernt! Ihr Gesicht verzog sich wie bei einem kleinen Mädchen.

»Katie? Bist du noch dran?« Giles klang besorgt und sogar schuldbewusst.

»Aber ich *brauche* dich hier!«, sagte Kate gegen ihren Willen. Sie wollte die Worte sofort zurücknehmen, doch das war nicht mehr möglich. Sie öffnete die Augen und sah, dass die Überreste des gestrigen Abendessens auf dem Küchentisch klebten und hätte am liebsten in kindlicher Enttäuschung mit dem Fuß aufgestampft.

»Es tut mir wirklich Leid, aber es sind ja nur ein paar Wochen zusätzlich, und ich kann es einfach nicht ablehnen – es ist einfach eine tolle Chance. Kate?«

Kate biss sich auf die Lippe. Sie war von einem widerspenstigen Schweigen erfüllt und dem Wunsch, überhaupt nichts mehr sagen zu müssen. Sie konnte sich Giles nicht einmal mehr vorstellen, und das Einzige, was in ihrem Kopf war, war der irritierende Chor aus ›Rock Me, Amadeus‹, das letzte Lied, das sie im Radio gehört hatte, ehe das Telefon zu klingeln begonnen hatte. Sie wollte gern etwas Freundliches sagen, doch die einzigen Worte in ihrem Kopf waren ›Amadeus, Amadeus, Amadeus‹, herauf und herunter in zwei Noten.

»Kate?« Giles klang jetzt noch besorgter »Kate, bitte sag, dass du dich für mich freust. Ich dachte, dass du dich für mich freust.«

»Natürlich freue ich mich«, sagte Kate automatisch. Konnte er nicht hören, dass sie log? Spielte das eine Rolle? »Ich habe nur… gehofft, dass du früher zurückkommen würdest. Ich hatte Pläne gemacht«, fügte sie hinzu und drehte damit gegen ihren Willen das Messer in der Wunde herum.

»Aber dein Brief klang so, als hättest du dich wirklich eingelebt.« Giles bewegte sich jetzt wieder auf festerem Grund. »All diese Intrigen in der Arbeit, und diese tolle Geschichte über deinen Mitbewohner, wie heißt er noch gleich? Darius?«

»Dant.«

»Dant, ja. Es war ein wunderbarer Brief. Ich liebe ihn. Er war so, als würdest du mit mir sprechen. Ich habe ihn immer wieder gelesen.« Kate stellte entsetzt fest, dass er die Stimme gesenkt hatte – als ob er sich schämte, mit ihr vom Büro aus zu sprechen. Er war ihr jetzt ferner denn je.

Ein paar Momente lang atmeten sie sich schweigend an und waren unfähig, etwas zu sagen, das die Dinge nicht noch schlimmer machte, als sie ohnehin schon waren. In diesem Schweigen dämmerte es Kate, dass sie, wenn Giles im November nicht zu ihrer Rettung kommen würde, die Suppe in der Arbeit würde auslöffeln müssen, die sie sich eingebrockt hatte, und nicht nur den einen übrig gebliebenen Monat nach Jennifer Spencers Rückkehr aus dem Urlaub, sondern auch noch fünf Wochen länger. Der Gedanke machte sie ganz krank.

»Giles, ich vermisse dich so viel mehr, als ich für möglich gehalten habe.« Er hatte Recht gehabt, dass sie eine Weile lang nicht miteinander hatten sprechen sollen: seine Stimme jetzt zu hören, rührte alles wieder auf. Tränen gurgelten in ihrem Hals.

»Sag das bitte nicht, Kate«, sagte Giles.

Kate konnte die Verzweiflung in seiner Stimme hören und hasste sich dafür, dass sie sich nicht wie eine Erwachsene verhalten konnte. Es war doch auch für ihn schwer, dort drüben allein zu sein und unter so viel Druck arbeiten zu müssen. Ja, *natürlich*, sagte die sarkastische Stimme in ihrem Kopf.

»Bei dir wird alles klar gehen. Bis Weihnachten ist es gar nicht so lange, und wir werden das schönste Weihnachtsfest miteinander feiern. Das verspreche ich dir. Ich werde dir aus Amerika alles mitbringen, was du dir wünschst. Wir gehen irgendwo ganz allein hin.« Er seufzte. »Ich wollte es dir doch nur so schnell wie möglich sagen, damit du dich an den Gedanken gewöhnen kannst und nicht eine Woche vor meiner geplanten Rückkehr davon überrascht wirst.«

Kate war innerlich hin und her gerissen zwischen dem starken Impuls, das Telefon hinzuschleudern und sich heftig weinend aufs Bett zu werfen und dem gleich starken Wunsch, seine Stimme so lange zu hören wie sie konnte. Sie würde jetzt trotzdem nicht weinen. Nicht am Telefon – das wäre nicht fair.

»Giles, ich weiß, dass ich jetzt nicht so klinge, aber ich bin wirklich stolz auf dich«, brachte sie mit gepresster Stimme heraus. »Du bist so begabt, und du solltest wirklich dort bleiben und alles mitmachen, was du kannst.« Sie wollte sagen: ›Ich bin hier, wenn du zurückkommst‹, doch das klang doch zu sehr nach einer Grabinschrift.

»Ich wusste, dass du es verstehen würdest«, sagte Giles mit hörbarer Erleichterung. »Und ich bin froh darüber, dass du dich ohne mich dort auf eigene Füße gestellt hast. Hast du dich schon mit Selina zu einem Drink getroffen? Sie sagte, dass sie dich anrufen und sich mit dir verabreden würde.«

Tritt mich doch ruhig, wenn ich schon am Boden liege, dachte Kate. *Mitleidstrinken mit Selina? So einsam bin ich nicht.* »Nein, sie hat nicht angerufen, aber sie hat… oh, ich habe mich bei dir noch gar nicht für die Stereoanlage bedankt. Das hat mir so gut getan. Ich höre dauernd…«

Ein gedämpftes Geräusch drang durch die Leitung. Giles beantwortete eine Frage in einer anderen Sprache. Französisch? Kate spitzte die Ohren.

»Kate, es tut mir Leid, aber ich muss Schluss machen. Dieser Handel, von dem ich dir im Brief geschrieben habe, wird per Post abgewickelt und ich muss mit einigen Leuten in Paris sprechen. Ich freue mich schon so sehr, dich wiederzusehen. Wirklich.«

»Ich mich auch«, sagte Kate mit sehr kleiner Stimme. »Ich liebe dich, Giles.«

Seine Stimme senkte sich zu einem Flüstern herab. »Ich liebe dich auch. Leg dir das Handtuch wieder um, damit du dich nicht erkältest.«

Trotz allem überlief sie ein Schauer.

»Tschüs«, flüsterte sie. Heiße Tränen rannen ihr über die Wangen und gruben sich dort durch die Gesichtsmaske, die jetzt durchgetrocknet war und auf ihrer Haut spannte.

»Tschüs.« Fest aber mitfühlend.

»Tschüs.«

Giles atmete traurig ein. »Ich schreibe dir, sobald ich heute Abend nach Hause komme, okay?«

»Tschüs.« Aus einem Impuls heraus hängte Kate den Hörer auf, noch ehe sie das Klicken am anderen Ende hörte und bereute es sofort. Der Geruch der Teller, die zu lange im Spülbecken gestanden hatten, schlug ihr auf den Magen.

Wie ein Zombie ging sie zurück ins Bad und sah sich ihr Gesicht an. Der Schlamm blätterte neben den dunkleren grauen Tränenspuren in weißen Flocken ab. Elizabeth I meets *Die Nacht der lebenden Toten* sah ihr entgegen. Das klang wie einer von Jos blöden Thrillerfehlschlägen, die sie in der Redaktionskonferenz vorstellte.

Sie wusch das alles ab, ließ das kühle Badewasser ab, zog sich ihre ältesten Jeans und das erste T-Shirt an, das ihr unter die Finger kam und machte sich auf die Suche nach einer Flasche Wein.

Kate hörte das Klopfen an ihrer Zimmertür, als die Musik zu Ende war. In der vergangenen Stunde hatte sie sich durch jeden einzelnen Song gearbeitet, der sie an Giles erinnerte, und als sie alle gespielt hatte, spielte sie die, die sie an frühere Freunde erinnerte, während sie immer trübsinniger und betrunkener wurde. Sie hatte geweint, bis sie keine Tränen mehr hatte. Was erstaunlich lange gedauert hatte.

»Kate?«

Tock, tock, tock.

Geh weg, ich sterbe, dachte Kate. Sie kippte das, was noch in der Weinflasche war, in den Becher und war überrascht, wie wenig nur noch herauströpfelte. Sie trank es trotzdem in einem Zug aus.

»Kate?«

Tock, tock, tock.

Während sie verschiedene tragische Szenen in ihrem Kopf durchspielte, konnte Kate sich nicht entscheiden, ob sie so tun sollte, als sei sie nicht da, um sich verstecken und in Frieden in ihrem Elend herumstochern zu können, oder es Mitleid erregend zur Schau zu stellen. Sie versuchte, sich aufzusetzen und entdeckte, dass ihr plötzlich sehr schwindelig war. Und ihr linker Fuß war eingeschlafen.

»Kate, ich weiß, dass du dort drin bist. Dant sagt, wenn er sich noch einmal die Kassette anhören muss, die du ständig gespielt hast, wird er hereinkommen und sich eigenhändig mit dem Brotmesser von dir befreien.«

Harrys Kopf tauchte um die Tür herum auf. Er rümpfte entsetzt die Nase. »Verdammt noch mal. Was hast du denn getrunken?«

Kate sah unglücklich auf.

»Rotwein«, diagnostizierte Harry. »Du hast einen hübschen Rotweinbart.« Er kam herein und hob die Flasche an. »Das hast du alles allein getrunken? Es ist erst halb neun!«

»Wirklich?« Kate war überrascht. Sie hatte gedacht, dass es schon viel später wäre.

»Hör mal«, er stellte die Flasche ab, »du kannst nicht hier drin alleine trinken. Das ist schon mal unsozial. Warum kommst du nicht mit uns mit? Dant und ich gehen mit ein paar Freunden in die Stadt.«

Kate sah ihn teilnahmslos an. Er trug ein hübsches blaues gebügeltes Hemd und ein weißes T-Shirt, das darunter gerade noch sichtbar war. Er hatte sich auch kürzlich rasiert, wie sie an dem eindeutigen Duft nach Eau de Horn feststellen konnte, der in der Luft hing. Harry sah stark, besorgt und freundlich aus. Sie wollte ihn gern umarmen, doch sie hatte noch immer genügend nüchterne Momente, um zu wissen, dass das keine gute Idee war.

»Ein bisschen tanzen? Eine Kleinigkeit essen? Du musst nicht glücklich sein, wenn du nicht willst.«

Kate nickte. »Ich muss mich aber noch umziehen«, sagte sie vorsichtig, damit er nicht dachte, dass sie vor Trunkenheit nicht sprechen konnte.

»Na, klasse.« Harry sah erleichtert aus. »Komm in fünf Minuten ins Wohnzimmer. Braves Mädchen.« Sein Kopf verschwand.

Kate sah sich in ihrem unordentlichen Zimmer um, in dem überall Erinnerungen an Giles herumlagen. Doch sie würde nicht zulassen, dass sie heute Nacht an Giles dachte, sonst würde sie sich um Mitternacht am Victoria Bahnhof mit ihrem Rucksack und einer Fahrkarte nach Hause wiederfinden. Sie beugte sich vorsichtig zu dem Kalender hinüber, mit dem sie die Tage bis zu Giles Rückkehr gezählt hatte und riss ihn von der Wand. Dann zog sie sich mit einigen Schwierigkeiten das alte T-Shirt über den Kopf, wühlte in ihrer Schublade nach einem ausgeschnittenen Oberteil und besprühte sich ganz automatisch mit Parfum.

Mitten im Sprühen fiel ihr ein, dass Harry, Dant und wer

auch immer mit ihnen mitfuhr allzu viel Mühe gar nicht wert waren. Da sie Dant und Harry kannte, war es kaum anzunehmen, dass sie irgendwohin gingen, wo es nett war. Doch solange sie sie in einem Zustand des Vergessens anschließend nach Hause brachten, war es ihr egal, wohin sie gingen.

17

»Du heißt also Oscar?«, rief Kate über das hohe Kreischen hinweg.

»Nein, *Tosca*«, sagte Tosca schon zum fünften Mal.

»Tosser?«

»*Tosca!*«

Kate verdrehte die Augen theatralisch. »Ich kann kein Wort verstehen, tut mir Leid.«

Die Bedienung hatte endlich Dants Bestellung aufgenommen, die er ihr mühsam auf der Plastikkarte gezeigt hatte, lehnte sich über den Tisch und schrie, um sich verständlich zu machen: »Sie möchten also als Erstes das Menü-Allerlei für sieben haben, dann zwei Karaffen Rotwein, eine Karaffe Weißwein für die Dame, eine weitere Runde Ouzo und das Tagesgericht.«

Harry hob zustimmend die Daumen. Ein Wonderbra kam aus dem Nichts angeflogen und wickelte sich um seinen Hinterkopf. Es war zwar unglaublich, doch der Pegel an Geschrei stieg noch mehr an. Mit breitem Grinsen prüfte er die Körbchengröße und schleuderte den BH zu dem Tisch zurück, von dem er gekommen zu sein schien – doch da er die Auswahl unter vier hysterischen Kaffeekränzchen hatte, konnte er nur raten.

Kate hatte eine Weile das Gefühl, dass sie sich in Zeitlupe bewegte und auch sprach, doch das war ihr nach der ersten Runde Ouzo egal, der antiseptisch schmeckte und narkotisch wirkte.

»Also Tosser«, versuchte sie es wieder, »du musst ein glücklicher Mann sein.«

»Nicht dass ich wüsste«, erwiderte er mit verwirrtem Blick. Dann glitt ein lüsterner Ausdruck über sein pockennarbiges Gesicht. »Es sei denn, du belehrst mich eines Besseren.«

Kate schrak zurück und wandte sich an Dant, der auf der andere Seite neben ihr saß. »Was für ein Scheißtyp«, vertraute sie ihm lauthals an.

Dant lachte.

Zum ersten Mal, seit sie eingezogen war, dachte Kate, dass Dant leidlich attraktiv aussah in dem schwarzem Polohemd und seinen Jeans. Wie immer hatte er einen Ausdruck überlegenen Vergnügens in den Augen, und er hatte es auch nicht für nötig gehalten, sich zu rasieren, doch der kratzige Schatten seiner dunklen Bartstoppeln passte gut zu seinem verwühlten Haar. Es war erstaunlich genug, dass er in der Öffentlichkeit in der Lage war, das Aussehen ›so struppig, dass es schon fast gut aussehend ist‹ eines männlichen Models herüberzubringen. Wenn sie nicht wüsste, wie er sich zu Hause verhielt, dachte Kate, wäre er fast attraktiv. Rein theoretisch.

Dant beugte sich dichter zu ihr herüber, um ihr ins Ohr flüstern zu können. »Kate, deine Hose ist offen. Das begeistert Tosca wahrscheinlich.«

Kate sah herab und stellte fest, dass das nicht ihre Jeans mit Knopfverschluss waren. Sie hatte den oberen Knopf geschlossen, als sie das letzte Mal auf der Toilette gewesen war, doch an den Reißverschluss hatte sie gar nicht gedacht. Mühevoll hielt sie den Atem an und zerrte ihn hoch. Der Reißverschluss gab auf halbem Weg seinen Geist auf. Aus irgendeinem Grund machte ihr das viel weniger als sonst aus, und sie schob ihre Serviette in den Hosenbund, um den offenen Spalt zu verstecken.

»Dant.« Lange Lücken schienen zwischen den einzelnen Worten zu entstehen. »Wir sind hier in…«

»In der Tottenham Court Road«, half Dant ihr. »Das ist das griechische Restaurant ›Kebabarama‹.«

»Und umgeben von Kaffeekränzchen.« Kates Blick fixierte eine Frau, die ihren BH durch den Ärmel ihrer Bluse auszog und entschlossen zu ihrem Tisch herübersah.

»Ja.«

»Liege ich dann richtig, wenn ich glaube, dass wir hier einen… Junggesellenabschied veranstalten?«

»Ja und nein.« Dant stand auf und fing den BH auf, noch ehe er Harry wieder treffen konnte und gab ihn an Tosca weiter, der ihn eifrig zu untersuchen begann.

Kate war beeindruckt davon, wie unbeeinträchtigt Dants Hand-Augen-Koordination war. »Warum bist du nicht… betrunken?«

»Weil ich kleines Mädchen viel mehr vertragen kann als du, und außerdem hast du schon angefangen, bevor wir nach Hause kamen.«

Durch die Watte hindurch, die Kate umgab, registrierte etwas in ihrem Kopf, dass das die längste Unterhaltung war, die sie je mit Dant geführt hatte.

»Wirst du heiraten?«

»Verdammt noch mal, nein.«

»Harry?«

Dant lachte niederträchtig.

Kate sah sich langsam am Tisch um. Harry spuckte Olivensteine in eine Schüssel und bekam offenbar nicht mit, dass das an dem Tisch hinter ihnen zu feuchten Höschen führte. Seth kannte sie; Oscar, ein ekelhaft glotzender Buchhaltertyp; dann war da noch ein Rotblonder, der Igor oder Agar hieß und die gemeinsame Kasse verwaltete und schon häufiger zur Toilette gegangen war als Kate; und ein sehr großer Bursche namens Tom, an dessen Namen sie sich auch nur deshalb erinnerte, weil das das erste Vernünftige gewesen war, was sie an diesem Abend gehört hatte. Er hatte dann alles damit zerstört, dass er sagte, er habe eine Kunstgalerie – die, in der Dant tagsüber ein und aus ging. Keiner von ihnen sah so aus, dass es sich lohnte, sich mit ihm für ein ganzes Leben zu verbinden.

»Also wer wird denn nun heiraten?«, fragte Kate hartnäckig.

»Okay.« Dant legte ihr eine Hand locker auf den Arm. Sie war zu betrunken, um eine komplizierte Beleidigung zustande zu bringen, doch ihr fiel auf, wie lang seine Finger waren. »Konzentriere dich. Die Männer, die du vor dir siehst, bringen's alle nicht, selbst wenn man sie in eine Klosterschule voller Mädchen im hormonell aktiven Teenageralter sperren würde.«

Kate sah ihnen zu, wie sie sich gegenseitig mit Olivensteinen bespuckten und war geneigt, ihm zuzustimmen.

»Also, hin und wieder«, sagte Dant und nahm die Hand weg, um sich eine weitere Camel anzustecken, »wenn wir unser Singledasein leid sind, veranstalten wir einen Junggesellenabschied. Jeder wirft fünfzig Mäuse in die Gemeinschaftskasse, und der Kerl, der es am längsten nicht gewesen ist, wird zum Falschen Bräutigam ernannt. Wir gehen aus, betrinken uns in einem speziell ausgewählten Lokal, in dem garantiert viele Frauen verkehren, die krampfhaft bemüht sind, sich jeden Bräutigam an Land zu ziehen, und lassen der Natur ihren Lauf.«

»Oh mein Gott, wie grässlich!«, sagte Kate. Die Bedienung brachte ein weiteres Tablett mit Ouzo und Kate nahm ihres, ehe Tosca es austrinken konnte. »Wer ist heute Nacht der Bräutigam?«

»Tom. Ich wollte, dass es Harry wird, doch der ist viel zu nervös wegen meiner Schwester. Arschloch. Wie wir alle wissen…«

»Alle, außer Harry«, unterbrach Tosca, der sich plötzlich mit dem perfekten Timing dessen einmischte, der eine bekannte Anekdote wieder erkennt.

Kate starrte ihn an. »Glaub nur ja nicht, Tosser, dass wir mit dir gesprochen haben.«

Tosca schrumpfte sichtbar auf seinem Platz zusammen.

»Wie wir alle wissen«, fuhr Dant fort, »ist der einzige Mensch, den Cress mag, sie selber – offen gesagt, hat er genauso viel Chancen, mich zu bumsen wie sie. Also«, sagte Dant während er das Streichholz ausschüttelte, »auch wenn all diese Frauen hinter uns her sind, sind wir so kaputt, dass es noch nie eine von ihnen geschafft hat, uns an Land zu ziehen, also ist das Ganze eher akademisch.«

»Das ist eine Bezeichnung dafür.« Kate kippte ihren Ouzo, ohne sich mit dem Wasser abzugeben und schlug die Hand fort, die auf ihrem Oberschenkel herumwanderte.

Tosca goss sich Rotwein auf seine weiße Leinenhose.

Als die Bauchtänzerinnen auftauchten, war es unvermeidlich, dass das Publikum männliche Begleitung verlangte. Hoffnungslos betrunken, wie sie war, rutschte Kate verlegen von ihrem Stuhl herunter, als vier schielende Frauen, die fast ihre Sportkleidung sprengten, zu ihrem Tisch herüberwankten. Kate konnte das Ende nicht abwarten.

Eine unheimliche Treppe führte zu den Toiletten hinunter, und sie spürte in sich den wachsenden Drang, sich nach dem ersten Treppenabschnitt niederzusetzen. Kate bedeckte die Augen mit den Händen. Alles drehte sich um sie. Entfernte Alarmglocken warnten sie leise, dass sie herausfinden könnte, dass sie nicht in einer Stadt bleiben konnte, die sie nicht kannte und mit einer Meute Männer, die sie auch nicht kannte (›Und die alle nur das Eine im Kopf haben!‹, fügte die Stimme ihrer Mutter in ihrem Kopf hinzu). Oder das Alarmgeläute konnte auch nur ein durch Trunkenheit hervorgerufenes Ohrensausen sein. Oder ein Feueralarm.

Sie versuchte mühevoll, sich nicht zu bewegen oder keine plötzliche Bewegung zu machen, damit der Schwindel nicht wieder einsetzte.

Glanz, PVC, laute Musik, mit Pailletten verzierte Miniröcke, Ausgehen, Lachen, die kühlen Geordie-Mädchen in den Pubs, in die sie in Durham immer gingen …

»Gott!«, jammerte Kate, und ihre grünen Augen weiteten sich schockartig, als die erste kalte Hand der Alterspanik nach ihrem Herzen griff, »ich bin zu alt, um noch ein Popstar zu werden!«

»Oh je, das sieht ja ganz schön schlimm aus.« Eine Hand legte sich auf ihre Schulter. »Kate? Bist du okay?«

Kate sah auf. Es war Harry.

Eine Welle von Dankbarkeit für seine Fürsorge überschwemmte sie, doch die Anstrengung, nach oben zu blicken, erhöhte die Geschwindigkeit des Drehschwindels beträchtlich.

»Harry, ich werde niemals in die *Top Ten* kommen«, sagte sie mit Tränen in den Augen.

»Ach, Schätzchen!«, sagte Harry, kauerte sich neben ihr nieder und legte den Arm um sie.

Kate sah wieder nach unten und übergab sich über seine Schuhe.

Dann war da eine Lücke, die sie überhaupt nicht füllen konnte und nach der sie sich alle plötzlich in einem irischen Pub befanden und einer Band zuhörten, die ›The Irish Rover‹ spielte. Drei Guinness-Biere standen vor ihr, und der Rotblonde war verschwunden. »Mit all dem verdammten Geld«, knurrte Dant. Toms eine Wange war von zwei verschiedenfarbigen Lippenstiftspuren verschmiert, was die Folge ihres Erfolgs bei den Kaffeekränzchen-Mädchen darstellte.

»Du wirst wieder mit uns mitkommen müssen«, sagte Harry, als er den Schaum von seinem Guinness abschlürfte. Ein kleiner Mann ohne Vorderzähne winkte Kate von der anderen Seite der Bar zu, und Kate lächelte höflich zurück. »Dir ist klar, dass sie dich für das irischste Mädchen halten, das sie je zu Gesicht bekommen haben? Halte einfach nur den Mund. Und vor allem dann, wenn dir nach Erbrechen zumute ist.«

Kate hatte schon lange die Unsichtbarkeitsmauer der

Trunkenheit durchschritten (›Ist doch egal, wie ich tanze, sieht mich doch sowieso niemand an), und die Schweigemauer auch (›Ist die Frau dort drüben eine Prostituierte? Was meinst du mit ›Halt den Mund‹? Niemand kann mich hören! Ich flüstere doch nur!‹) und durchwanderte nun gerade die Zone des völligen Verlustes ihres Kurzzeitgedächtnisses. Der Lärm im Pub war unglaublich.

»Mir geht's gut«, sagte sie und nahm das Bierglas mit unsicherer Hand hoch. Wenn man sich übergeben hatte, hatte man mehr Platz im Bauch geschaffen.

»Dir ging es gar nicht gut, als ich dich von diesem Mädchen in dem griechischen Lokal weggezerrt habe.«

»Wooooarrrrrrrgggggh«, krähte Tosca, der hinter ihnen auf sein Bier wartete. Er wedelte viel sagend mit dem Arm. »Nettes Mädchen auf Mädchenanmache!«

»Halt die Klappe, oder ich klappe sie dir zu«, spuckte Kate in fettestem Dublin-Akzent aus.

Tosca und Harry starrten sie überrascht an.

»Welches Mädchen?« Offenbar wieder ganz normal, konzentrierte Kate sich auf das Trinken.

»Das, auf das du schreiend losgegangen bist: ›Isobel, tu es nicht!‹, gerade als sie mit Tom knutschen wollte.« Harry versuchte betrunken, eine Augenbraue zu heben. »Erinnerst du dich nicht mehr daran? Sie schien dich nicht zu kennen, aber du schienst zu glauben, dass du sie kennst.«

»Nein, ich erinnere mich nicht.«

»Na hoffentlich erinnert Tom sich. Sie schrieb ihm ihre Telefonnummer mit ihrem Lippendings aufs Bein. Warum habt ihr Mädchen bloß immer so viele Lippenstifte in euren Handtaschen und keinen einzigen Kugelschreiber?«

Die Band beendete ›The Irish Rover‹ und begann mit einem langsamen Lied, das sie selbst geschrieben hatten: ›The Bogs of County Galway‹. An der Bar gab es einen wilden Ansturm.

Harry nahm alle übrig gebliebenen Gläser und brachte sie zu einem Tisch, an dem Seth und Dant Bierdeckel anzündeten. Die Alarmglocken in Kates Kopf erinnerten sie daran, dass ihr noch ungefähr eine halbe Stunde blieb, bis sie zusammenklappte, und auf einem dieser Männer hier zusammenzuklappen war eine sehr schlimme Vorstellung für sie. Sie nahm sich vor, Cress zu erzählen, wie nett Harry sich mit seinen Wildlederschuhen verhalten hatte. Sie würde das begrüßen.

»Ich wollte es vorhin nicht erwähnen, aber da wir jetzt beide blau sind… warum bist du so wild darauf, dich heute Nacht ins Koma zu trinken?« Harry klang fast normal, wenn man davon absah, dass er sie anschielte, während er sprach.

»Mein Freund hat mich verlassen«, sagte Kate. Sie wusste, dass sie in ganzen – wenn auch kurzen – Sätzen sprach, doch sie konnte sich nicht weiter zurückerinnern als an den vorangegangenen Satz. »Er ist ein toller Scheißkerl. Der seine Karriere mehr liebt als mich. Aber ich liebe ihn. Und ich hasse London. Und ich hasse meinen blöden Job. Aber ich kann nicht nach Hause zurückgehen. Und ich möchte das alles vergessen. Oder ich muss einfach weinen.«

»Weine nicht.« Harry legte den Arm nicht um sie. Kate schielte ihn an, doch noch immer bot er ihr einen Arm an, und sie fühlte sich unerklärlich verärgert. »Wenigstens kommt er irgendwann zurück. Wenigstens erzählt er nicht jedem, dass du schwul bist, um sich aus dem Staub zu machen, statt mit dir zu schlafen.« Seine Augen verschwammen.

»Sowas macht sie nicht«, begann Kate, doch der Schmerz in Harrys Augen ließ sie innehalten. Vielleicht machte sie es ja doch.

Dant legte sein Feuerzeug hin. »Überleg doch mal. Du kannst jeden von uns hier haben. Seth wartet schon seit der Schulzeit auf ein nettes Mädchen wie dich.«

Kate musste nicht mal von ihrem Bier aufsehen. »Lieber würde ich sterben, prost.«

»Wer bist du eigentlich?« Tom sah Kate an, als ob er sie zum ersten Mal an diesem Abend bemerkt hätte.

»Das brauchst du nie zu erfahren.« Kate wandte sich Harry zu, der seinen eigenen elenden Gedanken nachhing. »Findest du es auch heiß hier drin?« Sie wand sich betrunken aus ihrer Jacke, was länger als sonst dauerte, weil sie darauf saß.

»Woooaaarrr… Oh, äh, 'tschuldigung«, sagte Tosca.

»Bist du Harrys Biene?«, fuhr Tom fort.

»Nein«, sagte Kate und merkte durch die Trunkenheit hindurch, dass Harry höflich genug war, das nicht wild zu verneinen.

Tom und Tosca flüsterten miteinander, bis Tom wieder aufsah und versuchte, Dant anzüglich anzugrinsen.

Kate knallte ihr leeres Glas auf den Tisch. »Mehr Bier!«

»Ich gehe«, sagte Harry, obwohl sein eigenes Glas noch halb voll war. Er stand vorsichtig vom Tisch auf.

»Also musst du…« ein lüsternes Lächeln glitt über Toscas knallrotes Gesicht, »… Dants Vogel sein!«

»Nein«, riefen Dant und Kate gleichzeitig und mit derselben Vehemenz aus.

Eine benommene Verwirrung hing ein paar Sekunden lang über dem Tisch, während die Band ihre Instrumente für die dritte und letzte Runde stimmte.

»Oh, ich hab's!« Tosca deutete mit wackligem Finger auf Kate. »Das ist eine Nacht für Kerle, wenn du also nicht Harrys Biene bist und auch nicht Dants, dann musst du…« es entstand eine Pause, als er sich die Lippen leckte, »… die Stripperin sein!«

Stille breitete sich wieder aus, als alle Männer Kate erwartungsvoll anstarrten.

»Dieser Song heißt ›My Irish Eyes Are Weeping for Waterford‹,« verkündete der Sänger und nahm seine Zinnpfeife.

»Komm nach draußen und wiederhol das dort noch mal.« Kate stellte ihr Glas ab.

Toscas Gesicht leuchtete auf. Rufe von den anderen Kerlen brandeten auf, als er aufstand und davonging und den Rausschmeißern beim Hinausgehen an der Tür großspurig zunickte.

»Oh Scheiße«, sagte Harry, der mit fünf Bier in der Hand zurückkehrte. Er stellte sie so vorsichtig wie möglich auf dem Tisch ab und griff nach seiner Jacke.

»Lass es«, Seth drückte ihn auf seinen Sitz zurück. »Tos ist abgeschleppt worden, Junge.«

»Das glaube ich nicht«, sagte Dant mit teuflischem Lächeln. »Trinkt aus, Jungs. Es ist Zeit zum Gehen.«

Harry drängte sich gerade noch rechtzeitig an Tom und Seth vorbei, um Kate durch die Schwingtüren zurückkommen zu sehen. Draußen lag Tosca lang ausgestreckt auf dem Pflaster.

»Ich möchte nach Hause gehen«, lallte Kate und torkelte gegen die Wand. »Aber erst, wenn ich einen Kebab bekommen habe.«

18

»Versuch das. Bei mir wirkt das Wunder.«

Cress nahm die Augenmaske aus dem Gefrierschrank und legte sie auf Kates schlaffes Gesicht.

Kate stöhnte. Sie lag auf dem Sofa unter einem Bettlaken. Die Sonne strömte durch die Jalousetten und ihr Kopf pochte.

»Gott, fühle ich mich schrecklich. Mir fallen nicht einmal mehr all die Vergleiche ein, mit denen ich erklären könnte, wie schlimm mein Kater ist.«

»Darüber würde ich mir keine Gedanken machen.« Cress ging zum Kühlschrank zurück und goss sich etwas Orangensaft ein. »Die sind nur zu bekannt. Wer schon mal richtig blau war, der weiß doch sowieso, was Sache ist.«

»Es gibt ganze Teile der letzten Nacht, an die ich mich einfach nicht mehr erinnern kann. Zum Beispiel, wo dieser irische Pub war. Oder wie wir dorthin gekommen sind.«

»Oder wie es dazu gekommen ist, dass du Harrys Schlafanzughose trägst.«

»Was?« Kate tastete unter dem Laken herum, während die plötzliche Bewegung ihr Schmerzen durch den Kopf jagte. Oben herum trug sie gar nichts, und als sie eine Ecke der Augenmaske hob, sah sie, dass die untere Hälfte ihres Körpers mit einer ihr unbekannten grünen Pyjamahose bekleidet war. »Oh Gott.« In ihrem direkten Gesichtsfeld befand sich neben dem Sofa auch Teresas roter Eimer. Glücklicherweise war ihr Blickwinkel so, dass sie den Inhalt nicht sehen konnte. »Oh, *nein*.«

Cress schwang sich auf den Küchenschrank und öffnete das Fenster, damit sie ins Freie hinaus rauchen konnte. »Nun, ich würde sagen, dass sie Harry gehört, aber genau weiß ich das natürlich nicht. Ich weiß, dass sie nicht von Dant sind, also vermute ich…« Sie hob eine Augenbraue. »Nein, ernsthaft. Er ist viel zu sehr Gentleman, um die Lage einer betrunkenen Frau auszunutzen. Und nach dem, was du mir über die vergangene Nacht erzählt hast, wart ihr alle doch komplett hinüber. Wenn das Erbrechen auf seine Schuhe ihn nicht schon gleich abgestoßen hat.«

»Ja, danke, dass du mich daran erinnerst.« Kate legte eine Hand auf ihren Kopf. Sie wusste, dass sie sich besser fühlen würde, wenn sie sich die Zähne putzen und etwas von dem *Geruch* von sich abwaschen würde, doch der Gedanke, sich zu bewegen, war unerträglich.

»Es war doch ein falscher Junggesellenabschied gewesen, was?«

»Ja.«

»Und? Du hast eine unschuldig herumstehende Frau angegriffen, die du für jemanden aus deinem Büro gehalten hast…«

»Ja, nun, wir haben ja noch gar nicht genau festgestellt, dass sie es nicht war…«

»Die Jungs hatten Probleme mit einer Bauchtänzerin, du bist fast aus einem Pub rausgeschmissen worden, weil du den Barmann angeschrien hast, Dant jagte ein Taxi den Piccadilly hinunter, weil es dich aus einem unerklärlichen

Grund nicht mitnehmen wollte, Igor ist mit zweihundert Kröten durchgebrannt und ihr alle habt das Restaurant fluchtartig verlassen, ohne zu bezahlen…«

»Weil es, sagt Harry, Feueralarm gegeben hat…«

»Und du hast Tosca auf der Straße zusammengeschlagen, weil er dir nachgegangen ist.«

Kate stöhnte und presste die Augenmaske fester an. Weiße Meteoriten sausten gegen ihre Augenlider, die denen vom Abspann bei der *Dr. Who*-Serie nicht unähnlich waren. »Lass uns einfach festhalten, dass ich einen partiellen Gedächtnisverlust habe. Aber ich erinnere mich *wirklich* daran, dass Harry ein absoluter Gentleman war, als ich über Giles gejammert und mich über seinen Schuhen erbrochen habe.«

»Das habe ich dir gerade erzählt. Du kannst dich nicht daran erinnern, dass er dir die Hose ausgezogen hat, oder?«

Kate fuhr mit der Hand über die Schlafanzughose. »Ich habe sie noch an.« Gott sei Dank. Aus Dankbarkeit für Harrys Freundlichkeit zwang sie sich dazu, ihr Harry Harvey anzudienen, auch wenn ihr im Moment vollständige Sätze nicht gerade zuflogen. »Und er hat den ganzen Abend über darüber gesprochen, wie wunderbar du bist.«

Cress gab vom Fenster aus ein mitleidiges Geräusch von sich. Kate war sich nicht sicher, ob dieses Mitleid ihr oder Harry galt. »Harry ist so ein netter Kerl, Kate. Das ist er wirklich. Ich kenne ihn seit seinem achten Lebensjahr, und um ehrlich zu sein, ist das auch der Grund, warum ich ihn immer noch treffe. Dieser schlaksige kleine Kerl mit den falschen Hemden war der Einzige in Dants Klasse, der mit ihm sprach.«

»Wirklich? Was meinst du mit den falschen…« Kate unterbrach sich, weil ihr bewusst wurde, dass sie selbst in der Schule wahrscheinlich auch die falschen T-Shirts getragen hatte und gar nicht so genau wissen wollte, was das bedeutete. »Aber…«, begann sie wieder.

»Schätzchen, ich fürchte, dass keine Werbung der Welt mich davon abbringen kann, Harry nur für einen eifrigen jungen Hund zu halten. Der keinen Sinn für Kleidung besitzt.« Cress blies Rauchkringel aus dem Fenster und Kate spürte, dass in ihrem Hals Galle hochzusteigen begann. »Obwohl ich den größten Respekt vor jemandem habe, der so lange mit diesem Schwein zusammenleben kann, wie er es getan hat«, fügte sie nachdenklich hinzu.

In letzter Zeit war Cress häufiger als sonst in die Wohnung gekommen und Kate war die damit einhergehende erhöhte Anzahl der Hemden nicht entgangen, die Harry vor dem Tragen bügelte. Er benutzte Aftershave plötzlich häufiger, ging öfter zum Kricket-Training – und stolzierte anschließend athletisch und voller Hoffnung in der Wohnung umher.

Obwohl Kate Cress noch immer ziemlich unheimlich fand, fühlte sie sich doch geschmeichelt von der Aufmerksamkeit, die Cress ihr schenkte. Sie wünschte nur, Cress könnte Harry ein bisschen mehr davon geben.

Wenn sie doch bloß nicht solch einen Kater hätte. Wenn man die Gefühle bedachte, die Harry Cress entgegenbrachte, verdiente er wirklich einen Fürsprecher, der im Moment besser reden konnte als sie.

»Er hat ständig gesagt, dass du eine richtige Lady bist, im Gegensatz zu all den heuchlerischen Mädchen, die er von der Schule her kannte, und dass…«

»Morgen!«, rief Dant in ihr Ohr.

Kate schlug sich die Hand auf den Mund und griff nach dem Eimer. Außer einem Mund voll Gallenflüssigkeit kam nichts heraus.

»Dant!«, stieß Cress von ihrem Hochsitz her aus. »Das ist nicht sehr freundlich!«

»Ich hasse dich«, murmelte Kate. »Wasser. Bitte, Cress, schnell.«

Cress ließ sich widerwillig vom Küchenschrank gleiten und füllte ein Bierglas am Wasserhahn.

»Danke«, sagte Kate und streckte eine zitternde Hand aus. Die Hälfte des Wassers schwappte auf ihre nackte Brust, die sie halbherzig zu bedecken versuchte.

»Das ist eben ganz schön gemein gewesen von dir«, bemerkte Cress, als Dant zum Kühlschrank wankte. »Auch nachdem du ihr ins Ohr geschrien hast, sieht Kate nicht so kaputt aus wie du. Und bevor du fragst, es ist kein Orangensaft mehr da. Ich habe ihn ausgetrunken.«

»Warum sattelst du nicht deinen Besenstiel und haust zum La-La-Land ab?« Dant fand im Kühlschrank nur die Dose Gemüsesaft, die so alt war, dass weder er noch Harry sich daran erinnern konnten, welcher Mitbewohner sie gekauft hatte. Mit verzerrtem Gesicht riss er sie auf und schüttete sich die Hälfte des Inhalts in den Hals.

Kate kniff die Augen zusammen und konzentrierte sich darauf, ihre Übelkeit niederzukämpfen.

»Ich bin in der Hölle«, krächzte sie.

»Nicht in den *Top Ten*?«

»Was?« Sie klappte ein Auge auf.

»Ach nichts.«

»Dant, warum gehst du nicht ins Bett zurück?«, fragte Cress. »Kate und ich haben hier eine private Unterhaltung.«

»Also ich möchte ja nicht grob sein, Cressida, aber Kate ist schon nicht in der Lage, ein Glas Wasser zum Mund zu führen, geschweige denn eine private Unterhaltung. Oder bevorzugst du jetzt solche Unterhalter? Die nur zehn Worte in der Stunde beitragen können?« Dant trank die Dose Gemüsesaft leer und rülpste anerkennend.

Kate atmete genau in dem Moment ein, als ein unangenehmer Geruch ihr in die Nase stieg, und sofort fühlte sie, dass ihr Magen schon wieder schlingerte. Kater sensibilisierten ihren Geruchssinn immer auf ein unerträgliches Maß.

»Geh weg, Dant, du machst mich krank«, sagte sie, ehe sie das gerade getrunkene Glas Wasser wieder in den Eimer von sich gab.

»Du hast sie gehört«, sagte Cressida. »Wenn du so energiegeladen bist, geh doch los und kaufe Orangensaft und Elektrolyte für deine Mitbewohner. Du selbstgefälliger Bastard.«

Kate wollte fragen, wie es Harry an diesem Morgen ging, denn als sie ihn zum letzten Mal gesehen hatte – in einer schlimmen Rückblende erinnerte sie sich jetzt plötzlich daran – hatte er mit einer Flasche zollfreiem Tequila auf dem Sofa gesessen, die jemand vorbeigebracht hatte, ehe sie ausgegangen waren. Und er sprach in aggressivem Ton davon, dass er und Cress ›wunnerschöne kreat've Kinner‹ haben würden, die er alle nach Bedales schicken würde, damit sie ›so frei un spritu'l werden konnten wie Cressida‹. Doch ihr Wissensdrang war nicht so groß, dass sie das Risiko auf sich nehmen wollte, den Mund zu öffnen oder den Kopf zu bewegen.

»Und wie geht's Harry?«, fragte Cress. »Geht es ihm heute Morgen gut? Hat er daran gedacht, einen halben Liter Wasser zu trinken?«

Dant hielt beim Anziehen seiner Turnschuhe inne. »Schlicht und einfach nein. Er schläft im Bad. Ich dachte, dass das die Anzahl der Räume, die geputzt werden müssen, halbieren würde.«

»Ich entschuldige mich für meinen Bruder, Kate«, sagte Cress, während sie Dant einen eisigen Blick zuschoss und sich eine neue Zigarette anzündete. »Dank der Weigerung meiner Mutter, ihr ausschweifendes Leben einzuschränken, während sie uns austrug, scheinen wir mit einer eisernen Konstitution gesegnet zu sein. Dant!«, schrie sie und Kate schrak zusammen. »Hau ab und hol dem armen Mädchen etwas Orangensaft.«

Dant machte das V-Zeichen, schlurfte aus der Wohnung und warf die Tür zu laut hinter sich zu. Als er ging, schlich Ratcat mit schuldbewusstem Blick herein. Sein Fell war verfilzt und nass.

»Also, sprich weiter«, sagte Cress, sobald sie sicher sein konnte, dass Dant das Gebäude verlassen hatte. »Was hat Harry gesagt?«

»Das habe ich dir ja schon gesagt«, sagte Kate. Sie wünschte, ihre Zunge würde ihr den Dienst versagen. »Der

Mann liebt dich, und ich kann einfach nicht verstehen, warum du dich weigerst, mit ihm ein fantastisches Leben zu führen. Er ist goldig. Wie ein großer Hund.« Sie wäre viel redegewandter, wenn das Sprachzentrum in ihrem Gehirn arbeiten würde.

Cress seufzte. »Hör mal, Kate. Ich kann gut verstehen, warum du ihm behilflich sein willst. Ich *weiß*, dass er goldig ist. Selbst wenn er… Er ist einfach…« Sie hielt inne und wandte die Augen gegen das Licht, um sie besser zu sehen, »einfach nichts für mich. Tut mir Leid.«

Unerklärlicherweise fühlte Kate sich, als hätte man sie abgeschoben, und durch ihren klebrigen Kater hindurch wollte sie um eine vernünftige Erklärung für dieses ungeheuerliche Verhalten bitten. »Aber könntest du nicht…? Er ist so…«, begann sie und wusste nicht, wie sie fortfahren sollte, ohne wie eine Kummerkastentante zu klingen.

»Kate, Harry ist ein sehr freundlicher und reizender Junge«, sagte Cress abwehrend. »Und eines Tages wird er für irgendeine Frau ein wundervoller Ehemann sein. Ich glaube einfach nicht, dass er mit mir glücklich werden kann. Ich glaube nicht, dass ich die Frau sein könnte, die er haben möchte.«

Cress sagte das alles so kultiviert, dass Kate an ein Benimmbuch aus den 50er Jahren erinnert wurde, das ihre Großmutter ihr geschenkt hatte – und dabei besonders an den Abschnitt, der darlegte, wie man einen Heiratsantrag ablehnt, indem man den Eindruck erweckt, dass der Fehler bei einem selber liegt statt bei dem eingefleischten Chauvinisten in der Hahnentritt-Sportjacke, der dort abgebildet gewesen war, als er den Antrag machte. Kein Wunder, dass Harry seit Jahren an ihr hängen geblieben war, wenn er auf diese Art und Weise abgelehnt worden war, dachte Kate erstaunt.

»Kannst du dich denn wirklich an nichts erinnern, was er gesagt hat?«, fragte Cress mit einem Hauch von Schüchternheit in der Stimme.

Da Kates Fantasie jetzt von den romantischen Möglichkeiten angefeuert worden war, fragte sie sich, ob Cress Harry heimlich mehr liebte, als sie sich anmerken lassen wollte und sie ihn deshalb vor ihren eigenen Unzulänglichkeiten – und vielleicht auch vor einem Familienfluch – mit einer zur Schau gestellten Indifferenz schützen wollte. Ihre ganze Selbstbesessenheit konnte dazu dienen, ihr gebrochenes Herz zu verbergen, während sie zusah, wie der Freund ihres Bruders zu einem gut aussehenden und erfolgreichen Geschäftsmann heranwuchs. Die Handlungsmöglichkeiten einer Rose Ann Barton waren unbegrenzt...

»Nun, er sagte, dass du und er hübsche kreative Kinder haben würdet«, gestand sie. Die Erkenntnis, dass sie auf etwas Unbequemem lag, durchbrach schließlich die verdunkelte Oberfläche ihres Oberbewusstseins, doch sie wollte sich nicht bewegen, damit ihr nicht wieder schlecht wurde. Sie schob eine Hand prüfend unter das Bettlaken.

Cress verzog das Gesicht, was gar nicht zu Kates vorheriger Vorstellung von Cress als selbstlosem Opfer der Liebe passte. »Gott! Und dabei sollen doch die Frauen angeblich die hoffnungslosen Romantiker sein. Kannst du dir das vorstellen?«

»Ich kann mir schon denken, dass eure Kinder toll sein würden«, erwiderte Kate beherzt. Zumindest, wenn sie nach Harry schlugen. Sie atmete tief und vorsichtig ein. Etwas an Cress erinnerte sie stark an Ratcat: Sie war sich bei beiden nie ganz sicher, wie sehr sie sie mochten oder wann sie plötzlich ihre Krallen ausfuhren. Und obwohl sie wusste, dass es ziemlich pathetisch war, wurde sie doch ständig von dem kindlichen Wunsch angetrieben, ihnen beiden gefallen zu wollen, was die beiden wahrscheinlich genauso erboste wie sie selbst. »Ich glaube, dass er ein großartiger Vater sein würde.«

»Nun ja, das wird nicht nötig sein«, sagte Cress. »Jedenfalls noch nicht. Oh, wenn man vom Teufel spricht.«

Kate drehte den Kopf unter Schmerzen herum und sah

Harry aus dem Badezimmer kommen. Er versuchte offenbar, ungesehen und heimlich den Korridor zu seinem Zimmer hinunterzuschleichen. Doch sein offensichtlicher Mangel feinmotorischer Koordination, als er sich an der Wand entlangtastete und dabei Bücher von den Regalbrettern warf, machte deutlich, dass das Schleichen im Augenblick nicht zu seinen besten Fähigkeiten gehörte.

»Morgen«, murmelte er dümmlich.

»Morgen!«, sagte Cress. Sie bedachte ihn mit einem strahlenden Lächeln, und Harry schrumpfte sichtbar.

Kates Hand schloss sich um den Fremdkörper, der den Schmerz in ihrem Rücken verursacht hatte. Statt ihren Arm zu beugen, hob sie ihn in einem 90°-Winkel heraus, bis das Teil seitlich unter der Decke auftauchte.

Es war eine Tequila-Flasche. Ein schwaches Rinnsal klarer Flüssigkeit lief auf den Teppich. Sie war fast leer.

Kate hielt den Atem an, als die Alkoholdämpfe ihr in die Nase stiegen. Sie versuchte, durch den Mund zu atmen, doch das schien alles nur noch schlimmer zu machen. Die Übelkeit kehrte mit aller Macht zurück.

»Beiß in den sauren Apfel und renn ins Badezimmer«, riet Cress ihr. »Und zwar schnell, sonst brichst du auf den Teppich.«

Kate nickte unmerklich, bedauerte die plötzliche Bewegung und nahm dann alle Kräfte zusammen und schoss vom Sofa durch die Diele und ins Badezimmer, während sie die Arme an die Brust presste, um ihre nackten Brüste zu verdecken.

Zehn Minuten lang lag sie um die Toilette gekringelt da und genoss die Kühle der Toilettenschüssel an ihrer klammen Stirn. Sie konnte hören, dass Harry und Cress im Wohnzimmer über eine Weinauktion bei Sotheby's sprachen. Kate wunderte sich darüber, dass Harry nach letzter Nacht überhaupt an Wein denken konnte. Liebe verzeiht alles. Armer Harry. Wenn Cress ihn nicht haben wollte, sollte sie ihm das wenigstens anständig sagen, dachte sie beschützend. ›Zögerliche‹ statt eindeutige Zurückweisungen brachten nur etwas, wenn der Mann sich genauso mit den Gepflogenheiten der fünfziger Jahre auskannte wie die offenbar bedauernde Dame. Es war seltsam, dass Cress, die fast in jeder Hinsicht so modern war, ihn so altmodisch zurückwies. Vielleicht mochte sie einfach die Aufmerksamkeit, schloss Kate logisch. Aber wer würde die nicht schätzen? Wenn Giles nur so aufmerksam wäre. Wenn Giles nur hier sein könnte. Eine neue Welle der Traurigkeit überschwemmte sie innerlich und drängte vorübergehend die Übelkeit in den Hintergrund.

Aber nicht lange.

Nachdem sie weitere zehn Minuten lang still dagelegen und versucht hatte, nur an weiße Flächen zu denken, schien der Schwindel so weit zurückgegangen zu sein, dass sie aufstehen konnte, und Kate zog sich vorsichtig am Waschbecken hoch, bis sie mehr oder weniger aufrecht stand.

Zahnbürste.

Sie betrachtete sich im Rasierspiegel und war entsetzt von dem, was sie sah: Augen so wie ihr Haar, zwei neue Pickel, die auf der leichenblassen Haut glühten und eine gräuliche Schicht alten Augen-Make-ups, die ihre Augenhöhlen bedeckte. Mmmm.

»Kate!«

Sie ignorierte Cressidas Schrei von der Küche her. Gönne Harry noch ein paar Minuten mit ihr allein.

»Kate!«

Kate hing seitlich am Waschbecken, als Cressidas Füße über die Fliesen in der Diele marschierten. Die Badezimmertür wurde ohne viele Umstände geöffnet.

»Kate, ich rufe an Harrys Stelle, weil er sagt, er kann nicht laut sprechen.«

»Oh«, sagte Kate schwach. Sie wusste, dass sie hin und her schwankte, weil sie sich mit unterschiedlichem Druck der jeweiligen Hand stärker an das Waschbecken klammern musste. Da sie jetzt wusste, wie abscheulich sie aussah, wusste sie gar nicht, ob sie sich von der makellosen Cress überhaupt anschauen lassen wollte. Vermutlich war das der Inhalt von *Die Schöne und das Biest*. Oder war es *Das Phantom der Oper*?

»Er sagt, Tosca ist am Telefon«, fuhr Cress fort, »und er fragt sich, ob … Oh, Moment mal … Was hat Tosca gesagt?«, rief sie hinter sich.

Kate fuhr zusammen und drehte den Spiegel so, dass sie sich nicht mehr umdrehen musste, um Cress anzusehen. Zu ihrem Entsetzen sah sie Harry in der Tür auftauchen. Er bedeckte höflich die Augen mit einer Hand. Durch sein Bedürfnis, mit Cress zu sprechen, hatte er seinen Kater überwunden, doch er sah ungewöhnlich mitgenommen aus.

»Tosca hat gerade angerufen und gefragt, ob wir ihm heute Nachmittag nicht beim Kricket zuschauen möchten. Es gibt Gegrilltes und brrrr … jede Menge Pimm's.«

»Er spielt nach letzter Nacht Kricket?«, fragte Kate ungläubig.

»Sieht so aus.«

»Und ihr geht hin?«

Kate sah, dass Harry Cress hoffnungsvoll ansah.

»Ja, ich habe Lust, mal einen Tag lang unterwegs zu sein«, sagte Cress unbeschwert. »Und natürlich möchte ich all den Klatsch über die vergangene Nacht erfahren. Es müsste uns doch gelingen, etwas aus dem Bisschen zu machen, an das ihr euch erinnern könnt.«

Kate sah, dass Harry zusammenzuckte, und atmete tief ein. Da ihr das wieder neue Übelkeit bescherte, beließ sie es bei flachen Atemzügen.

»Nun ja.« Sie riskierte einen kurzen Blick auf ihr graues Spiegelbild. Konnte es schlimmer kommen? Nein. Würde Giles zurückkommen, wenn sie zu Hause blieb? Nein. Wäre es nicht besser, ihn ein wenig länger zu vergessen? Ja.

»Es wäre doch wirklich nicht sehr nett, wenn wir ihm nicht zusähen, oder?«

19

Als Kate den von Autorenfotos gesäumten Gang hinunterging, um nun die vor zwei Wochen vereinbarte Unterhaltung mit Jennifer Spencer zu führen, stellte sie fest, dass sie sich wirklich keine Gedanken mehr darüber machte, ob man sie vielleicht feuern würde. Ihr Kater tötete sie. Sie hatte nicht vorgehabt, noch ein weiteres Wochenende bei einem Pimm's-Fest zu verbringen, doch die Kombination aus Harrys Sorge, Dants Spott über ›heruntergekommene, leichtgewichtige Puppen‹ und die Aussicht auf zweiundzwanzig Männer in weißer Kricket-Kleidung hatte sie schließlich überredet. Leider erwiesen sich die Nachwirkungen als genauso hartnäckig wie ihr schwächer werdendes Verlangen nach Giles.

Um das Maß voll zu machen, war Kate außerdem besorgt über die Tatsache, dass sie zum ersten Mal in ihrem ganzen Leben mit zweihundert Pfund in der Kreide stand und seit ihrer Ankunft in London noch keine einzige Zeitschrift gekauft hatte. Verzweifelte Maßnahmen waren jetzt in Kraft getreten, und wenn Harry nicht jeden Abend den *Evening Standard* mit nach Hause bringen würde, würde sie überhaupt keine Zeitung mehr lesen. Das Schütteln von Cocktails über dem Kopf mit dunkler Brille in Cressidas Bar brachte mehr Geld ein als dieser Job. Isobel hatte ihr erst heute Morgen erzählt, dass die Leute von der U-Bahn-Putzkolonne dreimal so viel verdienten wie sie hier. Das reichte, um ein Mädchen dazu zu bringen, Familienromane zu schreiben.

Obwohl Jennifer erst vor zwei Stunden aus dem Urlaub zurückgekehrt war, war ihr Büro voller rosafarbener Medusa-Lilien und purpurfarbener Liberty-Tragetaschen, und ihr Schreibtisch war schon mit Immobilienzeitschriften überhäuft. In ihrem Ausgangskasten türmte sich alles.

»Hallo, Kate«, sagte sie, als Kate an der Tür zögerte und Isobel wegen der Ablageberge bemitleidete. »Setzen Sie sich.« Jennifers Lächeln sah weißer denn je aus. Es war unübersehbar, dass sie irgendwo extrem teure Ferien verbracht hatte, da sie sich nicht mit so etwas Vulgärem wie einem Sonnenbad vergnügte.

Kate setzte sich auf den unbequemen Stuhl und versuchte, sich innerlich darauf einzustellen, ihre Fax-Fähigkeiten zu verteidigen, ohne Elaine zu deutlich zu belasten.

»Bevor ich in Urlaub ging, wollte ich mit Ihnen über Ihre Probezeit sprechen«, begann Jennifer. Ihre Hände formten ihr übliches spitzes Türmchen auf dem Schreibtisch.

Kate blinzelte sie an. »Probezeit? Ich wusste gar nicht, dass ich zur Probe hier war.«

Jennifer lachte. »Mein Gott, ja. Haben Sie gedacht, dass wir vergessen haben, Ihnen einen Vertrag zu geben?«

Kate wusste nicht, dass sie einen Vertrag hätte bekommen sollen. Sie war offenbar bei diesem Teil von Lauras Vortrag über Karriere ohnmächtig gewesen. Ihre Stirn kräuselte sich. Würde sie nun keinen bekommen?

»Wie auch immer«, fuhr Jennifer fort, »abgesehen von ein paar kleineren Problemen freue ich mich, Ihnen mitteilen zu können, dass wir Sie als Elaines Assistentin weiter behalten möchten« – wohlwollendes Lächeln – »und ich möchte, dass Sie mit der Personalabteilung so bald wie möglich über Ihre weitere Ausbildung sprechen.«

Kate war so überrascht über Jennifers ungewohnt freundlichen Ton, dass sie sich sprechen hörte, ohne bemerkt zu haben, dass der gleichzeitige Gedanke schon so weit in ihren Kopf vorgedrungen war. »Oh, das ist wunderbar«, hörte sie sich selbst sagen.

In Ordnung!

Doch dann hörte sie ihre Stimme weitersprechen: »Ich habe mich kürzlich mit einer Freundin unterhalten, die auch in einem Verlag arbeitet, und sie machte mich darauf aufmerksam, dass Sie nach Beendigung meiner Probezeit vielleicht mein Gehalt überprüfen könnten?«

Kate bedeckte mit ihrer instinktiven ›oh, Scheiße‹-Geste

ihren Mund, doch im letzten Moment schaffte sie es gerade noch, sie zu einer fragenden ›Hand-an-der-Wange‹-Geste umzulenken. Es stimmte, dass Laura ihr am Telefon einen Vortrag über die ›Neuverhandlung‹ ihrer ›abgrundtiefen und ausbeuterischen‹ Bezahlung gehalten hatte, im Verlauf eines unschuldigen Anrufs wegen der Reisevorbereitungen zu Weihnachten, doch sie hatte sich schon nach zehn Minuten innerlich abgeseilt.

Jennifers Gesicht kehrte zu dem vertrauteren Ausdruck höflicher Überraschung zurück. »Nun, das wird sich bis zu einem gewissen Grad aus Ihrem Vertrag ergeben, wie Sie feststellen werden, wenn Sie ihn durchlesen.« Sie reichte den spiralgebundenen Vertrag über den Schreibtisch.

Kate nahm ihn nervös entgegen. Er sah offiziell aus. Plötzlich kam ihr ihr Plan ›nach vier Monaten abzuhauen, sobald Giles' Flugzeug landet‹ unangenehm kindisch vor. Erstens einmal, würde man sie überhaupt *gehen* lassen? Sie runzelte die Stirn. Müsste sie etwas so entsetzlich Falsches tun, dass sie sie einfach *rausschmeißen* müssten? Und noch präziser, würde Elaine das überhaupt bemerken?

»Lesen Sie ihn durch, unterschreiben Sie beide Exemplare und schicken Sie ein Exemplar an die Personalabteilung.« Jennifer schwieg einen Moment und fuhr dann fort: »Und finden Sie heraus, ob man Sie nicht zu einem Schreibmaschinenkursus schicken kann und auch zu dem üblichen Fahnenkorrektur-Ding.«

Kate wurde rot über ihre ›vierzig Worte pro Minute‹-Lüge beim Bewerbungsgespräch, die plötzlich in der Stille gegenwärtig war. Jennifers Miene ließ nicht erkennen, ob sie sich ebenfalls daran erinnerte, doch das musste sie ja auch nicht. Das war offenbar das Signal zum Aufbruch, und Kate erhob sich. »Hmm, danke, Jennifer«, sagte sie, weil sie spürte, dass etwas von ihr erwartet wurde.

»Es ist gut, Sie an Bord zu haben.« Jennifer bog ihre Finger. Das begleitende festgewachsene Lächeln übermittelte: *Und nun gehen Sie, bitte.*

Kate zuckte davor zurück. Sicherlich sagte doch niemand im wirklichen Leben: ›Es ist gut, Sie an Bord zu haben‹? War das nicht nur Werbesprache? Ehe die unberechenbare Stimme in ihrem Kopf auch darauf reagieren konnte, drückte sie die Tür auf, um zu gehen.

»Ach ja, ehe ich es vergesse«, sagte Jennifer wie als Nachgedanke. Kate drehte sich um. »Das Fax über Elaines Emma-Ball-Angebot, das Sie an IPM statt an Phil Hill geschickt haben.«

Schweiß brach in Kates Achselhöhlen aus und sie unternahm nicht einmal den Versuch eines einschmeichelnden Lächelns. Panik griff nach ihrem Oberarm, und sie ließ die Tür hinter sich zufallen. Warum hatte Jennifer so lange gewartet, um das Thema anzuschneiden? Es musste Konsequenzen gegeben haben, die weit ernster gewesen waren als Elaines doppelte Vitamineinnahme, von denen Isobel ihr nichts erzählt hatte.

»Ich weiß *alles* darüber.« Jennifers Gesicht war unterhalb der kosmetisch korrigierten Augenbrauen komplett undurchdringlich.

Kate umklammerte ihren Vertrag. *Wie*, um Gottes willen?

»Zum Glück weiß es niemand sonst, und ich denke, dass es das Beste ist, wenn das auch so bleibt«, fuhr Jennifer fort. »Sie werden feststellen, dass es in Ihrem speziellen Job einige… persönliche Dinge gibt… von denen wir erwarten, dass Elaine und ihr Team sie absolut vertraulich behandeln.« Sie neigte den Kopf in ›vieldeutiger‹ Weise, doch Kate war keinesfalls schlauer. Elaines Vitaminabhängigkeit? Jos kleine Diebstähle? Hatte das etwas zu tun mit Mandy und ihrem geheimnisvollen Abgang?

»Solange ich mich darauf verlassen kann, dass Sie diskret bleiben, werde ich diesen Vorfall für mich behalten, okay?« Jennifer atmete so durch die Nase aus, dass es wie ein winziges Lachen klang. Und Kate erwartete fast, dass Flammen herausschlugen. Es war zweifellos unangemessen nachzufragen, worüber sie Diskretion bewahren solle, und es war genauso offensichtlich, dass Jennifer sich jetzt mit dringenderen Angelegenheiten zu befassen hatte. Derart verwirrt, nickte Kate unterwürfig und ging davon.

Die Verwirrung, die auf diese Weise in Kates Kopf entstanden war, lenkte sie hilfreich von der Entrüstung ab, die in ihr aufstieg, als sie mit Wasser für ihren trägen Körper an ihren Schreibtisch zurückkehrte. Kate wurde klar, dass sie mal wieder nicht nur die Schuld für Elaines Unfähigkeit übernommen hatte, sondern dass man sie deswegen auch noch angeschwärzt hatte. Für etwas, von dem sie nicht einmal etwas verstand.

Während sie wieder und wieder Jennifers Worte in ihrem Kopf wiederholte, öffnete Kate die Mappe mit den Leserbriefen, die sich nun schon zwei Wochen lang in ihrem kleinen Aktenschrank befunden hatten und begann, sie auf verschiedene Stapel zu verteilen: begeistert, kritisch und beleidigend.

Konnte sie Isobel fragen, worauf Jennifer sich bezogen hatte? Ein Brief, der auf Notizpapier geschrieben war und auf das falsche Training von Brieftauben in einem der Kriminalromane von einem von Elaines Autoren hinwies, schwebte zwischen den Stapeln ›kritisch‹ und ›beleidigend‹. Ein weiterer Schock durchfuhr sie. Hatte etwa *Isobel* Jennifer von der Sache mit dem Fax berichtet?

Ohne nachzudenken ließ Kate den Brief in den Papierkorb fallen. Erst überflutete Röte ihr Gesicht, dann folgten mehrere Hitzewallungen. Wenn Isobel ihr das erzählt hatte, was wusste Jennifer dann sonst noch? Ihre Gedanken kehrten zu den ›kleineren Problemen‹ zurück, die Jennifer erwähnt hatte.

Wie klein war klein? Die Protokollführung. Die Rückgabe von Manuskripten an falsche Agenturen. Sie hatte eine Stunde dazu gebraucht, um die Kuriere dafür auszusuchen. Es hatte einen weiteren Vorfall mit einem redigierten Manuskript gegeben, auf das Elaine sehr kritische Bemerkungen gekritzelt hatte und auch die Notiz: ›Bitte schreiben Sie eine höfliche Notiz für den Autor und in meinem Namen.‹ Kate hatte vergessen, Elaines Originalnotiz vom Deckblatt des Manuskripts zu entfernen, ehe es per Fahrradkurier zurück zum Autor gebracht wurde, doch Isobel hatte es für sie gerettet. Buchstäblich. Kate hätte nie die Geistesgegenwart besessen, einen Fahrradkurier dem anderen hinterherzuschicken, doch Isobel bekam nicht nur das Päckchen innerhalb einer Stunde zurück, sondern schaffte es auch noch, die doppelte Kurierrechnung als ›Anfangstest‹ der Kurierfirma auszugeben.

Sie seufzte und warf den gesamten ›beleidigenden‹ Briefstapel in den Papierkorb. Neben ihrem Computer stand ein Fläschchen mit Vitamin-C-Tabletten, aus dem sie nur drei Tabletten genommen hatte, seit Laura sie ihr im August geschickt hatte. Kate schraubte es auf und schüttelte sich drei Tabletten in die Handfläche. Dants ›Resolve‹-Brauseschmerztabletten und ein halber Liter Orangensaft hatten ihrem bohrenden Kopfschmerz kaum etwas anhaben können. Und auch wenn diese Tabletten nicht Willy Wonkas selbst hergestellte Magische Hasta La Vista Kater-Bonbons waren … Kate betrachtete sie traurig und schluckte sie trotzdem mit dem letzten Schluck Orangensaft, den sie im Bürokühlschrank gefunden hatte. Der anschließende Rülpser war nicht angenehm.

Der Initiator ihres Wochenendkaters kam ihr in den Sinn. Giles durch Trinken zu vergessen funktionierte offensichtlich nicht. Nachdem sie nach dem Pimm's-Gelage Samstagnacht wieder nüchtern gewesen war (oh, wie schön diese halbe nüchterne Stunde gewesen war, dachte Kate), hatte Seth sie drei in einen Pub in Kingston zum Essen gezerrt, und dann hatte alles neu begonnen, allerdings diesmal mit ein wenig mehr Grundlage im Magen. Kate stöhnte.

Sie nahm den obersten Brief von dem Stapel ›kritisch‹. Wie üblich, war er für Rose Ann Barton bestimmt. ›Liebe Ms. Barton‹, begann er eisig, ›man hat mir kürzlich leider Ihr Buch

›Engel in Lumpen‹ gegeben, während ich nach einer Hüftoperation im Krankenhaus lag, und ich kann ehrlich sagen, dass ich in meinem gesamten einundachtzigjährigen Leben noch nie solch ein fehlerhaft geschriebenes und stümperhaft korrigiertes Machwerk gelesen habe.‹ War das alles?, dachte Kate. Keine Erwähnung, dass der Ehemann nach dem tödlichen Grubenunglück wundersamerweise wieder von den Toten auferstand? Vielleicht hatte die Aufwachphase aus der Narkose ja etwas länger gedauert. Sie öffnete die vorformulierte Datei ›Höflicher Brief‹ in ihrem Computer, um in Rose Anns Namen, der stümperhaften Macherin, zu antworten.

Das Telefon klingelte. Elaines Apparat leuchtete auf der Sichtanzeige auf. Kate stand auf und legte die fünf Schritte in Elaines Büro zurück. Sie hatte sich neuerdings zum Ziel gesetzt, es mit vier Schritten zu schaffen, obwohl das bedeutete, dass sie sich im Türrahmen ins Büro beugte, statt vor den Schreibtisch zu treten.

Elaine hielt sich wie üblich den Kopf mit den Händen fest. Die Locken standen ihr so drahtig vom Kopf weg wie das Innenleben einer aufgerissenen Matratze, und sie drehte einzelne Strähnen wieder und wieder um einen Bleistift herum. Kein Wunder, dass ihr Haar so aussah, dachte Kate. Ein Muster an Scheußlichkeit. Und bei all diesen Vitaminen, die sie einnahm, würde man doch annehmen können, dass ihre Haut weit besser sein müsste.

»Kate, ich möchte, dass Sie Rose Anns redigiertes Manuskript fotokopieren«, murmelte sie, ohne den Blick von dem Manuskript zu heben, in dem sie Notizen machte. »Es muss heute raus, ehe sie auf die Lesereise nach Schottland fährt. Und leeren Sie bitte auch meinen Ausgangskasten. Das ist wirklich nicht mehr lustig.«

Kate betrachtete den Ausgangskasten, der wirklich bedrohlich schwankte, teilweise, weil ein Englisches Oxford-Wörterbuch ganz zuunterst lag und damit den Inhalt um circa zwanzig Zentimeter anhob. Kates Englisches Oxford-Wörterbuch.

»Oh, Sie haben mein Wörterbuch gehabt. Ich habe mich schon gefragt, wo es abgeblieben ist«, sagte sie und nahm es an sich. Der Stapel reduzierte sich deutlich.

Entweder wollte Elaine den Köder nicht schlucken oder sie merkte es nicht einmal.

Kate raffte die Reste aus dem Ausgangskasten einigermaßen ordentlich zusammen. Die mit handschriftlichen Anweisungen bedeckten Post-It-Zettel klebten zusammen wie Lagen angetauten Blätterteigs. Ihr Kopf schmerzte schon vom bloßen Anblick, ganz zu schweigen davon, dass sie herausfinden musste, was sie bedeuteten.

»Ach ja«, sagte Elaine und hob den Kopf, als Kate sich zum Gehen wandte, »ich habe gehört, dass Megan einen aufregenden neuen Autor für Simon gefunden hat.«

»Schon?« Kates pelzige Zunge versuchte, mit ihrem Gehirn Schritt zu halten.

»Ja«, Elaine warf ihr einen viel sagenden Blick zu, »und Jennifer ist ganz wild darauf, ein Angebot dafür zu machen. Es ist ein Roman über einen Mann, der in einem virtuellen Tierfriedhof eingeschlossen ist. Der Autor ist achtzehn. Und Ire. Jennifer glaubt, dass er ein Anwärter für verschiedene wichtige Literaturpreise sein könnte. Das wäre ein führender Titel für unser Literatur-Label.«

»Oh«, sagte Kate. »Gut.«

»Und wo bleibt Ihr Autor für mich?« Elaine bemühte sich um einen leicht neckischen Ton, doch es klang wie eine Drohung.

Kate blinzelte mit ihren verklebten Augenlidern.

»Ich bin sicher, dass Sie ein paar junge Freunde vom College her kennen, die sich mit Schreiben beschäftigen.« Elaine neigte erwartungsvoll den Kopf zur Seite. »Journalisten? DJs? Drogenhändler?«

»Steuerberater?«, bot Kate an. »Oder Anwälte. Entschuldigen Sie, aber ich war in Durham.«

Elaine ließ sich das einen Moment lang durch den Kopf gehen. »›Steuerberatende Schaumschläger‹… Hmm.‹ ›Eine

Romanze mit doppelter Buchführung?‹ ›Aktien und Wert-
papiere?‹…«

Kate nahm die Ablage und verschwand.

Der Vormittag verging so langsam wie kein anderer zuvor.
Kate stellte fest, dass ein gewöhnlicher Alltagskater bis ins
Unendliche verschlimmert werden konnte durch Neonbe-
leuchtung und ein ständig klingelndes Telefon.

Als Kate kurz vor der Mittagspause keine einfachen Briefe
mehr zur Beantwortung hatte, zwang sie sich dazu, Rose
Anns Manuskript zu fotokopieren. Es war 700 Seiten lang,
die teilweise beidseitig beschrieben waren. Nicht immer,
aber hin und wieder.

Sie stand über den Fotokopierer gebeugt und fütterte ihn
mit jeweils zehn Blättern gleichzeitig, während das Blitzlicht
weiße Flecken auf ihren Augenhintergrund brannte.

»Komm. Weg da von der Maschine.« Kate drehte sich so
schnell herum, dass sie einen aus Orangensaft und abgestan-
denem Wodka bestehenden Rülpser herunterschlucken
musste.

»Leg das Papier hin. Leg die Hände an den Kopf. Und geh
in die Küche.«

Es war Isobel.

»Los, los, los!« Kate fühlte, dass ihr die scharfe Spitze
eines Bleistifts in die Taille gebohrt wurde.

Sie ließ den Papierstapel auf dem Fotokopierer liegen,
legte die Hände an den Kopf und marschierte in die Küche.

Auf dem Tresen stand eine Flasche mit Schokoladenmilch.

»Oh Gott, nein, Isobel, ich werde alles über deine neuen
Schuhe spucken«, protestierte sie.

»Du hast sie bemerkt!« Isobel strahlte vor Freude und
goss den dickflüssigen Milchshake in ihr großes Wasserglas
(›*Trinken* Sie zwei Liter Wasser pro Tag, und *Sie werden
sehen*, wie sich Ihre Haut verbessert!‹) und zeigte die Block-
absätze ihrer leuchtend roten Minnie-Maus-Schuhe, während sie ging.

»Selbst ich konnte sie nicht übersehen.« Kate zog ihre schmerzenden Augen mit den Fingern auseinander. »Sind deine Kontaktlinsen schon mal so ausgetrocknet, dass sie herausgefallen sind?«

Isobel ignorierte sie und warf ein paar Eiswürfel in das Glas. »Ein allein lebendes Mädchen muss sich doch mit hübschen Schuhen verwöhnen, oder nicht? Es ist erstaunlich, wie viel Geld übrig bleibt, wenn man nicht mehr den örtlichen Pizza-Lieferservice subventioniert.« Sie schob Kate den Milchshake zu. »Trink das aus, das wirkt Wunder bei einem benommenen Kopf, glaub mir. Ich habe in meinem Leben schon mehr Schokoladenmilch gehabt als eine lila Milkakuh.«

»Woher wusstest du, dass ich einen Kater habe?« Kate schlürfte vorsichtig.

Isobel verdrehte die Augen. »Mann. Du trägst ein blaues Top zu einem rotgrünen Rock. Deine ganze Aufmachung sieht aus, als hätte sie ein blinder tibetanischer Mönch im Dunkeln zusammengestellt.«

Kate sah zu ihrem Rock hinunter. Sie hatte gar nicht gemerkt, was sie da aus dem Wäschetrockner herausgezerrt hatte. Ja, sie konnte sich nicht einmal mehr daran erinnern, ob sie zu diesem Zeitpunkt überhaupt schon ihre Augen hatte öffnen können. Sie war noch nie zuvor an einem Sonntag blau gewesen. Nicht einmal im College.

»Giles kommt erst Weihnachten zurück. Er hat mich am Freitagabend angerufen. Man hat ihn befördert, diesen Mistkerl.« Kate nahm einen größeren Schluck vom Milchshake, der sich weit besser schlucken ließ als die Cornflakes, mit denen sie es zuvor vergeblich versucht hatte.

Eine Pause war entstanden.

»Oh Gott, das tut mir so Leid. Ich konnte ja nicht ahnen«, sagte Isobel und tätschelte ihr zerknirscht die Hand. »Ich hätte es nicht einmal erwähnt…«

»Vergiss es. Ich habe es auch schon fast geschafft. Ich bin mir nicht einmal sicher, ob ich schon wieder völlig nüchtern

bin. Ich habe an diesem Wochenende so viel Alkohol durch-
einander getrunken, dass ich mir wie ein Cocktailshaker in
Frauengestalt vorkomme. In der vergangenen Nacht haben
Dant und ich sogar die Flasche Bailey's leer gemacht, die
Mandy in ihrem Küchenschrank zurückgelassen hat.«

»Ooooh, ›Dant und ich‹«, sagte Isobel. Sie ließ ihre Augenbrauen auf und ab hüpfen. »Also knistert es da ein bisschen?«

»Was ist mit dir los. Wie lange warst du mit Will zusammen? Fünf Jahre? Und da redest du nun über dein wieder-
geborenes Singledasein.«

Kate starrte Isobel an und spürte, dass ihre Kontaktlinse
trocken gegen ihr Augenlid schrammte. So konnte es mit
diesen Linsen nicht weitergehen. Es fühlte sich an, als hätte
sie Tippex auf den Augäpfeln, das langsam abblätterte. Der
Gedanke, ihre Ronnie-Barker-Brille im Büro zu tragen –
und Megans Kommentare zu ertragen – verschlechterte ihre
Laune nur noch mehr. Sie blinzelte noch einmal und stellte
fest, dass es weniger weh tat, wenn sie ein Auge mit der
Hand abdeckte.

Ehe Isobel etwas erwidern konnte, tauchte Richard mit
seinem Kaffeebecher der Tolkien-Gesellschaft auf. Er sah
gereizt aus und nervös, was sich noch verstärkte, als er Isobel sah. Er fuhr sich mit der Hand durch sein strähniges
Haar.

»Hallo, Richard«, gurrte sie.

Kate starrte sie ungläubig an. Doch Isobel war nicht auf-
zuhalten.

»Oh, ja, und was brütet ihr beide hier aus?«, fragte Richard
misstrauisch und füllte seinen Becher aus dem Kessel. »Plant
ihr die nächste Auktion freier Romane zu Dumpingprei-
sen? Ich schätze, dass Ihr kleiner Bruder einen fantastischen
anrührenden kitzeligen Mann/Frau-Roman geschrieben hat.
Oder ist es Ihre Katze, die demnächst mit Katzenliteratur
groß rauskommt, Isobel?«

»Ooooh«, sagte Kate und freute sich ein bisschen darüber,

dass sie nicht die Einzige war, die in Jennifer Spencers Ankauf-Hindernisrennen zurücklag. »Also, dann sind Sie also nicht verbittert über Megans großen Fang?«

»Das macht nichts, Richard, ich bin sicher, von dort ist noch viel mehr zu erwarten«, sagte Isobel und bewunderte ihre Knöchel über den Minnie-Schuhen. »Hmmmm?« Sie sah unter ihren langen Wimpern zu ihm auf und warf ihren Zopf über die Schulter.

Richard drückte seinen Teebeutel so schnell wie möglich aus und ging so abrupt davon, dass sein Pullover am Türgriff hängenblieb.

Kate wandte sich Isobel zu, die sich einen Espresso machte und mit dem Heizstab herumspielte. »Du bist nicht nur die schlechteste Flirterin der Welt, sondern deine Qualitätskontrollabteilung scheint auch in Urlaub zu sein.«

Isobel schob scheu den zischenden Heizstab in ein Glas Wasser.

»Hast du dir jemals vorgestellt, dass jemand wie Richard sich wirklich für dich begeistert?«

»Ach, trink deinen Milchshake aus und lass mich zufrieden«, sagte Isobel. »Du alte Schnapsdrossel.«

»Isobel, ich habe gesehen, dass er Sandalen trägt«, beharrte Kate.

»Hör mal«, sagte Isobel geduldig. »Ich bin dir um Längen voraus in diesem Wettbewerb der Verlorenen und Verlassenen. Glaubst du nicht, dass ich nicht schon längst auf dem Hausbartrip bin? Nun, das ist wie auf dem Nordring – man kann ihn ewig umrunden, und es ist verdammt öde, wenn man zum ersten Mal an Brent Cross vorbeigekommen ist, das kannst du mir glauben. Und im Gegensatz zu dir habe ich keinen kleinen männlichen Helfer, der mir beim Öffnen der Flaschen hilft.«

Kate wollte schon protestieren, doch Isobel hob die Hand. »Ich weiß, was ich tue, okay?« Sie straffte die Schultern. »Nach ein paar Monaten vergeblichem Flirten werde ich mich ziemlich bald daran erinnern, wie schön es ist, allein zu sein. Oder eine feste Beziehung haben. Das eine oder das andere. Hoffe ich wenigstens.«

Kate und Isobel sahen sich schweigend an.

»Verdammte Klimaanlage«, sagte Isobel und rieb sich plötzlich die Augen.

Acht Wochen

Einen ganzen Wiederholungslauf von Blackadder 2

Vier Nächte lang leicht betrunken in Clerkenwell mit Cress

Eine Nacht lang sehr betrunken mit Cress im Soho House

Fünfzehn Nächte lang betrunken mit Harry und Dant vor dem Fernseher

Zwei (schlimme) Nächte lang betrunken allein im Zimmer

Zweiunddreißig unverlangte Manuskripte gelesen und abgelehnt

Einmal Tombraider 3 geschafft (mit Lösungsbuch)

Einhundertneununddreißig Espressos

Drei Packungen Monatskontaktlinsen (ein Paar gewissenhaft, aber betrunken in der Küche entfernt und niemals wieder gefunden)

Ein Haarschnitt

Zwölf Wasser-Aerobic-Stunden

Vierzig Magnums (einundzwanzig Mandel, neun Weiße Schokolade und zehn Pfefferminz)

später…

20

»Nimm meinen Wagen, um Gottes willen«, sagte Harry. Er drehte die Schlüssel seines Rovers von seinem Schlüsselring ab und schob sie Kate über den Tisch zu. »Aber *bitte* beeil dich.« Er breitete die Zeitung aus und las weiter.

Kate blieb wie angewurzelt stehen. »Dein Auto? Deinen Rover?« Harrys liebevoll polierten mitternachtsblauen

Rover P6, der älter war als sie und Lederschalensitze hatte? Das wäre ja fast so, als würde sie die Königin Mutter fahren.

Er sah auf. »Nein, nimm meinen Audi Quattro. Natürlich meine ich den Rover. Glaubst du, ich habe einen Wagenpark? Wo ist die Butter?«

Harry hob Zeitungsteile, geöffnete Briefe und Tragetaschen an und ließ sie wieder fallen, doch er konnte den Butterteller nicht finden. Der Küchentisch war mit Zeitungen, halb vollen Bechern, gebrauchten Teebeuteln, Toastkrümeln, Milchkartons und fünf verschiedenen Getreideschachteln bedeckt. Eine dünne Lage Krümel bedeckte alles. Das Frühstück hatte so lange gedauert, dass es schon fast Zeit zum Mittagessen war.

»Aber ich bin noch nie in London Auto gefahren! Was ist, wenn ich es kaputtfahre?« Kate fuhr sich mit einiger Mühe durch die Haare. Sie waren noch feucht vom Duschen und ringelten sich ihren Rücken hinab wie eingeölter Kupferdraht. »Ich kann es gar nicht *glauben*, dass ich den U-Bahn-Streik in der Zeitung überlesen habe! Elende Banditen! Wie oft passiert denn das hier? Oh Gott, ich werde zu spät kommen. Es ist so viel zu tun…«

»Ach, da ist sie ja.« Harry pflückte vorsichtig den billigen Lamettafaden ab, der auf der Butter hing. Kates Versuch, die Küche mit festlichen Farben zu dekorieren, war geldlich sehr begrenzt gewesen. »Geh jetzt und alles wird in Ordnung sein für dich. Jetzt ist sicherlich wenig los auf den Straßen.« Er sah von seinem Toast auf. »Ist noch Kaffee übrig?«

»Hast du den Gebrauch deiner Beine eingebüßt oder was?«

»Haut ab, ihr beiden. Warum macht ihr solchen Krach?« Dant schlich in die Küche und rieb sich die Augen. Kate sah, dass er noch immer die Sachen unter seinem Bademantel trug, die er letzte Nacht angehabt hatte. Er schlurfte zum Spülbecken hinüber und drehte das Radio leiser, das laut geplärrt hatte, um die Straßenbauarbeiten draußen zu übertönen. Dant verzog das Gesicht, als der Pressluftbohrer die Spice Girls ablöste und drehte sie wieder an. »Müsst ihr denn nicht bei der Arbeit sein? Wir haben doch noch nicht Wochenende, oder?«

»Das würde dir doch gar nicht auffallen«, sagte Kate und unterstrich ihre Worte damit, dass sie wie wild die Schubladen öffnete und schloss, »weil doch dein Lebensrhythmus (peng) von den wechselnden Sonderangeboten in der Lebensmittelabteilung von Marks und Spencer's regiert wird (peng), aber die Berufstätigen unter uns haben jetzt schon Weihnachtsferien (peng).« Sie schüttete einen Mandarinenkarton aus und begann, in Harrys Sportsocken und Hosen herumzuwühlen. »Räumt irgendjemand außer mir jemals die Sachen dorthin zurück, wo sie hingehören? Und wenn wir schon dabei sind, könnte mir mal jemand erklären, was Teresa eigentlich für das Geld macht, das wir ihr bezahlen?«

»Hast du etwas verloren?«, fragte Dant. Er suchte im Geschirrspüler vergeblich nach einer Schüssel.

»Ha, ha.« Kate richtete sich auf. Ihre Haare hatten kopfüber angefangen zu trocknen und standen ihr nun wie ein Heiligenschein um den Kopf. »Falls du es vergessen haben solltest, ich hole Giles in Heathrow in etwas mehr als zwei Stunden ab. Mein Haar spielt verrückt, ich kann die Kette nicht finden, die er mir zu meinem letzten Geburtstag geschenkt hat und jetzt gibt es offenbar als besondere Weihnachtsveranstaltung einen achtundvierzig Stunden dauernden U-Bahn-Streik!«

»Wie konnten wir das vergessen? Nimm meinen Wagen«, wiederholte Harry. Er legte die Zeitung ab und streute Müsli über seine Cornflakes. »Er ist versichert, wegen der Arbeit, und du kannst die Hinweisschilder nach Heathrow nicht übersehen. Mit dem Auto geht es sowieso schneller.«

»Alles in London bringt mich auf die Palme«, murmelte Kate, zerrte sich die Locken zu einem hoch angesetzten Pferdeschwanz zurecht, drehte ihn zu einem französischen Zopf und befestigte ihn mit einer Spange. Sie überprüfte ihr Aussehen in der Backofentür. Das war nicht mehr das schlanke glatte Aussehen, mit dem Giles sie zurückgelassen hatte, aber es würde reichen müssen. Mit einem Stück braunem Paketklebeband entfernte sie die Fusseln von ihrem kurzen schwarzen Rock, der, wie ihre gesamte Garderobe, mit Ratcats Haaren bedeckt war.

»Ist das okay so?«, fragte sie Harry. »Ich habe diesen Rock erst einmal getragen, und er sah im Laden viel besser aus.« Sie zerrte ihn nervös herunter, bis der Saum gut sieben Zentimeter über dem Knie endete. Er kroch wieder hoch, als sie nach den Autoschlüsseln griff.

Harry senkte seine Zeitung höflich. »Kate, du siehst fantastisch aus. Hast du irgendetwas mit deinem Haar gemacht?« Er sah genauer hin. »Etwas ist…? Anders?«

Kate verdrehte die Augen.

»Trägst du nicht eine Brille?«

»Harry, ich trage meine Brille nie, außer ganz früh am Morgen.«

»Ja, ja«, sagte Dant hinter dem Wirtschaftsteil der Zeitung hervor.

»Du wirst feststellen, dass keine Aushilfsjobs in dieser Zeitung angeboten werden«, sagte Kate.

Die Zeitung raschelte.

»Ähmmm…« Harry schielte in ihre Richtung und zuckte hilflos die Achseln.

Kate legte die Hände über ihre Augen. »Gott weiß, dass ich nicht genug Zeit habe für diese verdammte Pantomime… Welche Farbe haben meine Augen, Jungs?«

Harry und Dant tauschten ›Wer weiß?‹-Blicke aus. Harry warf einen schnellen Blick auf die Fotos von dem fingierten Junggesellenabschied, die mit Obstmagneten am Tiefkühlschrank befestigt waren.

»Braun?«

Kate seufzte tief auf. »Wie viele Rothaarige hast du schon mit braunen Augen gesehen? Sie sind grün, du Anus.« Sie nahm die Hände weg, um sie zu zeigen.

»Aber sie *sind* braun«, sagte Harry, als er sie ansah. Er gab auf und lehnte sich schulterzuckend auf seinem Stuhl zurück. »Nein. Verwechselt. Verzeihung.«

»Für ungeheueres Geld und als vorzeitiges Weihnachtsgeschenk für mich habe ich mir ein Paar gefärbte Kontaktlinsen bestellt, als ich meine Augen das letzte Mal habe prüfen lassen.« Kate nahm ihre Puderdose aus der Tasche. »Ich glaube, dass ich wirklich ziemlich gut aussehe.« Sie legte braunen Lippenstift etwas zu schnell auf.

»Oh ja«, sagte Harry und beugte sich dichter zu ihr hin. »Jetzt, wo du es sagst…«

»Na Dant? Kein Kommentar von dir?«

Dant senkte die Zeitung. »Du siehst aus wie eine kurzsichtige Tigerkatze. Bist du jetzt glücklich?«

»Ach, verpiss dich.« Kate zog ihren Mantel von der Türrückseite und rammte ein Manuskript in ihre Schultertasche. »Ich komme heute Abend nicht nach Hause, weil Giles und ich die Nacht in einem Hotel verbringen werden.«

Dant hob sarkastisch die Augenbraue. »Ich dachte, dass du das Wochenende über irgendwo an einem netten Ort verbringen würdest. Hat dein pankontinentaler Liebhaber dich im Stich gelassen? Erzähl mir nicht, dass er sich nicht so viel Zeit für dich nehmen kann, nachdem du hier so geduldig in diesem Schweinestall gewartet hast. Zu viele internationale Geschäftemacherei, um einen Telefonhörer abzunehmen?«

»Nun ja«, sagte Kate und dachte an die französischen Sprachführer, die sie voller Optimismus aus der Arbeit mitgenommen und gestern zurückgebracht hatte. »Im Büro ging es für Giles ein bisschen wild zu, so dass er das nicht pünktlich organisieren konnte. Also werden wir einfach ein langes Luxuswochenende irgendwo verbringen, wo ich vergessen kann, dass du überhaupt existierst.«

Dant gab ein abweisendes Schnauben von sich.

Kate fixierte ihn mit starrem Blick. »Es sei denn, sie zeigen *Rosen des Todes* im hauseigenen TV-Filmkanal.«

Dant stand auf und ging hinaus.

»Ich werde vielleicht nicht mehr hier sein, wenn du zurückkommst«, sagte Harry. Er schien die Kabbeleien zwischen Kate und Dant nicht zu bemerken oder wenigstens ließ er sich nichts mehr anmerken. »Ich fahre zu Weihnachten zu meiner Mutter nach Northumberland, also könntest du bitte den Wagen hinter der Werkstatt abstellen und die Schlüssel in mein Zimmer legen?«

»Brauchst du denn den Wagen nicht selbst?«, fragte Kate, während sie überprüfte, ob sie alles in ihrer Tasche eingepackt hatte. Stirnrunzelnd sah sie in ihren Toilettenbeutel. Wie viele Kondome waren eigentlich schicklich?

»Nein, wirklich nicht. Ich werde Neujahr zurück sein.« Er goss die letzte Milch in seinen Tee und warf den leeren Karton in Richtung Abfalleimer. »Ich vermute, dass Dant und Cress nach Los Angeles zu ihrer Mutter fliegen werden, also sei nicht überrascht, wenn niemand hier ist, wenn du zurückkommst.«

»Bestimmt nicht«, sage Kate und hievte sich den Beutel über die Schulter.

»Ich habe eine Pflanze als Weihnachtsgeschenk für Teresa besorgt – ich habe auch die Karte vorbereitet, also wenn du sie gut gewässert irgendwo sichtbar stehen lässt, wird sie sie finden, wenn sie heute im Laufe des Tages kommt.« Harry hielt inne. »Also, vielleicht solltest du es nicht zu offensichtlich machen, wenn man bedenkt, mit welcher Geschwindigkeit sie Dants Kakteen umgebracht hat. Es wäre schön, wenn sie sie mit nach Hause nehmen würde, ehe sie sich in ein Bündel getrockneter Kräuter verwandelt hat.«

Kate unterbrach ihre Vorbereitungen zu einem schnellen Toast-Sandwich und sah ihn misstrauisch an. »Getrocknete Kräuter? Was für eine Pflanze hast du denn für sie gekauft?«

»Ach, Dant und ich sind zu dem Markt in der Colombia Road gegangen.« Harry starrte sie an und nahm den rötlich gelben Gesamteindruck in sich auf – ihr Haar, ihre Augen, ihr Pullover …

Sein unverhohlen taxierender Blick traf ihren, und eine Sekunde lang fühlte Kate sich unbehaglich. Sie spürte einen

Augenblick zwischen seinem ursprünglichen Blick – als er ihre neuen Linsen prüfte – und dem Blick, der den ihren einen Bruchteil länger als zuvor fest hielt. Sie wusste nicht, was er suchte oder was er anderes in ihren Augen sah als braune Plastiklinsen.

»Hast du eigentlich einen Stadtplan, auf dem auch Heathrow verzeichnet ist?«, fragte sie ein wenig befangen.

»Im Handschuhfach.« Harry stand auf. »Also dann. Ich vermute mal, dass wir uns vor Weihnachten jetzt zum letzten Mal sehen.«

Kate beschäftigte sich unnötigerweise mit ihrem Schal. »Wenn Giles' Flug nicht storniert wird und ich heute Nacht hierher zurückkehre. Da er die Angewohnheit hat, länger zu bleiben, um Zusatzarbeiten zu machen, kann ich das nicht völlig ausschließen.«

»Bleib eine Sekunde stehen.« Er schob seinen Stuhl vom Tisch weg und seine nackten Füße klatschten auf die kalten Dielenfliesen, als er mit großen Schritten in sein Zimmer eilte.

Weihnachtsgeschenke! Kate presste sich die Hand auf den Mund. Sie hatte so ausschließlich an Giles gedacht, dass sie die komplett vergessen hatte. Sie hatte noch nicht einmal etwas für ihre Eltern gekauft – alles, was nicht direkt mit Giles zusammenhing, hatte sie auf die kurze Zeit zwischen dem Wochenende und der Heimfahrt mit Mike und Laura verschoben.

Blitzartig, aber vergeblich dachte sie über eine plausible Entschuldigung nach, als Harry mit einem kleinen Päckchen zurückkehrte. »Harry, ich…«

Mit scheuer Hand wischte er ihre Entschuldigung weg. »Ich weiß, dass du mit ganz anderen Sachen beschäftigt warst. Es ist eigentlich ein Dankeschön-Geschenk, weil du so… du weißt schon… In den vergangenen Monaten habe ich… du weißt schon…« Er errötete, grub die Hände in die Taschen seiner Trainingshose und schaukelte auf den Zehen vor und zurück.

Kates Herz hämmerte vor Verlegenheit. Was wollte er sagen? Und gab es einen schlimmeren Zeitpunkt für das, was er vermutlich sagen wollte als diesen, da sie kurz davor war, ihren Freund vom Flughafen abzuholen? Also… du weißt schon was…? *Was denn?*, fragte sie sich.

Als hätte er ihr die Frage von den Augen abgelesen, sagte Harry: »Du warst so verständnisvoll bei all dem Kram mit Cress.« Als er das endlich ausgesprochen hatte, hob er den Kopf und lächelte schüchtern. »Du kannst dir gar nicht vorstellen, wie hilfreich es war, den Standpunkt eines Mädchens zu hören. Das ist ja sowieso ein großer Unterschied zu Dant, diesem elenden alten Blödmann.«

Kate steckte das Päckchen in ihren Beutel, um den Hauch von Enttäuschung zu kaschieren, der ihr mit Sicherheit vom Gesicht abzulesen war. »Oh, Harry, das war doch nicht nötig. Ich war mit Sicherheit genauso…« Sie war kurz davor, ›langweilig‹ zu sagen, doch sie merkte, dass das weder höflich noch wahr wäre. Ihre Beziehung zu Giles war überhaupt nicht mit Harrys großer und hoffnungsloser Schwärmerei für Cress zu vergleichen. »Genauso liebeskrank wie du«, schloss sie etwas lahm.

Sie blieben ein paar Momente lang einfach stehen und lächelten sich an, bis Kate sich impulsiv vorbeugte und ihn auf die Wange küsste. Sie spürte das schwache Kribbeln seiner morgendlichen Bartstoppeln an ihren Lippen, und er roch nach Seife und Right Guard-Deospray. Der Geruch aus dem Umkleideraum der Jungs. »Ich wünsche dir ein tolles Weihnachtsfest, und wir sehen uns im Januar wieder«, sagte sie und war sich dabei nur allzu bewusst, dass sich ein abwehrender förmlicher Ton in ihre Stimme eingeschlichen hatte. »Ich weiß noch nicht, wie unsere Pläne für Neujahr aussehen, aber ich glaube, dass Giles und ich in London sein werden.«

Das ›unsere‹ lenkte sie ab. Es hatte einen wunderbaren Klang, dachte Kate. ›Unsere Pläne.‹ Das klang fast so, als ob sie eine Mitsprachemöglichkeit dabei hatte.

»Lass es dir gut gehen«, sagte Harry und küsste ihre andere Wange. Kate, die gerade an Papierketten dachte, war auf einen zweiten Kuss nicht vorbereitet. Er überraschte sie und fühlte sich wie ein richtiger Kuss an. Röte stieg in ihre Wangen. »Wir sehen uns im Januar mit Sicherheit wieder. Und fahr meinen Wagen nicht im Heathrow-Parkhaus zu Schrott!«

»Natürlich nicht«, sagte Kate. Sie nahm ihre Handtasche mit unsicherer Hand und rief: »Fröhliche Weihnachten, du fauler Nichtsnutz!«, als sie an Dants Zimmer vorbeiging. Sie erhielt ein Grunzen zur Antwort und einen Schwall von Todesgeräuschen aus dem Computer.

Die Treppe war wegen der jährlichen Teppichreinigung noch steiler als sonst, und Kate war sie vorsichtig nach unten gegangen, als Ratcat mit etwas Baumelndem im Maul durch die Katzenklappe die Treppe hinauf und durch ihre Beine sauste. Kate verlor das Gleichgewicht und landete mit einem dumpfen Aufschlag auf dem Hintern. Ihr Rock gab ein drohendes reißendes Geräusch von sich.

»Oh, verdammt«, sagte sie erbittert. Plötzlich fiel ihr etwas ein, worauf sie ein zweites »oh, verdammt«, hinzufügte, sich am Geländer hochzog, die Taschen fallen ließ und zwei Stufen auf einmal nehmend die Treppe wieder hinaufstürmte.

Als sie nach Luft schnappend an der Eingangstür ankam, sah sie, dass Harry gerade seine Trainingshose auszog und sie mit allem anderen, was er getragen hatte, in die Waschmaschine steckte. Kate hielt sich höflich die Augen zu und beugte sich nach vorn, um ihre Atemzüge auf eine angenehmere Zahl zu verlangsamen. Oh, mein Gott, das war ja der flachste Bauch der Welt, dachte sie schuldbewusst zwischen zwei Japsern. Da konnte sie sich ihrer eigenen kläglichen Trainingsversuche nur schämen. Wasser-Aerobic reichte offensichtlich nicht aus, um wenigstens ihren niedrigsten Fitnessgrad beizubehalten.

»So bald schon zurück?«, fragte Harry.

Mit ihrem anderen Arm deutete Kate zu Ratcats Essensplatz hinüber, wo er sich über seine Schüssel mit festlichem

Thunfisch hermachte. »Ratcat«, keuchte sie. »Wer kümmert sich über Weihnachten um ihn?«

»Ach«, sagte Harry. »Ach ja. Darüber wollte ich ja auch noch mit dir sprechen.«

Die Fahrt nach Heathrow war ein Kinderspiel. Selbst wenn es weniger Hinweisschilder gegeben hätte, dachte Kate, hätte sie nur der Ameisenarmee schwarzer Taxis zu folgen brauchen, die alle nach Westen fuhren. Sie fuhr langsam an einen Stau heran und sah auf ihre Uhr. Eine Stunde bis zur Landung. Na, das würde reichen. Er würde ja nicht sofort auftauchen. Durch die Ratcat-Diskussionen hatte sie zwanzig Minuten verloren – und es wäre unendlich weitergegangen, wenn die Zeit nicht knapp geworden wäre, was dazu geführt hatte, dass sie von ihrer Weigerung abgegangen war und sich erboten hatte, ihn mit nach Hause zu nehmen; sonst hätten sie sich noch bis zur Landung des Flugzeugs gestritten.

Ratcat muss einfach in meinem Zimmer bleiben, dachte Kate. Sie überprüfte im Rückspiegel ihre Kontaktlinsen. In einer Kiste.

Sehe ich mit diesen Linsen wie eine Wölfin aus? Sie fuhr ein paar Meter weiter und ließ die Hände über die Beschlagnägel auf der Rückseite des dünnen Steuerrads aus Holz gleiten.

Doch sobald Giles mich sieht, wird er beeindruckt sein müssen, dachte Kate, während sie recht großspurig einen kleinen Schulbus überholte. Harrys Rover glitt mit der untertriebenen Kraft dahin, über die nur ein wirklich großer altmodischer Wagen verfügte. Hier bin ich, ich habe seinen dummen Test bestanden, einschließlich der Verlängerungszeit. Ich habe eine Unterkunft gefunden und auch einen Job, wie lächerlich der auch sein mochte. Sie lächelte in den Rückspiegel. Einen Job, den ich jederzeit sausen lassen kann, wenn ich will, da ich ja jetzt bewiesen habe, dass ich es kann. Er wird das so wollen.

Ihr Lächeln wurde breiter, als sich der Gedanke, Eclipse sausen zu lassen, in ihrem Kopf breit machte. Sie stellte sich vor, wie Jim von der Poststelle mit einem wuchtigen Blumenstrauß an den enttäuschten Gesichtern und erwartungsvoll geöffneten Armen von Jennifer und Elaine vorbeifegte – ›Mr. Crawford bittet Sie, jetzt gleich zu kommen, weil der Tisch bei The Ivy für ein Uhr reserviert ist.‹ Dann sah sie sich selbst, wie sie Elaine den riesigen Stapel Zeitungsausschnitte zurückgab, ihre Redigier-Bleistifte locker in Jennifers Dekolletee fallen ließ, die Vordertreppe hinunterschlenderte und ein Taxi herbeirief, ohne erst in ihrer Geldbörse nachsehen zu müssen, ob sie ihre Busfahrkarte dabeihatte…

Kate fuhr durch das endlose Industriegebiet, das den Flughafen Heathrow umgab und geriet in Panik. Dauerparkhaus oder Kurzzeit-Parkhaus? Ihre Hände zitterten auf dem Steuerrad. Was meinten sie mit kurzer oder langer Zeit? Der Freund, den sie vor Giles im College gehabt hatte, hatte einen langen Zeitraum definiert als ›die Zeitspanne zwischen dem Waschen einer Wettkampfausrüstung und der nächsten‹ und einen kurzen Zeitraum als ›bis die Wäscheschleuder stoppt‹.

Der Verkehr nahm ihr die Entscheidung ab. Kurzzeitparkhaus. Der Flieger würde jetzt sehr bald landen, und sie würden sofort zu dem geheimnisvollen Ort fahren. Parkhäuser waren für sie schon mit ihrem roten Mini Furcht erregend gewesen, doch mit einer Limousine von der Größe eines Panzers und ohne Servolenkung würde sie alle Nerven verlieren. Sie bog in die Kurzzeitspur ein, fuhr so lange herum, bis sie eine Lücke für Harrys Wagen gefunden hatte und quetschte ihn zwischen einen S-Klasse-Mercedes und einen nagelneuen Golf VR6 mit dunklen Scheiben. Neben diesen beiden würde wenigstens niemand versuchen, den Rover wegen seiner antiquierten Stereoanlage zu stehlen.

Mit einem letzten Blick in den Spiegel prüfte sie ihr Haar und ihr Make-up, stieg aus, schloss den Wagen ab und schrieb sich die Zulassungsnummer auf eine Serviette, die sie in der Tasche hatte, falls sie sie vergessen sollte und marschierte so schnell wie möglich in ihren neuen kniehohen Stiefeln in Richtung des Ankunftsbereichs davon.

Kate war erst zum zweiten Mal in Heathrow, und das erste Mal war bei Giles' Abflug vor fünf Monaten gewesen. Im Gegensatz zu ihrem Bruder, der immer Antimalaria-Tabletten in seiner reisefertigen Übernachtungstasche hatte, war Kate nie weiter weg gewesen als Lille zum französischen Schüleraustausch und war beide Male mit dem Schnellboot gefahren. Als sie Giles einmal locker gesagt hatte, dass sie noch nie geflogen sei, hatte er darauf reagiert, als hätte sie zugegeben, dass sie eine Außentoilette und einen Kohleofen im Bad zu Hause hätten. Kate hatte nicht das Gefühl, irgendetwas zu versäumen, und das hatte sehr schnell zu dem üblichen Argument geführt: ›Du solltest nach London kommen und die Welt kennen lernen‹. Vielleicht hatte es an Mutters wilder beschützend-pessimistischer Haltung gelegen, die jeden Drang zum Reisen erstickt hatte, doch Kate selbst hatte so viel Wanderlust wie ein Ziegelstein.

Nach ihrer Uhr musste das Flugzeug aus Chicago in weniger als fünf Minuten landen. Sie stand ungefähr am rechten Platz. Schmetterlinge begannen in Kates Bauch bei dem Gedanken zu flattern, Giles durch die Absperrung kommen zu sehen, und sie musste ganz einfach vor sich hin lächeln.

Die Minuten gingen vorbei und nichts schien zu passieren. Die kalte Luft umfächelte ihre ungeschützten Beine und sie begann darüber nachzudenken, ob es machbar wäre, einen Strumpfladen zu suchen, in dem sie dickere Strumpfhosen kaufen konnte, dann einen Ort zu finden, wo sie sie anziehen konnte und noch pünktlich zur Ankunft des Flugzeugs zurückzukehren. Strümpfe für Giles zu tragen, hatte sie zu Hause sexy und zuvorkommend gefunden. Kate spürte, dass sich eine Gänsehaut auf den erst kürzlich enthaarten Oberschenkeln bildete.

Die Anzeigetafel hoch über ihrem Kopf flackerte und sortierte sich dann automatisch um. Sie sah hoch und entdeckte endlich den richtigen Flug: *Flug XB3941 Chicago eine Stunde Verspätung aufgrund widriger Wetterbedingungen.*

»Ach, Scheiße.« Kate seufzte gereizt auf. In einer Stunde war es zwei Uhr, und sie hatte weder gefrühstückt noch zu Mittag gegessen. Ihr Magen knurrte und sie sah sich nach einem Ort um, wo sie schnell etwas essen konnte und ihre innere Debatte um die Strumpfhosen weiterführen konnte.

Kate hatte niemals den Zustand einer Koffeinabhängigkeit erreicht. Ihr gesamter Drogenkonsum an der Universität hatte sich auf eine einzige Pro-Plus-Tablette beschränkt: Als sie in letzter Minute noch eine ganze Nacht an einem Kunstgeschichte-Projekt arbeiten musste, zu dem ihr praktisch nichts einfiel, hatte sie sich in der Stadt das Aufputschmittel geholt und auf dem Heimweg eine Tablette zur Probe genommen; als sie nach einer Stunde dachte, dass sie immun dagegen war, da sie sich kein bisschen higher fühlte als sonst, hatte sie sich plötzlich über einem Blumenbeet auf dem Weg zur Bar erbrochen und musste die Demütigung hinnehmen, von einem Mitglied der Christlichen Vereinigung nach Hause gebracht zu werden, das ihr einen Vortrag über die Ungehörigkeit betrunkener Frauen und deren Verstöße gegen die Bibel hielt, bis sie so tat, als würde sie gleich ohnmächtig werden. Nicht einmal Giles wusste das. Kate hatte sich nie entscheiden können, was peinlicher war: so jämmerlich empfindlich auf etwas zu reagieren, was ihre Freunde wie Smarties kauten oder im College verschrien zu sein, nichts Stärkeres als ein Light-Bier zu vertragen.

Doch jetzt nach fünf Milchkaffees raste ihr Puls relativ unangenehm, und ihr war ganz leicht im Kopf und übel. Sie musste auch ganz dringend zur Toilette, doch sie wagte nicht, ihre Stellung vor den Ankunftsschranken zu verlassen, falls das Flugzeug nicht doch plötzlich auftauchte und sie dann den Moment verpasste, Giles hindurchkommen zu sehen. Andererseits wagte sie es nicht, *nicht* jede halbe

Stunde einen Kaffee zu trinken, weil man sie sonst vielleicht auffordern würde, ihren besten aller Standorte zu verlassen.

Das Flugzeug hatte mittlerweile schon vier Stunden Verspätung und die Anzeigetafel gab keine Erklärung dafür. Ja, es schien sogar ganz und gar von dem Monitor vor ihr verschwunden zu sein, und die bezaubernd schöne Unterwäsche, in die Kate sich gehüllt hatte, verlor von Minute zu Minute mehr an Anziehungskraft. Eine fünfköpfige Familie mit mehr Gepäck als der Billy-Smart's-Zirkus hatte sich eine Weile lang im gesamten Sitzbereich mit einem Tablett voller Getränke und Keksen ausgebreitet und als der rotgesichtige Vater Kates Blick zum fünften Mal aufgefangen hatte, hatte das Schuldgefühl schließlich die Oberhand gewonnen.

Sie stopfte alles in ihren Beutel, auch das Manuskript, das sie zum Lesen mitgebracht hatte, ängstlich darauf bedacht, nur ja nichts Wichtiges in einem Papierbecher zurückzulassen, wie zum Beispiel Harrys Autoschlüssel. Dann verließ sie das überfüllte Café, wobei sie auf ihrem Weg nach draußen mehreren Leuten mit ihrem schweren Beutel auf den Kopf schlug. Der Kaffee beeinträchtigte tatsächlich ihre Koordination, dachte sie, als sie fast über ein kleines Kind stolperte und sich an den Skiern von irgendjemandem festhalten musste, um nicht zu stürzen.

Giles flog mit Delta Airlines und Kate überraschte sich selbst mit einem Anflug von Isobels Tüchtigkeit, als sie durch die Halle marschierte, bis sie den richtigen Informationsstand gefunden hatte. Eine patente, blau gekleidete Frau befasste sich mit einer kleinen Schlange Menschen, die offenbar alle die gleichen Informationen haben wollten wie sie. Ihr Lächeln veränderte sich nie.

»Also es schneit«, sagte Kate, als sie an die Reihe kam.

»Ich fürchte ja«, sagte die Stewardess lächelnd.

»Wie lange?« Kate kannte die Antwort auf diese Frage schon, da die Leute vor ihr sie schon mehrfach mit wachsendem Unglauben wiederholt hatten.

»Wir können noch nichts Genaues sagen, weil auf dem

Flughafen extreme Wetterbedingungen herrschen und die Flüge der Reihe nach Starterlaubnis bekommen.«

Kate schloss die Augen und stellte entsetzt fest, dass das Delta-Abzeichen an dem Blazer der Frau vor ihren Augen herumtanzte. Sie öffnete sie schnell wieder.

»Wir werden Ihnen sofort Bescheid sagen, wenn wir etwas über die Ankunftszeit erfahren, und natürlich tut uns die Verspätung sehr Leid.« Die Stimme der Stewardess war unglaublich besänftigend. »Bitte nehmen Sie sich ein Weihnachtsplätzchen, während Sie warten.« Sie bot einen Korb mit Keksen an, die alle die Größe von Lauras Korkuntersetzern hatten.

»Also«, sagte Kate, während sie sich bediente, »ich denke mal, dass ein Zusammenstoß über der Rollbahn im Schneesturm die Weihnachtsatmosphäre verderben würde, meinen Sie nicht auch?« Sie zerkaute knirschend ihren Keks. Die Frau lächelte weiter. »Also Sie sagen wirklich, dass wir alle hier so lange warten müssen, bis der Flieger auftaucht, und das kann bis … wann dauern? Zehn Stunden?«

Die Frau nickte, und Kate nahm einen weiteren Keks, ging zum Strumpfladen und kaufte eine lächerlich teure 70-den Strumpfhose von den zwanzig Pfund, die bis Neujahr hätten reichen sollen.

Jeden Moment wird gleich jemand von *London Tonight* kommen und mit mir ein Interview über das harte Schlafen auf internationalen Flughäfen machen, dachte Kate. Sie knetete ihren Beutel ein wenig, um die Unterhosen anders zu verteilen und versuchte, es sich auf den drei zusammengeschweißten Stühlen vor dem Café der Coffee Republic und genau gegenüber des Ankunftsbereichs bequem zu machen. Die Strapse hatte sie in eine Außentasche des Beutels gestopft, und die Strümpfe, von denen einer eine Laufmasche kurz über dem Knie hatte, befanden sich im Abfalleimer vor dem WH-Smiths-Buchladen.

Auch egal, dachte sie und zog ihren Rock herunter, um

ihren Hintern vor der kalten Wand zu schützen. Das Wetter und ihre Stimmung waren viel zu frostig für Strümpfe. Jetzt war sie eben ganz mit 70-den blickdichten Strumpfhosen bedeckt. Die Dame von Delta Airlines war bemerkenswert geduldig gewesen während ihres letzten (vierten) Ausbruchs und hatte ihr schließlich eine überzählige Flugpackung geschenkt, die Fußspray, ein Paar Bettschuhe und eine Augenmaske enthielt, um sie loszuwerden.

»Wissen Sie, das ist der schlimmste Sturm, den sie in Chicago seit Jahren hatten«, hatte sie gesagt und missbilligend mit ihrem französischen Zopf genickt, als Kate sich weiter lautstark über den Mangel an Kundeninformationen beschwert hatte und am liebsten noch Anne Robinson vom Fernsehen angerufen hätte. »Es gibt Frauen, die bekommen ihre Kinder in 7-11-Läden.«

Schließlich hatte Kate die Flugpackung genommen und die Reste der Beruhigungskekse und war zu ihrem Platz zurückgeschlichen. Die Verspätung war jetzt ohne jede Bedeutung, denn das Flugzeug war jetzt schon viel zu lange überfällig. Kate zog sich die Stiefel aus, die an ihren Füßen schmerzten und zog die roten Bettschuhe über ihre Strumpfhose. Viel besser. Sie wackelte mit den Zehen. Ihre Füße fühlten sich müde an unter zwei Lagen Stoff. Wenigstens würde sie mit all dem Kaffee in sich nicht einschlafen, ehe Giles landete. Von ihrem knapp bemessenen langen Wochenende mit Giles, nach dem sie sich so sehr gesehnt hatte, dass sie schon fast die Unterhaltungen durchlebt hatte, hatten sie nun schon einen halben Tag und eine Nacht verloren. Nur noch der ganze Samstag war übrig geblieben, denn am Sonntagnachmittag würde sie zu Mike und Laura gehen müssen und mit ihnen nach Hause fahren. Und von ihnen verrückt gemacht werden.

Sie fuhr mit den Fingern über den dicken Samt der gepolsterten Augenmaske. Sie war verführerisch. Nur zehn Minuten, dachte Kate, als sie sich die Maske über die Augen zog. Es war, als wickelte sie sich den Kopf in schwarze Watte, und

Kates gesamter Körper wurde schlaff vor jämmerlicher Dankbarkeit. Ich kann noch immer die Ansagen hören, dachte sie, als der Lärm und das Licht des Flughafens sich auf ein erträgliches Maß abschwächten. Ich kann noch immer hören…

Die Dame von Delta Airlines beugte sich mit dem gleichen besorgten Gesichtsausdruck über sie. Der erschien Kate jetzt wirklich unheimlich, weil ihr klar war, dass die Frau heftig bemüht war, ihre Meinung über etwas zu ändern, von dem sie nicht wusste, was es war.

»Sie werden erstaunt sein, wie das Ihr Leben verändern wird«, sagte die Delta-Dame in ihrem schönen transatlantischen Tonfall und zauberte von irgendwoher ein *Star-Wars*-Laserschwert. Sie zog sich eine Augenmaske wie ein Chirurg über Nase und Mund.

»Keine hässlichen Brillen mehr«, sagte Giles, der drohend hinter ihr aufragte und eine Toblerone-Stange in der Hand hielt.

»Klasse!«, sagte Harrys körperlose Stimme. Kate suchte wie wild nach ihm, konnte ihn aber nicht finden.

»Harry?«, schrie sie. »Was zur Hölle ist hier los?«

»Korrigierende Laseroperation«, sagte die Delta-Dame lächelnd. »Das macht die schönen Augen noch schöner.« Sie schwang den Laser, und Kate fühlte sich von durchdringendem weißen Licht umgeben.

»Hier drüben!«, sagte eine Stimme, die ein wenig nach Dant klang. »Jesus, seht euch doch bloß diese Beine an!«

Die Delta-Dame beugte sich über sie und begann, ihr die Augen mit dem Laser aus dem Kopf zu bohren.

Kate spürte, dass sie langsam zu Bewusstsein kam, doch der Schmerz in ihren Augen ging nicht weg und auch nicht das Licht. Hatte sie Giles' Ankunft verpasst?

»Ich möchte nicht erblinden«, murmelte sie und schob die Augenmaske mit eingeschlafener Hand beiseite. Ihre Augen blinzelten schmerzend in das Licht.

Als Erstes stellte sie fest, dass der Schmerz in den Augen von den ausgetrockneten Kontaktlinsen kam, und zweitens, dass das helle Licht von einem achtköpfigen Kamerateam herrührte, von denen einer eine starke Lampe über sie hielt und ein anderer mit einer Baseballkappe eine Kamera auf ihre Beine richtete. Sie wich mit wütendem Blick vor ihm zurück. Irgendwo im Hintergrund lächelte die Dame vom Delta-Airlines-Schalter sie liebevoll an.

»Wissen Sie, sie wartet hier schon seit zwei Uhr nachmittags«, sagte sie zu einer Frau, die ein Klemmbrett in der Hand hatte, und deutete gleichzeitig mit einem Nicken in Kates Richtung.

»Ahh. Hast du das, Steve?« Ein Sprechfunkgerät knatterte. »Hi, ja, wir sind hier bei einer Story bei der Inlandsankunft, wenn ihr herüberkommen wollt…« Sie kritzelte etwas auf ihr Klemmbrett, während sie sprach. »Ja, es sieht wirklich süß aus. Hübsche Weihnachtsgeschichte. Ja, sie ist jetzt wach…«

Der Mann mit der Videokamera kam um die Bank herum, um sie von vorn aufzunehmen, und sie starrte ihn stumm an, während die Fluglinien-Dame ihnen weitere Einzelheiten erzählte.

Kate wusste sehr genau, dass die Kamera auf sie gerichtet war und noch genauer, dass sie nicht hineinsehen wollte. Sie wollte sich so gern die Augen reiben, doch ihr war klar, dass ihre teuren Kontaktlinsen aller Wahrscheinlichkeit nach herausfallen würden, wenn sie das tat. Sie wollte auch gern etwas sagen, etwas richtig Rüdes, doch sie wollte nicht unbedingt, dass das aufgenommen wurde, ehe sie nicht ganz wach war und ihre Gedanken geordnet hatte.

Die ganze Situation war so unwirklich, dass Kate mit keinem einzigen Wort darauf reagieren konnte, was sie sehr überraschte, da sie normalerweise von der schnellen Truppe war.

Sie sah auf ihre Uhr. Es war zwei Uhr morgens, lange nach ihrer normalen Schlafenszeit, und noch immer wusste sie nicht, ob Giles' Flugzeug gelandet war. Ihr Bemühen, sich nicht lächerlich zu machen, hielt sie davon ab, überhaupt etwas zu sagen. Das Kamerateam hing erwartungsvoll herum und wartete darauf, dass sie etwas von sich gab. Das einzig Gute war nach Kates Ansicht, dass ihr zu dieser späten Stunde ein Publikum aus Grimassen schneidenden Neunjährigen auf Klassenfahrt erspart blieb.

»Ist das Flugzeug aus Chicago schon gelandet?«, fragte Kate die Stewardess und ignorierte alle anderen so gut sie konnte.

»Schätzchen, wir sind hierher gekommen, um Ihnen zu sagen, dass es in den nächsten zehn Minuten landen wird!« Sie unterstrich das, indem sie alle zehn Finger hob. Als Kate sich die Frau jetzt genauer anschaute, sah sie, dass die Lippen um das breite Lächeln herum verdächtig glänzend aussahen und die Nase weit weniger glänzte als zuvor. Ein starker Geruch nach Haarspray hing in der Luft.

»Oh, prima.« Kate schwang die Beine auf den Boden und sah, dass sie noch immer die Bettschuhe trug. Das Kamerateam stellte sich entsprechend auf. Unter der Bank lag das Manuskript rund um sie auf dem Boden verstreut.

»Filmen Sie das?«, fragte sie und blinzelte ins Licht. »Weil ich nämlich wie ein Kobold aussehe und lieber nicht…«

»Oh, nein, nein«, log der Kameramann und richtete die Kamera auf ihren zerknitterten Ausschnitt.

»Das hier gehört zu einer größeren Dokumentarreihe über britische Flughäfen«, erklärte die Frau mit dem Klemmbrett. »Wir machen Heathrow zu Weihnachten. Menschliche Schicksale, solche Sachen. Verlorene Katzen. Versöhnungen. Babys, die in Leibesvisitations-Räumen geboren werden.«

»Gut.« Kate sah sie scharf an und fragte sich, was sie tun konnte, damit man das nicht ausstrahlen konnte. Ein bisschen Werbung einstreuen? Mit einem Sprachfehler sprechen?

»Ihre Story ist toll«, fügte die Assistentin hinzu, während sie die Notizen durchblätterte.

Kate beugte sich zu der Delta-Dame hinüber. Ihr Rock war völlig zerknittert, als sie aufstand, und sie zog die Socken aus und die Stiefel so würdevoll an, wie sie konnte, ohne ihren Schritt der Kamera zu zeigen. Ihre Beine waren qualvoll steif.

»Also wird er hier gleich herauskommen, oder?«, fragte sie unbeholfen und deutete auf die Türen. Die Gepäckbänder rasselten und eine einsame rote Sportreisetasche rollte heran. Kates Unterbewusstsein hatte registriert, dass diese Reisetasche schon seit ungefähr sechs Uhr transportiert worden war, ohne dass jemand Anspruch darauf erhoben hatte. Vielleicht enthielt sie ja eine Bombe. Würde das ausreichen, um sie abzulenken?

Der Kameramann bewegte sich und sie zog ihren Rock herunter.

»Warum sollte er denn hier herauskommen?«, fragte die Assistentin, als sei sie ein kleines Kind. Sie deutete auf den Monitor.

»Dieser Ausgang ist nur für inländische Fluggäste, Schätzchen«, erläuterte die Delta-Dame genauer. »Für Leute, die innerhalb des Vereinigten Königreichs fliegen.«

»Was?«, stieß Kate hervor. »Also bezieht sich der Begriff ›UK-Ankommende‹ nicht auf Leute, die aus dem Ausland im Vereinigten Königreich landen? Sie lassen mich hier warten, wenn ich eigentlich … Moment mal, wo muss ich denn hin?«

»Die internationalen Fluggäste kommen unten an, Liebes«, erklärte der Kameramann und fügte provozierend hinzu: »Schätzchen, er könnte schon vor Stunden angekommen sein, und Sie hätten ihn schon ganz und gar verpasst, während Sie hier gepennt haben.«

Kate schleuderte ihm einen hasserfüllten Blick zu und zerrte all ihre Sachen zu sich.

»Könnten Sie wohl ganz normal zum Fahrstuhl gehen?«, fragte die Frau, die hier das Sagen zu haben schien. »Tun Sie einfach so, als seien wir gar nicht hier. Okay?« Sie lächelte ein Lehrerinnen ›Ist das nicht lustig‹-Lächeln.

Kate versuchte, die flatternde Aufregung wieder in sich aufzubauen. Die Aussicht, dass Giles wieder ganz real in ihr Leben trat und nicht mehr nur als Stimme am Telefon oder als Foto existierte, hatte sie nicht losgelassen, seit er fortgegangen war. Doch je wacher sie wurde, umso mehr konnte sie nur noch daran denken, wie lächerlich sie aussehen musste, wie sie, von einem Filmteam von hinten aufgenommen, in ihren neuen Stiefeln durch den Flughafen klapperte. Dass der Höhepunkt ihrer elenden Zeit in London nun auf diese Weise gestört wurde, war ihr bis jetzt nur am Rande aufgefallen.

Die Renovierungsarbeiten am Ausgang für internationale Fluggäste waren erst halb fertig, und die schwachen Versuche, dem Gebäude eine festliche Note zu geben, waren nicht besonders geglückt. Etliche müde Fahrer standen herum, alle mit Klemmbrettern ausgestattet, auf denen Nachnamen standen. Sie aßen Kit-Kats und blätterten durch die *Sun* vom Vortag. Kate hatte sich für ihre große Wiedervereinigung eine Umgebung mehr nach Art des Grand Central Bahnhofs gewünscht.

Die ersten Passagiere der Business-Klasse des Fluges aus Chicago wankten durch den Ausgang. Die meisten hatten nur ein Gepäckstück dabei und sahen höchst unzufrieden aus.

Plötzlich sah sie Giles durch den Ausgang kommen. Er schob einen Kofferkuli vor sich her und sah gut aus. So gut, dass ihr Magen einen Sprung machte. Wie konnte sie angenommen haben, dass sie nicht aufgeregt sein würde?

Kate wollte diesen Augenblick ganz allein genießen: die Sekunde festhalten, ehe er sie sah und ihrer beider Welten sich vereinigten; ehe sie das heftige Wirrwarr an Gefühlen und Regungen zu einer winzigen angemessenen Geste eindampfte – um sich später an das Schwindel erregende Gefühl erinnern zu können, das sie ganz erfüllte: wie verrückt froh sie war, ihn zu sehen.

Giles hatte schon fast den Kofferkuli an ihr vorbeigeschoben, als Kate plötzlich von einer unbegreiflichen Scheu gelähmt wurde. Sie wollte ihn nur ansehen. Er hatte so lange nur in ihrem Kopf existiert und auf den Fotos, die neben ihrem Bett standen, dass es ganz unwirklich war, ihn jetzt auf sich zukommen zu sehen. Das war, als sähe man einen Filmstar in der Boots-Drogerie.

Glücklicherweise – oder auch nicht – machte das Filmteam den ersten Schritt.

»Dort drüben!«, schrie der Mann mit der Kamera.

Giles sah über die Schulter und erwartete Julia Roberts mit einer Horde Bodyguards. Eine unangenehme Anzahl anderer Reisender sahen sich ebenfalls um und änderten ihre übernächtigten Mienen, als sie das Kamerateam vor den Schranken entdeckten.

Kate drängte sich nach vorn. »Giles! Giles!«, rief sie und winkte ihm zu. Hin und her gerissen zwischen Befangenheit und den verrückten Gefühlen, die er in ihr aufrührte, wusste sie nicht, wie sie reagieren sollte. Doch ihr Herz hüpfte in ihrer Brust, als sie sah, wie sein Gesicht sich zu einem Lächeln verzog.

»Kate«, rief er und schob den Kofferkuli schneller. Einer der Assistenten begann, die Menschen aus dem Weg zu schieben, damit die Aufnahme nicht beeinträchtigt wurde, und Giles starrte ihn an.

Oh Scheiße, dachte Kate.

»Entschuldigen Sie bitte«, sagte Giles mit einer leichten ›Hören Sie mal, guter Mann‹-Stimme. »Können Sie mich bitte durchlassen? Wen auch immer Sie hier filmen wollen, der ist sicherlich längst durch den Hinterausgang verschwunden.«

»Giles, sie sind nicht…«, begann Kate. Giles sah den Kameramann finster an, und sie versuchte, ihn von dem Filmteam weg zu dirigieren, damit sie ihm leise erklären konnte, was hier los war.

Doch je weiter sie ihn in die Mitte der Halle bugsierte, desto dichter folgte das Filmteam.

»Wer, zur Hölle, sind diese Clowns?«, fragte Giles gereizt und schob den Kofferkuli so schnell voran, dass Kate joggen musste, um mit ihm Schritt zuhalten. »Ich weiß gar nicht, auf wen die warten, aber wir waren alle stundenlang in diesem Flieger, abgesehen von der übrigen Warterei, und da denkt man doch… Ach, können Sie jetzt mal endlich verschwinden?«

Er hielt an und Kate drehte sich um, weil sie wissen wollte, wohin er sah.

Über ihren Köpfen hing ein Mikrofongalgen.

Er wandte sich ihr wieder zu, und nun waren die Schmetterlinge auch wieder da, und diesmal mit Luftgewehren. »Was ist hier eigentlich los?« Er versuchte es mit einem müden Lächeln, doch Kate sah mit flauem Gefühl, dass es seine Augen nicht erreichte, die blutunterlaufen waren und leicht schielten.

»Also, ich glaube, das ist eine Art Außenübertragungsteam, das etwas über Heathrow zu Weihnachten aufnimmt. Gefühlvolle Wiedervereinigungen, Ziegen, die sich auf Flugzeugen aus Namibia verirrt haben, solche Sachen eben… Ich sage ihnen, dass sie jetzt verschwinden sollen, ja?« Es ist nicht mein Fehler, schrie es in ihrem Kopf, doch etwas in Giles' Miene gab ihr das Gefühl, als ob sie persönlich dafür verantwortlich war.

Er schloss die Augen. »Das wäre nett, ja. Ich bin wirklich nicht in der Stimmung – entschuldige.« Er öffnete ein Auge, und Kate war erleichtert, darin einen Anflug seines üblichen Humors zu sehen, doch er schloss es wieder schnell.

Sie ging zu der Frau mit dem Klemmbrett hinüber, die mit aufmunterndem Lächeln auf die Kamera deutete.

Kate warf ein flüchtiges und gezwungenes Lächeln in die Kamera und sagte so zurückhaltend wie möglich: »Hallo, ich weiß nicht, ob die Dame von der Fluglinie erklärt hat, dass mein Freund ewig mit diesem Flug unterwegs war, und er ist genauso fertig wie ich auch, und wir haben uns seit über vier Monaten nicht gesehen, wenn Sie jetzt mit Ihrer Filmerei aufhören könnten …? Damit wir nach Hause gehen können?«

Acht Augenpaare starrten sie an. Sie versuchte noch ein schnelles Lächeln, doch ein gigantischer innerer Kampf fand in ihr statt zwischen einer ungeheuren Freude, dass dieser tolle Mann über das Fernsehen mit ihr verbunden war und dem starken Wunsch, ihn so schnell wie möglich für sich allein zu haben. Und da schwang auch noch einiges an Unbehagen, Verlegenheit, übrig gebliebener Verwirrung und Koffein-Missbrauch mit.

»Natürlich«, äußerte die Klemmbrett-Frau, »aber könnten wir denn nicht eine Art Umarmung haben, eine Versöhnungsszene, die wir für den Film verwenden können?«

Kate starrte sie an. »Was?«

»Nun, bisher haben Sie sich ja ein bisschen gesträubt, oder nicht?«

Kate biss die Zähne zusammen. Das entwickelte sich hier alles zu einem Albtraum. »Wie ich schon sagte, hat er fast den ganzen Tag im Flugzeug verbracht, und ich habe ihn seit …«

Die Klemmbrett-Frau sah sie mit einem äußerst unechten Flehen an und deutete dann auf die Kamera, die schon lief. »Nur ganz kurz? Dann können Sie gehen.«

»Na gut«, sagte Kate, atmete durch die Nase aus, machte auf dem Absatz kehrt und ging zu Giles zurück.

Seine Augen waren noch immer geschlossen, und er lehnte an seinem Kofferkuli. Trotz der langen Stunden im Flugzeug sah er nicht so zerknittert und verknautscht aus wie Kate selber aussehen würde. Stattdessen bemerkte sie stolz, dass seine Chinos noch immer einigermaßen glatt waren und dass er ein neues Ralph Lauren Hemd mit Reißverschluss trug.

»Giles!«, sagte sie, als sie sich ihm von hinten näherte, die Arme weit öffnete und ihn fest an sich drückte. Sie konnte seine Wirbelsäule durch das weiche Material seines Hemds fühlen. Er roch genauso, wie sie es noch in Erinnerung gehabt hatte, und Kate kämpfte Tränen von müder Freude nieder, als sie seine Wärme an ihrer Wange fühlte.

Er drehte sich um, umarmte sie reflexartig und öffnete die Augen. Sie waren blutunterlaufen, aber glücklich – einigermaßen jedenfalls.

»Lass uns gehen«, sagte sie, ehe er sie fragen konnte, wer dieses Kamerateam war und was es hier machte. »Komm, ich helfe dir mit dem Kofferkuli.« Sie schob ihn zu den Aufzügen und hoffte, dass der Anblick, wie sie das Gepäck gemeinsam in den Sonnenuntergang hineinschoben, für das Kamerateam genügend ›Versöhnung‹ war. »Ich bin mit dem Wagen da und habe ihn auf dem Kurzzeitparkplatz abgestellt«, plapperte sie weiter und drückte mehrfach den Rufknopf am Aufzug. Er schien im unteren Stockwerk festzustecken. Beeil dich, beeil dich, dachte sie und biss sich auf die Lippe.

»Du scheinst es ja schrecklich eilig zu haben«, sagte Giles. Seine Stimme klang müde und amüsiert und leicht amerikanisch.

»Ich kann es gar nicht erwarten, mit dir allein zu sein«, sagte Kate und drückte den Liftknopf noch ein paar Mal zusätzlich.

Der Aufzug kam, und Kate schob den Kofferkuli so schnell wie möglich hinein und zog Giles mit sich mit. Gütigerweise schlossen sich die Türen sofort, und sie konnten sich allein in den verspiegelten Türen betrachten. Kates Augen glitten über die vertrauten Gesichtszüge und verglichen sie mit der Liste in ihrem Herzen: das kleine Muttermal unter dem Auge, die langen Wimpern, die schwere Tauchuhr, das leichte Kitzeln der blonden Bartstoppeln…

Seltsam, dachte Kate, als Giles' Spiegelbild sich ihr zuwandte, ich hatte ihn größer in Erinnerung.

»Du kannst dir gar nicht vorstellen, wie sehr ich dich vermisst habe«, murmelte er ihr ins Ohr, während seine Arme sich um ihre Taille schlangen. Kate hob ihr Gesicht seinem entgegen, schloss die Augen und schaltete alles um sich herum aus, um die erste warme Berührung ihres Mundes mit seinem zu genießen. Sie konnte seinen Atem auf ihrem

Gesicht spüren und fühlte, dass er auf sie herabschaute, während er sie einfach nur umarmt hielt. Ihr Magen kippte wieder um, und sie öffnete die Augen, und als sie das Gesicht sah, das sie Nacht für Nacht versucht hatte, vor ihren Augen entstehen zu lassen und das sie nun endlich wirklich vor sich sah, konnte sie ein Keuchen nicht ganz unterdrücken.

Giles' Gesicht kam näher. Kate schloss die Augen wieder, und ihre Lippen öffneten sich, als er sie küsste. Ihr Kopf war von einer sanften dunklen Benommenheit erfüllt.

Dann umströmte sie Licht, als sich die Aufzugtüren öffneten.

»Puh, gerade noch erwischt. Dürfen wir mitfahren?«, fragte die Klemmbrett-Frau und winkte den Rest des Teams zu sich.

Da der Lift groß genug war, um einen Vauxhall Corsa darin zu parken, konnte Kate das kaum ablehnen.

Sie alle betraten schweigend den Lift. Kate schob ärgerlich das Mikrofon unter ihrer Nase weg.

»Entschuldigung.« Es herrschte eine angespannte Stille.

»Ich sehe schon, dass sich die Achtung vor den Persönlichkeitsrechten hier nicht verbessert hat«, sagte Giles, was wiederum die angespannte Stille nicht verbesserte.

Kate starrte auf die Stockwerkzahlen. Es war eine Quelle ständigen Elends für sie, dass ihr wunderbarer Ärger, der sich wie aus dem Nichts zu einem Tornado entwickeln konnte, fast immer wie ein Soufflé zu einer doofen Zerknirschtheit und Beschwichtigung zusammenfiel.

Sie lehnte den Kopf an Giles' Schulter und versuchte zu erkennen, ob der Kameramann noch immer filmte.

Endlich öffneten sich die Lifttüren, und das Team bewegte sich rückwärts nach draußen und filmte Kate und Giles dabei, wie sie versuchten, mit der linkshändigen Steuerung des Kofferkulis fertig zu werden.

»Hast du gesagt, dass du auf dem Kurzzeitparkplatz geparkt hast?«, fragte Giles, übernahm damit die Führung und konzentrierte seinen Blick ausschließlich auf sein Handgepäck.

»Ja«, sagte Kate und warf im letzten Moment noch ein »Ich bin so glücklich, dass ich ihn wiederhabe!« nach Art einer Hollywood-Ehefrau über die Schulter. Dann drehte sie sich um, presste die Lippen zusammen und schob den Kofferkuli so schnell sie konnte in Richtung Ausgangsschild.

21

Die Dinge entwickelten sich auch im Parkhaus nicht zum Besseren: Nachdem sie schließlich den Wagen geortet und den richtigen Ausgang gefunden hatten, fiel Giles ein, dass er Kate daran erinnern sollte, dass sie die Parkgebühren vor Verlassen des Parkhauses bezahlen musste. Erst als sie zurück zur Kasse stampfte, wurde ihr klar, wie viel Zeit sie dadurch verloren hatte, während sie in Heathrow in einem zweiten Universum ausgeharrt hatte.

»Entschuldigen Sie, könnten Sie das bitte noch einmal wiederholen?«, fragte sie den Mann an der Parkhauskasse.

»Sie sind jetzt in der Preisstufe Zwölf Stunden und mehr gelandet. Also…« Er deutete auf den Betrag auf der Sichtanzeige, weil Kates Miene ihm sagte, dass der Betrag zu schmerzvoll war, um ihn laut auszusprechen. Im Hintergrund lief die Wiederholung einer Weihnachts-Sondersendung. Kate wünschte sich, sonst wo zu sein, nur nicht in West London; sogar zu Hause, wo sie jetzt lieber das Programm mit ihren Eltern ansehen würde.

»Ich muss Ihnen einen Scheck geben, tut mir Leid«, sagte sie, weil sie zu müde war, um sich auf Diskussionen einzulassen oder eine sarkastische Bemerkung zu machen, wie zum Beispiel, dass sie in Bristol für den Betrag einen Wagen kaufen könne. Sie hatte nun endgültig kein Geld mehr bis nach Weihnachten übrig. Jeder würde Geschenke haben müssen, die ihrer flexiblen kleinen grünen Freundin, der Kundenkarte von Marks and Spencer's zu verdanken waren.

»Warum hast du denn im Kurzzeit-Parkhaus geparkt, Katie?«, fragte Giles, als sie endlich wieder zurückgestampft kam. Er trug ihre Delta-Airlines-Augenmaske und hatte seinen Sitz nach hinten geklappt.

»Weil ich um ein Uhr gestern Mittag – *als ich hier eintraf* – keine Ahnung hatte, dass ich die Hauptrolle in einer Art Marathon-Fluglinien-Katastrophenfilm spielen würde«, erwiderte sie kurz angebunden und zerrte an ihrem Sicherheitsgurt herum.

Sie ließ den Motor an, der gleich beim ersten Mal mit kehligem Röhren ansprang, das im gesamten Parkhaus widerhallte, und sie fuhren hinaus in das nächtliche Schneegestöber. Kleine Flocken glitten durch das Scheinwerferlicht, und abgesehen von ihrem seltsamen Sportwagen waren die Straßen ruhig. London breitete sich vor ihnen wie eine unwirkliche Kinokulisse aus, mit dunklen dicht gedrängten Häusern, auf denen mit von Neonlicht erleuchtete Markennamen die Firmen angebracht waren, die sich außerhalb der Stadt befanden, und die Ketten der Straßenlampen, die wie Weihnachtsdekorationen aussahen, geleiteten sie in die Stadt hinein. Kate stellte das Radio an.

Als sie zu einem Kreisverkehr kam, fiel ihr ein, dass sie keinen blassen Dunst hatte, wohin sie fuhr und ob das Hotel sie zu dieser Nachtzeit überhaupt noch aufnehmen würde.

»Giles, wohin müssen wir denn zu unserem geheimnisvollen Zwischenaufenthalt fahren?«, fragte sie. »Sag es mir nicht genau und mach die Überraschung nicht kaputt, aber ich muss ungefähr wissen, in welcher Spur ich mich einordnen muss, falls wir weit aus der Stadt hinausfahren.« Hertfordshire wäre als Anfang ganz nett. Oder irgendwo in Surrey? Kate ging die netteren Orte aus dem Zeitungsteil ›Häuser und Grundstücke‹ in ihrem Kopf durch.

Giles setzte sich auf dem Beifahrersitz kerzengerade auf

und riss sich die Augenmaske herunter. »Oh Gott, Kate, es tut mir so Leid«, sagte er. »Ich wollte es dir schon auf dem Flughafen sagen.«

»Was denn?« Ihre Hände umfassten das Steuerrad fester, bis die Haut um ihre Ringe herum weiß wurde. »Sag es mir sehr schnell«, fügte sie hinzu, »wenn du nicht durch einen Autounfall sterben möchtest.«

Giles rieb sich die Augen. »Vor Weihnachten war im Büro so die Hölle los, dass ich keine Zeit hatte, irgendetwas zu arrangieren, und außerdem, nun ja… Mum und Dad sind bis Neujahr auf Barbados, und da dachte ich, dass wir das Wochenende einfach… bei mir zu Hause verbringen könnten«, schloss er schwach.

»Gut«, sagte Kate. »Schön.« Und sie fuhr blinkend in die Spur hinüber, die ins Zentrum führte. Die Ronettes sangen weiter mehrstimmig, doch sie sang nicht mehr mit. Zum allerersten Mal, seit sie gelesen hatte, dass man Cher aus dem begleitenden Chor heraushören könne, versuchte Kate nicht, sie zu erkennen. Sie hatte genug damit zu tun, nicht in irrationale Tränen auszubrechen.

Als die Platte endete, gab der DJ ein paar Reisenachrichten durch, die sie nicht betrafen, redete als Überleitung ein bisschen Unsinn, nannte die Durchwahlnummer ins Studio und legte schließlich ›Christmas Wrapping‹ auf, das Kate nur an all die Geschäfte erinnerte, die sie für ihre Familie und deren Bedürfnis nach saisonbedingten Gaben nicht aufgesucht hatte. Vielleicht würde Giles ihre Weihnachtseinkäufe übernehmen, dachte sie in dem Versuch, ein wenig Profit aus der Tatsache zu ziehen, dass sie in London geblieben war. Ein sehr kleiner Profit tröpfelte heraus: Was hatte er ihr aus Amerika mitgebracht? Es reichte leider nicht.

Giles wühlte in seiner Tasche herum. Kate wünschte sich, er würde ihr spontan irgendetwas Nettes sagen, doch seine Erschöpfung war nur zu offensichtlich. Sie hing im Wagen wie abgestandener Luftverbesserer. Sie selbst hatte einen Müdigkeitsgrad erreicht, in dem sie Gefahr lief, genau das

Falsche zu sagen und außerdem nicht mehr fit genug zu sein, um die Situation retten zu können.

Kates Aufmerksamkeit wurde von einem Blinken am Armaturenbrett erregt. Mit zusammengekniffenen Augen sah sie durch ihre schmutzigen Kontaktlinsen auf die unbekannten Skalen und entdeckte, dass das Benzin zur Neige ging. Entweder das oder die Temperatur des Motors war noch niedriger als die Außenluft.

Zum ersten Mal an diesem Tag hatte Kate ein wenig Glück, als eine durchgehend geöffnete Tankstelle auf der linken Seite auftauchte. Kaum hatte sie den Blinker gesetzt, meldete sich auch ihre Blase wieder.

»Giles, ich tanke hier nur kurz«, murmelte sie, weil sie nicht sicher war, ob er noch wach war. »Es dauert nur eine Minute.« Sie fuhr an die nächststehende Zapfsäule und sprang mit ihrer Tasche aus dem Auto.

Es fror draußen. Sie zitterte in ihrem ›schicken, aber unpraktischen‹ Pullover, schloss den Tankdeckel auf und nahm den Zapfhahn ab. Gott, war Benzin teuer, dachte sie, als die Zahlen auf der Anzeigetafel loszurattern begannen. Ein Polo fuhr zur gegenüber stehenden Zapfsäule, und ein Teenager stieg aus. Und Kate sah vor ihrem geistigen Auge, wie ihr Bankkonto immer mehr in die roten Zahlen abrutschte.

Sie sah zur anderen Zapfsäule hinüber. Tankten sie dort bleifreies Benzin? Ihre Hand am Zapfhahn zuckte, und ein paar Tropfen Benzin schwappten über den Rand. War Harrys Wagen zu alt für bleifreies Benzin? Sie wusste wirklich nicht, welches Benzin sie einfüllen musste.

Mehr brauchte sie nicht. Kate presste das, was sie für ihre Blasenmuskeln hielt, zusammen (schließlich machte sie Beckenbodenübungen!), rammte die Zapfpistole zurück in die Benzinzapfsäule, zerrte Giles' Tür auf und begann, im Handschuhfach herumzuwühlen. Ärgerlich sah sie, dass er mit offenem Mund schlief und sein Atmen einem Schnarchen sehr ähnlich war.

Harry besaß eine vollständige Service-Übersicht in seiner

Bedienungsanleitung (natürlich, dachte Kate), in der sie nun vor und zurück blätterte auf der Suche nach Angaben über die Benzinsorte. Obwohl es jetzt ohnehin schon zu spät war, dachte sie. Ich habe den Motor vielleicht längst ruiniert. Na ja, was machten ein paar weitere Tausende von Pfund schon aus? Die Müdigkeit verwirrte schon ein wenig ihren Geist, und sie konnte sich auf die Erklärungen und Diagramme nicht mehr konzentrieren. Schließlich warf sie die Bedienungsanleitung zurück ins Handschuhfach, schlug die Klappe zu, während sie Giles' Gesicht unter der Augenmaske beobachtete (er zuckte nicht einmal zusammen) und marschierte zum Bezahlen in das Tankstellengebäude.

Es war sehr hell erleuchtet und es brummte leise darin. Kate ging auf direktem Weg zur Toilette. In den vielen Jahren, in denen sie lange Autofahrten zu britischen Ferienzielen mitgemacht hatte, war sie zu einer Expertin im Auffinden auch der verstecktesten Tankstellentoiletten geworden. Sie konnte in fünf Minuten wieder draußen sein, nachdem sie ihren Vater gebeten hatte, den Wagen anzuhalten, auch wenn der Laden so eingerichtet war, dass verzweifelte Autofahrer aufgaben und zum nächsten Rastplatz weiterfuhren. Das Pinkeln Seite an Seite mit Mike auf dem Grasstreifen hatte für sie schon im Alter von fünf Jahren den Reiz des Neuen verloren. Sie hatte nichts dafür übrig, dass die Nesseln und Ameisen und die Reste von Mikes letztem Soda mit Vanillegeschmack auf ihren Schuhen landeten. Oh nein. Die Tatsache, dass Dad routinemäßig seufzte und sagte: »Wenn wir schon anhalten, können wir uns auch gleich mit Vorräten eindecken«, erlaubte Kate, sich an der Kasse großzügig mit Malteser-Schokokugeln und anderem Reiseproviant zu versorgen, was die Reize ihrer schwachen Blase für die ganze Familie nur erhöhte.

Kate versuchte, ihr Make-up in dem schmutzigen Spiegel zu reparieren, doch es lohnte sich sowieso schon nicht mehr. Ihre Haut glänzte – aber nicht auf modische Art. Seufzend entfernte sie die Haarspange, beugte sich vornüber und fuhr sich mit den Fingern durch das saubere Haar. Es fiel in glänzenden Engelslocken um das Gesicht. Das war immer ein gutes Ablenkungsmanöver.

Sie zahlte mit einem Scheck, und aus kindlicher Gewohnheit heraus nahm sie eine Aero-Luftschokolade und eine Tüte mit Malteser-Kugeln mit, die sie ja angeblich nicht mochte, wie ihr auf dem Rückweg zum Auto einfiel. Trotzdem schaffte sie es, die Hälfte der Beweisstücke mit drei Bissen zu verschlingen, während sie flüchtig ein Luftdruckdiagramm betrachtete.

»Schokolade?«, fragte Giles, als sie die Fahrertür öffnete. Er hatte die Augenmaske entfernt und auch die Schuhe ausgezogen.

»Nein, Malteser!« Ostentativ öffnete Kate wieder das Handschuhfach und ließ sie hineinfallen.

»Malteser bestehen doch aus Schokolade, oder nicht? Ich dachte, dass du …«

»Nein, das behauptet nur ein Werbespruch aus den achtziger Jahren.« Kate bemerkte mit liebevollem Blick die Verwirrung auf Giles' Gesicht. »Du bist da vielleicht im Ausland gewesen. Es ist nur eine Überraschung für Harry, weil er mir das Auto über das Wochenende geliehen hat«, fuhr sie fort. »Das war wirklich nett von ihm.«

»Harry – dein Mitbewohner?«

»Einer der beiden.« Kate schaute prüfend in die Spiegel, weil sie auf die Straße zurückfahren wollte und entdeckte, dass ein Krümel Aero an ihrer Oberlippe klebte. Sie wischte ihn mit einem Finger weg, doch sie konnte den alten Reflex, den Krümel in den Mund zu schieben, nicht unterdrücken. Sie hoffte, dass Giles das nicht bemerkt hatte.

»Es tut mir so Leid, dass ich für dieses Wochenende nichts arrangiert habe, Liebste«, sagte er und legte ihr die Hand auf den Oberschenkel, als sie auf die Schnellstraße fuhr. Die Schokolade war genau das, was sie gebraucht hatte. Ha!, dachte sie, nehmt ihr nur all eure gesellschaftlich tolerierten Drogen und gebt mir eine Familienpackung Aeros.

»Das macht doch nichts. Das Haus deiner Eltern ist sowieso schöner als die meisten Hotels.« Spielte es wirklich eine Rolle, wo sie waren, wenn sie nur allein waren? Und sie konnte ihm all das zeigen, was sie kennen gelernt hatte: das entsetzliche Hochhaus, in dem sie arbeitete, das Café in der Nähe des Büros, den Park, in dem sie die Enten fütterte, die Wohnung.

Nein, vielleicht nicht die Wohnung.

Giles lächelte und drückte ihren Oberschenkel. »Es ist so herrlich, dich zu sehen!«

»Und es ist herrlich, dich nach Hause zu bringen«, sagte Kate und schaute in sein müdes, aber gut aussehendes Gesicht.

»Dein Haar ist länger.« Er drehte eine Strähne um seine Finger, ließ die entstandene Locke auf seiner Hand auf und ab hüpfen und streichelte den weichen kurzen Flaum in ihrem Nacken. Ein Hauch von Vorfreude flirrte durch ihren Magen.

Giles drehte das Radio lauter, als sie den Wagen auf der leeren Schnellstraße beschleunigte und mit der neuen Kraft des Motors spielte, der nach Mums lächerlichem Fiat wie ein Rennwagen loszuziehen schien.

»Da unsere Leitungen die ganze Nacht über offen sind, können Sie Ihre nächtlichen Weihnachtswünsche über Heart 106.2 übermitteln«, sagte der DJ. »Und wir nähern uns den Drei-Uhr-Zwanzig-Nachrichten mit Mariah Carey, die wir für Kate spielen, die sich auf der M4 befindet…«

Kate kannte die Straßennummern nicht, weil sie nicht regelmäßig fuhr, und sie hätte auch nicht darauf geachtet, wenn Giles sie nicht angesehen hätte, ›und wir spielen es mit lieben Grüßen von Giles, der eine Weile fort gewesen war, aber sagt, dass er sich darauf freut, die verlorene Zeit heute Nacht aufzuholen!«

»Also, so habe ich das nicht gesagt«, sagte Giles. »Aber du weißt schon, wie es gemeint ist.«

»*I don't want a lot for Christmas, there is just one thing I need…*«, sang Mariah Carey.

»Wie hast du denn…?« Eine freudige Röte stieg Kate in die Wangen.

»Während du in der Tankstelle warst.« Giles wedelte mit seinem Handy herum, beugte sich dann zu ihr herüber und presste die Lippen auf ihren Halsansatz. Kate machte mit dem Wagen einen Schlenker, doch sie schaffte es, ihn noch relativ gerade zu halten. Er schnüffelte an der weichen Haut unter ihrem Ohr wie schon hunderte Male zuvor im College, und Kate hatte Glück, dass ein freundlicher und weihnachtlich gestimmter Polizist vergessen hatte, einen Film in das Blitzgerät einzulegen, als Harrys Rover über die A4 nach Chelsea flog.

Der Redcliffe Square war still und wurde draußen von Straßenlaternen und von innen durch etliche majestätische Bäume hinter den hohen Fenstern beleuchtet.

»Park doch in zweiter Reihe neben Mums BMW«, sagte Giles und deutete auf einen schlecht geparkten Wagen vor dem Haus. »Oh je«, fügte er dann gleich darauf hinzu.

»Warum sagst du ›oh je‹?«, fragte Kate und versuchte sich dabei zu erinnern, welcher Knopf an Harrys Schlüsselring die Warnanlage im Auto einschaltete und welcher das durchdringende Kreischen in Gang setzte, das schon mindestens drei Mal fast den gesamten Wohnblock aufgeweckt hatte, seit Harry ihn umgestellt hatte.

»Hmm, oh je, ich glaube, wir haben Gesellschaft«, sagte Giles, während er aus dem Wagen stieg. Er hielt inne, stieg wieder ein und zog Kate zu sich. »Ich glaube, wir sind beide ein wenig zu müde, um das ordentlich hinzukriegen, meinst du nicht auch?« Er drehte den Kopf, küsste sie sanft und knabberte mit den Zähnen an ihrer Unterlippe. Ein warmer Strom von Lust breitete sich in Kate aus und vermischte sich mit einer wohligen Müdigkeit. Es war ein so herrliches Gefühl, endlich die Augen zu schließen.

Sie schlang einen Arm um seinen Hals und schob sich so nahe an ihn, wie der Steuerknüppel es zuließ. Sie sanken in die Schalensitze zurück, und sie spürte, wie sich seine Hände in ihren Haaren verhedderten. Das Radio spielte noch immer leise im Hintergrund, und es war herrlich aufregend, hier mit Giles vor dem Haus zu parken, während alle anderen Menschen schliefen. Hinter ihren müden Augenlidern war alles tief, tief rot, und obwohl alles nicht so war, wie sie es erwartet hatte, wollte sie nur ein bequemes Bett finden und mit ihm zusammen hineinsinken.

Es überraschte sie, dass ihre innere Vorstellung mehr von weichen und kuscheligen Daunendecken und Kissen beherrscht wurde, als von Giles' Nacktheit, doch das schob sie auf ihre körperliche und geistige Erschöpfung.

»Ich habe seit Wochen an diesen Moment gedacht«, sagte Giles mit rauer Stimme und kaum eine Hand breit von ihrem Mund entfernt. Sie spürte seinen heißen Atem auf ihren Lippen.

Das ist ja ein schreckliches Klischee, dachte Kate, doch wieder war sie zu müde, um ihn deswegen aufzuziehen. Sie lächelte einfach zu seinem Gesicht hinauf, streichelte über die winzigen Bartstoppeln und fuhr mit einem Finger über sein Kinn.

»Sollen wir hineingehen?«, fragte er.

»Nein, lass uns noch ein bisschen hier bleiben«, bat Kate und zog ihn zu einem weiteren Kuss zu sich.

Nach ein paar Minuten brach Giles ab und sagte: »Nimm es nicht persönlich, aber wenn ich die Augen noch länger geschlossen halte, schlafe ich über dir ein.«

»In Ordnung.« Kate zog den Schlüssel aus dem Zündschloss. »Ich helfe dir bei deinem Gepäck.«

»Nein, das musst du nicht. Ich habe nicht sehr viel mitgebracht«, sagte Giles. Er stieg aus und öffnete den Kofferraum.

Kate warf einen scharfen Blick auf den Schlüsselring, hielt den Atem an und unternahm einen kalkulierten Versuch.

Zischend schnappten alle Türsicherungen herunter und die Seitenlampen blinkten dreimal hintereinander auf.

Giles hievte sich einen großen Rucksack über die Schulter und reichte Kate eine kleine Computertasche, während er seinen Schlüsselbund nach dem Eingangstürschlüssel durchsuchte.

»Ist das alles, was du mitgebracht hast?«, fragte Kate, die ihm mit ihrer eigenen Übernachtungstasche die weißen Stufen hinauffolgte. Er war mit Sicherheit mit weit mehr Gepäck abgereist. Wollte er sich den Rest per Schiff zurückschicken lassen?

»Nur Mädchen reisen gern mit ihrer gesamten Garderobe«, erwiderte er, schob die rote Tür mit dem Rücken auf, damit er ihr noch einen Kuss auf die Stirn geben konnte.

»Aber wo sind deine Anzüge?«, fragte Kate neckisch, bevor ihr ein entsetztes »Oh, verdammt« herausrutschte als sie über seine Schulter hinweg einen Blick in die Diele warf.

»… nun, Lydia *kennt* doch die Regeln für diese Edelpartys genauso gut wie *du* und ich. Es ist einfach declassé, keinen Schlüpfer zu tragen. Vor allem bei einem *Highland Ball*. Dann wollte sie es einfach so haben, was ich ihr auch gesagt habe. Ja, und *jeder* dort hat mir zugestimmt …«

Kate stöhnte innerlich auf, als sie Selina dort liegen sah, die ihre pferdeähnlichen Beine hoch an die makellos weiße Wand gelehnt hatte. Sie hatte das schnurlose Telefon an ihr Ohr geklemmt, einen vollen Aschenbecher und eine leere Weinflasche in Reichweite ihrer französisch manikürten Hände und sezierte offenbar die Party, von der sie gerade zurückgekehrt war, da sie einen engen blauen chinesischen Mini-Cheongsam trug, der bis zum obersten Teil ihrer Oberschenkel geschlitzt war.

»Fröhliche Weihnachten, Selina!«, sagte Giles und breitete die Arme aus.

»Danach blieb sie nicht mehr lange, das kann ich dir flüstern … Oh Gott«, sagte Selina betrunken ins Telefon, »mein *Bruder* und seine *Freundin* sind hier gerade aufgetaucht, also muss ich jetzt wohl verschwinden.«

Giles stieg über ihre Beine hinweg und ging die wenigen

Stufen zur Küche hinunter. Kate folgte ihm, nachdem Selina den Wein und die Zigaretten mit beleidigtem Schmollmund aus dem Weg geräumt hatte.

Giles öffnete die Kühlschranktür und war sofort in ein raumschiffartiges gelbes Licht getaucht. Der Kühlschrank war randvoll mit Lebensmitteln, und Kate konnte nirgendwo Flora-Margarine entdecken. Er goss Milch in zwei Gläser und nahm aus dem Kühlfach eine halbe Schokoladentorte, die Reste eines Grillhähnchens und einen überreifen Briekäse-Ring, stellte alles mit ein paar Tellern auf den Tisch und begann, heißhungrig an dem Hähnchen herumzupicken.

Kate betrat nervös und zögernd die Küche und fragte sich, wie viel sie sich von der Schokoladentorte erlauben konnte. Sie legte sich eine Hand locker auf die Hüfte und spürte, dass der Reißverschluss ihres Rockes sich durch den Druck ihres Bauches halb geöffnet hatte. Sie zog ihn diskret hoch, starrte die Torte an und versuchte, ihr Gehirn davon zu überzeugen, dass sie schon etwas von ihr gegessen hatte. Und dann zwang sie sich dazu, sich für eine Erdbeere zu entscheiden, die jetzt eigentlich gar keine Saison hatten.

Giles aß sein Kuchenstück auf, trank sein Glas Milch aus und schlang die Arme um Kate. Er warf die Kühlschranktür mit dem Fuß zu, so dass sie nun im Dunkeln standen. »Endlich hier«, flüsterte er.

Kates Herzschlag beschleunigte sich, als sie den vertrauten intimen Geruch seines Atems roch. Sie war sich nicht sicher, ob sie noch weitere Stimmungsumschwünge ertragen konnte.

»Und fast allein.« Sie wischte ihm mit dem kleinen Finger den Milchbart fort, küsste ihn und schmeckte die Milch und die Schokolade auf seiner Zunge. Giles' Arme umfassten sie fester, zogen sie an seine langen harten Oberschenkel, während sie versuchte, sich daran zu erinnern, wie stabil der Küchentisch war, wo er sich befand und was alles auf ihm herumstand.

Ein lautes dumpfes Geräusch hallte durch das stille Haus, als einer von Selinas Schuhen von ihrem Fuß glitt und die Treppe herunterpolterte.

»Ach, lass uns bitte aufhören«, sagte Giles und löste sich seufzend von ihr. »Es tut mir so Leid. Ich dachte, Selina sei schon wieder in ihrer Wohnung. Ich hatte keine Ahnung, dass sie hier noch Weihnachten feiern würde.«

»Schlafenszeit«, sagte Kate so fröhlich sie konnte.

Er hielt sie an den Armen fest und sah sie an. Als sich ihre Augen an die Dunkelheit angepasst hatten, konnte sie die Zärtlichkeit auf seinem Gesicht sehen, und die letzten Reste ihrer Verwirrung über das ganze Fiasko dieses Abends verschwanden. »Ich habe dich wirklich vermisst, Kate«, sagte er ernsthaft. »Ich habe sogar gedacht, dass du bei meiner Rückkehr nicht hier sein könntest.«

Sie zuckte die Achseln und lächelte durch ihre Wimpern hindurch. »Wie hätte ich fortgehen können?«

Giles umarmte sie, hob sie dann plötzlich auf die Arme und trug sie die Treppe hinauf. Diesmal kümmerte sie sich nicht darum, ob sie gegen die Wände trat, auch wenn er sie von der zweiten Treppe an im Feuerwehrgriff hinaufbeförderte.

22

Giles und Kate schliefen am nächsten Tag bis zur Mittagszeit. Durch viele verschiedene Störungen, die sie in London als unausweichlich hinnahm, wurde die Weckfunktion von Kates innerer Uhr normalerweise in Gang gesetzt: durch laute Radios, Straßenbauarbeiten, falsche Gesänge in der Küche, ihren Wecker, das entfernte Rumpeln der U-Bahn-Züge unter der Straße, die morgendlichen Streitigkeiten des Ehepaars in der Wohnung unter ihnen, usw. usw. Die schlaffördernde Friedlichkeit in Giles' Haus setzte sich rücksichtslos über die Weckversuche ihres Unterbewusstseins hinweg.

Zusammengerollt wie ein Ball lag sie in die weiche Daunendecke gewickelt da und fühlte sich angenehm erschöpft von Giles' frühmorgendlichen Avancen ihrem noch halb schlafenden Körper gegenüber. Da sie im Grunde genommen noch schlief, konnte sie vieles murmeln, was sie im Wachsein nur mit brennend rotem Gesicht hätte äußern können, und als Giles' Hände und Lippen über ihren warmen Körper glitten, zogen etliche erotische Halbträume durch ihren Kopf, einschließlich dem, dass sich Giles zu ihrer Überraschung in Ronan Keating von Boyzone verwandelte.

Kate öffnete die Augen und blinzelte gegen das grelle Dezember-Sonnenlicht an, das durch die nutzlosen Leinenrollos hereinströmte und von jeder weißen Oberfläche im Zimmer erbarmungslos zurückgeworfen wurde. Sie streckte einen Arm aus und nahm Giles' wuchtige Taucheruhr vom Nachttisch neben dem Bett. Sie hielt sie sich dicht vors Gesicht, weil ihre Brille in ihrer Handtasche war, wo sie sie auch lassen wollte. Es war zehn nach zwölf.

Kate rollte sich auf die Seite und küsste Giles' Nasenrücken. Nach dem Nachtschlaf sah er viel besser aus. Sein Profil hatte etwas von einer griechischen Statue: Es war eine klassisch edle Komposition aus hohen Wangenknochen, einer langen Nase und weichen vollen Lippen, die sich leicht abwärts bogen. Kate frage sich zum hundertsten Mal, was jemand so Prachtvolles bloß in ihr sah.

Seine Augenlider flatterten erst und öffneten sich dann. Wie immer, war sie leicht überrascht von dem tiefen Blau seiner Augen, das viel intensiver war, als alle Kontaktlinsen der Welt je hätten vortäuschen können. Als ihr dieser Gedanke durch den Kopf ging, erinnerte sie sich schlagartig daran, dass er die bräunliche Farbe ihrer Kontaktlinsen gar nicht bemerkt hatte, die jetzt in einer Reinigungslösung im angrenzenden Bad schwammen, doch sie hatte sofort die passende Entschuldigung parat – es *war* sehr spät gewesen, und sie war fast nicht mehr bei Sinnen gewesen.

Giles bemerkte ihr plötzliches Stirnrunzeln, setzte sich auf und zog sie an seine nackte Brust.

»Was wollen wir denn nun heute machen?«, fragte er lasziv und hauchte Küsse auf ihren Hals.

»Was immer du möchtest.« Kate schob eine Hand unter die Daunendecke und ließ sie über seinen schlanken Oberschenkel gleiten.

Unten im Haus klingelte das Telefon.

»Lass es klingeln«, murmelte Kate, während sie ihre Finger wie Spinnenbeine an seinem Bein entlangwandern ließ, »lass Selina ran gehen…«

Das Telefon klingelte weiter. Giles schnupperte sich von Kates Hals zu der Haut hinter ihrem Ohr hinauf. Kate spürte, dass sie selig in eine Art Scheintod hineinschwebte.

»Giles, Telefon!«, schrie Selinas Stimme. Sie schien von weit her zu kommen.

»Dann geh doch ran!«, schrie Giles zurück. Da Kates Ohr sich dicht unter seinem Mund befand, schrak sie zusammen.

Selina kreischte etwas Wirres, aus dem Kate nur die Worte ›Rasierapparat‹ und ›Bikini‹ heraushören konnte. Giles ignorierte sie.

»Schaltet sich denn nicht der Anrufbeantworter ein?«, fragte Kate, die sich langsam gestört fühlte.

»Wenn sie daran gedacht hat, ihn heute Morgen wieder anzustellen«, sagte Giles. »Außerdem gibt es einen Apparat im Bad. *Selina*!«

Ein Planschen war zu hören, und das Klingeln hörte auf. Nach ein paar Sekunden schrie Selina: »Giles! Das Büro!«, oben an der Treppe und schlug die Badezimmertür zu.

»Entschuldige mich einen Moment«, sagte Giles, schlug die Daunendecke zurück und griff nach seinem Morgenmantel. Er drehte sich um und sah liebevoll auf Kate herab, die lang ausgestreckt und nackt im Bett lag. »Und ich meine auch nur einen Moment.«

Natürlich dauerte es keinen Moment, sondern ungefähr fünfzehn Minuten, und als Giles zurückkam, war er ausgesprochen geschäftsmäßig geworden und rubbelte sich das nasse Haar trocken. Obwohl Kate dazu bereit war, in dem weichen Bett zu liegen und das Beste daraus machte, dass Giles in einem kleinen Badetuch herumlief, Schubladen öffnete und schloss und steif gebügelte Kleidungsstücke herausnahm, fasste sie es zögernd als einen Wink zum Aufstehen auf, als Giles ihr sagte, dass er ein Bad für sie eingelassen habe.

Nach einem schnellen Frühstück unten in der Küche (keine Spur von der frisch enthaarten Selina), das aus Kaffee und Croissants bestand, fuhren Giles und Kate mit der U-Bahn in die Innenstadt. Jemand hatte den rosafarbenen Business-Teil des *Standard* auf dem Sitz liegen gelassen, und Giles blätterte sich zu den Aktien vor.

Kate sah mit einer Art Stolz zu, wie seine Augen die Spalten abtasteten. Das war der Zeitungsteil, mit dem sie zu Hause den Gemüsebehälter auslegte. Ihr würde nie im Traum einfallen, ihn wirklich zu lesen. Sie hatte immer ein warmes Gefühl von Verbundenheit zu ihm gehabt, wenn sie daran dachte, dass Giles in seinem Büro arbeitete – dass er ins Telefon rief, Geschäfte abwickelte, konzentriert auf Computermonitore starrte oder was immer er auch tat. Das war eine Welt, die sie nicht kannte und in der sie sich auch nicht unbedingt bewegen wollte. Doch sie wusste instinktiv – und auch aus der Tatsache, dass jeder im College (außer ihr) Giles' Job haben wollte –, dass diese Welt begehrenswert und schön war. In gewisser Weise war London mit Giles zusammen sinnvoll. Kate verdrängte Eclipse und Elaine und Rose Ann. Jetzt war Giles wieder da und sie war glücklich darüber, sein Spiegelbild im U-Bahn-Fenster gegenüber zu sehen und sich darüber zu freuen, dass die schicke Frau, die neben ihm saß, sie selbst war.

Sie stiegen an der Monument Station aus, und Kate fiel auf, dass das Tageslicht schwächer wurde. Sie sah auf ihre

Uhr. Es war zwanzig vor drei, doch die Pubs waren schon von jungen Leuten in Anzügen bevölkert, deren Wangen vom kalten Wind, der vom Fluss herüberwehte, gerötet waren und die in Büroparty-Stimmung waren.

»Wir können von hier aus zu Fuß zum Büro gehen«, sagte Giles und nahm ihre Hand. »Ich wette, du bist noch nicht in der City gewesen, oder?«

»Nein, noch nicht. Traust du mir zu, dass mein bestes Bürokostüm schon seit August in der Reinigung ist.« Giles' Hand fühlte sich glatt und stark an, und sie drückte sie besitzergreifend. Der Himmel war bleifarben und hing bedrohlich niedrig zwischen den Gebäuden, und all die grellen Farben der Weihnachtsdekoration in den Fenstern und Läden verstärkten sich immer mehr, je blasser das Sonnenlicht wurde.

»Das ist das Licht der ›Magischen Stunde‹«, erzählte sie Giles. »Es ist unvorstellbar. Der gesamte Film ›In der Glut des Südens‹ wurde in einem Tag in dieser einen Stunde gedreht, in der das magische Licht täglich nur zu sehen ist. Sie haben den ganzen Tag über geprobt und auf dieses erstaunlich klare Licht gewartet, und dann war es ein Wettlauf mit der Zeit, alle Einstellungen abzudrehen, ehe das Licht verblasste.«

Er drückte ihr einen Kuss auf den Kopf. »Was du mir immer alles so beibringst.«

»Ach was.« Die Menschenmengen, die um sie herumwogten, erinnerten Kate an all die Dinge, die sie von London nicht wusste: an Karrieren, von denen sie keine Ahnung hatte; Sprachen, die sie nicht flüssig beherrschte und Kleider, die sie nie tragen würde. Plötzlich war Kate unerklärlich verstimmt darüber, dass diese Männer und Frauen eine Seite von Giles kennen lernten, die sie nie zu Gesicht bekommen würde, den effizienten und kenntnisreichen Bankier bei der Arbeit.

Dumm und irrational. Sie scheuchte den Gedanken mit einer Handbewegung davon und konzentrierte sich stattdessen auf die trüben Lichtreflexe, die von den verspiegelten Fenstern der Bürogebäude zurückgeworfen wurden. Als die hoch aufragenden Bürogebäude sich teilten, konnte sie einen flüchtigen Blick auf die düstere graue Themse dahinter werfen, die in der stürmischen Brise auf und ab wogte und auf die Boote, die auf dem Fluss tuckerten.

Giles steuerte sie beide problemlos durch die Menschenmassen, nahm Abkürzungen durch schmale Gassen, durch die sie schließlich das Glasfoyer der Londoner Niederlassung seiner Bank erreichten.

»Bleib zwei Sekunden hier, während ich ein paar Unterlagen abgebe«, sagte Giles und ging die Papiere in seiner ledernen Brieftasche durch, um sicher zu sein, dass alles vorhanden war. »Es dauert keine Minute.« Er küsste sie eilig und verschwand durch die Drehtüren.

Kate lehnte sich gegen die weiße Marmorverkleidung des Bankgebäudes und sah sich um. Wenn Giles sein Praktikum hier gemacht hätte statt in Amerika, hätten sich die Dinge dann anders entwickelt? Wäre sie dann Teil dieses geschäftigen, aus Chrom und Glas bestehenden Londons geworden, statt der schmuddeligen und eher lässigen Welt, in der sie sich nun bewegte?

Ein Motorrad-Kurier, dessen Funkgerät hartnäckig knatterte, kam angefahren. Er stieg von seinem Motorrad ab und eilte mit einer Tasche ins Gebäude. Zwei Frauen in streng geschnittenen blauen Kostümen näherten sich den Drehtüren, und eine warf ihr einen neugierigen Blick zu, während sie ihre schnelle Unterhaltung fortführten. Kate war sich plötzlich ihrer ausgeblichenen Jeans mehr als bewusst und zog mit den Händen ihre wehenden Haare zu einem Pferdeschwanz zurück.

Keiner trug bei Eclipse Kostüme, außer wenn Autoren zu Besuch kamen oder wenn jemand zu einem Interview irgendwohin ging. Isobel trug ihren roten Minirock nur alle sechs Wochen, einfach um Jennifer auf Zack zu halten. Wenn gelegentlich ein Agent ein Buch für eine obszöne Geldmenge verkauft hatte, wurde ein Redakteur im Sitzungssaal für *London Tonight* gefilmt, wo er einige Bemerkungen über die verrückte Lage des Verlagswesens machte. Isobel hatte ihr erzählt, dass Jennifer verlangt hatte, dass alle Kostüme trugen, als man sie um einen Beitrag zu Rose Ann Bartons letztem Vertrag gebeten hatte. Das hatte eine peinliche Ansammlung von ausgestellten Rocksäumen und Joan-Collins-Schultern zutage befördert, die in der letzten Folge von *Denver Clan* gerade noch modern gewesen waren.

»Okay, alles erledigt«, sagte Giles in ihr Ohr. Kate zuckte zusammen. »Sollen wir irgendwo etwas essen? Ich habe einen Bärenhunger.«

Er legte ihr einen Arm um die Schultern, als sie sich von dem Bürogebäude entfernten und durch die Straßen zurückwanderten.

»Du weißt, was ich wirklich haben möchte?«, fragte Kate.

»Keine Ahnung.«

»Ein Big-Mac-Menü.«

»Oh Kate, nein! Haben all die netten Restaurants, in die ich dich geführt habe, denn gar nicht abgefärbt?« Giles lachte und zog sie an der Nase.

Kate wich zurück und tat so, als ob sie beleidigt wäre. »Du kannst wahrscheinlich nicht verstehen, was es heißt, in einer Stadt mit einer Wimpy-Filiale aufzuwachsen. Können wir hier hineingehen, bitte, bitte, können wir, ja?« Sie deutete auf ein McDonald's Restaurant auf der anderen Straßenseite. »Sieh doch nur, sie servieren hier Glücks-Mahlzeiten! Mit kostenlosen Mr. Men-Figuren! *Bittebittebitte!*«

Zögernd ließ Giles sich hineinziehen, und sie standen in einer Warteschlange von Männern in Anzügen, die sich an die Zusammensetzungen der Gerichte der kleinen Kinder zu erinnern versuchten, die sich an den Säumen ihrer Hugo-Boss-Jacketts festklammerten.

Kate bestellte sich einen Viertelpfünder mit Käse und ohne Gewürzgurken (›Dann bereiten sie ihn frisch zu.‹), und Giles nahm ein Fischfilet (›Denn im Prinzip ist es mir egal, wie lange es schon dort gestanden hat.‹). Das obere Stockwerk war überfüllt und lärmig, und da es im Erdgeschoss keine anständigen Plätze gab, setzten sich Kate und Giles auf Mini-Pilze aus Plastik im Familienbereich.

»Kommt Chicago ohne dich aus?«, fragte Kate mit einem Mund voll lauwarmem Burger.

»Einigermaßen«, sagte Giles ernst. Er entfernte die Garnierung von seinem Fischfilet, warf sie in den Deckel der Schachtel und wischte sich die Finger an der Serviette ab. »Ich musste Faxe wegen einiger Dinge verschicken, an denen ich bis zur letzten Minute gearbeitet hatte. Wie ich dir in meinem letzten Brief schrieb – wahrscheinlich habe ich von kaum etwas anderem geschrieben, tut mir Leid – hat man mich gebeten, an einem Forschungsprojekt teilzunehmen, an dem sie schon eine ganze Weile gearbeitet haben, also kannst du dir vorstellen, dass damit eine Menge Verantwortung verbunden ist. Ich habe das Büro meistens nicht vor elf Uhr nachts verlassen.«

»Wenn du versuchen solltest, dich dafür zu entschuldigen, dass es mit dem kurzen Tête-à-Tête in einem Landhaus-Hotel nicht geklappt hat, dann habe ich dir bereits gesagt, dass ich dir vergeben habe.« Giles besaß eine Art angeborener Zuversicht, dachte Kate, die falsche Bescheidenheit völlig ausschloss. Das war sehr amerikanisch und sehr direkt. Und sehr entnervend, wenn sie genauer darüber nachdachte.

»Ich habe sehr viel Glück gehabt«, fuhr er ernst fort. »Von einigen Chancen habe ich mir einen Vorsprung versprochen, und so habe ich sie einfach mit beiden Händen ergriffen.«

»Mmm«, machte Kate und hatte den Eindruck, dass diese Unterhaltung auf irgendetwas zusteuerte. Das schlingernde Gefühl in ihrem Magen, das sie vor fünf Monaten bei Harvey Nichols' in der fünften Etage gehabt hatte, kehrte nun wieder zu einem Überraschungsbesuch zurück. »Warum hast du mich heute mit in die City genommen? Du hättest diese Seiten doch auch von dem Faxgerät deines Vaters zu Hause faxen können.«

Giles nahm einen großen Schluck von seinem Sprite

Light. »Ich wollte dir das Milieu zeigen, in dem ich arbeite…«

Kate verzog das Gesicht. »Oooh, *Milieu*.«

Er sah sie in einer halb ernsten Art finster an, und Kate merkte deutlich, dass sie sich ein wenig zurückzog.

»Lass uns spazieren gehen«, sagte Giles im Aufstehen.

Dunkelheit war über der Stadt hereingebrochen und die Straßenlaternen brannten. Kate und Giles wanderten über die Blackfriars Brücke und blieben in der Mitte stehen. Kate lehnte sich an die Mauer und sah auf die Spiegelungen der Lichter entlang der Uferstraße hinab, die sich schimmernd im Wasser kräuselten.

»Ich sage nicht, dass ich mich von dir trennen möchte«, sagte Giles.

Kate starrte weiter ins Wasser und war stumm vor Schock. Ihre Gedanken wirbelten wild in ihrem Kopf herum, doch sie weigerte sich zu sprechen. Warum sollte sie es ihm leicht machen?

»Aber du musst doch einsehen, dass…« Seine Stimme verlor sich unglücklich. »Woher hast du es gewusst?«, fragte er.

»Weil du keinen Anzugkoffer mitgebracht hast«, sagte Kate mechanisch. »Du kannst doch in der Arbeit nicht auf deine Anzüge verzichten.« Sie drehte sich ihm zu. »Ich bin nicht dumm.«

Auch er sah sie an und sie sah echte Trauer in seinen Augen. Die nervösen Tränen, die bis jetzt seltsamerweise ausgeblieben waren, stiegen ihr nun langsam in der Kehle hoch.

»Das ist das Letzte, was ich von dir denke«, sagte er. Er streckte einen Arm nach ihr aus, ließ ihn aber in letzter Minute wieder sinken. Kate hoffte, dass er das machte, um ihr ein wenig Würde zu lassen und nicht, weil er sie nicht mehr berühren wollte. »Das ist das Allerletzte, was ich glaube.«

Giles schob die Hände in die Taschen. »Weißt du, als ich im Juli fortging, dachte ich, dass du spätestens im August wieder zu Hause sein und mir eine lange Liste empörter Entschuldigungen präsentieren würdest, warum du nicht allein in London leben konntest. Doch das hast du nicht getan. Du hast es durchgestanden, einen Job gefunden und eine Unterkunft, und als ich zurückkam ...«

»Endlich«, unterbrach Kate ihn und biss sich auf die Lippe.

»Ja, als ich endlich zurückkam, bist du durch den Londoner Verkehr gefahren, um mich abzuholen. Und du bist zurückgefahren, als ob du hier dein ganzes Leben lang mit dem Auto unterwegs gewesen wärst.«

»Ich bin zum ersten Mal in London Auto gefahren«, protestierte Kate.

»Dann gebührt dir nur noch mehr Hochachtung«, sagte Giles. »Es ist eine Einstellungssache. Vor sechs Monaten hättest du dich aus Prinzip dagegen gewehrt. Du hättest zu viel Angst gehabt. Aber jetzt ... tust du es einfach.«

»Wenn du mich dazu bringen möchtest, dir dafür dankbar zu sein, dass du mich gezwungen hast, meine Persönlichkeit zu entwickeln, dann lass es bitte«, sagte Kate. Eine große Welle von Bitterkeit schwappte über sie hinweg, die so tief und schwarz war wie der Fluss neun Meter unter ihr. Wie konnte er sich unterstehen, die Spielregeln derart umzukehren!

Giles sprach in dem verzweifelten Versuch weiter, die wachsende Spannung zwischen ihnen zu überbrücken. »Als ich darum bat, dass wir in den ersten paar Wochen weder schreiben noch telefonieren sollten, war das sowohl für mich als auch für dich gedacht. Ich habe dich so schrecklich vermisst, doch ich wollte dich nicht aufhalten bei dem Versuch, in London Fuß zu fassen, indem ich dich an dein Leben in Durham erinnerte. Du musstest vorankommen.«

Kate unterdrückte einen Schluchzer, als das herrlich einfache Leben in Durham vor ihren Augen auftauchte. Sie hatte überhaupt nicht weiterkommen wollen, doch sie war weiter und weiter von dem fortgerissen worden, was sie wirklich wollte.

»Bitte glaube mir, dass ich nachts einsam wach gelegen und mir ausgerechnet habe, welche Zeit es hier war und ob du im Büro sein würdest, wenn ich anriefe. Ich wollte so gern deine Stimme hören.« Giles lehnte sich über die Brücke und starrte ins Wasser. »Aber weil ich wusste, wie negativ das für uns beide gewesen wäre, habe ich es gelassen.«

Kate brach das Schweigen. »Für wie lange wirst du zurückgehen?«, fragte sie und beantwortete ihre Frage selbst: »Obwohl das eigentlich völlig unwichtig ist, nicht wahr? Einen Monat, vier Monate, ein Jahr – das ist ja alles dehnbar.«

»Sie möchten, dass ich so lange bleibe, bis das Projekt, an dem ich arbeite, fertig ist«, erwiderte er. Sie konnte hören, wie sehr er sich um eine ruhige Stimme bemühte. »Es kann drei Monate dauern und auch länger.«

»Na schön.« Kate sah sich in den verregneten Wintermonaten die North End Road entlang bis zum Büro schleichen. Sie sah Dants Unterwäsche in der ganzen muffigen Wohnung herumliegen und Elaines neurotische Post-it-Zettel ihren Schreibtisch bedecken. Sie sah sich selbst, wie sie weitere Fotos von Giles mit Tesafilm in ihren Lebensmittelschrank klebte, damit sein Bild in ihrem Kopf nicht zu dem Foto von der Ballnacht erstarrte, das neben ihrem Bett stand.

»Warum hast du mir das nicht früher gesagt?«

»Weil ich diese paar Tage unserer gemeinsamen Weihnachtszeit nicht zerstören wollte. Im September habe ich dir sofort gesagt, dass ich bis Dezember bleiben müsse. Da hatte ich es gerade selber erfahren, und du hast mir danach drei Wochen lang nicht geschrieben.«

Kate unterdrückte eine scharfe Erwiderung. Die Versuchung, ihn mit Sarkasmus zu verletzen, war fast überwältigend, doch sie wusste, dass das nichts ändern würde. Sie fragte sich, ob das ein Schritt nach vorn war. Und ein Teil ihrer neuen verbesserten Persönlichkeit.

»Und ich war so eifersüchtig«, sagte Giles unerwartet.

Sie wurde davon so überrascht, dass sie sich auf ihren Ellbogen stützte und ihn anschaute. »Eifersüchtig? Auf mich?«

»In so vieler Hinsicht. Eifersüchtig darauf, dass du London zum ersten Mal entdeckst, dass du einen amüsanten Job hast statt eines Jobs, in dem jeder einzelne Schritt überwacht wird…«

Kate wollte ihn schon daran erinnern, dass sie als Redaktionsassistentin in einem Verlag arbeitete und kein Schokoladenbonbon-Tester war, doch sie bremste sich.

»… eifersüchtig auf all die Dinge, die du mir in der letzten Nacht und in deinen Briefen zu erzählen hattest – über die Intrigen in der Arbeit, über deine neuen Freunde, über die Jungs in deiner Wohnung…« Er sah aus, als wollte er noch etwas anderes sagen, doch er fuhr fort: »Und wenn ich superehrlich sein soll, dann würde ich sagen, dass ich es gern gehabt hätte, wenn du… weniger glücklich gewesen wärst, so dass ich hätte zurückkommen und dich hätte retten können. Oder weil ich nicht wollte, dass du ohne mich eine tolle Zeit in London hast. Aber du hast das wirklich prima gemacht, wie auch immer du darüber denken magst, und ich bin wirklich stolz auf dich.«

Kate wollte betonen, dass sie nur so lange bei Eclipse durchgehalten hatte, weil sie wie eine Strafgefangene die Tage bis zu seiner Rückkehr auf ihrem Kalender abgestrichen hatte. Und dass sie es hasste, mit Tom und Jerry zusammenzuleben, und dass die Londoner U-Bahn sie schlicht in den Wahnsinn trieb. Doch Giles sprach bereits weiter.

»Ich weiß, dass es nicht fair von mir ist, dich zu bitten, hier auf mich zu warten…« Verlegen zögerte er. »Vor allem, da wir noch nicht über *deine* Pläne gesprochen haben.« Er sah sie an. »Was hast du für Pläne? Wirst du jetzt nach Hause zurückkehren, nachdem du deine sechzehn Montage hinter dir hast? Oder wirst du…?«

»Es waren ja wohl eher zwanzig Montage, meinst du nicht auch?« Sie alle waren TRAURIG und keiner war GLÜCK-

LICH. Kate sah wieder zu dem Fluss herab. »Um ehrlich zu sein, habe ich bisher noch nicht darüber nachgedacht. Ich habe einfach nur auf dich gewartet.«

Sie blieben schweigend und an die Brücke gelehnt stehen. Hinter ihnen hörte Kate Autos vorbeisausen, die die Stadt verließen, und sie betrachtete auf den anderen Brücken die langsam fahrenden Autos, deren Lichter sich als rote und weiße Streifen im Fluss spiegelten.

Betrübt wurde Kate klar, dass all das Elend, das sie empfunden hatte, als er sie im Juli verlassen hatte, von neuem beginnen würde, doch diesmal würde keine vom Schock hervorgerufene Betäubung ihr darüber hinweghelfen. Es war alles viel zu vertraut. Sie erinnerte sich an die Hoffnungslosigkeit, mit der sie im September gekämpft hatte und an die Einsamkeit, die sie überfallen hatte, als schließlich die Alkoholkater verschwanden und ihr klar wurde, dass sie nichts anderes tun konnte als warten.

Sie war hin- und hergerissen zwischen dem starken Wunsch, Giles zu sagen, dass er verschwinden und aufhören solle, ihr Leben zugunsten seines Lebenslaufs zu manipulieren und dem genauso starken Wunsch, die Arme um ihn zu werfen und ihn zu bitten, nicht nach Amerika zurückzukehren. In den letzten fünf Monaten war es schon schwer genug gewesen, ihn zu vermissen, sein Gesicht in ihrem Kopf zu bewahren, den Rest ihres Jahres um diese wertvollen Momente, in denen sie zusammen sein konnten, herum zu arrangieren, und aus Angst vor seiner Antwort sich niemals zu trauen, ihn zu fragen, wann er zurückkehren würde. Wie lange würde sie das durchhalten können? Wie lange konnte sie erwarten, dass er sie noch immer wollte, während er in Chicago große Leistungen erbrachte, weiter wuchs und vorankam?

Kate bedeckte ihr Gesicht mit den Händen und stützte die Ellbogen auf den kalten Stein der Brücke. Es kam nicht in Frage, dass sie ihn bat, nicht zurückzugehen. Er musste zurückkehren. Niemals wollte sie sich später vorwerfen lassen

müssen, dass sie sich zwischen Giles und seine Karriere gedrängt hatte – als ob sie das überhaupt schaffen würde. Nie
zuvor war ihr wirklich so klar gewesen wie jetzt, dass es –
aus Giles' Sicht der Dinge – gar nicht zur Debatte stand, dass
seine Karriere Vorrang hatte, denn es gab keine Wahl zwischen seiner Karriere und irgendetwas anderem.

»Wann wirst du zurückfliegen?«, fragte sie wie ein tapferer kleiner Soldat.

»Am zweiten Weihnachtstag«, sagte Giles. »Das ist der
früheste Flug, den ich nehmen kann. Das war auch einer der
Gründe, warum ich…«

Kate brach in Tränen aus. Vier Tage. Und drei davon
musste sie mit ihrer Familie zu Hause verbringen.

»Es tut mir so Leid, Katie.« Giles zog sie in die Arme und
drückte ihren Kopf an seine Moleskin-Jacke. »Du hast dich
bis jetzt so toll gehalten, und ich weiß, dass ich viel verlange.
Es ist doch gar nicht so schlecht hier, oder? Ich meine, kannst
du es nicht über dich bringen, noch eine kleine Weile länger
hier zu bleiben? Um meinetwillen? Wenn du alles beenden
willst, werde ich das verstehen, aber… ich kann einfach den
Gedanken nicht ertragen, dich zu verlieren.«

All die Spannung des letzten Monats flutete aus ihr in Trä-
nenströmen heraus, während sie den Kopf leicht an seiner
Brust schüttelte. Was konnte sie denn sonst tun? Absolut
nichts. Doch auch als sie die Szene in ihrem Kopf noch einmal abspielte und sich dabei tapferer, würdevoller und ungeheuer viel großzügiger machte, wusste sie nicht, ob sie
aus Herzeleid weinte oder vor Wut, Frustration oder einer
elenden Mischung aus allen dreien.

23

Kate stellte sich oft vor, dass sie irgendetwas zerstörte – in
Kaufhäusern Vasen herunterschmiss, vor U-Bahn-Zügen einfach ins Leere trat, Ziegelsteine in Schaufenster warf, mit

ihrem Wagen durch Felder mit aufrecht stehendem Weizen fuhr und das Knattern der Stängel hörte. Nach einem schlechten Arbeitstag, wenn sie das Gefühl hatte, dass ihre Anwesenheit bei Eclipse noch unwichtiger war als der Aktenschrank neben ihrem Schreibtisch, schlenderte sie durch einen Laden und stellte sich dabei vor, wie sie Regale mit zerbrechlichen Weingläsern umstürzte, und das einfach nur, um die Leichtigkeit in sich zu fühlen, mit der sie etwas Ganzes in Scherben hatte verwandeln können. Das Hochgefühl, den Rand des Chaos berührt und sich gerade noch zurückgehalten zu haben, weitergegangen zu sein und das Desaster sicher in sich bewahrt zu haben, reichte ihr schon aus.

Sie hatte schon immer mit diesen Fantasien der Zerstörung gespielt, doch London verstärkte sie nur noch mehr in ihr, weil es dort ohnehin schon so viel halb Zerstörtes gab. Vor allem die Untergrundbahn. Jeder Stoß heißer schmutziger Luft, der über den Bahnsteig fauchte, um den herannahenden Zug anzukündigen, löste in ihr die Vision aus, dass sie sich dem heranrasenden Metallquadrat entgegenwarf: Es war so einfach, eine Fußlänge zu weit über die weiße Linie des Bahnsteigs zu treten, eine Fußlänge zu nahe an den verseuchten Mäusen, die unter und um die glänzenden scharfen Schienenstränge herumflitzten. Würde sie wirklich nichts fühlen? Kein letztes Schuldgefühl über das Entsetzen auf dem Gesicht des Zugführers oder über die Schreie der Leute auf dem Bahnsteig, die zu spät zur Arbeit kommen würden und denen ein blutiger Schnappschuss ihres letzten Augenblicks für den Rest ihrer aller Tage ins Gehirn gebrannt wurde? Die entschlossene Anonymität der Londoner würde durch einen einfachen zu großen Schritt über die weiße Linie hinaus aufgebrochen werden.

Kate starrte aus dem Zugfenster auf die vorbeifliegenden Felder, deren Ecken von schmutzigem Schnee bestäubt waren, während sie verzweifelt dem Gedanken auszuweichen versuchte, der auf verwirrende Weise an ihr Unterbewusstsein klopfte: dass sie sich wirklich dazu *entschlossen* hatte, nach London zurückzukehren, statt noch einen weiteren Tag mit der Craigschen Wahnsinnsfamilie zu verbringen. Tatsächlich hatte Dad als Co-Leidender ihr hundert Pfund gegeben, damit sie mit dem Zug schneller nach London zurückkehren konnte.

Nachdem sie von einem weiteren deprimierenden Abschied von Giles zurückgekehrt war (nach einem Mittagessen im Pizza Express in der King's Road – ein Erlebnis, das nicht gerade verbessert wurde durch die kreischende Anwesenheit von gleich drei Weihnachtsfeiern von Arbeitskollegen), war sie still nach Hause gefahren, hatte Harrys Wagen geparkt und war zu Fuß zur Wohnung zurückgegangen. Selbst die leeren Straßen und ein voller Benzintank in Harrys wundervollem, schnurrendem, mit einem V-8-Motor ausgestattetem Rover hatten sie nicht dazu verleiten können, noch länger draußen zu bleiben. Spätestens nach fünf Schritten sah sie Giles vor sich oder hörte seine Stimme aus einem Gespräch von Passanten heraus. Sofort beschleunigte sich ihr Herzschlag, weil die Möglichkeit, dass er das Flugzeug doch nicht bestiegen hatte, ihr als durchaus real durch den Kopf schoss – und dann drehte sich der Mann um und sah beleidigend anders aus als Giles, und neue Tränen stiegen ihr in die Augen, was sie noch schneller davongehen ließ, um sie loszuwerden. Die Fröhlichkeit der Jahreszeit, die sie umgab, verstärkte ihre schlechte Laune nur noch mehr.

Glücklicherweise waren weder Harry noch Dant da, als sie die Tür aufschloss, und sie rief sofort Laura an und sagte ihr, dass sie abholbereit sei, weil sie nicht länger warten wollte. Es dauerte nur ein paar Minuten, noch ein paar zusätzliche Kleidungsstücke in ihre Tasche zu packen – wer zu Hause würde überhaupt bemerken, was sie anhatte? – und sie stopfte den Inhalt ihres Wäschekorbs sicherheitshalber in eine Mülltüte.

Sie hatte zwanzig Minuten gebraucht, um den Kater zu finden. Die große neue Transportkiste stand neben Ratcats Fressplatz. Wenn Harry ihn in der Hoffnung dorthin gestellt hatte, dass Ratcat sich für ihn erwärmen würde, ehe er fast einen ganzen Tag lang dort eingesperrt bleiben und einer von Lauras Jane-Austen-Kassetten zuhören musste, dann hatte Harry sich gründlich geirrt. Schließlich hatte Kate ihn in Dants Karton mit sauberen Unterhosen aufgespürt, doch ihn in die Transportkiste zu bekommen, war vergleichbar damit, eine Daunendecke in einen Kopfkissenbezug zu stopfen. Jedes Mal, wenn sie ihn halb in der Kiste hatte, schoss seine Pfote vor und hob den Deckel wieder an, oder er schlug seinen Unterkiefer in ihre Hand, so dass sie nicht gleichzeitig den Deckel öffnen und ihn festhalten konnte.

Schließlich hatte Kate Ratcat so wütend ausgeschimpft, dass er von ganz allein in die geräumige Kiste geschlüpft war. Als sie den Verschluss eingehakt hatte, hatte Kate erst festgestellt, dass sie vor Frustration zitterte und dass die ganze Aktion sie so sehr erschreckt hatte, dass sie sich hatte hinsetzen und sich einen Espresso machen müssen, um ihre Nerven zu beruhigen. Mit der Tasche in der Hand hatte sie am Fenster gewartet, damit sie die Treppe hinunterlaufen konnte, sobald sie Mikes und Lauras Wagen kommen sah. Sie hatte nicht gewollt, dass einer von ihnen hier hereinkam.

Ratcat starrte nun durch die Stäbe der Transportkiste heraus. Er sah fuchsteufelswild aus. Das kannst du auch sein, dachte Kate, wenn man bedachte, aus welchem Luxusplatz sie ihn herausgezerrt hatte. Sie zupfte an einem Roastbeef-Sandwich herum und schob ihm ein Stückchen Fleisch durch die Drahtstäbe zu.

Da Ratcat keineswegs die Ferienzeit (alle sechs herrlichen Tage) eingeschlossen in Kates Zimmer verbrachte, hatten Ratcat, Doris, Dad und Kate eine einigermaßen passable Zeit verbracht – irgendwann hatten sie die Hälfte aller Getränke, den ›überzähligen‹ Weihnachtskuchen und ein Radio in den Schuppen am anderen Ende des Gartens gebracht. Das war zwar kein so bezaubernder Ort, mit dem sie sich in Cressidas Bar groß tun würde, doch der Schuppen war verhältnismäßig gemütlich, warm und glücklicherweise frei von der heißen Fortpflanzungsdebatte im Haus, wo Mum, Mike, Laura, Carlo und Nina (die beiden spanischen Studenten, die irgendwie ›vergessen‹ hatten, sich um ihre Heimflüge nach Santander zu kümmern), zwei Großmütter und allerlei Verwandte mit Heimvideos miteinander wetteiferten, wer das schönste Zuhause hatte.

»Wie in *Vorsicht Kamera*, das von einer Bande Mormonen gedreht wurde«, hatte Dad während einer Folge von East Enders am zweiten Weihnachtstag gemurmelt, hatte eine beträchtliche Menge an Malteser-Schokokugeln ungeschickt unter seinem Pullover versteckt und war zur Hintertür geeilt.

In nur zwei Tagen hatte Laura Kates Zimmer völlig entmenschlicht. Oder jedenfalls das, was von Kates Zimmer übrig geblieben war, nachdem ihre Mutter fast all ihre Sachen auf dem Dachboden verstaut hatte. Als sie eines Abends von einem Spaziergang mit Doris zurückgekommen war, hatte sie entdeckt, dass Laura ihre gesamte Sammlung von Smash-*Hits*-Zeitschriften von 1985 bis 1993 in Ordner einsortiert und mit Querverweisen auf den etwas kleineren und zweitrangigeren Stapel von Number-One-Zeitschriften versehen hatte. Obwohl Kate bereit war, mit all ihrem weihnachtlich guten Willen zuzugestehen, dass diese lächerliche Ablagearbeit vielleicht Lauras verzweifelter Versuch war, sich vor Mike und seiner übertriebenen Baby-Fixierung zu verstecken. Und dennoch brachte dieser letzte Tropfen ihr Fass zum Überlaufen. Nach fünf langen Monaten nach Hause zu kommen und feststellen zu müssen, dass sie von ihrer eigenen Mutter ausquartiert worden war, war nach allem, was sie mit Giles durchgestanden hatte, ganz schön hart.

Giles und sein blöder Lifestyle. Kate starrte aus dem Fenster und versuchte herauszufinden, wieso sie zur gleichen Zeit so traurig und so wütend sein konnte. Natürlich hatte er das zu tun, was seiner Karriere nutzte, und *natürlich* wollte sie, dass er gut vorankam. Damit konnte er sie nicht packen. War nicht sie es gewesen, die ihm geraten hatte, das Angebot anzunehmen?

Sie rutschte auf ihrem Sitz herum, um ihre Hose zurechtzuziehen. Diesmal gab es für London keine zauberhaften Dessous mehr. Obwohl sich ihre Alltagsunterhosen von Marks & Spencer's nach dem rigorosen Waschprogramm ihrer Mutter wundersamerweise sauberer anfühlten als in Deauville Crescent – was vielleicht an dem harten Londoner Wasser lag oder an Harrys erfolgloser Reparatur des Spülprogramms.

Aber, dachte Kate, während sie sich auf die Lippe biss, hatte sie denn nicht ihren Teil des Handels eingehalten? Hatte sie nicht die vier Monate durchgestanden, *plus* der Nachspielzeit, und Giles sogar vom Flughafen abgeholt? Und war sie nicht in der ganzen Zeit von Idioten, Autoren und Dants verrückten Angewohnheiten umzingelt gewesen? Konnte er ihr das denn nicht zugute halten?

Ihr Zuhause war kein Zuhause mehr, und London, das zu hektisch und zu teuer war, brachte sie trotzdem noch immer Giles ein bisschen näher. Auch wenn er nicht dort war.

Der Büfettwagen kam vorbei, und da Dad ihr am Bahnhof noch zwanzig Pfund zusätzlich in die Hand gedrückt hatte, nahm Kate sich aus Gewohnheit einen Kaffee, obwohl sie die üblichen zwei Beutel mit Proviant und eine Thermoskanne mit Tee in ihrem Rucksack hatte. Gott sei Dank hatte der Wunsch ihrer Mutter, sich in eine Studentin zu verwandeln, nicht ihren Drang zur Herstellung von Sandwiches in Mitleidenschaft gezogen. Zwanzig Jahre lang Mike und Kate wie ›Gänseleberpasteten‹-Kinder behandelt zu haben, war eine Angewohnheit, die man sich schwer abgewöhnen konnte. An dem Tag, an dem Mum mich nicht mehr für eine Zugfahrt mit mindestens einem Laib Brot und einer Packung Pinguin-Schokoriegel ausstattet, werde ich ihr ein Paar Dr. Martin-Stiefel mit 32 Schnürsenkel-Löchern kaufen.

Kate schlürfte den Kaffee, der kochend heiß war und nicht so stark, wie sie es gewöhnt war. In einer Art von David-Attenborough-Manier war es interessant, Lauras Verhalten über Weihnachten zu beobachten: Wenn die Craigs immer langweiliger und berechenbarer waren (und sich über die blauen Quality Streets zerstritten, sich über den Abwasch kabbelten und grauenvolle Fotos von allen in Schlaghosen ausgruben), desto mehr kreischte und gurrte Laura entzückt über diese Vorstadt-Normalität. Es war eine unbestrittene Tatsache, dass ihre ganze Familie verrückt war.

Doch Mrs. Craigs angebliches Verlangen nach Enkelkindern – das sich proportional zu ihrer Aufnahme von Brandy Alexander Cocktails verstärkte – hatte so etwas wie einen Keil in die sich gegenseitig bewundernde Gesellschaft getrieben.

Kate spielte mit der immer plausibleren Vorstellung, dass ihre Mutter versuchte, Laura ihre eigene Position als Familienmutter aufzuhalsen, damit sie sich mehr auf ihre Studien konzentrieren konnte. Kein Wunder, dass Laura sich mit der halben Büromaterialabteilung von W. H. Smith in meinem Zimmer versteckt hatte, dachte Kate, während sie die Katzentransportkiste mit einem Anflug von Schuldgefühlen musterte. Ratcat war zur Ruhe gekommen, nachdem sie den integrierten Wasserspender und den Halter für Katzenleckerbissen wieder aufgefüllt hatte (Harry musste sich *sehr* schuldig gefühlt haben, als er seine letzten Einkäufe gemacht hatte). Sie schaltete ihren Walkman an, starrte wieder aus dem Fenster und versuchte sich das Märchen auszumalen, dass Giles mit einer Flasche Wein und einer guten Entschuldigung auf sie in der Wohnung wartete.

Dass sie jetzt nicht mehr ständig darauf horchen musste, ob ihre Schwägerin sich mit noch mehr Essen näherte, war erstaunlich befreiend – und sogar so sehr, dass sie einduselte und nur von der knackenden Ankündigung wach wurde, dass der Speisewagen nun geschlossen war. Kate öffnete die Augen und schloss sie reflexartig wieder.

Die Außenbezirke Londons näherten sich bei der Zugfahrt viel schneller als damals im Bus, und zu ihrer Bestürzung spürte sie, wie sich ihr Magen wieder in Panik verkrampfte, als die Felder in Häuserreihen, Läden und Straßenbrücken übergingen. Um sie herum nahmen die Leute ihre Taschen und Mäntel aus den Gepäcknetzen herunter, was ihre Angst vor der Ankunft noch verstärkte.

Als der Zug in den Bahnhof einfuhr, wartete Kate so lange, bis alle anderen Reisenden vor ihr ausgestiegen waren. Dann erst raffte sie ihre Taschen zusammen und hob Ratcat von seinem Sitz herunter.

»Du wirst ja ganz fürchterlich pinkeln müssen, du armes Tier«, sagte sie in dem Versuch, etwas von ihrer Nervosität auf ihn zu übertragen. Sie fragte sich, ob er unterwegs in der Transportkiste gepinkelt hatte und fühlte sich schlecht. Kann man eine Katze denn in einem Zug zur Toilette bringen?

Ratcat erwiderte ihren Blick mit glitzernden grünen Augen, und Kate fiel ein, dass man nach einem fünfmonatigen Zusammenleben wahrscheinlich auf solche Höflichkeiten verzichten konnte. Ratcats Miene schien eher sagen zu wollen: ›Bring mich um Himmels willen nach Hause, ehe jemand, den ich kenne, mich in dieser widerlichen Transportkiste sieht.‹

Wenigstens freute sich einer von ihnen auf das Nachhausekommen.

Ungefähr dreißig Sekunden lang erwog Kate, mit der U-Bahn nach West Kensington zu fahren – in den dreißig Sekunden, die sie benötigte, um ihr Gepäck auf einem Kofferkuli zur Ankunftshalle zu fahren und es dort wieder herunterzunehmen. Es war unmöglich, all ihre Taschen und eine Katze mit einer vollen Blase die Rolltreppen hinauf und hinunter zu tragen. Außerdem war es klirrend kalt, und sie war noch nie auf diesem Bahnhof gewesen und hätte ihre Weiterfahrt erst anhand der U-Bahn-Streckenkarte herausfinden müssen.

Also musste es ein Taxi sein.

Angesichts dieser Ausgabe stand Kate mit zusammengebissenen Zähnen in der Taxischlange (ganz hinten, wegen Kates Trödelei beim Aussteigen aus dem Zug) und wartete.

Resignation überfiel sie, als sie die vertrauten Geräusche Londons wieder hörte. Und ob sie wollte oder nicht – ihr wurde klar, dass sie sich an diese Stadt gewöhnt hatte. Es fiel Kate sogar auf, dass sie das ständige Summen der Hintergrundgeräusche vermisst hatte (allerdings außer den Geräuschen, die Laura und Mike von sich gegeben hatten): das Rattern des Verkehrs, das Hupen der Autos, das sanfte weiße Rauschen der Unterhaltungen, die in der Öffentlichkeit laut geführt wurden und doch schon wieder fast privat waren, weil sie von allen anderen ignoriert wurden.

Als sie endlich den Kopf der Schlange erreicht hatte und ein Taxi bekam, dauerte die Fahrt nach West Kensington nur halb so lange wie die Wartezeit. Die Straßen waren ohne die Bauarbeiten jetzt zwischen Weihnachten und Neujahr still, und der Fahrer respektierte Kates mürrisches Schweigen und versuchte nicht, sie in eine Unterhaltung zu verwickeln. Ratcat drehte sich in seiner Kiste herum und herum – wahrscheinlich mit dem Gedanken an eine anständige Gesellschaft, dachte Kate.

Wie erwartet, verschwand Ratcat sofort nach unten, sobald sie ihn aus seiner Kiste herausließ. Wahrscheinlich wollte er die verlorene Zeit mit der fetten Tigerkatze aus dem Nachbarhaus nachholen, und eine Welle milder Depression erfasste Kate. Sie wünschte sich die frühere Betäubung zurück.

Die Weihnachts-Aufräum-Fee war nicht aufgetaucht. Tragischerweise sah es ganz so aus, als sei sie in dem gleichen Schlitten wie die Spülfee und die Hoover-Beutel-Elfe aufgehalten worden.

Alles stank.

Kate lud ihren Rucksack und die Tasche auf dem Küchentisch ab und öffnete so viele Fenster, wie sie es an einem solch kalten Tag aushalten konnte, dann stellte sie den Kessel auf und bemerkte dabei, dass die Waschfee zwar in Erscheinung getreten war, doch nicht dazu gekommen war, die Maschine zu leeren. Als sie die Luke öffnete, schlug ihr ein penetranter Schimmelgestank entgegen. Sie schlug die Luke wieder zu, füllte mit einem tiefen resignierten Seufzer die doppelte Dosis Ariel Automatic in das Waschmittelfach und stellte die Maschine wieder an.

Wenigstens war niemand hier. Wenigstens konnte sie eine kleine Ecke in der Wohnung frei räumen und so tun, als hätte sie ihr Leben unter Kontrolle. Und das wollte sie mit einer netten Tasse Tee beginnen. Die Spülfee hatte zumindest einigermaßen zuverlässig gearbeitet, dachte Kate, öffnete den leicht muffig riechenden Geschirrspüler, der mit Bechertassen voll gefüllt war und nahm eine nicht verdächtig aussehende Tasse heraus.

Das Wasser kochte im Kessel und sie goss es auf den Teebeutel und erinnerte sich dann erst daran, dass keine Milch mehr im Kühlschrank sein würde. Oder vielmehr, dass Milch im Kühlschrank sein *würde*, zusammen mit vielen anderen haltbaren und anrüchigen Sachen, die Dant und Harry ihr fröhlich zur Entdeckung hinterlassen hatten. Doch mit dem Kühlschrank konnte sie sich jetzt noch nicht konfrontieren.

Da Kate entschlossen war, ihre zerbrechliche gute Laune nicht so bald zu verlieren, schnitt sie eine Grimasse, obwohl niemand da war, der sie sehen konnte und schüttete den Tee in den Ausguss. Aber sie hatte ja in ihrer Tasche noch Hungersnot-Rationen für vier Tage! Mum würde ihre einzige Tochter schon nicht verhungern lassen!

Also setzte sie sich mit zwei Roastbeef-Sandwiches auf die Couch und einem großen Stück von Tante Sheilas Weihnachtskuchen, das ihre Mum ihr nach London mitgegeben hatte, um sich – nach Enid-Blyton-Manier – bei den Jungs einzuschmeicheln. Da Mrs. Craigs Weihnachtskuchen im August geplant und hergestellt wurden, war er sowieso überzählig gewesen. Laura hatte natürlich ihren eigenen gebacken, nach einem achtzig Jahre alten Familienrezept, versteht sich!

Kate stellte den Fernseher an, der tröstliche und vertraute

Ausschnitte von alten Filmen brachte; und einige davon zeigten bestimmt Lauras Mutter im Bikini. Hervorragend. Während das Konservenlachen im Hintergrund kreischte, sah Kate sich in der Wohnung um und streichelte über den terrakottafarbenen Chenille-Überwurf, den Cressida mitgebracht hatte, um die Bierflecken auf dem Sofa zu verstecken. Es war ruhig, und da die Jungs nicht da waren und ihr nicht zu verstehen gaben, dass sie dumm war, hatte sie das Gefühl, als wäre sie in die angenehme Umgebung ihres eigenen Zuhauses zurückgekommen.

Kate biss herzhaft in das Roastbeef-Sandwich, wobei ihr einfiel, dass jetzt der richtige Moment war, um die Wohnung zu durchschnüffeln. Sie hatte Dants Zimmer nicht mehr betreten, seit sie es dazu benutzt hatte, um zu Harry ins Badezimmer zu kommen. Der Gedanke an den rosafarbenen Pantoffel ließ sie noch immer zusammenzucken. Was mochte sich dort drin noch befinden, das sie wissen sollte? Dant sah so aus, als ließe er eine Menge merkwürdiger Dinge einfach so herumliegen. Und, dachte sie, als sich ihr Herzschlag ein wenig beschleunigte, das könnte ihre einzige Gelegenheit sein, für Forschungszwecke ein paar Softpornos durchzusehen.

Sie sah zu seiner Zimmertür hinüber, die einladend offen stand. Wie von einem unsichtbaren Magneten angezogen, erhob Kate sich mit ihrem Sandwich in der Hand vom Sofa, ging hinüber und horchte angespannt auf Schritte auf der Treppe.

In Dants Zimmer herrschte eine solche Unordnung, dass Möbel nicht vorhanden zu sein schienen. Kleider türmten sich auf anderen Kleidern, unter denen sich vielleicht Stühle befanden – oder auch nicht. Kate ging vorsichtig auf den kleinen Flächen sichtbaren Teppichs um die Stapel herum. Das Zimmer roch leicht nach Moschus und dem schwachen Duft nach Orangen, der Dant trotz seiner minimalen Aufnahme von Vitamin C anzuhaften schien. Kate zögerte plötzlich, hier herumzustochern, weil sie ja etwas finden konnte, was sie gar nicht wissen wollte. Sie hatte schon eine verkrustete Flasche Insignia-Aftershave auf dem Nachttisch entdeckt, die neben einem neueren Bild von Cress mit Sonnenbrille stand, die im Damensitz auf einem riesigen Marmorpferd saß.

Außer dem (ungemachten) Bett hatte er noch einen Schreibtisch, auf dem sein Computer stand, der umgeben war von Stapeln von Disketten und Kabeln, und seine schwarze Stereoanlage, neben der drei ungefähr neunzig Zentimeter hohe Türme von CDs aufgestapelt waren und ein großer Kopfhörer von der Sorte, die Kate zuletzt auf dem Band-Aid Video gesehen hatte und dessen Hörmuscheln nicht miteinander verbunden waren. Dant wusste offenbar genau, was er wollte.

Das war eher etwas für sie. Kate legte ihr Sandwich vorsichtig auf einer kleinen freien Fläche auf dem Schreibtisch ab und ging in die Hocke, um die Rücktitel der CDs durchzusehen. Sie war überzeugt davon, dass sie eine Menge über einen Mann aus der Art der Musik erfahren konnte, die er hörte. (Oder, wie in Giles' Fall, noch mehr von den noch immer in Plastik eingeschweißten Platten, die er gekauft, aber *nicht* angehört hatte.). Alle CDs von Dant waren offen und schienen mit überraschendem Geschmack ausgewählt worden zu sein: Klassiker wie die Beatles und Bob Dylan zusammen mit moderneren Klassikern – alle Veröffentlichungen von Blur, frühe Verve-Stücke, Television, die Chemical Brothers, Portishead, Matthew Sweet…

Kate machte es sich ein wenig bequemer und neigte ihren Kopf ein wenig, um die Rücktitel besser lesen zu können. Es gab eine ganze Jazz-Abteilung von Leuten, von denen sie noch nie etwas gehört hatte. Das fand sie sehr attraktiv, zumal sie Wissen weit erregender fand als blaue Augen oder einen flachen Bauch. Sie mochte es, wenn man ihr Neues beibrachte.

Doch das hätte sie bei Dant nie erwartet. Er gab sich gern geheimnisvoll, und sie glaubte, dass er glaubte, das mache ihn interessanter. Doch sie hätten sich hervorragend über Musik unterhalten können, eines ihrer Lieblingsthemen, wenn er nur etwas davon erwähnt hätte. Kate dachte erbittert an all die Konzerte, die sie verpasst hatte, weil sie sich zu elend gefühlt und zu viel Angst gehabt hatte, allein in London unterwegs zu sein. Nicht, dass Dant der ideale Begleiter gewesen wäre, aber ...

Ihrer groben Schätzung nach musste Dants CD-Sammlung ungefähr so viel gekostet haben wie Lauras fast neuer Vauxhall Corsa. Kate fuhr mit dem Fingernagel an einer weiteren CD-Säule entlang. Seine Sammlung war wie ein Kaleidoskop: wahllose unterschiedliche Einflüsse und Stile schienen miteinander vermischt zu sein, und doch ergab alles zusammen einen Sinn. Sie hatte immer vermutet, dass Dant eine Art frauenfeindliches Schwein sei, doch offenbar hörte er sich Beth Orton an und Dusty Springfield, Julie London, Kate Bush, Patti Smith, Ella Fitzgerald, Aretha Franklin ...

Nach Kates Ansicht war noch eindrucksvoller, dass das, was er nicht besaß, die Sammlung davor bewahrt hatte, nur ein wahlloser Mischmasch zu werden: keine Alanis Morisette, keine Celine Dion, keine Levellers. Er besaß sogar die frühen Reihen ›Now That's What I Call Music‹ als Schallplatten, die an einer Wand lehnten. Kates Fingernagel verharrte überrascht bei den beiden Kenickie-Alben – ihre Lieblingsmusik, die sie seit ihrer Ankunft in London endlos abgenudelt hatte, um sich selbst ans Glücklichsein zu erinnern. Wirklich? Ihre Meinung über Dant geriet ins Wanken. Niemand mit einem so weit gefassten Musikgeschmack – und sie glaubte wirklich nicht, dass Dant seine Musik so wahllos zusammenkaufte wie Giles – konnte doch so zögerlich sein, über Musik zu sprechen. Also warum hatte er sie nie erwähnt?

Unten im Flur schlug die Haustür zu und Schritte kamen die Treppe hinauf. Kate sprang auf, und ihre Knie protestierten heftig nach vier Stunden Zugfahrt. Sie sauste ins Wohnzimmer zurück, wo sie sich hinter der Weihnachtsausgabe von *Radio Times* verschanzte.

Die Schritte erreichten ihr Stockwerk und gingen dann die Treppe zu der Wohnung über ihr weiter hoch. Kates Herzschlag hämmerte weiter in ihrer Brust, obwohl sie ja genau wusste, dass Dant in LA war und Harry in Northumberland und man sie daher kaum auf frischer Tat dabei ertappen konnte, wie sie in Dants Sachen herumschnüffelte. Vermutlich würden beide bis Neujahr fortbleiben, und selbst wenn sie zu Neujahr nach London zurückkehrten, würden sie sicherlich nicht vor Silvester aufbrechen. Sie ließ die *Radio Times* sinken und stellte fest, dass es an diesem Abend nicht viel mehr als *EastEnders* im Fernsehen gab und atmete heftig aus.

Warum nicht auch Harrys Zimmer?

Im Vergleich zu Dant war Harry peinlich ordentlich. In seinem Zimmer lagen die Kleider auf dem Bett und das Bettzeug auf dem Boden, und doch hatte man den Eindruck, als hätte es in West London kürzlich ein leichtes Erdbeben gegeben, bei dem vielleicht ein naher U-Bahn-Tunnel zusammengestürzt war. Dennoch waren klar begrenzte Bereiche des Teppichs sichtbar. Sein Zimmer roch nach dem zitronigen Aftershave, das er benutzte, was Kate das unheimliche Gefühl gab, dass er hier mit ihr im Raum war. Wie Dant hatte auch er einen Computer und eine Stereoanlage, doch damit endeten die Ähnlichkeiten auch schon.

Harrys Computer sah ordentlich und geschäftsmäßig aus mit den roten Kästen für seine Disketten und blauen Ablagekästen für das Druckpapier, und alles war ordentlich aufeinander gestapelt. Seine Stereoanlage war klein und silbrig und schwebte auf einem Wandarm über seinem Bett, während die Boxen auf einem langen Brett als Buchstützen für Paperback-Ausgaben von Jungsliteratur dienten. Keine von Eclipse, wie sie anerkennend bemerkte, als sie den Blick über sie hinweggleiten ließ. Oben auf dem Bücherbrett standen diverse Schnitzereien, die er von seinen Reisen mitgebracht hatte: kleine Giraffen, Eier, die aus Vulkangestein gemacht worden waren und seltsame flötenartige Gegenstände. Sie streckte eine Hand aus, um einen glatten runden Seehund aus schwarzem Stein anzufassen, und hielt inne, noch ehe ihre Finger mit ihm in Berührung kamen.

Verlegen ließ sie die Hand sinken und sah sich noch ein wenig mehr um. Neben dem Schreibtisch türmten sich Zeitschriften – *Classic and Sportscar*, *FHM*, *Esquire*, das übliche Fragwürdige. Sie war versucht, sie durchzugehen, um herauszufinden, ob unter dem Stapel noch irgendetwas Interessanteres versteckt war, doch Teil ihres Handels, den sie mit ihrem Gewissen abgeschlossen hatte, war, dass sie sich zwar umsehen, aber nichts anfassen durfte. Das war noch kein Herumschnüffeln; das war einfach nur... das Gleiche, was Teresa auch zu sehen bekam.

Kate beugte sich vor, um auch Harrys Musikgeschmack zu überprüfen. Nach den Reichtümern von Dants Sammlung war sie überrascht, dass ein Hauch von Enttäuschung sie durchdrang. Harrys CDs, von denen die meisten Klebeschilder trugen, auf denen ›3 Stück für 21 Pfund‹ stand, standen in leuchtend grünen Haltern, die sich wellenartig wie Tentakeln an einer Wand entlangzogen. Jedes der Alben seiner Sammlung hatte mindestens eine Goldene Schallplatte für Verkaufserfolge errungen: Oasis, Natalie Imbruglia, Kula Shaker, Madonna. Sie fragte sich, welche Musik sie von ihm erwartet hatte, ohne die Antwort abzuwarten.

Über seinem Schreibtisch hing ein Pinboard voller Fotos: Harry und Dant in der Schule, Cress mit einer Panorama-Sonnenbrille, Harry in Shorts auf einem Kamel, Harry, der auf einer Party den Arm schützend um Cress legte, die wie eine Meerjungfrau mit einem langen silbernen Sarong bekleidet war, eine verschwommene Nahaufnahme eines Mittelfingers (wahrscheinlich Cressidas). Kate fragte sich, ob Cress jemals durch die Wohnung geschnüffelt hatte, wenn sie weg waren, und diesen kleinen Schrein entdeckt hatte.

Plötzlich erinnerte Kate sich an die Fotos, die sie unter den Kissen gefunden hatte und fragte sich, ob sie noch immer dort waren. Sie begann zu zittern, als die Bilder vor ihrem inneren Auge auftauchten und stand auf. Und direkt vor ihr war ein Gruppenbild von Harrys Schulfechtclub. Harrys gutes Aussehen eines Golden Retriever hatte sich in den letzten zehn Jahren kaum verändert, im Gegensatz zu Dant, der saft- und kraftlos im Hintergrund stand, als ob er sich auf dem Weg von The Cures Vortragsräumen versehentlich ins Bild verirrt hätte.

Doch Kate konnte die Erinnerung an den heimlichen Schnappschuss von Cress nicht vergessen, als diese recht zweideutig unter den Bäumen lag. Es ging gar nicht so sehr darum, sie mehr oder weniger unbekleidet zu sehen, dachte Kate – obwohl Cress ziemlich eisig war, sah sie gleichzeitig so aus, als würde sie sich nach genügend Tequila ihre Kleider ohne weiteres vom Leib reißen. Es ging darum – sie erforschte ihr Gewissen gründlich, um eine erschöpfende Antwort zu bekommen – es ging darum, sich darüber klar zu werden, dass Harry diese Fotos gemacht hatte und was er mit ihnen zu tun gedachte.

»Örg«, machte sie laut und kehrte in die Küche zurück.

Kate fand, dass sie Harry jetzt ziemlich gut kannte, nachdem sie sechs Monate lang mit ihm und dem Schwarzen Mann von West London zusammen eingesperrt gewesen war. Da Dant an den Abenden selten zu Hause gewesen war, hatten sie und Harry viel Zeit miteinander verbracht, beim Fernsehen oder Kochen, und sie hatten sich mehr und mehr wohl gefühlt, auch ohne sich miteinander zu unterhalten. Doch obwohl sie nun all die traurigen Drehungen und Wendungen seiner Gefühle für Cressida kannte, nach häufigem ausgedehnten Kaffeetrinken und Einkäufen im Supermarkt, dämmerte es Kate – so viele neue Gedanken in so kurzer Zeit begannen sie langsam zu nerven –, dass sie gedacht hatte, dass Harry Cress echte lustvolle Gefühle entgegenbrachte. Vielleicht deshalb, weil sie eigentlich nur über Gedanken und Möglichkeiten gesprochen hatten. Oder vielleicht, weil sein Verhalten ihr gegenüber das eines Ritters in schimmernder Rüstung war und dass das alles ein wenig mystisch war.

Oder, um präziser zu werden, weil das vornehme Verlangen, das er zeigte, nach Kates Meinung mit schmutzigen Fotos nicht vereinbar war – denn ihrer Erfahrung nach gab es Schüchternheit bei einem Mann einfach nicht.

Sie ließ sich auf den Fensterplatz fallen. Dachte Harry das Gleiche über sie und Giles? Dass ihre Beziehung eher theoretisch als praktisch war? Er hatte sie nie zusammen gesehen. Obwohl die nackten Fakten von Giles' Lage ziemlich schlecht aussahen (und nachdem Kate ihr stolzes Schweigen über dieses Thema aufgegeben hatte, hatten sie und Harry sein Verhalten bei mehreren Burgers und Milchshakes wütend verurteilt), kannte sie auch die guten Seiten – aufgrund derer sie noch immer an diesem schrecklichen Ort auf ihn wartete. Dennoch war es schwer, sie jemand anderem zu erklären. Vielleicht hatte sie sie nicht genug gewürdigt.

Kate atmete verdrießlich aus. Das unangenehme Gefühl beschlich sie, dass sie miteinander mit ihren schlechten Beziehungen wetteiferten. War es, weil sie Harrys abstrakte Gefühle für Cress leicht beiseite schieben konnte, da sie nicht an ihre persönliche Tragödie heranreichten, obwohl sie doch genau das zu sein schien: abstrakt? Sie erinnerte sich daran, dass Laura und Mike einfach fröhlich über Giles' endlose viermonatige Abwesenheit hinweggegangen waren, und wie kurz diese Zeit für sie gewesen war. Plötzlich überkam sie eine Woge von Mitgefühl für Harrys schmerzhaft unerwiderte Begierde, und sie stöhnte fast auf.

Ein Werbespot für die Weihnachtsverkäufe von Harrods lief über den Bildschirm, und Kate zappte ihn weg. Nach einer Woche selbst auferlegten Zombietums fühlte sie sich gefährlich nahe an einem überraschenden Angriff von Einsicht.

War sie beunruhigt, weil diese Fotos den Mann, mit dem sie so viel Zeit verbracht hatte… zu einem Mann machten? Und weil er nun nicht mehr ein übergroßer Schuljunge mit verwuscheltem Haar war?

Peng!, machte etwas in ihrem Kopf.

»Nein«, sagte Kate laut.

Dann sagte sie: »Sicherlich habe ich das doch wohl schon vorher bemerkt.«

Darüber dachte sie eine Weile nach, als sie sich plötzlich daran erinnerte, dass auch Laura vorher nie verletzbar ausgesehen hatte. Doch es hatte einen Augenblick am zweiten Weihnachtstag gegeben, als Kate für die Schuppen-Gesellschaft in die Küche geschlichen war, um Essen zu holen. Sie hatte Laura entdeckt, die zusammengesunken allein an der Frühstücksbar gesessen hatte, während im Wohnzimmer ein Streit stattfand über die jeweiligen Vorzüge von Frottee- und Wegwerfwindeln. Mit einer Hand hatte sie ihren gesenkten Kopf abgestützt und mit der anderen Hand auf ihren Bauch gedrückt, als ob das Baby, auf das Mike so wild war, schon darin herumzappelte. Sie sah völlig elend aus. Kate hatte an der Tür gezögert, unsicher, ob sie hineingehen und etwas sagen sollte. Doch das war vielleicht der erste Moment in dieser Woche gewesen, den Laura für sich hatte, und sie vermutete, dass sie der letzte Mensch war, den Laura würde sehen wollen. Abgesehen vielleicht von ihrem Gynäkologen.

Noch ehe Kate weiter zögern konnte, hatte Laura geseufzt, sich eine Hand voll Paranüsse in den Mund gestopft und war von dem hohen Stuhl heruntergeglitten. Daraufhin hatte Kate sich die zwei Kilogramm schwere Schokoladentafel gegriffen, die Tante Gillian vorübergehend auf dem Sideboard in der Diele abgelegt hatte, und war zum Schuppen zurückgekehrt. Das war zwar nur ein sehr flüchtiger Blick in Lauras Privatleben gewesen, doch er hatte etwas an Kates innerem Bild von ihrer Schwägerin verändert: Sie war nicht mehr ganz so gepanzert, wie sie zuvor geglaubt hatte. Ja, es reichte fast aus, um...

Kate stand auf und setzte sich wieder. Das war *wirklich* nicht so wichtig. Und an ihrer eigenen Situation änderte sich dadurch auch nichts. Zwischen Hinweisen zum Stillen (Mr. Craig war in sicherer Entfernung im Schuppen und damit außer Hörweite) war ihre Mutter mühelos zwischen ihrer alten Lieblingsäußerung herumgetänzelt: ›Es gibt noch viele andere Fische im Meer … aber die sind wahrscheinlich nicht so gut wie [hier war der Name eines gerade erst verlorenen Freundes einzufügen]‹ und ihrer neuerdings ständigen Wiederholung: ›Du möchtest doch mit Giles weiter zusammenbleiben, wenn du kannst – was sind denn da ein paar Monate, wenn man jung ist?‹ Kate hatte gehofft, dass das neue Leben mit den vier Zertifikaten für die Abendkurse, durch die ihre Mutter gebraust war, ihr eine erwachsenere Ansicht über die junge Liebe gegeben hätte, doch dem schien nicht so zu sein.

Und um das Maß voll zu machen, warfen Carlo und Nina in die vorübergehende Pause beim Thema Stillen ihre zwei-Peseten-billigen Beiträge ein: ›Errr sieht gutt aus, ja?‹ und ›Derr langsame Hase iest schneller als der lange Hecht.‹ Kate vermutete, dass bei der letzten Äußerung durch die Übersetzung etwas verloren gegangen war, doch leider war das Schulspanisch ihrer Mutter noch unzureichender als Kates.

Mike hatte sich um das gesamte hässliche Thema um Kates Liebesleben herumgedrückt, sogar während der langen Heimfahrt zu Weihnachten, während der Kate pathetisch geschnieft hatte in der eisigen Stille zwischen Mikes und Lauras Sticheleien. Als er zu einer Meinungsäußerung über diese Sache gezwungen wurde (seine Mutter hatte beim Frühstück am zweiten Weihnachtstag mit einem Buttermesser auf ihn gezeigt und gesagt: ›Mike, du bist doch ein junger Mann, meinst du nicht auch, dass Kate Giles machen lassen sollte, was er will?‹), hatte er Kate und auch alle anderen am Tisch damit überrascht, dass er sagte: ›Wenn er es sich dort in den Staaten gut gehen lässt, dann besteht doch für sie keine Veranlassung, allein zu Hause zu versauern. Ich jedenfalls würde das nicht tun.‹

Daraufhin war Laura sichtlich blass geworden und hatte scharf erwidert: ›Das finde ich ja komisch, weil du genau das von mir erwartest‹, und Kate war für diese Ablenkung dankbar gewesen, weil sie dadurch mit ihrem restlichen Toast und dem eselsohrigen Exemplar von den *Dornenvögeln* zum Schuppen entwischen konnte.

Mikes Bemerkung kehrte nun in ihr Gedächtnis zurück. Im Verein mit Isobels Großtaten klang das gefährlich nach Erlaubnis – und sie fühlte sich gefährlich. Es war ja nicht so, dass Giles' Rückkehr nach Amerika sie zu einer wilden Hatz auf Singlemänner animierte. Und sie konnte sich auch nicht vorstellen, sich für jemand anderen als ihn zu erwärmen. Doch warum sollte sie sich langweilen und frustriert sein? Und warum sollte sie sich von seiner Karriere zu irgendetwas erpressen lassen?

Und überhaupt, wenn sie die Dinge realistisch betrachtete, dann kam Giles ja bald zurück, und wenn Weihnachten zu Hause irgendetwas bewiesen hatte, dann war es das, dass sie jetzt das Beste aus einem miesen Job in London machen musste, weil zu Hause keine Alternative mehr war. Giles' Heimkehr würde ihr außerdem ein Datum geben, auf das sie hin arbeiten konnte.

Wieder, sagte die Stimme.

Sie glättete den Einwurf zwischen ihren Fingern. Und trug das alles nicht dazu bei, sie langsam in die unabhängige Frau zu verwandeln, von der er ewig geschwafelt hatte?

Sie fand die Fernbedienung für die Musikanlage unter einem Kissen und schaltete ein bisschen Musik ein, ehe sie sich eine Antwort auf diese Frage einfallen ließ. Aus irgendeinem Grund plärrte die Erkennungsmelodie von *Top Gear* aus den versteckten Lautsprechern. Kate schob die Hände in die Seiten des Sofas hinab, bis sie die CD-Hülle gefunden hatte: *Top Gear Driving Anthems 2*. Das ergab einen Sinn – die Playstation lag noch immer verstreut auf dem Teppich, und Harry hatte sie wahrscheinlich für den vollen Tiff-Needell-Effekt benutzt. Kate verdrängte das Bild, von dem sie gar nicht gewusst hatte, dass sie es im Gedächtnis behalten hatte: Harry lang ausgestreckt auf dem Fußboden, in Boxershorts und nicht viel mehr, und mit Dant Grand Turismo spielend. Winzige Einzelheiten wie die gebräunten Erhebungen seiner Wirbelsäule und die schwachen Spuren von Haaren auf seinem Rücken, machten das Bild beunruhigend lebendig. Wenn Cress nur seine wunderbare Wirbelsäule sehen könnte, würde sie nicht so herzlos sein, dachte Kate in einem Anflug von Loyalität.

Die beste Art, mit Giles und dem ungewissen Datum seiner Rückkehr umzugehen, war, ihn in den entferntesten Teil ihres Gedächtnisses zu schieben und ihr Leben weiterzuleben. Und wenn er dann zurückkam, würde das eine wunderbare Überraschung für sie sein.

Ja, klar, sagte die Stimme. Aber du möchtest doch nicht so enden wie Harry: verliebt zu sein in eine Idee und nicht in einen Menschen.

Ein schreckliches Verlangen nach einem Schinkensandwich überfiel Kate so plötzlich, dass sie aufstand und losging, um nachzusehen, ob irgendein Minimarkt geöffnet hatte.

24

Nach einem erfrischenden Spaziergang zu einigen schickeren Szene-Orten einschließlich dem Friedhof in Brompton, dem Eel Brook Park und der Außenseite vom Queen's Club (verschlossen), ging Kate die North End Road zurück und bedauerte sich selbst ziemlich. Eine Katerstimmung hing über der Stadt – sie ging an ein paar Leuten vorbei, die zwischen den Feiertagen zur Arbeit zurückgekehrt waren, und ihr Unwille war ihnen in die Gesichter geschrieben, weil manche Geschäfte bis nach Neujahr geschlossen waren. Berge von weggeworfenem Geschenkpapier und Lametta lagen überall herum.

Wie üblich fragte Kate sich, ob es eine Möglichkeit gab, dass sie all ihre Weihnachtsgeschenke erst am 4. Januar im kommenden Jahr verteilen könnte; vielleicht indem sie sich eine hoch infektiöse Krankheit zuzog, die sie davon abhalten würde, vor der Hauptausverkaufszeit im Januar nach Hause zu fahren. So könnte sie zwei Fliegen mit einer ökonomischen Klappe schlagen. Da die meisten Ausverkäufe in London schon Silvester zu beginnen schienen, würde sie nicht einmal lange warten müssen, wenn sie vorgab, dass Giles einen Kurzurlaub bekommen konnte: bei einem ausreichend exotischen Urlaubsziel, von dem sie erst im allerletzten Moment zurückkehren konnte, könnte sie drei Tage von ihrer Weihnachtshölle freinehmen und noch immer Geld sparen.

Ratcat saß reglos auf der Stufe und starrte hinauf zu der Nachbarkatze, die wie üblich in ihrem Blumenkasten saß. Zu Ehren von Weihnachten hatten die Besitzer einen Leuchtstreifen mit blinkenden Rentieren an der Kante angebracht. Die Tigerkatze schien sich von deren Anwesenheit nicht stören zu lassen, während Ratcat wie hypnotisiert schien.

»Komm herein, dann mache ich dir ein bisschen Tee«, sagte Kate.

Ratcat starrte weiter nach oben. Da Kate sich fragte, ob er vielleicht festgefroren war, stieß sie ihn sanft mit dem Fuß an, woraufhin er sie locker ins Bein biss und durch die Katzenklappe stolzierte.

Sie kämpfte sich mit ihren Einkaufstaschen die Treppe hinauf, die auf dem ganzen Rückweg hin und her geschwungen waren, sich um ihre Waden gedreht und deren Handgriffe sich so um ihre Finger festgezogen hatten, dass diese ganz weiß geworden waren. Zwei Treppenabsätze unter der Wohnung hatte Kate plötzlich Halluzinationen von ihrem Schinkensandwich, doch als sie ihr Stockwerk erreicht hatte, stellte sie fest, dass jemand in der Wohnung tatsächlich Schinken briet.

Harry musste zurück sein! Freude stieg in ihrer Brust hoch und überraschte sie. Endlich wieder ein bisschen intelligente Unterhaltung!

»Hi!«, rief sie, als sie sich durch die offene Wohnungstür schob.

»Wer ist da?«, Kates Freude verging. Es war Dant.

»Wer denn wohl?«, schlug sie zurück. »Wie viele Frauen haben denn einen Schlüssel für diese Wohnung?« Sie ließ die Taschen neben dem Kühlschrank fallen. »Nein danke, hilf mir bloß nicht, um Gottes willen, ich sehe ja, dass du über beide Ohren beschäftigt bist.«

Dant stand am Herd und stocherte mit einem Holzlöffel in einer Pfanne voller Schinken herum.

»Und dir auch fröhliche Weihnachten, Kate Craig«, sagte er und drehte sich mit erhobenem Löffel zu ihr um. Er musterte sie kritisch von Kopf bis Fuß und drehte sich wieder der Bratpfanne zu. »Ich sehe, dass der Weihnachtsmann dir in diesem Jahr keine neuen Kleider gebracht hat.«

»Fröhliche Weihnachten«, murmelte Kate mit gepresster Stimme. Ihre Immunität gegen Dants sarkastische Art hatte sich wohl in den sechs Tagen zu Hause deutlich verringert. Aber ein Mann, der eine Strickjacke trug, hatte kein Recht, Bemerkungen über anderer Leute Kleider zu machen. Sie begann, ihre Einkäufe auszupacken. »Machst du auch eins für mich?«

»Kann ich«, sagte Dant. »Wenn du nichts gegen Schinken von seltsamen freilaufenden, in den Wald scheißenden glücklichen Schweinen hast.« Er schüttelte die Pfanne in ihre Richtung. »Wir essen den Inhalt von dem Harvey Nichols-Fresskorb, den mein Vater Cressida zu Weihnachten geschickt hat. Anrührend, was? Dieser spezielle persönliche Gedanke, der in dieser Familie zu dieser Jahreszeit so wichtig ist. Ah, ich sehe, du hast daran gedacht, Ketchup zu kaufen.«

»Wann bist du aus LA zurückgekommen?«, fragte Kate, und schob dicke weiße Brotscheiben in den Toaster.

Dant drehte sich um und sah sie mit gerunzelter Stirn an. »Von wo? Was soll ich denn in LA gemacht haben? Sehe ich denn wie eine Missgeburt aus?«

»Harry hat mir erzählt, dass du und Cress zu eurer Mutter fliegen würdet.«

Dant hob etwas Schinken aus der Pfanne. »Ich denke, ich kann ruhig zugeben, dass ich Weihnachten lieber in einem Zelt mitten auf der Hammersmith-Autobahnbrücke verbringen würde, statt ein fideles Weihnachten mit meiner Mutter zu feiern. Wenn das nicht sogar auf Gegenseitigkeit beruht.«

»Oh.« Kate fragte sich, ob sie gerade einen schrecklichen *faux pas* begangen hatte, doch Dant spritzte einigermaßen glücklich große Mengen blutiger Tomatensoße auf die Toastbrote. »Ist Cress zu ihr geflogen?«

»Natürlich nicht. Sie verabscheut unsere Mutter so sehr wie ich.« Er nahm etwas Schinken und streute ihn auf den Toast. »Obwohl sie auch durchaus geflogen sein kann. Sie hat geringere Skrupel, der alten Hexe so viel aus dem Kreuz zu leiern, wie sie kann.« Er lutschte etwas Ketchup von seinem Daumen. »Ich sah sie ein paar Tage nach deiner Abfahrt – sie kam vorbei, nachdem Harry sicher auf dem Weg in den gefrorenen Norden unterwegs war – und sie hat mir den dritten Grad über die Wohnung gegeben und was hier los gewesen ist.«

»Das heißt?«, fragte Kate. Sie presste einen gebutterten Toast auf etwas Schinken und sah zu, wie das Ketchup an den Seiten herausquoll. Cress war extrem neugierig auf das, was hier vor sich ging, wenn sie nicht da war und quetschte sie gnadenlos über Dants Verhalten aus. Manchmal dachte Kate, dass es klug wäre, sich mit Dant abzusprechen, damit sie ihr die gleichen Geschichten erzählten.

»Das heißt, ob ich Teresa die Bilderleisten habe abstauben lassen, ob Harry noch immer ganz verrückt in sie verliebt sei, ob du Spaß an deinem Job hast, ob ich darauf achte, dass jeder nur zwei Blätter Toilettenpapier bei einem Gang zur Toilette nimmt…. Du weißt ja, der übliche Wirtinnen-Lärm um nichts.«

»Sie reagiert vielleicht nur paranoid auf das, was du über sie sagst, wenn sie nicht hier ist. Mit gutem Grund.«

»Ja, gut«, meinte Dant und machte einen Stapel Sandwiches. »Das fasst das, was meine Schwester ist, eigentlich ganz hübsch zusammen – eine zerbrechliche Mischung aus Paranoia und zügelloser Egomanie.«

»Na, dann könntet ihr ja Zwillinge sein.«

Dant stellte die heiße Pfanne in den Ausguss, und es zischte, als kalte Wassertropfen aus dem undichten Hahn in das heiße Fett fielen. »Sie kann durchaus zu Weihnachten zu Anne geflogen sein. Sie streiten gern über die Festtage. Vielleicht sollten wir die Nachrichten anstellen und mal hören, ob es nicht kürzlich einen Aufruhr im Rodeo Drive gegeben hat. Cress kann ganz gut mit Waffen umgehen. Was auch nichts macht, wenn man ihre wenig charmante Persönlichkeit bedenkt.«

»Ich weiß gar nicht, warum du ständig auf ihr herumhackst«, sagte Kate abwehrend. Etwas in seinem Ton bezog sie auf sich selbst. »Ich habe diese dunkle Seite, über die du dich ständig aufhältst, an ihr nicht kennen gelernt. Sie ist immer sehr nett zu mir.«

»Ja, klar.« Dant öffnete die Kühlschranktür und suchte die Milch. Aus reiner Gewohnheit schüttelte er die Flasche, um sicher zu gehen, dass sie frisch und noch nicht auf dem halben Weg zu Hüttenkäse war. »Du darfst nicht vergessen, dass sie nicht wie du ist. Sie ist gestört.« Er richtete sich auf, und Kate sah, wie ernst sein Gesicht war, als er sich ihr zudrehte. »Zerbrochen und falsch wieder zusammengesetzt. Das sind wir beide. Cress ist genauso ein ausgemachtes selbstsüchtiges Arschloch wie ich, nur kann sie es besser kaschieren. Ich kann mich damit nicht abgeben, wie du ja weißt.«

Kate verzog das Gesicht. »Erspare mir die Catherine-Cookson-Klischees. Davon habe ich genug bei der Arbeit.« Kaum hatten diese Worte ihren Mund verlassen und hingen in der Luft zwischen ihnen, wurde ihr klar, dass sie seinen Ton völlig falsch eingeschätzt hatte. Er meinte es wirklich so. Doch da Dant so selten ernst war, argumentierte sie mit sich selbst, wusste sie doch nie, wann genau er etwas wirklich so meinte, wie er es sagte.

In der Pause, die entstanden war, musterte er ihr Gesicht. Kate wurde rot. Plötzliche und unverstellte Einblicke in die Seele anderer Menschen ließen sie immer zurückzucken. Ihr war schmerzlich bewusst, dass Dant wahrscheinlich geradewegs in ihre Seele sehen konnte, ob sie das nun wollte oder nicht.

Er stieß einen gereizten Seufzer aus. »Oh, Himmel, nicht noch ein weiteres Mitglied des Cressida Grenfell Fanclubs. Harry reicht doch schon. Wie schafft sie das? Wäscht sie euch die Gehirne? Verteilt sie milde Gaben an euch? Oder gibt sie euch Drogen in den Kaffee?«

Kate schwieg. Sie erinnerte sich daran, wie sanft Cress ihr die Augenmaske über den verkaterten Kopf gezogen hatte nach der Nacht des vorgetäuschten Junggesellenabschieds. Dann erinnerte sie sich daran, wie Harry in jener Nacht im Pub ausgesehen hatte. Dann erinnerte sie sich an die Fotos. Sobald sie glaubte, dass sie Cress in ihrem Kopf eingeordnet hatte, veränderte sich ihre Persönlichkeit wieder wie ein Kaleidoskop. »Sie…«, begann sie und hielt wieder inne.

»Und Jesus weinte«, sagte Dant und knallte die Kühlschranktür zu, ohne sie jedoch aus den Augen zu lassen. »Und ich hatte dich für klüger gehalten. Sag nicht, dass ich dich nicht gewarnt habe.«

»Dein Problem ist, dass du glaubst, jeder sei so zynisch und moralisch verrottet wie du.« Kate erholte sich und goss ein wenig Milch in das einzige saubere Glas im Schrank.

»Und?«

»Und nichts.« Betont stellte sie die Milch zurück in den Kühlschrank und trug ihren Teller ins Wohnzimmer hinüber. Dant folgte ihr mit einer Kaffeekanne und einem Tablett voller Essen. »Warum hat Harry gedacht, dass du nach Amerika fliegst?«

Dant schaltete den Fernseher ein, setzte sich in eine Sofaecke und drückte ein Kissen an die Brust, während er durch die Kanäle zappte. »Keine Ahnung. Vielleicht hat er mit Cress darüber gesprochen, er kann aber auch Annas Tele-

fonanruf angenommen haben. Ich weiß es wirklich nicht.«
Er zwängte sich ein ganzes Schinkensandwich in den Mund,
um damit mitzuteilen, dass das alles war, was er dazu zu
sagen hatte.

Sie saßen in überraschend umgänglichem Schweigen zusammen, sahen sich die Weihnachtssondersendung der *Count
Down* Spielshow an und aßen ihre Sandwiches. Kate spürte
in sich einen seltsamen neuen Drang, mit Dant besser auszukommen, da sie ja jetzt wusste, dass er Kenickie mochte,
obwohl sie so angesäuselt war, dass sie diese Verständigungs-
bereitschaft entweder auf ihre Schuldgefühle schob, weil sie
sich in seinem Zimmer umgesehen hatte oder weil sie am
Nachmittag Whisky getrunken hatte.

Dant legte die Reste von Cressidas Fresskorb auf den
Couchtisch und es dauerte nicht lange, bis sie die einge-
machten Aprikosen und mit Schokolade überzogenen Es-
pressobohnen in der traditionell lustlosen Art nach Weihnachten naschten. Hier war es heimischer als zu Hause.
Selbst Ratcat ließ sich herab, sich ihnen anzuschließen und
rollte sich auf Dants Bein zusammen.

In dem Moment, als sie aufhörten, sich über die Weih-
nachtskrawatte von Richard Whiteley das Maul zu zerreißen, begannen sie typischerweise zögernd bei der Spielshow
mitzumachen, als diese sich in der zweiten Buchstabenrunde
befand. Als die Werbepause kam, holten sie sich Notizpapier. Zu Kates Ärger war Dant erstaunlich gut bei der
Zahlenrunde und schlug sogar Carol, ein Mitglied des Spiel-
show-Teams, mit einem Punkt.

»Ich weiß, dass es schon ein bisschen spät ist, wenn ich
dich das jetzt frage, weil wir uns schon so lange kennen«,
sagte Kate, ermutigt von der würgenden Wirkung mehrerer
Kirschliköre, »aber warum hast du keinen Job gefunden? Du
bist nicht dumm und meines Wissens nach hast du auch kein
Vorstrafenregister.«

»Abgesehen von meinem literarischen Ruf als überführter
pyromanischer Kindermörder.«

»Das können wir ja erst mal beiseite lassen.« Kate merkte zu spät, dass die Frage, die ihr so schnodderig über die Lippen gekommen war, eigentlich ziemlich persönlich war, doch Dant schien sie ernst zu nehmen.

»Ich vermute mal, dass du den einfachen Grund nicht akzeptieren wirst, nämlich dass ich mich für andere Leute nicht abschuften will, die meine Arbeit als selbstverständlich ansehen und mich verrückt machen mit ihrer endlosen Antreiberei.«

»Wenn ich jedes Mal ein Pfund bekäme, wenn das jemand morgens in der U-Bahn sagt …«, sagte Kate locker. Sie beide starrten auf einen Aufruf zur Blutspende, und obwohl sie beide strikt geradeaus sahen, vibrierte ein seltsames Gefühl von Intimität zwischen ihnen. Kate wusste nicht, ob ihr das wirklich angenehm war. Ganz hinten in ihrem Kopf dachte sie, dass sie das an die Lektüre von Dracula erinnerte, doch sie hatte das schuldbewusste Gefühl, dass sie es mit den *Rosen des Todes* verwechseln könnte.

»Wenn du es wirklich wissen willst«, sagte Dant, »denn es scheint ja heute Abend Familienrat zu sein, hängt das damit zusammen, dass ich niemandes Meinung von mir zerstöre, solange ich faul bleibe. Ich enttäusche meine Mutter nicht, die immer gesagt hat, dass ich ein hoffnungsloser Taugenichts sei – was nicht sehr ehrgeizig von ihr war, denn schließlich hat sie mich in ihrer dritten Fortsetzung zu einem psychopathischen und pyromanischen Börsenmakler gemacht – und ich enttäusche auch meinen Vater nicht, der immer gesagt hat, dass meine Mutter mich und Cress von Anfang an ruiniert habe. Genauso ist es auch geschehen.«

»Aber du bist so …«, sagte Kate und verstummte. Auf dem Bildschirm begann Carol, Vokale für eine Frau mit Brille aus Wakefield zu suchen. Sie trug eine Feenmütze zu Ehren der Jahreszeit.

»Was denn?«, fragte Dant.

»So … kompliziert.« Kate hätte lieber weniger gesagt und war sich sicher, dass Dant sie dazu gebracht hätte, mehr zu sagen, wenn nicht die Haustür unten zugeschlagen wäre und ein vertrautes tonloses Pfeifen der Erkennungsmelodie vom *A-Team* zu ihnen heraufgeklungen hätte.

Auf der Treppe klangen die Schritte, als würden die Stufen immer zwei auf einmal genommen, und eine Minute später stürzte Harry durch die Diele und in die Küche. Ratcat, der Verräter, glitt von Dants Knie und schlitterte in Richtung Essensgeräusch.

»Hi!«, schrie Kate.

Dant konzentrierte sich auf seinen Buchstabenkreis.

Harry schob den Kopf um die Tür herum. »Hallo, alle miteinander.« Er sah gebräunt und gut genährt aus und trug einen neuen roten Pullover, der selbst gestrickt aussah.

»Hallo«, sagte Kate.

»Na, Arschi«, sagte Dant.

Harry ignorierte ihn. »Möchte irgendjemand Tee haben? Ich werde mir gleich etwas Toast machen.«

»Nein, danke, ich versuche gerade, gleichzeitig betrunken und kotzig zu werden«, sagte Dant. »Die gesamten Weihnachtserlebnisse an einem Nachmittag.«

»Du ungeselliger Arschkneifer«, sagte Harry fröhlich und stellte den Kessel in der Küche auf den Herd.

»Arschkneifer?«, fragte Kate einfach in die Gegend.

Dant lehnte sich auf dem Sofa zurück und rief zurück: »Von wegen ungesellig – ich bin gerade ein ausgezeichneter Gesellschafter, und du würdest keinerlei Misstrauen gegen den Kaffee haben, solange du ihn nicht anzuzünden versuchst.« Er nahm die Whiskyflasche und goss noch einen Schuss in seine Tasse. Es war eine der riesigen blauen Porzellantassen aus dem Set, das Cress irgendwann, aus Protest gegen die Striptease-Becher, mitgebracht hatte.

Harry kam mit seinem Tee und Toast herein und ließ sich in die sorgsam frei gehaltene Lücke zwischen Dant und Kate aufs Sofa fallen. Da Kate mit dem Rücken gegen die Armlehne saß, spürte sie plötzlich unter ihren Zehen die Härte von Harrys Oberschenkel durch seine Jeans.

»Ooooh, kalte Füße«, sagte Harry. Er stellte seinen Teller auf den Couchtisch und rubbelte Kates Füße zwischen seinen Händen. »Hast du denn keine Pantoffeln zu Weihnachten bekommen?«

»Doch, aber ich habe sie zu Hause gelassen.« Kates Füße prickelten erfreut. Jedes Jahr bekamen Mike und sie von ihrer Tante Gillian ein Paar Pantoffeln aus Schafsleder und eine pflastersteingroße Tafel Schokolade, und die Schokolade wurde stets dankbar angenommen.

Harry hörte auf mit der Fußmassage und nahm ein Stück Toast.

»Oh, hör nicht auf«, flehte Kate zur gleichen Zeit, als Dant sagte: »Örg! Ich kann gar nicht verstehen, dass du dir nicht die Hände wäschst! Du weißt doch gar nicht, wo sie mit ihren Füßen überall war!«

»Gibt es nichts im Fernsehen?«, fragte Harry und zappte durch die Kanäle, als *Countdown* zu Ende war und Dant beide Kandidaten und auch Carol und Martin Jarvis besiegt hatte.

Dant warf ihm die *Radio Times* zu und stand auf, um zur Toilette zu gehen. »James Bond um acht.« Er schwankte leicht hin und her, als er die Tür erreichte. »Der mit der lesbischen Tussi. Das Mädchen mit den Goldenen Titten oder so was.«

»Mir ist, als sei ich gar nicht weg gewesen«, sagte Kate.

»Hattest du ein schönes Weihnachtsfest mit Giles?«, fragte Harry.

Kate biss sich von innen in die Lippe. »Ja, wir hatten eine wundervolle Zeit«, sagte sie.

Das Geräusch von Dants Pinkeln schallte durch die Wohnung. »Manchmal frage ich mich, ob er im Sitz ein Mikrofon versteckt hat«, sagte Harry und drehte den Fernseher lauter, um das Wasserfall-Geräusch zu übertönen. Er drehte sich wieder zu Kate um. »Und wohin hat er dich denn schließlich gebracht? Babington House? Irgendwo in Brighton?«

Viele spontane Notlügen lagen Kate auf der Zunge, doch

das echte Interesse auf Harrys Gesicht beschämte sie so, dass sie die Wahrheit sagte.

»Wir haben beschlossen, in London zu bleiben«, sagte sie. »Er hat mich zum Essen ausgeführt« – was sogar stimmte, denn sie waren ins Bluebird gegangen – »und wir sind in der restlichen Zeit durch die Stadt gegangen.« Eher wie betäubt.

»Das klingt nett«, sagte Harry aufmunternd. »Ziemlich romantisch, Weihnachten in London, mit all den Lichtern und den Auslagen in den Schaufenstern.«

»Mmm.« Wenn sie bloß Zeit genug gehabt hätte, in einen Laden zu gehen, dachte Kate. Das hätte ihr einige gezwungene Dankesbezeugungen zu Hause erspart, als jeder eine Auswahl an Strumpfhosen, Unterhosen und Kniestrümpfen bekommen hatte – da das Angebot der örtlichen Filiale von Marks & Spencer's auch in besten Zeiten nicht an Marble Arch heranreichte und vor allem nicht am Heiligen Abend. Es hätte überhaupt keine Geschenke gegeben, wenn sie sich nicht freiwillig erboten hätte, in die Stadt zu gehen und noch schnell Nüsse zu holen und dabei einen Schlenker ins Einkaufszentrum gemacht hätte.

»Giles hat mir das Lloyds-Gebäude gezeigt«, fügte sie hinzu, falls ihr ›Mmm‹ nicht enthusiastisch genug geklungen hatte.

»Also, ich denke mal, dass du kaum Augen für deine Umgebung gehabt hast«, sagte Harry und gab ihr mit der Fernbedienung einen Klaps auf den Oberschenkel. »Es überrascht mich sowieso, dass ihr nach fünf Monaten Trennung überhaupt ausgegangen seid!«

Kate öffnete den Mund zu einer Bemerkung, doch sie hielt sich zurück, als Dant hereinkam.

»Es scheint ja, dass einer von uns ein romantisches Weihnachtsfest hatte, was?«, sagte Harry jovial. »Es sei denn, du hast die vergangenen Jahre übertroffen?«

Dant quetschte sich in die Ecke des Sofas und studierte das Fernsehprogramm. »Oh ja, der Junge Transatlantische Liebestraum.«

»Wir hatten ein paar… wundervolle Tage«, sagte Kate verärgert.

»Nettes Geschenk?«

»Ja, natürlich.« Giles hatte ihr eine sehr große Flasche Amarige geschenkt und einen hellroten Chanel-Lippenstift. Er hätte auch ruhig die 200 zollfreien Marlboro Lights, die er für Selina gekauft hatte, in der gleichen Tüte lassen können. Der vernünftige Teil in Kates Kopf hatte das Argument ›Er war sehr beschäftigt‹ immer wieder wiederholt, als sie den edel verpackten Reisewecker in seine Hände legte, für den sie ihr Gehirn zermartert und ihr Girokonto geplündert hatte, um ihn für ihn zu erstehen. Er war winzig und glänzend golden und hatte zwei verschiedene Zifferblätter: eines mit der Uhrzeit von Chicago und eines für die Londoner Zeit.

»Ich werde auch nicht fragen, was es war!«, sagte Harry und stupste sie wieder mit der Fernsteuerung an.

Gott sei Dank ist er ein Trottel, dachte Kate und kaute auf einer mit Schokolade umhüllten Kirsche herum, die sie gar nicht hatte haben wollen, selbst noch, als sie sie schon zu essen begonnen hatte. Das machte es um so schwerer, sich vorzustellen, dass er mit irgendjemandem Sex hatte, ganz zu schweigen von Cress.

Sie fragte sich, von welchem Zeitpunkt an sie sich für das ›lasst uns alle auf dem Sofa zusammengedrängt sitzen‹ entschieden hatten. Vielleicht, als sie gespürt hatten, dass sich ihre Erleichterung in ihnen ausgebreitet hatte, dass sie in die Wohnung und in die Sicherheit ihres eigenen Lebens zurückgekehrt waren.

»Ich gehe auf die Toilette«, sagte sie und hievte sich vom Sofa hoch, »und glaub ja nicht, dass du meinen Platz haben kannst, wenn ich weg bin.« Die Wirkung von Dants Irish Coffees packte sie, als sie aufstand.

»Möchte irgendjemand einen Drink haben?«, schrie sie von der Küche her. Oh Gott, so spricht ja meine Mutter, dachte sie, suchte die Milch im Kühlschrank hinter Gläsern mit Preiselbeersauce und Tupperware-Dosen, die Harry mitgebracht haben musste.

Abgesehen von Dants dreckigem Lachen erhielt sie keine Antwort aus dem Wohnzimmer.

»Ich sagte…«, begann Kate mit noch lauterer Stimme und murmelte dann zu sich selbst: ›Würdest du dir selber zuhören?‹ Sie ging mit ihrem eigenen Kaffee hinüber und sah, dass Harry seine Beine über ihren Platz auf dem Sofa ausgestreckt hatte. Sie hob sie an und setzte sich hin. Er streckte sie über ihrem Schoß aus.

»Das stört dich doch nicht, oder?«, fragte er mit gewinnender Welpenmiene. »Ich habe schreckliche Scheiben«, fügte er hinzu und meinte seine Bandscheiben.

»Ich weiß«, sagte Kate und dachte an seine CD-Scheiben. »Was ist das denn?«

»Oh Gott, das ist einfach schrecklich.« Die ultimative Dant und Harry Dokusoap-Umarmung. »Das ist Weihnachten im Flughafen Heathrow.«

Ein panisches Zittern stieg in Kates Kehle hoch. Bestimmt hatten sie das Stück mit ihr und Giles nicht verwendet. Sie hatten ja nicht genügend Material. Nicht, nachdem sie das alles mit all ihrem Starren zerstört hatte.

Als die Kamera auf einen Chor umschwenkte, der für einen Kurzaufenthalt in Wien auf dem Weg zur Abflughalle war, sah der Schauplatz entsetzlich vertraut aus: weiße Wände überall, echoartige Bekanntmachungen, Läden, die Weihnachten in New York anpriesen, eisiges Wetter und endlose Kaffeebecher aus Pappe.

Ein übermäßig herausgeputzter Steward beugte sich vertraulich in die Kamera, als er mit einem todschicken fahrbaren Koffer durch den grünen Tunnel schlenderte. »Natürlich machen die Familienbegegnungen diese Jahreszeit zu etwas ganz Besonderem. Das verleiht Heathrow eine wundervolle Atmosphäre und dadurch fühlen wir uns alle wie eine große glückliche Familie.«

»Ja, klar«, prustete Harry wütend.

»Dieses Weihnachtsfest wird für ein kleines Mädchen etwas ganz Besonderes werden«, sagte die Stimme des Sprechers. »Sascha leidet an Leukämie und hat ihren Daddy zwei lange Jahre nicht gesehen…«

Gott sei Dank, dachte Kate erleichtert. Kranke Kinder stellen in Dokumentarfilmen alles in den Schatten, mit Ausnahme von gequälten Eseln. Sie werden sich mit uns nicht abmühen und schon allein deshalb nicht, weil Giles sie so wütend angesehen hatte. Sie probierte ein Stück kandierter Orangenschale aus Cressidas Fresskorb und wünschte, sie hätte es nicht getan.

»Wenn ihr Daddy dieser abartige Flugbegleiter ist, dann wird sie sich wahrscheinlich wünschen, dass sie im Flieger drin geblieben wäre«, sagte Dant.

»Mein Gott bist du zynisch«, protestierte Kate, der Tränen in die Augen stiegen, als das winzig kleine Mädchen von ihrem ekstatischen Vater herumgewirbelt wurde und die Mutter beide von hinten umarmte. Der Nikolaus des kleinen Mädchens war heruntergefallen, und ein Heer von Technikern eilte herbei, um ihn für sie aufzuheben. »Das ist genau das, was man zu Weihnachten haben will…«

Sie hielten noch die Wiedervereinigung von einigen Großfamilien aus Antigua mit ihren lange verloren geglaubten Verwandten im Bereich der Passkontrolle aus und auch die schockierende Entdeckung von vier Kilo Kokain in einer Schachtel mit Schokoladen-Schneebällen. Fünf Mädchen aus Newcastle, die sich auf einem Flug nach Rio de Janeiro befanden, um dort Weihnachten zu feiern, gingen verloren und wurden von einer Chefstewardess wiedergefunden (die ihre Version von ›Leaving on a Jet Plane‹ am Heiligen Abend sang, mit dem sie im November den Karaoke-Wettbewerb der Belegschaft gewonnen hatte). Sie quatschten einen Park-and-Ride-Fahrer im Kurzparkhaus an. Ein Dackel, der von Teneriffa herübertransportiert worden war, um wieder zu seinem ältlichen Frauchen zurückzukehren und versehentlich wieder zurückgeflogen worden war, wurde mit seiner

Besitzerin wieder vereint. Er trug auch eine kleine Nikolaus-mütze. Kate, die bei ihrem vierten Irish Coffee angelangt war und sich durch und durch menschenfreundlich fühlte, liefen die Tränen übers Gesicht.

»Doch nicht alle Wiedervereinigungen verlaufen so glück-lich«, sagte der Sprecher. Kates Gesicht gefror, als eine Groß-aufnahme von ihr selbst, wie sie auf der Bank vor der Coffee Republic lag, den Bildschirm ausfüllte. Ihr Kopf mit der Augenmaske war nicht zu sehen. Vielleicht belassen sie es ja dabei, dachte sie verzweifelt.

»Verdammt noch mal«, sagte Harry und lehnte sich nach vorn, um besser sehen zu können. »Siehst du diese Beine! Wow!«

»Kate«, sagte Dant über Harrys vorgereckten Hals hin-weg, »ist das nicht…?«

Sie nickte.

»Oh«, sagte er, und ein Lächeln hellte die dunklen Ringe unter seinen Augen auf.

»Diese junge Dame hat mehrere Stunden lang gewartet, um ihren Freund, der aus Chicago zurückkommt, willkom-men zu heißen. Doch was wie ein romantischer Nachmittag begonnen hatte, hat sich leider sehr schnell zu einem Alb-traum entwickelt.«

»Jesus, nein!«, rief Harry aus und ließ sich auf seinem Platz zurückfallen. »Das ist…«

»Halt's Maul, Haz«, sagte Dant. »Nach Kates Version hat sich der Albtraum in ein fantastisches Wochenende der Liebe verwandelt.« Sie beide beugten sich nun näher zu dem Fernseher.

Kate wurde übel, als die Kamera ihre Beine ansteuerte. Sie sahen so lang und unproportioniert aus und ihr Haar war überall. Große lange Locken hingen über ihrer Tasche und um ihr Gesicht herum, wild und wie Ranken und so weit von der glänzenden Perfektion der Harvey Nichol's-Haarkrea-tion entfernt, wie man sich nur vorstellen konnte. Kein Wun-der, dass Giles so schockiert ausgesehen hatte, als er sie sah.

»Ohne ihr Wissen wurde Chicago nach dem schlimmsten Schneesturm seit Jahren unter einer dreißig Zentimeter tiefen Schneedecke begraben, und auf dem Flughafen herrscht das reinste Chaos.«

»Das hätten sie mir zu dem Zeitpunkt sagen können«, protestierte Kate, als die schimmernde Stewardess-Lady dabei gefilmt wurde, wie sie mit dem Strom der gestressten Passagiere umging, und dabei waren ihr Lächeln und ihr Lidschatten strahlender denn je.

»In der Zwischenzeit besteht für Leanne und Karen immer noch die Gefahr, dass sie ihren Flug nach Rio verpassen…«

Kate sank auf ihrem Platz zurück. Gott sei Dank war es das jetzt gewesen.

»Warum hast du uns nicht angerufen?«, fragte Harry. »Wir hätten dich abholen oder dir Gesellschaft leisten können. Du sahst ganz deprimiert aus.«

»Ach, es war gar nicht so schlimm, wie sie es dargestellt haben«, sagte Kate unsicher.

»Muss toll gewesen sein, ihn wieder zu sehen.«

»Absolut«, stimmte Kate zu und erwärmte sich für ihre Rolle, nachdem die Gefahr jetzt gebannt war. Aus dem Augenwinkel heraus beobachtete sie den Fernsehschirm weiter, doch das Kamerateam filmte jetzt die beiden Mädchen aus Newcastle, die sich in den Toiletten von Harry Ramsdens Fischrestaurant eingeschlossen hatten. Die Sendung dauerte nur noch fünf Minuten – sie konnten einfach nicht weitere Filmmeter für sie und Giles verbraucht haben. Ein paar Notlügen konnten nichts schaden. »Es war so romantisch – fast so wie in *Flüchtige Begegnung*.«

Harry nickte und lächelte mitfühlend. »Oh, hallo, hier bist du ja wieder«, unterbrach Dant.

Kate sah wieder entsetzt auf den Bildschirm, als das Kamerateam sie beim Aufwachen filmte.

»Du siehst toll aus, Kate«, sagte Harry, als ihre Filmversion sich die Haare aus dem Gesicht schob und die Kamera mit sengendem Blick fixierte. »So fotogen.« Ihre Augen sahen gegen ihre durchsichtige Haut wie Orangenmarmelade aus – so also sahen die Kontaktlinsen aus, dachte Kate. *Gruuuuuselig.* »Wirklich eine schlafende Schönheit.«

»Okay, Harry, lass uns nicht in irgendwelche Missgeschicke hineinschlittern«, sagte Dant.

»Ich sehe überhaupt nicht toll aus.« Sie musterte ihr blasses Gesicht mit kritischem Blick. »Ich sehe aus, als hätte ich eine heiße Nacht mit einem Vampir hinter mir.«

»Nachdem die Verspätung fast zwölf Stunden erreicht hat, ist der Flug von Chicago endlich gelandet«, fuhr der Sprecher fort, und dabei wurde gezeigt, wie sarkastisch Kate mit dem Redakteur umging. Obwohl ihre Worte nicht zu hören waren, war der Ausdruck ihres Gesichts deutlich genug.

»Ach, wenn man doch nur von den Lippen ablesen könnte«, bemerkte Dant trocken.

»Ist der Flug von Chicago schon gelandet?«, fragte sie auf dem Bildschirm. Ihre Stimme klang klein und verschlafen.

»Aaaaaah, süß!«, sagten Dant und Harry wie aus einem Mund.

Die Kate auf dem Bildschirm faltete sich aus ihrer Schlafstellung auseinander, riss ihre um die Bank herum verstreuten Besitztümer an sich, zog sich die Stiefel an und bot den Zuschauern von BBC 1 die beste Ansicht ihrer Beine seit dem Galopprennen in Ascot.

Harry war höflich und auffallend still.

»Oh, gut, ja«, sagte Kate hastig. »Jetzt kommt der Moment, in dem ich Giles treffe, und er hat wirklich einen Jetlag, und das Kamerateam hat ihn gebeten, ein bisschen mürrisch auszusehen wegen der Verspätungen und der schrecklichen Gefahr, als er von diesem Flughafen abflog und …«

Sie hielt inne, als Giles mit seinem Kofferkuli aus dem Ankunftsbereich auftauchte. Er sah sehr grimmig aus, als sie ihn jetzt ohne Schmetterlinge im Bauch wieder sah.

»Ach, also das ist der Industriekapitän«, sagte Dant sarkastisch. »Wie nett, ihn über das Medium Fernsehen kennen zu lernen.«

»Er sieht gar nicht so erfreut darüber aus, dich zu sehen«, bemerkte Harry, »wenn man bedenkt, dass du stundenlang auf dieses Treffen gewartet und dir sogar mein Auto geliehen hast.«

»Ja, danke sehr, danke wirklich sehr, ich habe gedacht, dass ich mich dafür genügend bedankt habe.« Kate trank den letzten Schluck ihres kalten Kaffees aus, in dem der Whisky plötzlich zu stark hervorschmeckte. »Wenn ihr eure Vorstellungskraft mal strapazieren würdet, könntet ihr euch doch wohl denken, dass man normalerweise seinen Freund nicht in Anwesenheit eines Kamerateams wieder sieht.«

Auf einer Nahaufnahme sah man Giles, wie er seinem Kofferkuli davonging und es Kate überließ, hinter ihm her zu trotten. Das ausgestreckte Mikrofon fing deutlich Giles' wütenden Ausbruch ein: »Wer, zur Hölle, sind denn diese Clowns?«, als Kate ihm beruhigend die Hand auf den Arm legte, die er ungehalten abschüttelte.

»Dieses Scheusal!«, sagte Dant theatralisch.

Kate biss sich überrascht auf die Lippe. Sie hatte keine Erinnerung daran, dass er das getan hatte.

»Doch nun ist das Warten vorüber und die Ferien können für Katherine und Giles beginnen.«

»Woher haben die meinen Namen erfahren?«, schrie Kate. »Das ist eine Verletzung meiner Privatsphäre!«

»Wahrscheinlich von der Passagierliste«, sagte Harry. »Und hast du dem Steward gesagt, wie du heißt, falls sie dich wegen des Flugs ausrufen lassen müssen?«

»Oh, Mist«, sagte Kate. »Ja, das habe ich. Gott, bin ich blöd. Hier haben sie doch beim Filmschnitt gepfuscht, oder?«, fügte sie hinzu, als die Kamera sich auf die Lifttür richtete. »Das hätten sie rausschneiden müssen, weil wir nur noch fortgehen. Müsste dieser Teil…?«

Die Türen öffneten sich, und Kate und Giles waren zu

sehen, wie sie sich über sein Gepäck hinweg leidenschaftlich küssten.

»Oh«, sagte sie schwach. »Das.«

Dant und Harry riefen Hurra, und hörten auf, als sie Giles' wütendes Gesicht sahen und gaben stattdessen ein ängstliches »Oooh« von sich.

»Die netten Stellen haben sie alle rausgeschnitten«, protestierte Kate. »Da war eine schöne Stelle, als ich ihn umarmte und er mich hochhob und …«

»Und dann kam die Stelle, als er durch die Türen kam und glücklich war, dich zu sehen, mit einem großen Kuscheltier und einem Blumenstrauß, und du bist ihm in einem hübschen Kleid entgegengeeilt, und er fiel auf ein Knie und sagte: ›Kate, ich habe dich so sehr vermisst, ich möchte, dass wir heiraten!‹ Es sei denn, sie haben das auch herausgeschnitten, weil die Aufnahmen, auf denen er wie ein mürrisches Arschloch aussieht und du so aussiehst, als würdest du gleich an einem Pfahl festgebunden und für deinen Glauben gegrillt werden, sich besser fürs Fernsehen eigneten?«

»Dant!«, sagte Harry. »Ich bin sicher, dass es sich so nicht …« Er sah Kate an, und sie war zutiefst verärgert darüber, als sie den weichen Ausdruck von Mitleid in seinen Augen sah.

»Und aus dem Schnee von Chicago sind Katherine und Giles nun im Schnee von London unterwegs, um nun endlich Weihnachten miteinander zu feiern«, sagte der Sprecher, als Kate und Giles sein Gepäck durch die automatische Tür davonschoben. Kates triumphierender Blick zurück, der so aussehen sollte, als stamme er aus irgendeinem Film, zeigte mehr Panik, als ihr lieb war. Es war seltsam, sich selber im Fernsehen zu sehen: Sie schien größer zu sein als im richtigen Leben und fast so groß wie Giles in ihren neuen Stiefeln.

Das Videoband stoppte in dem Moment, als sie ihre kupferfarbenen Locken zurückwarf, und ihre ungewöhnlich braunen Augen lächelten scheu in die Kamera, vor dem Hintergrund der wirbelnden Schneeflocken, die durch die offene

Tür ins Parkhaus wehten. Der Nachspann begann. Kate versuchte, sich an ein paar Namen zu erinnern, falls sich ihr jemals die Chance zur Rache bot. Ein seltsam flaues Gefühl erfasste sie.

»Es kommt ja nicht oft vor, dass man seine Mitbewohnerin in der Glotze sieht!«, sagte Harry.

»Du lässt auch niemals einen offensichtlichen Augenblick ohne Kommentar vorbeigehen, was?«, sagte Dant und nahm seine Beine vom Sofa herunter.

»Ich fand, dass du ziemlich dramatisch ausgesehen hast, Kate«, sagte Harry, als er sich zu ihr umdrehte. »Sehr fotogen.«

Kate wurde rot und schob seine Beine von ihrem Schoß herunter.

»Ja, aber wie wir immer in der Schule sagten, bilde dir bloß nichts darauf ein«, sagte Dant.

»Es tut mir Leid«, erwiderte Kate. »Aber ich spreche nicht die Sprache höherer Privatschulen.«

»Lass doch, Dant, der Junge war übernächtigt!«, sagte Harry und sah zwischen Dant und Kate hin und her, falls es einen Kampf zu unterbinden galt.

Doch Kate warf die Hände hoch. »Darauf steige ich nicht ein, weil es das nicht wert ist.«

Weil du nicht hören möchtest, was Dant zu sagen hat, sagte die Stimme in ihrem Kopf.

»Und wo befindet sich der Internationale Muntere Junge Mann denn jetzt?«, fragte Dant und ignorierte Harry.

Kate sah auf und ihm direkt in die Augen. Sie waren von schwarzer Herausforderung. »Er ist in Chicago.«

»Natürlich.«

Dant hob die Augenbrauen, und Wut stieg in Kates Brust und Hals hoch.

»Natürlich ist er in Chicago! Ich wusste, dass er zurückgehen wird! Er ist mitten in einem sehr anstrengenden Trainingskurs, nach dem er einen ganz fantastischen Job bekommen…«

»In Chicago«, schloss Dant.

»Halt's Maul!«, schoss Kate zurück. »Halte … einfach nur das Maul!«

»Ich will ja nur sagen«, sagte Dant in ungewöhnlich sanftem Ton, »dass du offensichtlich eine sehr enge Beziehung zu diesem Jungen hast, und es scheint mir ziemlich unfair zu sein, dass du so wenig Zeit mit ihm verbringen kannst. Mehr nicht. Kein Grund zur Hysterie. Abwehrende Hysterie«, fügte er ruhiger hinzu.

»Was weißt du eigentlich, was ich für ihn empfinde?«

»Also hör mal, Kate«, unterbrach Harry sie, »du trägst seine Klamotten hier zu Hause, du sprichst ständig von ihm, du rufst ihn noch immer nicht an, obwohl du es gerne möchtest, in deinem Küchenschrank hängen lauter Fotos von ihm …«

Kate starrte ihn wütend an.

»Ja, okay.« Harry hob die Hände. »Ich habe diese Oliven genommen. Es tut mir Leid. Ich werde sie dir ersetzen, sobald die Läden wieder geöffnet haben … Aber entweder ist er ein sehr glücklicher Mann, weil er solch eine nette Freundin hat, oder er ist …« Er ließ den Rest des Satzes unbehaglich in der Luft hängen.

»Ein Scheißkerl«, beendete Dant den Satz für ihn.

Sie sahen sie beide an. Dants Blick war fragend und Harrys war besorgt.

»Was soll das denn jetzt sein?«, fragte Kate. »Eine Talkshow bei Ricky Lake oder eine Comedyshow für Minderbemittelte?«

»Vergiss es«, sagte Dant. »Lass es uns … einfach vergessen und ausgehen und ordentlich einen drauf machen. Wir können es ja die Aufwärmephase für morgen Nacht nennen. Wir werden Cress dazu bringen, dass sie uns in ihre Wohnung einlädt. Dann können wir alle vier eine richtige Prügelei in der Old Street anzetteln und werden eingelocht. Ich habe mir schon immer gewünscht, Silvester in einer Zelle zu verbringen.«

»Ja, komm, lasst uns ausgehen«, sagte Harry und streichelte über Kates Bein, wie er es wohl bei einem der Labrador-Hunde seiner Mutter machen würde, dachte Kate. »Kümmere dich nicht um ihn«, fügte er hinzu, als Dant hinausschlenderte, um seine Schuhe zu suchen. »Er ist einfach … du weißt schon.«

Kate wollte gar nicht wissen, wie Dant war. Der Whisky brachte sie durcheinander, und nach dem Durcheinander würde die Rührseligkeit kommen, wie sie aus Erfahrung wusste. Diese Dokusoap anzusehen – sich selbst und Giles mit leidenschaftslosem Blick zu sehen – hatte eine Menge Gefühle in ihr aufgerührt, die sie gar nicht genau fassen konnte, weil sie zu betrunken war, und das machte sie wütend. Kate hasste es, wenn sie die Kontrolle über sich verlor, das war auch der Grund dafür, dass sie nie Drogen ausprobiert hatte. Und nun war sie nicht nur betrunken (teilweise, musste sie zu ihrer Schande gestehen, von einem grauenvollen Weihnachtslikör), sondern die gesamte Nation war auch Zeuge geworden von ihrer schwierigen Wiedervereinigung mit Giles. Die Menschen im ganzen Land würden nun über sie beide nachdenken. Über sie.

»Es ist nicht so, wie es aussieht«, murmelte sie vor sich hin.

»'türlich nicht«, sagte Harry beruhigend und zauste ihr durch die Locken auf ihrem Oberkopf. Unwillkürlich zog sie den Kopf weg. »Lasst uns ausgehen.«

25

Kates Telefon klingelte innerhalb von zehn Minuten schon zum vierten Mal, und auch ohne auf die Anrufer-Anzeige zu schauen, wusste sie, wer es war.

Es war Dienstagmorgen, und die auf die korrekte Seitenanzahl zu prüfenden Fahnen für *Tod im Salon* waren schon zwei Tage überfällig. Kate war bis heute nicht in der Lage gewesen, sich mit ihnen zu befassen, und sie würden noch immer in ihrem ›Zu-erledigen‹-Stapel liegen, wenn sie nicht einen kurzen, aber sehr präzisen Anruf von Sarah aus der Produktionsabteilung bekommen hätte.

In der kurzen Zeit, seit Will zum letzten Mal angerufen hatte, hatte sie nur drei Korrekturen aus den vom Autor reichlich mit Bemerkungen versehenen Fahnen in die von Megan gegen eine Sonderbezahlung kaum korrigierten Fahnen übertragen können. Bis jetzt hatte Kate noch kaum Beweise für die dreiundzwanzig Stunden gesehen, die Megan angeblich auf sie verwendet hatte. Es war ein ›gemütlicher‹ Kriminalroman. Und es war auch zu kurz nach Weihnachten, als dass Kate die Seiten in ihrer üblichen Art durchpeitschen konnte, und sie ließ sich auch zu sehr von der Handlung gefangen nehmen.

Sie konnte auf diese Telefonplage wirklich verzichten. Kate versuchte, das Klingeln zu ignorieren, doch es hörte nicht auf. Sie legte den roten Kugelschreiber ab und auch den blauen, den sie zwischen den Zähnen gehabt hatte und griff nach dem Hörer.

»Will, könnten Sie mich bitte *in Ruhe* lassen«, sagte sie mit fester Stimme. »Selbst wenn ich *wüsste,* was Isobel in diesem Augenblick tut, würde ich es Ihnen nicht erzählen…«

Am anderen Ende war ein leidenschaftliches Murmeln zu hören.

Kate verdrehte die Augen und begann, auf den Rändern der Fahnen, die sie überprüfte, herumzukritzeln – große Spinnen über andere große Spinnen.

»Okay, ich könnte mir vorstellen, dass sie vielleicht gerade beim Fotokopieren ist, in Ordnung? Sie steht vielleicht gerade in ihrer karierten Wollhose und dem roten Pullover am Kopierer und unterhält sich mit einer der durch und durch weiblichen Arbeitskräfte über Strickmuster und Babys und ergötzt sie bestimmt nicht mit Geschichten darüber, was wir bei der Weihnachtsparty der Firma mit den Postjungs gemacht haben.«

Kate legte den Hörer vorsichtig auf den Ablagestapel, während Will am anderen Ende tobte, und rührte ihren Kaffee mit dem blauen Kugelschreiber um. Nachdem sie genügend Kaffee getrunken hatte, um sich für den Rest der Unterhaltung zu stärken, nahm sie den Hörer wieder hoch und sagte: »Haben Sie nicht irgendetwas zu tun? So gern ich auch meine erste Woche im Büro damit verbringen würde, mich über Isobels Dessous-Geschmack zu unterhalten, muss ich mich leider um ein oder zwei dringende Sachen kümmern. Beispielsweise, wo Rose Ann Bartons neues Manuskript abgeblieben ist.«

Das rief einen gequälten Aufschrei hervor.

»Versuchen Sie es mit Blumen«, sagte Kate, »oder mit einem Kätzchen«, und legte auf, als sie Isobel an ihrem Büro hinter einem neunzig Zentimeter hohen Stapel Versandtaschen vorbeischwanken sah.

»Isobel, könntest du bitte Will anrufen? Und wenn auch nur, um ihm mitzuteilen, dass ich die Firma verlassen habe und unter dieser Nummer nicht mehr erreichbar bin.«

»Neeein, hat er dich jetzt gestört?« Isobel kippte die Hälfte der Umschläge auf den klein gewordenen Stapel auf Kates Schreibtisch. »Über Weihnachten hat er meine Familie genervt, kann ich dir sagen. Meine arme Mutter. Er hat ihr fünfunddreißig Minuten lang gestanden, wie sehr er mich vermisst und dass er niemals mehr seine Socken auf dem Sofa liegen lassen wird, ehe sie ihn unterbrechen und ihm sagen konnte, dass sie mich aus der Küche holen müsse. Sie verpasste die gesamte Ansprache der Königin. Wohlgemerkt, danach hat er mindestens zwei Stunden lang nicht mehr angerufen.«

»Das geht ja nun schon fast sechs Monate so, oder?« Kate sah sie genauer an. »Wenn du ihm nicht weiter Hoffnungen machen würdest, könnte der arme Mann vielleicht schneller darüber hinwegkommen. Das heißt, wenn du das überhaupt *willst*. Hast du ihn Neujahr denn nicht ein bisschen vermisst?«

»Kate«, sagte Isobel überrascht. »Ich habe dir doch *gesagt*, dass meine Familie in Edinburgh lebt, oder nicht?«

Kate sah sie fragend an und lenkte einen internen Anruf von Elaines Büro um.

Nach zwei Minuten streckte Isobel die Waffen. »Okay, ich habe ihn ein wenig vermisst«, gestand sie. »Nun, eigentlich sogar ziemlich. Aber das war der erste Silvesterabend seit Jahren, an dem ich auf die Royal Mile gehen und dort Polizisten abknutschen konnte und was man sonst so macht. Ich weiß, dass du das von mir nicht hören willst, doch dass ich gelegentlich Jungs in Kilts nachstellen kann, ist einfach zum Brüllen, nachdem ich fünf Jahre so getan habe, als würde ich andere Männer überhaupt nicht sehen.«

»Isobel!«

»Also, du weißt schon was ich meine. Joseph Fiennes.« Isobel beugte sich vertraulich vor und bremste sich gerade noch rechtzeitig. Eine Röte breitete sich auf ihrem Gesicht aus. »Vielleicht behalte ich das im Moment doch lieber noch für mich. Ich kann einfach noch nicht auf die Freude verzichten, ein Single zu sein, nachdem ich jetzt wieder weiß, wie das ist.« Sie starrte einen Augenblick nachdenklich vor sich hin. »Ich meine, Will ist für mich ziemlich wichtig – ich habe mit ihm seit der Universität zusammengelebt, und ich möchte das auch alles wieder gerade rücken, doch manchmal *erschreckt* mich die Erkenntnis, wie gern ich allein bin …«

»Ich weiß, was du mit Joseph Fiennes meinst«, sagte Kate traurig. »Halte mich ruhig für kitschig. Das haben schon etliche Leute getan. Doch ich habe diese starken Gefühle für Ronan Keating entwickelt. Ich habe sogar …« sie hob die Hand, um weitersprechen zu können, als Isobel protestierte, »… nein, ich muss es jemandem erzählen. Ich habe sogar das Video mit den Größten Hits von *Boyzone* von dem Gutschein gekauft, den ich zu Weihnachten bekommen habe. Das ist eine seltsame Besessenheit. Ich habe es jetzt schon sieben Mal angesehen.«

»PS: Kate Craig ist zweiundzwanzig.«

»Ja, aber er ist so blond, so zuverlässig, so irisch…«

»Drei-Sekunden-Warnung.« Isobel zuckte zusammen, als Elaine in Kates Büro schlenderte.

Gleich in der ersten Stunde ihrer Rückkehr ins Büro hatte Kate vermutet, dass Elaine von ihrem Ehemann zu Weihnachten eine längere Behandlung im Schönheitssalon geschenkt bekommen hatte, denn ihr zottiges Mäusehaar war jetzt zu einem struppigen Bob aufgeplustert, und ihre Fingernägel schimmerten in einem makellosen Pfirsichrosa. Die Tatsache, dass Elaine trotz der zehn Zentimeter tiefen Regenpfützen, die das Gebäude umgaben, in offenen Sandalen gekommen war, war eher eine kostenlose fußpflegerische Zugabe – obwohl der blassblaue Lack auf ihren Zehennägeln schnell von dem tieferen Blau ihrer eisigen Füße in den Schatten gestellt wurde.

»Ich hätte doch wissen müssen, dass Sie hier herumschwatzen«, sagte sie in einem erfolglosen Versuch von Leichtigkeit. Ihre Augenbrauen waren mit der Pinzette und heißem Wachs in Form gebracht worden, was ihr einen Ausdruck höflichen Interesses verlieh, als ob sie ständig einen Teller mit suspekt aussehenden Canapés vor der Nase hätte.

»Haben Sie sich über die Ferien gut erholt, Elaine?«, fragte Isobel süßlich.

Elaine sah sie finster an. Kate erinnerte sich daran, dass die Auswirkungen einer Schönheitskur nur begrenzt vorhielten und nicht die Persönlichkeit veränderten. Giles hätte das sicher bestätigen können. »Ausgeruht? Lieber Himmel, nein. Bei all der Leserei, die ich erledigen musste, hatte ich das Gefühl, dass ich das Büro gar nicht verlassen habe. Die Kinder gaben keine Ruhe, Sainsbury's lieferte Silvester nicht aus und die Kinderfrau ist für fünf Tage nach Killiney gefahren. Und ich musste diesen ganzen Kram durchgehen.« Sie deutete auf einen riesigen Stapel von Ablehnungsschreiben, bei dessen Anblick Kate mit sinkendem Mut einfiel, dass Elaine sie tatsächlich gebeten hatte, sie alle zu tippen und mit ihren jeweiligen Manuskripten zusammen abzuschicken, noch bevor der Kurier gestern Mittag vorbeikam. »Da fällt mir übrigens ein, Kate, wo ist eigentlich der Thriller, den ich Ihnen gegeben habe? Der Agent hat mich auf der Suche danach angerufen.«

Isobel schlich sich aus dem Büro und ahmte Elaines Augenbrauen nach.

Das Manuskript steckte in Kates Lesebeutel, und als sie es hervorzerrte, versuchte sie fieberhaft, sich an drei herausragende Fakten zu erinnern. Nach ihrem Lesebeginn in Heathrow hatte sie nur noch weitere sechzig Seiten gelesen und das Manuskript mit dem beruhigenden Gedanken in ihr Zimmer gelegt, dass es sie weit mehr gefesselt hätte, wenn es auch nur einigermaßen gut gewesen wäre.

»Ich glaube nicht, dass ich mich darum reißen würde, dafür ein Angebot abzugeben«, sagte sie vorsichtig. »Es klingt ziemlich… amerikanisch.«

»Die Heldin?«

»In Richtung Irvine Welsh oder Amelia Earhart.«

»Also eine starke Frauenfigur.« Elaine hatte offenbar keinen Draht für Komik. Oder sie weiß vielleicht nicht, wer Amelia Earhart ist, dachte Kate hoffnungsvoll.

»Nein, ich hatte eher den Eindruck, als sei der Erzähler ein Pferd«, sagte Kate.

Elaines Augenbrauen veränderten sich von gezupfter Überraschung zu echter Verwirrung.

»Sie können es lesen, wenn Sie wollen«, bot Kate an. »Ich habe es, glaube ich, nicht richtig verstanden. Ich muss dazu zu doof sein. Vielleicht verstehen Sie es ja besser als ich.«

Sicherheit durch Ignoranz. Mit der Unterstützung von ein wenig Schmeichelei.

Elaine wog den Stress des vollen Schreibtischs gegen die Chance ab, dem offiziellen Literaturredakteur Simon einen literarischen Roman vor der Nase wegzuschnappen, der so esoterisch war, dass ihre Assistentin ihn nicht verstand. Kates Telefon klingelte, und sie lenkte den Anruf zu Megan um.

»Oh verdammt, Sie müssen ja denken, dass ich die Funktionen dieser Telefone endlich in den Griff bekommen haben sollte – Entschuldigung, Megan«, rief sie wenig überzeugend über die Stellwand hinweg.

Elaine begann wieder, ihren Schuh nervös an- und auszuziehen. Auf und ab. Auf und ab. »Nachdem wir dieses Emma-Ball-Buch verloren haben, hatte ich…«

Jennifer Spencers Nummer leuchtete an Kates Telefon auf. Jennifer war nicht umlenkbar.

»Hallo?«, fragte Kate.

»Kate, sagen Sie Elaine, dass ich mit ihr sofort über Rose Ann sprechen muss. In meinem Büro.«

»Ja«, sagte Kate zu dem Freizeichen. »Elaine, können Sie eben in Jennifers Büro gehen? Es geht um Rose Ann.«

Elaines Schultern sackten herunter.

Kate unterdrückte den Wunsch, ihr zuzuschreien: »Hat Ihr ayurvedischer Masseur Sie denn nicht auf Ihre Körperhaltung aufmerksam gemacht?«

»Schreiben Sie einen netten Ablehnungsbrief«, sagte Elaine und warf einen nervösen Blick den Gang hinunter auf Jennifers Büro. »Von mir. Verwenden Sie alles, was er über den Autor in seinem Begleitbrief gesagt hat – Sie wissen schon, ›großes Potenzial‹, ›einmalig neue Stimme‹, all diesen Kram – doch machen Sie deutlich, dass wir schon zu viele Manuskripte dieser Art vorliegen haben. Sehen Sie zu, dass es nicht so klingt, als hätte ich kein Verständnis.«

Elaine hielt sich mehr als eine Stunde in Jennifers Büro auf, und danach gingen die beiden sofort zu Tisch.

Da Jennifer Isobel vom Restaurant aus angerufen und ihr mitgeteilt hatte, dass sie und Elaine den restlichen Tag über zu Hause arbeiten würden, verschwanden Kate und Isobel eine halbe Stunde früher unter dem Vorwand, Bücher für Umschlagforschungszwecke kaufen zu müssen. Sie schlenderten durch Dillons mit Mitnahme-Cappuccinos, legten alle Eclipse-Bücher oben auf die Stapel auf den Tischen und

unterhielten sich über den entsetzlichen Zustand des Verlagswesens.

»Du weißt doch wohl, dass der neue Rose-Ann-Barton-
Roman überfällig ist?«, fragte Isobel flüsternd.

»Ist sie denn die einzige Autorin, die Eclipse hat, oder
was?«, erwiderte Kate und versuchte anhand der Titelei die
aktuelle Auflage von *Bridget Jones' Tagebuch* herauszufinden. »Elaine hat noch zwanzig weitere Bücher in Arbeit,
aber man könnte glauben, dass Rose Ann…«

»Ich sage dir das einfach nur«, sagte Isobel unheilschwan-
ger, ohne jedoch weiter darauf einzugehen.

Sie schlängelten sich noch weitere zehn Minuten durch
den Laden, und dann ging Isobel zu einem Abendessen mit
Will, bei dem sie ihre Zukunft besprechen wollten. Einmal
mehr.

»Als wir zusammenlebten, hat er mich nie zum Abendessen eingeladen«, bemerkte Isobel, als sie sich im Schaufenster betrachtete und sich die Lippen mit ihrem rosafarbenen
Lippenstift nachzog. »Ich kann ja auch das Beste daraus machen.« Sie gab Kate einen schnellen Kuss auf die Wange und
trippelte zur Bushaltestelle davon.

Kate wanderte durch die Straßen und sah sich halbherzig
die Sonderverkäufe an, doch da sie von Weihnachten her
noch verschuldet war, ging sie zur U-Bahn-Station.

Die U-Bahn hatte Verspätung und plötzlich entdeckte
Kate, dass sie einen Crunchie-Schokoriegel aus dem Schokoladenautomaten aß, ohne bemerkt zu haben, was sie tat.
Sie betrachtete entsetzt die leere Verpackung, als die Waffel
an ihren Backenzähnen festklebte und ihre Füllungen reizte.
Das war das Schlimmste – nicht nur wundervoll leere Kalorien, sondern Kalorien, die sie zu sich genommen hatte, ohne
sie überhaupt zu schmecken. Sie hatten auf dem Weg nach
unten kaum die Seiten ihrer Speiseröhre berührt und hatten
dabei über die Auswirkungen auf ihre besten Jeans gekichert.

Sie ging die North End Road mit der doppelten Geschwindigkeit entlang, da sie versuchen wollte, etwas von dem Crunchie zu verbrennen, ehe es sich ganz und gar zu einem glücklichen Leben für alle Zeiten auf ihren Oberschenkeln niederließ. Doch das führte nur dazu, dass sie auf den Jack-Russell-Hund trat, der dem Verkäufer der Obdachlosenzeitung gehörte, der vor einer Kneipe stand. Kate fühlte sich so schuldig, dass sie ihn dazu überredete, ihr ein Exemplar zu verkaufen, auch wenn er schon für die Nacht fertig war und gerade ins Victoria Wine für ein paar Biere gehen wollte.

Wenigstens befasst sich die Titelgeschichte mit Ronan Keating, dachte Kate, nahm zwei Stufen auf einmal und durchblätterte die Zeitschrift auf der Suche nach den Interview-Fotos. Und sie hatte einen guten Grund dazu. Schließlich habe ich ja keine *Top of The Pops* oder *Smash Hits* gekauft, also kann ich auch nach den Fotos von Ronan sehen.

Außer Atem erreichte sie die Tür von Nummer 27.

»Würdest du sagen, dass Harry einen GSFH hat?« Dant lag auf dem Sofa, war von Zeitungen umgeben und schüttete den Inhalt einer Coladose in sich hinein. Er trug Harrys Rugby-Hemd und die Hose des Trainingsanzugs, den Kate vom Sonderverkaufsständer bei Gap gekauft hatte, als sie vorhatte, wieder mit dem Laufen zu beginnen.

»Ich weiß es nicht – ist das das, was du in deiner todschicken Jungsschule anstelle des GCSE bekommen hast – nach der Abschlussprüfung der Sekundarstufe I?« Kate sah Dant scharf an und konnte sich nicht entscheiden, ob sie wütend darüber war, dass er sich ihre Jogginghose angeeignet hatte oder schuldbewusst, dass an der Tasche des wunderschönen ungetragenen und günstig erworbenen Jogginganzugs noch immer das Preisschild baumelte.

»Das ist ein Akronym. Soll ich es für dich auflösen? Guten Sinn für Humor.«

Kate schleuderte die Büroschuhe von sich, die nicht sehr wasserdicht waren.

»Harry und einen guten Sinn für Humor? Er lebt doch

hier, oder nicht?« Kate öffnete den Kühlschrank, um zu sehen, was noch zum Abendessen da war und sah, dass selbst die Flora-Margarine-Vorräte zur Neige gingen. Ja, sogar die vier kleinen Flaschen miesen französischen Lagerbiers waren weg, die schon dort gewesen waren, als Kate einzog (Macht dreiundzwanzig Pence pro Flasche, wie wir auf der Rückfahrt berechnet haben!). Kate zog das gesamte Salatfach heraus, das ein wenig viel versprechendes schwappendes Geräusch von sich gab und kippte den gesamten Inhalt ohne hinzusehen in den Mülleimer. »Also, er hat doch dieses T-Shirt mit der Aufschrift ›Ruderer mögen harte Stöße‹.«

Dant kaute auf seinem Kugelschreiber herum. »Ich glaube nicht, dass diese Art von Humor bei *Guardian*-Lesern zieht.«

Kate überprüfte die aktuelle Liste der Gerichte des Lieferservice, die mit Tetley-Tea-Magneten am Kühlschrank befestigt war. »Was haben denn *Guardian*-Leser damit zu tun? Harry liest doch nur den *Standard*, *Private Eye* und die wöchentliche Pizza-Hut-Zeitung.«

»Ja, genau, das ist die Idee. Wir werden sein soziales Umfeld erweitern.« Dant trank die Coke-Dose aus, umspülte damit zufrieden seine Zähne und entfernte den Deckel von der letzten Flasche Lager mit einem Knall.

Wenn Dant dieses Lager-Bier trank, dachte Kate, dann gab es wirklich eine nachweihnachtliche Gemüse-Krise. Unwillkürlich stemmte sie die Hände auf die Hüften.

»Dant, was machst du da eigentlich?«

Dant hörte auf, mit seinem Kugelschreiber herumzufummeln und warf ihr einen sarkastischen Blick zu. »Ich löse meine Weisheitszähne mit Coca-Cola auf, oder was meinst du, mache ich sonst?«

»Erwartest du wirklich von mir, dass ich glaube, dass du Weisheitszähne besitzt?«

Dant schnitt eine Grimasse, um zu demonstrieren, dass er sich mit einer Antwort nicht abgeben wolle und warf die Zeitung, in der er gelesen hatte, nach ihr.

»Kate, ich kann das Gejammer nicht mehr ertragen. Als du gestern Abend ausgestiegen bist, musste ich Harry bis ein Uhr zuhören, wie er weiter und weiter murmelte, was Liebe bedeute und ob wir jemals die richtige Frau finden würden, tatü tata, tatü tata… Ich werde nicht mehr und nicht weniger tun, als ihn mit einer kleinen Auswahl hoffnungsvoller Frauen zu versorgen und überlasse es ihnen, ihm zu demonstrieren, was Liebe im praktischen Sinn bedeutet, und die Theorie kann er sich dann noch später erarbeiten. Was er braucht, ist ein nettes normales Mädchen mit einem Haarband und einem VW Polo, das ihn am Sonntag zum Mittagessen ins *Pitcher and Piano* mitnimmt und ihm einzusehen hilft, was für eine völlige Zeitverschwendung Cress ist.«

Kate wurde wütend. Typische verdammte Londoner Haltung. Das Leben hier musste doch auf sie abfärben – manchmal vergaß sie, was für verdammte Snobs Dant und Harry waren. »Oh, das ist prima, halse ihm irgendein nutzloses weibliches Mitglied der gehobenen Mittelklasse auf, das sich mit ihm über Peter Jones unterhalten kann und darüber, wie viel eine Tankfüllung für den Range Rover kostet. Entweder lass ihn die Dinge mit Cressida ausfechten oder finde für ihn jemand Normalen, um Gottes willen.«

Dant antwortete lediglich mit einem Schulterzucken. Er hatte blaue Tintenflecke auf seiner rechten Wange, weil er auf dem Kugelschreiber herumgekaut hatte.

»Falls du überhaupt jemanden Normalen kennst«, fügte sie eigensinnig hinzu und sah auf die Zeitung herab. Dant hatte einige der Anzeigen umkringelt, die er nachahmungswürdig fand. Oder die er vielleicht weiter verfolgen wollte.

»Ehrlich, ich kenne Harry schon so lange, dass ich weiß, was er braucht. Und diese Einsame-Herzen-Sache ist ein Schritt in die richtige Richtung. Man muss Harry nur als gute Partie herausstreichen, mit zwanzig Worten oder weniger, einschließlich seines Alters, seines Berufs, seines bezwingenden Humors und einiger unwahrscheinlicher Behauptungen über seinen Penis.« Er warf ihr den Kugelschreiber zu. »Oh, und es muss auch so klingen, als hätte er es selbst geschrieben. Also los, ich gebe dir dreißig Sekunden, genau ab jetzt.«

Dant hatte sich einfallen lassen: Bring meine Maschine auf Touren! Sexy 20er, W 14, sucht wilde Riverdance-Braut mit eigenen Zähnen, die mit ihm in den Himmel und zurück fliegt. Spezialität: das Kurzschließen von Autos.

»Das ist widerlich«, sagte Kate. »Und wo kommt eigentlich dieses Riverdance her?«

»Ich weiß es nicht. Ich dachte, es wäre ganz nett, ein paar irische Vögel hier zu haben.«

»Eigene Zähne?«

»Besser als ›nicht über dreißig‹, oder? Jedenfalls ist es im Stil der Seelenfreundinnen-Rubrik geschrieben«, sagte Dant mit einem Aufleuchten in den Augen und legte sich wieder aufs Sofa. »Sie sind alle so.«

»Sind sie ironisch gemeint?«

»Nun, wenn man bedenkt, dass sie alle entweder Versicherungsstatistiker sind oder Studenten…«

Kate überflog drei Spalten mit ›Gelangweilten Buchhaltern‹ und ›Vollbusigen Kate Winslet-Doppelgängerinnen‹. Wenn Giles eine andere in Chicago fand, würde sie wahrscheinlich auch auf so etwas reduziert werden. Wie sonst sollte sie einen anderen Mann in einer Stadt kennen lernen, in der es lauter Leute gab, die sie nicht kannte?

»Ich finde, dass du unnötig zynisch bist«, sagte sie. Die Panik ließ sie grimmiger klingen als beabsichtigt, und sie versuchte, ihre Stimme zu entspannen. Es klappte nicht. »Das sind alles nur Leute, die… die… nur neue Leute kennen lernen wollen.«

»Du meinst, sie haben all ihre bumsbaren Freunde gebumst und denken nun daran, auch die unbumsbaren Freunde zu bumsen?«

»Und wie hieß *deine* letzte Freundin…?«

Dants Stirn kräuselte sich und Kate schluckte, weil sie sich einfach zu spät daran erinnerte, dass sie nicht annehmen sollte, dass jedermanns Partner automatisch dem entgegengesetzten Geschlecht angehörte. Schließlich war sie in London.

»Lass dir etwas Gutes einfallen oder schicke meine Version. Was auch immer geschieht, ich werde irgendetwas einschicken. Das ist mein Vorsatz für das Neue Jahr zu Harrys Wohlergehen. Wenn er noch einmal sagt: ›Wenn jemand etwas Besonderes ist, lohnt es sich auch zu warten‹, werde ich all seine Sachen auf die Straße werfen.«

»Dant…!«

»Auch seinen Computer. Um es ganz praktisch zu sagen, er wird schon den Mund über Cress halten, wenn ihm eine andere auf dem Gesicht sitzt«, schloss Dant fröhlich.

Kate suchte nach einer Antwort, doch ihr fiel auf die Schnelle nichts ein. Die Vorstellungen von Dants Privatleben wurden immer schlimmer, und sie hatte sich noch nicht einmal den Mantel ausgezogen.

Dant warf die leere Lager-Flasche in das alte Aquarium. Seit es wieder mit Wasser gefüllt war, aber nicht mit Goldfischen, und im Wohnzimmer stand, sah es mehr denn je wie ein Kunstwerk aus. Teresa ignorierte es. Kate wünschte, Dant hätte Teresa gegenüber nie diesen ›Kunstwerk‹-Witz erwähnt, da nun überall in der Wohnung sich selbst entwickelte Außenseiter-Kunstwerke aus Staub und Bierdosen herumstanden.

»Das wird sich alles wie ein Traum fügen, das verspreche ich dir. *Ich* werde telefonisch die Einzelheiten klar machen und sagen, dass ich Harry bin, um kein Misstrauen zu erregen. Ich werde ihnen einen Kodenamen nennen, und wenn die Mädchen dann in hellen Scharen anrufen, werde ich die Anrufe annehmen und behaupten, dass er dem jeweiligen Mädchen, das er auf einer Party kennen gelernt hat, seine Nummer gegeben hatte, als er betrunken war. *Er* wird nicht merken, dass er überlistet wird, lernt ein nettes Mädchen kennen, Cress kann wegbleiben und mit den Streitereien aufhören, bei denen sie wie eine grauenvolle Schlampe aussieht, und wir alle können bis ans Ende unserer Tage glücklich leben. Ich gehe gleich mit Cressidas Kundenkarte zu Tesco, falls du etwas brauchst.«

Kate schüttelte den Kopf. Sie glaubte nicht, dass Cressidas Verhalten zu Harrys Wohl gedacht war. Aber wenigstens kam es ihr von ihrer Warte aus relativ selbstverständlich vor.

»Hervorragend.« Dant zog sich seinen Fischerpullover über und schob die nackten Füße in ein altes Paar Green-Flash-Turnschuhe, die schon so alt waren, dass sie sich selbst noch immer ›Halbschuhe‹ nannten. »Ich überlasse es also dir.«

Kate zog ein loses Blatt Papier aus ihrem Lesebeutel und setzte sich an den Küchentisch. Sie wusste, dass Dant seine Version abschicken würde, wenn sie keine bessere verfasste, und seine Version war so entsetzlich, dass wahrscheinlich nur Jeremy Clarksons Exfreundinnen darauf reagieren würden.

Was waren Harrys Vorzüge? Sie begann mit den ganz offensichtlichen.

Mann, 27, graduiert, blond, groß, humorvoll.

Das letzte Wort strich sie aus und schrieb GSFH.

Weit gereist. Wenn man von der Sammlung primitiver Kunstwerke in seinem Zimmer ausgehen konnte.

Kate wurde rot, als ihr einfiel, dass sie diese Sammlung gar nicht kennen würde, wenn sie nicht herumgeschnüffelt hätte. Dennoch war er immer unterwegs und in der ganzen Wohnung hingen Fotos von Harry in Reisesandalen, braun gebrannt und auf verschiedenen exotisch aussehenden Lasttieren sitzend.

Sie kaute an Dants Kugelschreiber, erinnerte sich an die Verfärbungen in seinem Gesicht und nahm ihn aus dem Mund. Ihr Blick fiel auf einen Stapel von Harrys ungewaschener Sportwäsche.

Sportlich.

War das attraktiv genug? Sie strich es aus und schrieb *fit*. Gegen ihren Willen kam ihr die Bedeutung dieses Wortes in den Sinn, die es in der Abschlussklasse vor der mittleren Reife gehabt hatte. Kate wurde rot. Allerdings *war* Harry – im Sinne des Gemeinschaftsraums der Universität - fit mit seinen blauen Augen, seiner blonden Ponyfrisur und den langen Beinen. Drei Viertel ihrer Klasse in der Schule hätten vor ihm am Boden gelegen und lautlos die Worte mit den Lippen gebildet: ›Bums mich, bitte‹. Dort wären auch wahrscheinlich genügend Körper verfügbar gewesen, die zu einem ›Entjungfere mich, wenn es dir nichts ausmacht‹ neigten. Und es war eine Schule, in der Mädchen und Jungen gemeinsam erzogen wurden.

Nicht, dass er der Typ war, für den sie sich in der Schule interessiert hätte. Ein Blick auf seine CD-Sammlung hatte ihr das bestätigt.

»Tst«, machte Kate und erinnerte sich daran, dass das auch etwas war, das sie nicht wissen sollte. Allerdings, worum wollte sie wetten, dass die beiden sich in ihrem Zimmer nicht auch umgesehen hatten, wenn sie nicht da war?

Sie löste sich schnell von diesem unwillkommenen Gedanken, sah die Anzeigen der vergangenen Woche durch und kam zu der Überzeugung, dass es das Sicherste war, geradeheraus zu sein.

Blonder, blauäugiger, meist glücklicher, graduierter Mann, 27, sucht Mädchen, mit dem er das Londoner Leben genießen kann. Sie muss Kricket und Rugby verstehen und auch, warum Aston Martin DB 5er ihr Geld wert sind. Keine Carolines, Quengler oder In-line-Skaters.

Na bitte. Für so jemanden würde sie sich interessieren. Kate las das noch einmal und strich den letzten Teil weg. Es war nicht fair, dass sie mit dem, was sie am meisten hasste, Harrys Liebesleben bestimmte. Obwohl das nur zu deren Besten war, wenn man davon ausging, dass sie alle erst durch Dants Hände gingen, und trotz Kates Argwohn, dass Laura insgeheim Dants grauenvolles Telefonverhalten genoss, war es nicht in Ordnung, weitere arglose ›nette‹ Mädchen damit zu behelligen.

Dant machte das wahrscheinlich nur, damit er die besten Bewerberinnen für sich ergattern konnte, dachte Kate in einer plötzlichen Eingebung. Das Arschloch. Er lässt mich die ganze Arbeit machen und Harry wird all die Zurückweisungen hinnehmen müssen, während er für sich ein nettes irisches Mädchen ergattert mit langen Beinen und Millionen Paaren blickdichter Strumpfhosen.

Gut, dachte sie und kaute wieder am Kugelschreiber. Gut, du Armer.

Heathcliff, dunkle Augen und dunkles Herz, sucht Cathy, mit der er auf gefühlsmäßigem Ödland ins Kraut schießen möchte. Sie muss gefährlich, ergeben, attraktiv und telepathisch sein. Alle Angebote werden berücksichtigt.

Das wird ihm eine Lehre dafür sein, dass er das *Beste von Kate Bush* auf CD hatte, dachte Kate. Sie übertrug beide Versionen auf die Formulare, stopfte beide in den Umschlag, den Dant rücksichtsvoll zur Verfügung gestellt hatte und leckte über die Gummierung der Verschlussklappe.

Sie fasste sich mit der Hand an den Kopf. Upps, Kate Bush. Sie war nicht schlau genug gewesen, ihr Eindringen in sein Zimmer für sich zu behalten.

Aber es hätte ja noch schlimmer sein können, dachte sie, als sie ihre Tasche nach einer Briefmarke durchsuchte. Harry hatte ja mehr Meatloaf-Alben, als ihm zustanden.

26

Es überraschte Kate, wie schnell die Weihnachtsferien in der Erinnerung versanken, nur wenige Wochen nach der Rückkehr ins Büro.

Die Fotos von der Weihnachtsfeier, die von der Werbeabteilung zu einer attraktiven und vereinzelt beschämenden Collage zusammengestellt und neben den Toiletten aufgehängt worden waren, damit jeder sie sehen konnte, fielen täglich wie jahreszeitlich verirrte Herbstblätter herab, da einige Leute die Beweise ihrer Trunkenheit, ihres Tanzens oder Deutens auf Möbel heimlich entfernten. Gegen Ende der zweiten Woche waren nur vereinzelte Fotos übrig und meist die schmeichelhaften, die die Werbeleute vor Verlassen des Büros von sich hatten machen lassen, und eines von Isobel und Kate, die man beim Schwatzen erwischt hatte und die mit ihren wilden Blicken richtig gefährlich aussahen. Abgesehen von dem fehlgeschlagenen Versuch der dürren Schönheitsredakteurin Wendy, alle dazu zu bringen, bei einem neuen Entgiftungsprogramm mitzumachen (selbst Jennifer hatte ein Machtwort gesprochen und behauptet, sie leide an einer Weizengrasallergie), war es, als hätte es Silvester überhaupt nicht gegeben, und als würden sie sich schon eine nicht quantifizierbar lange Zeit im laufenden Jahr befinden.

Will und Isobel hatten ihre Beziehung am 28. Januar offiziell wieder aufgenommen. Das war ein Tag, den Kate nicht so bald würde vergessen können, denn der 28. Januar war der Tag, an dem sie das neue Buch von Rose Anne Barton in die Herstellungsabteilung bringen sollte, redigiert, geglättet und bereit für die Regale der Buchhandlungen und die große Werbekampagne zum Muttertag.

Rose Ann, wie Elaine ihr geduldig erklärt hatte, war eher ein Markenname als ein Autor, und die Herstellung ihrer drei Bücher pro Jahr lief wie ein geölter Blitz. Nach Jennifers speziellen Anweisungen hatte Kate den Lektor schon vor Weihnachten engagiert, das Cover war entworfen und angenommen worden, und sogar Elaines Kopie war seit Wochen fertig, trotz des großen Geheimnisses, worum es bei der Geschichte ging.

Ja sogar trotz des großes Geheimnisses über den tatsächlichen Verbleib des Manuskripts.

Die Auswirkungen von Elaines Weihnachts-Runderneuerung waren jetzt völlig verschwunden. Sie rief Kate nicht mehr per Telefon zu sich, sondern kreischte nur ›Kate!‹ von ihrem Schreibtisch aus und knallte ihren Kaffeebecher auf den Tisch, wenn sie ihre Ginseng-Teebeutel wieder aufgefüllt haben wollte. Kate schaffte den Weg von ihrem Stuhl zu Elaines Büro nun in drei Schritten und mit einer Verneigung. Sie wollte sich nicht mehr in Elaines Büro aufhalten. Und sie begann zu verstehen, warum Mandy einfach manche Dinge versteckt hatte.

Jetzt stand sie mit einem Notizblock vor Elaines Schreibtisch und schrieb wie wild, als Elaine alle unerledigten Dinge herunterratterte, die sie vor Jennifer verheimlichen mussten, während sie einen Bleistift in ihr Haar drehte. Sie war so angespannt, dass sie gar nicht bemerkte, dass sich noch ein Kugelschreiber in ihrem Haar über ihrem linken Ohr verheddert hatte.

»… Sie müssen noch ein paar Kopien für den neuen Maureen Murphy machen, weil die Produktionsabteilung den Schutzumschlag morgen prüfen muss – Sarah hat eine äußerst beleidigende Nachricht auf meiner Mailbox hinterlassen…«

»Maureen Murphy ist…?« Innerhalb der letzten fünf Monate hatte Kate den Hintergrund der meisten Autoren aus Elaines Bemerkungen herausgehört, doch hin und wieder tauchte jemand plötzlich auf, der normalerweise tot war oder für tot gehalten wurde.

»Familienromane, irisch, die Ära von König Eduard, Kartoffeln, die alte Mammy, das Kleeblatt, Guiness, die Heimkehr in die alte Heimat, und so weiter…« Elaine durchforstete ihre Produktionsliste. »Dann müssen Sie im Vertrieb herausfinden, was mit Jan Connor los ist. Sie geht jetzt wieder in die Buchhandlungen.«

Jan Connor (harter Krimi, Nordengland, ehemaliger Gefängniswärter als Protagonist) überprüfte ständig wie ein Lagerist den Bestand ihrer Bücher in den Buchhandlungen nach dem Motto: ›Warum steht mein Buch noch nicht auf Ihren Regalen?‹

»Nun, ich denke, dass sie den Buchvertretern dauernd im Nacken sitzt.«

Elaine warf ihr einen vernichtenden Blick zu. »Selbst ich erwarte nicht, dass Bob Jans Bücher in den Buchläden der Scientologen unterbringen kann.«

Kate sah, dass Isobel mit einem Arm voller hellroter Nelken an ihrem Fenster vorbeiging. Ihr seliger Gesichtsausdruck ließ vermuten, dass das ihre eigenen Blumen waren und nicht Jennifers.

»... und können Sie Alan Spires, Diana Wilmsley und Lizzie Longridge anrufen und ihnen sagen, dass ich ihre Manuskripte gelesen habe, dass sie mir sehr gut gefallen haben und ich sie für Durchbrüche halte usw., usw., aber dass ich noch ein wenig Zeit brauche, um meine Anmerkungen zu sortieren. Sie können Diana den vertraglich vorgesehenen Vorschuss bei Lieferung auszahlen, aber – äh – warten Sie noch bei den anderen, bis ich genau weiß, wie viel Arbeit sie erfordern.«

Kate verzog das Gesicht. Sie hasste es, mit Autoren zu telefonieren, deren Arbeiten sie nicht gelesen hatte. Sie wollten immer genau wissen, welche Teile man für die besten hielt, und im Gegensatz zu Isobel hatte sie es noch nicht gelernt, diese Informationen aus den Äußerungen der Autoren herauszufiltern.

Elaine stützte den Kopf mit den Händen ab. »Die haben alle zu viel Zeit über Weihnachten. Es ist immer dasselbe... ich sage ihnen, dass sie die Manuskripte auf Abruf schicken sollen, aber... Und ich wage nicht, irgendetwas anderes anzufangen, bis Rose Ann ihr neues Manuskript in Angriff nimmt.«

Zum ersten Mal tat Elaine Kate Leid. Sie war aufgeregt und den Tränen nahe, vermutlich, weil Jennifer sie stündlich anrief, um den neuesten Stand über Rose Ann zu erfahren. Und Sarah rief sie auch alle halbe Stunde an. Von ihrem Büro aus konnte Kate Elaines Teil der Unterhaltungen mithören, und er klang wie Polizistenbrutalität. Etwa wie schlimmer Bulle gegen schlimmen Bullen.

»Kann ich sonst noch etwas für Sie tun, Elaine?«, fragte Kate und meinte etwas Zusätzliches zu der ungeheuren

Menge dessen, was Elaine gern ›Kleinarbeit‹ nannte, die nun drei Seiten ihres Stenoblocks füllte.

»Oh Gott, nein, den restlichen Kram muss ich selber machen, es ist ein schrecklicher Albtraum«, erwiderte Elaine automatisch.

Ach, gut, dachte Kate.

»Aber da Sie gerade davon sprechen, ich hatte nach der Weihnachtspause keine Möglichkeit, die unverlangten Manuskripte zu prüfen…« Elaine schnellte von ihrem Schreibtisch hoch und ging zu einem Stapel Manuskripte hinüber, die alle von den Agenturen gekommen waren. Ihre Energie wäre jemandem, der sie nicht kannte, als Enthusiasmus erschienen, doch für Kate war es eine starke Mischung zwischen dem Versuch, die Verantwortung abzuschieben und eine sofortige Krisenbewältigung zu erreichen.

Elaine warf Mappe um Mappe zu Boden. »Sie könnten sich das hier ansehen…« sie warf einen Blick hinein, »amerikanischer Dackel als Detektiv, nichts für uns, vermute ich, und dieses hier… Dreißig-plus-Frau mit tickender biologischer Uhr wird zum Menschenfresser, buchstäblich… Oh, verflixt und zugenäht, das hätte ich lesen müssen. Oh, Himmel, ich kann gar nicht glauben, dass ich es nicht mit nach Hause genommen habe!«

Sie presste das Manuskript an sich und ein Ausdruck entsetzten Unglaubens verzerrte ihr Gesicht.

»Ist es etwas Wichtiges?«, fragte Kate unschuldig.

Elaine sah sie so scharf an, als schätzte sie die Fähigkeiten eines kleinen Pferdes ab. »Sie erinnern sich an das Emma-Ball-Buch?«

»Ja«, sagte Kate. Genauso, wie ich mich an meine Abstrichtermine erinnere, du dumme Nuss.

»Nun, das hier kam in der letzten Woche von ihrem Agenten. Phil Hill.«

Ich weiß, wer Phil Hill ist, dachte Kate und unterdrückte eine schlagfertige Erwiderung. Ich habe ihn nicht mit IPM auf der Fax-Kopfzeile verwechselt.

Elaine drehte den Bleistift in ihrem Haar nervös herum und fuhr fort: »Wir sprachen beim Mittagessen darüber, als wir versuchten, das Emma-Ball-Buch zu bekommen, und weil wir so gut miteinander klar kamen, auch wenn Emma sich für einen anderen Verlag entschied, das dumme Ding, hat Phil dieses Manuskript per Kurier herübergeschickt, damit ich es als Erste sehen kann.« Sie las den Begleitbrief noch einmal, sah Kate an und dann wieder auf den Brief. Dann wieder zurück zu Kate.

»Es ist ein moderner Londoner Thriller für die Zielgruppe der Zwanzig- bis Dreißigjährigen«, sagte Elaine. »Phil ist sehr enthusiastisch über den Autor – er möchte mir nicht sagen, wer er ist und hat das ganze lächerliche Agentengeschwafel eingesetzt über Pseudonyme und ein erstaunliches neues Talent und fabelhafte Verbindungen.«

»Das klingt ja genau nach dem, was Sie suchen«, sagte Kate, weil sie das Richtige sagen wollte. Oder wenigstens so viel, dass sie es zu lesen bekam.

»Ich kann gern noch ein wenig mehr lesen«, fügte sie hinzu, was auch der Wahrheit entsprach – nach all dem Weihnachtsstress. Wenn sie die Stunden, in denen sie sonst über Giles nachdenken würde, mit scheinbar karrierefördernder Heimarbeit füllte, könnte sie damit auch alle Beteiligten davon überzeugen, dass sie ihre Zeit besser nutzen konnte.

Elaine überdachte diesen seltenen Ausbruch an Begeisterung. »Okay, gut, warum fotokopieren Sie es nicht und wir lesen es gleichzeitig. Sie machen ein bisschen Kleinarbeit daran, und wenn es gut ist, werde ich es von da an übernehmen.« Sie erwischte Kate dabei, als sich deren Augen automatisch zusammenzogen und berichtigte sich: »Ich werde es mir genauer ansehen und wir sprechen darüber.«

»Okay«, sagte Kate und streckte die Arme nach dem Manuskriptstapel aus.

»Das ist genau das, was Jennifer von Ihnen erwartet hatte«, betonte Elaine, als Kate unter dem Gewicht der Hoffnungen und Träume von fünf Menschen wankte. »Es ist eine Schande, dass Sie es nicht abfangen konnten, ehe Phil Hill seine Finger drin hatte.«

»Elaine, ich *kenne* keine Autoren.« Ich kenne nur eine Menge Menschen, dachte Kate. Und sie haben alle keine Romanhandlung parat.

»Also«, sagte Elaine und trat zurück, um das Licht zu bewundern, das jetzt dort in ihr Büro fiel, wo sich die ungelesenen Manuskripte aufgetürmt hatten, »das sieht ja schon viel besser aus.« Sie wischte sich den Staub von den grauen Jerseyhosen. »Können Sie mir ein Taxi zu Bertorelli bestellen? Ich muss jemanden von ICM um ein Uhr treffen. Hervorragend.« Sie rieb sich die Hände, setzte sich an den Schreibtisch zurück und starrte weiter das Telefon an.

Kate trug die Manuskripte zu ihrem Schreibtisch hinüber und legte sie neben dem Drucker ab. Wie sie all diese Dinger mit der U-Bahn nach Hause schaffen sollte, war ihr ein Rätsel. Flüchtig erwog sie, sie alle einzutüten und per Kurier zu sich nach Hause bringen zu lassen, doch Jennifer durchkämmte die Kurierrechnungen mit einem sehr feinen Kamm. Und so weit sie wusste, war Dant nach seiner Begegnung mit der dritten Möchtegern-Cathy in der letzten Nacht nicht nach Hause gekommen, also würde niemand da sein, um für die Lieferung zu unterschreiben.

Um halb zwölf segelte Elaine zum Mittagessen davon, und Kate nahm aus ihrer Geheimschublade einen Stapel Tipparbeiten, die sie Elaine gegenüber angeblich längst erledigt hatte.

Das Telefon klingelte, sie hob den Hörer ab und schob ihn sich unter das Ohr, während sie auf Elaines Handschrift schielte.

»Hallo Kate, hier ist Harry.«

»Oh, hallo.« Kate hielt mit dem Schreiben inne und umfasste den Hörer mit beiden Händen. Seit vor Weihnachten hatte er sie nicht mehr in der Arbeit angerufen – vor ihrer unpassenden Suche nach dem Nervenkitzel. Sie versuchte, das Flattern in ihrem Magen zu ignorieren. Erst Ronan Keating und nun Harry – wo sollte das bloß enden?

»Cress fragt, ob du heute Abend mit uns essen gehst? Gegen acht?«

»Cress?« Kate spürte einen eifersüchtigen Stich. »Wer geht denn essen?« Wenn das ein kuscheliges Trio war, war sie gewiss nicht interessiert, weil sie viel lieber mit Cress oder Harry getrennt zusammen sein wollte.

»Cress, Dant, ich, du, denke ich.«

Ich, du … das wäre besser. Kate schüttelte sich. »Äh, wo will sie denn hingehen? Leider muss ich Berge von Zeug nach Hause mitnehmen.«

»Hör zu, ich komme und hole dich ab, wenn es dir nichts ausmacht, ein bisschen länger zu bleiben?«

»Bin ich jemals früh gegangen?« Ihr Herzschlag hatte sich beschleunigt. Das war lächerlich. »Ruf mich an, wenn ich rauskommen soll, okay?«

Hinter ihr erklang ein Husten, und als sie sich umdrehte, sah sie, dass Isobel schüchtern aus dem Fenster sah. Sie streckte eine Hand hinter ihrem Rücken aus, und die Finger ihrer linken Hand waren wie ein Seestern gespreizt.

Ein Seestern mit Diamantring. »Isobel!«, rief Kate unwillkürlich aus. »Harry, es tut mir Leid, aber ich muss Schluss machen. Wir sprechen später weiter.«

Kate wirbelte auf ihrem Stuhl herum. »Oh, mein Gott, Isobel? Ist es das, was ich glaube?«

Isobel strahlte. Ihr ganzes Gesicht war von Licht überstrahlt. Sie sah aus wie ein blonder Engel. »Wir haben gestern zusammen zu Abend gegessen, und noch ehe wir einen neuen Streit vom Zaun brechen konnten, hat Will eine kleine Schachtel auf den Tisch gelegt, und da war er dann!«

»Zeig her, zeig her!« Kate schaute sich den Diamant-Solitär an, der in der Neonbeleuchtung wie wild funkelte. Sie hielt Isobels Hand fest und sah zu ihr auf. »Ist das jetzt definitiv? Definitiv verlobt?«

»Ja«, sagte Isobel und ein Lächeln tiefer Zufriedenheit

tauchte auf ihrem Gesicht auf. »Er sagte, dass die letzten sechs Monate die schlimmsten seines Lebens gewesen seien, und dass er den Gedanken, ohne mich zu leben, nicht ertragen könne.«

»Dann ist er ja wirklich richtig romantisch«, sagte Kate. Irgendwie erinnerte sie sich daran, dass Giles etwas Ähnliches auf der Brücke gesagt hatte, doch bei all seinen vielen Qualitäten, die er besaß, hatte er ein chronisches Defizit an Ironie. Die meisten Männer, die behaupten, dass sie den Gedanken nicht ertragen können, ohne ihre Freundin zu leben, steigen normalerweise nicht ins nächste Flugzeug und fliegen zur anderen Seite der Erde davon.

Isobel zog die Hand weg und bewunderte den Diamanten. »Nun, wahrscheinlich meint er, dass er es satt hat, seine Socken selber zu waschen und dass ihm die Betthäschen ausgegangen sind, aber das ist schon in Ordnung. Ich weiß, dass es mit einem anderen Mann als Will auch nicht besser sein wird, und außerdem…« Sie zuckte die Achseln. »Wir haben schrecklich viel Küchenkram, über den wir uns streiten müssten, wenn wir Schluss machen würden.«

»Und was ist aus der Jungen, Freien und Allein Lebenden Isobel geworden?« Kate erforschte ihr Gewissen und stellte fest, dass sie ein wenig unwillig darauf reagierte, dass Isobel sich nicht an das Drehbuch hielt: Ausgerechnet in dem Moment, da sie selbst sich auf Isobels Rat hin mit dem Gedanken trug, sich ein bisschen zu amüsieren, während Giles in die Schwindel erregenden Höhen seiner Arbeitspraxis hinaufstieg, verwandelte sich Isobel nun in Laura.

»Ach, ja, das«, lachte Isobel, das Kate gereizt als deutliches Laura-Verhalten erkannte, »das ist jetzt alles weg. All meine Zweifel darüber, was ich alles aufgeben müsste. Es hat viel Spaß gemacht und hatte auch gute Gründe. Doch jetzt weiß ich, was ich will.«

Kate fragte sich, auf was Will in ihrer Beziehungspause aus gewesen war und wie viel Nachsicht Isobel für diesen guten Grund aufzubringen bereit wäre, wenn dieser gute

Grund mit gebrochenem Herzen in den nächsten paar Wochen vor ihrer Tür auftauchen würde.

»Du solltest es mal versuchen«, fügte Isobel als Nachgedanken hinzu, doch gerade, als Kates Bewusstsein die Worte dankbar erfasste, sagte sie: »Aber da ja Giles in Amerika ist, ist es wahrscheinlich besser, auf seine Rückkehr zu warten und den großen Krach mit ihm persönlich auszufechten. Alles andere wäre ja sonst ein Betrug ihm gegenüber, nicht wahr?«

»Aber ich möchte keinen großen Krach haben! Giles und ich *streiten* nicht«, protestierte Kate. »Ich möchte einfach…«

»Wo liegt denn dann das Problem?«, fragte Isobel lächelnd.

Noch ehe Kate weiter in den trüben Gewässern dessen, was sie wollte, herumsuchen konnte, meldete sich Martin vom Empfang mit dem Summer bei ihr.

»Hallo?«, fragte Kate und starrte Isobel an, die ärgerlicherweise fröhlich aussah und sich den Kopf mit Kates weißem Seidenschal verhüllte, ihrem Brautjungferngeschenk von Mikes und Lauras Hochzeit und dem einzigen erwachsenen Accessoire, das sie besaß.

»Kate, hier am Empfang ist ein Mann für Elaine.« Martins Stimme klang angespannt. »Er sagt, er habe ein Päckchen für sie und will es nur ihr persönlich übergeben. Er ist ziemlich… aufgeregt.«

»Oh«, sagte Kate verwirrt. Im Hintergrund konnte sie jemanden mit schneidender Stimme sprechen hören. »Elaine ist zu Tisch gegangen, aber ich bin gleich da.«

»Wer war das?«, fragte Isobel, als sie den Hörer auflegte.

»Jemand am Empfang für Elaine.« Kate schlüpfte unter dem Schreibtisch in ihre Schuhe.

»Du musst herausfinden, wer das ist«, sagte Isobel. »Prüf das Namensschild, das die Sicherheitsleute allen verpassen, wenn man es dir nicht sagen will.«

Der Empfangsbereich von Eclipse war klein. Mehrere große Sessel standen herum und überall war Eclipse-Lesestoff griffbereit, um wartende Besucher zu beschäftigen. Der dünne, gut gekleidete Mann, der am Tresen stand und Martin eine flammende Rede hielt, nutzte allerdings nichts davon. Martin trug seinen Telefonkopfhörer und versuchte, die Telefonzentrale weiter zu bedienen, während der Mann weiter auf ihn einredete.

»Es reicht nicht, wenn all die kleinen Männer auf einmal kommen«, sagte der Mann und pochte mit dem Finger auf das Manuskript, das auf dem vorderen Schreibtisch lag. »Ich werde damit einfach nicht fertig! Ich werde. Damit. Einfach. Nicht Fertig.«

Martin sah Kate und hob verzweifelt die Hände hoch.

Sie atmete tief ein und trat näher. »Hallo, kann ich Ihnen helfen?«

Der Mann wirbelte herum und starrte sie an. Und Kate wich unwillkürlich vor seinen glänzenden Knopfaugen und dem plötzlichen Schwall üblen Mundgeruchs zurück.

»Vielleicht, vielleicht auch nicht. Wo ist Elaine?«

»Sie hat ein Arbeitsessen.«

Der Mann begann, mit seinen Fingergelenken zu knacken und sprach leise mit sich selbst. Kate bemühte sich, zu verstehen, was er sagte, doch es ging zu schnell und klang alles ziemlich verrückt. Einer der Redakteure aus der Sachbuchabteilung kam mit ein paar Fußballern herein, bemerkte den Wirbel und scheuchte seine Begleiter praktisch direkt zu den Aufzügen davon.

Martin nahm nun Anrufe entgegen, als ob nichts los wäre, und Kate wurde klar, dass sie ganz auf sich gestellt war.

»Hmm, ich bin Kate, Elaines Assistentin.« Sie reichte ihm die Hand, er sah sie an, und sie zog sie schnell wieder zurück. »Vielleicht kann ich Ihnen helfen?« Regel Nummer eins bei der Behandlung von Autoren, die Isobel ihr beigebracht hatte, war, niemals zuzugeben, dass man nicht wusste, wer sie waren. Man musste nur einfach so lange mit ihnen quasseln, bis sie sich selber verrieten. Kate hatte schon mit den meisten von Elaines Autoren gesprochen, doch an diesen erinnerte sie sich gar nicht. Verrückte vergaß sie normalerweise nicht.

Er war Mitte vierzig, schätzte sie, vielleicht auch etwas jünger. Das war schwer zu sagen, da er so derangiert aussah. Sein blauer Anzug war allerdings recht schick. War er einer ihrer City-Thriller-Schreiber?

»Ich *muss* mit Elaine oder Jennifer sprechen.«

»Sie sind leider beide zu Tisch, aber ich bin sicher, dass ich Ihnen helfen kann«, sagte Kate weit zuversichtlicher, als ihr zumute war.

Der Mann klickte mit den Zähnen in der gleichen beängstigenden Art wie Hannibal Lecter. »Es ist alles da«, sagte er und deutete auf den Schreibtisch. »Alles bis zum letzten Stück da. Alles da. Alles da.«

»Guuut«, sagte Kate, näherte sich langsam dem Schreibtisch und ließ ihn dabei nicht aus den Augen.

»Sagen Sie Elaine, dass ich mit ihr sprechen möchte, sobald sie zurückkommt.« Er schnipste sich eine dürre dunkle Haarsträhne aus den Augen. »Sobald sie zurückkommt. Und ich möchte Jennifer sehen. Ich werde Jennifer anrufen. Ich werde mit Jennifer sprechen. Verstehen Sie das?«

»Jaaa«, sagte Kate und fragte sich, ob sie die Polizei rufen sollte. Ihre Hand berührte das Manuskript auf dem Tisch. Der Mann gab eine Reihe von seltsam hustenden Tönen von sich und ging zur Sicherheitstür hinüber. Kate war erleichtert, als sie sah, dass er wenigstens wie ein normaler Mensch gehen konnte. Martin, der offenbar mitten in einem Anruf steckte, öffnete die Tür mit dem Summer, um ihn hinauszulassen, doch erst, nachdem der Mann mit den Handflächen mehrmals wie ein Verurteilter dagegengeschlagen hatte.

Martin und Kate sahen ihn fasziniert davongehen.

»Was für ein fauchender Irrer«, hauchte Martin.

»Aber wirklich«, stimmte Kate zu. »Wer, zum Teufel, war denn das?« Und sie betrachteten das Manuskript, um he-

rauszufinden, ob er das in einem Begleitbrief erklärt hatte.
Oder ob es tickte.

In großen schwarzen Buchstaben standen auf dem Deckblatt des Skripts die Worte: ›Die Steineklopfer‹ von Rose
Ann Barton.

»Nein!«, sagte Martin.

»Erzählen Sie das keiner Menschenseele«, sagte Kate, als
mehrere Einzelteile in ihrem Kopf plötzlich einen Sinn erga-
ben. Und als dann ihr Gehirn ein wenig weitergearbeitet
hatte, fügte sie verwundert hinzu: »Scheiße.«

Obwohl es offenbar eine Angelegenheit höchster Geheim-
haltungsstufe war und niemand wissen durfte, dass die ap-
felbäckige Retterin von Eclipse in Wirklichkeit ein Mann am
Rande eines Nervenzusammenbruchs war, zögerte Kate keinen Moment lang, Isobel davon zu erzählen.

Isobel gab ihr die Geheimnummer von Jennifers Handy.

»Ich kann gar nicht glauben, dass du das noch nicht gewusst
hast!«, sagte Kate, während sie die Nummer wählte, mit der
sie Jennifers nettes Mittagessen im Caprice ruinieren würde.

»Manche Informationen sind zu wertvoll, um sie weiter-
zugeben«, erwiderte Isobel geheimnisvoll und fummelte an
dem riesigen roten Nelkenstrauß auf ihrem Aktenschrank
herum.

Eine halbe Stunde später saß Elaine mit dem Manuskript
eingeschlossen im Sitzungssaal und Kate auf dem unbequemen Stuhl in Jennifers Büro, und Jennifers Miene war so
grimmig wie bei jemandem, der drauf und dran war, seine
Großmutter zu verkaufen.

»Ihnen ist doch die ungeheure Wichtigkeit dieser Sache
klar, nicht wahr, Kate?«

Kate lächelte nervös. Wenn Jennifer nicht ganz so wütend
ausgesehen hätte, hätte sie vielleicht herauszufinden versucht, ob ihr neues Wissen sich nicht vielleicht positiv auf ihr
Gehalt auswirken könnte, doch ehrlich gesagt ängstigte Jennifer sie auf ganz neue Art.

»Es bedeutet, dass wir alle mit dem Rose-Ann-Manuskript beginnen können, nachdem es nun endlich da ist«, sagte Kate, als ob sie schon längst gewusst hätte, dass Rose Ann nicht das Großmütterchen mit dem verschmitzten Blick war, das von allen Werbeträgern abgebildet wurde.

»Ganz recht«, sagte Jennifer. Kate glaubte nicht, dass sie während ihres spannungsgeladenen Gesprächs bisher einmal geblinzelt hatte.

»Sie können natürlich die völlig falschen Schlüsse ziehen, das ist Ihnen doch klar, Kate«, fuhr sie fort. »Wie Sie wissen, hat Rose Ann vier erwachsene Söhne, die alle in gewissem Umfang für sie arbeiten. Wer weiß schon so genau, ob nicht Albert, Arthur, Alfred oder Ernest das Skript ihrer Mutter vorbeigebracht hat?«

Kate wusste, dass das ein hoffnungsloser Schuss ins Blaue war, und sie wusste auch, dass Jennifer wusste, dass sie es wusste. Und aus dem, was ihr schon bekannt war, wusste sie jetzt auch, dass Albert, Arthur, Alfred und Ernest, angeblich alle nach dunkelhaarigen, temperamentvollen, gutherzigen und meistverkauften Helden benannt und von ihrer Mutter erschaffen, genauso erfunden waren wie ihre scheinbaren Namensvettern.

Ihre Blicke trafen sich und Kate konnte die Panik auf Jennifers Gesicht sehen. Wenn das herauskam, würde Eclipse zur Zielscheibe einer Spottkampagne werden. Was Kate jetzt wissen wollte, war: Wenn die echte Rose Ann dieser Norman Bates unter einem anderen Namen war, wer war dann das Großmütterchen mit den blitzenden Augen, das bei Lesungen in Krankenhäusern und zu Signierstunden in Supermärkten im ganzen Land auftauchte?

»Jennifer«, sagte Kate mit ihrer charmantesten Stimme, »Sie können mir wirklich vertrauen, dass …«

In diesem Moment wurde die Tür zu Jennifers Büro aufgerissen, und Elaine kam unaufgefordert herein und schloss die Tür fest hinter sich. Sie bemerkte Kate nicht.

»Gott im Himmel, Jennifer, diesmal hat er alles durcheinander gebracht! Ich wusste, dass wir das zusätzliche Buch nicht hätten einplanen dürfen. Es gibt sprechende Esel, und die Heldin heißt David, und...«

Elaine bemerkte Jennifers Pokergesicht und folgte ihrem Blick dorthin, wo Kate auf dem unbequemen Stuhl saß.

»Oh Gott.« Sie schrumpfte wie auf einem Edward-Munch-Gemälde in sich zusammen.

»Also wirklich«, sagte Kate. »Ich bin doch nicht blöd. Ich kann Dinge vertraulich behandeln. Da waren schon alle möglichen Sachen, die ich nicht...« Ihre Stimme verlor sich, als ihr klar wurde, dass es möglicherweise keine gute Idee war, die Aufmerksamkeit auf diverse Katastrophen zu lenken, von denen Jennifer bisher nichts gehört hatte.

»Es ist von allergrößter Bedeutung, dass niemand etwas davon erfährt«, intonierte Jennifer mit einer Stimme, die herrischer war denn je. »Nicht einmal die Werbeabteilung kennt Rose Anns... wahre Identität.«

»Schon gar nicht die Werbeabteilung«, murmelte Elaine und zupfte mit den Zähnen an ihren Fingernägeln herum.

»Sie werden wirklich absolutes Stillschweigen über diese Angelegenheit bewahren müssen«, sagte Jennifer, »sonst werde ich gezwungen sein, Ihre Anstellung bei Eclipse zu beenden.«

Kate wurde blass.

»Und ich muss ja nicht betonen«, endete Jennifer, »dass das dann aus Gründen geschehen wird, aufgrund derer Sie keine Anstellung in einem anderen Romanverlag mehr finden werden. Haben wir uns verstanden?«

»Ja«, sagte Kate und wusste nicht, was sie sonst noch sagen konnte.

»Hervorragend.« Jennifer warf ihr ein wölfisches Lächeln zu. »Weil Sie wirklich sehr gut vorankommen und wir Sie sehr ungern verlieren würden, nicht wahr, Elaine?«

Elaine murmelte irgendetwas in ihre Nagelhaut und sah dann auf. »Oh Gott, ich habe die Tür zum Sitzungssaal offen gelassen!« Sie stürzte so schnell hinaus, wie sie hereingekommen war und hinterließ einen schwachen Duft nach frischem Schweiß und Lavendelöl.

»Kann ich bitte eine Frage stellen?«, sagte Kate. »Weil Sie das alles so gründlich unter Verschluss gehalten haben.«

Jennifer neigte den Kopf.

»Wer macht als Rose Ann die Runde? Wieso wissen alle so viel über die…«

»Es gibt so etwas wie zu viele Informationen, Kate«, stieß Jennifer hervor und erhob sich. »Sie werden den restlichen Nachmittag mit Elaine im Sitzungssaal verbringen müssen und alle Anmerkungen aufnehmen, während sie das Skript durcharbeitet. Und sagen Sie Isobel, dass sie Ihre Anrufe auf ihren eigenen Apparat umleiten soll.«

Kate rappelte sich auf. »Hmm, gut, ich gehe meinen Block holen.«

»Und, Kate?«

Hatte Jennifer all ihre Management-Methoden aus den schlechten 1980er Anwaltsthrillern übernommen?, fragte sich Kate. Sie nickte und widerstand der Versuchung »Ja, Jennifer?«, zu sagen.

»Kein Wort zu irgendjemandem. Und das betrifft auch Isobel.«

»Aber natürlich«, log Kate kaltblütig.

»Für welchen Namen der Hauptheldin hatten wir uns noch entschieden?«, fragte Elaine.

Kate blätterte in ihren Notizen zurück. »Im Durchschnitt? Marlene.« Mittlerweile hatte sie schon seitenlang Fragen, und sie hatten erst acht Kapitel bearbeitet. Die Heldin war noch nicht einmal schwanger geworden, was ein Rekord für Rose Ann war, bei der normalerweise mindestens ein Bastard pro Kapitel geboren wurde, entweder eines der vaterlosen Babyvariante oder der Variante des Verführers mit den blitzenden Augen. Meist führte eines zum nächsten.

Elaine sah zwischen ihren Händen auf, mit denen sie ihren

schmerzenden Kopf abstützte. »Halten wir das für einen passenden Namen für ein Dienstmädchen aus dem neunzehnten Jahrhundert, das gleichzeitig gelegentlich als Medium arbeitet?«

Sie überdachten das.

»Ist sie eine Deutsche?«

»Nein, sie stammt aus Wakefield.«

Kate zog einen der Post-It-Zettel hervor, die sie als Erinnerung an genau dieses Problem behalten hatte. »Hmm, Elaine, wenn es sich um das Dienstmädchen handelt, an das ich denke, wurde es Fionnuala genannt, als sie das Armenhaus verließ.«

Elaine tröpfelte sich den Inhalt von drei Pipetten ihrer Notfalltropfen auf die Zunge, nahm ihren Bleistift wieder auf und schrieb: ›Gott sei Dank habe ich meinen Namen geändert, nachdem ich das Armenhaus verlassen habe, so wird Roderick mich hier niemals finden können, keuchte...‹ Sie hielt inne und sah Kate Hilfe suchend an.

»Fionnuala«, lieferte Kate. »Oder würden Sie sie jetzt als Marlene sehen?«

›Keuchte das gepeinigte Mädchen‹, schrieb Elaine und strich drei Zeilen in Rose Anns Manuskript durch. Sie legte den Bleistift ab und seufzte tief.

In der Ferne klingelte ein Telefon im leeren Büro. Kate sah auf ihre Uhr. Es war zehn nach sechs. Zehn nach sechs! Harry rief wahrscheinlich an, um zu sagen, dass er draußen auf sie wartete. Wie die Zeit verging, wenn man Spaß hatte.

»Oh Scheiße, äh, Entschuldigung Elaine, aber ich habe einen... Zahnarzttermin um halb sieben in Olympia, kann ich dann also...?«

Elaines Augen zogen sich zusammen, was vor großer Müdigkeit sein konnte oder vor Misstrauen. »Ihre Zähne machen Ihnen große Probleme, nicht wahr?«

In den letzten vier Monaten hatte Kate eine Zahnsteinentfernung und Politur ihrer Zähne vorgeschützt (ein Mädchenabend mit Cress in Clerkenwell, um ›sie aufzuheitern‹), eine angebliche Zahnfüllung (James Bond Marathon-Nacht im National Film Theatre mit Harry, Dant, Seth und dem sklavischen Tosca, der laut Harry ›ziemlich scharf auf sie war‹) und eine allgemeine Untersuchung (eine zügellose Nacht nach Neujahr, die sie allein mit einer Flasche Wein und dem Top-Gun-Video in nostalgischem Elend verbracht hatte, als die Jungs mit zwei Riverdance-Hoffnungen ausgegangen waren).

»Ich möchte eigentlich gar nicht gehen«, sagte Kate wenig überzeugend. Und sie wusste auch wirklich nicht, ob sie mit Cress und Harry zusammen essen gehen wollte, und Dant als Dreingabe änderte daran nichts. In letzter Zeit waren ihr allerlei Kleinigkeiten aufgefallen, die sie unvernünftigerweise irritierten. Schließlich konnte sie Harry nicht sagen, dass sie es hasste, wie er die Türen für die achtlose Cress öffnete, während sie nun ein verbotenes Schaudern spürte, wenn er die Türen für sie aufhielt.

»Nun, wenn Sie gehen müssen, müssen Sie eben gehen«, sagte Elaine und zog eine genauso wenig überzeugende Schau ab, als sie den Bleistift achtlos ablegte und die Manuskriptseiten aufstapelte, als ob sie wild darauf gewesen wäre, die ganze Nacht weiterzumachen. »Allerdings brauche ich die getippten Notizen, wenn wir morgen weitermachen. Dazu müssten Sie ein wenig früher kommen. Wir müssen das Manuskript Ende der Woche dem Lektor übergeben. Oder Jennifer bringt uns beide um.«

»Mmm«, machte Kate und dachte, dass diese Tipperei eine gute Entschuldigung wäre, nicht nur für das auswärtige Abendessen, sondern auch dafür, sich Harrys Computer ›auszuleihen‹.

Sie ließ Elaine einen Vorsprung von vier Minuten, in denen sie die Mitteilung abhörte, die Harry um sechs Uhr auf ihrem Anrufbeantworter hinterlassen hatte.

Er wird schon längst weg sein, dachte sie, als sie aus den großen automatischen Türen in den Nieselregen hinaussah.

Er sah wie feines Haarspray aus. Sie zog sich den Schal als Schutz gegen den Sprühregen über das Haar und verließ das Gebäude im Laufschritt. Was auch immer sie unternahm, um ihr Haar zu glätten, dieses Wetter verwandelte sie innerhalb von fünf Minuten in einen rötlich-gelben Pudel.

Jetzt erst fiel ihr auf, dass Harry ihr nicht gesagt hatte, wo Cress den Tisch zum Abendessen bestellt hatte. Doch noch ehe sie die Erleichterung ganz erfassen konnte, die dieser Gedanke ihr plötzlich verschaffte, nämlich nach Hause gehen und dieses ganze Abendessen vergessen zu können, hörte sie das laute Signal einer Autohupe. Harrys blauer Rover war vor dem Haus geparkt und Regenströme liefen wie Quecksilber an den hochpolierten Seitenteilen herab.

»Du hast ja auf mich gewartet!«, rief sie aus, als sie die Tür öffnete und mit ihrem Beutel auf den Beifahrersitz glitt.

»Nun ja …«, murmelte Harry schüchtern.

»Und du warst ja auch schon zu Hause und hast dich umgezogen!«, fügte sie hinzu. Es war nicht zu übersehen, dass er ein frisches T-Shirt unter seinem besten Pullover mit V-Ausschnitt trug, dass sein Kinn frisch rasiert war und dass außerdem der Geruch frisch gewaschener Haare in der Luft hing.

»Äh, ja.« Harry wurde rot und stellte den Motor an. »Ich brauche ein wenig moralische Unterstützung. Ich habe Cress zuletzt vor Weihnachten gesehen. Ich bin einfach ein wenig … na du weißt schon …«

Kate spürte, dass sich ein kleines scharfes Messer der Eifersucht in ihrem Magen herumdrehte. Das ist schon in Ordnung, beruhigte sie sich selbst. Das ist nur eine ganz normale Panikreaktion auf Giles' Fortgehen. Es wird nicht lange vorhalten, und je weniger du es zeigst, desto leichter wird es für dich sein, das alles zu vergessen, wenn sich die roten Nebel wieder heben. Sei froh, dass es nicht Dant ist.

»Schlechter Tag im Büro gewesen?«

»Ja, entsetzlich. Rose Ann hat ihr Manuskript geliefert, und meine Aufgabe ist es, mich daran zu erinnern, wie all die sprechenden Esel heißen.«

»Ah.« Harry warf einen schnellen Blick zu ihr hinüber, ehe sie weiterfahren konnten, doch Kate trug etwas Puder auf ihr Gesicht auf, um ihr sparsames Make-up aufzufrischen. Neben Cress gut auszusehen, war schon in besten Zeiten hart genug und praktisch unmöglich, wenn sie nur Puder und den roten Lippenstift in der Tasche hatte, den Giles ihr zu Weihnachten geschenkt hatte.

»Wo hat Cress denn den Tisch bestellt?« Sie presste die Lippen zusammen, um die Farbe gleichmäßig zu verteilen. Das intensive Rot sah ganz gut in ihrem frechen Gesicht aus.

»In irgendeinem italienischen Restaurant in der Nähe der Bar. Dant ist schon da.«

»Warum will sie uns zum Abendessen sehen?«

»Ich weiß es nicht«, sagte Harry plötzlich nachdenklich. »Ich dachte einfach, sie will uns sehen, weil sie unsere Gesellschaft mag, aber da du das jetzt fragst…«

»Ich bin sicher, dass sie uns sehen möchte«, sagte Kate, als sie sah, dass er ein langes Gesicht machte. Unbekümmert fügte sie hinzu: »Vielleicht sind Dant und ich nur ein Vorwand, damit sie dich sehen kann.«

Das war nicht fair, dachte sie, als die Begeisterung in sein Gesicht zurückkehrte. Irgendein verdrehtes instinktives Gefühl hatte sie das sagen lassen, um ihn einerseits glücklich zu machen und gleichzeitig, um ihm Gelegenheit zu geben, ihr zu widersprechen – doch genau das wollte er hören.

»Also ich sagte, wenn Sie das hier in dieser Bar tun wollen, Liam, dann müssen Sie das alles selber arrangieren!«, schloss Cress triumphierend. Sie knallte ihr leeres Glas auf den Tisch und ließ den restlichen Wein hineinträpfeln. »Holst du noch ein bisschen Wein, Dant, Liebling?«

»Ich gehe«, sagte Harry, sprang sofort auf und zog seine Brieftasche aus dem Jackett.

Kate sah ihm nach und warf dann einen verstohlenen Blick auf die riesige Uhr, die an der weit entfernten Wand des Restaurants hing. Zehn Uhr.

Sie waren jetzt schon drei Stunden und vier Flaschen Wein lang hier und warteten noch immer darauf, dass irgendjemand höflich um einen Nachtisch bat. Kate hatte einen Blick auf tolle Baisers werfen können, als sie durch das geschäftige Lokal zu einem anderen Gast getragen wurden und hatte sich vorgebeugt, um Harry dazu zu bringen, sie zu bestellen, damit sie sie verdrücken konnte, ohne vor Cress wie ein Schwein auszusehen, die die bloße Idee weiteren Essens sowieso mit einem Schwenken ihrer Zigarette und ihrer üblichen entsetzten Miene abwimmeln würde.

»Man muss doch Liam Gallagher einfach gut finden, was, Kate?«, sagte Cress. Sie schob ihre frisch geschnittenen schwarzen Haare hinter die Ohren. Die Haube ihrer schwarzen Haare betonte ihre scharfen Wangenknochen und ließ ihre Haut wie Porzellan aussehen. Kate spürte einen Anflug von Neid über Cressidas dramatische Schönheit. »Ich finde ihn einfach unwiderstehlich. Er hat diese tollen dunklen Augen und unglaubliche Haare ...«

»Und diese erstaunlichen Augenbrauen, die in der Mitte zusammengewachsen sind«, fügte Dant sarkastisch hinzu.

Cress ignorierte ihn. »... und dieses mürrische Lächeln. Ich liebe solche Männer. Sie sind ein bisschen gefährlich. Nein, es muss immer ein dunkelhaariger Mann sein«, sagte sie und drückte ihre Zigarette auf einem Teller aus. »Blonde sind einfach nichts für mich. Zu weichlich.«

Dant gab ein ablehnendes Geräusch von sich und drängte sich durch die wild gestikulierende Menge vor den Toiletten, um sich Zigaretten aus dem Automaten zu ziehen.

»Nein, da muss ich dir widersprechen«, sagte Kate und dachte an Giles' durchdringend blaue Augen und goldene Bartstoppeln. Und an Harrys gutes Teddybär-Aussehen. »Und wenn du im Norden Englands leben würdest, würdest du Liam Gallagher gar nicht außergewöhnlich finden, glaub mir. Die meisten Männer dort sehen aus wie er, und die Hälfte von ihnen spielt in Bands. Und die andere Hälfte sitzt in Untersuchungshaft. Jedenfalls solltest du das über blonde

Männer Harry nicht hören lassen«, fügte sie hinzu, als er mit einer neuen Flasche Rotwein und einem übervollen Teller Cashew-Nüssen von der Bar zurückkehrte.

»Ach Harry«, sagte Cress und warf Kate ein vertrauliches Lächeln zu.

Kate blinzelte und ihr Blick kehrte zu der großen blonden Gestalt zurück, die ihnen entgegenkam.

»Bitte schön, meine Damen«, sagte Harry und stellte die Flasche und den Teller auf den Tisch vor sie hin.

»Danke, Schätzchen«, sagte Cress und drückte Harrys Knie, als er ihre Gläser vor seinem eigenen füllte.

»Keine Ursache.« Kate sah, wie eine erfreute Röte ihm ins Gesicht stieg und spürte, wie eine entsprechende verwirrte Röte sich auch in ihrem Gesicht auszubreiten begann. Sie wollte jetzt dringend nach Hause gehen. Es gab einen Grund dafür, dass dieses peinliche Verknalltsein normalerweise Mädchen im Teenager-Alter in der Privatheit ihrer eigenen Räume mit einem großen Stapel Postermagazinen geschah. Sie sollte es wissen. Beim letzten Mal, als sie das durchgemacht hatte, war es um Tom Cruise (Mark I) gegangen. Es war besser, allein im verriegelten Badezimmer zu sitzen und sich das Ganze mit einer Reihe zunehmend übersteigerter Fantasien aus dem Kopf zu schlagen, als zu versuchen, mit den unangenehmen Nebeneffekten im wirklichen Leben fertig zu werden.

»Du sprudelst ja heute Abend geradezu über, Cress«, sagte Harry mit einem Mund voller Nüsse. »Was ist der Grund?«

Er sieht so hoffnungsvoll aus, dachte Kate traurig. Gott, das ist ja, als sehe man sich die Besuchszeit im Hundeheim von Battersea an.

»Oooh, nichts Besonderes«, erwiderte Cress und ließ den Blick durch den Raum schweifen.

Wenn du heute Abend die Toilette nicht schon viermal aufgesucht hättest, könnte ich dir glauben, dachte Kate. Nur eine Infektion könnte das erklären, doch niemand kann mit einer Blasenentzündung so fröhlich aussehen.

Cress trommelte mit ihrer leeren Zigarettenschachtel auf dem Tisch herum. Der Lärm im Restaurant verstärkte sich immer mehr – oder Kates Kopfschmerz verschlimmerte sich. »Ich bin drei Tage lang nicht ins Bett gekommen«, erklärte sie. Harrys Augen weiteten sich bewundernd. »Viele meiner Freunde sind über Neujahr fort gewesen und feiern nun ihre Neujahrsparties nach, und das geht dann natürlich Schlag auf Schlag.«

»Können wir den Ober herrufen und Kaffee bestellen?«, fragte Kate.

Als sie Cress ausnahmsweise mit Harrys Augen betrachtete, konnte sie die Anziehungskraft verstehen: Sie und Dant sahen mit ihren schwarzen Augen, den schwarzen Haaren und ihrem schwarzen Temperament wie zwei androgyne Rossetti-Models aus, und sie waren zu fröhlich für ihre tödliche Vorgeschichte.

»Ja, klasse Idee«, sagte Harry und drehte sich auf seinem Stuhl herum, um nach einer Bedienung Ausschau zu halten.

Alle Bedienungen in diesem speziellen Restaurant hatten noch immer das verhungerte Heroin-Aussehen, das sie mit glasigen Blicken noch verstärkten. Es brauchte zehnminütige wilde Versuche, um Aufmerksamkeit zu erregen, ehe eine von ihnen angeschlendert kam.

»Joh?«, fragte sie und zog ihren Bestellblock aus der Hosentasche.

»Ich möchte einen doppelten Espresso haben…«, sagte Kate und versuchte gleichzeitig, ihr jammerndes Gehirn davon zu überzeugen, dass sie die Baisers schon gehabt hatte.

»Ich auch«, sagte Harry. Er drehte sich zu Cress und Dant um. »Kaffee?«

»… glaubst, ich würde das nicht herausfinden, weil ich…«, zischte Dant gerade zu Cress hinüber, die: »… jetzt mein eigenes Leben, und wenn ich Mom sehen möchte, werde ich, verdammt noch mal, tun was…« über seinen Kopf hinweg zurückzischte.

»Möchtet ihr auch *Kaffee* haben?«, fragte Kate mit lauterer und ärgerlicher Stimme. Sie konnte Lokalitäten wie dieser hier wenig abgewinnen. Der Dünkel irritierte sie normalerweise. Es begann schon damit, dass die Leute sich schreiend unterhielten, damit auch jeder ihre abgedroschenen Bonmots hörte, doch wenn man sie überschreien musste, um verstanden zu werden, sprachen sie nur noch lauter, und das Endergebnis war extrem zermürbend.

Dant und Cress unterbrachen ihr Knurren. »Ja, bitte, zwei doppelte Espresso«, sagte Dant. Er warf seiner Schwester einen verachtenden Blick zu. »Einen vierfachen für sie, bitte. Sie ist heute Abend ein wenig bissig.«

»Das hättest du wohl gern«, stieß Cress hervor. »Kümmern Sie sich nicht um ihn«, sagte sie zu der Bedienung, die sich mit ängstlichem Blick Hilfe suchend im Raum umschaute. »Er geht normalerweise nicht mit Erwachsenen aus.«

»Also vier doppelte Espresso, und können wir dann auch gleich die Rechnung bekommen, bitte?«, fragte Kate, weil sie vermutete, dass sich das hier bis nach Mitternacht hinziehen würde, wenn sie nicht eingriff. Sie hatte ungefähr vier Gläser von dem Wein getrunken, den sie konsumiert hatten, weil sie wusste, dass sie Elaines Notizen noch sortieren musste, entweder später in der Nacht oder viel zu früh am nächsten Morgen, und auch wenn ein harter Drink vielleicht weiterhelfen würde, wollte sie keinen haben. Daher hatte sie den selbstgerechten Zustand relativer Nüchternheit erreicht, und eine unbehagliche Stimmung schien sich über ihrem Tisch herabgesenkt zu haben, nach den viel geistreicheren Neckereien, die sie in den Nordlondoner Kneipen ausgetauscht hatten.

»Hast du ein schönes Weihnachtsfest mit Giles verbracht, Kate?«, fragte Cress.

Kate hatte das Gefühl, als Ausweichmanöver missbraucht zu werden und konnte überhaupt nicht begeistert antworten. Bei der Stimmung, in der Dant zu sein schien, bestand die dringende Gefahr, dass er den Dokusoap-Horror nachspielte und ihn dabei noch weiter dramatisierte. »Ja, sehr«, sagte sie mit gezwungenem Lächeln. »Habe ich dich seitdem noch nicht wieder gesehen?«

»Ich hatte über die Ferien *extrem* viel in der Bar zu tun«, sagte Cress und sah Dant herausfordernd an, noch ehe Kate die spürbare Kritik zurücknehmen konnte.

Harry rutschte auf seinem Sitz herum. Der Kaffee kam erstaunlich schnell.

»Das kann ich mir vorstellen«, sagte Kate. »Nein, ich hatte eine wundervolle Zeit mit ihm. Wir blieben in London, und…« Ihre Stimme verklang, als sie merkte, dass Cress ihr gar nicht zuhörte.

Nachdem sie ein paar Sekunden geschwiegen hatte, glitt Cressidas Blick von Dant zurück zu ihr. »Es tut mir Leid, Kate, ich bin gerade… Warum essen wir nicht nächste Woche zu Mittag und holen alles richtig nach? Wann hast du Zeit?« Sie zog ihr Notizbuch heraus. »Nächsten Montag? Ich fliege am Mittwoch nach Val d'Isère. Großes Geheimnis, also niemandem erzählen.«

»Äh.« Kate spielte im Kopf mögliche Bürokatastrophen durch. »Ich stecke im Augenblick in einer kleinen Krise, die aber gegen Ende der Woche bewältigt sein wird, und ich muss viel zu Hause lesen, aber… könnten wir uns auf Dienstag einigen?«

»Schön.« Cress kritzelte in ihrem Kalender herum. »Früh, damit ich es noch zum Yogakurs um zwei schaffen kann. Das ist so wichtig, um gelenkig zu bleiben.«

Harry gab hinten in seiner Kehle ein kleines Geräusch von sich, als er seinen Espresso trank.

»Prächtig.« Cress klipste den Verschluss ihrer winzigen Handtasche zu. »Was musst du lesen?«

»Ach, Manuskripte.« Kate verdrehte die Augen. »Thriller, Familienromane, Kommissar-Dackel-Krimis. Wahrscheinlich alles Mist, andernfalls bekommt sie jemand anderer. Ich muss noch diese Woche fünf durchackern.«

»Klingt fantastisch.« Cress fuhr sich mit einer Hand

durch ihre neuen Stiftelhaare und glättete sie gleich wieder. »Ich wünschte, ich hätte einen Job, bei dem ich den ganzen Tag über herumsitzen und lesen könnte.«

»Mmm«, machte Kate und fragte sich, wie weit diese Beschreibung ihrer Arbeit von der Wahrheit entfernt sein könnte. Sie nahm die winzige, aber schwere Tasse voll dickem schwarzen Kaffee hoch, schloss die Augen und kippte ihn sich auf einmal in den Mund. Er rann durch ihre Geschmacksknospen wie ein elektrischer Schock, und wie immer verzog sie fast das Gesicht bei der kleinen Explosion auf ihrer Zunge. Bevor sie nach London gezogen war, hatte sie nie Espresso trinken können, doch jetzt fühlte er sich an wie Küsse.

Als sie die Augen öffnete, sah sie, dass Dant, Harry und Cress sie anschauten. Sie senkte den Blick zum Tisch, um ihren Blicken auszuweichen, und er fiel auf die Rechnung, die vor ihr lag. Sie schnitt eine Grimasse. »Wie teilen wir die auf?«

Während Kate, in der Hoffnung auf eine Nachspeise, auf eine Vorspeise verzichtet hatte und Cress nur eine kleine Sushi-Platte gehabt hatte, hatten Dant und Harry beide die große Portion Lammbraten und Pommes frites gegessen und drei Vorspeisen zwischendrin. Und mit all dem Wein hatten sie die Rechnung auf einen Betrag gebracht, der sich in etwa Kates Wochenlohn näherte.

»Oh, mach dir keine Sorgen, das übernehme ich«, sagte Cress unerwartet und warf ihre Visa-Karte auf den Teller.

»Hallo?«, sagte Dant in dem Augenblick, als Harry in seinem Jackett herumsuchte und sagte: »Nein, wirklich, lass mich das erledigen.«

Cress zündete sich eine weitere Zigarette an und wedelte mit der Hand. »Vergiss es. Ich habe das Restaurant ausgesucht, also ist es nur fair, dass ich bezahle.«

Die Bedienung, die plötzlich von Leben erfüllt worden war, tauchte aus dem Nichts auf und nahm den Teller weg.

»Ski fahren, Essenseinladungen, neue Kleider… Wir sind

zu Geld gekommen, was?«, sagte Dant. »Oder sollte es besser heißen: ›Wir sind zu Mummy gekommen‹?«

»Das geht alles, wenn man einen Job hat«, erwiderte Cress schnippisch. »Man bekommt so ein lustiges Ding, das man Gehaltsabrechnung nennt. Damit kann man Sachen *bar* bezahlen.«

»Das ist sehr nett von dir. Danke, Cress«, sagte Kate unbehaglich. »Warum sorgen wir anderen nicht für das Trinkgeld für die Bedienung?« Diese Art lässiger Freigebigkeit machte sie mehr denn je zum Eindringling. Das war kein Bekanntenkreis, in dem sie sich wohl fühlte – geschweige denn zugehörig. Sie suchte in ihrer Börse nach ein paar Pfundmünzen. Das Trinkgeld allein würde mehr sein, als die Kosten für ihr Essen.

»Großartige Idee!«, sagte Harry. Er schob eine Hand in die Tasche, und sie kam wie immer voller Kleingeld zum Vorschein.

Zwischen ihnen lagen schließlich ungefähr fünfzehn Pfund, die genauso entfernt wurden wie die Kreditkarte. ›Und können wir noch eine Flasche Wein haben?«, bat Cress die Bedienung, als sie die beiden leeren Flaschen wegnahm.

Kate erkannte, dass die anderen sich auf eine lange Nacht einstellten, was ihren Überdruss nur noch verstärkte. »Ich denke, ich gehe jetzt«, sagte sie. »Ich muss morgen früh aufstehen.« Es war jetzt zu spät, um sich Harrys Computer zum Abtippen der Notizen auszuleihen, deshalb musste sie vor Elaine im Büro sein. Was nicht besonders schlimm war, wenn sie darüber nachdachte. Dennoch…

»Oh, musst du wirklich schon gehen?«, schmeichelte Cress wenig überzeugend.

»Kannst du nicht noch zehn Minuten bleiben?«, fragte Harry. Er sah sie mit einem mittleren Labradorblick an. »Dann fahre ich dich nach Hause.«

»Ich glaube nicht, dass du, nach der Menge, die du getrunken hast, noch irgendjemanden irgendwohin fahren wirst«, sagte Kate und zog sich ihren langen Wintermantel an.

»Aber du kannst doch nicht allein nach Hause gehen«, sagte Cress. »Dant, warum bringst du Kate nicht nach Hause?«

Harrys Augen leuchteten entzückt auf bei dem Gedanken, mit Cress alleine zu sein, und Kate spürte, dass der Kaffee das Risotto in ihrem Magen gerinnen ließ.

»Entschuldigung, ich kann doch meinen Freund wirklich nicht mit jemandem wie dir hier sich betrinken lassen«, sagte Dant mit schleppender Stimme.

»Warum nicht?«, fragte Harry, als er sich ihm zuwandte.

»Kleiner, eines Tages wirst du mir noch danken…«

»Haltet alle den Mund«, sagte Kate. »Warum soll ich mich denn von irgendjemandem nach Hause bringen lassen? Ich bin doch nicht aus Zucker.« Die Tatsache, dass sie jetzt verzweifelt wünschte, dass Harry sich seine Fleece-Jacke anzog und sie zum Bus brachte, gehörte jetzt wirklich nicht zur Sache. Und da sie jetzt als Märtyrerin ging, wollte sie plötzlich schrecklich gern bleiben.

»Also, sei vorsichtig, ja?«, sagte Harry.

»Und sprich nicht mit fremden Männern in der U-Bahn.« Cress kicherte.

»Triffst du dort nicht deine besten Verabredungen?«

Das Kichern verschwand aus ihrem Gesicht und sie starrten sich gegenseitig an.

»Ruf mich auf meinem Handy an, wenn du da bist, damit ich weiß, dass du sicher heimgekommen bist«, sagte Harry ernsthaft. »Okay?«

»Okay.« Kate schlang sich den Schal um den Kopf und hängte sich die Tasche um. »Bis bald. Und ich sehe dich am Dienstag, Cress?«

»Tschüs«, riefen sie im Chor und nahmen ihr Gezänk wieder auf.

Kate drängelte sich durch die Menge der modebewussten Leute, die alle Kleider trugen, zu denen sie keine Beziehung hatte und Plastikbrillen, die sie nicht brauchte. Draußen war die Luft kalt aber klar, und sie sah erleichtert, dass sich die

Bar gleich gegenüber einer U-Bahn-Station befand. Sie hatte zu viel Wein getrunken, um sicher sein zu können, dass sie den richtigen Bus erwischte, und außerdem traute sie ihnen nicht, dass sie an der richtigen Haltestelle hielten.

Auf dem gesamten Heimweg, auf dem sie in dem nahezu leeren Wagen vor und zurück ruckte, fragte sich Kate, über was sie jetzt streiten mochten, ob sie über sie sprachen, wie Harry Cress anschaute. Harry würde seinen Wagen stehen lassen und mit einem Taxi nach Hause fahren müssen; würde er mit Cress zusammen ein Taxi nehmen? Würde er sie nach Hause bringen – und bleiben? Sie betrachtete ihr Spiegelbild im Wagenfenster und schnitt eine Grimasse.

Als sie in die Wohnung zurückkehrte, die eisig kalt war, verließ sie alle Energie, und sie dachte nur noch daran, den Wecker auf eine Stunde früher zu stellen, ehe sie ins Bett ging. Die Bettdecke war kalt, und sie lag so ruhig wie möglich, um ihre Körperwärme zu bewahren. In Gedanken ging sie alles durch, was sie am nächsten Tag zu tun hatte. Während sie in die schlummernde Unbewusstheit davonglitt, spürte sie Ratcat zum ersten Mal auf ihr Fußende springen, und sie erinnerte sich zu spät daran, dass sie all ihre Manuskripte auf dem Rücksitz von Harrys Wagen zurückgelassen hatte.

27

Der Abspann von *EastEnders* plärrte zu laut aus dem Fernseher, und da niemand es sich ansah, nahm Kate die Fernbedienung vom Couchtisch und schaltete gereizt ab. Das hatte sie schon eine halbe Stunde lang geärgert, doch sie hatte nichts dagegen getan. Zu irgendeinem Zeitpunkt waren das Radio in der Küche, der Fernseher, die Musikanlage im Wohnzimmer und der CD-Player in Harrys Zimmer gleichzeitig eingeschaltet gewesen. Die Jungs schienen ohne ein weißes Rauschen im Hintergrund nicht existieren zu können.

»Ooh, empfindlich.«

»Geht ihr heute aus?«, fragte Kate und hob kaum den Blick von Seite 251 von *Bitch Rota: Eine Geschichte um Schande und Stolz*.

»In diesem Aufzug«, sagte Dant.

Kate sah auf. Dant und Harry fummelten beide vor dem Spiegel über dem Kamin an ihren Haaren herum. Sie sah, dass Harry eine neue Hose trug und Dants Kaschmir-Pullover, was ihn fast erwachsen erscheinen ließ. Dant trug ein dunkelgrünes Samtjackett, in dem er wie ein perfekter Lebemann aussah.

»Wie bitte?«, fragte sie.

»Geht ihr in diesem Aufzug aus? Das solltest du doch in deiner Rolle als Ersatz-Mami fragen.«

Kate nahm ihre Seiten mit pathetischer Gleichgültigkeit wieder zur Hand. »Ich bin aber nicht eure Mami, und es interessiert mich nicht, wohin ihr geht. Wenn ich eure Mutter *wäre*, würde ich dir einen braunen Umschlag mit Drogen geben und darauf achten, dass du an irgendeinem angemessen schäbigen Ort wärst. Aber da ich einfach nur Ich bin, kümmert es mich nicht, wohin ihr geht, weil mir das die Möglichkeit gibt, mich mit einem guten Roman zu beschäftigen, ohne dass Lara Croft ständig im Hintergrund orgasmisch herumstöhnt.«

»Wir gehen zu einer Verabredung. Also hör auf zu feixen.«

Sie sah auf. »Was? Habt ihr etwa die beiden kritiklosesten Frauen in London gefunden? Niemals.«

Auch wenn sie es ungern zugab, war Kates schlauer Plan, Dant mit irgendeiner grässlichen Frau zu versorgen, auf sie zurückgefallen. Sie hatte Dant erzählt, dass sie seine schreckliche Autoknacker-Privatanzeige *und* auch ihre aufgegeben hatte, damit sie selbst herausfinden konnten, welche davon die meisten Antworten erhielt (und dass er bequemerweise nicht verwirrt wurde, wenn er sich am Telefon als Harry ausgab und dann Misstrauen erweckte bei denjenigen, die sich als mögliche Cathys bewarben). Er hatte dann den nötigen

Papierkram aussortiert, sich zurückgelehnt und darauf gewartet, dass sich eine Flut von Briefen und Fotos in ihre Postfächer ergoss.

Und sie hatten sich ergossen. Bis zu zehn pro Tag. Schließlich – und konfrontiert mit Bergen romantischen Gelaberes über Moore und sturmgepeitschte Nächte, die selbst Dant nicht mit *Riverdance* in Verbindung bringen konnte – musste sie ihm gestehen, was sie getan hatte und erwartete eine Schimpfkanonade und ein Haare-Zurückwerfen. Zu ihrer Überraschung hatte Dant das bemerkenswert gut aufgenommen. Genauer gesagt ergab die Endzählung, dass er doppelt so viele Kandidatinnen wie Harry hatte, und selbst nachdem er ›alle Hässlichen aussortiert hatte‹, hatte er mit Hilfe eines Zwei-Verabredungen-pro-Woche-Systems den Bestand abgearbeitet. Er hätte noch mehr schaffen können, aber typisch für ihn, wollte er sich nicht damit abgeben.

Es war bemerkenswert, dass Harry noch immer glaubte, dass die Mädchen, mit denen er sich verabredete, alle seine Nummer auf einer Party bekommen hatten.

Zu Kates schleichendem Kummer und Groll war die Blind-Date-Nacht zu einer festen wöchentlichen Einrichtung geworden. Erst jetzt wurde ihr langsam klar, wie sehr sie sich daran gewöhnt hatte, zu den Jungs zu gehören – Dant und Harry hatten in brüderlicher Art vorausgesetzt, dass sie beim Bowlen und Trinken mit Seth und den Falschen Bräutigamen einfach mitkam. Und ihr einziger Versuch, ihnen an ihrer Verabredungsnacht in sicherem Abstand zu folgen, um sie in Aktion zu erleben, hatte sie so unglücklich gemacht, dass sie nach einem halben Bier in der hintersten Ecke davongeschlichen und nach Hause zurückgekehrt war, um über ihren mit Giles' Fotos gefüllten Alben herumzuschniefen.

»Hast du … wie heißt es noch gleich? Haarwachs?«, fragte Harry und zerrte an einer besonders widerspenstigen Haarsträhne herum.

Kate lud *Bitch Rota* auf dem Sofa ab. »Was ist das hier? Vidal Sassoon?«

»Sie hat welches im Badezimmer«, sagte Dant hilfsbereit. »Aber es ist fast leer.«

»Danke, Freund«, sagte Harry und verschwand ins Bad.

Kate schnaubte. Es war ein bisschen Balsam für ihr schmerzendes Herz, dass sich Harry nicht mit dem gleichen räuberischen Eifer in diese Sache hineinwarf wie Dant. Soweit es ihn betraf, hatte er ihr auf dem Weg zur Arbeit anvertraut, helfe er Dant bei den Doppelrendezvous aus, und er sei gerne bereit, charmant zu den fröhlichen Hockey-schläger-Mädchen zu sein. Es störte Kate langsam, wie sehr sie die masochistischen Stiche genoss, die sie sich mit dieser Sache eingehandelt hatte.

»Es funktioniert nicht«, raunte Dant Kate zu. »Er fragt sie immer, ob sie schon mal daran gedacht hätte, sich die Haare schwarz zu färben. Das ist wie *Vertigo* mit umgekehrtem Vorzeichen.«

Kate hob die Hände. »Ich möchte nicht wissen, was ihr veranstaltet. Wirklich, wirklich, wirklich.«

»Du wirst dich doch nicht einsam ohne uns fühlen?«, fragte Harry, als er aus dem Bad zurückkam. Er roch nach Mandelöl und fuhr sich mit den Händen durch sein jetzt viel flacher anliegendes Haar. »Du könntest mit uns…«

»Das *glaube* ich nicht«, sagte Kate und starrte auf ihr Manuskript, »und außerdem bin ich beschäftigt. Verschwindet jetzt und macht keinen Lärm, wenn ihr wiederkommt.«

»Bis später«, sagte Dant und schlenderte in die Diele. »Ich fühle mich schön, oh so schön…« Seine Stimme verlor sich auf der Treppe.

»Bis dann«, sagte Harry. Er lächelte traurig.

»Geh jetzt und bring mir ein bisschen Schokolade mit, wenn du an einer Tankstelle vorbeikommst«, sagte Kate. Sie weigerte sich, von ihrer Seite aufzusehen, ehe die Haustür unten ins Schloss krachte.

Sobald sie das Doppelschloss unten sicher einrasten hörte, legte sie das Manuskript beiseite und ging zum Fenster hinüber. Sie kniete sich auf den Sitz und beobachtete Harry und

Dant, wie sie die Straße mit großen Schritten in Richtung U-Bahn-Station hinuntereilten und sich dabei gegenseitig den Bürgersteig hinauf und hinunter schubsten. Ihr Herz *klimperte* (es gab kein passenderes Wort dafür) beim Anblick von Harrys blondem Haar, das im Gehen auf und ab hüpfte. Es war ein köstliches Gefühl von Heimlichkeit, als würde man gestohlene Süßigkeiten so schnell wie möglich essen. Sie wusste, dass es falsch war, doch an der Intensität ihrer Gefühle erkannte sie auch, dass das nur eine vorübergehende Sache war. Ein Verknalltsein, das durch die heimliche Heftigkeit nur noch berauschender war.

Kate seufzte und glitt die Wand entlang hinab auf den Boden. Sie lehnte den Kopf gegen den warmen Heizkörper. Es war unmöglich, genau zu sagen, wann sie so für Harry zu fühlen begonnen hatte, doch es hatte sie wie eine Gaswolke überwältigt. Inmitten ihrer herumwirbelnden Hormone sagte eine ruhige Stimme zu ihr, dass der einzige Weg, mit so etwas möglicherweise Peinlichem umzugehen, der war, es in aller Stille durchzustehen, statt es zu verdrängen. Es war einfach einen Schritt näher an der Realität als Ronan Keating.

Doch sie würde sich nicht selbst quälen mit dem, was Dant und Harry heute Nacht wieder vorhaben könnten. Sie schob sich an der Wand wieder hoch und ging zielbewusst zurück zu dem Manuskript, in dem sie gelesen hatte.

Es hatte vier Tage gedauert, bis sie und Elaine sich endlich durch das gesamte Manuskript von Rose Ann gepflügt hatten, und Elaine hatte eine weitere Woche dafür aufgewendet, um praktisch Satz für Satz mit dem Lektor durchzuackern, der das Manuskript ›zurecht machte‹. Es wäre billiger gewesen, wenn sie den Lektor nach London eingeflogen hätte und ihn im Ritz mit einer Kiste Krug, zur Stabilisierung der Nerven, eingesperrt hätte. Elaines Beinahe-Hysterie in der Sitzung, bei der Kate ganz zu Anfang ihrer Karriere bei Eclipse Protokoll geführt hatte (was langsam entsetzlich lange her zu sein schien), war jetzt viel verständlicher für sie.

Seit das Manuskript eingetroffen war, war Kate an den meisten Abenden bis acht Uhr im Büro geblieben, trotz Isobels wachsender Sorge. Selbst nachdem sie das verdammte Ding los waren, war so vieles bis zu Rose Anns Lieferung als unerledigt verschoben worden (Kate konnte noch immer nicht den Namen mit der stoppeligen Wirklichkeit auf einen Nenner bringen), dass sie Berge von Leserbriefen, Ansichtsexemplare von Büchern und Ähnliches zu bearbeiten hatte – und das war nur all der Kram, von dem Elaine wusste. All die Manuskripte, die man ihr zum Lesen gegeben hatte, waren auf der Strecke geblieben, und da nun Elaines Vitaminnebel sich lichtete, wurde ihr langsam Kates wilde Aktivität bewusst – und was das für die überfällige Kleinarbeit bedeuten mochte.

Da die Jungs nun die ganze Nacht unterwegs waren, hatte Kate beschlossen, *Bitch Rota* durchzusehen und dann mit dem soundsoviel zwanzigsten Thriller von Phil Hill zu beginnen, ehe Elaine ihr schwierige Fragen über die Handlung stellen konnte.

Sie setzte sich aufs Sofa, hatte das Telefon und einen Topf Kaffee neben sich, konzentrierte sich auf das Manuskript und versuchte, ein überzeugendes Argument für oder gegen den Ankauf auszuarbeiten. Bisher war *Bitch Rota* eine bissige Satire auf die internen Machenschaften in einem viktorianischen Bordell in San Francisco (oder vielleicht auch nicht), auf morbide Weise aus vielerlei Gründen faszinierend gewesen – von denen leider keiner geeignet war, in einer Redaktionssitzung mit ernstem Gesicht vorgetragen zu werden

Sie blätterte zu Ende, falls May-Jo-Beths dramatisches Erscheinen auf der Anklagebank eine Auswirkung auf den kombinierten Scheidungs- und Mordprozess ihres reichen Liebhabers hatte. Hatte es nicht.

Gut, das ist dein Schicksal, dachte Kate, und packte alles wieder zusammen. Es war schade, weil sie, auf eine eher desinteressierte Art, an May-Jo-Beths endlosen weitäugigen

Erklärungen und ihren duftigen Spitzenunterhosen mehr und mehr Gefallen gefunden hatte. Doch es war schon zehn vor neun, und sie vermutete, dass sie mit dem Manuskript von Phil Hill nicht ganz so leicht fertig werden würde. In Anbetracht der ›Diskussionen‹, die Elaine mit Phil gehabt hatte, damit sie das Manuskript vor allen anderen Verlagen zu sehen bekam, würde sie es ganz durchlesen müssen, um sie über die Handlung genau zu unterrichten. Elaines eigene Kleinarbeit war dagegen ein Spaziergang.

Kate schaute verlangend auf die Fernbedienung und versuchte sich einzureden, dass sie den Fernseher sofort wieder ausschalten würde, nachdem sie sich die Nachrichten angesehen hatte. Wie es der Zufall wollte, lag neben der Fernbedienung ein Stapel Einsame-Herzen-Fotos, die Dant und Harry nach der Rangordnung sortiert hatten – und mehr brauchte sie nicht, um sich mit gequältem Herzen der Aufgabe zuzuwenden, die sie zu erledigen hatte.

Da sie aus vergangenen Fehlern gelernt hatte, hatte Kate diesmal den Begleitbrief und auch den Text fotokopiert, so dass sie eine vage Ahnung hatte, was sie zu lesen hatte. Diesmal gab es keine Pferdeerzählerin. Phil Hills Brief war das übliche allgemeine Ausstreuen von unbestätigten Superlativen: erstaunliches neues Talent… die dunkle Seite Londons (erzähl mir davon, dachte Kate)… lebendige Charaktere… fabelhafter werbemäßig zu präsentierender Autor… bla, bla, bla. Sie zog die erste Seite heraus.

›Die Schuldfalle‹ von R. A. Harper.

Großartig, dachte Kate. Sie wollen entweder A. L. Kennedy oder E. M. Foster sein. Sie schob ein Lesezeichen bei Seite 150 hinein (damit sie so weit las) und war erleichtert über das relativ große Schriftbild, was den entmutigenden Umfang des Manuskripts erklärte. Zu ihrer Überraschung hatten die meisten Sätze Verben. Sie setzte sich in die Ecke des Sofas und sah auf die Uhr. Keinen Kaffee mehr vor zwanzig vor zehn.

Als Cameron an diesem Abend seine Haustür erreicht, ist nicht mehr viel Tageslicht übrig. Und noch weniger, als er entdeckt, dass die Außenlampe mal wieder zerstört worden war.

Scheiße.

Er kickt wütend gegen die Glassplitter. Das vom Alkohol verzerrte Kichern eines Kindes schallt von den Wohnungen oben herunter. Es durchschneidet die stickige Dunkelheit der Londoner Nacht.

Er sucht nach seinen Schlüsseln und fragt sich wieder, was er tun könnte, um Ariel loszuwerden. So konnte es nicht weitergehen.

Verdammt noch mal, nein.

Ariel musste verschwinden.

Oh nein, dachte Kate. Das könnte besser sein als ich dachte …

Kate hörte das Telefon in der Küche klingeln und war überrascht, dass es schon halb elf war. Sie hatte tatsächlich mehr als eine Stunde lang gelesen. Ihre Blicke zuckten zwischen der Küche und dem Manuskript hin und her, und sie beschloss augenblicklich, dass der Anrufer schon eine Nachricht hinterlassen würde, wenn es wichtig war. Sie wollte mit dem Lesen nicht aufhören.

Ungefähr ab dem dritten Kapitel hatte Kate zögernd eingeräumt, dass *Die Schuldfalle* wirklich ganz gut war. Es spielte in einem Teil Londons, den sie nicht gut kannte – hartes East End, das von Yuppie-Stadtplanern überschwemmt worden war (von denen Camerons Freund David ein vollkommenes und extrem schlaffes Beispiel war). Es war auch in einem düsteren, knappen Stil geschrieben, den sie ziemlich anmaßend fand. Doch der Hauptschauplatz, die klaustrophobische Wohnung, war so gut beschrieben, dass sie gegen ihren Willen in die Geschichte hineingezogen wurde. Die Spannungen über die Badezimmer-Reinigung, die kurzen Streitereien, die brütende und unerklärte Gewalt, die in jeder Begegnung mitschwang, zeichneten ein scharfes und gnadenloses Bild einer Männerwohngemeinschaft. Das Einzige, was nach Kates Ansicht fehlte, waren die beiseite geworfenen schmutzigen Socken, die wie Hundehaufen in jeder Ecke auftauchten.

Die Intimität vor allem zwischen den beiden Männern, die sich durch die erzwungene Nähe in der kleinen Wohnung ergab, ließ sie voll Unbehagen an ihr schuldiges Verlangen nach Harry denken – vielleicht forderte aber auch nur die Natur ihr Recht. Immerhin hatte sie Giles erst mit nacktem Oberkörper gesehen, nachdem sie zehn Tage lang miteinander ausgegangen waren, doch Harry wanderte ständig in seinen Boxershorts durch die Wohnung.

Soweit sie es verstand, drehte sich die Geschichte um Camerons unerklärtes Bedürfnis, Ariel loszuwerden und mit David zu schlafen. Kate wusste noch nicht, ob Ariel ein Mann oder eine Frau war, weil sie noch nicht eingeführt worden waren und ob sie sich die ganze Cameron/David-Sache nicht ausgedacht hatte. Doch es war diese Art Buch, und diese Indifferenz störte sie nicht übermäßig.

Kate versuchte, sich Notizen auf der Rückseite des Briefes zu machen, während wie weiterlas, um herauszuarbeiten, wie sie vorgehen könnte, wenn sie vor Jennifer sitzen und sie dazu bringen musste, ihr die Erlaubnis zu geben, für das Buch echtes Geld anzubieten. Isobel hatte ihr geraten, genau das zu tun und zwar aufgrund ihrer eigenen Erfahrung, als man ihr in letzter Minute sagte, dass sie ein Projekt zur Sprache bringen solle, als die Passformprobleme von Jennifers Schuhen dazwischen kamen; offenbar war ›Ich mag es … es ist ganz gut‹ nicht überzeugend genug gewesen für die Sitzungsteilnehmer. Isobel war gezwungen gewesen, ein Nasenbluten vorzutäuschen, um der Demütigung zu entgehen, dass Jo offen kicherte, während sie Protokoll führte.

So sehr sie auch von dem Geschehen gepackt wurde,

konnte Kate doch nicht das leichte Nörgeln in ihrem Hinterkopf überhören, dass das, was sie so genussvoll las, eine Parallele zu ihrer eigenen Wohngemeinschaft war. Sie spürte, dass der Stil affektiert war, doch sie wusste auch, dass diese Art Roman in gewissen Gesellschaftskreisen Anklang finden würde, und Cameron war wirklich ein dunkeläugiger, schlüpferzerreißender Held und eine Art Dean-Martin-Verschnitt. Tatsächlich freute sie sich schon sehr auf die große Kehrtwende in der Handlung, was dann erklären würde, warum der tolle Cameron mit David zusammenlebte, der so grenzenlos schlapp war, dass er sich nicht einmal allein eine Tasse Tee aufbrühen konnte.

Also wenn ich das lese, um ein wenig Einblick in meine Mitbewohner zu bekommen, dann werden das andere Leute auch tun, dachte sie. Ein Verkaufsargument! Kate war noch niemals spontan ein Verkaufsargument eingefallen, also schrieb sie es sich auf. Schließlich lebten fast alle Leute ihres Alters in Wohngemeinschaften (wenn auch nicht diejenigen, die Möchtegern-Mörder im Gästezimmer beherbergen), und der Autor hatte die schäbige Lethargie der Abstürze nach einer Party und auch die dreckigen Waschbecken perfekt beschrieben. ›Könnte ich sein!‹, schrieb sie und fügte noch ein zusätzliches Ausrufezeichen an.

Was sie jetzt wirklich wissen wollte, war, wie Ariel sein würde. Sie nahm sich vier weitere Kapitel. Gemäß ihres besten, neu erworbenen städtischen Verhaltens vermutete Kate, dass Ariel ein Mann sein würde, der die unausgesprochene sexuelle Spannung zwischen Cameron und David hoch kochen lassen würde. Davids Ex-Liebhaber? Deshalb Camerons mörderische Wut? Oder Camerons Ex-Liebhaber, der die Dinge zwischen ihm und dem schlappen David zerstören könnte? Kate zog die Füße unter sich und las weiter.

Nach vier oder fünf Seiten waren die interessanten Übereinstimmungen zwischen Camerons und Davids Wohnung und ihrer eigenen gespenstisch deutlich geworden, weil Ariel auftauchte – und sich als Mädchen entpuppte. Kaum hatte Ariel ihre flauschigen Schlafzimmer-Pantoffeln in Camerons Schoß gelegt, als die Handlung (die bis zu diesem Punkt zumindest kraftlos gewesen war) in Gewalt überging, mit Gebietskämpfen zwischen Ariel und David – obwohl seine Wut sich darauf beschränkte, dass er mit den Händen nach ihr schlug – und leidenschaftlich hasserfüllten Streitigkeiten zwischen Ariel und Cameron. Der erste Streit brach wegen eines Bergs Schmutzwäsche aus und endete kritisch wegen der Waschmaschine. All das wurde in dem gleichen spröden drohenden Stil erzählt, bei dem Kate sich ständig fragte, ob ihr nicht irgendetwas Wesentlicheres entgangen war.

Kein Wunder, dass sie gehen muss, dachte Kate. Ariel war ein Formel-Eins-Luder. Sie durchschritt die sorgsam ausbalancierte homoerotische Atmosphäre in der Wohnung wie Germaine Greer in Gary Glitters größten Stiefeln, obwohl sie wenig oder keinen erkennbaren eigenen Sexappeal besaß. Was Cameron in ihr sah, gab Kate ein Rätsel auf – und noch rätselhafter war, warum der weichliche Dave ihr nicht die Kehle mit ihrem eigenen Gucci-Pfennigabsatz durchstechen wollte.

A-ha!, dachte sie, vielleicht ist das ja die Handlung!

Ihre Augen fielen ihr langsam zu, doch sie wollte nicht eher aufhören, bis sie herausgefunden hatte, wie es mit Ariel weiterging. Viele Dinge am Stil ärgerten sie sehr, doch es war ein schauerlich süchtig machendes erregendes Lesen. ›Bis zum Ende dieses Kapitels‹ verwandelte sich in ›bis zur nächsten runden Seitenzahl‹, und so ging es immer weiter … Die alptraumartigen Vorgänge (oder besser Nicht-Vorgänge, denn alles Handeln blieb ständig in der Schwebe) erinnerten sie immer mehr an die kleinlichen Auseinandersetzungen und Kabbeleien, die sie dauernd mit Dant hatte, und Ariel verfügte über ein paar tolle Einzeiler, die ganz nützlich sein konnten. Kates Blick hielt bei dem Satz: ›Cameron, dein Humor bläst mich weg. Zumindest wenn er mich erreichen würde.‹ Ihre Stirn kräuselte sich verwirrt. ›Wegblasen‹ war eine ihrer liebsten Redensarten, und Giles hatte immer wieder versucht, sie ihr auszutreiben. Und sie hatte noch nie gehört, dass jemand außerhalb der Craig-Familie sie benutzt hatte. Soweit sie wusste, hatte Mike sie während ihrer Sommerferien in Wales erfunden, und sie hatten auf dem Rücksitz im Auto auf der ganzen Fahrt durch den Snowdonia National Park darüber gekichert.

Was für ein ulkiger Zufall.

Und dass Ariel, das Luder aus der Hormonhölle, sie ebenfalls verwendete.

Es wäre falsch, vorzeitig Schlüsse zu ziehen, sagte sie sich energisch und sah, dass es jetzt Mitternacht war und die Jungs noch nicht in Sicht waren. Vielleicht blieben sie ja ›über Nacht‹ weg, dachte sie und überließ sich dem Anflug von Eifersucht, den diese Vorstellung hatte entstehen lassen. Du siehst einfach nur Gespenster, weil es eine dunkle Winternacht ist und du hier allein in einer Wohnung in einem raueren Teil Londons bist und dein Freund dir erst einen einzigen Brief geschickt hat, seit er in sein Dachappartement im Business-Herzen von Chicago zurückgekehrt ist.

Die Erinnerung daran deprimierte sie so sehr, dass sie aufstand und zum Kühlschrank ging. Der Inhalt war nicht sehr begeisternd. Sie machte sich eine Schüssel mit Special K zurecht und brachte sie und das Manuskript in ihr Zimmer hinüber. Ein Schönheitsschlaf nutzte bei Dant und Harry offenbar nichts, doch sie konnte ein wenig davon gebrauchen.

Kate stellte ihre Portishead-CD an, setzte sich im Schneidersitz ins Bett und verteilte die Manuskriptseiten und die Schale um sich herum. Sie löffelte sich die Körner in den Mund, las weiter und bemühte sich, nichts auf die Seiten kleckern zu lassen.

Das ganze Ding war seltsam lebendig. Der erzählerische Niederschlag von Davids unglückseligem Versuch, Ariel dadurch zu vergiften, dass er Haarentferner in ihre Feuchtigkeitscreme spritzte, war vergnüglich, aber nicht mehr in dem knappen Stil geschrieben. Lange übersprudelnde Sätze beschrieben sarkastisch die ständigen Katerstimmungen der Jungs und zerrten an den Grenzen der Schreibmuster ›Substantiv-Verb-Kraftausdruck‹, die zuvor verwendet worden waren.

Kate legte ihren Müslilöffel ab und schrieb ein paar dieser Erkenntnisse auf die Rückseite des Begleitbriefes – es war lange her, dass sie sich mit Literaturkritik beschäftigt hatte. Sie war stolz auf sich, dass sie solch professionelle Beobachtungen machte bei etwas, das als ernsthaftes Werk der Literatur *noir* anzusehen war. Und sie war noch überraschter, als sie herausfand, dass es sich bei der nächsten Szene, die in einem schicken thailändisch-marokkanischen Restaurant spielte und in der alle Freunde von Cameron und David versammelt waren, nicht um eine Geburtstagsparty handelte, wie sie ursprünglich glaubte, sondern um einen Junggesellenabschied.

Sie brauchte mehrere Anläufe, um aus den beiden in Frage kommenden Seiten herauszuarbeiten, was vor sich ging – vor allem, weil bisher niemand erwähnt hatte, dass er heiraten wollte.

Plötzlich fiel der Groschen. Es war ein vorgetäuschter Junggesellenabschied.

Kate blinzelte. Entweder wurden solche Abschiede häufiger gefeiert, als sie gedacht hatte oder …

Oder was?

Sie las weiter, biss konzentriert auf ihrer Lippe herum und merkte nicht einmal, dass sich auf der zarten Haut Blasen bildeten.

Als sie die Stelle mit dem Vier-Frauen-Kränzchen in der gleichen thailändisch-marokkanischen Bar erreichte und Camerons merkwürdiger Freund Marmaduke mit der Mieze verschwand, während Ariel den Angeber mit ihrer Prada-Handtasche zu Boden schlug, fielen die Groschen fast genauso schnell wie die Hosen von Cameron und Co. Der Begleitbrief war bedeckt von Kates Fragen, nämlich:

1. Warum ist Cameron so besonders attraktiv?
2. Ist David in Cameron verliebt?
3. Wer soll Ariel sein?
4. Warum hat niemand versucht, sie anständig zu töten?
5. Wie allgemein üblich ist diese Sache mit den vorgetäuschten Junggesellenabschieden?

Sie kaute an ihrem Bleistift und atmete mehrmals tief ein. Es konnte ein Zufall sein. Dant hatte viele Freunde, die gewollt künstlerisch schrieben. Zweifellos hatten sie alle von diesem Junggesellenabschied gehört, und irgendeiner von ihnen konnte – sie warf einen Blick auf die Titelseite – R.A. Harper sein. Das war eine gute Geschichte für Dinnerpartys – selbst ihre eigene Mutter hatte sich Weihnachten über die etwas geschönte Version amüsiert – und Dant ging zu so vielen Partys, dass die Sache die Runde gemacht haben könnte.

Sie atmete tief durch die Nase und versuchte den alten Entspannungstrick, den die College-Krankenschwester ihr beigebracht hatte. Er funktionierte nicht. Fragen und Parallelen knäulten sich in ihrem Kopf, und je länger sie darüber nachdachte, desto plausibler wurde eine einzige Antwort. Der unerträglich gut aussehende und unwiderstehliche Kinoheld, die schreckliche Wohnung, ihre gestohlenen besten demütigenden Äußerungen, das frauenfeindliche Verhalten, die latente Homosexualität (dabei wurde sie rot und erinnerte sich daran, dass Laura es sofort bemerkt hatte), der anmaßende Prosastil…

Also damit beschäftigte Dant sich, wenn sie und Harry bei der Arbeit waren.

»Oh, mein Gott!«, rief Kate und kippte ihre Müslischale auf die Bettdecke, als ihr dämmerte, wie skrupellos sie und Harry hineingelegt worden waren. Und vor allem Harry.

Ihr Herz zog sich schmerzhaft zusammen, als sie versuchte, den schlaffen Stadtplaner mit dem Golden-Retriever-Jungen zur Deckung zu bringen.

Dann kam ihr ein gruseliger Gedanke: Was war, wenn Dant wirklich versuchte, sie loszuwerden? Und was war *wirklich* mit Mandy geschehen?

Aus der Diele kam ein Geräusch, als versuche jemand, einen Schlüssel ins Schloss zu schieben. Doch es klang eher so, als versuche jemand, einen Speer durch ein Nadelöhr zu fädeln. Wenn sie nicht so wütend gewesen wäre, hätte sie sich jetzt vor Angst die Lunge aus dem Hals geschrien. Kate schaute zu ihrem Wecker hinüber und sah, dass es zwanzig vor zwei war. Sie warf die Bettdecke zurück und stürmte so kraftvoll in die Diele, wie es ihre nackten Füße zuließen.

Dant und Harry hingen am Türrahmen.

Kate stand vor der Küchentür und hatte die Arme vor der Brust verschränkt. Dant fixierte sie mit finsterem Blick.

»Was zum Teufel hast du den ganzen Abend gemacht? Warum bist du nicht an dieses verdammte Telefon gegangen?«

Wut stieg in Kates Kehle hoch und nahm ihr fast den Atem. »Was ich den ganzen Abend über gemacht habe? Nun, vielen Dank, dass du mir die Möglichkeit gibst, euch endlich mal mit den guten Umgangsformen in einer Wohngemeinschaft bekannt zu machen.«

Harry sah von einem zur anderen und schlurfte auf Kate zu. »Ich bin ein bisschen betrunken, wie du ja sehen kannst, und es ist sehr spät, aber ich habe dir das hier mitgebracht, und jetzt geh ich ins Bett.« Er griff in seine Tasche und zog ein Bounty hervor, das er Kate in die Hand drückte, bevor er zu seinem Zimmer schlurfte und die Tür hinter sich zuknallte. Ein gedämpftes ›'schuldigung‹ war noch zu hören.

Dant und Kate starrten sich weiter in der kalten Diele an. Kate umfasste ihre Brust fester, damit nicht unabsichtlich eine Brustwarze durch ihr T-Shirt zu sehen war. Und sie fragte sich, auf welche vernichtendste Art sie den Schlagabtausch eröffnen konnte.

»Wenn du dir die Mühe gemacht hättest, ans Telefon zu

gehen, statt vor diesem jämmerlichen Boyzone-Video zu geifern«, fauchte Dant und sah aus wie der personifizierte Mörder von Mitbewohnern, »hättest du eine Mitteilung von mir und Harry hören können. Wir haben aus der Polizeistation von Islington angerufen. Die kennst du ja vielleicht. Sehr gefällige Leute dort. Der Grund, warum wir aus der Polizeistation Islington angerufen haben, war, dass die beiden charmanten jungen Damen, mit denen wir uns zu einem Drink im Angel getroffen haben, sich als gar nicht so charmant erwiesen, wie sie uns in ihren Briefen hatten glauben lassen. Sie haben uns um unsere Brieftaschen erleichtert und als gehässige Beigabe auch noch meine Fahrkarte mitgenommen.«

»Ach herrje«, sagte Kate und versuchte, es sarkastisch klingen zu lassen.

»Also mussten wir von Islington nach Hause *laufen*. Deshalb sind wir ja so spät gekommen.« Dants Stirn verfinsterte sich noch mehr. »Ich habe übrigens unglaublich empfindliche Fußriste. Wenn du unseren Anruf entgegengenommen hättest, hättest du uns abholen können. Aber nein. Ronan Keatings Gewinn ist unser *Verlust*.« Winzige Speicheltröpfchen flogen ihm aus dem Mund.

Kate schwieg ein paar Herzschläge lang, um ihn zu provozieren. »Soll ich dir mal sagen, was mich so sehr gepackt hat, dass ich nicht einmal das Telefon klingeln gehört habe?«

»Die Wiedervereinigung von Irland? Dass der Papst wegen Drogenbesitz angeklagt wurde? Oder ist Elvis bei der Sendung *Police, Camera, Action* aufgetaucht?«

Nun verlor Kate die Beherrschung. »Du manipulierendes Arschloch!«, schrie sie ihm ins Gesicht und kümmerte sich nicht darum, ob Harry aufwachte oder nicht. »Glaubst du, es hat mir Spaß gemacht, dein widerliches und… und… großkotziges Machwerk zu lesen? Hast du das wirklich geglaubt? Typisch wäre es ja für dich, du egozentrischer Wichser! Und dich auch noch deinem eigenen besten Freund gegenüber so mies zu verhalten! Mir ist es egal, was du über mich sagst, weil ich ja weiß, was für ein kompletter Miesling du bist, aber der arme Harry ...«

Kate merkte erst, dass sie mit den Armen herumfuchtelte, als Dant ihr die Handgelenke fest hielt. »Hey, Hey ...«

»Und rede nicht in solch gönnerhaftem Ton mit mir«, zischte sie hilflos.

Dant zerrte sie an den Handgelenken so hoch, dass sie ihm in die Augen sehen musste. Seine Augen hatten einen irritierend amüsierten Blick. Am liebsten hätte sie ihm ins Gesicht gespuckt, doch dann erinnerte sie sich schockiert daran, dass genau diese Szene aus *Bitch Rota* stammte. Werde ich jetzt *total* verrückt?, fragte sie sich. Existiere ich nur noch in Eclipse-Romanen?

»Hör zu, Muschi«, sagte Dant mit Sean-Connery-Stimme, »ich weiß nicht, wovon du sprichst, doch für eine kleine Dame hast du wirklich das Temperament eines Mannes. Wie wär's denn, wenn du mir sagst, was dich umtreibt?«

»Du weißt ganz genau, wovon ich spreche.« Kate drehte das Gesicht von ihm weg. »Und lass mich runter.«

Dant ließ ihre Arme los und sie schüttelte sich ärgerlich.

»Ich möchte nur noch meine Schuhe ausziehen und ins Bett gehen«, sagte er, als spreche er mit einem kleinen störrischen Kind. »Hast du zufällig gerade deine Tage?«

»Nein, du widerst mich nur von Woche zu Woche mehr an«, stieß Kate hervor. Dant ging zu seinem Zimmer, und außer ihm dort hineinzufolgen und von ihm zu verlangen, ihr Zugang zu seinem Computer zu gewähren, konnte sie nicht mehr viel tun. Außerdem meldete sich nun doch der eine oder andere Zweifel in ihrem Kopf. Es war spät, diese Manuskriptleserei machte sie verrückt, und ungeheuer viele Leute lebten in London in Wohngemeinschaften ...

»Und glaub nur ja nicht, dass du das jetzt eben aufschreiben und verwenden kannst«, schimpfte sie gegen seinen Rücken an.

»Ich habe nicht die geringste Ahnung, was du meinst«, sagte Dant und schloss seine Zimmertür.

»Du verdammter… Arschkneifer«, sagte Kate in die plötzlich Stille der Wohnung hinein. Sie machte auf der Ferse kehrt und ging zurück zu ihrer durchnässten Bettdecke.

28

»Also, Dr. McIntyre, sag mir, ob ich verrückt werde?«, fragte Kate Isobel.

Isobel sah sie über den Rand ihres Kaffeebechers hinweg an. Sie saßen in einem Starbucks-Café in der Nähe des Büros, weil Kate um ein Notfall-Mittagessen gebeten hatte, sobald Isobel Hut und Mantel ausgezogen hatte. »Nuuun, du hast sehr lange gearbeitet und…« Sie zuckte die Achseln.

»Oh, danke.« Kate leckte trostlos den Schaum von ihrem Kaffeelöffel ab.

»Ich möchte dir eine Geschichte erzählen«, sagte Isobel. Sie stellte ihre Tasse ab und legte die Hände auf dem Tisch genauso zusammen wie Jennifer.

»Ist das noch eine deiner kunstvollen, aber kaum maskierten moralischen Lügen?«

Isobel riss die Augen auf. »Habe ich dich schon jemals angelogen?«

»Na, wir können es ja auch unbeweisbare Mutmaßungen nennen.«

»Du bist eine sehr misstrauische Frau.« Isobel tat so, als sei sie verletzt, doch das konnte sie außerhalb des Büros nie lange durchhalten. »Diese Geschichte hat sowieso mit mir zu tun. Als ich bei Eclipse anfing, hat Jennifer viele Familienroman-Autoren eingekauft, und ich musste jeden Tag nur überprüfen, ob der regionale Dialekt an der richtigen Stelle stand und ob dieses spezielle Kriegsschiff im Zweiten Weltkrieg gebaut worden war – all solche Sachen eben. Trotzdem ließ ich mich von ihnen gefangen nehmen, ich konnte einfach nicht damit aufhören, sie zu lesen, also…«

»Lange Rede, kurzer Sinn«, warf Kate ein.

»Lange Rede, kurzer Sinn«, sagte Isobel mit wütendem Blick, »ich begann dieses Buch zu lesen, das in Glasgow nach Ende des letzten Kriegs spielte. Da ging es um die Kunstakademie und sowas alles, wirklich gut, aber je mehr ich las, desto mehr dachte ich: ›He, meine Mum war ungefähr zu dieser Zeit in der Kunstakademie.‹ Und dann heiratet Unsere Tapfere Kleine Heldin einen Mann aus den Highlands – der meinem Dad unheimlich ähnlich war – und ehe du dich versiehst, müssen sie heiraten, sie verliert das Baby bei einem Straßenbahn-Unfall und hat danach schreckliche Probleme, noch weitere Kinder zu bekommen. Und ehe du dich versiehst, stiehlt sie kleine Babys aus Kinderwagen und so.«

»Nein!«, sagte Kate. »Kannst du auf den Punkt kommen, bitte? Elaine erwartet mich um drei an meinem Schreibtisch zurück.«

»Der *Punkt* ist, dass ich so überzeugt war, dass das alles meine Mum betraf – vergiss nicht, dass ich noch nicht lange im Verlagswesen tätig war und noch nicht diese ganze Fakten/Fiktion-Sache durchschaute – dass ich sie wirklich damit konfrontierte und sie praktisch beschuldigte, eine Babyräuberin zu sein, was gar nicht gut angekommen ist. Und mein Dad wurde fuchsteufelswild, und ich fand eine Menge Dinge über die Fehlfunktion der Reproduktionssysteme meiner Eltern heraus, die ich gar nicht wissen wollte, und ich habe mich davon erst kürzlich reingewaschen. Also, rühr nichts auf, wollte ich damit nur sagen.«

Es entstand eine merkliche Pause, in der Isobel den letzten Cappuccino-Schaum aus ihrer Tasse kratzte.

»Also war es gar nicht das Buch deiner Mutter?«

Isobel warf ihr einen bösen Blick zu. »Nein.«

»Okay, ich wollte es nur ganz genau wissen.« Kate aß die letzten Krümel von ihrem Muffin auf. »Na gut, also damit sagst du, dass ich paranoid bin.«

»Du tust genau dasselbe, was wir alle tun. Du versuchst, dein Leben aufregender zu machen, als es ist.«

»Vielen Dank, Isobel«, sagte Kate. »Du weißt wirklich,

wie du meine Laune heben kannst.« Sie glitt von dem hohen Stuhl herab und nahm ihre Handtasche. »Kannst du noch eine Sekunde warten, bis ich mir einen Espresso zum Mitnehmen besorgt habe?«

»Natürlich.« Isobel folgte ihr zum Tresen. »Du trinkst im Moment ziemlich viel von diesem Zeug.«

»Die Droge guter Mädchen«, sagte Kate. »Und auch viel billiger. Und ich brauche das bei all der Arbeit, die Elaine jetzt leistet, nachdem Rose Ann in Produktion gegangen ist. Plötzlich tauchen alle ihre anderen dreißig Autoren auf und machen sich bekannt. Vielen Dank«, sagte sie zu der Barfrau und drehte den Plastikdeckel von der kleinen Espressotasse ab.

Sie gingen auf die Straße, wo Kate den Kaffee mit einer leichten Bewegung heruntergoss und die noch dampfende Tasse in einen Abfalleimer fallen ließ, an dem sie vorbeiging.

»Kein Wort von Giles?«, fragte Isobel.

»Nein.«

»Und Harry ist noch immer im Spiel?«

»Joh.«

Sie schlenderten in nachdenklichem Schweigen durch den kleinen Park zum Eclipse-Gebäude zurück. Wo üppige Beete mit zerzausten rosa Teerosen gewesen waren, als Kate zum ersten Mal zu Eclipse kam, waren jetzt leere Flächen, auf denen sich die ersten grünen Krokusspitzen durch den Boden bohrten. Kate knipste einen Lavendelzweig von einem Busch ab und rieb ihn zwischen den Fingern, um seinen Duft zu entfalten. Es war noch sehr kalt für Februar.

»Und du bist sicher, dass du nicht lieber…«

»Ja«, sagte Kate und schob Isobel in die Drehtür hinein.

»Eclipse-Redaktion«, sagte Kate ins Telefon, ohne den Blick von der Liste zu nehmen, in der die Blumen aufgeführt waren, die zum Veröffentlichungstag verschickt werden mussten. In zwei Fällen würde es zeitlich sehr eng werden, wenn die Blumen beim Autor eintreffen sollten, ehe die Vorausexemplare des Buchs ankamen.

»Ah, hallo, Redaktion, hier ist R. A. Harper.«

»Dant«, sagte Kate ernst. »Beeil dich, ein paar Leute arbeiten.«

»Du hast…« das Geräusch flatternder Blätter war zu hören, »*Die Schuldfalle* zu Hause gelassen. Möchtest du mir nicht ein Angebot dafür machen?«

»Ho, ho, ho«, sagte Kate. »Willst du mir weismachen, dass es nicht von dir ist?«

»Nun…«

»Dant, darin kommt eine zügellose schwarze Katze vor, verdammt noch mal. Und der schlappe David fährt einen Simon Templar Volvo. Und Cameron färbt sich das Haar!«

Es entstand eine kleine gekränkte Pause am anderen Ende und dann fuhr Dant fort: »Ich habe mein Manuskript durchgelesen, und ich muss sagen, dass es nicht schlecht ist. Reichlich anmaßend an manchen Stellen, aber trotzdem sehr lustig.«

»Können wir es kurz machen, Tom Paulin?«

»Ich dachte, ich käme damit ganz gut durch«, sagte Dant, ignorierte ihre Eile und fuhr in dem gleichen trägen Ton fort: »Obwohl mir nicht klar war, dass ich eine solche Sex-Gottheit bin. Der arme Harry ist regelrecht zusammengeschustert worden, und was Mandy betrifft – sie sollte ihre Anwälte aufsuchen. Nicht einmal ihre abstoßenden Nuttenpantoffel sind ausgelassen worden. Das ist so genau, dass es eine reine Beleidigung ist. Und selbstverständlich wollten wir sie auf verschiedene grauenvolle Arten töten.«

Kate stützte die Ellbogen auf dem Tisch ab und schloss die Augen. Mandys Pantoffeln? Dant und Mandy? Sie presste die Handballen auf die Augen. Irgendwie war es leichter gewesen, sie sich als Dants vorzustellen. »Dant, ich habe einen zu schlechten Tag, um mir endlose Märchen anzuhören, und ich bin außerdem nach der Aufregung letzte Nacht sehr müde. Könntest du jetzt bitte zur Sache kommen?«

»Also, du hattest in einem Punkt völlig Recht«, sagte er, »es ist unsere Wohnung.«

»Nein!«, sagte Kate. »Wirklich? Das hätte ich jetzt aber nicht gedacht. Also.... Wer ist, hm, R. A. Harper?«

War es Harry, der einen massiven Doppelbluff durchzog? Würde er so hinterlistig sein können? Und hatte er genügend Zeit dazu?

Dant schnaubte durchs Telefon. »Na, hör mal, Kate, ich habe dir mehr Intelligenz zugetraut. Wer hat Zugang zu allem Klatsch in der Wohnung, wer kannte Mandy und hat genügend Freizeit, um dieses hirnrissige Gefasel zu schreiben...?«

Kates Gedanken überschlugen sich. »Teresa?« Das würde den Zustand der Waschbecken erklären, und es gab auch zwei Computer in der Wohnung.

»Verdammt noch mal! Es ist dieses dumme Luder Cressida!« Ein Feuerzeug klickte, und Dant atmete tief ins Telefon aus. »Das ist einfach typisch für sie – völlig seichter und bedeutungsloser Käse und aufgemotzt mit moderner stilistischer Scheiße! Ich werde sie umbringen, wenn ich sie erwische.«

Kate sank auf ihrem Stuhl zurück, als diese Neuigkeit in ihr Wirkung zeigte.

Cress. Das war absolut einleuchtend. Hatte sie selbst ihr nicht alle Einzelheiten über die Nacht des vorgetäuschten Junggesellenabschieds erzählt und auch eine Menge anderen Klatsch, den Cress ihr abgeschwatzt hatte, und das alles unter dem Vorwand, ›sie kennen lernen zu wollen‹? Kates Haut prickelte vor Scham. Es war alles ihre Schuld.

Armer Harry! Sie biss sich auf die Lippe, als sie sich an Davids schäbigen Snoopyhund erinnerte, den er mit sich herumtrug. Alle kleinen ritterlichen Angewohnheiten von Harry wurden zu einer völligen Parodie aufgeblasen, und am schlimmsten war die Andeutung, dass er in gewisser Weise in Dant verknallt war! Daran war an sich ja nichts Schlechtes, korrigierte sie sich selbst, aber...

Kates Magen drehte sich um, als sie spürte, wie viel Ärger und Schmerz plötzlich in ihr brodelten. Sie fühlte sich körperlich mitgenommen von der Wucht ihrer Wut. Allein der Gedanke daran, wie viel Schmerz Harry empfinden würde, wenn er herausfand, was Cressida, die Frau, die er so lange schon angebetet hatte, mit seiner Verehrung getan hatte, verursachte ihr Übelkeit.

»Was können wir tun?«, flüsterte sie ins Telefon.

»Wir können sie erst einmal mit Nadeln spicken«, bot Dant an. »Dann können wir zu härteren Maßnahmen greifen. Ich wusste immer, dass sie so etwas tun würde. Und dabei hätte man doch denken können, dass sie der letzte Mensch wäre, der echte Menschen für einen billigen Roman missbrauchen würde, nach allem, was Anna uns angetan hat. Dieses dumme Luder. Weißt du, was ich wirklich tun möchte …«

Das drängende Geräusch eines leeren Tassentopfes, der in Elaines Büro immer wieder auf den Schreibtisch geknallt wurde, klang zu ihr herüber. Kate drehte sich danach um, und wandte sich gleich wieder dem Telefon zu. »Nein, bleib eine Minute dran«, sagte sie, »ich glaube, ich weiß etwas viel Gerisseneres.«

»Es klingelt, es klingelt.« Kate legte im Wohnzimmer die Hand über die Sprechmuschel. Sie kauerte auf dem Sofa und hatte ein Notizbuch vor sich auf dem Couchtisch liegen, damit sie nichts vergaß.

»Soll es auch«, murmelte Dant, während er die letzten Seiten des Manuskripts überflog. »Es kostet ein verdammtes Vermögen, ein Handy im Ausland anzurufen. Selbst zu dieser Abendzeit.«

»Lenk mich nicht ab.« Kate schloss die Augen und probierte im Kopf den richtigen Ton. Hallo, Cress! Hall-oooo, Cress. *Cress! Hi*!

»Wenn es nach acht ist, ist sie bestimmt mitten im *Après-Ski*. Dann kannst du gleich die Ambulanz anrufen und fragen, ob sie jemanden zum Magen auspumpen da haben. Verdammte Scheiße, hier ist ein ganzer Absatz über mich …«

»Hi?«, fragte eine matte Stimme.

Kate schluckte. »Cress, wie geht es dir, hier ist Kate.«

»Kate?«

Dant legte das Manuskript weg und presste den Lautsprecherknopf auf das Telefon. Cressidas ständig erschöpft klingende gedehnte Sprache dröhnte aus dem Apparat.

»Oh Gott, *Kate,* es tut mir Leid wegen des Abendessens. Ich war einfach ganz durcheinander, als ich in der Schlange beim Reisebüro…«

Dant verdrehte die Augen.

»Also, das ist ehrlich kein Problem, Cress.« Kate bemühte sich um eine maßvolle und professionelle Stimme, während sie sich vorstellte, dass Cress von kochendem Öl und Ameisen bedeckt war. »Wir müssen uns unbedingt über…«, auf der Suche nach einer Eingebung irrte ihr Blick durch den Raum, »…über deinen Roman sprechen.«

Am anderen Ende der Leitung entstand eine merkliche Stille.

Oh Scheiße, dachte Kate und sah Dant mit aufgerissenen Augen an, wir haben das total falsch angepackt.

Plötzlich war ein Husten zu hören. Kate und Dant sahen das Telefon an.

»Jaaaa? Was ist damit?«

Dant streckte die Daumen in die Höhe.

»Cress, wir brauchen gar nicht um den heißen Brei herumreden«, sprang Kate ins kalte Wasser, während die Erleichterung in ihrer Brust pochte. »Ich habe das Manuskript gelesen, und ich wollte dir nur sagen, dass es toll ist. Ich weiß, dass die Lektorin, für die ich arbeite, genau diese Art von Roman kaufen möchte, und sie wird dir wahrscheinlich einen lächerlich hohen Geldbetrag dafür zahlen. Ich freue mich ja so für dich!«

»Wirklich?«, fragte Cress. In ihrer Stimme schwang mehr als ein Hauch von Misstrauen mit. »Hat Dant es gelesen?«

Dant sah das Telefon wütend an und machte zwei V-Zeichen in seine Richtung.

»Äh, nein, nur ich«, sagte Kate hastig. Es wäre sinnlos gewesen, zu behaupten, dass Dant es gelesen und gut gefunden hatte. »Es kam als unverlangtes Manuskript zum Verlag, und ich wurde gebeten, es mir anzusehen, als Mitglied der Zielgruppe, verstehst du. Ich war einfach… gleich von Anfang an davon gefesselt! Wenn ich Mandy nie kennen gelernt habe, dann kenne ich sie jetzt!« Wenn es überhaupt Mandy ist, du Luder, dachte sie bei sich.

»Mandy? Oh, hmm, Gott, das ist wunderbar. Es freut mich so sehr, dass es dir gefallen hat. Es war für mich eine echte Herausforderung, es in diesem Stil zu schreiben…«

»Wirklich?«, fragte Kate.

»… ich wollte, dass es wie Elmore Leonard klingt, wenn er als Frau in Highbury in den siebziger Jahren geboren worden wäre.«

»Also, das kommt wirklich sehr… deutlich heraus.« Kate bemühte sich um einen vertraulichen Tonfall. »Ich hatte ja keine Ahnung, dass du einen Roman schreibst – du hast das sehr geheim gehalten.«

Dant murmelte etwas vor sich hin, und Kate schob ihn vom Telefon weg.

»Also, da ich wusste, dass Dant fuchsteufelswild darüber werden würde, wenn er davon gewusst hätte, habe ich es einfach unter Verschluss gehalten«, gab Cress zu.

Kate beugte sich vor und presste Dant die Hand auf den Mund, noch ehe er etwas sagen konnte.

»Aber es ist ja noch nicht fertig, Cress, oder? Ich konnte es gestern Abend kaum fassen, als ich zu der Stelle kam, als sich Ariel mit Cameron und David und den Kredithaien traf, und das Buch einfach beendet war.« Das war nicht ganz wahr – Kate hatte das restliche Buch überflogen, als sie von der Arbeit kam, während Dant im Wohnzimmer auf und ab tigerte und immer wieder wilde Drohungen ausstieß. Wie es der Zufall wollte, war Harry beim Rugby-Training gewesen und hatte die ganze Pantomime verpasst.

»Nein, es ist noch nicht beendet.« Cress stieß einen Laut

zwischen Seufzer und Stöhnen aus. »Ich wollte es einem Agenten geben, um herauszufinden, ob er es so, wie es ist, an den Mann bringen könne, und Phil schickte es so schnell an die Verlage, noch ehe wir Gelegenheit hatten, uns über den Schluss zu unterhalten. Er ist Mums Agent. Wirklich erstaunlich. Ich kenne ihn schon seit Jahren.«

»Mmmm«, machte Kate. Sie überprüfte ihre Notizen. Es war so wichtig, diese Sache jetzt richtig anzupacken. »Das Problem ist, dass Elaine sich gerade echt die Finger verbrannt hat an diesem italienischen Mädchen, das den Vertrag aufgrund von drei Kapiteln unterschrieben hat, das ganze Geld für Schuhe ausgegeben hat und noch immer nicht das komplette Buch geliefert hat. Alle im Verlag hatten eine Stinkwut auf Elaine, weil sie ihre Zeit vergeudet hat – sie hatte die Marketing-Abteilung, den Verkauf, die PR-Leute und die Redaktion auf den Fall angesetzt – und ich weiß, dass sie dir kein Angebot für einen unvollendeten Roman machen wird. Das Grundproblem ist, dass diese speziellen Romane so aktuell sind, dass du sofort handeln musst, also war ich…«

»Oh Gott!«, heulte Cress bei Kates vorsichtiger Erklärung auf. »Und jetzt kann ich es nicht fertig machen! Phil wird in die Luft gehen! Oh Scheiße!«

Kate erstarrte und sie und Dant sahen sich über das Telefon hinweg an.

»Ach komm schon, Cress, so schlimm kann das doch nicht sein. Ich meine, es macht mir nichts aus, dir dabei zu helfen, und viele Autoren brauchen eine Weile, um alles in Ordnung…«

»Kate, ich bin im Krankenhaus, verdammt noch mal! Ich stecke in einem verdammten Streckverband! Ich kann nur mit dir sprechen, weil die Schwestern mein Handy neben den Gipsabdruck meines rechten Arms gelegt haben!«

Dant hüpfte von der Sofalehne herunter, auf der er gesessen hatte und fing an, im Zimmer herumzuzutanzen.

»Oh, *nein*!«, sagte Kate. Perfekter konnte es gar nicht sein

– obwohl es ein bisschen schwierig für Cressida war. »Du Arme! Was ist passiert?«

»Ich sollte gar nicht hier sein«, sagte Cress bitter. »Phil sagte mir, dass ich in England bleiben soll, während er das Manuskript verschickt, aber ein ehemaliger Collegefreund von mir wollte mit ein paar Freunden nach Val d'Isère fahren und bat mich mitzukommen. Ich hatte zwei gute Abfahrten hinter mir gehabt, als irgendein Arschloch auf einem Quad – du weißt schon, eins dieser vierrädrigen Motorräder – mich vor einer Bar überfuhr.«

»Ach je«, sagte Kate und hielt den Atem an.

»Und als sie mich dann ins nächste Krankenhaus geschafft hatten, haben diese verdammten Nazischwestern festgestellt, dass mein Blut nicht völlig sauber war, und dann habe ich auch noch mit dem Polizisten Ärger bekommen.«

Dant hielt mitten in seiner Tanzerei inne und seine Daumen hingen einen Moment lang reglos in der Luft.

»Es stellte sich heraus, dass der elende kleine österreichische Bastard, der das Quad gefahren hat, mich anzeigen wollte, doch dann haben sie *sein* Blut getestet und festgestellt, dass er high war wie ein Zweiachser«, schloss Cress triumphierend. »Aber ich sitze hier so lange fest, bis sich alles stabilisiert hat, und ich kann noch nicht einmal aufs Klo gehen. Es ist so deprimierend.«

Dant nahm sein fröhliches Tanzen wieder auf.

»Oh nein, und das, nachdem dein fabelhafter Debütroman jetzt da ist!«, sagte Kate bedauernd und hoffte, dass sie nicht zu dick damit auftrug.

Cress gab ein würgendes Geräusch von sich.

Dant kam herüber und stützte sich auf der Rückenlehne des Sofas ab, als Kate zu ihrem Meisterstreich ansetzte.

»Cress!«, rief sie, als ob es ihr gerade erst eingefallen wäre. »Hör mal, vielleicht kann ich dir ja helfen!«

»Wirklich?«, fragte Cress zweifelnd. »Hast du eine Ausbildung in Physiotherapie?«

»Nein, ich meine, vielleicht kann ich dir bei der Fertigstellung deines Buchs helfen. Du hast dir doch sicherlich Notizen gemacht, oder? Und du kannst mir Diktierbänder per Express schicken, wenn du möchtest. Ich tippe sie einfach für dich ab. Das dauert wirklich nicht lange.«

Eine Pause entstand. Kate hielt den Atem an. Vielleicht waren sie zu optimistisch gewesen, als sie gehofft hatten, dass Cress darauf einsteigen würde. Es war auch wirklich ein dummer Plan gewesen, wenn sie jetzt darüber nachdachte.

Dant kritzelte etwas auf die Rückseite von einer von Cressidas fertigen Seiten und hielt sie hoch. Drei Pfundzeichen in einer Reihe und ein Ausrufezeichen.

Kate starrte verständnislos darauf.

Dant nahm das Blatt wieder herunter, fügte noch zwei weitere Ausrufezeichen hinzu und wedelte mit dem Blatt auf und ab.

»Es wäre doch richtig schade, so lange zu warten, bis du wieder okay bist«, sagte Kate, plötzlich verstehend. »Elaine fehlt noch einer dieser Londoner *Noir*-Thriller, und sie sucht verzweifelt noch einen, ehe der Trend sich wieder ändert. Ich würde mich ungern darauf festlegen, wie viel sie zu zahlen bereit sein würde, doch ich vermute, dass es sich ungefähr zwischen einer Vierzimmer-Wohnung in West Kensington und einer Dreizimmer-Wohnung in Notting Hill bewegen wird.« Sie sah auf ihre Notizen, um sicher zu sein, dass sie das richtig gesagt hatte.

Dant hob zustimmend die Daumen.

»Das Ende könnte einfach nur grob umrissen sein«, fuhr Kate aus dem Stegreif fort. »Du könntest es noch im Lektoratsstadium ändern. Die meisten Autoren machen das.« Sie hielt die verkreuzten Finger in Dants Richtung.

»In meiner Wohnung sind Notizen«, sagte Cress schließlich. »Ich habe das meiste in Langschrift geschrieben, und es gibt auch noch Notizen in meinem Laptop. Zeig sie, um Himmels willen, nicht Dant. Oder Harry. Die beiden sind ziemlich… empfindlich. Ich werde jemanden bitten, mir

Diktierkassetten zu besorgen und spreche dir den Rest auf. Es ist wirklich nicht mehr viel zu schreiben.«

»Oh, aber sag mir doch, Cress«, sagte Kate und schaffte es, das in einem zuckrigen Ton durch ihre zusammengebissenen Zähne zu sagen, »… töten sie Ariel wirklich am Schluss?«

»Kate, das ist nicht einer der Romane, die ein ›Ende‹ haben.« Das klang schon mehr nach der üblichen Cress. »Das ist eine sehr Thatchersche Erwartung. Der Leser kann selbst entscheiden, wie er das haben will.«

»Guuuut«, sagte Kate. Ihr ging durch den Kopf, dass Cress möglicherweise keine Ahnung hatte, wie sie den Roman beenden sollte, nachdem sie die drei Charaktere so gestaltet hatte, dass sie alle gleichermaßen tötungswürdig waren. Vielleicht würde es ja auf ein Massaker hinauslaufen.

»Das steht alles in den Notizen, und ich werde auch noch einiges diktieren«, sagte Cress. Sie hielt inne und meinte dann: »Wie willst du es Phil zukommen lassen? Wenn er herausfindet, wo ich bin, dreht er durch. Und wenn er herausfindet, was du machst, wird er zum *Berserker* werden.«

»Nun, ich habe darüber nachgedacht«, sagte Kate, »weil ich glaube, dass es sehr wichtig ist, dass die Endfassung von dir zu kommen scheint, also dachten wir…«

»Wir?«, fragte Cress misstrauisch.

Kate sah Dant an. »Hmm, entschuldige, das war nur so ein kollektives Wir, also ich meinte, *ich* dachte, dass ich es fertig machen könnte, um so viel Zeit wie möglich zu sparen. Und dann würde ich dir und Phil gleichzeitig eine Kopie schicken. Dann kann er seine Kopie per Kurier zu Elaine bringen lassen und du kannst deine Kopie durchlesen, falls er mit dir telefonisch darüber sprechen will.«

»Mmm«, machte Cress unschlüssig, »er hat mir nur gesagt, dass ich weitermachen und das Buch beenden solle. Ich meine, er wollte keine großen Änderungen haben…«

Dant hob einmal mehr die Daumen und tippte wie ein Laienschauspieler auf seine Uhr.

»Gott, Cress, da sind jetzt Störungen, bist du sicher, dass dein Telefon in Ordnung ist?«

Dant beugte sich näher heran und machte ›Kkkkkrrrrrrr-cccccchhhhhhh‹ in die Sprechmuschel.

»Kate, bei dir sind Unterbrechungen. Kate! Ruf mich an, sobald…«

Dant legte den Finger auf die Gabel und unterbrach das Gespräch. Er sah Kate freudestrahlend an. »Das hätte ich nicht besser gekonnt. Bloß, wo habe ich die Ersatzschlüssel für ihre Wohnung hingetan?«

29

»…Nein, wirklich?« Kate sah verstohlen auf ihre Uhr. Es war einfach unglaublich, wie sehr Gespräche mit Laura das Vergehen der Zeit zu verlangsamen schienen. Und dieses Gespräch hier war einsame Spitze. »Nein, ich kann erkennen, dass…«

»Ich sage ja nicht, dass ich ihn nicht liebe…«, sagte Laura und brach ab. Sie hatte offensichtlich schon mehr gesagt, als sie vorgehabt hatte, und ein unbehagliches Schweigen breitete sich zwischen ihnen aus. Die Enten auf der anderen Seite des kleinen Sees quakten hysterisch, als eine alte Dame ihnen ein halbes Weißbrot zuwarf.

Nicht zum ersten Mal in den vergangenen vierzig Minuten wusste Kate nicht, was sie erwidern sollte. Selbst mit ihrem beschränkten Wissen über erwachsene Beziehungen konnte sie erkennen, dass Laura sich mit ihr nicht zum Mittagessen verabredet hatte, um zu überprüfen, ob sie sich zur Zahlung der Gemeindesteuer angemeldet hatte. Nach nur drei Minuten ihrer Unterhaltung hatte Laura sich verzweifelt auf die Themen Kindergeld und Kinderkrippen im Raum Clapham/Balham gestürzt. Was sie offensichtlich wollte, war, dass man ihr versicherte, dass das Austragen von Mikes Kind normal und natürlich war und dass ein paar

Schwangerschaftsstreifen ein nur kleiner Preis dafür waren, dass der Name Craig weitergegeben wurde.

Allerdings konnte Kate aus Lauras Zögern heraushören, dass sie sich über mehr als nur Schwangerschaftsstreifen und die Tatsache Sorgen machte, dass sie niemals wieder Agnès B Kleider tragen konnte, ohne sich mit einer Art Spritzschutz zu verhüllen, während der Rest ihrer Familie sich in enthusiastischen Gesprächen über Babys erging. Es war schon eine ganz schön traurige Angelegenheit, dachte Kate, dass der einzige Mensch, mit dem Laura über die Unzulänglichkeiten ihrer Ehe sprechen konnte, ihre unreife kleine Schwägerin war.

»Ich bin sicher, dass du ihn liebst«, sagte Kate und fühlte sich dabei hoffnungslos unpassend und mehr als verlegen. Sie warf der einsamen Ente am Rand des Teichs das letzte Stückchen ihres Baguettes zu. »Aber ein Kind zu bekommen ist doch wirklich eine gewaltige Sache, oder? Man kann sie nicht zurückbringen, wenn es mit ihnen nicht klappt.«

Sie sah Laura nicht an, als sie das sagte, doch sie glaubte, ein leises Schluchzen aus ihrer Richtung zu hören. Kate drehte sich um und sah, dass ihre Schwägerin über den Teich hinwegstarrte und sich ihren großen Chenille-Schal an ihre Nase presste. »Laura? Ist alles okay? Laura?« Oh Gott, das hatte ihr gerade noch gefehlt.

»Es geht mir gut«, sagte Laura tapfer. »Das sind bloß die Hormone und…«

»Wie lange seid ihr denn schon zusammen?«

Laura prustete ironisch in ihren Schal. »Hundert Jahre? Zweihundert?«

Kate wollte etwas Wahres, aber nicht zu Pessimistisches sagen. »Laura, ich weiß, dass Mike nicht perfekt ist, und ich habe schon oft gedacht, dass er dich nicht verdient, aber die meisten Ehen gehen doch mitunter durch harte Zeiten. Ich meine, meine Eltern…«

Laura hob die Hand. »Kate, bitte lass uns diesen Weg nicht gehen. Er gehört zu Mikes Lieblingsrouten«, schnaubte sie.

»In Wahrheit ist das eher eine vierspurige Autobahn. Dass eure Mutter ihre Arbeit aufgegeben hat, um Kinder zu bekommen und es nie bereut hat, dass euer Vater gern Kinder um sich gehabt hatte…«

Kate legte ihre kalte Hand auf Lauras. »Laura, meine Mutter hat ihre Arbeit mit vierundzwanzig aufgegeben, um mich und Mike zu bekommen, und seit wir die Schule verlassen haben, verbringt sie den Rest ihres Lebens damit, wie wild zu versuchen, all die Dinge nachzuholen, die ihr ihrer Ansicht nach entgangen sind. Als ich klein war, war sie eine wunderbare fingermalende Mutter, die gern einkaufen ging und Nudeldrachen herstellte. Und jetzt weiß sie mehr über das Internet als ich. Sie geht zum Reihentanz, um Himmels willen! Und ich habe das Gefühl, dass ich sie kaum kenne…«

Kate schlug sich mit ihrem eigenen Gewissen herum. »Ich habe das Gefühl, dass sie versucht, sich in mich zu verwandeln. Ich meine, ich liebe meinen Vater mehr als jeden anderen, doch selbst er stand unter Stress, dass er uns beide in so jungen Jahren schon hatte. Und sie haben sich immer gegenseitig angebetet.«

Laura zog die Knie auf die Bank hoch und umfasste sie. Sie hatte sich offensichtlich einen freien Tag genommen, denn sie trug eine neue DKNY-Jeans statt ihres üblichen erbsgrünen Kostüms. »Manchmal habe ich das Gefühl, dass deine Mutter nur deshalb so wild darauf ist, dass ich mich fortpflanze, weil zur Abwechslung mal eine andere die Mutterrolle spielen soll. Findest du das nicht auch?«

Sie sah Kate an, die nur zustimmend nicken konnte. Sie saßen schweigend nebeneinander, und die unbefriedigende Lage hing zwischen ihnen über der zerschrammten Parkbank.

»Ich habe einfach das Gefühl…«, begann Laura, hielt einen Atemzug lang inne und fuhr dann fort: »dass ein Kind mich zu einem Leben verurteilen wird, von dem ich nicht weiß, ob ich es jetzt schon führen möchte. Ich weiß nicht, ob ich wirklich Mutter sein möchte. Ich habe immer gedacht, dass ich nichts anderes wollte als verheiratet zu sein – als ich nicht verheiratet *war* – und jetzt…«

Sie sah Kate an, die unter diesen gewichtigen und unerwarteten Vertraulichkeiten rot wurde. Auch Laura errötete, doch sie schob ihr scharfes kleines Kinn entschlossen vor.

»Wenn du mit jemandem ausgehst, bist du bereit, nachsichtig zu sein, dass er seine Socken nicht in den Wäschekorb wirft und niemals die Bettwäsche wechselt. Wenn du dich dann verlobst und mit der Aussicht konfrontiert wirst, mit ihm für immer zusammenzuleben…« Laura wandte sich Kate zu und sah ihr in die Augen, »… und glaube mir, das ist eine beängstigende Aussicht, dann schrumpft diese Nachsicht unmerklich zusammen. Doch zu diesem Zeitpunkt bist du schon so aufgeregt und überrascht darüber, dass jemand dich so dringend haben möchte, dass er alles für dich aufgibt, und das kümmert dich gar nicht. Und wenn du nicht mehr allzu heftig über das nachdenkst, was geschieht, dann wirst du von der Hochzeitskutsche überrollt, die hinter dir an Geschwindigkeit zunimmt, und noch ehe du dich versiehst, bist du schon verheiratet.«

Kate öffnete den Mund, schloss ihn jedoch sofort wieder, da ihr keine Erwiderung einfiel.

»Also, ich kenne mich mit Kompromissen bestens aus«, fuhr Laura bekümmert fort. »Und manchmal denke ich, dass die Ehe meiner Eltern nur deshalb funktioniert hat, weil einer oder beide ständig unterwegs gewesen sind und wir alle im Internat waren. Aber wenn es dann ein Kind betrifft…« Sie sah Kate an, und Kate drückte ihr impulsiv die Hand. »Wenn ich mich um ein krankes Baby kümmern muss und nur drei Stunden Schlaf in der Woche bekomme, wie soll ich denn dann den Forderungen des anderen Babys gerecht werden, mit dem ich verheiratet bin?«

»Ich weiß es nicht«, sagte Kate einfach. »Aber es wird langsam Zeit, dass er erwachsen wird.«

»Ich weiß.« Laura starrte zu den Enten im Teich hinüber, wandte sich Kate dann wieder zu, atmete ein und streckte ihre Wirbelsäule so weit sie konnte. »Kate, es tut mir wirklich Leid, dass ich dich mit all diesem Kram belaste, aber ehrlich gesagt bist du der einzige Mensch, der nicht glaubt, dass aus Mikes Hintern die Sonne scheint.«

»Vielen Dank«, sagte Kate automatisch. »Ich meine«, korrigierte sie sich selbst hastig, »ich weiß, was du meinst. Es ist … schwer, wenn alle glauben, dass du eine perfekte Beziehung hast, weil du das allen eingeredet hast.« Wie bei mir und Giles, dachte sie. Mit wem könnte ich denn schon über Harry sprechen, wenn alle davon ausgehen, dass ich mit dem göttlichsten aller Männer zusammen bin? »Trotzdem bin ich sicher, dass du Mike liebst«, fuhr sie fort, »denn sonst hättest du ihn doch längst ermordet, oder nicht?«

»Wenn ich daran denke, wie schlagfertig und selbstsicher ich einmal war, könnte ich heulen. Ich habe immer geglaubt, dass ich weiß, was Liebe ist«, sagte sie traurig, »doch da ich sie ja heute zu haben scheine, bin ich mir nicht mehr sicher, ob sie so ist, wie ich sie mir immer vorgestellt habe.«

Die Resignation in ihrer Stimme traf Kate wie ein Keulenschlag, und sie legte einen Arm um ihre Schwägerin, etwas, was sie sich vor sechs Monaten nicht einmal hätte vorstellen können. Laura lehnte den Kopf kurz an Kates Schulter, und Kate starrte auf die Enten, die auf dem Teich Kreise zogen. Es war so kalt, dass sich im Park weniger Mittagspausenflüchtlinge befanden als sonst.

Laura atmete tief aus und löste sich aus Kates Arm. Sie umarmte sie kurz und befangen, stand auf, zog sich den Schal über ihrem Pullover zurecht und suchte in ihrer großen Handtasche nach einem Papiertaschentuch.

»Ich gehe jetzt besser«, sagte sie. »Man erwartet von mir, dass ich heute zu Hause arbeite. Und du musst ja auch ins Büro zurückgehen.«

Kate erhob sich. »Ich habe mich nie bei dir dafür bedankt, dass du mich bei Eclipse hineingemogelt hast.«

Laura lächelte. »Ja, zum Nutzen anderer bin ich meist recht erfinderisch.« Sie beugte sich vor und gab Kate einen Kuss auf die Wange. »Bitte sag Mike nicht, dass ich…«

»Wenn er fragt«, unterbrach Kate sie, »werde ich ihm sagen, dass wir uns zum Mittagessen getroffen haben, was ja auch stimmt. Daran ist nichts Schlimmes.«

Sie blieben stehen und sahen sich noch zwei Sekunden lang an. Kate hatte ein leichtes Schuldgefühl, dass sie sich nie zuvor die Mühe gemacht hatte, hinter die Maske von Lauras herrischem Verhalten zu sehen.

Dann klingelte Lauras Telefon, und sie stöberte in ihrer Tasche herum, um den Anruf entgegenzunehmen. »Mike! Hallo, Liebling!«, flötete sie ins Telefon.

Kate hob die Hand zu einem schweigenden Winken und ließ Laura sich umdrehen und zur U-Bahn-Station davongehen. Und dabei öffnete und schloss sich Lauras freie Hand rhythmisch im Gehen.

Kate verließ ihre Berge von Redigierarbeiten und die Bündel von Elaines getippten Notizen um Punkt fünf, und gegen sechs Uhr saß sie in Dants Zimmer über einem Stapel neuer Seiten. Sie arbeiteten überwiegend schweigend. Dant rauchte Kette und Kate las gelegentlich einen anmaßenden Absatz mit sarkastischer Stimme laut vor, so dass Dant sich über seine literarische Bedeutung äußern konnte. Kate aß einen riesigen Schokoriegel, ohne es zu merken.

Sie unterbrachen die Arbeit um acht, damit Harry von der Arbeit kommen, einen Teller Nudeln zu sich nehmen und zum Rugby-Training verschwinden konnte, ohne mitzubekommen, dass irgendetwas nicht stimmte. Danach kehrten sie zur Arbeit zurück.

»Irgendwann müssen wir es Harry sagen.« Kate strich einen weiteren Teil der fotokopierten Seite mit Cressidas Notizen durch. »Hast du diese Stelle mit dem Kredithai geschrieben, der in mundgerechten Stücken im Fischhafen verstreut gefunden wurde?«

Dant grunzte zustimmend und tippte weiter.

»Ich meine, hat er sich nie gefragt, was du den ganzen Tag über gemacht hast?« Ihr Blick fiel auf Cressidas außergewöhnlich scharfe Beschreibung von Harry/Davids Versuchen, einen Caesar-Salat zuzubereiten, und strich das Ganze ärgerlich mit ihrem roten Kugelschreiber. »Ich denke, wir sollten die Versuche, Ariel mit dem überfälligen Parmesan-Käse zu vergiften, nicht nehmen.«

Sie saßen im üblichen Halbdunkel von Dants Zimmer, in dem die Vorhänge zugezogen und die Halogendeckenleuchte angeschaltet waren, um die verstreuten Papiermengen lesen zu können. Seiten voller Notizen in Cressidas eckiger Schrift bedeckten das Bett, den Schreibtisch und den Fußboden um ihre Füße herum. Dant hatte darauf bestanden, dass sie alles fotokopierten, damit er einen Beweis für sich zurückbehalten konnte. Sie hatten die Notizen geholt, die Cress erwähnt hatte, und dann hatte Kate – im Stil der besten *Noir*-Thriller – taktvoll Cressidas Dachgeschosswohnung verlassen, während Dant ihre Sachen ganz allein durchkämmt hatte. Sie hatte ihn nicht gefragt, was sich in der zum Bersten vollen Joseph-Tragetasche befand, mit der er schließlich herausgekommen war.

»Was du über Harry noch lernen musst, ist, dass das, was er nicht weiß, ihn auch nicht heiß macht, vorausgesetzt, dass ihm nicht klar gemacht wird, dass er nichts weiß, es ihm nichts ausmacht, es nicht zu wissen«, sagte Dant, ohne den Blick vom Monitor abzuwenden.

»Nun ja, wenn ich darüber genauer nachdenke, vermute ich, dass es schwierig sein *würde,* dir zu misstrauen, da du ja offenbar den ganzen Tag in deinem Zimmer bleibst und an dir herumfummelst.«

»Woher weißt du, dass ich an mir herumfummele? Ich hatte in letzter Zeit mehrere sehr gute Angebote von jungen Damen, die nichts lieber tun würden, als mit mir herumzufummeln.«

»Tatsächlich. Was ja so viel heißt, dass sie nichts tun wollen.«

»Oh, ho ho ho. Sag mir das redaktionelle Urteil über die Dolchstoß-Szene.«

Sobald sie die nötigen Materialien beisammen hatten, hatten Dant und Kate zu einem überraschend effizienten Arbeitsverhalten gefunden. Als sie die Dateien in Cressidas Laptop geöffnet hatten, hatte Kate mit ungläubig aufgerissenen Augen die gnadenlosen Bemerkungen über die Wohnung und ihre Bewohner zur Kenntnis genommen, doch Dant hatte wortlos mit der Technik ein wenig herumgezaubert und das gesamte Buch, wie Cress es bisher geschrieben hatte, auf seinen Computer gezogen.

Und dann hatten sie damit begonnen, es zu ändern.

Eine ganze Woche lang saß Dant tagsüber heftig rauchend mit den Notizen in seinem Zimmer und schrieb ganze Abschnitte um – er behielt die Ereignisse bei, doch er verwandelte die zu ernsthafte, düster gestaltete Prosa in die Art von Thriller, den Jilly Cooper hätte schreiben können, wenn sie an einem kreativen Schreibkollektiv mit Marian Keyes, Harold Robbins und Elmore Leonard teilgenommen hätte. In Dants gekonntem Stil, der genau auf Messers Schneide zwischen Parodie und Brillanz schwebte, verwandelte sich der feenartige David zu einem liebenswerten Idioten à la Bertie Wooster, Cameron in ein wölfisch schwules Raubtier, und Ariel wurde Cressida selbst, bis hin zu ihren Grundstücksmakler-Augen, mit denen sie ständig den Wert aller Dinge und Menschen in ihrer jeweiligen Umgebung abschätzte. Es war kein Wunder, dass David, Cameron und Ariel sich gegenseitig töten wollten. Und als sie das nun auf jeder dritten Seite zu tun versuchten, war es ein absurder Triumph, dass sie alle nicht schon am Ende des ersten Kapitels zu Ex-Mitbewohnern geworden waren.

Kate verließ ihren Arbeitsplatz jeden Tag um Schlag fünf Uhr und kam auf direktem Weg nach Hause, um das zu redigieren, was Dant tagsüber geschrieben hatte. Obwohl sie es ihm gegenüber nicht erwähnte, selbst als sie seine Arbeit am Bildschirm redigierte, war sie verblüfft darüber, mit welcher Objektivität er seinen ›eigenen‹ Charakter beängstigend abscheulich gezeichnet und gleichzeitig vorsichtig Cressidas Attentat auf Harrys Charakter den Stachel genommen hatte. Sein Stil war perfekt und traf genau die Persiflage mit leichter Hand, was sie schon hätte vermuten müssen aufgrund seiner ätzenden und demütigenden Bemerkungen.

Cressidas Buch zu sabotieren, um es unverkäuflich zu machen, sei zu leicht, hatte Dant ihr erklärt. Ihr die Autorenschaft so zu stehlen, wie sie ihnen ihre Persönlichkeiten gestohlen hatte, und *Die Schuldfalle* zu einer so guten Parodie des eigenen Genres zu machen, dass nach Kates Ansicht Elaine das Buch mit Handkuss nehmen würde, war ein so abartiger Geniestreich, der einer Anna Flail würdig war. Und wenn alles nach Plan ging, würde Cress das erst erfahren, wenn das Angebot gemacht werden würde. Und dann, dessen war Dant sich sicher, würden ihr Stolz und ihre Geldgier miteinander um die Vorherrschaft streiten – »Doch so, wie ich Cress kenne, wird sie, wenn man ihr sagt, dass man sie liebt und ihr Geld anbietet, fröhlich zugeben, Naomi Campbells Ghostwriter zu sein.«

Kate hatte ein wenig Schuldgefühle wegen des langfristigen psychologischen Effekts, dass sie das Produkt der Fantasie eines anderen Menschen veränderten, doch dann rechtfertigte sie ihr Tun damit, dass sie das ja jeden Tag mit Rose Ann machte und sich daher kaum in der Position befand, in der sie das Wort Moral in den Mund nehmen sollte. Überdies ließ ihr die Geschwindigkeit, mit der sie arbeiteten, wenig Zeit, sich mit ethischen Fragen zu quälen.

Während all dieser fieberhaften Aktivitäten schaffte Cress es, trotz ihres Streckverbands jeden Tag anzurufen, um sich nach Kates Fortschritten zu erkundigen, und das bedeutete, dass Dant sich einen zweiten angeblichen Verlauf der Geschichte ausdenken musste, aufgrund dessen sie mitteilen konnte, was in dem Buch eigentlich hätte passieren sollen. Ein- oder zweimal hätte Kate am liebsten aufgelegt, als Cress herrisch und/oder vorgeblich freundlich war, was ihr jetzt auf die Nerven ging. Doch Dant brachte sie dazu, weiter mit ihr zu sprechen. Er sagte, dass Cressidas Stimme aus dem Lautsprechertelefon ihn besser inspiriere und er damit genauer wisse, welchen Schwierigkeiten er gegenüberstehe.

Kate bemerkte mit morbider Freude, dass ihre Beziehung zu London jetzt den absoluten Tiefpunkt erreicht hatte. Ihre Vermieterin, die sie irrtümlich für den leicht hochmütigen, aber doch grundsätzlich fürsorglichen Große-Schwester-Typ gehalten hatte, hatte sich als erstrangige Kuh entpuppt, die sich noch dazu hoffnungslose Illusionen über ihre literarischen Qualitäten machte.

Giles hatte sich seit Ewigkeiten nicht mehr gemeldet, doch das kümmerte sie nicht mehr wirklich. Es war besser, ihn sich aus dem Kopf zu schlagen, als ständig an dem Schorf zu reißen, während sie gleichzeitig nichts dazu tun konnte, dass die Wunde verheilte. Außerdem störte der Gedanke an Giles ihre zwar schuldbewussten, aber hoch erotischen Fantasien, mit Harry über der Waschmaschine kämpfen zu wollen, die seit mindestens einem Monat nichts von ihrer Intensität verloren hatten. Wenn überhaupt, dann hatte Cressidas Buch alles nur noch schlimmer gemacht, da ihre Reaktionen auf Harrys Erniedrigung nun so extrem waren, dass sie sich zu fragen begann, ob sie unter etwas viel Gravierenderem leiden könnte als lediglich einer Verknalltheit.

Im Büro war die Hölle los, und sie war ausgepumpt von dem Redigieren, das bis spät in die Nacht dauerte. (Dant gab ihr Cressidas Laptop, damit Harry nicht irgendwelche Schlüsse aus der vielen Zeit zog, die sie in Dants Räuberhöhle verbrachte – obwohl er ihr ein Rotwerden ersparte, weil er es ihr mit den Worten übergab: »Ich kann es nicht ertragen, belagert zu werden, also nimm das und verpiss dich!«) Die Überlegungen, wie sie die Sache mit dem Manuskript mit Elaine am besten meistern könnte, waren nervenaufreibend, und um das Maß voll zu machen, wusste sie, dass sie kontinuierlich zunahm, weil sie ihre 10er Jeans bei der letzten Anprobe nur noch bis zu den Knien und keinen Millimeter weiter hochziehen konnte. Sie lag nun zusammengeknüllt in der Ecke ihres Schranks.

»Hast du dir schon überlegt, wie du das Ende gestalten wirst?«, fragte Kate Dant, als sie ein paar Satzzeichen in seine frei fließenden Dialoge einfügte. Es war recht befriedigend, den Text durchzugehen, ihn zu glätten und zu straffen. Sie hatte allerdings das Gefühl, dass er alles noch einmal durchsah, sobald sie das Haus verlassen hatte und all ihre Änderungen rückgängig machte.

»Ich habe daran gedacht, dass Ariel etwas Gift in den Wasserfilter gibt, dann macht David Eiswürfel damit und vergiftet unabsichtlich alle, auch sie, bei einer wilden Cocktailparty.«

»Mmmm«, machte Kate. »Das muss viel schlauer sein. Und unwahrscheinlicher.«

Dant lehnte sich auf seinem Stuhl zurück und kippte ihn nach hinten. »Das Wunderbarste an diesem ganzen ›Genre‹ ist, wenn du so willst – und ich zitiere die große Romanschriftstellerin R.A. Harper höchstselbst –, dass die Idee eines Schlusses an sich ein wenig kleinbürgerlich ist. Ich dachte daran, den Blick des Erzählers im letzten Kapitel durch die Wohnung gleiten zu lassen, in der er kein Lebenszeichen entdecken kann, sondern nur das schwache Summen einer überarbeiteten Spülmaschine hört und einen Stapel unbezahlter Rechnungen hinter der Tür findet.«

»Und bemerkt, dass ein seltsamer Geruch aus dem Bad kommt?«, schlug Kate vor.

»Und noch einer aus dem Schlafzimmer, und dass er ein interessantes Pollock-ähnliches Bild an der Küchenwand hängen sieht. Ja, das könnte gehen.« Dant schrieb sich das auf.

»Und wie weit entfernt ist das von dem ursprünglichen Schluss?«

Dant schaute auf die Datei vor sich. »Ziemlich weit entfernt eigentlich. Soweit ich dieses unzusammenhängende betrunkene Geschwafel verstehe, wollte Cress alles damit zu einem Paket verschnüren, dass plötzlich eine unerklärte sehr attraktive, aber eiskalte Brünette auftaucht, die mysteriöserweise plötzlich auf beiden Seiten des Gesetzes steht, natürlich, und die über die toten Körper hinweg steigt und Davids gesamte Kapitalanlagen als ihre beansprucht und sie in eine international bekannte Kette von Wodka-Bars steckt.«

»Natürlich.«

»Ich glaube, wir können ohne sie auskommen. Oder…« Dant notierte sich etwas auf einem Blatt Papier, »… wir können sie in den verwirrten blöden Detektivinspektor verwandeln, dem man den Fall übertragen hat und der am Schluss hereinkommt und keinen blassen Dunst hat, was hier passiert ist.« Er zog einen großen Kreis um seine Notizen. »Ja, diese Idee gefällt mir.«

Kate bedeckte den Mund mit dem Handrücken, um ein Gähnen zu unterdrücken. Es war schon weit nach Mitternacht. »Wie viel musst du denn noch tun? Elaine hat schon vage angedeutet, dass sie über das Buch sprechen will, wobei ich vermute, dass Phils Assistent auf eine Antwort gedrängt hat. Ich kann mir vorstellen, dass sie es noch nicht gelesen hat. Was es für mich leichter machen würde, ihr die neue Version unterzuschieben.«

Dant ließ den Computer schnell die Wörter des gesamten Dokuments zählen. »Nicht mehr viel. Ich schätze mal, dass ich es bis morgen Abend fertig haben kann, vorbehaltlich höherer Gewalt und der plötzlichen Ankunft der leibhaftigen Cress.«

»Du hast mich wirklich verblüfft. Ich hätte nie gedacht, dass du so leistungsstark sein könntest.« Kate nahm ein Stück Papier, auf das Dant etwas geschrieben hatte und begann, ein Flussdiagramm zu zeichnen. »Okay. So müssen wir es machen. Morgen werde ich Elaine sagen, wie sehr mir das Buch gefällt, damit sie sich dafür zu begeistern beginnt.« Sie zeichnete ein quadratisches Kästchen und versah es mit einem Pfeil. »Doch gleichzeitig muss ich sie an Araminta

Forsythe erinnern und ihr sagen, wie großartig *ihre* drei Kapitel sind, damit sich die beiden Ideen in ihrem Kopf festsetzen und sie Genaueres von mir hören will.«

»In der Zwischenzeit…« auf der anderen Seite zeichnete sie ein weiteres Kästchen, »werde ich Cress bitten müssen, Phil Hill anzurufen und ihn zu fragen, wie alles läuft und sich darüber schockiert und überrascht zu geben, dass er das Manuskript schon abgeschickt hat, und herauszufinden, *wohin er es geschickt hat…«*, sie zog einen doppelten Kreis um diese Worte, »was lebenswichtig ist, und dann soll sie ihm sagen, dass sie das ganze Ding fertig gemacht hat und *selber* das komplett überarbeitete Manuskript an den betreffenden Verlag schicken möchte.«

»Da muss sich Cressida aber vieles merken«, sagte Dant.

Kate sah zu ihm auf. Die großen Pandakreise um seine Augen waren stärker denn je, dennoch umgab ihn ein rastloses Summen unterdrückter Energie, was sie noch nie an ihm bemerkt hatte. Kate konnte sich nicht daran erinnern, ihn jemals nervös gesehen zu haben. Doch nun warf er, wie ein 60-Zigaretten-pro-Tag-Raucher auf kaltem Entzug, mit Bleistiften und verbogenen Büroklammern um sich. Allerdings hatte sich sein Nikotinkonsum tatsächlich erhöht. Was immer auch zwischen ihm und Cress vor sich ging, war zu bizarr, um darüber nachzudenken, dachte sie. »Wir sprechen über die Frau, die laut dem *Elle*-Magazin eine der sieben schicksten Bars von London leitet. Ich denke, dass sie Phil Hill ohne große Probleme überrumpeln kann.«

»Ja, ich vermute, dass sie gerade dabei ist, ihm eine Menge Geld zu verschaffen«, gab Dant zu. »Und das ist auch ein Motivationsfaktor bei ihr.«

»Okay«, sagte Kate und verband die beiden Kästchen mit langen verdrehten roten Pfeilen miteinander. »Wir schicken dann das Manuskript zu Cress nach Val d'Isère…« Sie verzog das Gesicht in Dants Richtung. »Gott weiß, was das kosten wird.«

»Mach dir keine Sorgen, meine Mutter hat uns ein Express-Konto eingerichtet.« Dant legte seine langen Beine auf den Schreibtisch und sah Kate mit einem wehmütig amüsierten Gesichtsausdruck an, als ob er halb von ihr erwartete, dass sie ihm nicht glaubte. »Als sie das letzte Mal aus der Rehabilitation herauskam, hat sie es einrichten lassen, damit wir ihr jederzeit etwas nach LA schicken können, und sie dadurch mit ihrer ›inneren Mutter‹ in Berührung bleiben konnte. Sachen wurden für sie gemacht, verstehst du. Ausdruck unserer Liebe. Ich glaube, sie hat vergessen, dass wir nicht mehr in dem Alter sind, in dem man Kartoffeldrucke und Engel aus Toilettenpapierrollen herstellt. Cress hat ihr das unheimliche Kunstwerk eines Psychokindes geschickt, das aus Rasierklingen und Marsriegel-Verpackungen gemacht worden war, und ich glaube, das war's dann auch.«

»Okay«, sagte Kate und tat so, als hätte sie die letzte Bemerkung nicht gehört. So etwas konnte man sich nicht ausdenken. »Ein Exemplar an Cress, eines an Phil Hill, und ich werde noch eines ins Büro mitnehmen und so tun, als hätte ich es mit der Post erhalten.« Sie biss sich auf die Unterlippe. »Und das alles muss so aufeinander abgestimmt werden, dass Cress und Phil ihre Exemplare erst *nach* Elaine bekommen, damit Cress nichts unternehmen kann, wenn Elaine ihr ein Angebot machen möchte.«

»Und du bist wirklich sicher, dass Elaine für dieses Ding ein Angebot machen wird?« Dant hörte auf, sich die Nagelhaut mit einer Büroklammer zu durchstechen und sah sie sehr ernst an.

»Definitiv. Ich habe die Manuskripte der Bücher gelesen, für die sie Angebote gemacht hat, und dieses hier ist einfach viel viel besser. Ich denke, Elaine würde auch für das Original ein Angebot gemacht haben, doch dieses hier ist einfach… hervorragend.« Kate war sich nicht sicher, wie weit sie bei Dant mit ihren Lobpreisungen gehen sollte. »Du hast nicht nur die *Noir*-Persiflage genau getroffen, sondern das ganze Ding hätte von einer Girlie-Romanautorin geschrieben sein können. Es ist…« Sie schloss die Augen, um die richtige Formulierung zu finden, »es ist ein altmodischer Roman für Jungs, der von einem modernen Mädchen geschrieben wurde und mit altmodischem Witz im modernen London angesiedelt wurde.«

Dant hob beeindruckt die Augenbrauen. »Hast du darüber nachgedacht?«

»Du bist nicht der Einzige, der spontan schwafeln kann.« Kate klatschte in die Hände. »Los, schreib das auf. Wir müssen noch einen Begleitbrief von Cress schreiben. Wir können ihnen ja als kostenlose Zugabe auch noch eine Schlagzeile liefern.«

»Da ist noch eine andere Sache, da wir gerade darüber sprechen«, sagte Dant zögernd, »und das ist Geld. Hast du irgendetwas mit Cress vereinbart? Du hast die gesamte Arbeit gemacht, und sie bekommt das ganze Geld.«

»Ach das«, sagte Kate. »Das ist eine sehr Thatchersche Erwartung, findest du nicht? Also, um ehrlich zu sein, ist mir ihr Gesichtsausdruck mehr wert als alles Geld, wenn sie feststellt, dass sie sich dazu verpflichtet hat, noch zwei weitere Ulk-Thriller zu schreiben. Ich weiß nicht, aber ich dachte, zehn Prozent von der Gesamtsumme in bar, wenn sie unterschreibt, und dann mietfreies Wohnen, solange ich hier leben möchte? Ist das vernünftig? Als Gegenleistung für absolute Verschwiegenheit natürlich.«

»Natürlich«, sagte Dant. Er lächelte grimmig. »Es wird Zeit, dass ihr eine Lehre darüber erteilt wird, wie man andere Menschen anständig behandelt.«

Kate presste sich die Hand auf den Mund. »Gott, das fällt mir jetzt erst ein«, sagte sie. »Was ist denn mit dir? Du hast doch die ganze Arbeit gemacht und musst noch immer zusehen, wie Cress mit einem mordsmäßig großen Scheck davonmarschiert. Gott, Dant, das tut mir Leid. Wir können das Geld teilen, wenn du möchtest. Ich könnte fünfzehn Prozent verlangen, um das auszugleichen.«

»Mach dir darüber keine Sorgen«, sagte Dant. »Wir haben Möglichkeiten.«

Er drehte sich wieder dem Computer zu. »Ariel nahm den Kerzenleuchter vom Regal und wog ihn nachdenklich in den Händen…«

»Isobel, kann ich Sie mal eben stören?«, fragte Elaine, als sie den Kopf in Isobels Büro steckte.

Isobel sah von dem Brief auf, den sie gerade tippte und sah Kate hinter Elaine stehen und sie mit vor Begeisterung aufgerissenen Augen anschaute. »Natürl…«, begann sie.

»Gut«, sagte Elaine und drängte sich herein. Als Elaine die Türöffnung freigab, konnte Isobel sehen, wie Kate sich auf den Rollwagen vom Postraum stützte, auf dem sich ungefähr fünfundzwanzig komplette Manuskripte stapelten.

»Manuskript«, sagte Elaine und streckte die Hand hinter sich aus. Kate nahm das oberste Manuskript vom Stapel herunter und drückte es ihr in die Hand.

»Isobel«, fuhr sie fort, »ich habe gerade das erstaunlichste Manuskript von Phil Hill bekommen, und da Sie zu der Zielgruppe für diese Art Romane gehören, möchte ich, dass Sie es für mich lesen und mir morgen früh darüber Bericht erstatten.«

»Morgen?«, rutschte es Isobel unwillkürlich heraus.

»Isobel«, sagte Elaine missbilligend. Sie fuhr sich mit den Händen nervös durch ihre trockenen Locken. »Das ist ein bedeutendes Projekt. Ich werde die gesamten leitenden Angestellten bitten, es über Nacht zu lesen, und ich glaube kaum, dass *Sie* weniger Zeit haben als sie.«

»Na gut«, sagte Isobel. Als Elaine ihr den Rücken zudrehte, warf sie das Manuskript mit lautem Knall in eine Ecke. Elaine wirbelte herum, und Isobel lächelte sie süß an.

»Los, Kate, wir müssen sie so schnell wie möglich verteilen«, sagte Elaine, machte auf dem Absatz kehrt und wankte den Flur entlang davon.

Isobel spreizte verblüfft die Hände und stieß einen lautlosen Schrei aus. »Oh mein Gott, hast du es wirklich getan?«, flüsterte sie.

Elaines hohe Stimme klang zu ihnen vom Büro des Exportmanagers herüber. »Ewan! Ich habe hier etwas sehr Spezielles und Aufregendes für Sie… Kate!«

»Das erzähle ich dir später«, sagte Kate und schob den Rollwagen den Korridor hinunter zu Elaines aufgeregtem Verkaufsgeplapper.

30

Kate fiel sofort auf, dass die Konferenz, bei der sie jetzt Protokoll führte, meilenweit entfernt war von ihrem ersten kläglichen Versuch im letzten Jahr. Erstens kannte sie jetzt die Namen aller und benutzte zu ihrer eigenen Belustigung nur noch die unverschämten Abkürzungen. Und zweitens wusste sie wahrscheinlich mehr über das, was anlag, als alle anderen.

Elaine hatte eine Krisensitzung einberufen, um über das überarbeitete und vollendete Manuskript der *Schuldfalle* zu sprechen, das gestern Morgen per Kurier eingetroffen war und das alle im Verlag mittlerweile gelesen hatten. Selbst Isobel war zu der Konferenz gerufen worden, um ihre Ansichten darüber mitzuteilen. Megan, deren Meinung über ihre aktuelle eigene Wichtigkeit wegen ihres Cyberromans die aller anderen weit überflügelte, hatte versucht, lässig mit ihrem Notizblock hereinzuschlendern. Doch Jo, die vor einem halben Jahr selber eine Megan gewesen war, hatte sie entdeckt und sofort von ihr verlangt, Kaffee für diejenigen zu machen, die im Verteiler der Tagesordnung aufgeführt worden waren.

»Können wir dann also anfangen?«, fragte Jennifer. Heute trug sie voll Stolz eine Kleiderkombination zur Schau, in der sie wie eine riesige Erbsenschote aussah. »Ich habe um elf einen Termin.«

Isobel, die neben Kate saß, schrieb ›Aromatherapie-Termin‹ auf ihren Notizblock.

»Elaine?« Obwohl der Konferenztisch aus Gründen der Demokratie rund war, machte Jennifer allen klar, wo sich das Kopfteil befand. Und obwohl es Elaines Konferenz war, hatte sie sich mit ihrem schweren Bleikristall-Glas mit Mineralwasser genau dorthin gesetzt.

»Ja, absolut, ja«, sagte Elaine und raffte ihre Papiere in geschäftsmäßiger Manier zusammen. Sie hustete und wollte sich schon unwillkürlich mit den Fingern durchs Haar fahren. Doch die Haare waren – wahrscheinlich in Voraussicht ihrer nervösen Zuckungen – zu einem festen französischen Zopf zusammengefasst worden. Ein paar widerspenstige Strähnen hatten sich allerdings schon wieder gelöst. Sie sah aus, als hätte sie kürzlich einen Stromschlag bekommen.

Alle Teilnehmer hatten eine Manuskriptkopie auf dem Tisch vor sich liegen. Kate schrieb sich schnell die Initialen der Anwesenden auf und sah dabei, wie weit sie beim Lesen des Manuskripts gekommen waren. Der Exportmanager Ewan hatte lächerliche zwanzig Seiten geschafft, was bedeutete, dass er es entweder entsetzlich oder fabelhaft fand. Julie aus der Werbeabteilung hatte pflichtschuldig alles gelesen. Oder einfach alle Seiten aus der Mappe herausgenommen und ungelesen wieder einsortiert.

»Ich möchte mich sehr offen über diese Sache äußern«, sagte Elaine mit fester Stimme.

Kate schrieb ›Zum allerersten Mal‹ auf ihren Block.

»Ich glaube, dass das unser Haupttitel für den Herbst sein wird oder sogar unser Sommerhit. *Die Schuldfalle* ist das Raffinierteste, was ich jemals im Krimibereich gelesen habe, und es deckt praktisch alle Ebenen ab.« Elaine ließ eine ernste Pause entstehen, in der sie alle Anwesenden durch ihre albinohellen Wimpern hindurch ansah. »Dieses Buch könnte das erste sein, das eine Brücke schlägt zwischen der amerikanischen *Noir*-Literatur und dem Trivial-Buchmarkt.«

»Allerdings sollten wir meiner Ansicht nach nicht die tiefere und eher philosophische Seite des Romans übersehen«, sagte Elaine. »Er vermittelt eine sehr reale Botschaft über das absolute Trauma städtischen Lebens, und ich bin wirklich ehrlich der Meinung, dass dieses Buch unser erster ernsthafter Anwärter für den Orange-Preis sein könnte.«

Simon, der Redakteur für literarische Romane, fühlte sich berufsbedingt dazu bemüßigt, mit höflichem Räuspern seine Bedenken anzumelden.

»Wirklich?«, fragte Jennifer. »Glauben Sie, dass er von einer Frau stammt? Ich habe eher an einen männlichen Autor gedacht.«

Cynthia, die leitende Kriminalredakteurin, die sich durch diese ganze Sache deutlich übergangen fühlte, äußerte überraschte Übereinstimmung und nickte Elaine zu.

»Also, der Haken ist«, sagte Elaine, »dass es jeder sein könnte. Phil möchte es mir nicht sagen, doch er hat mir versichert, dass die Kontakte des Autors so unglaublich sind, dass die Veröffentlichung das Medienereignis des Jahres sein wird. Ich dachte, es könnte ein DJ sein oder vielleicht auch ein weniger hochstehendes Mitglied des Königshauses.«

»Wie ich feststelle, werden Namen ja wohl nicht genannt«, sagte Cynthia reichlich boshaft. Sie fuhr sich über ihre Dauerwelle und bedachte Elaine mit einem falschen Lächeln.

»Ich glaube nicht, dass Phil seine Zeit mit einem Niemand verschwenden würde«, stieß Elaine hervor.

»Okay«, sagte Jennifer munter, »wir sollten uns jetzt ein paar Meinungen anhören. Da wir ja alle wissen, um was es geht, kann ich ja vielleicht mit Ihnen anfangen, Julie.«

Julie war in ihrem Minirock zur Konferenz erschienen, um zu versuchen, einige Vorurteile der Redaktion über die Werbeabteilung abzuwehren. »Also, Jennifer«, sagte sie, »ich fand es fan-ta-stisch.« Sie neigte weise den Kopf zur Seite.

»Geht es ein bisschen genauer?«, hakte Jennifer nach.

Kate sah, dass alle die arme Julie anstarrten, da sie für alle anderen das Gewässer daraufhin überprüfte, ob heute nur die Haie darin herumschwammen oder ob Jennifer in Piranha-Laune war. Wenn dem Opfer alles Fleisch von den Knochen abgenagt worden war, bevor es merkte, was es gesagt hatte.

Julie hob den Kopf wieder an, während sie nach einer begeisterten, aber unverbindlichen Äußerung suchte. »Hmm, die dreckige Wohnung ist wirklich großartig, und es gab ein paar wirklich wunderbare Einblicke in die sehr wirklichkeitsnahe Verwahrlosung von Wohngemeinschaften«, bot sie, sehr zu Kates Empörung, an. »Und auch die originellen Tötungsmöglichkeiten, die sie sich haben einfallen lassen, sind wirklich gut. Wir können das werbemäßig sehr gut ausschlachten«, fügte sie etwas begeisterter hinzu. »Und natürlich wäre es wirklich fan-ta-stisch, wenn wir mit jemand wirklich Berühmtem zusammenarbeiten könnten.«

»Ja, gut«, sagte Jennifer. »Cynthia? Sie wollen offensichtlich dringend etwas dazu sagen.«

»Ehrlich gesagt, ich mache mir Sorgen über den Autor, der so etwas schreibt«, sagte Cynthia. »Und auch darüber, was er sonst noch schreiben könnte.«

Kate schaute von ihren Notizen auf.

»Oh?«, sagte Elaine, noch ehe Jennifer ihre gehobene Augenbraue zu einer prägnanten Bemerkung umformen konnte.

»Ja«, sagte Cynthia. »Weil er oder sie jeden verfügbaren Krimi gelesen zu haben scheint und daraus etwas zusammengebraut hat, ohne etwas von sich selbst einzubringen.«

Kate malte drei Fragezeichen und ein Ausrufezeichen auf ihren Block. Sie schaute zur Seite und sah, dass Isobel genau das Gleiche getan hatte.

»Tja, das ist eben die Umsetzung der verschiedenen Einflüsse«, unterbrach Jennifer sie. »Sehr *zeitgeistig*.«

»Doch wenn man Krimis wirklich in Supermärkten verkaufen muss, denke ich, dass dieser hier den Durchbruch schaffen könnte«, gab Cynthia naserümpfend zu.

»Ich denke, dass das der Hauptmarkt für diesen Roman ist.« Chris, der Gebiets-Vertriebsleiter, war mit einem Stapel

Familienromanen unter dem Arm verspätet hereingekommen, die Kate als die Vorabexemplare erkannte, die in der letzten Woche aus ihrem Regal verschwunden waren. »Und wenn Sie es mir nicht übel nehmen, dann würde ich sagen, dass eine andere Ansicht verdammt vorsintflutlich wäre.«

Kates Kugelschreiber schwebte über ihrem Notizblock, als sie in aller Unschuld Elaines Blick auffing. Elaine schüttelte heftig den Kopf.

»Ich fand ihn toll«, fuhr er fort, während er sich setzte und sich eines der mit Garnelen belegten Brote von dem Brett nahm, das vor Cynthia lag. Sie hatte sie schon hungrig beäugt, hatte jedoch höflich darauf gewartet, dass man ihr das Essen erlaubte. »Er hat Tempo, blutrünstige Stellen, schwarzen Humor, ein Luder, deren blanke Titten einem ins Gesicht springen und Möglichkeiten für eine Fernsehverfilmung. Und er ist insgesamt sehr sexy. Viel besser als der übliche grimmige Mist, der nur aus kurzen Sätzen ohne Verben besteht. Meiner Meinung nach werden wir in diesem Jahr nichts Besseres bekommen können.«

»Dann sollten wir jetzt über Zahlen sprechen«, sagte Jennifer mit leuchtendem Gesicht.

Chris fummelte mit seinem Rechner herum. »Ich würde alles in allem auf zweihundert tippen.«

Kate schluckte krampfhaft.

»Vielleicht auch mehr, wenn der Titel gut gestaltet und der Autor attraktiv genug ist. Wir sollten ein bisschen Werbung und eine vernünftige Verkaufsförderung machen…«

»Ja, wo ist überhaupt Diane?«, fragte Jennifer, die erst jetzt bemerkte, dass nur Dianes Assistentin Fidelma anwesend war. Kate nahm zur Kenntnis, dass sie die Frage nicht direkt an Fidelma gerichtet hatte, die einen Augenblick abwartete, um alle raten zu lassen, ehe sie reichlich schüchtern murmelte: »Sie ist in Oxford, Jennifer.« Als sie aufschaute, sah sie, dass Jennifers Basiliskenblick auf sie gerichtet war und erklärte ausführlicher: »Sie überprüfen die Werberechte des Hauptbahnhof-Buchladens.«

Jennifer blinzelte. »In Ordnung. Das klingt gut.« Sie sandte nun starke Signale aus, dass sie sich jetzt kurz vor dem Ziel befand und ihre Aromatherapie-Couch in Sicht war.

»Was halten Sie denn davon, Isobel?«, fragte Elaine in dem verzweifelten Bemühen, der Konferenz noch einen eigenen Stempel aufzudrücken, ehe sie von Jennifer schlagartig beendet wurde. »Als eine der Zielgruppen-Leserinnen?«

Kate spürte, dass Isobel sich neben ihr anspannte. Als sie ihr einen kurzen Blick zuwarf, erkannte sie, dass Isobel deutlich unbehaglich zumute war.

Elaine nickte ihr ermunternd zu.

»Hmm, um ehrlich zu sein, Elaine, habe ich den Roman, hmm, ziemlich grässlich gefunden.«

Kates Kopf drehte sich fast nach *Exorzisten*-Manier auf ihrem Hals herum, als sie sich umwandte und ihre Freundin anschaute und dabei einen Moment lang vergaß, dass die *Schuldfalle* ja auch grässlich sein sollte.

»Ich meine, wenn er eine Persiflage sein soll, dann ist er sehr geschickt gemacht, doch wenn er ernst gemeint ist, dann ist er… ziemlich grässlich.« Isobel zuckte die Achseln. »Tut mir Leid, aber…«

»Gut und schön, das ist eine Meinung«, meinte Jennifer munter. »Jo, Sie haben in etwa das richtige Alter für diese Art Roman. Was denken Sie?«

»Ich fand ihn toll«, sagte Jo sofort. »Nach meinem Empfinden ist er voller Vitalität, Witz, sehr mutig, stilistisch enorm, und er gibt all das wieder, mit dem man heutzutage als junger Mensch im Stadtdschungel von London kämpfen muss. Das ist ein großes neues Talent, und Chris hat Recht – wir müssen es ab-so-lut haben, wer auch immer dahinter stecken sollte.« Sie sah Jennifer mit ihrem Colgate-Lächeln an. »Und koste es, was es wolle.«

Kate verrenkte sich den Hals und sah, dass Jo sich auch Notizen auf dem Deckblatt des Manuskripts gemacht hatte. Diese Schnepfe.

»Ewan? Chris? Können Sie bitte mitkommen?« Jennifer schob ihren Stuhl zurück und winkte sie aus dem Raum.

Elaine fummelte wichtigtuerisch mit ihrem Kugelschreiber und Papier herum, doch damit zog sie nur die Aufmerksamkeit darauf, dass sie im Sitzungssaal geblieben war, während die entscheidenden Leute ihn verlassen hatten.

»Wie konntest du denn so etwas sagen?«, zischte Kate Isobel zu.

»Verschon mich!«, zischte Isobel zurück. »Er ist grauenvoll, und wir wissen das alle. Ich muss hier an mein berufliches Ansehen denken! Außerdem ist Jennifer nur um so entschlossener, das Buch zu kaufen, wenn jemand sagt, dass es Mist ist. Erinnerst du dich noch daran, wie übel wir das Emma-Ball-Buch gefunden haben?«

»Jaaa, gut, du willst ja nur verhindern, dass Jennifer dich dazu bringt, das Angebot im Bunny-Kostüm und auf Inlinern nach Soho hinüberzubringen.«

»Geschieht das wirklich?«

»Cameron hat die Kugellager aus Ariels Inlinern entfernt und sie in Kapitel zwölf in ihr Mundwasser gelegt. Bist du nicht so weit gekommen?«

»Musste ich auch nicht.« Isobel unterbrach sich, als Jennifer mit ihrer schwarzen Ledermappe zurückkam.

»Okay. Ich habe ein paar Berechnungen angestellt, und wir haben beschlossen, Elaine, dass Sie ein Vorverkaufsangebot von fünfhunderttausend Pfund für dieses Buch und ein weiteres anbieten, also die gleichen Bedingungen wie für das Emma-Ball-Buch. Ich möchte nicht, dass dieses Buch in die Versteigerung geht.«

Niemand sprach.

»Warum schweigen Sie denn alle?«, fragte Jennifer und ließ den Blick um den Tisch herumschweifen.

Alle starrten auf ihren maschinengeschriebenen Text.

»Was wir uns alle fragen, Jennifer«, sagte Andrew, der Produktionsdirektor, schließlich, »ist, ob dieser Roman komisch gemeint ist.«

Jennifer sah ihn mit erhobener Augenbraue an. »Das ist eine sehr banale Haltung, Andrew. Ich glaube, dass die einzig wichtige Auslegung die ist, dass jeder einzelne Leser das aus dem Buch herausliest, was ihm gefällt, meinen Sie nicht auch? Und ich glaube auch, dass dieses Buch alles nur Mögliche für alle Männer bedeuten kann.«

»Oder Frauen«, fügte Cynthia mit einem Seitenblick auf Elaine hinzu.

»Genau«, sagte Elaine zittrig. »Also werde ich weitermachen und das Angebot unterbreiten, oder?«

Kate eilte in die Küche, um sich zur Beruhigung einen doppelten Espresso zu machen. Ihre Hände zitterten so sehr, dass sie den Kaffee über den gesamten Kaffeeautomaten und den Boden verschüttete. Krampfhaft suchte sie in den Schränken nach Handfeger und Müllschaufel, als Isobel hereinkam, um ihr Wasserglas neu zu füllen. Mit einem Blick auf Kate knallte sie es auf die Arbeitsfläche und stemmte die Hände in die Hüften.

»Was, zum Teufel, machst du denn hier? Warum belauschst du denn nicht Elaines Telefongespräch?«

Kate wischte den Kaffee auf und versuchte dabei, tief durch die Nase zu atmen. »Ich kann erst an etwas anderes denken, wenn ich einen Kaffee intus habe. Ich weiß, dass das wie eine Warnung des Gesundheitsamts vor Drogen klingt, doch wenn man schon nicht raucht, gibt es wenig anderes zu tun.«

»Hast du schon versucht, das Zeug von der Kühlschrankoberfläche zu schniefen und den Zwischenhändler auszuschalten? Du könntest es auch mit deinem Sicherheitspass klein hacken.«

»Das ist nicht sehr hilfreich.«

Isobel füllte ihr Glas am Wasserkühler und nahm Kate den Löffel aus der Hand. »Ich werde dir einen Kaffee machen, wenn du an deinen Platz zurückgehst und herausfindest, was bei Elaine los ist.«

»Okay.« Kate lehnte sich kurz an den Wasserkühler und ging dann hinaus. Nach drei Schritten kehrte sie mit verzweifeltem Blick zurück. »Soll ich Dant anrufen und ihm alles erzählen, falls Cress zu Hause anruft?«

»Nein.« Isobel bohrte sich den Finger in die Schläfe. »Er weiß doch angeblich nichts von alledem, oder? Los, los, geh schon! Wir verlieren hier wertvolle Sekunden!«

»Ja, du hast Recht.« Kate wandte sich zum Gehen und drehte sich gleich wieder um. »Was wird Phil tun, wenn er herausfindet, dass Cress im Streckverband liegt?«, zischte sie drängend. »Er wird erfahren, dass sie getrickst hat.« Ihre Hand landete blitzartig auf ihrem Mund. »Scheiße, Scheiße, Scheiße.«

»Du bist die hoffnungsloseste Lügnerin, die mir je begegnet ist«, sagte Isobel leise und stellte den Dampfhahn an.

»Bin ich nicht!«

»Nein, ich meine, du kannst nicht lügen«, meinte Isobel. »Was ist daran falsch, dass sie jemanden bittet, ihre Notizen für sie abzutippen? Sie könnte ja auch irgendwo in England in einem Krankenhaus sein. Irgendwo, wo niemand sie erreichen kann, allerdings«, fügte sie schnell hinzu. »Dartmoor oder Cumberland oder sonst wo. Wo er sie nicht mit Weintrauben besuchen kann. Doch wenn sie jemanden dazu bringt, das Manuskript fertig zu stellen, macht sie doch einen engagierten Eindruck, oder nicht? Völlig plausibel. Solange sie nicht *dein* Manuskript in die Finger bekommt, bevor sie Elaines Angebot akzeptiert hat, weiß sie doch nichts. Und wenn sie dann die Änderungen kennt und Phil wahrscheinlich anruft, um ihm richtig einzuheizen, dann wird ihm gar nicht klar sein, dass die Fassung, die er und Elaine bekommen haben, gar nicht die ist, die sie geschrieben hat. Und wenn sie sich dann erst eine halbe Million Pfund in die Tasche gesteckt hat, glaube ich kaum, dass sie telefonisch dagegen protestieren wird, oder?«

»Vermutlich nicht«, sagte Kate.

»Lieber Gott im Himmel, muss ich denn nun auch noch

für dich denken?«, fragte Isobel. »Und nun geh mit irgendeiner Aktenmappe in Elaines Büro und spitz dort die Ohren.«

Kate ging langsam den Flur hinunter. Sie konnte etliche Meter entfernt hören, dass ihr Telefon klingelte, und sie begann zu rennen, weil es Dant sein konnte.

»Hallo?«

»Äh, hallo? Ist dort Kate Craig?«

Kate sank auf ihren Stuhl. »Ja. Bist du es, Harry?«

»Du hast meine Stimme erkannt!« Er klang ehrlich erfreut.

»Ach, reine Übungssache.« Kate nahm den Telefonapparat hoch und schielte um die offene Tür zu Elaines Büro herüber. Sie war nirgends zu sehen. »Die meisten Autoren rufen an und sagen einfach: »Hi! Ich bin's!«, und man muss dann die Illusion aufrechterhalten, dass man den ganzen Tag nur herumgesessen und auf ihren Anruf gewartet hat. Das gehört zum Service.«

Harry lachte und Kates Haut begann vor Freude zu kribbeln. Harry lachte fast immer über ihre Scherze. In letzter Zeit war es verlockend für sie geworden, in einer Aneinanderreihung von witzigen Bemerkungen zu sprechen, nur um sein sonores, leises jungenhaftes Lachen zu hören. »Ich weiß, dass du wahrscheinlich ständig in Trab gehalten wirst«, sagte Harry, »doch ich habe mich gefragt, ob du vielleicht heute Abend Lust auf einen Burger haben könntest? Ich habe es geschafft, einen Wagen zu verkaufen, und mir ist nach einer kleinen Feier zumute.«

»Oh Gott«, sagte Kate. Heute war der einzige Zeitpunkt in ihrem Leben, an dem sie wirklich keine lange lustige Unterhaltung mit Harry genießen konnte. »Hmm, ich…«

Hinter ihr marschierte Elaine mit ihrem Shiatsu-Kissen in ihr Büro, das sie gewöhnlich in Stresszeiten in der Mikrowelle erhitzte und sich in den Nacken legte.

»Elaine?« Kate drehte sich auf ihrem Stuhl um, als sie vorüberging.

»Störe ich?« Harrys Stimme klang kühler.

»Hmm, nein, ich würde gern, hmm…« Kate ließ Elaine nicht aus den Augen, als diese sich hinsetzte, tiefe Atemzüge machte und sich das Kissen wie eine aufgeblasene Schlange um ihre Schultern legte. Sie machte nacheinander mit jedem ihrer Finger Streckübungen. Zehn Sekunden, ehe sie zum Telefonhörer griff.

»Wenn das ein Problem ist, vergiss es. Ich dachte einfach…«

Kate wandte ihre Aufmerksamkeit wieder der Tatsache zu, dass sie von dem Mann zu einem (sehr informellen) Abendessen eingeladen wurde, von dem sie so besessen war, dass sie dem kürzlich eingekauften Sachbuch-Stargrafologen sogar freiwillig Harrys Einkaufsliste zur Auswertung gegeben hatte.

»Es tut mir Leid, aber die Dinge sind im Moment ein wenig…« Ihre Stimme war eine Oktave höher geworden. Sie räusperte sich und begann von Neuem. »Das wäre fantastisch, Harry. Ich würde gern mit dir zusammen einen Burger essen. Und du hast einen Wagen verkauft – das finde ich richtig cool!« In der nächsten Stunde würde sowieso alles gelaufen sein. Und dann konnte sie theoretisch ein reiches Mädchen sein. »Soll ich dich dort treffen?« Was konnte heute Abend schon noch passieren? Cress lag doch im Streckverband, oder?

»Okay, um halb sieben?«

»Schön, ja.« Sollte sie zur Feier des Tages mit Dant anstoßen? Oder forderte sie damit das Schicksal heraus?

»Kate? Bist du noch dran?«

Kate starrte durch ihre offene Bürotür zu Elaine hinüber. »Hmm, ja, Harry. Ich rufe dich… hm, später zurück…« Elaine schaute auf und winkte sie zu sich. »Bis später, tschüs!« Kate warf den Hörer auf den Apparat und erreichte Elaines Büro diesmal in zwei Schritten und einem Hineingleiten in den Stuhl vor ihrem Schreibtisch.

»Elaine?«, fragte sie strahlend.

Elaine schloss die Augen und presste sich die Finger an die Schläfen. »Ich möchte, dass Sie alles mitschreiben, was Phil und ich während unseres Gesprächs sagen«, sagte sie. »Nach meinen bisherigen Verhandlungen mit ihm bin ich zu dem Schluss gekommen, dass man eine Art zweiten Zeugen bei allem benötigt.« Ihre Augen öffneten sich ruckartig. »Nicht, dass er als Agent in irgendeiner Weise unzuverlässig und unaufrichtig wäre, natürlich.«

»Oh, nein, nein, nein«, murmelte Kate.

»Aber der Definition nach ist er ein Agent.«

»Genau.« Kate klappte ihren Block auf und hielt ihren Kugelschreiber bereit.

Vor Beginn des Gesprächs atmete sie vorsichtig ein, doch das Blut hämmerte noch immer in ihren Venen.

»Okay«, ermunterte Elaine sich selbst. Sie tippte die Telefonnummer in ihr Telefon ein und drückte auf den Lautsprecherknopf.

Sie beide horchten auf das viermalige Klingeln am anderen Ende, und als sich eine männliche Stimme meldete, zuckten sie beide zusammen.

»Phil«, sagte Elaine.

»Elaine!«, sagte Phil. »R. A. Harper?«

»Genau das!«

»Geht es Ihnen gut?«

»Fantastisch. Und Ihnen?«

»Wunderbar!«

Nachdem wir nun festgestellt haben, wie es uns allen geht, könnten wir jetzt bitte weitermachen, dachte Kate und zeichnete nervös Kreise auf ihren Block.

»Okay, Elaine, wir müssen ja nicht mehr auf den Busch klopfen.« Phil Hill hatte die Art klangvoller und leicht abgenutzter Stimme, die normalerweise als Off-Stimme für spezielle Instant-Kaffeemischungen verwendet wurde. »Ich habe im Laufe der Jahre mit einigen verdammt guten Autoren zusammengearbeitet, doch R. A. Harper schreibt sie alle an die Wand. Ich dachte, dass das Originalmanuskript etwas

Besonderes sei, doch das umgeschriebene Manuskript ist einfach wieder etwas Besonderes.«

Kate machte fünf Striche für Klischees und hielt den Kugelschreiber zum weiteren Schreiben bereit. Sie notierte Phils Bemerkungen als Ironie.

»Oh ja, dem stimme ich in vollem Umfang zu, Phil«, sagte Elaine. »Wir sind ganz selig darüber, dass wir diese Vorabzeit zur Verfügung hatten.«

Kate machte einen eigenen Klischee-Strich für Elaine. Es konnte eng werden.

»Also dann Klartext. Können Sie mir ein paar Zahlen nennen, Elaine? Ich möchte Sie ja nicht unter Druck setzen, aber ich erwarte eine bedeutende Summe als Vorschuss, zumal es mehrere andere Interessenten gibt, die dieses Manuskript verzweifelt gern zu sehen bekämen. Einschließlich einiger Leute vom Film.«

Kate hob ruckartig den Kopf und schrieb ›Filmrechte!‹ auf. Elaine sah ihr Interesse und lächelte gönnerhaft.

»Also Phil, ich bin eben erst aus einer Projektkonferenz herausgekommen, und ich habe noch nie zuvor, seit ich hier redaktionell tätig bin, eine so einstimmige Begeisterung für ein Manuskript erlebt.« Elaine hielt sich am Schreibtisch fest.

Kate machte einen weiteren Strich und notierte sich zusätzlich noch die eklatante Lüge.

»Wir bieten fünfhunderttausend Pfund für die *Schuldfalle* und einen weiteren ähnlichen Roman, für den gesamten Commonwealth inklusive Kanada mit den üblichen Rabatten bei Filmbearbeitungen, für die *Sunday Times* Bestseller-Liste, positive Besprechungen bei der *Late Review-Büchersendung* im Fernsehen und so weiter, und die normale Aufteilung aller Standardnebenrechte und die hohen Abschläge wie beim Emma-Ball-Angebot.«

Kate und Elaine hielten den Atem an, als es an Phils Ende still wurde.

Oh mein Gott, dachte Kate, als ihr alles zum ersten Mal wirklich klar wurde. Das sind ja fünfzigtausend Pfund!

»Gut«, sagte Phil, als hätte Elaine ihm gerade angeboten, seine Sachen aus der Reinigung abzuholen. »Gut. Ich werde das mit dem Autor besprechen, Elaine.«

»Ach ja, der mysteriöse Autor!«, sagte Elaine. »Ich hoffe, dass Sie nicht übersehen, Phil, dass ich praktisch einem Phantom ein Angebot mache. Da ich nun die Karten auf den Tisch gelegt habe, können Sie mir doch sicherlich wenigstens sagen, ob R. A. ein Mann oder eine Frau ist?«

Kate hatte gute Lust zu sagen: »Beides.«

Phil lachte klangvoll und aalglatt. »Ich kann Ihnen nur sagen, Elaine, dass R. A. H. ein absolut fabelhaftes Talent ist, das mehr Verbindungen hat, als Sie sich vorstellen können und einfach fantastische Möglichkeiten für all diese Hochglanzzeitschriften. In einem Jahr werden Ihnen diese fünfhunderttausend wie Tropfen im Meer vorkommen, glauben Sie mir.«

»In London?«

»In genau diesem Augenblick.«

Nun, quasi, dachte Kate.

»Was wir alle hier unbedingt wissen möchten«, versuchte Elaine es mit einem letzten Flirtversuch , »ob R. A. Cameron oder Ariel ist.«

Also *bitte*.

Phil lachte nur wissend. »Elaine, ich werde versuchen, mich so bald wie möglich wieder mit Ihnen in Verbindung zu setzen, meine Süße. Da ich weiß, dass Sie alle auf glühenden Kohlen sitzen, verspreche ich, dass ich Sie keinen Moment länger warten lassen werde, als ich nach menschlichem Ermessen muss.«

Sogar Elaine kritzelte ›gönnerhafter Schwachkopf‹ auf einen Post-it-Zettel und klatschte ihn auf Kates Notizblock, während sie ihre unteren Zähne über ihre Oberlippe zog.

»Gut, okay«, sagte sie. »Aber ich kann nicht garantieren, dass das Angebot bis morgen aufrechterhalten werden kann.«

Oooh, starke Puppe, dachte Kate.

»Verstanden. Grüßen Sie Jenny von mir, ja?«

Jenny?? Meinte er etwa Jennifer Spencer damit?

»Bis später«, flötete Elaine.

»Bis später, Elaine!«

Sie beeilten sich beide, zuerst aufzulegen. Elaine warf ihren Hörer auf die Gabel und gewann mit einer Mikrosekunde.

Sie legte die Hand auf den Hörer und sah Kate an. »Also, das war gar nicht so schlecht, denke ich mal«, sagte sie. »Komischerweise möchte ich mir immer die Hände waschen gehen, nachdem ich mit Phil Hill telefoniert habe.«

»Hmmm«, sagte Kate. Sie fragte sich, ob Elaine wohl unter Schock stand.

Elaine streckte die Hand nach den Notizen aus, die Kate gemacht hatte, und Kate presste sie schnell an sich. »Oh, ich habe nur Stichworte aufgeschrieben, Elaine. Ich tippe alles für Sie ab.« Sie warf ihr ein schnelles Lächeln zu.

»Gut«, sagte Elaine. »Machen Sie das, und danach müssen Sie für mich zu Culpepper gehen. Ich mache Ihnen eine Liste.«

»Also, der Agent telefoniert jetzt mit ihr wegen des Angebots, und sie muss sich bis heute Abend entscheiden.« Kate sah über die Schulter, falls Fidelma unerwartet zurückkam. Die Marketing-Abteilung war als Einzige so leer, dass sie dort telefonieren konnte, ohne dass jemand mithören konnte.

»Hast du irgendetwas Schriftliches über die zehn Prozent?«, fragte Dant. Kate hörte wieder das Klicken seines Feuerzeugs. Es klang, als rauchte er zwei Zigaretten auf einmal.

»Nein, aber sie weiß ja, dass ich die ganze Sache auffliegen lassen kann.« Kate bezweifelte insgeheim, dass das Cress abschrecken würde, wenn sie in voller Panik war.

»Sicherlich wird doch der Agent das Angebot einfach in ihrem Namen akzeptieren, wenn so viel Geld im Spiel ist? Er muss Cress mittlerweile gut genug kennen gelernt haben, um zu wissen, dass sie wirklich dazu fähig ist, auch eine so gute Ausgangslage aus reiner Gewohnheit zu versauen.«

»Er muss es ihr sagen. Dazu ist er gesetzlich verpflichtet. Ich hoffe nur, dass er ihr nicht erst sagt, wie fantastisch die neu konzipierten Charaktere sind. Solange der Express-Service nicht verfrüht liefert, müssten wir aus dem Schneider sein.«

»Es geht dir also gar nicht ums Geld, oder?«

»Nee.«

»Scheiße.«

Fidelmas blonder Kopf hüpfte an der Stellwand vorbei. »Dant, ich muss jetzt leider Schluss machen. Ich melde mich, sobald Phil Cressidas Antwort telefonisch mitteilt.«

»Was machen Sie denn in Dianes Büro?«

Fidelma stand genau hinter ihr. Kate entfernte sich schuldbewusst vom Telefon. »Elaine sagte, dass Diane eine Art Marketingplan für das R. A. Harper-Angebot aufgestellt hat. Und ich bin hergekommen, um nach ihm zu suchen.«

»Aber ich habe ihn doch vor der Konferenz auf Elaines Schreibtisch gelegt.« Fidelmas Augen wurden schmal.

»Ups, mein Fehler!«, sagte Kate forsch. »Dann werde ich ihr das jetzt gleich sagen.« Sie schlenderte aus dem Büro heraus, doch dabei erhaschte sie noch zu Isobels Wohl die voraussichtlichen Verkaufszahlen für die Verkaufsförderung von Cynthias Muttertagskrimi.

Bis zur Mitte des Nachmittags machten sich die Nachwirkungen der vier doppelten Espressi bei Kate bemerkbar, und sie fühlte sich bemerkenswert versöhnt mit der Welt. Sie hatte den Überhang an Leserbriefen abgearbeitet, der schon aus der Schublade herauszuquellen drohte. Danach hatte sie alle Rechnungen der freien Redakteure zur Zahlung genehmigt und schrieb gerade einen ziemlich guten Text für einen von Elaines historischen Liebesromanen.

Die Dinge sahen für sie fast so rosig aus wie für Lady

Eglantine de Lacy de Deauville. Auch wenn ein von einem Graben umgebenes Schloss und ein Leben, das nur aus dem endlosen Sticken von Wandteppichen und dem klopfenden Herzen beim Geräusch sich nähernder Pferde bestand, außer Frage stand, standen die Dinge nicht schlecht: Sie war kurz davor, mehr Geld zu bekommen, als sie in dreieinhalb Jahren hier verdienen würde, Cress würde bekommen, was sie verdiente und als Sahnehäubchen auf dem Kuchen führte Harry sie zum Abendessen aus. Kate hatte sogar telefonisch bei dem Express-Service nach der Ankunftszeit des Päckchens nachgefragt, und sie hatten ihr bestätigt, dass es beim Hôpital du Sacré Cœur nicht vor morgen Nachmittag eintreffen würde.

Sie setzte ihre letzten drei Pünktchen ans Ende des Textes und schickte ihn per E-Mail an Sarah in der Produktionsabteilung mit dem Gefühl, gute Arbeit geleistet zu haben.

Kate nahm den Telefonhörer ab und wählte Isobels Apparat.

»Hast du nicht Lust, mit mir zum Süßigkeitsladen zu gehen und ein wenig Vier-Uhr-Schokolade zu holen?«

»Gib mir fünf Minuten«, sagte Isobel. »Ich versuche gerade, mir ein paar Verkaufsargumente für Dilys Richards Friseur-Kurzgeschichten einfallen zu lassen.«

»In Ordnung«, sagte Kate. Aus reiner Gewohnheit schaute sie auf die internationale Zeittafel, die in einer kleinen Ecke ihres Computermonitors sichtbar war. Viertel nach neun in Chicago. Giles war wahrscheinlich schon seit mindestens einer Stunde im Büro.

Um sich von dem leichten Gefühl von Schuld oder sogar Reue abzulenken, die immer mit diesem Gedanken verbunden waren, lehnte sie sich in ihrem Stuhl zurück und sah zu Elaines Büro hinüber.

Elaine tippte wie wild auf ihrem Computer den sehr komplizierten Bestätigungsbrief, den sie später an diesem Nachmittag an Phil würde faxen müssen.

»Elaine, möchten Sie ein wenig Schokolade haben? Ich gehe gleich zur Post«, rief Kate hinüber.

Elaine hielt inne und presste die Lippen fest zusammen. Ohne den Blick vom Monitor zu nehmen, sagte sie dann: »Ja, bringen Sie mir doch bitte vier Kit-Kats mit.«

»Vier?«, fragte Kate ungläubig, ehe sie die Heftigkeit in ihrer Stimme dämpfen konnte.

Elaine errötete. »Die Nerven.«

Also, dachte Kate, was man alles über Menschen in Zeiten wie diesen erfahren kann.

Sie hatte einen Arm schon in ihren Mantel geschoben, als Elaines Telefon klingelte. Sie erstarrten beide.

Elaine schaffte es, das Telefon viermal klingeln zu lassen und täuschte dann die Gelassenheit von Jennifer vor.

»Oh, hallo, Phil!«, sagte sie.

Kate fuhr mit dem anderen Arm in den Ärmel und zog sich den Mantel zurecht. Die Schokoriegel gingen auf ihr Konto!

»Oh. Oh.«

Etwas in Elaines Stimme veranlasste Kate dazu, ihren Mantel wieder auszuziehen, ohne darüber nachzudenken. Wortlos ging sie zur Bürotür und lehnte sich mit halb geöffnetem Mund an den Türpfosten.

»Ich verstehe«, sagte Elaine angespannt. »Wie Sie schon sagten, ist es das Vorrecht des Autors, um Zeit zum Nachdenken zu bitten. Wenn etwas zu überdenken *ist*. Aber, wie *ich* schon sagte, glaube ich nicht, dass ich ein Angebot solcher Größenordnung bis zum nächsten Tag aufrechterhalten kann.«

Oh Gott!

Kates Blase sandte einen rot glühenden Schmerz durch ihren Unterkörper, als sie blitzlichtartig vor sich sah, was alles entsetzlich schief gehen konnte. Wenn Cress aus reinem Primadonna-Gehabe heraus alle bis zum nächsten Tag warten ließ, würde sie Dants Manuskript erhalten, fuchsteufelswild werden und vielleicht die ganze Sache abblasen. Elaine war ja alles andere als ein harter Verhandlungspartner, doch Jennifer konnte sie wirklich dazu zwingen, das Angebot zurückzuziehen, einfach deswegen, weil Phil vielleicht jetzt schon andere Verlage anrief, um herauszufinden, ob sie ihm mehr anbieten würden. Und es gab keine Garantie dafür, dass irgendjemand anderer so wild darauf war wie Elaine. Kate kannte zwar nicht den verlagstechnischen Ausdruck dafür, dass jemand entgegen einer mündlichen Zusage ein Manuskript an einen Höherbietenden verkaufte, doch sie war sicher, dass so etwas üblich war.

Genauer gesagt, es war unvermeidlich, dass Jennifer und Elaine herausfinden würden, dass sie selbst in die Sache verwickelt war, und sie würden sie sicherlich feuern. Das war keine Frage.

Kate zog sich den Mantel wieder an und sauste zu Isobels Büro hinüber.

»Isobel?«, zischte sie.

Isobel schaute von dem Arbeitsblatt auf ihrem Monitor auf. »Du brauchst gar nicht so heimlich zu tun, weil jeder weiß, wohin du gehst. Du darfst die Klasse vor dem Heim…«

»Isobel, du musst mir helfen«, sagte Kate und kramte in ihrer Handtasche nach ihrer Geldbörse. »Hast du dein Handy dabei?«

»Ja«, erwiderte Isobel verständnislos. Sie griff nach ihrer Tasche und gab Kate das Handy.

»Fantastisch«, sagte Kate. Sie öffnete ihre Geldbörse und sah hoffnungsvoll in das Fach für Geldscheine. Es war mit Bargeld-Abhebungsabschnitten gefüllt. Dann öffnete sie das Münzfach und leerte es auf Isobels Schreibtisch aus. Zehn- und Zweipence Stücke rollten in alle Richtungen davon. »Ich muss ein sehr teures Handygespräch führen«, sagte sie. »Ich hoffe, das wird reichen.«

»Mach dir keine Gedanken. ›Will zahlt die Rechnungen‹, ist mein Motto«, sagte Isobel, als Kate sich zum Gehen wandte. »Kate! Warte!«

Kate drehte sich wieder um.

Isobel nahm ein Zwanzig-Pence-Stück aus dem Berg Kleingeld heraus. »Kannst du mir einen Schokoriegel und Kaugummi für fünf Pence mitbringen?«

31

»Ich habe ihr gesagt, dass sie Phil zurückrufen soll, sobald ich aufgelegt habe und das Angebot annehmen soll, noch ehe Elaine es zurückzieht.«

»Und was hat sie gesagt?«

Kate sog die letzten Reste ihres Bananen-und-Erdnuss-butter-Milchshakes auf. Sie war zu nervös, um etwas zu essen. Der Große Bubba, den Harry für sie bestellt hatte (ohne Käse, ohne Mayo, mit doppelter Portion Salat) stand unberührt und fettig neben ihrer Tasche. Sie schnitt eine Grimasse in Dants Richtung. »Es geht schneller, wenn ich sage, was sie nicht gesagt hat.«

Dant seufzte und sah zweimal theatralisch auf seine Uhr. »Nun, eine kurze Zusammenfassung, ehe Harry von der Toilette zurückkommt, wäre ganz gut.«

Kate sah Dant giftig an. »Versprich, dass du dich danach verpisst?« Ihn zufällig in einer Themen-Burgerbar auftauchen zu lassen, die er normalerweise nur mit Knoblauch und Kruzifixen betreten hätte, überstieg die Grenzen der Glaubwürdigkeit – doch glücklicherweise waren in Harrys Fall die Grenzen der Glaubwürdigkeit erfreulich flexibel. Doch sie musste Dant unbedingt informieren und mit ihm einen Notplan zurechtzaubern, falls Cressida anrief, während sie nicht da war, und dieses Treffen war für sie die beste Möglichkeit gewesen.

Er sah sie an, als sei sie die Geistesgestörte und Ärgerliche. »Glaubst du etwa, dass ich hier drin gesehen werden *möchte*? Glaub mir, ich kenne in Chelsea viel zu viele Leute, um dieses Lokal für sicher zu halten.«

Kate seufzte ungeduldig und warf einen nervösen Blick in Richtung Toiletten. »Ich habe ihr einfach gesagt, dass solche Angebote nicht über Nacht aufrechterhalten werden. Und wenn sie das Angebot haben wolle, müsse sie Phil sofort zurückrufen und ihn dazu bringen, das Angebot in ihrem Namen anzunehmen. Ich habe vielleicht Elaines professionelle Härte ein wenig übertrieben« – sie als rücksichtsloseste Redakteurin von London zu beschreiben, funktionierte nur per Telefon – doch wenn sie jetzt nicht akzeptiert, sitzen wir alle in der Scheiße.«

»Hat sie dein plötzliches Interesse nicht verdächtig gefunden?«

Kate überlegte. Der Empfang war während des gesamten Gesprächs ganz leise gewesen, und sie hatte Angst gehabt, dass jemand von der Werbeabteilung nach dem Mittagessen im Livebait vorbeigehen und sie sehen würde. Sie sah ihre vorrangige Aufgabe nicht darin, die Nuancen von Cressidas Übellaunigkeit herauszufinden, die von ihrer Bettlägerigkeit herrührte, vor allem wenn sie sie mit dem blutstockenden Gedanken verglich, dass fünfzigtausend Pfund sich in der dünnen Luft der Schweizer Bergwelt verflüchtigten.

»Nein, ich habe ihr einfach nur das ›Dies ist zu deinem Besten‹-Spiel geboten und habe mich bemüht, so professionell wie möglich zu klingen. Und dabei habe ich hervorgehoben, dass alle die fertige Fassung *anbeten*. Aber offenbar nicht zu sehr, dass sie vermuten konnte, dass die sich von der ersten Fassung so sehr unterscheidet.« Kate zuckte die Achseln. »Ich glaube, dass sie einfach die Aufmerksamkeit genossen hat.«

»Das ist ja was ganz Neues.« Dant nahm sich einen von Harry übrig gelassenen Zwiebelringen. »Hat sie mich überhaupt erwähnt?«

Kate wunderte sich einmal mehr über die totale Egozentrik der Grenfell-Familie. »Nur eine kurze, aber schadenfrohe Vermutung darüber, wie sauer du sein wirst, wenn du herausfindest, was für einen spektakulären Sprung ihre Karriere als Romanautorin gemacht hat, angesichts der Tatsache, dass du ja immer für denjenigen gehalten wurdest, der alle kreativen Fähigkeiten von Anna geerbt hat.«

»Ah!« Dant schnüffelte dankbar in die Luft. »Der süße Geruch hausgemachter Ironie!«

»Jaaa, also so weit ich weiß, ist der Handel unter Dach und Fach, da Elaine die nächste Stunde mit dem Versuch verbracht hat, den Telefonhörer durch positives Denken zum Schweben zu bringen, den Rest des Nachmittags in der Rechtsabteilung den Vertrag klargemacht und die mädchenhaften Glückwunschschreie der anderen Redakteure entgegengenommen hat.«

Außer von Cynthia. Natürlich.

»Für mich klingt das, als sei das Schäfchen im Trocknen.«

Dant und Kate sahen sich an. Kate konnte seinem dunklen Blick nur ein paar Momente lang standhalten, bevor sie ihre Augen auf ihren unberührten Burger senkte. Für einen Kerl hatte Dant beunruhigend lange Wimpern, und er hatte diesen beängstigenden ›Ich durchschaue dich‹-Blick der absolut Selbstbewussten. Doch für zwei reich gewordene Leute, die gerade einen Betrug vom Wert eines Malcolm MacLaren durchgezogen hatten, schienen beide nicht besonders zuversichtlich zu sein.

»Sofern…«, begann Kate und starrte auf die Mohnsamen auf dem Burgerbrötchen.

»Sofern.«

»Sofern was?«, fragte Harry, während er auf den hohen Hocker zurückkletterte und immer noch Wassertropfen von den Händen schüttelte. Er wusch sich nach der Toilette *immer* die Hände.

Dant versuchte nicht einmal, Kates Aufmerksamkeit zu erregen. »Sofern du diese köstlichen Zwiebelringe nicht isst, werde ich sie zu meiner heißen Verabredung mitnehmen. Irgendwie muss ich mir die Damen ja ein bisschen vom Leib halten.«

»Zieh Leine, Freundchen«, sagte Harry und winkte die

Zwiebelringe huldvoll weg. »Ich habe heute meinen ersten anständigen Wagen verkauft und ich muss euch sagen, dass die Provision nicht weit von fünfhundert entfernt war. Nimm dir die Zwiebelringe ruhig mit.«

Dant und Kate versuchten, beeindruckt auszusehen.

»Höre ich jetzt schon Stimmen oder habt ihr über Cress gesprochen?«, fragte er und zwirbelte an einem Korianderzweiglein herum.

»Harry, du wirst langsam zu alt für diesen pathetischen Schulmädchenmist. Überwinde sie endlich, Harry. Sie ist wirklich nicht der Mensch, für den du sie hältst.«

»Mann, ich weiß nicht recht«, sagte Harry in seinen Milchshake hinein. Zu Kates Bestürzung tauchte ein kleines Lächeln in seinen Mundwinkeln auf und blieb dort, während er heftig an seinem Strohhalm sog.

Kates Herz machte einen Sprung und mehrere törichte Bemerkungen lagen ihr auf der Zunge.

Ehrlich gesagt machte sie die Zwickmühle zwischen Geheimhaltung und Loyalität verrückt: Sie wusste, spätestens nach den Gesetzen von Cressidas fiktiver Wohnung, dass sie irgendwann und an einem gewissen Punkt zu einer dramatischen Enthüllungsszene berechtigt war. Und theoretisch müsste der Schock über die Entdeckung von Cressidas wahrem Charakter ihr Harry schneller in die Arme treiben als einen Windhund in einen Porsche. Doch auch dabei konnte zwischendurch wieder so viel schief gehen. Kate hatte Antonius und Cleopatra gelesen, und sie wusste nur zu gut, was den Überbringern von schlechten Liebesnachrichten geschehen konnte.

»Harry, es gibt in Westafrika brutale Militärdiktatoren, die zu ihren Freunden weit loyaler und liebevoller sind als meine Schwester. Außerdem möchte ich so kurz nach dem Essen und vor anwesenden Damen nicht über meine Schwester sprechen. Ich muss gehen«, sagte Dant. Er legte die Hände auf den Edelstahltresen und glitt vom Hocker herunter. »Bräute anbaggern gehen.«

»Jemand, den ich kenne?«, fragte Harry fröhlich. »Doch nicht eines der Mädchen aus Fulham?«

»Die Zwillinge mit dem Stirnhirnschnitt?« Dant starrte ihn an, als sei er erst kürzlich aus der Sicherheitsverwahrung entlassen worden. Kate stellte mal wieder erfreut fest, dass Dants Glaube an die universelle Dummheit nicht auf sie beschränkt war. »Harry, mein Freund, es tut mir Leid, dir sagen zu müssen, dass die Chancen, Poppy und Tizzy oder wie auch immer sie heißen mögen, wieder zu sehen, ungefähr so gering sind wie die Gesamtzahl ihrer Hirnzellen.«

Dant wandte sich Kate zu. »Das war selbst nach unseren Maßstäben keine gute Nacht. Poppy, die tatsächlich eine *intellektuelle* persönliche Assistentin von irgendeinem City-Wichser ist, eröffnete die Abwehrschlacht nach der klassischen Schneeball-Methode: ›Gott, das ist so verrückt für mich, weil ich eigentlich nur mit wirklich erfolgreichen Leuten ausgehe!‹ Du musst doch zugeben, dass das schon eine Art Gesprächskiller war.« Dant hob die Hand. »Doch keine Angst, denn Mr. Harvey hier war sofort zur Stelle, um die ungute Situation mit dem klassischen Satz zu retten: ›Hört mal, Mädchen, ich habe in der neuesten *Cosmopolitan* einen tollen Artikel gelesen über die Zehn Sexhilfen, Die Frauen In Ihren Handtaschen Haben und Von Denen Niemand Weiss!‹ Und dem er, als die Stille wie radioaktiv verseuchter Schnee auf den Tisch fiel, hinzufügte: »Na los! Lasst uns mal in deiner Tasche nachsehen, Tizzy!«

Dant drehte sich wieder zu Harry um. »Aber es war wenigstens eine billige Nacht, denke ich mal. Zwei Pimm's für jeden, und schon waren sie wieder in einem schwarzen Taxi auf dem Rückweg nach Fulham.«

»Das ich bezahlt habe.«

»Ein wahrer Gentleman«, sagte Dant und kniff Harry ins Ohr. »Bis später, Kinder.«

Kate sah ihm nach, wie er aus der Tür schlenderte und auf den 19er Bus sprang, der zufällig wegen des Verkehrs langsamer fuhr.

»Was für ein blöder Hund«, sagte Harry herzlich.

Kate murmelte zustimmend und zwang ihren Magen, endlich mit dem Herumgeschaukele aufzuhören. Sie konzentrierte sich auf Harrys rechte Hand, die seine Kaffeetasse umfasste. Sie war mit einem leichten blonden Haarflaum bedeckt und hatte zwei schokoladenbraune Muttermale in der Nähe des Daumens. Ihr Blick und ihre Vorstellungskraft wanderten über den knotenartigen Knochen seines Handgelenks hinweg, den die Manschette gerade noch freigelassen hatte und plötzlich mit schmerzlicher Intimität den Ärmel seines Hemds hinauf. Sie stöhnte innerlich vor schuldbewusstem Verlangen.

In den vergangenen sechs Monaten hatten sie und Harry sich stundenlang auf diesen Tresen gestützt und über alle möglichen Dinge gesprochen, über manches Persönliche, manches Zufällige und manches durchaus Interessante. Es war eine dieser klassischen Ironien, dass ihre Gespräche witzig und locker gewesen waren, solange sie Harry eher als eine nette Zweitausgabe ihres Bruders angesehen hatte – und das war genau der Zustand, den sie nun verzweifelt, aber vergeblich herzustellen versuchte. Sie sog den Rest ihres Milchshakes auf und merkte kaum das obszön laute Geräusch, das sie dabei machte. Und zum achtzigsten Mal an diesem Tag dachte sie darüber nach, ob Cress sie wohl alle töten würde, wenn sie die Wahrheit über das Buch herausfand. Oder wie sie sie töten würde, angesichts ihrer offenkundigen Wahlmöglichkeiten.

»Hattest du einen guten Tag bei der Arbeit?«

»Bitte, lass uns nicht über die Arbeit sprechen«, sagte Kate und zuckte zusammen. Doch sie griff begierig nach dem einzigen Thema, von dem sie wusste, dass Harry sich lang und breit und begeistert darüber auslassen würde und sie überhaupt nichts dazu beitragen musste. »Ich habe einfach keine Lust dazu, mich mit Eclipse auch noch außerhalb der Bürostunden zu beschäftigen. Warum erzählst du mir nichts über das Auto, das du heute verkauft hast?«

Harrys Gesicht hellte sich vor Freude auf. »Über den kleinen Healey? Kate, du hättest dieses Auto geliebt. Und ich könnte mir dich auch gut darin vorstellen. Mit Schal, Sonnenbrille, Twinset und allem.«

Interessant, dachte Kate. Twinset, ja? Sie schob dieses nützliche Material für Hirngespinste von sich und nickte ermutigend.

Harry zeichnete Konturen auf seine Serviette, mit denen er die Kurven und die Krümmung der Räder demonstrierte. »Er war anbetungswürdig. Blau- und cremefarben mit cremefarbener Leder-Innenausstattung und in tadellosem Zustand, weil er die meiste Zeit seines Lebens in einer Garage in Frankreich gestanden hat. Aber die Technik! Ein richtiges Juwel. Ich wusste jedenfalls, dass der Typ ihn sich schon seit einem Monat immer wieder angesehen hat, weil er ihn seiner Frau schenken wollte…«

Kate glitt in eine angenehme Benommenheit hinein und konnte so Harrys blaue Augen ungehindert bewundern, die sich an den Augenwinkeln vor Lebensfreude kräuselten, während er den Wagen beschrieb. Er war so süß. Und auch noch so nett. Harry hätte sie nicht in London zurückgelassen nach dem Motto ›schwimm oder ertrink‹. Er hätte sich höflich danach erkundigt, ob sie eine Schwimmweste besaß. Dann hätte er ihr vielleicht seine eigene gegeben. Während Giles erst einmal anhand des Schildes festgestellt hätte, ob es die richtige Schwimmweste gewesen wäre, und…

»…annehmen können, dass du also bleibst?«

Kates Blick kehrte ruckartig zu Harry zurück, als er ihren Unterarm berührte, um ihren benommenen Blick von den ›Spezialitäten der Woche‹ loszueisen.

»Ich sagte, ob wir davon ausgehen können, dass du bleiben wirst?«

Kate sah ihn verständnislos an. »In welcher Hinsicht… bleiben?«

Harry tippte ihr sanft an die Stirn. »Hallo? Jemand zu Hause? Ist dein sechsmonatiger Zeitmietvertrag nicht Ende letzten Monats ausgelaufen? In der Wohnung? Wo wir leben?«

»Oh, richtig, das.« Kate dachte darüber nach und fragte sich mal wieder, wie sechs Monate unbemerkt an ihr hatten vorbeirauschen können. Der Stress, Cressidas Buch zu beenden und die Tatsache, dass sie doppelt so viel gearbeitet hatte als sonst, um Giles' Abwesenheit zu verdrängen, hatten sie von Wochenende zu Wochenende gehetzt – schneller sogar als ihr ursprünglicher Plan, sich durch alle empfohlenen Secondhand-Schallplatten-Läden Londons durchzuarbeiten.

»Nun ja, ich denke, dass ich bleiben werde«, sagte sie nachdenklich. »Ich habe keine Ahnung, wann Giles zurückkommt.« Und auch nicht, was danach sein würde. Und die Vorstellung, dass sie geplant hatte, vor Ende des Zeitvertrages gegen Zahlung einer Kaution fortzugehen…

»Es ist eine Schande«, sagte Harry freundlich. »Noch Kaffee?«

»Ja, mach weiter«, sagte Kate und schob ihre Tasse neben seine. Sie hatte schon einige Zeit vor Weihnachten ihren Widerstand dagegen aufgegeben, dass Harry das Essen für sie mit bezahlte.

»Der Kerl hat mich seit drei Wochen nicht mehr angerufen.« Kate verschränkte die Finger ineinander und legte das Kinn darauf. »Ich glaube, er liebt mich nicht mehr«, fügte sie hinzu, ohne ihn anzusehen.

»Dann ist er ja noch ein viel größerer Trottel als zu dem Zeitpunkt, als er dich hier zurückgelassen hat«, sagte Harry heftig. »Filter oder Cappuccino?«

»Oh Gott«, hauchte Kate in ihre Hände, ehe sie es verhindern konnte.

»Entschuldige, das habe ich nicht verstanden.« Harry beugte den Kopf herab und sah ihr forschend in die halb geschlossenen Augen. Sie schaute auf, und die vertrauliche Neigung seines Kopfes ließ sie sofort daran denken, wie wenige winzige Zentimeter zwischen einem Gespräch und einem Kuss lagen. Und wie einfach es war, zwei oder vielleicht sogar drei Beziehungen in weniger Zeit zu zerstören, als nötig war, um unter einen U-Bahn-Zug zu fallen.

Sie atmete tief ein. »Ich möchte bitte einen doppelten Espresso haben.«

Nach dem Abendessen gingen sie langsam nach Hause. Kate wollte nicht zu Hause sein, wenn Cress anrief, falls sie überhaupt anrief. Sie hatte begonnen, sich Sorgen darüber zu machen, dass Harry verrückt werden würde, wenn er herausfand, was sie und Dant Cressida angetan hatten, genauso wie sie seinetwegen diese beschützende Wut in sich gefühlt hatte. Sie hatte das seltsame Gefühl, dass die Dinge nie mehr so leicht zwischen ihnen sein würden: dass das prickelnde Verlangen, das jetzt so angenehm intensiv war, sich entweder in Luft auflöste oder sich in irgendetwas anderes verwandeln würde, mit dem sie fertig werden musste – und trotz ihrer angeblichen Neigung für Szenen war Kate nicht sehr gut in Situationen, in denen sie im Unrecht war. Gequälte Frauen waren ihre Spezialität, nicht aber lustvolle erwachsene Frauen.

Harry hatte den Arm um ihre Schultern gelegt, als sie die King's Road entlanggingen und hatte, nach einer beiläufigen Bemerkung von Kate über Kricketpullover, mit einer langen und komplizierten Geschichte über Dants einziges Auftauchen beim Kricket-Team der Schule begonnen.

Als sie die Abzweigung zum Deauville Crescent erreichten, fasste Kate nach oben und drückte Harrys Hand, die über ihrer Schulter herabhing. Er kitzelte sie am Ohr, und sie war versucht, nicht abzubiegen, sondern einfach mit ihm noch einmal um den Block zu gehen.

»Ich wünschte, ich hätte dich mit dem Austin Healey mitgenommen, bevor wir ihn verkauft haben«, sagte er. »Du hättest toll auf dem Vordersitz ausgesehen.«

»Fahrend, hoffe ich«, sagte Kate. »Entschuldige, ich habe gar nicht gemerkt, dass wir in den letzten fünf Minuten gar nicht über deinen Verkauf gesprochen haben. Warum erzählst du es mir nicht noch einmal? Vielleicht ist mir ja bei der neunten Wiederholung etwas entgangen.«

»Ui!« Harry zog ausgelassen an ihrem Zopf. »Ich wollte ja nur, dass du weißt, dass das der Anfang meiner Karriere ist. Nun kann Cressida nie mehr sagen, dass ich ein unfähiger Verkäufer und gescheiterter Autoschlosser bin.«

»Ich glaube nicht, dass Cress in der Lage ist, über Karrieren zu sprechen«, sagte Kate düster, während sie die Vordertreppe hinaufstieg. Sie rammte den Schlüssel ins Schloss, als sei es Cressidas Auge.

»Oh, ich weiß nicht recht«, begann Harry, folgte ihr ins Haus und ging die Post in den Taubenschlägen durch.

Oben angekommen, hörte sie Dants Stimme in der Diele.

»Oh gut«, sagte er, während er das durchsichtige Telefon in einer Hand und einen Becher mit eisgekühltem Saft in der anderen Hand hielt. »Sie kommt gerade herein. Kate, Telefon!«

Cressida. Der Augenblick war gekommen, offensichtlich zusammen mit dem Express-Paket.

Sie schluckte und stellte die Tasche ab.

»Gott, bin ich froh, dass du da bist«, sagte Dant und hielt ihr den Hörer auf Armeslänge entgegen, als sie auf ihn zu ging. Er bemühte sich nicht, seine Stimme zu senken. »Ich könnte dieses Gespräch nicht länger als dreißig Sekunden ertragen. Langweilig.«

»Ist das Laura?«, fragte Kate mit lautlosen Mundbewegungen. Selbst ein Gespräch mit Laura über Scheidungsanwälte wäre ihr in diesem Moment willkommen gewesen.

»Nein, viel schlimmer.« Dant bekreuzigte sich und verdrehte die Augen himmelwärts.

Kate schnitt zu Dant und Harry eine Grimasse und nahm den Hörer.

»Hallo, Cressida!«, sagte sie in einem so neutralen Ton, wie ihr möglich war.

»Katie? Ich bin's, Giles!«

Noch nie zuvor war Kate einem außerkörperlichen Erlebnis so nahe gekommen wie jetzt, als sie im Dielenspiegel sah, wie sehr sich ihr erhöhter Herzschlag auf ihrem verzweifelten Gesicht widerspiegelte.

32

»Wie schön, von dir zu hören, Giles.«

»Aber ja, natürlich ist es wunderbar, deine Stimme zu hören – nach so langer Zeit«, sagte Kate und gestikulierte heftig, damit Dant und Harry sich verzogen. Als sie sich fragte, ob Giles anrief, um ihr zu sagen, dass er jetzt eine Aufenthaltsgenehmigung bekommen und einen Antrag auf Staatsbürgerschaft gestellt habe, bemerkte sie, dass Harry eine leichte Röte in die Wangen stieg. Eine winzige Stimme in ihrem Kopf freute sich und wurde prompt von einer Welle von Schuldgefühlen davongespült.

»Was hast du denn gemacht?«

»Ach, dieses und jenes«, sagte Kate und zuckte wütend mit Blick zu den Jungs mit den Augenbrauen. Sie zuckten mit ihren Augenbrauen zurück. Kate nahm die Telefonschnur hoch und fegte damit in die Küche hinüber.

Es war höchst verführerisch für sie, Giles zu erzählen, dass sie auf eigene Faust etwas Gerissenes und Riskantes gemacht hatte. Doch sie war sich seines unvorhersehbaren Gefühls für professionelle Moral nicht sicher, und außerdem hatte er wahrscheinlich noch nie von Anna Flail gehört, geschweige denn von den anderen dramatis personae. Am liebsten wollte sie ihm nach drei Wochen Schweigen überhaupt nichts erzählen. Sie hatte den Verdacht, dass sich die ursprüngliche Vereinbarung, ihr Gleichgewicht nicht mit gefühlsmäßigen Kontakten zu stören, in unangenehmer Weise in etwas anderes verwandelt hatte.

Kate merkte gar nicht, dass das Schweigen eigentlich ein doppeltes Nicht-Gespräch war.

»Hoffentlich nicht zu viel von ›jenem‹?« Ihre Innereien rumorten verräterisch über die zuversichtliche Sanftheit von Giles' Stimme, und sie drehte sich das Telefonkabel um die Hand.

Sie drehte den Jungs den Rücken zu, zwang sich ein breites Lächeln aufs Gesicht und hoffte, dass es aus ihrer Stimme herauszuhören war. »Ein bisschen Glück wäre schön. Habe ich schon erwähnt, dass mein Freund bis in alle Ewigkeit in Chicago festsitzt?«

»Was wäre, wenn ich sagte, dass er voller Freude innerhalb einer Woche zurückkommen wird?«

Kate schluckte und zwang sich dazu, den Sauglüfter noch stärker anzulächeln. »Du kommst nach England zurück?«

Sie drehte die Schnur fester um ihre Hand, merkte einen plötzlichen Gegenzug und hörte hinter sich ein dramatisches doppeltes Keuchen. Sie drehte sich um und sah, dass Dant und Harry sich die Schnur wie eine vorgetäuschte Schlinge um die Hälse gelegt hatten und die Zungen herausstreckten. Dants Zunge war leuchtend blau verfärbt von seinem eisgekühlten Wodka-Blaubeer-Getränk, und Harry hatte wegen der besseren Wirkung die Augen nach oben verdreht.

Kate riss an der Schnur und lehnte den Kopf an den Kühlschrank. Damit konnte sie jetzt nicht mehr fertig werden. Überhaupt nicht mehr fertig werden.

»Fantastisch«, schaffte sie zu sagen. Ihre Mundwinkel schmerzten von ihrem gezwungenen Lächeln, und sie klang noch immer so, als hätte sie gerade die Absage ihres Termins beim Fußpfleger erhalten.

»*Fantasssssstisch*«, hauchte Dant. Sie streckte zwei Finger hinter ihrem Rücken hoch, und in der Spiegelung der Herdtür sah sie, dass Harry sich losmachte und in sein Zimmer verschwand.

»Das klingt ja gar nicht sehr erfreut«, sagte Giles.

»Giles, ich bin wirklich begeistert«, sagte Kate. »Kannst

du eine Sekunde lang dranbleiben?« Sie bedeckte die Sprechmuschel mit der Hand. »Verpiss dich, Dant. Jetzt.«

Er verzog das Gesicht und schlurfte davon. Die Wohnungstür fiel krachend ins Schloss.

»Es ist nur so, dass ich mich ungeheuer bemüht habe, nicht darüber nachzudenken, wann du nach Hause zurückkommst, damit ich nicht enttäuscht werde, verstehst du?«, sagte Kate. »Es ist schwer, sich plötzlich wieder umzustellen.« Sie zog ihre Küchenschranktür auf, damit sie ihn ansehen konnte, während sie mit ihm sprach. Ihr Blick fiel auf ein Foto von ihnen beiden, das bei einer Kostüm-Cocktailparty in Castle aufgenommen worden war – er mit einer schwarzen James-Bond-Krawatte und sie mit Bunnygirl-Ohren, die wie betrunken schräg auf ihren verwuschelten kupferfarbenen Locken saßen – und eine Sehnsucht begann in ihrem Magen herumzuwühlen, denn wenn er zurückkam, würde nichts mehr so wie früher sein.

»Also, das Projekt wird bis zum Ende dieser Woche fertiggestellt sein«, sagte er. Kate sank langsam auf den Küchenboden hinunter. »Ich müsste in ungefähr zehn Tagen zu Hause sein – ich kann es dir noch nicht genau sagen, aber ich dachte, dass du es so früh wie möglich wissen möchtest.«

»Großartig«, sagte sie schwach.

»Ich rufe eigentlich an, weil ich wissen möchte, ob ich dir etwas aus den Staaten mitbringen soll. Kleider? Maybelline Schminke? Ich könnte noch zu Victoria's Secret…?«

»Ich wette, dass du das kannst«, sagte Kate, die noch nicht genau wusste, worauf er hinauswollte.

»Katie, wir müssen uns ernsthaft miteinander unterhalten, wenn ich zurück bin.« Giles senkte die Stimme zu einem ernsteren Murmeln. »Vieles hat sich geändert, seit ich fort bin.«

Kates Antennen für Tragödien zuckten schmerzhaft, und die Alarmglocke in ihrer Brust klingelte lauter. Zum ersten Mal in ihrem Leben fürchtete sie sich gleichzeitig davor, dass jemand ihre Beziehung *aufrechterhalten* wollte und dass sie kurz davor war, fallen gelassen zu werden. Sie blinzelte schockiert. Solche Gefühle waren ihr fremd und sie wusste nicht, wie sie reagieren sollte.

Instinktiv schob sie das ganze Dilemma von sich. Sie würde schon wissen, wie sie zu reagieren hatte, wenn sie davor stand, und bis dahin würde sie sich nicht gestatten, darüber nachzudenken, was Giles meinte und was sie in ihrem geheimen Inneren wirklich wollte.

Geheimes Inneres. Du lieber Himmel. War es schon so weit gekommen?

Sie fummelte an den Magneten auf der Kühlschranktür herum, auf denen Worte standen.

Schwarz. Liebhaber. Wolke. Strömung.

»Giles, ich weiß, dass sich die Dinge geändert haben, und ich weiß auch, dass wir darüber sprechen müssen, aber lass uns nicht darüber reden, solange alles noch nicht spruchreif ist. Kann es nicht solange warten, bis du hier bist und ich hier bin und wir… du weißt schon.« Sie verstummte, weil die Sätze, die sich unter ihren Fingern bildeten, sie beunruhigten.

»Natürlich«, sagte Giles ruhig. Er mochte ja einen perfekten Rücken haben und tolle Augen und Schultern, für die man sterben könnte, doch seine Stimme war das Aufreizendste an ihm, dachte Kate traurig. Auch wenn er mich fallen lassen will. Oh *Gott*.

»Rufst du mich an, wenn du genau weißt, mit welchem Flug du kommen wirst? Ich möchte dich gern vom Flughafen abholen. Noch einmal.«

»Sobald ich es weiß, rufe ich an« sagte er. »Ich kann es gar nicht erwarten, wieder zu Hause zu sein.«

»Und ich kann es kaum erwarten, dass du wieder hier bist«, sagte sie. »Ich kann es gar nicht glauben, dass das nun endlich passiert.«

»Ich auch nicht«, sagte Giles.

Die Türklingel schrillte unten laut.

Kate wusste nichts mehr zu sagen. Aus irgendeinem

Grund fühlte sie sich zu schüchtern, um mit ihm zu sprechen, weil sie die Alltäglichkeiten seines Lebens nicht kannte, über die sie hätte schwatzen können. Und gleichzeitig spürte sie, dass die Stimmung nicht für ›Große Gedanken‹ geeignet war. Sie kannte alle sprachwissenschaftlichen Argumente für leeres Geschwätz, das als nützliches gesellschaftliches Gleitmittel fungierte, doch sie hatte sich nie wohl gefühlt, mit jemandem über Nichtigkeiten zu sprechen, mit dem sie eng verbunden war. Das war ihr viel zu mechanisch.

Die Türklingel ertönte wieder, und zusätzlich summte auch noch die Sprechanlage.

In der Wohnung rührte sich niemand.

Giles atmete ein, ehe er noch etwas sagte.

»Bleib eine Sekunde dran, Giles«, sagte Kate wütend und schrie dann: »Harry! Die Tür!« Das Benehmen in dieser Wohnung war unglaublich. Sie kniete sich hinter den Küchentresen und schielte über ihn hinweg. Ein schwaches rhythmisches Wummern drang aus Harrys Zimmer, was bedeutete, dass er sich wahrscheinlich mal wieder Alanis Morissette anhörte.

»In deiner Wohnung geht es zu wie auf dem Bahnhof von Clapham«, bemerkte Giles.

»Aber ohne Reisegefühle und Eile.« Die Türklingel schrillte schon wieder, und Kate schlenderte durch die Diele zu Harrys Zimmer, hämmerte an die Tür und öffnete sie dann. Harry lag mit dem Rücken zur Tür auf dem Bett, hörte Musik und las offenbar eine Zeitschrift. Als die Tür aufflog, rollte er sich abwehrend wie ein Igel zusammen.

»Harry, da ist jemand an der Tür. Bitte geh und mach auf, und dreh dich erst um, wenn ich das Zimmer verlassen habe, weil ich nicht sehen möchte, ob du das getan hast, was ich glaube«, sagte Kate mit einem einzigen Atemzug und schloss die Tür wieder. »Entschuldige Giles, ich lebe mit einem Paar nicht stubenreiner Affen zusammen. Wir haben gerade erst die Annahme von Anrufen geschafft, aber mit der Haustür ist das problematischer, wenn man mit den Fingerknöcheln über den Boden schleift.«

Giles kicherte.

Fantastisch, dachte Kate. Ich kann einen Mann nicht dazu bringen, mir zu sagen, dass er mich liebt, aber sie beten einfach meine Affenwitze an. Ich verwandele mich in Dorothy Parker – aber ohne ihre witzige Gesellschaft.

»Also, das war schon alles, was ich dir sagen wollte«, sagte Giles und kehrte deutlich hörbar zu seiner Arbeitsrolle zurück.

Harry stolperte aus seinem Zimmer heraus und die Treppe hinunter zur Haustür.

»Prima«, sagte Kate und trat sich innerlich selbst in den Hintern, weil ihr nichts Wesentliches mehr zu sagen einfiel.

»Okay«, sagte Giles. »Solltest du nicht vielleicht selber nachsehen, wer an der Tür ist?«

»Ach, das wird die Armee von Möchtegern-Freiern sein, vor denen ich mich schon unter meinem Bett verstecke, seit du weg bist«, sagte Kate locker. Dann sah sie mit gequälter Miene in die spiegelnde Tür der Mikrowelle. Wo waren denn ihre Konversationsfähigkeiten geblieben?

»Mmm.« Sie geriet in Panik über den nicht entzifferbaren Ton in Giles' Stimme. Sarkasmus? Hoffnung? Missfallen? »Also, ich werde dir die Flugdaten durchgeben, sobald ich sie habe.« Sie konnte hören, dass die Hintergrundgeräusche des Büros lauter wurden. Brachte er den Telefonapparat zu seinem Schreibtisch zurück?

Harry tauchte in der Tür auf, und sein Gesicht war noch röter als zuvor. »Äh, Kate …«, begann er.

»Giles, ich glaube, einer der Affen ist ausgerissen«, sagte Kate. »Ich muss Schluss machen.«

»Ich rufe dich bald wieder an, Süße«, sagte Giles.

Bitte werde nicht zärtlich, dachte Kate und wunderte sich dann darüber, dass sie das gedacht hatte.

»Gut, ja, ruf mich bald an«, sagte sie und wartete ganz

gegen ihre Gewohnheit die paar Herzschläge ab, bis er den Hörer auflegte. Es entstand eine Pause.

»Legst du nicht auf, Katie?«, fragte Giles.

Sie starrte das Telefon an, als hätte er am anderen Ende ihre Gedanken gelesen. »Woher weißt du, dass ich gewartet habe?«

»Weil ich immer abwarte, bis du aufgelegt hast«, sagte er, »falls dir im Nachhinein noch etwas Tolles einfällt.«

Kate war sprachlos. Es zuckte ihr durch den Kopf, dass sie zwei verschiedene Bilder von Giles in sich trug, eines, wenn er in Chicago war und ein anderes, wenn er in London war. Vielleicht, weil der fleißige und geschäftige Nicht-der-Mann-mit-dem-sie-schlief besser zu ihrem neuen Umfeld hier passte. Doch trotz all ihren geistigen Unterteilungen blieb er doch noch immer der Giles, in den sie sich in Durham verliebt hatte. Oder nicht?

»Äh, Kate…«, sagte Harry wieder und diesmal ein wenig lauter. »Da möchte dich jemand sprechen.«

Kate ließ Harry nicht aus den Augen, der mit merkwürdigem Blick zur Tür starrte. »Giles, wir zählen jetzt bis drei und legen dann zusammen auf.« Es war ein bisschen spät am Tag, um mit so etwas anzufangen. »Eins… zwei…«

»Ich habe dich wirklich vermisst«, sagte Giles unerwartet.

Kate kniff die Augen zu. »Und ich habe dich mehr vermisst, als du dir vorstellen kannst… drei.« Und voller Mühe legte sie den Hörer auf.

»Gut«, sagte sie. »Was ist denn los, zum Teufel? Bitte sag mir nicht, dass Cress sich über eine Luftbrücke hierher…«

Harry deutete zur Wohnungstür, und Kate ging hinüber, um sie richtig zu öffnen.

Mike stand davor und trug noch seine Arbeitskleidung. Sein dunkles Haar war strähnig und seine Wangen waren röter als sonst. Er sah aus, als hätte er zwanzig Minuten lang auf einem Stepper trainiert, ohne sich vorher die Jacke auszuziehen.

»Nein, sag es mir nicht«, sagte Kate. »Ein paar Fonds

waren nicht mehr zu bändigen und haben dich im Büro überrannt.«

Mike schob sie sanft, aber bestimmt beiseite und ging an ihr vorbei in die Wohnung.

»Entschuldige mal«, begann Kate und folgte ihm mit den Händen auf den Hüften. »Ich habe deinetwegen gerade ein Gespräch mit Giles abgebrochen, also ist es doch wohl das Mindeste, dass du ...«

Mike drehte sich zu ihr um. »Ist sie hier?« Seine Stirn war gerunzelt.

»Wer?«, fragte Kate und wusste plötzlich genau, um wen es ging und um was. Sie lehnte sich gegen die Sofalehne und machte sich auf das Schlimmste gefasst.

»Laura. Sie ist nicht zu Hause und ihr Make-up-Beutel ist auch weg.«

Sichere Anzeichen, dachte Kate.

»Nein, sie ist nicht hier«, sagte Kate. »Hast du ihren Vater angerufen?«

»Nein«, sagte Mike und sank neben ihr auf die Couch. »Sie sind auf Tour. Mit einer Produktion der *Brüder Karamasov,* die nur von Frauen bestritten wird.«

»Und ihre Mutter?«

»Hat sich nach Indien zurückgezogen.«

»Und unsere Mutter?«

»Wiederholt die Prüfung.«

Kate stutzte. »Hat sie eine Prüfung nicht geschafft?«

Mike schüttelte den Kopf. »Nein, sie will ihren Abschluss in Griechisch vorzeitig zusammen mit einigen Wiederholungskandidaten machen. Dad sagt, dass niemand mehr im Haus Englisch sprechen darf, geschweige denn so ein Theater wie Laura machen.« Er sank in die Kissen zurück, zog eine Aston-Martin-Radkappe hinter sich hervor und bedeckte das Gesicht mit den Händen.

Oh, fantastisch, dachte Kate und prüfte, ob Mikes Schultern sich nicht hoben. Hier sind meine drei unmöglichen Dinge vor dem Frühstück: Giles kommt nach Hause, Laura rennt weg, und Mike entpuppt sich als menschenfreundlich. Und dabei hatte sie noch nicht Cress mitgezählt, die morgen früh sofort wie eine Rakete hochgehen würde. Sonst noch was?

Harry tauchte hinter ihnen mit einer Flasche Wein und drei Gläsern auf. »Hören Sie, mein Freund«, sagte er, »Sie sehen aus, als hätten Sie einen Schock erlitten. Möchten Sie ein Glas Wein haben?«

»Hurra, ja, gut«, sagte Mike. Die Erleichterung in seiner Stimme darüber, dass jemand seine Sprache sprach, war fast mit Händen greifbar.

»Soll ich euch allein lassen?«, fragte Kate. »Ich habe nämlich heute Abend noch viel zu tun…«

Mikes Kopf lag noch immer in seinen Händen.

Harry gab ihm einen beruhigenden und dennoch sehr männlichen Schlag auf die Schultern und blinzelte Kate traurig zu. Er winkte sie zu sich herab und flüsterte ihr ins Ohr: »Ich glaube, unter diesen Umständen ist es manchmal einfacher, mit jemandem zu sprechen, den man nicht kennt. Warum gehst du nicht eben los und holst noch mehr Wein, und ich versuche, das Problem herauszufinden.«

»Ich kenne das Problem«, flüsterte Kate zurück. »Seine Frau hat den zweiten Teil von *Omen* gesehen und ist davongerannt.«

Harry sah betroffen aus. »Weggerannt? Oh Gott, der Mann meiner Schwester hat das auch getan… Armer Kerl.«

Sie sahen beide Mike an, der jetzt den Kopf hob und blicklos auf Dants größtes grünes Kratzgemälde schaute, das über dem Kamin hing. Kate konnte nicht glauben, dass er nicht hatte hören können, was sie gesagt hatten, doch er sah aus, als hätte er ein Schlafmittel genommen.

»Geh schon.« Harry stubste sie an. »Ich werde… na du weißt schon.«

»Okay«, sagte Kate. »Wie du meinst.« Sie erhob sich aus ihrer Hockstellung neben Harry und machte sich auf die Suche nach ihrer Tasche. Ihre Geldbörse lag unter zwei

Krimi-Manuskripten, von denen eines *Death, Schmeath* hieß und das andere *Bedeck mich mit Tulpen*. Und dann nahm sie auch noch die Hand voll Kleingeld mit, die Harry auf dem Tisch in der Diele liegen gelassen hatte.

Als Kate vom Victoria Wine zurückkehrte, nachdem sie sicherheitshalber eine besonders lange Runde um den Block gemacht hatte, fand sie Harry und Mike dort ins Gespräch vertieft, wo sie sie zurückgelassen hatte. Dant lag neben dem Sofa auf dem Boden, trank Wein aus dem Stripperin-Becher und hob gelegentlich den Kopf, um einen Kommentar abzugeben. Kate blieb abrupt an der Tür stehen und zögerte, näher zu treten, falls sie nicht über Liebe und Bindungen sprachen, sondern über irgendwelche anderen abartigen Sexpraktiken, die Dant zwar entdeckt, aber nicht praktisch erprobt hatte.

Sie zögerte.

»Kate, bringst du den Wein?«, fragte Harry, ohne sich umzudrehen.

»Du hast dir viel Zeit gelassen«, sagte Dant und stellte sein leeres Glas auf den Couchtisch. »Musstest du noch erst die Trauben pflücken?«

»Nein, sie waren schon zerstampft. Ich habe sie nur noch gefiltert«, sagte sie und knallte den Wein auf den Tisch. Mike nahm den Flaschenöffner und hatte sie schon entkorkt, noch ehe Kate Zeit hatte, sich ein Glas zu holen.

»Ich verstehe die Frauen nicht«, sagte er und nahm einen großen Schluck. »Oder besser, ich verstehe Laura nicht. Ich dachte, dass sie das hätte, was sie wollte. Es war das, wovon sie ständig geredet hat – Heirat, Babys, ein Haus in einer guten Gegend kaufen, wegen der Schulen...«

»Das ist wahrscheinlich ein Zeichen dafür, dass sie es ernst nimmt, Freund«, sagte Harry ernsthaft. »Wenn sie nicht langfristig denken würde, wäre sie nicht so besorgt darüber, was es Ihnen bedeutet. Das zeigt, dass sie wollte, dass alles richtig ist.«

Wie konnte ich ihn jemals für hirnlos halten, dachte Kate. Was für ein Diplomat! Sie lächelte Harry stolz an, sah sein besorgtes Gesicht und änderte ihren Gesichtsausdruck zu schwesterlicher Bestürzung.

»Vermutlich«, sagte Mike.

Kate setzte sich neben ihren Bruder auf das Sofa und tätschelte ihm das Knie. Sofort wandte er sich wieder Harry zu und sagte: »Sie war in letzter Zeit ein bisschen nervös, doch ich dachte, dass das nur ihre prämenstruelle Phase war.«

Harry und Dant nickten weise, und Kate widerstand der Versuchung, ihnen ein kleines Stück ihrer Allwissenheit zu nehmen.

»Du musst ihr Zeit lassen«, sagte Kate, als sie erkannte, dass man sie nicht einbeziehen würde, es sei denn, sie drängte sich dazwischen. »Ein Kind zu bekommen bedeutet einen großen Verlust an eigener Freiheit. Und das für die kommenden zwanzig Jahre. Aber sie liebt dich wirklich. Sie wird zurückkommen, wenn sie mit sich im Reinen ist.«

»Aber sie kennt so viele Scheidungsanwälte!«, sagte Mike. »Ich … ich habe sie alle angerufen, weil ich wissen wollte, ob sie dort war! Außerdem haben wir gerade erst einen neuen Kühlschrank gekauft!« Er wandte sich wieder den Jungs zu. »Ich hätte in diesem Jahr meinen Wagen gegen einen neuen eintauschen können, doch ich behielt lieber das Geld, falls … na, ihr wisst schon.«

»Freund!«, sagte Harry tröstend. »Was hätten Sie bekommen können?«

Kate seufzte und stand auf. »Ich überlasse es euch«, sagte sie, weil sie sah, dass sie die Dinge nur noch mehr verwirren würde.

Sie nahm ihr Weinglas und ging hinaus, um ihre Manuskripte aus ihrer Tasche zu holen. Es war erst halbzehn, und dieser Abend hatte so viel versprechend begonnen …

»Nacht«, rief sie, als sie auf dem Weg zu ihrem Zimmer an

ihnen vorbeiging. Es war verwirrend für sie, sich ihren Bruder als Ehemann vorzustellen. Als möglichen Vater wie ihr eigener.

»Nacht.« Harry hob leicht die Hand in ihre Richtung, doch die beiden anderen kümmerten sich nicht um sie.

»Sie müssen verstehen«, sagte Dant, »dass die Hühner wie Büroklammern sind…«

Kate blieb nicht stehen, um das Ende zu erfahren.

33

»Du rufst an«, sagte Kate und schob das Telefon zurück zu Harry.

»Ich kann nicht anrufen!« Er wies den Apparat zurück und goss den Rest aus der Teekanne in seinen Becher. »Wer soll ich denn sein? Sein schwuler Liebhaber, mit dem er zusammenlebt? Sein Vater?«

»Aber sie werden merken, dass ich nicht Laura bin! Und mit wem soll ich überhaupt sprechen? Ich weiß doch überhaupt nicht, mit wem er zusammenarbeitet!«

Harry sah auf die große Uhr an der Wand über dem Spülbecken. Es war halb neun Uhr. »Kate, jemand muss ihnen mitteilen, dass er nicht zur Arbeit kommen wird. Hat er denn keine Freunde?«

Sie sahen Mike an, der lang ausgestreckt auf dem Sofa lag und teilweise mit Harrys alter Ferraridecke zugedeckt war. Er schnarchte wie ein Nilpferd mit Polypen.

»Du kannst davon ausgehen, dass er nicht einmal mittags wach sein wird, geschweige denn, das tun kann, was ein Fondmanager eben so macht.«

Kate starrte ihn an.

»Okay, gib mir das verdammte Telefon.«

Er schob es ihr über den Tisch zu, und sie durchsuchte Mikes Notizbuch nach einem Namen, der ihr bekannt vorkam.

Sie probierte es erst einmal unter seiner Nummer in der Firma, und als sie nach dem fünften Klingeln resigniert zur Mailbox überwechseln wollte, meldete sich eine Frauenstimme.

»Investments, Mike Craigs Apparat.«

»Ach, hi!«, sagte Kate in ihrer besten Laura-Stimme.

Harry kicherte in seinen Tee, und sie versetzte ihm einen Tritt mit dem Fuß. »Hier ist Laura Craig. Ich rufe nur an, um mitzuteilen, dass Mike mal wieder Probleme mit seinem Magen hat – ich glaube nicht, dass er heute noch ins Büro kommen kann.«

»Gut«, sagte die Frau unsicher. »Entschuldigen Sie, sagten Sie, dass Sie Laura sind?«

»Ja«, sagte Kate. »Mrs. Craig. Ich bin sicher, dass es ihm morgen wieder gut gehen wird!«

»Laura, hatten Sie denn nicht schon vor zehn Minuten angerufen?«

»Wirklich?« Kate zuckte zusammen. »Himmel, wie dumm von mir, ich muss ein bisschen durcheinander sein! Na ja, macht ja nichts, wenn Sie nur Bescheid wissen! Tschüs dann!«

Sie legte auf und sah Harry an. »Ist das nicht deprimierend? Sie kennt ihn so gut, dass sie sogar daran denkt, ihn schon im Voraus krank zu melden. Auch wenn sie ihn schon halb verlassen hat.«

»Sie wird ihn nicht verlassen«, sagte Harry mit fester Stimme und nahm seine Schlüssel vom Tisch. »Soll ich dich zur Arbeit mitnehmen?«

Elaine war noch vom Vortag in Partystimmung und war sogar so weit gegangen, eine Dose mit Bio-Toffees zu kaufen, die sie in die Küche gestellt hatte. Als Kate ins Büro kam, ihre Taschen abstellte und sich eine Tasse Kaffee machen ging, waren genau zwei Stücke übrig und Jo versuchte gerade herauszufinden, welches der beiden größer war. Als Jo sah, dass Kate in die Küche kam, schob sie sich eines in den Mund und nahm das andere ›für Paula‹ mit, ihre Assistentin, die gerade nach zwei Wochen Urlaub aus Goa zurückgekehrt war und nach Kates Ansicht wahrscheinlich lieber eine Hand voll Antidepressiva gehabt hätte als einen Mund voller milchfreier Toffees.

Ein klassischer Arbeitsbeginn bei Eclipse, dachte Kate und holte Elaines Post auf dem Weg zu ihrem Schreibtisch ab. Als sie die oberste Schublade öffnete, um ihren Kalender herauszunehmen, sah sie, dass Isobel für sie vorsorglich fünf ziemlich große Toffees organisiert hatte, die auf einem Teller lagen. Sie schob sich eines in den Mund, während sie die Nachrichten auf ihrer Mailbox anhörte.

Die erste war von Laura, die ihr kurz und bündig mitteilte, dass sie Mike nicht hätte krank melden müssen, da sie das schon erledigt hatte.

Die zweite war von der Personalabteilung, die sie daran erinnerte, dass sie noch ihren Urlaubsschein einreichen musste.

Die dritte war von Cressida.

Kate schloss den Mund, als das Toffee sich an ihrer letzten Füllung fest klebte.

»Ich weiß, dass du da bist«, sagte Cressidas Stimme kurz angebunden, »und ich werde so oft anrufen, bis du mir sagst, warum Dante mir das angetan hat.« Klick.

Dante? Dante? Was bildeten sich die beiden eigentlich ein, dachte Kate ärgerlich. Sie hatte doch die ganze Arbeit getan. Es war *ihre* Idee gewesen!

Das Telefon klingelte wieder und Kates Hand schwebte zögernd darüber.

Das konnte Giles sein, der ihr das Flugdatum mitteilen wollte.

Das konnte Harry mit einem Vorschlag zum Abendessen sein.

Das konnte Dant sein, der ihr mitteilte, dass Cress in einem Rotkreuz-Hubschrauber auf dem Heimweg war.

Das konnte…

Kate zerrte das Toffee von ihren Backenzähnen weg und nahm den Hörer ab.

»Wenigstens gehst du ja ans Telefon.«

»Was bleibt mir denn übrig, wenn ich in einem Büro arbeite, Cress«, sagte Kate. Ihr Herz begann in ihrer Brust zu hämmern. Je eher dahin, je eher davon, wie ihre Mutter immer zu sagen pflegte, ehe sie all die fremdsprachigen Variationen der gleichen Redewendung lernte.

»Hast du auch nur eine vage Vorstellung davon, was du mir angetan hast?«, wollte Cress wissen.

»Hast du auch nur eine vage Vorstellung davon, was du Harry angetan hättest? Und Dant?« Kate zwang sich, in die Offensive zu gehen, auch wenn das entgegen ihrer natürlichen Reaktion war, sich langatmig zu entschuldigen und sich in der Toilette zu verstecken, bis alles vorbei war. Streitereien machten sie krank. Besonders mit einem Menschen, den sie kannte. Er schien sich dabei immer in jemanden zu verwandeln, den sie nie zuvor gesehen hatte. Genauso wie Cress jetzt. Sie war nicht mehr das Mädchen, mit dem sie Rotwein in Bars getrunken hatte. Sie war auch nicht mehr das Mädchen, mit dem sie glücklich Geheimnisse geteilt hatte. Doch in Wirklichkeit war sie es. Das war ja der Knackpunkt dabei.

»Ach was weißt du denn schon vom Gestalten und von Inspiration?« Cressida beantwortete ihre eigene Frage über Kates Erwiderung hinweg – offenbar folgte sie damit der Gesprächsstrategie, bei der man den Beitrag des anderen Menschen einfach ignoriert. Das schien bei ihren normalen Interaktionen auch noch recht gut zu funktionieren, dachte Kate. Warum sollte sie jetzt darauf verzichten? »Zwischen dir und Dant habe ich die schlimmste Vergewaltigung erlebt, und ich verwende diesen Ausdruck nicht leichtfertig.«

»Cress, lass mich eines klarstellen. Was haben Dant und/oder ich deiner Ansicht nach genau getan?« Sie konnte die Grenze jetzt sofort ziehen, dachte sie, während sie wie wild enge Kreise in ihren geöffneten Terminkalender zeichnete.

»Du hast dich meiner Arbeit bemächtigt und sie in eine Satire verwandelt!«, schrie Cress durchs Telefon. Kate zuckte zusammen und dankte dem gütigen Gott, der Cress sicher in Frankreich im Krankenhaus fest hielt. »Du hast mir vorgemacht, dass du mir helfen willst, und dann hast du mich hereingelegt und mich vor Millionen von Menschen zum Vollidioten gemacht! Ich habe dir vertraut ... Ich dachte ehrlich, dass du dich da einbringen wolltest. Und dann Dant! Gott Allmächtiger! Das hat meine Beziehung zu ihm *zerstört*. Von jetzt an habe ich keinen Bruder mehr. Von mir aus könnte er jetzt auch tot sein. Wie kann jemand wie du überhaupt verstehen, was das bedeutet ... Wenn du auch nur die geringste Ahnung gehabt hättest, wie verdammt wichtig dieses Buch für mich gewesen ist ...« Cress wechselte zwischen Wutattacken und Besorgnis erregendem Schnappen nach Luft ab.

Kate sah eine Chance, zu Wort zu kommen, kämpfte ihren Fluchtinstinkt und den Vorwand nieder, dass alles Dants Schuld war. Sie dachte an Harry und an all die schmerzlichen Geheimnisse, die er ihr über Cressida anvertraut hatte, und eine Welle der Wut schwappte durch sie hindurch. »Wenn du dir so viele Gedanken darüber machst, wie du auf andere Leute wirkst«, sagte sie, »warum verwendest du dann ein Pseudonym? Und wir sollten auch festhalten, Cressida, dass du auch keinen Bruder mehr gehabt hättest, nach dem, was du Dant und Harry mit deiner grauenvollen Parodie angetan hast. Ich kann mir kaum vorstellen, dass dir das Wohl deines Bruders am Herzen gelegen hat, als du über Camerons üppiges Rückenhaar geschrieben hast.«

Doch Cress ignorierte sie weiter und pflügte sich durch Kates Worte wie ein Panzer und spuckte Konsonanten wie Kirschkerne aus. »Mein ganzes *Leben* lang habe ich versucht, etwas Eigenes zu schaffen, etwas, für das ich verantwortlich bin. Kannst du dir vorstellen, wie es ist, wenn man durchs Leben geht, und jeder weiß mehr über deine Kindheit als du selbst, einfach weil deine Mutter beschlossen hat, sie sich für ihren eigenen billigen Profit auszuleihen? Kannst du dir das vorstellen? Kannst du?«

Kate entschied sich für eine Ausweichtaktik in diesem Gespräch, mit der sie den anderen Menschen dazu brachte, sich zu erschöpfen, bis er schließlich angreifbar innehalten würde. Cress hatte viel Zeit gehabt, all das einzuüben, und es brachte nichts, sich gegen diese Flut zu stemmen. In der Zwischenzeit notierte sie sich fieberhaft Stichworte für ihre Strategie:

Vertrauensmissbrauch!

Geld!

Ausbeutung!

Harry!

So schlimm wie deine Mutter!

»… Nein, das könntest du nicht, oder?«, wütete Cress weiter. »Und ich dachte, dass ich mit diesem Roman endlich die Chance bekomme, die Kontrolle über meine eigene Kreativität zu bekommen – dass *ich* der Filter und der Beobachter sein könnte – aber nein, nicht einmal das konntest du mir erlauben. Was in aller Welt gibt dir das Recht, mich derart meiner Identität zu berauben? Mir meine schriftstellerische Kontrolle zu entziehen?«

»Erlaube mal!«, unterbrach Kate, noch ehe Cress sich so weit auf ihrem hohen Pferd entfernte, dass sie völlig davongaloppierte. »Nein, nein, nein, nein, nein, nein. Könntest du bitte anständiges Englisch sprechen und nicht diesen bedeutungslosen Therapiequatsch von dir geben? Was in aller Welt hast du dir dabei gedacht, als du unsere Wohnung als eine Art häusliches Experiment für ein schäbiges fiktives Spionagemachwerk benutzt hast? Was hast du dir dabei gedacht, Harry so zu behandeln?« Kate spürte einen vom Kaffee hervorgerufenen Energiestoß durch ihren Körper rasen. »Wie konntest du dich auf so grobe Art und Weise selbst bedienen, da du ihn doch schon so lange kanntest und wusstest, wie sehr er dich liebt? In all der Zeit, in der ich dachte, dass du ehrlich wissen wolltest, was er dir gegenüber fühlte, hast du das alles nur für dich gespeichert, um ihn auf schlimmstmögliche Weise zu verletzen. Wie berechnend und gemein ist denn das? Niemand spricht dir ab, dass du eine harte Kindheit gehabt hast…

(Reserve-Ausweichtaktik: Erwisch den Gegner durch einen Überraschungsangriff auf dem falschen Fuß)

»… aber was du getan hast, ist genau dasselbe, was deine Mutter dir angetan hat. Aber bei dir ist es sogar noch *schlimmer*, weil du ja wissen solltest, wie man sich fühlt, wenn man am falschen Ende steht. Und…« sie sprach schnell weiter, ehe Cress sich von dem unerwarteten Angriff erholen konnte, »… zu allem Überfluss war es auch noch absoluter Mist! Dein Buch war absolut entsetzlich! Du solltest verdammt dankbar sein, dass Dant dir mit seinem Talent – etwas, das du auch dann nicht erkennen würdest, wenn es nackt auf deinem Kopf herumtanzen würde – eine Masse Geld verschafft hat und dir zu einem Buchvertrag verholfen hat, den du niemals selber bekommen hättest!«

»Das ist nicht das, was du mir in der letzten Woche gesagt hast!«

»Ich habe gelogen!« Kate fühlte sich ein wenig mies dabei, da Elaine wahrscheinlich für das Buch geboten hätte, aber sie sah nicht ein, warum sie die kollektive Verantwortung für den grauenvollen Geschmack ihrer Redakteurin übernehmen sollte. »Wenn du glaubst, dass das Missbrauchen des Vertrauens von Dant, mir und Harry (was ja wohl nur eine Art ›Wie du mir, so ich dir‹-Rache an deiner Mutter ist) irgendeine verdrehte Form von Therapie gewesen ist, dann bist du noch weit versauter, als wir alle gedacht haben. Und meiner Ansicht nach, Cressida…«

(Zweite Reserve-Ausweichtaktik: beunruhigender Namensgebrauch als Verbalschlag)

»… bist du außerdem noch eine ganz schön beschissene Person.«

Kate strich *Vertrauensmissbrauch!*, *so schlimm wie deine Mutter!* und *Harry!* von ihrer Liste. Ihre Hand zitterte. Ohne ihr Wissen hatte sich eine kleine Menge Menschen in Megans Büro nebenan zum Zuhören versammelt und Elaine war hereingekommen und hatte ihren Nesseltee kalt werden lassen, als ihr Kinn im gleichen Maße herabsackte, wie Kates Stimme anschwoll.

»Erzähl du mir nicht, was für mein persönliches Wachstum wichtig oder unwichtig ist…«, begann Cress mit warnendem Unterton.

»Nach dem, was ich in diesem Buch gelesen habe, hast du kein Recht, mir irgendetwas zu sagen!«, gab Kate zurück. Sie schob ihr Kinn vor. Sich zu streiten war so viel leichter, wenn man dem anderen Menschen nicht ins Gesicht sehen musste. »Und grundsätzlich kannst du dich glücklich schätzen, dass ich überhaupt noch mit dir spreche! Es sieht ganz so aus, als wären die meisten unserer gemeinsamen Gespräche aufgezeichnet worden, weil sie so wortgetreu wiedergegeben wurden. Ich hätte dich anzeigen sollen! Kein Wunder, dass Mandy fortgegangen ist! Hat sie deinen Plan zu früh durchschaut?«

»Mach dich gefasst darauf, dass ich mich mit meinen Anwälten in Verbindung setzen werde…«

»Ach, plötzlich wird mir alles klar!«, sagte Kate. Sie klemmte sich den Telefonhörer zwischen Hals und Schulter, damit sie ihr offenes Haar zu einem Pferdeschwanz zusammenfassen konnte. »Ich wette, dass es kein Zufall war, dass Mandy in einem Verlag gearbeitet hat, oder? Wie sah denn dann dein kleiner Plan aus? Sie sollte das Manuskript für dich einreichen, hier die Dinge in Angriff nehmen und dich mit ein paar Marktinformationen versorgen, damit du sicherstellen konntest, dass du das Richtige zum richtigen Zeitpunkt schreibst…«

»Du warst nicht so zurückhaltend, als es ums Geld ging, oder?«

»Halt den Mund, ich bin noch nicht fertig«, stieß Kate hervor und schlug mit ihrem Kugelschreiber Löcher in den Schreibtisch. »Also deshalb wolltest du so verzweifelt, dass ein anderes Mädchen in die Wohnung zieht, nachdem sie verschwunden war – damit du deinen Plan weiterverfolgen konntest! Und ich habe dir auch noch in die Hände gespielt, als ich diesen Job hier bekommen habe. Kein Wunder, dass du so erpicht darauf warst, meine Neue Beste Freundin zu werden, du manipulatives Luder! Ich hätte wissen müssen…«

»… dass ich mich normalerweise nicht mit jemandem wie dir abgeben würde?«

Kate zuckte zusammen.

»Ich hoffe, dir ist klar, auf was du dich mit dieser glücklichen kleinen Verbindung mit Dant eingelassen hast«, sagte Cress. »Er ist ein selbstsüchtiger, unreifer und arroganter Kerl, der alles aus dir herauspressen wird, was er nur bekommen kann und dann über dich hinwegtrampelt. Du glaubst vielleicht, dass du ihn kennst, nur weil du so raffiniert warst und mit ihm zusammen diesen kindischen Mist produziert hast, doch an deiner Stelle wäre ich sehr vorsichtig. Du hast keine Ahnung, in was du bei Dant hineingerätst. Überhaupt keine Ahnung. Er ist nicht stabil.«

»Weißt du, Cress, das klingt ja fast so, als wärst du eifersüchtig. Ist es das? Weil jemand anderer zu viel Zeit mit deinem Bruder verbringt?« In dem Wirbel ihrer vom Adrenalin angeheizten Rücksichtslosigkeit lag Kate eine bissige Bemerkung über Anna Flails genüsslich düstere Inzest-Andeutungen auf der Zunge – der entscheidende Faktor bei dem Verbot des Buchs durch den Eltern-Lehrer-Verband – doch irgendetwas versiegelte ihr die Lippen, als sich die Worte formten. Ein schmerzhafter Schauer lief durch ihre Blase.

»Also, was willst du von mir?«, fragte sie hastig. »Möchtest du, dass ich in die Redaktionskonferenz gehe und sage, dass das Buch, für das sie ein Angebot unterbreitet haben, in Wirklichkeit gar nicht von dir stammt und dass du möchtest, dass sie die halbe Million Pfund zurückziehen? Oder soll ich Phil sagen, dass du in Val d'Isère bist und jemanden brauchtest, um es fertig zu schreiben? Oder soll ich ihnen sagen, wer das *wirklich* geschrieben hat und mal schauen, ob sie *ihm* das Geld geben? Ich denke, Jennifer Spencer würde sich über dieses Missverständnis köstlich amüsieren, meinst du nicht auch? Allerdings könnte sie auch zu dem Schluss kommen, dass du ein unzuverlässiger, verwöhnt hoffnungsloser Fall bist, der unsere Zeit verschwendet. Wer kann das schon bei diesen Leuten vorher sagen?« Kate versuchte, ihre Stimme sarkastisch leicht zu halten, doch ihr war schwindelig, und sie fühlte sich unangenehm berauscht. »Was soll ich denn nun tun, Cressida? Die Entscheidung liegt bei dir.«

Am anderen Ende entstand eine lange Pause und Kate glaubte zu hören, dass Cressida zitternd einatmete. Sie musste einen instinktiven Anflug von Mitleid in sich zurückdrängen – während sie sich daran erinnerte, dass das Ausbrechen in Tränen die Ultimative Allerletzte Ausweichtaktik war. Cress blieb noch immer ein reichlich pathetischer Fall, wenn man das Schimpfen und die Wangenknochen und den Zehenring mal beiseite ließ: Wenn sie wirklich so wenig Ahnung davon hatte, wie Menschen sich untereinander zu verhalten hatten, dann war irgendetwas irgendwo schrecklich schief gegangen, und es war eine Schande, dass es so weit hatte kommen müssen und niemand sie vorher darauf aufmerksam gemacht hatte.

»Ich verstehe einfach nicht, warum du mir das angetan hast«, sagte Cress mit sehr dünner Stimme. »Ich verstehe nicht, warum du mich so verletzen willst. Dant, ja. Er ist ein Bastard. Aber ich dachte, dass du meine Freundin wärst, Kate.«

»Nun, das habe ich von dir auch gedacht.« Kate gab sich kalt, obwohl sie jetzt auch am liebsten in Tränen ausgebrochen wäre. Die Spannung, die sich in der vergangenen Woche in ihr aufgebaut hatte, hatte ihr Höchstmaß erreicht.

»Glaub ja nicht, dass du schon gewonnen hast oder irgendetwas anderes Kindisches«, fuhr Cress mit ihrer kleinen verwundeten Stimme fort. »Weil ich nicht glaube, dass ich mich jemals von dem erholen werde, was du mir angetan hast. Der psychologische Schaden ist …«

Kate blaffte: »Und der Schaden bei Harry? Und bei Dant? Und bei mir? Mir reicht es. Ich werde zu Elaine gehen und ihr sagen, was abgelaufen ist, und wenn du irgendetwas umschreiben willst, dann bleibt das völlig dir überlassen. Aber gib mir dann nicht die Schuld, wenn das dann niemand mit der Kneifzange anfassen will.«

»Hör auf!«, sagte Cress. Dann hielt sie inne, als kämpfte sie mit sich selbst und sagte mit wieder fast normaler Stimme: »Mein Anwalt wird sich mit dir in den nächsten Tagen in Verbindung setzen.« Und dann legte sie auf.

Kate legte langsam den Hörer auf und versuchte, ihren Atem zu verlangsamen. Ihr ganzer Körper war mit einem feuchten Schweißfilm bedeckt.

Ihre Hand hing zögernd über dem Telefon. Sollte sie Dant anrufen und ihm sagen, was geschehen war? Oder Harry bitten, sie mit einem Mittagessen zu retten? Doch angesichts der Komplikationen, zu denen beide Möglichkeiten führen konnten, fühlte sie sich nur noch schlechter, und sie beschloss, dass es sicherer war, sich eine Vor-Ort-Beratung von Isobel zu holen.

Und etwas Kaffee. Kate wurde von einem dringenden Bedürfnis nach einem Espresso gepackt.

Fühlt sich so ein Drogenabhängiger?, fragte sie sich, als sie ihren Stuhl mit schlotternden Beinen vom Schreibtisch zurückschob. Eine verdächtig große Anzahl Leute legten Briefe im Vertragsschrank neben ihrem Büro ab, und sie alle waren plötzlich ganz emsig bei der Arbeit, als sie vorbeiging.

Sie war kaum drei Schritte den Flur entlanggegangen, als Elaine sie am Fotokopierer abfing und in Jennifers Büro winkte. Ihre Miene war alles andere als einladend, und sobald sie festgestellt hatte, dass Jennifer nicht an ihrem Schreibtisch saß, schloss Elaine die Tür und lehnte sich unheilvoll dagegen. Sie hatte offenbar Kurse besucht in der Dallas/Jennifer Spencers Schule für Management-Körperhaltungen.

»Hübsches Kostüm«, sagte Kate. »Gehen Sie zum Mittagessen aus?«

Elaine verschränkte die Arme. Vielleicht auch nur Abendkurse, dachte Kate.

»Ich konnte nicht verhindern, Ihr Telefongespräch mitzuhören«, begann Elaine.

»Ich habe gar nicht bemerkt, dass Sie hinter mir standen«, sagte Kate, als ein ungewohnter Zorn in ihr emporsprudelte. »Haben Sie an der Tür gehorcht?«

Elaines Stirn bewölkte sich. »Sie brauchen gar nicht so superklug zu sein, Kate. Was wissen Sie über R. A. Harper? Sind Sie das? Haben Sie dieses Buch geschrieben?«

Eine Last fiel von Kates Schultern ab. Also nur darüber machte Elaine sich Sorgen: unabsichtlich einer Redaktionsassistentin eine halbe Million zu geben. Kein Wunder, dass Elaine so entgeistert aussah. Jennifer wäre zum Berserker geworden.

»Nein, Elaine, ich bin nicht R. A. Harper.« Nun ja, streng genommen. »Aber ich habe festgestellt, dass ich sie kenne«, fügte sie hinzu, weil sie glaubte, dass es nur klug war, jetzt alles zu gestehen.

»Was!«, kreischte Elaine. »Sie? Wer ist sie? Sie müssen es mir sagen!«

»Hmm, ist das nicht Phils Aufgabe …«

»Sagen Sie es mir jetzt!« Elaine öffnete die Arme und kam auf sie zu.

»Sie ist Anna Flails Tochter Cressida«, sagte Kate schnell und wich rückwärts zu Jennifers Aktenschrank zurück. »Ich kenne sie nur flüchtig … Ich hatte keine Ahnung, bis …«

Elaine war stehen geblieben und verharrte jetzt mitten im Büro. Das Licht spielte auf ihrem Gesicht, als hätte die Jungfrau Maria sich gerade vorgestellt und gefragt, ob Elaine vielleicht an diesem kleinen Krimi interessiert wäre, den sie in ihrer freien Zeit heruntergehauen hatte.

»Anna Flail!«, sagte sie mit ehrfürchtiger Stimme. »Anna Flail! Die *Rosen des …* Das war eines der ersten Bücher, an denen ich als Assistentin gearbeitet habe. Ist Ihnen klar, was das bedeutet?«, wollte sie von Kate wissen.

»Hmm, eine Menge Publicity für die beiden?«, schlug Kate vor, als ihr einfiel, dass das ein weiteres Folterinstrument für Cress sein würde.

»Genau! ›Wie die Mutter, so die Tochter!‹ – ›Die zweite Generation Modernen Horrors!‹ Oh mein Gott, ich muss Jennifer davon erzählen, sie wird so …« Elaine brach ab und sah Kate wieder zornig an.

»Was?«, fragte Kate und kehrte damit endlich zu ihrer vollen Kampflust zurück, die sie vor ihrem Bürojob an der Universität draufgehabt hatte.

Elaine zog die Augen zusammen. »Sie haben mir doch gesagt, dass sie keine Freunde mit unveröffentlichten Manuskripten haben.«

»Habe ich auch nicht. Hatte ich nicht. Sie ist nicht meine …«

»Sie hätten das schon vor Wochen beibringen können. Wir hätten es für Pfennige bekommen können …«

Noch ehe Elaine sich noch weiter aufblasen konnte, flog die Tür auf, und Jennifer kam mit einem Arm voller rotschwarzer Rosen und einer grünen Fahrradpumpe herein.

»Was ist denn hier los?«, fragte sie und nahm den Telefonhörer ab. »Isobel, könnten wir so bald wie möglich einen Kurier zu Pearl Whiteside Associates schicken.« Sie warf den Hörer auf und sah Kate an. »Also? Was?«

»Kate hat mir gerade gesagt, dass R. A. Harper Anna Flails Tochter Cressida ist!« Elaine warf Kate einen schnellen ›Wir sprechen uns später‹-Blick aus dem Augenwinkel heraus zu.

»Was? Die fette Pyromanin?« Jennifers Miene heiterte sich auf. »Und Sie kennen sie?«

Was ist das denn hier, ein Quartett-Spiel?, dachte Kate. »Sozusagen«, murmelte sie.

»Hervorragend! Hervorragende Neuigkeiten!«, sagte Jennifer. »Elaine, wir gehen doch heute Mittag zu Tisch, nicht wahr?«

»Ja, mit Phil Hill.« Elaine zerrte am Saum ihres Rocks herum.

Oooh, große Verabredung.

»Warum gehen wir dann nicht gleich jetzt? Dann können wir noch vor dem Mittagessen unsere Strategie festlegen. Hmm?«

»Nun, es ist nur … Ja, prima, in Ordnung!«, sagte Elaine.

»Das ist alles, vielen Dank, Kate.« Jennifer lächelte sie flüchtig an und setzte sich an ihren Schreibtisch. Sie blätterte ihre Adresskartei durch, während Elaine auf den bequemen Stuhl sank. »Also, Elaine, wohin möchten Sie gehen …? Le Gavroche? Oder ins Orrery?«

Kate machte sich aus dem Staub und ging schnurstracks zu Elaines Schreibtisch, trank eine halbe Flasche Notfalltropfen und machte sich dann auf die Suche nach Isobel.

34

Kate warf ihre Tasche auf den Küchentisch und ließ das Manuskript aus großer Höhe auf den Stapel von Harrys Socken fallen, die er hilfsbereit neben der Waschmaschine liegen gelassen hatte. Sie hatte schon vor langer Zeit die Theorie aufgestellt, dass Harry und Dant glaubten, dass solche Geräte mit Hilfe der Osmose funktionieren – wenn sie schmutzige Sachen nur nahe genug daneben legten, würden sie irgendwie sauberer werden. In diesem Fall stank das Manuskript fast so sehr wie die Socken. Kobolde und ihre Feudalkriege waren nie ein guter Stoff, und sie hatte auch noch ungefähr neun Seiten unter ihrem Sitz verloren, als der Bus ohne Vorwarnung vor der Station High Street Kensington anhielt. In einem Epos von 250 000 Worten, von denen 15 000 vom Autor erfunden worden waren, fiel es ihrer Meinung nach kaum auf, wenn neun Seiten fehlten.

Kate füllte die Kaffeemaschine und formulierte dabei

schon den Ablehnungsbrief im Kopf vor, der über Sarkasmus noch deutlich hinausging. Sie schaltete die Espresso-Maschine aus und sah im Kühlschrank nach, ob noch ein kaltes Bier da war.

Ein angenehmer Duft kam aus dem Backofen, und als sie näher hinsah, erkannte Kate überrascht, dass es keine Pizza war.

Die Wohnungstür knallte in der Diele zu.

»Irgendwelche Pläne, heute Abend auswärts zu essen? Na, na«, sagte Harry zweideutig, als er mit einer klirrenden Oddbins-Tragetasche hereingeschlendert kam.

»Nee. Ich muss Gandolph de Warmongering Overlord und sein gesamtes Königreich der Elfen ablehnen, und wenn ich das getan habe, ist da noch ein irischer Liebesroman über einen liebeskranken Astrologen aus Limerick, den ich beurteilen und absägen muss.«

»Woher weißt du denn, dass du ihn ablehnen wirst, wenn du ihn noch nicht gelesen hast?« Harry öffnete ein Päckchen Butter, und Kate sah einen Beutel Knoblauch, ein Huhn und ein Kräuterbündel auf der Arbeitsfläche liegen.

»Wenn sie wirklich gut wären, würde ich sie doch nicht zu lesen bekommen, oder?«, sagte sie. »Ich meine, wenn ihr einen absolut tollen Aston Martin bekommt, würde Sholto dich dann die erste Probefahrt um den Block machen lassen?«

»Vermutlich nicht.« Harry rupfte ein Stückchen Petersilie ab und kaute darauf herum.

»Jennifer Spencer arbeitet nach dem gleichen Prinzip. Aber wenn ich bei diesem Beispiel bleibe, wäre ich wahrscheinlich nicht in der Lage, einen Aston-Martin-Roman zu *erkennen*, selbst wenn jemand mir die Schlüssel in den Kaffee werfen würde.« Kate blätterte die ungelesenen Seiten von *Dragonscale Vark II* durch. Das gesamte Manuskript war in einer Schrift getippt worden, die wie von Hand geschrieben aussah – was den Zweck des Tippens praktisch verfehlte. »Doch ich glaube, man kann mit Sicherheit sagen, dass diese

beiden Manuskripte euren klapprigen Fiat Pandas gleichzu-
setzen sind.«

Harry schnitt die Butter in Scheiben und nahm zwei
Weingläser aus der Spülmaschine. Er sah zu dem Manuskript
hinüber. »Vor gar nicht langer Zeit hast du noch die Tage bis
zu dem Moment abgestrichen, an dem du Jennifer Spencer
sagen konntest, wohin sie sich *Dragonscale Vark* und all
seine kleinen Koboldfreunde stecken könne. Aber jetzt, he
– man könnte ja glauben, dass du bleiben willst.«

»Ja, gut, wie sie in *Top Gear* sagen: Das war damals, und
jetzt ist jetzt.« Ein Hauch von Schuld erfüllte Kate, als sie das
dunkelblaue Aufblitzen in Harrys Augen sah. Im Augenblick war es schwer, zwischen Schuldgefühlen und Verlangen zu unterscheiden – sie schienen ständig im Doppelpack
aufzutauchen. Sie konzentrierte sich auf das Öffnen der
Weinflasche, die er ihr zugeschoben hatte.

»Bist du froh, zu bleiben?«

Sie zuckte die Schultern. Mindestens drei obszöne Bemerkungen fielen ihr ein, doch sie behielt sie für sich.

»Ich schon.«

Kates Kopf hob sich ruckartig. Harry stopfte Butterschei-
ben unter die Haut des Huhns und hatte die Ärmel seines
schicken Arbeitshemds unordentlich aufgerollt. Eine blonde
Haarsträhne hing ihm in die Augen. Nachdem das Huhn
so viel Butter in sich hatte, dass es einen Bypass-Chirurgen
zum Weinen hätte bringen können, sah es wie eine schlecht
gepanzerte Schildkröte aus.

Als sie nichts erwiderte, sah er ebenfalls auf. »Du bist der
einzige Mensch, der jemals mit mir und Dant länger als sechs
Monate zusammengelebt hat. Und der einzige Mensch, der
begriffen hat, wie diese Spülmaschine funktioniert. Und …«
Er hielt inne und hantierte mit der Pfeffermühle herum.

Wenn sie eine halbe Flasche Wein intus gehabt hätte, hätte
sie ihre Wimpern gesenkt und gesagt: ›Sprich weiter.‹ Doch
das hatte sie nicht und konnte es nicht. Außerdem wollte sie
nicht hören, wie viel sie ihm beim Sortieren seiner Gefühle

für Cress geholfen hatte. Das würde sie vielleicht dazu bringen, ihm zu erzählen, was Cress mit diesen Gefühlen gemacht hatte, und sie hatte sich geschworen, dass Harry das niemals von ihr erfahren sollte. Stattdessen füllte sie sein Glas mit dem Merlot und schob es ihm auf der Arbeitsfläche zu.

»Ah, joh, Prost«, sagte er und hob das Glas.

»Prost!« Kate nippte an ihrem Wein und sagte: »Ja, ich bin auch froh, dass ich bleibe. Aus vielen Gründen.« Sie sah ihn wieder an, doch er war eifrig damit beschäftigt, eine ganze Zitrone in das Huhn zu schieben. »Kann ich dir helfen?«

»Ja, du könntest den Knoblauch hacken. Ich weiß gar nicht, wie viel man davon nimmt, um es anständig zu kochen. Als ich es für die Jungs gemacht habe, haben wir immer zu viel von diesem Zeug genommen.« Er runzelte die Stirn. »Ist eine Knolle wohl genug?«

»Mehr als genug«, sagte Kate und griff nach einem Hackbrett. »Gibt es etwas Besonderes zu feiern? Oder möchtest du mich und Dant mit deinen kulinarischen Fähigkeiten verführen?« Sie versuchte, das locker zu sagen, doch sie war nicht überrascht, als sie ein plötzliches Bleigewicht in ihrem Magen spürte. Es gab keine Entschuldigung. Das Flirten mit einem Mann, von dem man wusste, dass er in eine andere Frau verliebt war, war reiner Masochismus.

Harry schüttelte den Kopf. »Nein, ich wollte einfach nur mal etwas anderes machen, verstehst du.«

»Dann wird das also kein romantisches Abendessen?« Kate war mit dem Würfeln des Knoblauchs fertig und trank einen weiteren hoffnungsvollen Schluck Wein.

»Prost. Äh, nein. Nicht wirklich.« Er streute den gehackten Knoblauch über das Huhn und schob es in den Backofen. »Obwohl wir vielleicht allein sein werden. Ich weiß nicht, wo Dant abgeblieben ist. Er ist in letzter Zeit ein bisschen komisch.«

Kate fragte sich insgeheim, wie Harry das feststellen konnte, da Dant doch auch in seinen besten Zeiten immer ein wenig komisch war. Sie nahm ihren Wein zum Tisch mit und blätterte halbherzig den uninteressanten irischen Roman durch. Harry schob kleine Kartoffeln auf die Fleischspieße.

Sie konnte sich nicht auf das enge Schriftbild konzentrieren und ihre Blicke wanderten in der Wohnung herum. Als er auf das Sofabett fiel, auf dem noch immer die Ersatzdecke lag, erinnerte sie sich an Mike und bekam Gewissensbisse, dass sie nicht schon eher an ihn gedacht hatte. Es war ein schlechtes Zeichen für ihr Leben, wenn der Zusammenbruch einer Ehe sich von dem ersten Platz ihrer Aufmerksamkeit davonschlich.

»War Mike noch hier, als du heimkamst?«

Harry sah von dem Huhn auf und schlug sich gegen die Stirn. »Gott, wie blöd von mir. Nein, hier, er hat das für dich dagelassen. Entschuldige, ich hätte es dir sagen sollen.« Er schob ihr eine Mitteilung über den Tresen zu, die auf die Rückseite einer alten Zahlungserinnerung der Gaswerke geschrieben war. »Ich habe sie wirklich nicht gelesen.«

Kate klappte sie auseinander. »Mach dir keine Gedanken, Mike hat normalerweise nichts für Vertraulichkeiten übrig.« Wie von ihr erwartet, war die Mitteilung kurz und sachlich.

›Danke für deine Aufnahme. Bin nach Hause gegangen, um alles zu regeln. Rufe dich bald an. ERZÄHLE MUM NICHTS DAVON‹.

Kate faltete das Blatt wieder zusammen und schob es in die Innentasche ihrer Handtasche. Sie war nicht sicher, ob Laura schon wieder nach Hause zurückgekommen war. Im Park war um sie eine fast mit Händen greifbare Verzweiflung gewesen. Soweit Kate das beurteilen konnte, war die Ehe mit Mike der Mittelpunkt von Lauras Leben. Daher war auch ein vorübergehendes Aussteigen nichts, was sie auf dem Heimweg vom Einkaufen beschloss.

»Schlechte Nachrichten?«

»Ach, ich weiß nicht recht. Ich dachte, dass Mikes Ehe aus

Beton bestünde, doch vielleicht hatte ich auch nur irrtümlich angenommen, dass Laura genauso dumm ist wie er.« Kate biss sich auf die Zunge, als sie das gesagt hatte. Es war nicht das, was sie dachte, und es klang gereizt und unbedacht. Harry würde sie für eine richtige Kuh halten. Warum konnte sie denn ihren Sarkasmus nicht im Zaum halten? Woher kam eigentlich dieser überwältigende Wunsch, unbedingt immer komisch zu sein?

»Ist es deiner Ansicht nach gut oder schlecht, wenn die Heldin einen Namen hat, den man nicht aussprechen kann?«, fragte sie Harry, ehe ihre vorherige Bemerkung sich zwischen ihnen verfestigen konnte.

»Wie zum Beispiel?«

»Ich kann es nicht sagen, es ist einer dieser dummen irischen Namen – viel zu viele Konsonanten. Tdge? Trge?«

»Also, ich sag dir mal was«, sagte Harry und deutete mit dem Fleischspieß auf sie. »Als ich *Catch-22* gelesen habe, konnte ich den Namen des Helden nicht aussprechen, also nannte ich ihn im Kopf die ganze Zeit über John. Das hatte zwar nicht ganz die Atmosphäre des Originals, aber für mich hat es prima funktioniert.« Er schob die Fleischspieße in den Backofen. »Funktioniert bei Mädchen auch.«

»Wie bitte?« Kate bemerkte überrascht, dass sie ihren Wein ausgetrunken hatte und sich neuen eingoss. Harry hatte sein Glas noch kaum angerührt.

»Ach, weißt du«, sagte Harry errötend, »man geht mit einem Mädchen aus, doch still für sich nennt man sie anders. Und macht sie damit zu jemand anderem.«

Kate schnappte ein. »Du und Dant, ihr seid wirklich schockierend. Ihr könnt von Glück sagen, dass überhaupt jemand mit euch ausgehen will, egal wer. Trinkst du das nicht? Er ist sehr … wie würde Dant ihn nennen?«

»Trinkbar.«

»Er ist sehr trinkbar. Ich glaube *nicht*, dass ich dieses Manuskript annehmen werde«, sagte sie, als sie die letzte Seite überflogen hatte. »Auf der letzten Seite gibt es drei Namen, die für mich unaussprechlich sind, und sie sitzen offenbar in einem Feld in Fethard und sprechen über die Auswirkungen des Mondes.«

»Ist das Grund genug, um etwas abzulehnen?«

»Nein, man lehnt sie alle aus dem gleichen Grund ab, dass du ›ein solch viel versprechendes Manuskript auf dem überfüllten britischen Buchmarkt nicht unterbringen kannst‹.«

»Glaubst du, dass das auch bei Mädchen funktionieren würde?«

»Was?« Kate sah ihn scharf an. »Ihr lasst sie fallen, weil ihr ihnen auf dem harten und hart umkämpften Markt nicht gerecht werden könnt, womit dein und Dants wildes Liebesleben gemeint ist?« Sie machte sich ein paar flüchtige Bemerkungen über überfüllte Marktplätze auf dem Begleitbrief des Agenten. »Du kannst es ja versuchen. Ich garantiere nicht für die Ergebnisse. Aber das könnt ihr ja den Fallengelassenen auch nicht garantieren, oder?«

»Joh, da könntest du dich irren«, sagte Harry. Er stellte die Bart-Simpson-Zeitschaltuhr auf eine Stunde. »Ich mache gerade eine Art Frühjahrsputz in meiner alten Romantikabteilung. Ich werde im nächsten Monat achtundzwanzig, und es wird langsam Zeit für mich, in meinem Leben klar Schiff zu machen.«

»Wisch dir nicht die Hände an der Hose ab«, sagte Kate automatisch. »Du bist heute Abend sehr bekenntnisfreudig.«

»Das ist das Alter«, sagte Harry. »Davon verstehst du nichts.« Er nippte an seinem Weinglas.

»Ich bin sehr erwachsen für mein Alter«, sagte Kate und dachte an Mike, der älter war als Harry und verheiratet und noch immer nicht in der Lage, an einem Verkehrshütchen vorbeizufahren, ohne es mitzunehmen. Nun ja, er war ja noch immer gerade erst verheiratet. Sie seufzte. »Wann, glaubst du, wird das Huhn ganz vom Knoblauch durchzogen sein?«

»Ungefähr um acht herum. Das reicht noch für eine

Runde Gran Turismo.« Harry rieb sich die Hände. »Ich werde dir einen Mädchen-Vorsprung einräumen.«

Es wurde acht und später. Und kein Dant war in Sicht. Kate trank den Wein aus und öffnete eine weitere Flasche. Harry nahm ein wenig traurig das Huhn aus dem Backofen.

»Sieh dir das an«, sagte er, riss ein bisschen knusprige Haut von einem Bein ab und kaute sie knackend. »Das ist der perfekteste Vogel, den ich je gebraten habe.«

Kate kicherte albern. Sie hatte den Kicherzustand erreicht, weil sie auf nüchternen Magen getrunken hatte.

»Es fällt fast auseinander«, fuhr er fort. »Na gut, Dant hat seine Chance gehabt. Bastard. Hol uns ein paar Teller, Kate.«

Kate nahm zwei Teller aus dem Geschirrspüler, stellte sie auf den Tisch und ging ins Wohnzimmer hinüber, um eine CD der Beatles einzulegen.

»Bein oder Brust?«, rief Harry von der Küche aus.

Kate stieß gegen die Lehne eines Sessels und plumpste hinein. Jetzt musste sie wirklich vorsichtig sein. Sie wusste nur zu gut, wie sie war, wenn sie getrunken hatte. Die Kontaktstelle im Gehirn, die verhinderte, dass die Gedanken sofort in Sprache umgesetzt wurden, war durch den Alkohol zusammengebrochen, und gleich danach auch die, die die Gedanken mit den Handlungen verband. Also war es nicht gut, zu *denken*, dass sie Harry mochte, weil das zu allen möglichen Problemen führen konnte. Und es kam nicht in Frage, dass sie so tat, als ob sie Harry dachte und Giles meinte, denn sie wusste jetzt, dass dem nicht so war.

Kate stand auf und musste sich einen Moment lang am Regal festhalten, um ihr Gleichgewicht wiederzufinden. Keinen Wein mehr und viel Essen, um den Alkohol aufzusaugen. Das würde alles wieder in Ordnung bringen.

In der Küche zerlegte Harry geschickt das Huhn. Kate wurde schockartig klar, dass er noch völlig nüchtern war. Er hatte die Kerzen auf dem Tisch angezündet, und zum ersten Mal, da die Berge von Schmutzwäsche nun im Dunkeln lagen, sah die Wohnung fast passabel aus.

»Bitte schön«, sagte er und gab ihr einen Teller. »Huhn, gebackene Kartoffeln und etwas Broccoli.« Das Huhn duftete köstlich und schwamm in einer Pfütze geschmolzener gelber Butter. Kate dachte, dass Giles einen Herzanfall bekommen würde, wenn er das sehen könnte – und möglicherweise sogar buchstäblich.

»Mit wie viel Butter hast du diesen armen Vogel eigentlich gespickt?«

»Ach, bei diesen Supermarkt-Hennen muss man großzügig sein«, sagte Harry. »Man muss ihnen ja irgendeinen Geschmack geben.« Er füllte seinen Teller und setzte sich an den Tisch.

»Ich habe etliche Kilo zugenommen, seit ich hier eingezogen bin.« Kate mahlte mit Hingabe Salz über ihre Kartoffeln. »Erst Liebesmahle und nun ›Jungs Cuisine‹.«

»Und du siehst damit viel besser aus. Ich mag keine mageren Mädchen. Ich verstehe sie nicht. Sie setzen alles daran, dass man sie zum Abendessen in irgendeinen verdammt teuren Schuppen ausführt, und dann essen sie entweder gar nichts oder sie essen sehr viel und verschwinden dann nach dem Kaffee auf die Toilette und riechen beim Zurückkommen nach Atemspray.« Harry wedelte mit einer Gabel voll Huhn und Broccoli vor Kate herum. »Ich habe zwei Schwestern, ich habe die *Cosmopolitan* zu Hause auf der Toilette gelesen, ich kenne mich mit diesen Sachen aus.«

Kate mampfte ein paar Minuten anerkennend und genoss den kräftigen Geschmack der Knoblauchbutter, der so stark war, dass man damit eine Grippe hätte kurieren können.

»Magst du die Beatles?«, fragte sie, als ihr das unwillkürlich durch den Kopf ging. Und das war eine dumme Frage, dachte sie, weil du genau weißt, dass du unvernünftigerweise enttäuscht sein wirst, wenn er nein sagt.

»Joh. Aber wahrscheinlich nicht so sehr wie du.«

»Oh, ich liebe sie«, sagte Kate. »Jedes Album bedeutet

etwas anderes für mich, doch *Revolver* ist wie ein Anul…
ein Analgeezz…« Ihre Zunge stolperte betrunken über
das Wort, und sie wurde rot, weil sie es hasste, so dumm zu
klingen. »Ein Schmerzmittel. Weißt du, jedes Mal, wenn
ich verlassen worden bin, jedes Mal, wenn ich einsam oder
traurig bin, spiele ich sie, und sie erinnern mich an die Zeit,
als ich sie mit acht Jahren zu Hause zum ersten Mal gehört
habe.

»Ja«, sagte er. »Klar.«

Kate wusste nicht, ob das ein ›Ja klar.‹ war oder nur ein ›Ja.
Klar.‹ Sie ärgerte sich darüber, dass sie zu betrunken war, um
das genau herauszufinden.

»Ich muss ja furchtbar nach Knoblauch stinken«, sagte
Kate.

Harry rückte ein wenig näher heran, und ihr Herz begann
zu hämmern. »Also, da wir das ja beide gegessen haben…«

Er sah sie mit merkwürdiger Miene an, und Kate rieb sich
mit einem Finger über die Lippen, falls sie einen Rotwein-
schnäuzer hatte. Giles hatte ihn ihr immer mit einer Ecke
seiner Serviette abgewischt. Harry öffnete zögernd den
Mund, um etwas zu sagen, doch ehe er loslegen konnte,
brach die erste Zeile von ›Yellow Submarine‹ über die sorgsam ausbalancierte Stimmung herein.

Kate dachte, dass sie Ringo Starr niemals so sehr gehasst
hatte wie in diesem Augenblick.

»Und das ist der einzige Vorzug von CDs«, sagte sie mit
sarkastischem Lächeln.

Harry neigte fragend den Kopf.

»Die Reihenfolge der Songs«, sagte sie und tauchte die
Nase in ihr Weinglas. »Man kann sie sich für jeden Zweck
neu zusammenstellen.«

Harry lachte, und Kate fielen die Andeutungen dessen
auf, was sie gesagt hatte. Röte stieg ihr ins Gesicht. Doch er
hatte ja weder widersprochen noch protestiert…

Sie stellte ihr Glas ab und verbat sich, noch mehr zu trinken.

»Du hast sie fast leer gemacht«, sagte Harry und griff nach der Flasche. »Soll ich dir nachschenken?«

»Ja, danke«, sagte sie ohne nachzudenken.

Er fing ihren Blick auf und lächelte, als ob er ihre Gedanken gelesen hätte, und Kate spürte, dass sie noch schneller und tiefer in dem warmen Treibsand der Moral versank.

Sie sprachen drei Kerzen lang miteinander und hörten dabei Elvis Costellos größte Hits und ›March‹ von Michael Penn, und das Gespräch kam unvermeidlich auch auf Autos.

»Was ist dein Lieblingsauto?«, fragte Harry und ließ eine kleine Kaffeetasse an seinem Finger herabbaumeln.

»Jaguar XK120«, sagte Kate und sprach die Silben deutlich und sorgsam aus. Ach du lieber Himmel, dachte sie mürrisch, er hat dich doch schon viel betrunkener gesehen als jetzt. Du hast ihm schon mal auf die Schuhe gebrochen.

»Warum denn?«

»Weil er aussieht wie Jayne Mansfield auf Rädern«, sagte Kate ernsthaft. Niemand hatte ihr jemals diese Frage gestellt, und sie hatte ihr Leben lang darauf gewartet, diese Antwort geben zu können. »Cremefarbene Kurven und innen rotes Leder. Ein sehr aufreizendes Auto.« Sie nickte wissend.

»Bist du jemals in einem Aston Martin gefahren?«

»Wann sollte ich denn deiner Meinung nach in einem solchen Wagen gefahren sein?«, fragte Kate und ließ ihr Weinglas zwischen zwei Fingern herabhängen. »Glaubst du etwa, ich habe einen hinten stehen, weil ich damit einkaufen fahre?«

Harry schob seinen Stuhl vom Tisch zurück und nahm sein Jackett hinter der Küchentür auf, wo er es hingeworfen hatte. »Also, dann wird es ja Zeit damit.«

»Aber wir haben getrunken! Du kannst nicht fahren«, nuschelte Kate.

»Nein, Kate, du hast getrunken. Ich habe den ganzen Abend über nur ein Glas getrunken, und du hast fast zwei Flaschen ausgetrunken. Also wäre ich dir dankbar, wenn du nicht auf die Polster kotzen würdest.« Harry grinste von der Tür aus zu ihr herüber. »Komm schon, nimm deine Jacke.«

»Aber es ist fast zwei Uhr morgens!«

»Zier dich doch nicht so.« Er warf ihr eine Strickjacke vom Garderobenständer zu.

»Schlüssel?«

»Joh«, sagte Harry und schloss die Tür hinter ihnen.

Kate stand auf der Vordertreppe des Hauses und zitterte.

»Bleib hier«, sagte Harry, »ich bin in einer Minute bei dir.« Er trabte um die Ecke herum. Kate zog die Jacke enger um sich und stellte fest, dass sie nüchterner wurde. Es war spät, doch sie war überhaupt nicht müde; dieser Abend hatte etwas Träumerisches, und sie hoffte, dass das eine ausreichende Entschuldigung sein würde, wenn etwas noch schrecklich schief laufen würde. Nach einem Tag wie diesem konnte noch viel schief gehen, und wenn das zarte Gleichgewicht ihrer Beziehung zu Harry zerstört werden würde, hätte ihr das gerade noch gefehlt.

Sie bewegte sich praktisch auf einem Drahtseil und hatte Angst, mit einem falschen Wort die Stimmung zwischen ihnen zu zerstören, ihre Gefühle zu offenbaren und damit die Grenzen des Flirtens zu überschreiten. Sie fürchtete, dass sie ein Thema aufbringen könnte, das ihn Cress erwähnen ließ und sie sich dazu verpflichtet fühlte, von Giles zu sprechen – und still für sich dann akzeptieren zu müssen, dass sie in Gedanken untreu war, wenn nicht sogar tatsächlich. Bisher jedenfalls schienen Cress und Giles Millionen von Meilen entfernt zu sein.

Ein gebändigtes Röhren erklang, als ein großer Motor gestartet wurde, und ein dunkelgrüner Sportwagen bog um die Ecke in den Crescent hinein. Harry öffnete für sie die Beifahrertür von innen und winkte sie herein.

Von ihrem günstigen Standort unter der Sicherheitslampe am Hauseingang aus bewunderte Kate die fast weiblichen Linien und Kurven des Wagens und sah auch, wie selbstsicher Harry hinter dem Steuerrad aussah. Als wüsste er genau, was er tat. Das war eine starke Veränderung seiner normalerweise leicht schusselig und jungenhaft wirkenden Persönlichkeit. Sie stieg ein. Harry fummelte mit dem Stereoradio herum, das auf Kanal vier eingestellt war. Kate tat so, als wüsste sie nicht, dass das Radio im Rover auch ständig dort programmiert war.

»Ich weiß gar nicht, wer ihn zuletzt gefahren hat. Ich kann diese Dinger nie in Gang bringen«, sagte er. »Das ist das technischste Teil des ganzen verdammten Wagens. Kannst du es mal versuchen?«

Kate ortete Gitarrenklänge, und Harry zog den Wagen ruhig auf die Hauptstraße, als ›Alison‹ zu Ende ging und ›Sympathy for The Devil‹ begann.

»Ah, perfekt«, sagte Kate. Der Wagen nahm Geschwindigkeit auf und die lockeren Strähnen ihres Haars, die sich aus ihrem Zopf herausgestohlen hatten, begannen sich zu heben und hinter ihr zu flattern.

»Warum machst du nicht dein Haar auf, Kate?«, fragte Harry. »Dazu sind doch solche Autos wie das hier da.«

»Fahren deswegen so viele Friseure diese Autos?«

»Du arme unwissende Frau«, erwiderte er und tat so, als sei er beleidigt. »Ich kann dir nur sagen, dass wir Leute haben, die um diesen Wagen miteinander kämpfen. Ich habe ihn nur genommen, weil Sholto möchte, dass ich morgen früh mit ihm eine Testfahrt mache.«

»Wo fahren wir denn hin?«, fragte sie und schüttelte ihr langes kupferfarbenes Haar aus, nachdem sie den Zopf geöffnet hatte. Die Nachtluft war frisch in dem offenen Wagen, und sie spürte, wie der Fahrtwind über ihre Kopfhaut kitzelte.

»Wo immer du hin möchtest.«

»Aber ich kenne doch praktisch nichts anderes als das Büro und unsere Straße. Du scheinst zu vergessen, dass ich kein großer London-Fan bin.«

»Ich weiß. Deshalb dachte ich, dass es Zeit wird, dass du

es richtig kennen lernst.« Harry bog in Richtung Innenstadt ab. »So, wie ich es sehe. Sei einfach still und sieh dich um.«

Kate glitt in dem großen Lederschalensitz zurück und sah zu, wie Harry die schwarzen Taxis mit Hilfe der Busspur hinter sich ließ. Jedes transportierte irgendjemanden zu einem anderen Ort in der Stadt, manchmal Pärchen, manchmal Geschäftsleute, und manche saßen so weit hinten in den Sitzen, dass sie sie sehen konnte. Jeder von ihnen hatte ein kleines Leben und einen eigenen Abend hinter sich oder vor sich. Ihre weißen Gesichter tauchten wie Sterne auf und verschwanden dann im Seitenspiegel.

Harry sah, dass sie in die Taxifenster hineinspähte. »Wohin fahren sie? Oder eher, wo waren sie gewesen?«

»Findest du das nicht auch bedrückend? Eine Stadt voll anonymer Menschen?«

»So habe ich das noch nie empfunden.« Harry nahm die Hyde Park Corner mit hoher Geschwindigkeit – wenigstens sah Kate auf dem Tacho, dass es hoch war, denn sie fühlte sich in dem tiefen Sitz ganz sicher und beschützt. »Ich liebe die Freiheit, dass man alles tun kann, was man möchte, dass immer Leute unterwegs sind, die etwas tun, irgendwo hingehen, selbst noch zu dieser Nachtzeit. Dieses Gefühl, dass der Tag in London niemals wirklich zu Ende geht. Verstehst du, wie ich das meine?«

»Ungefähr.« Die Straßen waren nicht so leer, wie Kate vermutet hatte. Die Lichter brannten noch immer in den Schaufenstern von Knightsbridge. Mit plötzlichem Stolz sah sie, wie ein Paar langsam nach Hause ging, bei Harvey Nichols die Schaufenster anschaute und dann zu ihrem Wagen hinübersahen, als sie vorbeifuhren. Wahrscheinlich malten sie sich eine Romanze für sie und Harry aus, genauso wie sie selbst sich das für sie ausgedacht hatte.

Sie fuhren schweigend weiter und hörten der Musik aus dem Radio zu. Kate hielt Ausschau nach den verspiegelten Schaufensterscheiben, weil sie dann ihr Vorbeifahren im Spiegel sehen konnte, was sich anfühlte, als befänden sie sich in einem Popvideo. Die bonbonfarbenen Lampen in der Oxford Street, eine Gegend, die sie erkannte, blitzten noch immer an und aus, und sie begeisterte sich einen Moment lang für sie, da die sich drängende Menge der Samstagseinkäufer um diese Zeit verschwunden war.

»Ich habe dich gefragt, wohin wir fahren, und du hast mir noch keine Antwort gegeben.«

»Ich dachte, ich fahre dich in den alten Teil der Stadt, wo es um diese Nachtzeit wirklich ruhig ist.« Harry überholte einen Kühlwagen von Marks and Spencer mit einer plötzlichen und mühelosen Beschleunigung und fädelte sich gleich wieder auf der linken Straßenseite ein. Kate gab einen erfreuten Seufzer über diesen Ausbruch an Geschwindigkeit von sich. »Dort gefällt es mir am besten, zwischen all den zusammengewürfelten Häusern und Seitengässchen. Du müsstest es dort auch schön finden, mit deinem Abschluss in Englisch. Das ist alles wie aus einem Roman von Dickens.«

»Okay.« Kate trommelte zu dem antreibenden Rhythmus des Songs auf ihren Knien herum und hörte damit auf, als er ausgeblendet wurde und die Musik langsam und romantisch war, weil sie nicht auf diesen Stimmungswandel aufmerksam machen wollte.

Schweigen breitete sich wieder zwischen ihnen aus, doch es war ein freundliches Schweigen. So freundlich, dass Kate von dem leichtsinnigen Drang erfasst wurde, Unsinn zu reden, um die Intimität zu verscheuchen, die zwischen ihnen schwebte. Sie saßen so dicht nebeneinander, dass sie die Wärme seines Arms spürten konnte, wenn er den Gang wechselte. Und es würde nicht mehr lange dauern, dann würde er den Schweiß riechen können, der sich vor Nervosität in ihren Achselhöhlen bildete. Hatte sie sich denn nicht in all diesen Monaten nach diesem Augenblick gesehnt? Na ja, natürlich nicht nach verschwitzten Achselhöhlen.

Sie sah ihn ganz kurz im Rückspiegel an. Harrys Augen mit den langen Wimpern konzentrierten sich auf die Straße vor ihnen und seine Wangenknochen sahen wie gemeißelt aus in dem Licht, das von den Straßenlaternen über ihnen hereinfiel. Ein Schauer von Verlangen durchfuhr sie, und sie musste zugeben, dass sie sich nicht einmal gestattet hatte, sich diese Traumszene, die sie jetzt erlebte, auch nur zu wünschen.

Anhand der Straßenschilder sah Kate, dass sie jetzt durch Clerkenwell fuhren und die Anzahl der hellen Laternen sich verringerte. Gelbes Laternenlicht beleuchtete Fotolabore und Kebab-Imbisse, die die ganze Nacht über geöffnet waren, und ein unwirklich phosphoreszierendes Licht glomm hinter den undurchsichtigen Scheiben schicker Restaurants. In den stilleren Straßen schien das kehlige Geräusch des Motors noch lauter zu sein; Harry schlängelte sich durch Abkürzungen hinter hohen viktorianischen Geschäftshäusern hindurch, deren drohend aufragende Stockwerke mit den dunklen Fenstern über dem offenen Verdeck des Wagens zu schweben schienen.

»Leg den Kopf zurück und sieh zum Himmel hinauf«, sagte er. »Es ist eine tolle Nacht.«

Kate verkniff sich eine scharfe Erwiderung über anständige Sterne, die man nur auf dem Land sehen konnte, legte den Kopf gegen die lederne Kopfstütze und sah nach oben. Häuser und Bürogebäude begrenzten rechts und links ihr Gesichtsfeld und veränderten sich ständig in Höhe und Farbe, während sie durch die engen Straßen fuhren. Kate hatte das Gefühl, als triebe sie auf einem Kissen aus dem roten Wein dahin, den sie getrunken hatte.

»Sie sind doch bildschön, diese Häuser, was?«, fragte er. »Ich weiß, dass du das ein bisschen dumm finden wirst, doch wenn ich hier durchfahre, sind sie für mich wie Lesezeichen der Geschichte, ewige zeitliche und stilistische Fixpunkte in dieser Stadt. Solange es sie noch gibt, kann man sich vorstellen, wie die Menschen auf Pferden zu den Türen ritten und nicht auf Kuriermotorrädern, oder dass die Damen für ihre Krinolinen verbreiterte Türen benötigten, und so weiter.«

Kate drehte überrascht den Kopf auf der Kopfstütze.

Sie hatte schon immer vermutet, dass Harry hinter seinen machohaften Scherzen seine Sensibilität versteckte. Doch sie hatte es noch nicht erlebt, dass er so deutliche Gedanken von sich gegeben hatte. Vielleicht errötete er ja – sie konnte das in dem monochromen Licht nicht erkennen – und ihr wurde plötzlich klar, wie persönlich diese Fahrt für ihn war. Er zeigte ihr die Stadt, die er liebte, weil sie sich in all den Monaten, in denen sie in der Wohnung gelebt hatte, der Stadt gegenüber so unzugänglich gezeigt und auf ihrem Elend herumgebrütet hatte wie eine Henne auf ihren Eiern. Sie hatte beschlossen, dass sie London nicht mögen wollte, einmal, weil es so viel größer und stärker war als sie und dann auch, weil sie es als Bestrafung dafür auffasste, dass Giles sie nicht genug liebte.

Doch Harry hatte ihr auch noch etwas anderes nahe gebracht. Kate schaute zum Himmel hinauf und beobachtete, wie sich die roten und weißen Blitzlichter eines Polizeihubschraubers über das dunkle Blau des Himmels bewegten, der hinter einem Gebäude verschwand und wie eine gigantische Libelle über einem anderen Gebäude wieder auftauchte. Sie sah klare und glitzernde Sterne und fühlte die Nachtluft auf ihrem Gesicht. Und zum ersten Mal erkannte sie die Schönheit dieser Stadt in ihrem Nachthimmel.

Sie war noch nie so spät unterwegs gewesen und hatte auch nicht die geheime schlafende Seite Londons betreten, die frei war von Menschen und Lärm. Sie fragte sich jetzt, ob Harry von Anfang an ihre Einsamkeit erkannt hatte und ihren Widerstand dagegen, in einer Stadt verloren zu sein, vor der sie Angst hatte. Und ob er Mitleid mit ihr gehabt hatte – und er mit den Einladungen zum Essen und den Spaziergängen durch die Stadt versucht hatte, sie auf seine Weise dazu zu bringen, diese Stadt mögen zu lernen, damit sie sich weniger allein fühlte.

»Du hast Recht, hier ist es wunderschön«, murmelte sie.

Harry erwiderte nichts.

Oder vielleicht hatte er in seiner schmerzlichen Verliebtheit in Cress in ihr ein weiteres blutendes Herz gespürt und sie beobachtet, als sie in der Wohnung Trübsal geblasen und Fotos von Giles in ihren Küchenschrank geklebt hatte. Kate spürte den Druck ihres Bauchs gegen den Bund ihrer Jeans und dachte, dass dieser kleine geistige Ansporn, auf Schokolade zu verzichten, eine Zeitverschwendung gewesen war. Zwei Fallengelassene zusammen. Vielleicht hatte er sich ja auch wieder in die Stadt verlieben müssen.

Sie drehte ihm das Gesicht auf dem kalten Leder der Kopfstütze zu und fühlte sich angenehm verwundbar. Kate konnte verstehen, warum er in der Dunkelheit des Autos so viel redegewandter war, was teilweise vom Lärm des Motors gedämpft wurde: Die Dunkelheit hatte etwas Leichtes. Und das Auto hatte etwas unleugbar Aufreizendes – okay, okay, also hatten die Jungs doch Recht bei TOCA 2. In der Ferne sah sie eine Ampel orange werden, und sie hoffte, dass sie auf Rot umsprang, damit er anhalten konnte und die Blässe ihres Halses im Licht der Straßenlaternen sah und ihn vielleicht küsste.

Ihr Herz hämmerte, als ihr Gewissen ihre Gedanken einholte. Als sie mit hoher Geschwindigkeit über die Kreuzung fuhren, sah Kate, dass die Ampel rot wurde und Harry noch schneller fuhr, um durchzufahren. Und ihr Magen zog sich ob dieser verpassten Chance zusammen.

»Über welche Brücke möchtest du gern fahren?«

»Das ist mir egal. Nimm einfach die nächste.«

»Ist die hier in Ordnung?«

Kate sah auf und atmete ruckartig ein, als sie den Fluss überquerten. Weiße Lichtstreifen schlängelten sich am Ufer entlang und spiegelten sich im Wasser, und im Hintergrund staffelten sich die vertrauten Türme und Kirchturmspitzen hintereinander wie auf einer Postkarten-Collage: die sich ständig verändernden Farben auf der Windskulptur der Hayward Gallery, die roten Lichter des Oxo-Turms, die surreal grüne Beleuchtung der St. Paul's Kathedrale. Es war schön. Sie lachte laut über diese ganze Schönheit und dann über sich selbst.

»Danke, dass du mir das alles zeigst«, sagte sie und legte unbewusst die Hand auf Harrys Knie. »Und auf solch zauberhafte Art.«

»Mit Vergnügen.« Er bedeckte ihre Hand mit seiner, bis sie zum Waterloo-Kreisverkehr kamen und er den Gang wechseln musste. Ihre Hand fror, als er seine fortnahm.

Kate fuhr sich mit den Fingern, die von der Berührung noch kribbelten, durchs Haar und türmte die ganze Lockenflut auf ihrem Kopf auf. »Ich fühle mich …« Sie suchte nach den richtigen Worten.

Harry hielt an der Ampel an. Er drehte sich zu ihr und legte ihr einen Finger auf die Lippen. »Nein, nicht. Genieße einfach die Fahrt und fühle dich nicht dazu verpflichtet, etwas erklären zu müssen.«

Im Radio gingen die Kurznachrichten zu Ende und die ersten getragenen Klavierakkorde von ›Take Another Piece of My Heart‹ klangen sehr laut in der Nachtluft; das war ein Song, der in Kates Magen immer wieder das Gefühl des Dahinschmelzens hervorrief: Er war immer ihr Lieblingssong beim Langsamtanzen in der Schul-Disco gewesen.

Kate wurde ganz schwindelig. Das hatte alles nichts mehr mit der Wirklichkeit zu tun. Das lief viel zu einfach auf die Erfüllung eines ihrer Wunschträume hinaus. Gleich würde er …

›Didn't I make you feel like you where the only man?
Didn't I give you everything that a woman possibly can?‹

Die Ampel war noch immer rot. Harry sah ihr in die Augen und neigte den Kopf ganz leicht in einer winzigen unzweideutigen Bewegung. Instinktiv neigte Kate den Kopf in die andere Richtung und sah, wie sich seine Lippen öffneten, wie kurz die goldfarbenen Stoppeln auf seinem Kinn waren, und dass sie schon fast in ihrem Sitz lag. Sie konnte seine Nähe riechen, eine Schwindel erregende Mischung aus Armani und männlichen Hormonen, und sie merkte, dass sich ihre Augen in einer automatischen Schul-Disco-Reaktion zu schließen begannen.

Doch dann wusste sie genauso schnell, dass sie sich von Harry nicht küssen lassen würde. So verzweifelt gern sie es sich auch wünschte. Kate hatte nie einem Song zuhören können, ohne auf den Text zu achten, und nun, als sie die vertrauten Zeilen des Songs wie zum ersten Mal hörte, ging Kate plötzlich auf, was ihre Verliebtheit ausgelöst hatte: ihr eigenes unerfülltes Verlangen nach Giles, das sich in Harrys unerwiderter Liebe zu Cress widergespiegelt hatte. Der Schock verschlug ihr den Atem. Hier war jemand, der in noch größeren Schwierigkeiten war als sie selbst, der bereit war, sich immer wieder von neuem das Herz zu zerreißen, genauso wie sie Giles zwanghaft ihre eigene Minderwertigkeit dargeboten hatte. Indem sie vorgab, jemand zu sein, der sie gar nicht war. Indem sie zuließ, dass er sie in jemanden verwandelte, der sie nicht sein wollte.

Und sie musste sich über sich selbst Klarheit verschaffen und nicht einfach alles damit zuzudecken versuchen, dass sie so tat, als sei sie so, wie Harry sich Cress wünschte, auch wenn er in seinem Herzen wusste, dass Cress in seinem Kopf viel netter als in Wirklichkeit war. Das kam einfach erst dann in Frage, wenn er es selbst ebenfalls so sah. Sie war so entschlossen gewesen, Giles treu zu bleiben; wenn sie das jetzt aufgab und zu einem Pflaster für das gebrochene Herz eines anderen wurde, dann würde ihr weiteres Warten auf Giles hier in London keinerlei Bedeutung mehr haben. Wenigstens einmal in ihrem Leben musste sie nach ihrem Gewissen handeln.

Kates Augen klappten auf, und es tat ihr unendlich weh, Harrys Gesicht nicht berühren zu können. Gott, es war herzzerreißend. Das war ein Moment, der noch aus den Jugend-Soap-Fantasien ihrer Teenagerzeit stammte. Seine Augen waren geschlossen und sie konnte seine Wimpern betrachten, die länger und schwärzer auf seinen Wangenknochen lagen, als jedes Augen-Make-up ihre machen konnte.

Er war von nicht so klassisch gutem Aussehen wie Giles, aber realer. Als seine Lippen keine Berührung mit ihren spürten, öffnete Harry die Augen und sah verwirrt in ihre.

»Du kannst nicht Kate sagen und Cressida denken«, flüsterte sie traurig. Sie hoffte, dass er in ihrem Gesichtsausdruck besser lesen konnte, als sie sich ausdrücken konnte.

Harry blinzelte einmal und seufzte. »Aber das tue ich doch gar nicht.«

Sie sahen sich beide bestürzt an. Dann sprangen die Ampellichter um, und ein schwarzer Golf raste hinter ihnen heran und hupte sie an, damit sie weiterfuhren. Harry ließ sich in seinen Sitz zurückfallen und legte den ersten Gang ein. Der Aston schnurrte von der Kreuzung weg in Richtung Waterloo.

35

Kate ging sofort in ihr Zimmer, schloss die Tür hinter sich, so dass sie im Schloss einschnappte und stellte ihren Wecker auf sieben Uhr. Das war ziemlich früh, um das Haus zu verlassen und in irgendeine Galerie oder einen Park zu gehen, um dort den restlichen Tag zu verbringen. Oder auch das restliche Wochenende, wenn es sein musste.

Sie blieb mit dem Wecker in der Hand ungefähr fünf Minuten lang still stehen, sah nur die Zahlen und den ruckenden Sekundenzeiger und versuchte zu verhindern, dass irgendwelche Bilder wie Teer durch die Lücken in ihrer Konzentration hoch blubberten. Sie hatte noch nie ihre Gedanken so reinzuwaschen versucht wie jetzt, doch sie konnte es nicht. Ihr Puls raste und trotz der kalten Nachtluft fühlte sie sich verschwitzt. Sie wiederholte die gleichen Gedanken immer wieder und streichelte ihr Gewissen, wie sie es bei Ratcat tun würde, wenn er sich dazu herabließ, das zuzulassen: solange sie in der Sicherheit des Alltäglichen blieb, ihren Wecker stellte, in ihrem Zimmer stand, würde es ihr gut gehen. Der Augenblick würde vergehen und würde sie dann nicht mehr berühren.

Kate hörte Harry in der Küche herumgehen, den Kessel geräuschvoll mit Wasser für Kaffee füllen, die Schränke öffnen und wieder schließen – und jedes Geräusch schien offenbar dazu gedacht zu sein, sie einzuladen, zu ihm zu gehen – doch sie war zu einer Statue erstarrt, während ihre Hände den Minnie-Mouse-Wecker umklammerten. Die Nachtluft hatte sie ein wenig ernüchtert, doch der Restalkohol zerstückelte noch immer ihre Gedanken, die ineinander zu fließen versuchten: Warum rennst du weg? Warum verliebst du dich im Nachhinein? Wovor fürchtest du dich? Warum glaubst du, dass die Welt für dich anhält?

Sie stellte sich vor, dass Harry auf der anderen Seite der dünnen Tür stand und darauf wartete, dass sie wieder auftauchte und sich fragte, was sie machte und warum sie den Sicherheitsgurt geöffnet hatte, als hätte der Wagen in Flammen gestanden und die Treppe hinaufgerannt war. Wie konnte sie ihm erklären, dass sie das nur gemacht hatte, weil sie ihn so sehr begehrte, dass sie das Gefühl lieber verbarg, als es zu offenbaren? Ihm könnte der Mut genauso schnell vergehen wie ihr, und die zerbrechliche Gelegenheit könnte für immer verloren gehen. Welche Chancen hatten zwei Menschen, die sich gegenseitig in genau dem gleichen Moment mit der gleichen Intensität begehrten? Er würde sie nicht mehr fragen, nachdem er nun glaubte, dass er sie in eine peinliche Lage gebracht hatte. Kate stöhnte enttäuscht auf.

Du musst hinausgehen und mit ihm sprechen, dachte sie verärgert. Sag ihm, wie du dich fühlst. Wenn es um theoretische Gewissensfragen ging, war Kate normalerweise sehr stark, vor allem, wenn es um andere Menschen ging und nicht um sie selbst. Sie konnte endlose vernichtende Betrachtungen über ihren eigenen Charakter anstellen, doch sie fragte sich oft, wie ernst sie das alles innerlich nahm.

Er wird dir ja wohl kaum Gleiches mit Gleichem vergelten, oder?, fuhr die Stimme beschwörend fort. Und Giles kommt bald nach Hause. Ganz zu schweigen davon, wenn Harry herausfindet, was du mit Cressidas *Meisterwerk* getan hast. Das könnte die Leidenschaft ganz schön dämpfen. Die Zeit wird langsam knapp. Das hier könnte heute ihre einzige Chance bleiben.

Aber wie fühle ich mich denn? Kate sank auf ihr Bett, noch immer den Wecker in den Händen. Ihr Blick fiel auf das Ball-Foto von ihr und Giles, und sie legte es mit dem Gesicht nach unten auf ihren Nachttisch. Und das war das erste Mal, dass sie im wirklichen Leben jemanden gesehen hatte, der ein Foto umgedreht hingelegt hatte. Ich *weiß nicht*, wie ich mich fühle. Ich weiß nur, dass ich keine Freundin sein möchte, die betrügt, selbst wenn ich nicht... Sie schob diesen Gedanken weit von sich. Viel zu kompliziert.

Und ich weiß, dass ich nicht die zweite Wahl nach Cressida sein möchte.

Und ich weiß auch, dass ich wirklich von ihm geküsst werden wollte.

Dein Problem ist, parierte die Laura-Stimme, dass du einfach nicht Herrin deiner eigenen Ziele sein willst.

Kate wand sich. Das glich beängstigend einer Szene aus den *Rosen des Todes* – die Szene, die damit endete, dass die Cress-Figur das Haus ihrer Eltern in Brand setzte, weil die Stimmen ihr gesagt hatten, dass es gut sei, die bösen Geister zu zerstören.

Du lässt einfach alles nur geschehen und beklagst dich anschließend über die Konsequenzen, ging es in ihrem Kopf unbarmherzig weiter. Wenn du dich für einen falschen Weg entscheidest, dann hast du wenigstens selber die Wahl getroffen und bist nicht Opfer einer passiven Heimsuchung. Warum bist du in London? Weil Giles das beschlossen hat. Warum arbeitest du bei Eclipse? Weil Laura das für dich arrangiert hat. Warum bist du...

Ich habe beschlossen, hier zu bleiben, erinnerte sie sich selbst. Ich habe mich für dieses Haus entschieden, ich habe beschlossen, Cressida in ihre Schranken zu weisen, und vielleicht bedeutet das ja, dass ich mich für Harry entscheiden kann.

Noch ehe Kate merkte, was sie tat, lag ihre Hand schon auf dem Türknopf. Sie hatte noch keinen blassen Schimmer, was sie als Nächstes tun würde, doch als sie den Arm streckte, um die Tür zu öffnen und Harry anzubieten, die Kaffeekanne für ihn anzuwärmen, hörte sie ein vertrautes Klopfen an der Wohnungstür.

Dant war zurück, und er war zu betrunken, um mit dem Schloss klar zu kommen. Entweder das, oder er hatte einfach keine Lust dazu, nach seinen Schlüsseln zu suchen.

»Oh, verdammt«, hauchte Kate und lehnte die Stirn an die Tür.

Sie hörte, dass Harry etwas auf dem Tresen absetzte (Die Kaffeekanne? Den Stift, mit dem er ihr eine leidenschaftliche Notiz schrieb? Seine Tontaubenpistolen?) und zur Tür ging, wo er mehrere Riegel zurückschob und dann Dant hereinstolpern ließ.

»Freund!«, sagte Harry in der Küche. Sie konnte seinen Ton nicht sehr klar hören und wollte auch nicht zu viel aus ihm herauslesen, doch er klang nicht wie die Einladung zu einer langen Unterhaltung.

Ach um Himmels willen, enttäusch mich jetzt nicht, dachte Kate. Bitte sag nicht irgendeinen arroganten Unsinn, den du nicht äußern würdest, wenn du wüsstest, dass ich zuhöre. Was du sicherlich weißt.

»Freund!«, sagte Dant.

Es entstand eine Pause, in der sie sich vielleicht die Hände schüttelten oder mit den Köpfen gegen die Brust des anderen stießen oder vielleicht noch eine Flasche Wein öffneten.

Kate, plötzlich von einer Art Verfolgungswahn überfallen, presste das Ohr an die Tür und horchte noch angestrengter.

Sie wurde belohnt mit einer melodischen Serie von Rülpsern von Dant, denen ein bewundernder Applaus von Harry folgte und deren Entstehen nicht sehr einfach gewesen zu sein schien.

Doch nun ereilte sie das Dilemma jedes Lauschers: Sollte sie sich mutig der schwierigen Situation dort draußen stellen oder sollte sie das Risiko eingehen, dass Harry etwas möglicherweise Peinliches darüber sagte, wo sie gewesen waren/wie er sich fühlte/was für eine dumme Kuh sie doch war? Der Gedanke, Dant könnte etwas von den Ereignissen in dieser Nacht erfahren, ließ sie zu einer Entscheidung kommen, und sie öffnete die Tür und zwang sich, in die Küche zu marschieren, noch ehe sie Zeit hatte, darüber nachzudenken, was sie tat.

»Oh, hallo«, sagte Harry errötend.

»Hi.« Kate ging zum Tresen und hielt sich daran fest.

»Möchtest du Kaffee haben?«

Dant sah wie ein Schiedsrichter beim Tennis zwischen ihnen beiden hin und her.

»Ja, bitte«, sagte Kate, starrte unverwandt auf die Espressomaschine und hielt das Wort ›freundlich‹ gerade noch zurück. »Das wäre nett.«

»Du kannst dich gern komplizierter ausdrücken, wenn du möchtest«, meinte Dant sarkastisch. »Englisch ist meine Muttersprache. Oder werden wir gerade von einem globalen Dolmetscherdienst simultan ins Bulgarische übersetzt?«

Nie zuvor war Kate dankbarer dafür, dass Dant so abfällig sprach. Das zerstörte die Stimmung komplett. Sie starrte auf seine blasiert erhobene Augenbraue.

»Wo ist dein Problem, Dant?«, fragte Kate. »Kannst du es für uns kurz zusammenfassen?«

»Ich habe keine Probleme«, sagte Dant und hob seine leeren Hände wie ein Zauberer hoch. Seine Augen glitzerten, und Kates Haut prickelte, als sie einen erneuten Schmerzensstich fühlte. Wenn er betrunken war, schien er immer gefährlicher zu sein. In nüchternem Zustand wurde seine Wildheit in Witz und Pose umgewandelt; doch wenn er betrunken war, hatte sie das Gefühl, dass der Sicherheitsverschluss jederzeit abspringen konnte. Warum das so war, konnte Kate nicht genau sagen. Ob Dant vielleicht selbst Angst davor hatte, irgendeine verborgene Verletzbarkeit zu offenbaren, wenn er sich nicht ganz unter Kontrolle hielt, oder ob eine Kindheit, in der er alles hatte tun können, um die schlimmsten Erwartungen aller zu erfüllen, ihn nur mit wenigen Hemmungen gegen schlechtes Benehmen ausgestattet hatte, wusste sie einfach nicht.

Doch es hatte sich jetzt in ihrem Kopf festgesetzt, dass die aufreizenden Fotos von Cress nicht von Harry gemacht worden waren und dass das, verbunden mit einer wachsenden Besorgnis darüber, dass sie durch die Änderung von Cressidas Manuskript einen ernsthaften Schaden angerichtet hatte, einen dunklen Schatten auf Kates Gewissen warf. Dant war wirklich Furcht erregend. Nicht im Sinne der exemplarischen Niedertracht eines Cameron, sondern in einem sehr authentischen, völlig plausiblen und auch eventuell leicht soziopathischen Sinn. So ungern sie auch Cress zustimmen mochte, begann sie jedoch zu erkennen, dass das eine interessante, wenn nicht sogar höchst wünschenswerte Eigenschaft eines Mannes sein könnte.

Harry goss Milch in den Kaffee und gab Kate einen der Kaffeebecher. »Also«, begann er unsicher, »es ist ziemlich spät und ich muss wirklich … na ja, ins Bett gehen, also dann,… bis morgen.«

»Nacht«, sagte Kate, hielt seinem nervösen Blick stand und hoffte, dass er daraus mehr herauslesen konnte, als sie sagen konnte.

Er zuckte reichlich unklar die Achseln und schlurfte davon.

Kate spürte, wie die Enttäuschung wie eine kalte Dusche über ihr zusammenschlug.

Sie drehte sich langsam um und schob sich das Haar aus der Stirn. Der Nachtwind hatte ihr Haar zu einem wilden Wust kupferfarbener Locken zerzaust, das ihr wie ein wilder Heiligenschein um den Kopf stand. Ihre Augen glänzten grün durch die aufsteigenden Tränen der Enttäuschung hindurch. Trotz des inneren Schmerzes sah sie wie ein wütender Engel aus. Mit geballten Fäusten stützte sie sich auf der zerkratzten Marmoroberfläche des Küchentresens ab.

»Ich habe einen langen und anstrengenden Tag hinter mir«, sagte sie vorsichtig. »Und mich mit deiner Einmann-Menschlichkeitspolizei abzufinden, ist genau das, was ich zur Abrundung dieses Tages *nicht* gebrauchen kann. Du merkst ja wohl wirklich nicht, wann du den Bogen überspannt hast, oder? Ich bin nicht Cress, und daher musst du bei mir keine Punkte machen. Harry ist auch nicht einer deiner schicken Freunde, und deshalb musst du ihn auch nicht erniedrigen. Warum hörst du dir nicht mal eine Weile selber zu? Wir sind echte Menschen hier. Das Leben besteht nicht nur aus Dialogen.« Sie korrigierte sich selbst. »Oder aus bissigen Bemerkungen.«

Dant warf die Hände in wenig überzeugender Art entschuldigend hoch. Sie beide wussten, *wie* wenig überzeugend das war.

Kate öffnete den Mund, um noch etwas zu sagen, doch im letzten Moment verließ sie die Lust dazu.

»Gute Nacht«, sagte sie stattdessen und ging zu ihrem Zimmer hinüber.

»Fragst du gar nicht, wo ich gewesen bin?«

Sie hielt inne und überlegte. Wie dringend wollte sie wissen, wo Dant gewesen war? Es war zwei Uhr morgens. Sie hatte an diesem Wochenende noch einiges zu erledigen. Andererseits klang es so unheilvoll, dass sie es vielleicht doch erfahren sollte. Vielleicht hatte er einen Anwalt aufgesucht wegen ihres mündlichen und alles andere als wasserdichten Vertrags mit Cress.

Kate seufzte und fragte ohne sich umzudrehen: »Also, wo bist du heute Abend gewesen?«

»In Cressidas Wohnung. Jemand rief mich heute Nachmittag aus der Klinik an.« Dant machte eine dramatische Kunstpause, doch Kate widerstand dem heftigen Drang, sich umzudrehen, gerade weil er es so gern wollte. »Offenbar hat sie eine Art Zusammenbruch erlitten.«

Kate wirbelte herum. »Oh, mein Gott! Dant, nein! Geht es ihr gut? Was ist passiert?« Sie schlang die Arme um sich, goss sich dabei den heißen Kaffee über den Körper. Eine Fülle von Schuldgefühlen tauchte blitzlichtartig vor ihren inneren Augen auf, und sie fühlte, dass die Tränen, die sich schon so lange gesammelt hatten, über ihr Gesicht liefen. Doch selbst als sie heiß auf ihre Wangen tropften, war ihr klar, dass sie nicht wirklich für Cress geweint wurden – sondern für sie selbst geweint, für Harry, der mit Sicherheit entsetzt sein würde, wenn er alles herausfand, für Dant, der mit all dem fertig werden musste. Tränen für jeden außer Cress – und das allein verdoppelte die Tränenflut noch.

Dant nahm ihr sanft die Tasse aus der Hand und drückte sie auf das Sofa. »Es geht ihr… nun, nicht gut. Ich werde nicht so tun, als sei es anders. Ihr Facharzt sagte mir, dass sie eine Art hysterischen Anfall bekommen habe, nach…« Er hielt inne und lächelte reumütig, »nach einigen schlechten Nachrichten aus England, wie er sagte, und sie mussten ihr Beruhigungsmittel geben. Was sie wahrscheinlich wollte, wenn man genauer darüber nachdenkt. Irgendeine chemische Hilfe. Weil sie nicht sprechen, essen oder ihre Medikamente nehmen wollte, hat man sie unter Selbstmord-Überwachung genommen und sie brachten sie schließlich dazu, ihren nächsten Angehörigen anzurufen. Was unter diesen Umständen leider ich war.«

Kate bedeckte ihren Mund. »Scheiße«, hauchte sie.

Dant machte ihre geweiteten Augen nach. »Tatsächlich. ›Mein Leben ist Scheiße.‹ - ›Du bist Scheiße.‹ - › Ihr habt mir meine Träume zugeschissen.‹ – ›Du und Kate habt mir das einzig Wertvolle genommen, es verschlungen und ausgeschissen.‹ Wir haben uns durch die gesamte Fäkalsprache durchgearbeitet. Manche Ausdrücke waren sehr originell. Doch Cress ist diesmal wirklich schlecht drauf – das war nicht einer ihrer normalen paranoiden Schübe. Ich glaube, diesmal kann es ihr Leben verändern. Die reinigende Kraft der Wut. Bitte entschuldige diese Therapiesprache.«

Kate vergrub das Gesicht in den Händen, damit das Klingeln in ihren Ohren aufhörte. Sie war dafür verantwortlich. Ganz allein verantwortlich. So viel geschah jetzt in ihrem eigenen Leben, weil sie sich von dem unbarmherzigen und leichten Fluss der Ereignisse mitreißen ließ. Aber sie hatte das anderen Menschen angetan und damit bewirkt, dass sie wegen einer Sache die Kontrolle über ihr Leben verloren, die sie ohne darüber nachzudenken getan hatte. Sie wollte vor Scham und Angst weinen.

Dant glitt neben ihr aufs Sofa. Er umarmte sie nicht, wie Harry es getan hätte, doch seine bloße Anwesenheit war beruhigend. Nicht nur sie war schuld. Sie wusste, dass er trotz seiner zerrissenen Persönlichkeit sich nicht als unschuldig hinstellen würde. Schweigend hob sie ihr verzweifeltes Gesicht, nicht fähig, mehr zu sagen, als ihre Miene ohnehin schon ausdrückte.

Sie sahen sich einen Moment lang an.

»Kate, das ist nicht ihr erster Zusammenbruch«, sagte Dant. »Ich weiß, dass das tragisch klingt, aber...« Dant zupfte an seinen Nägeln herum, »ich glaube ehrlich, dass das die einzige Möglichkeit für sie ist, voranzukommen. Ich meine«, er sah mit geradem Blick aus dem Fenster, wo die orangefarbenen Lichter der Stadt am Horizont im nächtlichen Smog schimmerten, »ich wusste, dass das irgendwann kommen würde. Ich vermute den Grund darin, dass sie ein paar Wahrheiten über sich selbst und über mich und über Mom und ein paar andere Leute um sie herum erfahren hat. Dass sie nicht länger die Dinge so drehen kann, wie es ihr gefällt. Dass sie ihr Leben mit dem, was sie hat, auf die Reihe bekommen muss.«

»Aber Dant, was wir getan haben... war grausam.«

»Ja und nein. Es war nicht mehr oder weniger grausam als das, was sie getan hat. Und ich glaube, dass ihr das klar geworden ist, und deshalb ist sie wohl auch ausgeflippt. Cress hat mit persönlicher Verantwortung nicht viel am Hut. Nun, wir beide nicht. Sie erkennt einfach nicht, wie ihr Tun sich auf andere Menschen auswirkt, weil sie schon immer ihre Eigenarten und ihr Handeln mit dem gerechtfertigt hat, was andere Menschen ihr angetan haben.

Unser ganzes Leben lang waren wir deshalb wütend aufeinander, weil wir nicht besser waren und unser volles Potential nicht genutzt haben, doch gleichzeitig haben wir bequemerweise die traurige Tatsache ignoriert, dass unsere eigenen Unzulänglichkeiten vom jeweils anderen widergespiegelt wurden.«

»Zwillinge«, sagte Kate.

»Ja, klar, man sollte doch annehmen, dass wir das irgendwann begriffen haben.«

Eine Pause entstand.

»Wird sie sich wieder erholen?« Irgendwo in Kate betete etwas, dass Dant nicht sagte, dass Cress zurückkommen und mit ihnen in der Wohnung leben würde.

»Es wird ihr wieder gut gehen. Nachdem sie alles aus dieser Situation herausgeholt hat. Sie möchte, dass ich sie im Krankenhaus besuche und ihr schickere Bettkleidung bringe.« Dant schnaubte. »Ich hoffe, dass dahinter der kleine Wunsch steht, mich zu sehen und sich mit mir auszusprechen, aber ich fürchte, dass sie wirklich nur möchte, dass ich ihr ihre aufreizende Bettjacke bringe.« Er wandte sich Kate zu. »Was ich fragen wollte, ist, kannst du mich morgen früh nach Heathrow fahren? Ich würde ja Harry bitten, aber das würde bedeuten, dass ich ihm etwas über das Buch erzählen müsste und auch über David, und das würde auch heißen, dass ich mit ihm über Männer sprechen müsste, die Männer lieben, und das würde…«

»Okay, okay. Ich bring dich hin.« Kates Stirn runzelte sich. »Aber womit? Ich vermute mal, dass ich mir unter diesen Umständen Harrys Rover nicht ausleihen kann.«

Dant hielt ein Schlüsselbund hoch. »Ich habe ihn heute Nachmittag aus der Wohnung mitgenommen.«

»Hat sie dir gesagt, dass du dir ihren Wagen ausleihen darfst?«, fragte Kate streng. Cress besaß einen Mini Cooper, in dem Kate noch nie mitgefahren war, weil er immer in der Werkstatt zur Reparatur war oder in der Garage stand, um ihn vor neugierigen Blicken zu schützen. Cress liebte ihn so sehr, dass sie ihn so gut wie nie fuhr.

»Ja.«

»Aber sie weiß doch, dass du nicht fahren kannst.«

»Mmm-hmm.«

Ihre Blicke trafen sich in doppeltem Unglauben. »Also weiß sie doch, dass entweder Harry oder ich dich zum Flughafen bringen muss.«

»Das meinte ich doch, als ich über Cressida sprach«, sagte Dant. »Das größtmögliche Publikum bei allem. Mach dir bloß nicht zu viel Stress deswegen.«

Als ihr Wecker am nächsten Morgen klingelte, blieb Kate ein paar Minuten liegen und brachte die Ereignisse der vergangenen Nacht in eine gewisse Ordnung, rollte sich dann auf die Seite und schaltete das Radio an. Freudige Erregung und Panik wechselten sich in ihr ab, und einen Moment lang konnte sie nicht sagen, welches Gefühl zu welchem Ereignis gehörte.

Nach sechs Monaten Forschungstätigkeit war Kate zu dem Schluss gekommen, dass sie Virgin Radio anschalten konnte, wann sie wollte und immer drei Songs zu hören bekam, die sie liebte und dann einen, den sie so hasste, dass sie aus dem Bett springen musste. Die Verzögerung variierte von Station zu Station, doch sie hatte noch keine gefunden, bei der sie den ganzen Morgen liegen bleiben und zuhören konnte. Wenn sie das wollte, musste sie aufstehen, um sich eine CD oder eine Kassette zu holen, und dann fühlte sie sich meist dazu verpflichtet, ganz aufzustehen.

An diesem Morgen glitten eine alte Ballade von Big Country Ballade und ein Song von Aretha Franklin friedlich an ihr vorbei, während sie ihr Gewissen erforschte, doch sie war sofort aus dem Bett und suchte nach einer Kassette, als sie die ersten fünf Sekunden der Einleitung zu dem Oasis-Song ›Wonderwall‹ hörte.

Dant war schon angezogen und aß in der Küche zwei gekochte Eier.

»Sehr gesund«, bemerkte Kate, zog die Kordel ihres Morgenmantels fester zu und suchte in Harrys Küchenschrank nach seinen versteckten Haferflocken. Sie war ganz gierig auf etwas Breiartiges. »Ist das nicht ein wenig unsozial bei einer Flugreise?«

»Hängt davon ab, was du unter unsozial verstehst.« Er aß sein zweites Ei unbeirrt auf. »Das Pupsen in einem begrenzten Raum verblasst zur Bedeutungslosigkeit im Vergleich zu einer Personenentführung und der Tatsache, dass man seinen Bruder quer durch Europa zerrt, um sich von ihm nuttige Unterhosen bringen zu lassen.«

»Dant, das kann doch nicht dein Ernst sein.«

»Nein?«

Sie sah ihn an, wie er dort in schickem schwarzem Polohemd und schwarzen Jeans saß, und ihr war klar, dass er mal wieder Schutz hinter seiner Grobheit gesucht hatte. Allerdings musste man ihm zugute halten, dass er sein Gesicht der Zivilisation normalerweise erst mindestens drei Stunden später als heute zeigte.

»Nein.«

Kate goss die restliche Milch in eine Schüssel mit Haferflocken und stellte sie in die Mikrowelle.

»Wann geht dein Flug?«

»Um elf.«

»Und wie spät ist es jetzt?« Sie hob einen vollen Löffel an ihren Mund.

»Um neun herum.«

Kate schnappte nach Luft, als sie sich die Zunge an dem glühend heißen Porridge verbrannte. Auf dem Rest hatte sich schon eine Haut um den Zucker herum gebildet, den sie großzügig darüber gestreut hatte. »Warum hast du mir das heute Nacht nicht gesagt?«, fragte sie und fächelte ihrem Mund mit der Hand Luft zu. »Wir müssen doch noch Cressidas Wagen holen, oder? Und du musst doch auch sehr früh zum Einchecken da sein. Meine Güte, Dant.«

»Beruhige dich, Goldlöckchen. Wenn wir innerhalb der nächsten Viertelstunde aufbrechen…«

Sie deutete sarkastisch auf ihren Morgenmantel, auf ihr Haar (das gewaschen werden musste), ihr Gesicht (das geschminkt werden musste) und ihre Brille (die sofort durch Kontaktlinsen ersetzt werden musste).

»Oder wir könnten auch auf Harry warten«, sagte Dant.

Kate warf ihm einen finsteren Blick zu und knallte ihre Porridgeschüssel auf den Tisch. »Du kannst das aufessen, Großmutter.« Sie leckte sich einen Klecks Haferbrei vom Finger. »Sag mir, warum ich dich nicht einfach mit einem Minitaxi davonfahren lasse wie jeden anderen normalen Menschen auch.«

Dant legte einen Finger an sein Kinn. »Weil… du das Heathrow-Minitaxi bist?«

»Äh… nein.«

»Weil… du mir angesichts meines Familientraumas helfen möchtest?«

»Sehr gut. Und nun wiederhole das bitte mindestens alle zehn Minuten, bis wir in Heathrow sind, okay?«

Kate stampfte ins Bad davon und blieb gerade so lange unter der Dusche, bis sie sich beide Achselhöhlen gewaschen hatte. Sie genehmigte sich noch zusätzliche dreißig Sekunden, um sich liebevoll ihren gerundeten Bauch einzuseifen. Es schien für sie völlig natürlich zu sein, einen kleinen Pooh-Bär-Bauch mitten im kalten Winter zu haben.

Sie zog sich schnell an, weil es kalt war. Sie streifte sich ihre Jerseyhose und ein enges geripptes Seidenoberteil über, das sie sich auf Isobels Drängen im Winterschlussverkauf im Januar gekauft hatte. Zum ersten Mal schaffte sie es, keine weißen Deostreifen darauf zu schmieren. Dann zog sie sich einen Pullover darüber. Ich sehe aus wie eine große schwarze

Fledermaus, dachte Kate. Sie zog ihr Haar aus dem Tunnel-kragen heraus und prüfte die Wirkung im Spiegel.

»Beeil dich«, sagte Dant, als er an ihrem Zimmer vorbei in Richtung Bad ging, und schlug dabei gegen die Tür.

»Dant!«, schrie sie, als ihr etwas einfiel. »Wir haben keine Zeit mehr, mit der U-Bahn zu Cressidas Wohnung zu fahren, also ruf ein Taxi, ja? Am Kühlschrank hängen Karten.«

Sie bekam ein zustimmendes Brummen zur Antwort.

Sie sauste so schnell wie möglich durch ihre morgendliche Checkliste – Haare trocknen, Haare bändigen, Haare bürsten. Anziehen. Schuhe suchen. Kate betrachtete ihr Gesicht im Spiegel über der Tür und fragte sich, warum sie sich mit einem Make-up aufhalten sollte. Ihre Gesichtshaut war wahrscheinlich das Einzige an ihr, mit dem sie völlig zufrieden war: klar, durchsichtig, sehr blass, was ihre Lippen und Augen unverdienterweise auch bei minimalem Make-up hervorhob. Sie stäubte ein wenig braunen Lidschatten auf ihre Augenlider und tuschte die Wimpern, und dann fiel ihr ein, dass sie ja nur Dant zum Flughafen brachte und allein zurückfuhr. Ihre Hand mit der Wimperntusche blieb auf Wangenhöhe hängen.

»Oh mein Gott«, sagte sie laut zu ihrem gelähmten Spiegelbild. »Die Arbeit in einem Büro hat mir eine Make-up-Abhängigkeit eingebracht!«

Entschlossen schob sie die Wimperntusche zurück in ihre Handtasche und setzte die Brille auf, um ihren Widerstand gegen ihre Eitelkeit zu demonstrieren.

»Was machst du denn noch dort drin?«, fragte Dant an der Tür.

Kate riss sie auf. Er trug seine Übernachtungstasche über der einen Schulter und eine matte schwarze Reisetasche, die wahrscheinlich Cressida gehörte, über der anderen.

»Ich habe darauf gewartet, dass du einen deiner Monologe absonderst, du Unkomiker. Okay, ich bin startklar.« Sie sah auf die Uhr. »Hast du schon ein Taxi gerufen, das uns zu Cressidas Wohnung fährt?«

Dant ließ seine Taschen auf den Boden fallen und verdrehte die Augen. »Natürlich. Sie haben es sofort geschickt.«

»Und ist es schon hier?«

»Ja, es parkt in der Küche.«

»Also, warum rufst du sie nicht noch mal an und… Nein.« Kate drängte sich an ihm vorbei in die Diele. »Nein, lass mich das machen, ich traue dir einfach nicht zu, dass du ihnen das richtige Fahrtziel nennst.« Sie ging in die Küche und nahm den Telefonapparat von seinem letzten Standort auf dem Bügelbrett herunter. Der Wählton klang wie eine Reihe von Rülpsern, was bedeutete, dass es Nachrichten auf dem Anrufbeantworter gab.

Sie ignorierte das vorübergehend, rief das Taxiunternehmen an und beschleunigte das Taxi um zehn Minuten, indem sie Jennifer Spencers beste Überredungstechnik anwandte. Danach wählte sie die Mailbox an.

»Sie. Haben. Eine. Nachricht«, sagte die Kunststimme. »Zum. Abhören…«

Kate drückte sofort auf die Eins.

»Erste Nachricht.«

Seine Stimme war unmissverständlich und seine freudige Erregung darin auch. »Katie, hier ist Giles. Ich rufe um sechs Uhr deiner Zeit an. Ich vermute, dass du noch nicht von der Arbeit zurück bist, doch ich will dir nur sagen, dass ich heute Abend den Flieger nehme, mit dem ich Samstagmittag in Heathrow landen werde, falls du mich abholen kommen möchtest. Ja, ich weiß, dass das recht kurzfristig ist, aber es sollte eine Überraschung für dich sein. Wenn du also nicht kommen kannst, werde ich am Nachmittag in der Stadt sein…« Seine Stimme verklang. Es war offensichtlich, dass er nicht damit gerechnet hatte, eine solche fabelhafte Neuigkeit einem Anrufbeantworter erzählen zu müssen. »Also, ich sehe dich dann. Also, ich überlege gerade, wenn du mich abholen würdest, könnten wir ein wenig Zeit füreinander haben, ehe meine Familie meine ungeteilte Anwesenheit für eine gewisse Zeit beansprucht, und wir könnten… miteinander sprechen.« Kate hielt bei der kurzen Unterbrechung unbewusst die Luft an. Ein unglaubliches Chaos schien sich hinter dieser kurzen Stille zu verbergen. »Ich werde auf jeden Fall versuchen, dich später zu erreichen. Doch ich hoffe, dass wir uns morgen sehen werden. Okay. Gut. Bis bald.«

Sie legte den Hörer sehr langsam auf und sah dann auf die Uhr. Selbst während sie dort stand, kam das Flugzeug, das Giles nach London zurückbrachte, mit jedem Vorrücken des Sekundenzeigers näher und näher. Sie versuchte vergeblich, irgendeine Reaktion in ihrem Magen aufzurütteln. Also, das war ja nun wohl die Kehrseite all der Nächte, in denen sie im Bett gelegen und versucht hatte, den Schmerz zu unterdrücken, indem sie vorgab, dass er gar nicht existierte, dachte Kate. Ein ironisches Lächeln verzog ihre Lippen, obwohl ihr innerlich gar nicht nach Freude zumute war.

Sie sah sich in dieser unaufgeräumten Küche um, die ihr nun schon seit ewigen Zeiten vertraut zu sein schien. Jeder Berg Wäsche und jeder Bücherstapel, die für das ungeschulte Auge deutliche Zeichen vor Verwahrlosung waren, lagen nicht ohne Grund dort. Giles war nie hier in dieser Wohnung gewesen, die ihr so verhasst und fremd gewesen war, als er fort war, und die nun ihr Zuhause war. In gewissem Maß, korrigierte sie sich selbst. Man soll nichts übertreiben. Giles hier auf dem schmuddeligen Sofa sitzen zu sehen, wäre gleichbedeutend damit, dass jemand aus der EastEnders-Serie zum Kaffee vorbeikam: vertraut und dennoch eindeutig nicht Teil des wirklichen Lebens.

Ein Auto hupte draußen.

»Hallo?«, sagte Dant in ihr Ohr. »Kannst du bitte von dem Planeten zurückkommen, auf dem du gerade bist und zum Taxi hinuntergehen?«

Kate schüttelte sich. »Warum hast du gestern Nacht den Anrufbeantworter nicht abgehört?«

Er starrte sie an. »Entschuldige mal, hast du ihn abgehört? Ich jedenfalls war in Cressidas Wohnung und habe dort den ganzen Abend ihre Sachen durchgesehen. Du warst doch hier und hast mit Harry Glückliche Familie gespielt.«

»Woher weißt du ...?« Kate hielt sich zurück, noch ehe sie zu viel preisgab.

»Ich habe gesehen, dass du das schmutzige Geschirr nicht in den Geschirrspüler geräumt hast.« Dant verdrehte die Augen. »Knoblauch-Zitronen-Huhn, ja? Harveys Eisbrecher.«

Kate öffnete den Mund, um mindestens drei Fragen gleichzeitig zu stellen, doch dann schloss sie ihn wieder. Eine Sekunde lang. »Giles ist auf dem Heimweg. Sein Flugzeug landet eine Stunde nach deinem Abflug.« Sie schlug sich mit beiden Händen gegen die Wangen. »Oh mein Gott! Ich kann ihm doch in diesem Aufzug nicht unter die Augen treten!« Sie drückte Dant ihre Tasche in die Hand. »Geh runter und setz dich ins Taxi. Ich komme nach, sobald ich ein paar bessere Kleider zusammengesucht habe.«

»Wir können nicht so lange warten, bis du deine gesamte Garderobe durchgesehen hast«, sagte Dant in einem Ton äußerster Verärgerung. »Auch wenn es nur drei Minuten dauern sollte. Nimm einfach ein paar Kleider und zieh dich dort um. Dort hast du Zeit genug.«

»Okay«, sagte Kate. »Okay.«

Sie rannte in ihr Zimmer und riss die Schranktür auf. Worin würde Giles sie am liebsten sehen wollen? Sie ging ihre Kleider durch. Das grüne Kleid.

Sie zog es heraus und hielt es ans Licht. Aufreizend zwar, wenn sie es im Moment überhaupt über den Kopf bekäme, doch mit Sicherheit konnte sie es nicht an einem Samstagmittag in Heathrow tragen. Zögernd hängte sie es wieder in den Schrank zurück, weil sie ja wusste, dass es sein Lieblingskleid war.

Kate wühlte sich schnell durch eine Auswahl ihrer Arbeitskleidung. All diese netten Sachen waren Sommerkleider, und draußen war es eiskalt. Außerdem hatte sie sich keine hübschen Sachen für die Freizeit gekauft, seit sie in London war – vor allem, weil sie ihre Freizeit hauptsächlich mit Bowling, Aufenthalten in Pubs oder bei der Wasseraerobic verbracht hatte.

Das graue Nicole-Farhi-Sonderpreis-Kostüm, das sie auf Cressidas Anraten bei Amazon gekauft hatte.

Sie hatte es schon halb aus dem Schrank gezogen, als ihr die Absurdität aufging, ihren Freund nach acht Monaten Trennung in einem grauen Kostüm zu empfangen.

»Was ist bloß aus mir geworden?«, jammerte sie dem Schuhregal vor, das Mandy hinterlassen hatte.

Draußen hupte der Wagen wieder.

Kate warf das Kostüm aufs Bett und starrte auf den Berg sauberer, aber ungebügelter Kleider in der Ecke. Was hatte sie denn getragen, als sie im Juli nach London gekommen war?

Ihre Jeans.

Kate wühlte hinten im Schrank nach den blauen Jeans. Da es bei der Arbeit reichlich stressig zugegangen war, hatte sie vielleicht unbemerkt ein wenig abgenommen. Sie hielt die Jeans ins Licht und untersuchte sie auf Schokoladenflecken, und dann wurde ihr klar, dass sie vielleicht damit schon ihre Frage selbst beantwortet hatte.

»Scheiße«, sagte sie, zog die Schublade mit ihrer Unterwäsche heraus und leerte sie auf dem Bett aus. Das musste reichen. Aber wer schön sein will, muss auch einmal leiden. Laura hatte ihr zu Weihnachten ein Paar Unterhosen ›die sofort das Fett verschwinden lassen‹ geschenkt, und wenn sie ihren Wonderbra unter dem engen Top trug, würde Giles vielleicht gar nicht den Pu-der-Bär-Bauch sehen, der über dem Bund ihrer Jeans hing und sich vielleicht auch zwischen den Verschlussknöpfen hindurchquetschte.

Bingo! Sie zerrte die Unterhose von Marks & Spencer heraus, an der noch immer das Preisschild hing, angelte nach ihrem Wonderbra, nahm das Deo von der Frisierkommode und stopfte alles in ihren Make-up-Beutel. Als sie schon halb aus dem Zimmer war, fielen ihr ihre hochhackigen Sandaletten ein, und sie kehrte noch einmal zurück.

Das Hupen wurde nun von einem hochtourig laufenden Motor begleitet.

Mit den Armen voller Kleider stolperte Kate die Treppe hinunter, nachdem sie noch eine Tesco-Plastiktüte hinter der Tür hervorgezerrt hatte. Dant saß hinten im Nissan Bluebird und sah sie mit düsterer Miene an.

Sie zog die rückwärtige Tür auf und krabbelte in den Fond hinein. Bob Marleys Größte Hits wurden sehr laut gespielt.

Schlimmer kann es nicht kommen, dachte Kate.

Und dann erreichten sie die Straßenbauarbeiten in der Cromwell Road.

36

»Es muss daran liegen, dass ich wie ein unschuldiges Schulmädchen aussehe, dass man mich mit diesen Autos fahren lässt«, sagte Kate, während sie Cressidas grünen Mini auf die Überholspur lenkte und das Gaspedal drückte. »Sehe ich wirklich so vertrauenswürdig aus? Sehe ich so aus, als würde ich mit ihnen nicht auf das nächste Stückchen Autobahn fahren und sie dort platt fahren?« Sie schüttelte den Kopf und stellte das Radio an. Sie spielten die Black Crowes, und sie trommelte mit den Fingern den Rhythmus auf das Edelholz-Lenkrad, während sie an Familienkutschen und Motorrädern vorbeischossen. Sie konzentrierte sich dabei so sehr auf die Bässe, dass glücklicherweise kein Raum mehr blieb für weitere Gedanken.

»Du siehst aus, als sei dein Dad Polizist«, erwiderte Dant. Er saß zusammengeklappt wie ein Liegestuhl auf dem Beifahrersitz, hatte seine Tasche auf den Knien und wirkte völlig fehl am Platz.

»Wie sind wir in der Zeit?«

»Prima, nachdem du die Schallmauer durchbrochen hast

und wir nun in die Umlaufbahn zurückkehren. Könntest du bitte etwas langsamer fahren?«

Kate ging mit der Geschwindigkeit um fünf Meilen pro Stunde zurück. »Na ja, wir wollen ja jetzt nicht auch noch von der Polizei angehalten werden, oder?«

»Ich weiß gar nicht, warum wir es überhaupt so eilig haben«, sagte Dant. Er wühlte in Cressidas Handschuhfach herum und beförderte eine Tüte Sauerkirschbonbons zu Tage. »Schließlich bin ich gar nicht so wild darauf, nach Val d'Isère zu kommen, und ich glaube auch nicht, dass du besonders scharf darauf bist, den Internationalen Hexenmeister der Finanzwelt wiederzusehen, oder? Möchtest du ein Sauerkirsch-Lutschbonbon?«

»Wovon sprichst du eigentlich?«, fragte Kate, die zur gleichen Zeit versuchte, den Wagen und ihren plötzlich aufbrandenden Zorn zu beherrschen. »Natürlich kann ich es kaum abwarten, Giles wiederzusehen. Er allein hat doch die Karte, mit der er mich aus dem Deauville Crescent befreien kann. Und ehe wir es vergessen, er ist mein Freund.«

Dant gab ein paar sarkastische Lutschgeräusche mit seinem Bonbon von sich. »Wenn du es sagst.«

»Worauf willst du hinaus, Pyro-Mann?«

»Ich will einfach nur sagen, dass sich deine Möglichkeiten in den letzten sechs Monaten ein wenig verbessert haben. Erstens hast du eine nette kleine Summe in Aussicht, und dann könntest du auch kurz davor sein, eine Heilungsmöglichkeit für das Cressida-Grenfell-Syndrom zu entdecken, das bisher für unheilbar gehalten worden ist.«

Kate sah prüfend in den Rückspiegel, entdeckte einen Polizeiwagen und drosselte die Geschwindigkeit auf langsamere fünfundsiebzig Meilen. »Ich fühle mich Cress gegenüber noch immer schlecht, also reib mir das nicht unter die Nase. Wenn ich irgendetwas wüsste, womit ich ihr – in gewissen Grenzen – helfen könnte, würde ich es anbieten, wie du sicherlich weißt.«

»Ich dachte nicht an Cress.«

Kate hielt den Mund.

Sie fuhren an dem Kurzzeit/Langzeit-Krisenpunkt vorbei, und Kate beschloss, wieder in das Kurzzeitparkhaus zu fahren, da sie Dant dazu bringen würde, die Parkgebühr zu übernehmen.

»Gib mir einen Zwanziger, damit ich ins Kino gehen kann«, sagte sie, während sie den Wagen neben einem Pfeiler abstellte.

Dant grummelte, zog aber eine Zwanzig-Pfund-Note aus der Brieftasche und gab sie ihr, als sie zu dem Terminal für europäische Flüge hinübergingen. Sie trug seine Übernachtungstasche zu dem Eincheckschalter und stellte fest, wie deprimierend vertraut ihr alle Läden waren. Wie vorauszusehen war, regten sich ihre Verdauungssäfte bei dem Gedanken an ein Blaubeer-Muffin.

»Warum versuchst du nicht, nackt an Bord des Flugzeugs zu gehen und damit vielleicht in die Dokumentarserie *Airport Watch* hineinzukommen?«, schlug sie vor, als sie die Hochglanzmagazine bei W.H. Smiths durchblätterten.

»Nein, ich besitze nicht deinen angeborenen Hang zum Drama.« Dant wedelte mit der Hand abwehrend in Richtung einer Auswahl von schimmernden, mit nackten Brüsten verzierten Titeln. »Dazu habe ich keine Lust. Ich werde im Flugzeug schlafen. Gott weiß, wie sehr ich eine Ruhepause brauche.«

»Wann kommst du zurück?«, fragte Kate. Im Kopf berechnete sie die Zeit, die ihr zur Verwandlung blieb, ehe Giles' Flugzeug landete. Ob diese Filiale von Boots kleine Make-ups machte?

»Bald.« Dant nahm ein paar Zeitungen und den Literary Review. »Sonntagnacht? Wie bald ist bald? Das hängt davon ab, ob sie es schafft, mich mit ähnlichen Brüchen in das Nachbarbett zu bekommen.«

Sie gingen zu der Abflugabsperrung hinüber. Kate prüfte Giles' Ankunft auf der Hinweistafel. Der Flug schien planmäßig zu sein. Wenigstens wusste sie diesmal, wo sie ihn zu erwarten hatte.

»Also, dann werde ich dich wahrscheinlich am Sonntag sehen«, sagte sie.

»Nein, wirst du nicht.«

»Nein?«

Dant sah sie mit zusammengezogenen Augenbrauen an. »Wirst du dich denn nicht für den Rest der Woche in Chelsea verkriechen? Jetzt, wo der Große Gatsby wieder in der Stadt ist.«

»Dant, kannst du endlich damit aufhören?«, schnappte Kate. »Du verdirbst mir wirklich den ganzen Spaß. Du hast ja keine Ahnung, wie lange ich darauf gewartet habe, und du bist einfach…« Ihr gingen die Worte aus. »Du hast ihn ja noch nicht einmal kennen gelernt.«

»In der Tat«, sagte Dant irritierenderweise, bevor er das Thema fast sichtbar wechselte. »Irgendwelche letzten Mitteilungen für Cressida?«

Kate errötete. »Einfach nur hallo? Es tut mir wirklich sehr Leid, dass sie diesen Zusammenbruch erlitten hat, doch ich finde noch immer, dass das, was sie dir und Harry angetan hat, schändlich war…« Sie wurde noch röter und schaute auf ihre Füße herab. »Es wäre scheinheilig von mir, wenn ich so tun würde, als sei das, was sie getan hat, unwichtig, nur weil sie krank ist und du nicht. Also sag ihr, dass ich hoffe, dass es ihr bald besser gehen wird.«

»Okay«, sagte Dant. »Dann kannst du sie niederschlagen und dich nicht so schuldig fühlen.« Er tätschelte ihr die Schulter und nahm ihr die Übernachtungstasche ab. »Also gut, ich gehe jetzt besser. Ich werde Harry anrufen, damit er mich abholt, aber erzähl ihm nicht, wo ich war, bis ich weiß, wie schlimm die Sache um Lucrezia Borgia steht.«

»Oder du bezahlst einfach ein Taxi.«

»Äh… nein.«

»Bis bald«, sagte Kate und hob eine Hand. Dant warf ihr

ein kurzes unrasiertes Lächeln zu. Dann rannte sie zu den Toiletten davon, um sich ihr Make-up aufzulegen.

Als sie sich schließlich sicher in der ersten Toilette für Rollstuhlfahrer eingeschlossen hatte (was ihr ein wenig unangenehm war, doch sie wollte so schnell wie möglich fertig werden), zog Kate die Jeans aus der Tragetasche und hielt sie sich an.

Gott, war die klein.

Heroisch zog sie sich aus und versuchte, dabei nicht in den Spiegel zu sehen. Sie tauschte ihre Unterwäsche gegen die zusammenquetschende/hoch pressende Kombination aus. Dann zog sie das dünne Rippentop an, das nun in Verbindung mit der taillenhohen formenden Unterhose sehr nach Sophia Loren aussah. Gott sei Dank für die helle Körperbehaarung, dachte Kate, während sie sich daran zu erinnern versuchte, wann sie sich zuletzt enthaart hatte.

Das war der leichte Teil gewesen. Die Jeans lagen neben ihr auf der Toilette.

Kate versuchte, an Giles und all die sexy Dinge zu denken, die er in der Vergangenheit über ihre Beine gesagt hatte. Und über ihre wunderbar mageren Schultern, und ihren sahnig weißen Bauch.

Der gleiche sahnig weiche Bauch wölbte sich jetzt üppig über den Rand ihrer Großmutterunterhose hinweg.

Das ist reine Willenssache, dachte Kate, als sie nach den Jeans griff. Soviel habe ich gar nicht zugenommen. Jedenfalls fühle ich mich nicht fett. Und ich bin auch nicht *hungrig*, doch das kommt bestimmt davon, dass ich nur noch die Hälfte von dem esse, was auf meinem Teller liegt und mich weigere, Schokolade für einen wesentlichen Bestandteil eines reichhaltigen Lebens zu halten.

Sie setzte sich auf die Toilette und schob die Füße in die Jeans. Sie fühlte sich seltsam eng um die Waden herum an. Kate stand schnell auf und zerrte sie so stark sie konnte hoch.

Die Jeans blieb um ihre Oberschenkel herum stecken und wollte sich nicht mehr bewegen.

Tränen brannten hinter ihren Augen.

Kate vergaß allen Stolz und legte sich auf den feuchten Boden der Kabine. Sie zog den Bauch ein und drehte ihren Hintern in die Jeans hinein, wie ein Wurm, der für Kuba Samba tanzte. Sie fühlte, dass das raue Material über die zarte Haut ihrer Oberschenkel schrammte und bedauerte sie sehr. In den vergangenen sechs Monaten waren sie entweder von dehnbaren warmen Jerseyhosen bedeckt gewesen oder von 90den blickdichten Strumpfhosen. Das hier schockierte nicht nur ihre Oberschenkel, sondern auch sie. Sie quetschte und zerrte, bis sie das Gefühl hatte, als berührte ihr Bauch ihre Wirbelsäule.

Die Jeans ließen sich nicht mehr bewegen.

Sie hielt einen Moment lang in ihren Bemühungen inne und fragte sich verzweifelt, ob es etwas nützen würde, wenn sie auf die Toilette ging.

Vielleicht hätte sie das Porridge nicht essen sollen.

Sie dankte Gott dafür, dass der Spiegel so hoch hing und sie daher nicht sehen konnte, wie sie am Boden mit einer Jeans kämpfte. Das war fast so wie die üblen Reklamefotos für hautenge Jeans, die in den siebziger Jahren in den Umkleidekabinen der Boutique in der Stadt hingen. Jahrelang hatte sie geglaubt, dass das die einzige Möglichkeit war, sich Jeans anzuziehen.

Kein *Stoff* wird mir sagen, dass ich fett bin, dachte sie wütend. Warum muss ich mich wie eine Versagerin fühlen wegen irgendeines faschistischen Zuschneiders in Hicksville, Minnesota? Ich werde diese Jeans anziehen, und wenn es das Letzte ist, was ich tun werde und man mich aus dieser Toilette herauszerren muss.

Sie biss die Zähne zusammen und riss die Jeans an den Gürtelschlaufen so lange hoch, bis die Haut ihrer Finger rau und weiß war. Durch irgendein göttliches Eingreifen und mit der Hilfe eines Bauchpanzers aus Lycra von Marks & Spencer gelang es ihr schließlich, die Jeans über die Hüften zu zerren.

Dann musste sie pausieren, um wieder zu Atem zu kommen.

Und dann schaffte sie es, mit vor Schmerz kreischenden Fingern die Knöpfe zu schließen, einen nach dem anderen.

Kleine Falten rosafarbener Haut schoben sich weiter zwischen ihren Finger und das Knopfloch, doch während all ihrer Bemühungen konnte Kate es ihrem Bauch nicht übel nehmen, dass er sich weiter ausdehnte, als die Jeans erlaubte. Er fühlte sich unter ihren Händen warm und weich an, tröstend und perfekt. Ihr war mehr danach, sich bei ihm zu entschuldigen, als ihn zu verdammen. Seit Menschengedenken hatte sie ihren Körper dafür gehasst, dass er sich dem Idealbild widersetzte, das sie sich von ihm gemacht hatte. Doch in letzter Zeit war sie viel wohlwollender mit ihm umgegangen, wenn sie in der Badewanne lag und über die Kurven ihrer Beine strich und ihre weicheren Schultern einseifte. Da niemand außer ihr mehr Bemerkungen über ihren Körper machte, hatte Kate den Eindruck gewonnen, dass sie und ihr Körper so etwas wie Komplizen geworden waren, was sie vorher nicht gewesen waren. London hatte sie anpassungsfähiger gemacht, und ihr Körper hatte sich auch angepasst.

Sie lag noch immer da und versuchte, Luft zu holen – zumindest so viel, wie sie in diesem Korsett aus Denimstoff einatmen konnte, das ihre Lunge und ihren Bauch zusammenquetschte. Ganz langsam dämmerte es ihr, dass sich schon eine Schlange von Rollstuhlfahrern gebildet haben konnte, die dringend zur Toilette mussten und geduldig draußen warteten. Schuldbewusst begann sie, sich vorsichtig aufzurappeln, wobei sie die hilfreichen vorhandenen Haltegriffe in Anspruch nahm.

Als sie aufrecht stand, begutachtete sie sich im Spiegel. Nach all dem Kampf, die Jeans anzuziehen, sah sie nicht fett aus. Sie sah wie eine gesunde, wenn auch etwas blasse Frau aus. Die eine Jeans trug, die eine Nummer zu klein war.

Kate schob das Thema Jeans einen Moment lang beiseite und kippte den Inhalt ihres Make-up-Täschchens ins Waschbecken. Was hatte Giles eigentlich so in Ekstase versetzt, als sie aus dem Kosmetiksalon gekommen war?

Die Tatsache, dass sie nicht mehr sie selbst gewesen war?

Sie drängte die Stimme von Laura zurück. Die roten Lippen. Er hatte die ganze Zeit über ihren Mund angestarrt, während er diesen verdammten Schokoladenkuchen gegessen hatte, ohne ihr etwas davon anzubieten.

Kate verteilte eine dünne Schicht Grundierung auf ihrem Gesicht, malte sich mit einem Lippenpinsel sorgfältig die Konturen eines roten Kussmundes um ihre Lippen, und füllte diese Herzform mit schnellen Strichen aus, wobei sie den Pinsel vor jedem Strich mit viel Farbe versah. Ihr Mund verschwand unter dieser Explosion roter Farbe auf ihrer blassen Haut.

Sie warf ihrem Spiegelbild einen Kuss zu. Das sah sehr sexy aus. Sie lächelte, um sicherzustellen, dass sie keine Lippenstiftspuren auf den Zähnen hatte. Der würde sowieso verschwinden, sobald sie sich küssten. Sie presste die Lippen auf ein Stück Toilettenpapier, auf dem sie einen perfekten Marilyn-Monroe-Abdruck hinterließ.

Kate erinnerte sich daran, dass ihr der Visagist gesagt hatte, dass zu leuchtenden Lippen nur ungeschminkte Augen passten. Also warf sie das ganze Augen-make-up zurück in den Beutel und suchte in ihrer Handtasche nach ihren Kontaktlinsen.

Sie waren nicht in der Handtasche. Sie drehte die Tasche um und ihr Inhalt fiel zu dem ganzen Schminkkram ins Waschbecken, in dem sie nun herumwühlte.

Sie starrte ihr Bild im Spiegel über dem Waschbecken an, während die morgendlichen Ereignisse vor ihrem inneren Auge noch einmal Revue passierten.

Nein, sie hatte sie nicht in die Handtasche gesteckt. Sie hatte sich selber eine Lektion erteilt.

Sie schloss die Augen, damit sie die breitrandige Brille nicht sah und stützte die Ellbogen auf den Beckenrand.

Etwas knallte gegen die Tür, als ob ein Rollstuhl gegen den Rahmen gerammt worden wäre.

»Ich bin schon fertig!«, schrie Kate und hasste sich nur noch mehr.

Sie atmete tief ein und betrachtete ihr Spiegelbild mit objektivem Blick, als ob sie jemanden im Fernsehen zusammen mit Dant und Harry begutachten würde.

Die Jeans und die Brille gehörten zu zwei verschiedenen Menschen. Um diese lächerlich enge Jeans zu tragen, brauchte sie den glotzäugigen Blick eines kleinen Mädchens, den sie mit den Kontaktlinsen erreichen konnte und vielleicht noch etwas ›Lustiges‹ für ihr Haar.

Andererseits passte die Brille prima zur Jerseyhose und zu anliegenden Haaren, was sie mit dem Serum erreichen konnte, dessen Kauf sie vergessen hatte und das sie gerade eben in ihrem Beutel wiederentdeckt hatte. Sie wusste das ganz genau, weil sie die Brille getragen hatte, als sie die Hose und das Serum gekauft hatte.

Das war eine Aufmachung, die Giles nicht erwarten würde.

Kate umfasste das Waschbecken und warf sich selbst einen wachen Blick zu. »Aber so bist du doch jetzt«, sagte sie streng. »Du dumme Kuh.«

Sie zuckte vor dem Ton ihrer Stimme zurück. Also, das Herumhängen mit diesem pyromanischen Schwesternficker musste aufhören. Sonst würde sie als Nächstes noch den Sanitäreimer anzünden.

Mit einiger Mühe zerrte sie sich die Jeans wieder herunter und schlüpfte in die andere Hose. Ihre Beine kribbelten erleichtert. Die weite Hose passte genau zu dem Oberteil, und die hochhackigen Sandalen, die sie fünf Monate lang nicht getragen hatte, verdrehten ihr zwar den Spann ein wenig, doch machten sie ein wenig größer, was viel wichtiger war.

Fabelhaft, dachte Kate, als sie sich in dem großen Spiegel noch kurz von hinten betrachtete. Das sah sehr nach den späten dreißiger Jahren/frühen vierziger Jahren aus.

Wieder donnerte es gegen die Tür. »Hallo, ist mit Ihnen

dort alles in Ordnung?« Die Stimme klang besorgt und sprach sehr langsam und klar. »Wenn Sie Probleme haben, drücken Sie einfach auf den Alarmknopf neben der Toilette. Dann schicken wir Ihnen sehr schnell einen qualifizierten Helfer.«

Kate erstarrte. Das fehlte ihr gerade noch – noch einmal in *Heathrow Tonight* zu erscheinen oder wie auch immer das blöde Programm heißen mochte. Sie schob alles in den einen Beutel zurück und nahm die Ray-Ban-Sonnenbrille, die sie seit September in ihrer Handtasche mit sich herumgetragen hatte. Das war zwar unfair, aber da sie kein Holzbein hatte wie Long John Silver, gab es keine andere Behinderung, die sie so blitzartig vortäuschen konnte. Sie musste es einfach durchstehen. Oder das Kamerateam doppelt bluffen, indem sie so tat, als überprüfe sie die Einrichtungen für behinderte Menschen für die Fernsehsendung *Watchdog*.

Mit einem letzten unheilvollen Blick in den Spiegel tauschte sie ihre Brille gegen die Sonnenbrille aus und öffnete den Riegel an der Tür. Es lag nur an ihrer eigenen Unbeholfenheit und daran, dass plötzlich ihr Schwerpunkt um gut sieben Zentimeter erhöht worden war, dass sie seitlich gegen die Tür lief, als sie herauskam. Doch dadurch wichen die beiden Stewards und die beiden Rollstuhlfahrer vor ihr zurück und sie konnte so schnell wie möglich davonstolpern.

Kate marschierte sofort zu dem Stand der Coffee Republic, den sie so gut kannte und ließ sich einen Kaffee und einen fettarmen Blaubeermuffin geben. Dann suchte sie sich einen Tisch, setzte sich und wartete auf die Ankunft des Flugzeugs. Nach all ihren Strapazen blieben ihr noch ungefähr zwanzig Minuten, Zeit genug, um sich einen Schuss Espresso einzuverleiben, das Muffin zu essen und sich einen weiteren Espresso mitzunehmen. Sie brauchte mindestens einen Espresso, um mit all dem hier fertig zu werden. Im Augenblick fühlte sie sich in beunruhigender Weise von allem abgeschnitten.

Kate wischte sich die Muffin-Krümel von der Hose und dachte glücklich, wie viel bequemer Jersey war.

Dann schob sie ihr Kinn vor und ging zur Ankunftshalle davon.

37

Erst als die ersten Passagiere durch die Zollschranken kamen, erkannte Kate das volle Ausmaß der Geschehnisse. Sie hatte gut daran getan, sich bis zur letztmöglichen Sekunde nicht mit Problemen zu belasten. Doch nun sauste diese letztmögliche Sekunde mit einiger Geschwindigkeit auf sie zu.

Sie versetzte sich einen leichten Schlag in der Herzgegend, um ein paar Willkommen-zu-Hause-Schmetterlinge aufzuscheuchen. Giles kommt nach Hause! Jeden Moment!

Keine Reaktion.

Nein, wirklich, diesmal stimmt es wirklich! Er wird jeden Augenblick um diese Ecke biegen und für immer bleiben!

Leichte Panik ergriff sie.

Kates Blick wurde von jemandem festgehalten, der aus der Entfernung aussah, als könne er Giles sein, doch nach drei Schritten wusste sie, dass er es nicht war. Die Adrenalin-Reaktion brauste in ihr hoch.

Die Frau und das kleine Kind, die auf den Doppelgänger von Giles warteten, fielen mit Freudenschreien über ihn her.

Kate fühlte sich nur noch schuldiger.

Komm schon!, beschwatzte sie ihr Herz. Giles! Rückkehr! Sex!

Eine schreckliche Benommenheit senkte sich auf ihre Brust herab.

Dann tauchte Giles auf.

Er trug ein Handgepäckstück mit einem unauffälligen Logo und zog einen Koffer auf Rollen hinter sich her. Sein Blick glitt über die Mengen der sich Treffenden und Begrüßenden, bis er Kate entdeckte. Dann kam er auf sie zu.

Er sieht so gut aus, dachte Kate, als sie sah, dass er sein Haar viel kürzer geschnitten hatte. Es stand ihm. Sehr Wall-Street-mäßig. So weltmännisch. So erfolgreich aussehend. Und ich weiß genau, dass er als Erstes sagen wird …

»Katie! Ich habe dich fast nicht erkannt!«

Genau, dachte Kate, während sie ihm mit einem Lächeln entgegenging. Ganz genau.

Sie öffnete die Arme, zog ihn in eine riesige Umarmung und barg den Kopf an seinem Hemd. Gerettet vor den Küssen. Küsse schienen im Augenblick ein Problem zu sein. Die ja bisher nie ein Problem gewesen waren, dachte sie.

Giles schien überrascht zu sein, dass sie nicht den Kuss entgegengenommen hatte, den er ihr hatte geben wollen, doch er drückte sie trotzdem an sich.

»Es ist so gut, wieder zu Hause zu sein«, sagte er in ihr Haar.

»Und es ist fantastisch, dich zu sehen«, murmelte sie an seiner Brust. Sie versuchte Zeit zu gewinnen, um sich über die gemischten Gefühle in ihrem Herzen klar zu werden. Wenn das hier schief lief, würde es entsetzlich sein, doch die Lampe in ihrem Herzen, die sie auszuschalten versucht hatte, als er fort war, um das ständige Sehnen nach ihm zu unterdrücken, wollte nicht mehr leuchten. Wirklich nicht. Sie hatte sich so sehr bemüht, vor Verlangen nach ihm nicht verrückt zu werden – und war damit offenbar zu erfolgreich gewesen. Sie drückte und drückte auf den Schalter, erinnerte sich dabei an all die Dinge, die sie miteinander gemacht hatten und auch an all die Dinge, die sie nun, da er zurück war, machen würden, doch nichts geschah.

Ja, sie freute sich, dass er zurück war, doch nicht so sehr wie zu Weihnachten. Damals war es wie eine Flamme gewesen, die erneut aufloderte und alle Farben um sie herum zum Leuchten gebracht hatte. London war vorher düster gewesen, doch an dem Tag, als sie zusammen durch die engen Straßen gegangen waren, hatte das Licht auf fast jeder Fläche herumgetanzt und gespielt. Heute schien Heathrow völlig öde zu sein. Und ihre Wiedervereinigung so viel lebloser als all die, von denen sie umgeben waren.

Giles hielt sie auf Armeslänge von sich entfernt, um sie genauer ansehen zu können.

»Du siehst aus wie eine Moderedakteurin«, sagte er.

»Ach was.«

Er nahm ihr die Brille ab, beugte das Gesicht zu ihrem herab und küsste sie sanft. Kate reagierte zwar, doch sie spürte zum ersten Mal, dass sie ihre Freude nur vortäuschte. Es fühlte sich falsch an, und sie fühlte sich zu fehl am Platz, um weiterzumachen.

Sie löste sich von ihm und versuchte zu lächeln. »Du musst doch ganz wild darauf zu sein, hier wegzukommen. Lass mich deinen Koffer nehmen.«

»Nicht ganz so wild.« Er hielt ihre Brille unerreichbar von ihr weg und küsste sie wieder.

Während sich ihre Lippen auf seinen bewegten, hatte Kate ein Bild von ihnen beiden im Kopf, als ob sie gefilmt worden wären und sie sich das anschaute. Das war alles so unwirklich. Kleinigkeiten meldeten sich lauthals, die nie zuvor ein Problem gewesen waren – warum erwartete er, dass sie alles fallen lassen und hier heraustoben würde, wenn er mit den Fingern schnippte? War dieser Siegelring nicht ein bisschen protzig? Was meinte er mit ›Du siehst aus wie eine Moderedakteurin?‹ Warum war der Giles, den sie in ihrem Kopf gehabt hatte, ein wenig größer als der wirkliche? Hatte sie ihn in den vergangenen acht Monaten vielleicht verherrlicht?

Er schien den Widerstand in ihrem Kuss gespürt zu haben, denn er hielt inne und sah sie fragend an. Als ob er wollte, dass sie mit dem Gespräch begann, das sie weder von ihm nicht hören noch damit anfangen wollte.

»Komm, ich bin mit einem Auto da«, sagte sie und nahm seine Hand. Ihre Hände glitten ganz natürlich ineinander, und sie fühlte sich sicher und warm, als sie seine Hand hielt, während sie zum Parkhaus gingen. Es war ja nicht so, dass sie gar nichts für ihn empfand; etwas empfand sie schon, aber es reichte nicht. Sie hatte diese Art *Zuneigung*, die Männer für sie empfanden, immer gefürchtet, diese peinlich geringere Erwiderung ihrer Leidenschaft. Sie war echt, aber sie reichte nicht aus. Und gemessen an dem, was vorher gewesen war, war sie schmerzhaft unzulänglich.

Kate fand Cressidas Mini ganz leicht, und ihr wurde klar, dass darin kaum genug Platz für Giles' Gepäck war. Sie öffnete den Kofferraum und quetschte sein Handgepäck hinein.

»Nettes Auto«, sagte er anerkennend. »Was ist mit dem Rover geschehen?«

»Oh, der gehört meinem Mitbewohner. Dieser hier gehört der Schwester meines anderen Mitbewohners.«

»Betreiben sie zusammen eine Autovermietung?«

»Nein, sie bewegen sich eher im Erpressermilieu.« Kate stellte ihren Sitz nach vorn und zwängte Giles' Koffer auf den Rücksitz. »Kannst du dich auch noch reinquetschen?«

Giles faltete sich auf dem Beifahrersitz zusammen.

»Du reist mit leichtem Gepäck«, sagte Kate, als sie ihren Sicherheitsgurt anlegte. »Bist du sicher, dass du wirklich hier bleiben wirst?« Ihr Herz machte einen Sprung bei diesem möglichen Aussteiger-Satz, und sie war sehr traurig.

»Ja, und ich lasse den restlichen Kram separat zurückfliegen«, sagte Giles. »Es war zu viel zum Tragen gewesen, und außerdem wollte ich so schnell wie möglich durch den Zoll kommen.«

Diese schrecklich höfliche Unterhaltung, dachte Kate. Wie lange können wir die noch durchhalten?

Sie fuhren zu den Zubringerstraßen von Heathrow und kurz darauf nach London davon. Das höfliche Gespräch geriet ein- oder zweimal ins Stocken, und dann schaltete Giles das Radio an.

Kate versuchte, in ihren Spiegeln einen Blick auf seinen Gesichtsausdruck zu erhaschen. Es liegt nicht nur an mir, dachte sie. Ich kann spüren, dass er sich auch mit etwas herumschlägt. *Er* hatte auch Mitbewohner in Chicago, vielleicht hatte er meinetwegen nicht so viele Skrupel gehabt. Sie schob den Gedanken beiseite. Darum ging es ja wohl kaum.

Sie kämpfte darum, das, was sie fühlte, in Worte zu fassen. Das war das Mindeste, was sie tun konnte.

Da war ihr Leben hier mit Dant und Harry und Eclipse und Isobel und London, und da war ihr Leben mit Giles – das auf Durham zurückging. Kate schluckte. Durham war vorüber. Hatte sie ein Leben in *London* mit Giles? Sie würden ganz von vorne anfangen müssen. Und wo sollten sie beginnen?

Konnte sie wirklich Teil seiner Welt werden, die aus Gebäuden mit verspiegelten Fenstern bestand, aus internationalen Geschäften, aus spätem Nachhausekommen und aus Wochenendarbeit? Wollte er wirklich eine Freundin haben, die seine Arbeit, um die sich sein ganzes Leben drehte, nicht verstand? Oder noch genauer: konnte sie sich Giles beim Pubquiz mit Harry, Dant, Seth und den anderen Jungs vorstellen oder dass er ihr bei einem ihrer Familienroman-Schutzumschlägen half?

Er würde sie niemals von der Arbeit abholen oder zur Mittagszeit ein Picknick mit ihr machen, weil er immer vier Stunden später mit seiner Arbeit fertig sein würde als sie. Und danach würde er sicherlich zur Squashhalle des Unternehmens gehen und die Erfolgsleiter mit der ihm eigenen mühelosen Unausweichlichkeit hinaufklettern.

Ganz sachlich gesehen würde der Faktor Zeit immer ein Problem bleiben. Instinktiv wusste sie, dass es immer das Gleiche sein würde: Sie würde sich Giles immer weiter anpassen müssen. Sie hatte sich ihm bisher immer anpassen müssen, und jetzt würde es noch schlimmer werden, da seine Karriere nun wirklich die Oberhand haben würde.

Aber das sind doch nur Spitzfindigkeiten, widersprach sie sich selbst. Du kennst doch das wahre Problem. Erzähl mir doch nicht, dass die *Arbeit* bei dir jetzt an erster Stelle steht. Bitte!

Kate biss sich auf die Lippe und blinkte, um auf die mittlere Spur zu wechseln.

Er liebt Bücher nicht, fuhr ihre innere Stimme fort, er hat keine Lieblings-Musikband, er mag keine endlos verschlungenen Gespräche, er setzt sich mit Obern in Restaurants auseinander, er hat keine Ahnung, wie es ist, wenn einem jeder Antrag für welche Kreditkarte auch immer abgelehnt wird, er liest die rosa Seiten der Zeitung und ignoriert alles andere... Nichts von alledem hatte im College eine Rolle gespielt, aber bei kaltem Tageslicht besehen – und du rechtfertigst dich hier jetzt nicht vor Dant – was verbindet dich mit ihm außer der mit ihm verbrachten Beziehung, die längst Geschichte ist? Er ist ein wunderbarer Mann, aber...

Aber.

Kate wurde blass und überfuhr fast eine rote Ampel. Sie zwang sich, tief einzuatmen und sich auf die Straße zu konzentrieren. Sie war voller Samstagsfahrer. Wie sie, natürlich.

Ihr Gewissen schlug einen neuen Weg ein.

Wenn du ihn jetzt in einer Bar kennen lernen würdest, würdest du ihn mit nach Hause nehmen wollen?

Sie warf durch den Spiegel einen Blick auf Giles. Natürlich würde sie das tun. Er war toll. Toll in der lässigen Art, die einem das Herz still stehen ließ. Kurzes Haar stand ihm, und er war jetzt, Ende Februar, noch immer leicht gebräunt. Und er trug einen *Anzug.* Kate spürte einen Hauch von Lust in ihrem Unterbauch. Sie hatte ein paar sehr enttäuschende Tage hinter sich, auf die eine oder andere Weise.

Aber würdest du auch eine Beziehung mit ihm beginnen?

Die Antwort tauchte so schnell in ihrem Kopf auf, dass sie keine Zeit mehr hatte, darüber nachzudenken oder sich reflexartige Erklärungen zu überlegen.

Nein.

Kate war schlecht, und ihre schweißnassen Hände rutschten auf dem Steuerrad ab. Sie wusste jetzt, dass diese schmerzliche Wahrheit seit Wochen in ihrem Unterbewusstsein gelauert hatte. Ihr Wunsch, ihm Briefe zu schreiben, war mit jedem banalen Ereignis in der Arbeit immer schwächer geworden. Sie hatte gewusst, dass das, was ihr so wichtig war, ihn nicht interessierte, und deshalb hatte sie auch keine Lust gehabt, ihm davon zu berichten. Ja, sie wusste, dass er *versucht* hätte, sich dafür zu interessieren, genauso, wie sie *versuchte*, die unbegreiflichen Dinge zu verstehen, mit denen er sich beruflich beschäftigte. Doch das war einfach nicht genug. Kate fand es schwierig, in Briefen zu schwatzen, wenn sie nichts zu sagen hatte und unmöglich, ein Telefongespräch mit jemandem zu führen, den sie liebte, bei dem Schweigen mehr Zeit beanspruchte als das Gespräch – das ließ sie innerlich zusammenschrumpfen. Das war auch der Grund dafür, dass die Kommunikation zwischen ihnen immer geringer wurde – nicht, weil sie beruflich zu beschäftigt waren oder gesellschaftlich zu sehr eingespannt. Sondern weil ihnen die Themen ausgingen, über die sie miteinander sprechen konnten.

Diese Erkenntnis tat Kate so weh wie eine persönliche Kritik, doch sie wusste, dass es wahr war. Und das beruhte weit mehr auf den Veränderungen bei ihr selbst als bei ihm. Sie war nicht mehr dazu bereit, so viele Zugeständnisse zu machen wie zuvor. Giles hatte sich eigentlich gar nicht verändert, fand sie. Aber, korrigierte sie sich selbst, woher will ich das so genau wissen? Ich habe ihn ja gar nicht danach gefragt, oder? Ich war so sehr damit beschäftigt, mich um meine Angelegenheiten zu kümmern, dass ich mich nach seinen gar nicht erkundigt habe.

Aber sie *hatte* sich verändert. Sie hatte das Gefühl, als hätte sie in ihrer ganzen Zeit in London gleichzeitig zwei parallel laufende Leben geführt: den nicht bestreitbaren Kampf, sich einzuleben, das Arbeiten zu lernen und Freundschaften zu schließen in einer unbekannten und unfreundlichen Stadt. Und darüber hinaus das geliehene Leben mit Giles, das wie Seidenpapier das andere Leben überlagerte und zerbrechlich und traumhaft schön war. Zerbrechlich, fiel ihr jetzt auf, weil es sich nicht weiterentwickelte. Sie beide hatten diese Vergangenheit lebendig erhalten wollen, weil ihre neuen Leben schwierig und kalt waren, doch ihr Verlangen hatte ein Schlaglicht geliehener Helligkeit darauf geworfen, das die Vergangenheit stabiler erscheinen ließ, als sie war.

Unmerklich hatte Kate in dem Moment, da sie sich damit abgefunden hatte, in London zu bleiben, all ihre Energie von dem einen Leben auf das nächste übertragen, und nun konnte sie nicht mehr zurück in eine Welt, die gar nicht mehr existierte. Die Tür war hinter ihr zugeschlagen.

Doch das Wichtigste war, dass sie sich verändert hatte.

Sie sah sich im Rückspiegel an, weil sie wissen wollte, ob der innere Tumult an ihrem Gesicht ablesbar war. Nach außen hin sah sie ganz ruhig aus, wenn auch ein wenig blass, und ihre Augen waren sehr grün in der schwarzen Umrandung ihrer Brille. Auch Giles starrte vor sich hin. Sie fragte sich, ob auch er sich mit den gleichen schwierigen Gedanken herumschlug. Auf klägliche Weise hoffte Kate, dass es so war.

Es gab eine ganze Reihe Möglichkeiten, von Heathrow nach Chelsea zu fahren, und schließlich bog Kate in den Redcliffe Square ein. Als sie an Hinweisschildern auf den Brompton-Friedhof vorbeifuhr, fiel Kate erst jetzt auf, dass sie praktisch bei Selina um die Ecke wohnte.

»Halt doch hier an«, sagte Giles plötzlich, noch ehe sie sein Elternhaus erreicht hatten. Kate schaffte einen anerkennungswerten Nothalt hinter einem Mercedes-Kombi. Cressidas Mini Cooper hatte breite Reifen und starke Bremsen. Ach, dachte sie verwirrt, vielleicht sollte ich mir solch einen Wagen von den fünfzig Riesen kaufen.

»Kate.« Giles legte ihr die Hand aufs Knie, und es entstand eine lange Pause, in der sie sich gegenseitig anstarrten und im Geist nach Klischees suchten.

Ich muss das tun, dachte Kate mit einer Heftigkeit, die sie überraschte.

»Giles«, sagte sie.

Wenn die Worte erst einmal ausgesprochen waren, würde es kein Zurück mehr geben. Aber es gab ja ohnehin schon kein Zurück mehr.

»Giles, der Gedanke an deine Heimkehr hat mich schreckliche Zeiten durchstehen lassen und dafür bin ich dankbar. Aber ich glaube, dass wir beide wissen, dass es in London nicht so sein wird wie in Durham. Und weil das für mich eine so glückliche Zeit gewesen ist, möchte ich sie jetzt nicht damit zerstören, dass ich dich einmal in der Woche sehe und keine Möglichkeit habe, alles mit dir zu teilen. Ich würde lieber einen Strich unter diesen Teil unserer Beziehung machen und es dabei belassen.«

Kate fühlte, dass sich Tränen in ihrem Hals bildeten, und sie schluckte krampfhaft. Sie merkte, dass Giles ihr nicht half, indem auch er die Verantwortung übernahm.

»Mir war gar nicht klar, dass ich mich in so kurzer Zeit so sehr ändern könnte. Du hattest Recht. Ich meine, ich dachte, ich könnte einfach vier Monate lang bleiben und dann, unberührt von allem, einfach davonrennen. Ich dachte...«, sie zögerte, weil sie nicht wusste, wie anspruchsvoll ihre Gedanken für ihn klingen mochten. Kein gutes Zeichen, sagte ihr Gewissen. »Ich dachte, ich hätte eine Art Schutzpanzer um mich herum...« Kate hielt inne. »Ich glaube, ich habe mich sehr verändert, seit ich nach London gezogen bin. Zum Besseren. Glaube ich. Ich weiß es aber nicht.«

»Doch, das hast du«, stimmte Giles ruhig zu.

»Glaubst du wirklich?«

Du lieber Himmel! Wie unsicher bist du denn eigentlich?

Er lächelte traurig. »Ich wusste, dass du dich verändert hast, als du Weihnachten zum Flughafen gefahren bist, um mich abzuholen. Als ich fortging, wusstest du nicht einmal, wie man U-Bahn fährt. Und dann warst du mit diesem großen Wagen gekommen. Allerdings kanntest du dich noch nicht mit dem Parksystem aus...« Er hob die Hände in vorgespielter Verzweiflung.

Er versucht, es mir leichter zu machen, dachte Kate. Jetzt werde ich wirklich heulen.

»Du bist nicht mehr das verängstigte Kind, das ich zurück-gelassen habe. Du bist viel selbstsicherer und entschlossener und... nun ja, deiner selbst bewusster geworden. Du siehst sogar ganz anders aus.«

Kates Hand griff instinktiv zu ihrer Brille, doch Giles hielt ihre Hand fest.

»Nein, lass nur. Sie steht dir. Du trägst sie, wann immer du möchtest.«

Kate schaute fort. »Es ist wirklich nicht so, dass ich dich nicht mehr liebe, denn das tue ich ja« (wie wahr war das jetzt? Sie wusste es wirklich nicht), »aber ich möchte nicht, dass unsere Beziehung schwächer ist als sie war, und ich habe das Gefühl, dass sie schwächer sein wird. Wir wären wie zwei Menschen, die von gemeinsamen guten Freunden zu-sammengebracht worden sind. Wir kennen uns zwar, doch wir müssen all die kleinen Dinge ganz neu herausfinden und damit wieder beginnen, statt unsere alte Beziehung einfach wieder aufzunehmen und sie den beiden neuen Menschen anzupassen.«

Kates Augen füllten sich mit Tränen, und sie nahm die Brille ab, um sie fortzuwischen. Was für ein Quatsch. Warum konnte Dant jetzt nicht ihren Dialog übernehmen? Wenigs-tens würde er alles ins Lächerliche ziehen.

Giles zog ihr die Hände vom Gesicht weg und wischte ihr die Tränen mit einem Taschentuch fort. »Ich weiß ge-nau, was du meinst«, sagte er sanft. »Ich wollte versuchen, es selbst zu sagen, doch ich glaube nicht, dass ich es so fantasie-voll hätte ausdrücken können.«

Oh, bitte sag nicht, dass du mich fallen lässt, dachte Kate heftig und hasste ihren irrationalen Wunsch, sich noch im letzten Moment vor dem Abgeschobenwerden zu schützen.

»Ich glaube, wir sollten uns gegenseitig Zeit lassen«, fuhr er fort. Kate überprüfte seine Stimme auf Anzeichen von Kummer, doch sie war ruhig und vernünftig. »Ich brauche einige Zeit, um mich hier zurechtzufinden, um in eine Wohnung zu ziehen, die ich mit einigen Arbeitskollegen zu teilen versprochen habe und um herauszufinden, wohin meine Karriere steuert. Viel Freizeit werde ich ohnehin nicht haben, und das wäre dir gegenüber nicht fair. Du verdienst weit mehr als das, was ich dir geben kann.«

Kate starrte auf die kleinen weißen Knöpfe an seinem Buttondown-Hemdkragen. Sie konnte ihm nicht in die Augen sehen, weil sie Angst hatte, dass sie dann laut aufschluchzen würde, doch gleichzeitig wollte sie nicht so aussehen, als sehe sie weg. Verdammt noch mal, jetzt stecken wir ja doch mitten in den Klischees, dachte sie.

»Kann ich dich etwas fragen?«, fragte Giles.

Kate sah auf, und irgendetwas in ihr sah erfreut den Schatten von Unglück in seinen Augen. Sie nickte.

»Wie lange hast du über das alles hier schon nachgedacht? Wolltest du ...«

»Nein«, sagte sie mit fester Stimme. »Es hat niemand anderen gegeben, und es gibt noch immer niemand anderen.«

Ihr fiel auf, dass sie ihn nicht das Gleiche gefragt hatte, und sie hatte das Gefühl, dass es ungehobelt wäre, wenn sie es jetzt im Nachhinein noch fragte. Auch wenn sie es jetzt verzweifelt und masochistisch gern wissen würde. Es könnte ihr alles erleichtern oder ihr das Herz brechen.

»Bitte glaube mir, dass ich nicht wollte, dass dies hier geschieht«, sagte sie. »In den vergangenen acht Monaten habe ich mir vorgemacht, dass alles bei uns normal weitergehen würde, sobald du wieder da bist. Doch als du durch die Ankunftsschranken kamst, wusste ich ganz einfach, dass das nicht so sein würde, dass es unmöglich wäre, dort einfach wieder anzuknüpfen, wo wir aufgehört haben, und ich hatte das entsetzliche Gefühl, dass das hier jetzt das Beste für uns beide ist. Ich kann dir gar nicht sagen, wie sehr mir das körperlich weh tut, doch ich glaube, wenn unsere Beziehung einfach im Sande verläuft und wir nur von Büro zu Büro miteinander sprechen können und ich versuchen würde, mich in den Menschen zurückzuverwandeln, der ich war, als du fortgingst, um alles leichter zu machen…«

Sie sprach schneller und schneller, um die Flut von Bildern zurückzudrängen, die ihre Gedanken überschwemmten, doch es war unmöglich. Ihre Stimme brach, und plötzlich schlangen sich Giles' Arme um sie, und ihr Gesicht lag an seinem Hemd, das schmerzhaft vertraut roch: nach Nächten, in denen sie sich im Bett auf ihrem Ellbogen abgestützt, ihn einfach nur angeschaut und den geheimnisvollen Geruch seines schlafenden Körpers eingeatmet hatte.

»Du hast Recht«, sagte er traurig. »Das ist das Einzige, was wir tun können.«

Sie hob das Gesicht seinem entgegen, und er gab ihr über ihr Schluchzen hinweg traurige Küsse mit offenem Mund. Giles folgte küssend den Tränenspuren auf ihren Wangen und berührte ihre Augenlider mit seinen Lippen. Er streichelte über ihr Haar und vergrub die Nase in den weichen Locken, bis sie sich ganz und gar ausgeweint hatte. Sie hatte nie gewusst, dass er so zärtlich sein konnte, und das zerriss sie innerlich nur noch mehr. Dann blieben sie umarmt und schweigend sitzen, und keiner von ihnen wollte derjenige sein, der die Endgültigkeit des Augenblicks unterbrach.

»Du warst wie ein Rettungsfloß«, sagte Kate schließlich gegen sein Hemd. Sie wagte es nicht, den Kopf zu heben. »Als du mich hier in London zurückgelassen hast, dachte ich, ich ertrinke. Doch das Wissen, dass du wieder zurückkommen würdest, gab mir etwas, auf das ich mich freuen konnte. Und daran hielt ich fest, als mein Job hart war und ich meine Mitbewohner und alles in London hasste, und ganz allmählich lernte ich, mich zu arrangieren. Und dann brauchte ich…«

Sie hielt abrupt inne, weil sie wusste, wie der nächste Satz lauten würde.

»Brauchtest du das Rettungsboot nicht mehr«, beendete Giles für sie den Satz.

»Ich meine nicht, dass ich nicht…«

Er hielt sie auf. »Ich weiß, was du meinst, und es ist in Ordnung. Ich habe immer gewollt, dass du hier glücklich bist. Und ich denke, dass ich immer wusste, dass das auch geschehen würde – dass du erkennst, wie erstaunlich du bist, wenn du erst einmal den Widerstand gegen alles aufgegeben hast. Und ich vermute, dass jetzt jeder weiß, wie erstaunlich du bist, nicht mehr nur ich allein.« Er lächelte sie traurig an und fuhr ihr mit dem Finger über den Nasenrücken, als wollte er ihn sich einprägen. »Es war ein Risiko, aber das musste ich eingehen. Ich hätte allerdings wissen müssen, dass sich Raupen in Schmetterlinge verwandeln und dass Schmetterlinge Flügel haben.«

Er ist so vernünftig!, dachte Kate. Es war ein Risiko! Er hatte alles abgewogen… Und was nun?

Fast eine weitere Minute verging, in der sie sich gegenseitig anstarrten und versuchten, sich alle Einzelheiten des anderen Gesichts einzuprägen, ehe Giles die Wagentür öffnete und sie nur noch Freunde waren.

»Kate, ich muss los«, sagte er. »Sonst sitzen wir hier noch stundenlang. Da du so mutig warst, dieses Gespräch zu beginnen, denke ich, dass es an mir ist, es zu beenden, meinst du nicht auch?«

Kate nickte. Plötzlich traute sie sich nicht mehr zu sprechen. Bis zu diesem Zeitpunkt war ihr die Endgültigkeit dessen, was sie getan hatte, nicht ganz klar gewesen. Doch jetzt war es so. Sie musste alle ihre Kräfte aufwenden, um seinen Arm nicht zu ergreifen.

»Ich habe eine wundervolle Zeit mit dir verbracht«, sagte er. »Und ich hoffe, dass wir, wenn sich unser beider Leben ein bisschen mehr geklärt hat als jetzt, feststellen werden, dass wir weit mehr gemein haben, als wir dachten. Ja?«

Kate nickte.

»Ich danke dir«, sagte er, beugte sich herab und küsste sie auf die Wange.

Der erste Freundschaftskuss, dachte Kate niedergeschlagen.

»Giles«, sagte sie plötzlich. »Bitte ruf mich in nächster Zeit nicht an. Ich brauche Zeit, mich daran zu gewöhnen, dass ich nicht mehr deine Freundin bin, ehe ich wieder mit dir spreche.« Ach, diese Ironie!

»Klar.« Giles öffnete die Wagentür, ohne sie aus den Augen zu lassen. »Natürlich.«

Kate umfasste das Lenkrad so fest, dass ihre Fingerknöchel sich weiß von ihrer Hand abhoben. Doch das hielt sie davon zurück, dass sie zu weinen begann.

Giles nahm seine Taschen aus dem Wagenfond. Die Zeit, die in der Vergangenheit so schnell vergangen war, würde auch genauso schnell bei diesem Schmerz vorbeigehen, dachte sie. Sie verging in guten Tagen genauso schnell wie in schlechten.

Verzieh dich, Rose Ann!

Und dann beugte er sich zur Fahrertürfenster herein, um sich von ihr zu verabschieden.

»Nie siehst du blendender aus als dann, wenn du dich verabschiedest«, sagte Kate, noch ehe sie sich stoppen konnte. Aber es stimmte, und sie würde ja keine andere Gelegenheit mehr bekommen, um ihm das zu sagen, oder?

Giles' Augen zogen sich zu einem Lächeln zusammen. »Und du hast nie zuvor so blendend ausgesehen, Punkt«, sagte er. »Niemals.«

Er beugte den Kopf zu ihr herab und küsste sie noch einmal.

»Ruf mich an, wenn du dazu bereit bist, und ich werde dich zum Essen ausführen. Ich denke, dass ich dir auf jeden Fall noch ein Abendessen schuldig bin.«

Kate lächelte wackelig. »Okay.«

Er richtete sich auf, und für sie war das das Signal loszufahren. Sie machte den Motor an, der ein angenehm röhrendes Geräusch von sich gab und schaltete das Radio ein. Ich werde fortfahren, ohne mich umzuschauen, dachte sie. Wie Emma Peel.

Kate legte knirschend den Gang ein und fuhr um Redcliffe

Square fast automatisch herum. Sie erlaubte sich einen kurzen Blick zurück, als sie an die Kreuzung zur Hauptstraße kam. Giles war nur noch eine Gestalt in der Ferne, die sehr langsam davonging und die Tasche wie ein Tennisspieler über der Schulter trug. Die Autos hinter ihr zwangen sie weiterzufahren. Als sie Redcliffe Gardens erreichte, erfasste sie ein seltsam leichtes Gefühl, als ob sie losgelöst davonschwebte, durch das Dach des Wagens und hinauf und hinauf und immer weiter hinauf.

Sie fuhr die paar hundert Meter zurück zum Deauville Crescent und parkte direkt vor dem Wohnhaus. Ratcat saß auf der Vordertreppe und hatte ein pelziges lebloses Etwas im Maul. Als sie den Motor abstellte, breitete sich eine tödliche Stille in dem Wagen aus. Doch nicht Ratcat hielt sie vom Aussteigen ab.

Kate horchte auf ihren eigenen Atem. Sie wollte Harry und Dant nicht sehen und auch sonst nichts, was ihr das Gefühl geben könnte, dass sie Giles gegen etwas Geringeres eingetauscht hatte als sich selbst.

Cress hatte einen großen Stadtplan in dem Fach der Fahrertür verstaut, und Kate zog ihn hervor. Wohin konnte sie fahren? Sie überflog die Seiten mit den Straßen und Hauptstraßen, bis sie die Londoner Vorstädte erreichte. Richmond Park, eine freundliche grüne Oase, schien groß genug zu sein, dass sie sich darin verlieren konnte.

Kate machte den Motor wieder an und fuhr davon.

38

Kate verflocht die Finger mit der Spiralbindung ihres Notizblocks und hob höflich fragend eine Augenbraue. Das war zwar keine sehr beredte Reaktion auf die Bombe, die Jennifer Spencer hatte hochgehen lassen, doch das war immer noch besser als das ›Waaaas?‹, das sie aus einem ersten Impuls heraus hatte sagen wollen.

»Wie bitte?«, fragte Isobel, die ihre übliche Fähigkeit, ihre Gefühle zu verbergen, ebenfalls vorübergehend verloren zu haben schien.

»Es handelt sich dabei um ein Arbeitskonzept, das wir von amerikanischen Verlagen übernehmen möchten«, sagte Jennifer. »Ich muss betonen, dass wir es erst einmal nur über die von mir genannte befristete Zeit ausprobieren möchten. Und da Megan und Cynthia sich ohnehin entschlossen haben, uns zu verlassen, erscheint es uns ein guter Zeitpunkt zu sein, die Abteilung zu reorganisieren und insgesamt zu erneuern.«

Sie alle rümpften die Nase bei der Erwähnung von Megan.

Megans Kündigung war an dem Tag auf Jennifers Schreibtisch gelandet, als Elaine Cressidas Vertrag (oder R. A.s Vertrag, wie sie noch immer genannt wurde) fertig gestellt hatte. Ihre Kündigungsfrist war in beiderseitigem Einverständnis minimal. In der Küche hatte sie es so dargestellt, dass man sie abgeworben habe, doch Isobel hatte ein paar diskrete Erkundigungen eingezogen und herausgefunden, dass Megan schon längere Zeit auf der Liste einer Personalagentur gestanden hatte. Sie entdeckte auch, dass Megans neuer Job eine größere Fluktuation hatte als eine Grillplatte bei McDonalds, doch Kate und Isobel beschlossen, dass es netter wäre, diese Kleinigkeit für sich zu behalten.

»Da wir jetzt eine erhebliche Anzahl neuer Talente auf unserer Liste haben, ist es durchaus sinnvoll, dass sich ein Expertenausschuss damit beschäftigt, mehr in dieser Art zu produzieren. Und da Elaine sich mehr und mehr um Rose Ann Bartons Markenimage kümmern wird, eröffnet sich Ihnen, Isobel, eine Möglichkeit, einige ihrer Aufgaben zu übernehmen.«

Jennifer sah über ihre zusammengelegten Hände hinweg. »Mit der entsprechenden Überwachung natürlich.«

Isobel nickte gehorsam.

Jennifer drehte die Hände in Kates Richtung. »Kate, und

Sie werden einige von Isobels Aufgaben nach dem Wasserfall-Prinzip übernehmen, wenn Sie möchten.«

Jennifers Hände deuteten die Bewegung eines Wasserfalls in der Luft an.

»Wunderbar«, sagte Kate und widerstand dem hypnotischen Impuls, sie nachzuäffen.

»Ich selbst werde das gesamte Projekt im Auge behalten, und ich glaube nicht, dass es mit Ihren allgemeinen redaktionellen Aufgaben innerhalb der Abteilung kollidieren wird.«

Außer, dass ich nicht mehr ständig für Elaine zu Boots marschieren muss, dachte Kate schadenfroh. Ich sollte mich besser noch mit den Notfalltropfen eindecken, ehe mein Schreibtisch zu weit von der Quelle weggebracht wird.

»Die Muttergesellschaft von Eclipse hat mich schon eine Weile gedrängt, dieses Projekt in Kraft zu setzen, doch ich war nicht völlig von den Erfolgschancen überzeugt.« Jennifers Ton ließ keinen Zweifel daran, dass sie noch immer nicht an die Isobel/Kate-Talentshow glaubte, sondern nur das Beste aus einem potenziell grauenvollen Job machte. »Wir werden es zu Anfang einmal wöchentlich überprüfen«, fuhr Jennifer fort. »Und ich bin sicher, dass diese Art freies Managementdenken zu großartigen Ergebnissen führen wird.«

Isobel und Kate lächelten wie aufs Stichwort.

»Also lassen Sie mich nicht hängen.« Jennifer starrte sie streng an und schenkte ihnen dann ihr bestes Schauspielerlächeln. »Isobel, müssen Sie nicht Ihr Flugzeug erreichen?«

»Oh, ja«, sagte Isobel und fragte sich, wie Jennifer das aus dem Formular für einen zweitägigen Urlaub hatte herauslesen können. Aufgeregt fingerte sie an ihrem Zopf herum.

Kate konnte sehen, dass Isobel hin und her gerissen war zwischen der Abneigung, Jennifer freiwillig Informationen über ihr Privatleben zu geben und ihrer allgemeinen Begeisterung darüber, dass Will mit ihr einen Kurzurlaub machen wollte, um ihren inoffiziellen vorehelichen Vertrag auszuarbeiten. Gott helfe den beiden, dachte sie, wenn Jennifer Isobel bei dem Spionagespiel auf die Spur gekommen wäre.

»Ich fliege für ein, zwei Tage nach Dublin«, sagte Isobel nur und presste die Lippen gleich wieder zusammen. Vielleicht hatte ihr neues rosafarbenes Twinset sie verraten. Für einen Montag sah sie unnötig schick aus.

»Wunderbar«, sagte Jennifer und raffte die Unterlagen zusammen, die sie für die beiden vorbereitet hatte. »Es ist doch immer schön, wenn man bei Kurzurlauben nicht zu weit weg reisen muss.«

Sie schob ihnen die Unterlagen über den Schreibtisch zu und sandte ihre üblichen Radarsignale aus, dass die Besprechung gerade das Gebäude verlassen hatte. Kate und Isobel erhoben sich.

»Also, vielen Dank, Jennifer«, sagte Kate, weil sie das Gefühl hatte, dass ein kleiner Beitrag von ihr jetzt erwartet wurde. »Ich denke, dass das ein wirklich aufregendes Projekt ist, und ich verspreche Ihnen, dass Sie Ihr Vertrauen nicht umsonst in uns gesetzt haben.« Da es so klang, als hätte sie es geradewegs aus dem Leitfaden für Mädchen über Vorträge in der Öffentlichkeit abgelesen, lächelte sie aufrichtig und beließ es dabei. Die Wahrheit war, dass diese Neuigkeit so unerwartet gekommen war, dass sie noch nicht hatte feststellen können, ob das die fantastischste Karrierechance war, die sie sich nur hätte wünschen können oder ein schlauer Schachzug, um sie und Isobel vom Eclipse-Busen schneller fortzustoßen als ein mit Salmonellen verseuchtes, scharf gewürztes indisches Gericht.

»Ich kann's gar nicht erwarten, damit anzufangen!«, sagte Isobel mit dem sehr typisch schottischen Enthusiasmus.

Kate sah sie an und fragte sich, ob sie sich auch noch auf den Oberschenkel schlagen würde, um ihren Standpunkt zu unterstreichen.

Jennifer sah sie beide mit angespanntem Lächeln an und

sagte: »Also lesen Sie sich das durch, und wir werden das alles in der Sitzung besprechen, die ich für Freitag anberaumt habe. Isobel, können Sie mir bitte für das morgige Frühstück einen Tisch im Savoy bestellen?«

»Nur noch drei Wochen«, murmelte Isobel, als sie zur Küche hinüberschlenderten.

»Wird sie eine Nachfolgerin für dich bekommen?«

»Na klar.« Isobel begann, Milch zu erwärmen. »Nach drei Jahren harter Arbeit. Das geschieht eben, wenn man Redakteur wird. Es sei denn, man heißt Kate ›Wer aß all die Marmelade weg?‹ Craig. Denn dann schickt man den vorherigen Sklaventreiber in die Wüste und ›schwimmt sich einfach frei‹.« Isobel setzte die Worte in Anführungszeichen.

Kate öffnete die Kühlschranktür, um nachzuschauen, ob die Produktionsabteilung vor kurzem mit irgendetwas Essbarem bestochen worden war. Im Kühlschrank waren eine schon ziemlich ausgeräuberte Schachtel mit belgischem Muschelkonfekt, eine halbe Mango und eine Flasche Champagner mit einem Löffel im Hals. Kate nahm die Pralinen heraus.

»Solltest du nicht langsam losgehen?«, fragte sie mit einem Mund voller Schokoladenschnecke. »Du musst dir doch auch noch ein Taxi besorgen.«

Isobel sah auf ihre Uhr und stutzte. »Oooh, ja wirklich.« Sie nahm sich ebenfalls eine Schnecke und aß sie am Stück.

Gemeinsam genossen sie noch eine Runde Seepferdchen, und dann schlug sich Isobel mit den Händen gegen die Wangen und keuchte: »Gott, die Post! Sie ist noch immer nicht da und ich muss jetzt wirklich gehen. Kannst du Jennifers Post für mich erledigen? Öffne alles und unterschlag ihr die verrückten Autorenbriefe. Die bringen sie nur aus der Fassung.«

»Kein Problem«, sagte Kate. »Ich liebe Post. Elaine bekommt nie viel. Schade, dass du deinen Einfluss auf Mark vom Postzimmer verloren hast. Früher kam die Post nie so spät.«

Isobel schlug ihr spielerisch auf den Arm. »Wir sprechen nicht mehr über früher. Ich bin jetzt ein Ein-Mann-Mädchen.«

Als Isobel das sagte, stellte Kate fest, dass sie es geschafft hatte, ganze zwanzig Minuten lang nicht an Giles zu denken, doch nun schlüpfte er wie ein Dia in einen Projektor in ihren Kopf zurück. Peng. Giles in einem Troyer. Peng. Giles, wie er fachmännisch Wein in einem netten Restaurant ordert. Ihr Unterbewusstsein hatte jetzt achtundvierzig Stunden lang fast ununterbrochen einen sehr lebendigen Dia-Vortrag gehalten. Nur Bilder ohne Begleitmusik. Peng. Jetzt kam gerade das Bild, auf dem sie schweigend durch die City im Dezember-Zwielicht nebeneinander her gegangen waren und sich gefragt hatten, wie sie ihr gegenseitiges Verlangen in den nächsten paar Monaten in Schach halten konnten. Wo war das geblieben? Kate hatte gedacht, dass sie sich ganz und gar ausgeweint hatte, als sie den Richmond Park so lange umrundet hatte, bis es zu dunkel und damit zu unsicher gewesen war, und auch den ganzen Sonntag über waren die Tränen ihr lautlos über die Wangen gelaufen. Das war jetzt von einer peinigenden Benommenheit abgelöst worden, die, wie sie vermutete, von dem Lesen zu vieler viktorianischer Romane im College herrührte. Und dabei war sie ja nicht einmal die Zurückgewiesene, um Gottes willen.

Sie biss sich auf die Lippe und beschloss, Isobel erst etwas von Giles zu erzählen, wenn sie aus Dublin zurückkehrte. Es wäre nicht fair gewesen, ihr ihre romantische Reise zu verderben.

»Ich wünsche dir eine herrliche Zeit«, sagte sie und gab Isobel einen traurigen Kuss auf die Wange. »Tu alles, was ich auch tun würde.«

»Oh ja, das werde ich.« Isobel grinste teuflisch. »Ich hole jetzt meine Tasche und verschwinde. Ich habe dir Kaffee gemacht«, fügte sie hinzu, da Kate so aussah, als befände sie sich ganz woanders.

»Oh, ja, danke.« Kate nahm den Becher, obwohl ihr gar nicht danach war. Selbst Kaffee erinnerte sie an Giles.

Nicht an *Giles*, berichtigte sie sich selbst, sondern an die Zeiten, die du mit Giles verbracht hast, als wir beide noch glücklich waren. Genau das vermisst du. Aber nicht Giles selbst, denn du hast ja akzeptiert, dass er nicht der Richtige für dich ist.

Jajaja. Kate kehrte zu ihrem Schreibtisch zurück und begann, eine Liste ihrer überfälligen Arbeiten zu machen.

Um drei Uhr kam ein enorm großer Rosenstrauß zu ihrem Stuhl marschiert.

»Bringen Sie sie in Elaines Büro«, sagte Kate automatisch. Rosen. Ihr Herz sank noch ein Stückchen tiefer, als das Dia von Giles in ihrem Kopf auftauchte, als er mit quietschenden Reifen vor dem Telefonhäuschen in Nord-London hielt. Diese aufregenden orangefarbenen Rosen, die er ihr geschenkt hatte. Jetzt war ihr klar, dass er sie wahrscheinlich gar nicht selbst ausgesucht hatte, doch der schwache Abglanz der Begeisterung, die sie damals empfunden hatte, tat ihr noch immer weh.

»Sie sind für Sie«, sagte Mark vom Postraum durch die Zellophan-Verpackung hindurch. »Wo soll ich sie hinstellen?«

Kate drehte sich auf ihrem Stuhl herum. »Sind Sie sicher?«

Die Rosen nickten.

»Ach, na ja, einfach hierher, denke ich.« Mehrere Köpfe tauchten nach und nach in den Bürotüren auf. »In den Papierkorb, damit sie nicht umfallen können.«

Mark stellte sie so vorsichtig wie möglich ab und blinzelte ihr zum Abschied wissend zu.

Kate errötete und scheuchte ihn mit einer Handbewegung fort. Isobel, dachte sie, was würdest du davon halten?

Sie war ziemlich verlegen, als sie nach der Karte suchte, weil sie wusste, dass die meisten Leute aus der Redaktion und ein paar von der Marketing-Abteilung nebenan schamlos herauszufinden versuchten, von wem die Rosen waren.

Sie spielte schnell ein paar Möglichkeiten durch.

Harry? Ihr Herzschlag beschleunigte sich.

Giles.... um sie zurückzubekommen? Eine Welle Übelkeit stieg heftig in ihrem Hals hoch.

Dant? Den schob sie gleich beiseite. Dant?

Cressida mit einem Friedensangebot?

Kate fand die Karte, die sich im Herzen des Straußes versteckt hatte und schlitzte den Umschlag auf.

›Einen Strauß Friedensrosen mit lieben Grüßen und herzlichem Dank von Mike und Laura x.x.x.‹

Oh.

Kate sah die Karte noch einmal an: ein einfacher Satz, der bedeutete, dass drei Herzen – Mikes, Lauras und das Herz ihrer Mutter – nun doch nicht gebrochen worden waren, zusammengefasst von der runden Schrift einer jungen Floristin, in dem die i's aussahen wie Lutscher und der keinerlei Satzzeichen enthielt. Das sah einfach aus, doch sie vermutete, dass es das nicht war.

»Es ist okay«, sagte sie zu Jo, deren modisch schwarze Frisur aus der Tür nebenan herausschwebte. »Mein Bruder und seine Frau haben sich wieder miteinander versöhnt.«

»Wie wunderbar«, sagte Jo in einer Art, die ihr zu verstehen gab, dass sie absolut nicht glaubte, dass die Blumen von ihnen kamen. Und dann verschwand sie wieder in ihrem Büro.

Um vier Uhr ging Kate aus reiner Gewohnheit zum Süßigkeitenladen, obwohl Isobel sie nicht begleiten konnte. Als sie an ihren Schreibtisch zurückkehrte, lag ein zweiter Rosenstrauß auf ihrem Stuhl. Dieses Mal waren sie orange und getigert und hatten eine Karte von Veevers Carter.

Diesmal wurde Kate wirklich schlecht. Es gab keinen Zweifel für sie, von wem sie kamen. Sie hatte das Gefühl, als sei ihr Schreibtisch von einer unsichtbaren Mauer aus magnetischer Energie umgeben, die sie zurückstieß, doch sie zwang sich dazu, hinüberzugehen und die Karte zu öffnen, während sie schon innerlich vor der Verlegenheit zu zittern begann, in die sie gleich gebracht werden würde. ›Ich kann es gar nicht erwarten, dich zu sehen – ich hoffe, ich werde dich früher sehen als diese Blumen. Mit all meiner Liebe, Giles.‹

Kate schob die Rosen so unter ihren Schreibtisch, dass niemand sie zu Gesicht bekam und eine falsche Bemerkung darüber machen konnte. Sie war überzeugt davon, dass sie keine Bemerkungen darüber, wie glücklich sie sich doch schätzen könne, ertragen würde. Er musste mit London telefoniert und dafür gesorgt haben, dass sie ihr geschickt wurden, noch ehe er das Flugzeug bestieg, falls sie seine telefonische Mitteilung nicht erhalten hatte.

›Mit all meiner Liebe.‹ Kate hatte schon immer das leere Gefühl ›Freunde für immer‹ gehasst, das in diesem Ausspruch mitschwang – wie kann es denn deine ganze Liebe sein? Und was ist mit deinen Eltern? Und deinem Selbsterhaltungtrieb? – und das klang jetzt besonders hohl für sie. Sie wünschte, sie könnte zu den Rosen unter den Schreibtisch krabbeln und dort weinen.

Kate holte Atem und war überrascht, dass er zitterte. Die Nachwirkungen ihres Kummers ließen nicht so schnell nach. Blumen zu schicken war etwas durchaus Angemessenes, doch es schien nicht zu Giles zu passen, und Kate konnte nicht sagen, warum. Es roch für sie ein wenig… nach einem Drehbuch. Sie schob die Karte zurück in den Umschlag, damit sie nicht mehr auf die Worte blicken musste – selbst in der Verkleidung einer fremden Handschrift klangen sie nicht nach ihm – und schob die Karte ganz nach unten in ihre Handtasche. An ihrem Schreibtisch roch es jetzt wie auf einer Entbindungsstation.

Elaine ging an Kates Schreibtisch vorbei und las ostentativ einen Brief.

»Die Post liegt noch in den Fächern«, sagte sie betont.

Warum hast du sie dann nicht mitgebracht, schäumte Kate

innerlich. »In zwei Sekunden«, sagte sie und machte noch schnell ein paar Tippgeräusche auf ihrem Keyboard. Elaine sprach sie nicht auf die Rosen an, sondern segelte in ihr Büro davon.

Als sie zu den Postfächern kam, war gar nicht so furchtbar viel Post da. Elaine hatte ihre schon durchgesehen und alles mitgenommen, was wahrscheinlich weder beleidigend noch fordernd war. Der Rest war Fanpost, vor allem für Rose Ann, Nachfragen von Agenturen und Fahnenkorrekturen.

Kate balancierte das alles auf einem Arm und nahm Jennifers Post ebenfalls noch mit, die den doppelten Umfang hatte und hauptsächlich aus Manuskripten, persönlichen Einladungen und Postkarten zu bestehen schien. Da Jennifer noch nicht vom Mittagessen zurück war, würde sie auch gar nicht erfahren, wann die Post auf ihrem Schreibtisch gelandet war. Trotzdem sah sie weit interessanter aus als Elaines Post, und Kate schleppte sie zu Isobels Schreibtisch, um sie dort durchzusehen.

Es war leicht erkennbar, woher Isobel all ihre Informationen hatte, dachte Kate, als sie einen überschwänglichen Brief von einem Autor überflog, der kürzlich von einem Konkurrenzverlag von Eclipse veröffentlicht worden war und der Jennifer für das fabelhafte Mittagessen in der vergangenen Woche im Gordon Ramsay dankte. Da war ein Manuskript von einem leitenden Fernsehmoderator und die ersten beiden Kapitel eines neuen Romans von einem berühmten Chefkoch – beide schienen sich mit der männlichen Schwangerschaft zu befassen – einige verlagsinterne Verkaufszahlen der größten Konkurrenten von Rose Ann (die alle nur ein Viertel ihrer Verkaufszahlen erreichten, laut eines Berichts von Chris, dem Gebiets-Vertriebsleiter), einige Einladungen zu Lancierungs-Veranstaltungen und ein großer brauner Umschlag, auf dem ›Persönlich‹ stand.

Kate zögerte. Isobel hatte ihr gesagt, dass sie auch einfach alles öffnen solle, was mit ›Persönlich‹ gekennzeichnet war: viele Sendungen, die mit finsteren Aufklebern und schrecklichen Warnungen versehen waren, enthielten leicht pikante unverlangte Manuskripte über italienische Immigranten-Familien statt Briefbomben oder verschwommene, mit Teleobjektiven aufgenommene, pornografische Fotos von Redakteuren in kompromittierenden Situationen mit Bücherverkäufern und Supermarkt-Kunden. Kates Daumennagel hob die Umschlagklappe an. Wenn sie den Umschlag wegwerfen würde, würde Jennifer das gar nicht erfahren. Und außerdem war sie natürlich sehr neugierig.

Kate schlitzte die Klappe mit Isobels möglicherweise tödlichem Brieföffner auf und schüttelte den Inhalt heraus.

Ein Kodakumschlag fiel heraus, der zu dünn war, um alle Fotos eines Films enthalten zu können, und eine Karte in einem unverschlossenen Umschlag lag auch dabei. Kates Gewissen ließ sie die Karte ignorieren, doch stattdessen öffnete sie den Umschlag mit Fotografien. Sie war enttäuscht, als sie sah, dass sie alle offenbar Rose Ann zeigten, die von vielen Fans in der Altenpflegestation eines Krankenhauses umringt war, die sie alle mit klebrigem Lächeln anschauten, als sie Großdruck-Exemplare von *Geboren in einer Scheune* an sie verteilte. Wegen der großen Schrift und Rose Anns weitschweifigem Stil hatten die Bücher ungefähr die Größe von Pizzaschachteln.

›Sie mag zwar jetzt reich sein, aber sie hat ihren Akzent nie verloren und auch nie vergessen, woher sie gekommen ist‹, konnte Kate sie, in unabsichtlicher Nachahmung von Rose Anns weniger überzeugenden Romanfiguren sagen hören.

Die sind wahrscheinlich für die Muttertagswerbung bestimmt, dachte sie ein wenig enttäuscht. Zu Muttertag verkaufte sich Rose Ann am allerbesten, da jeder Verlag im Land eilig die Läden füllte mit Geschichten über verlassene Kinder und geschlagene Frauen im Norden, was eine kalorienärmere Alternative zu einer Schachtel Pralinen war.

Also, ich sage Rose Ann, berichtigte sich Kate wieder selbst. Wer auch immer ›Rose Anns‹ geschlechtsspezifische Vertreterin auf Erden sein mochte. Sie sah die restlichen Fotos durch, falls die Wahre Rose Ann beim Anstreichen von Wänden oder dem Essen von Glas aufgenommen worden war, doch die anderen Fotos zeigten ›Rose Ann‹ mit wieder aufgepäppelten Eseln aus Morecambe Sands, ›Rose Ann‹, die in einem großen Garten saß und so tat, als schriebe sie auf einer altmodischen Schreibmaschine, ›Rose Ann‹, die mit nachdenklicher Miene an einer Mangel in einer dunklen Küche eines kleinen Reihenhäuschens lehnte, und ›Rose Ann‹, die von einigen, ganz und gar nicht ungezogenen Kindern in Baby-Gap-Kleidern umringt war. Und von Jennifer.

Jennifer? Kate sah genauer hin. Gott, selbst Jennifer machte das Spiel mit, indem sie ihre Kinder der Marketing-Abteilung von Eclipse auslieh. Und sie waren wirklich Jennifers Kinder – sie erkannte das an den Afghanhund-Nasen, die sie alle hatten.

Kate schob die Fotos zurück in den Umschlag. Ihre Hand schwebte einen Moment lang unschlüssig über der Briefkarte. Sie war nicht verschlossen, niemand würde es erfahren, und Isobel würde verrückt werden, wenn sie herausfand, dass sie das letzte Stückchen Weg nicht auch noch gegangen wäre…

Sie ließ die Karte aus dem Umschlag herausgleiten. Sie war eine dieser aufklappbaren Briefkarten, die ihre Großmutter sehr geliebt hatte und die in bizarrer Verzerrung der Natur die Zeichnung eines freundlich aussehenden Fuchses trug, der seine Pfote auf den Kopf eines jungen Dachses gelegt hatte. Kate sah sich nervös und prüfend um, dass niemand gerade in Isobels Büro hereinkommen wollte. Sie war fast überrascht, dass Isobel es nicht mit einem Stolperdraht versehen hatte.

Liebe Jen, begann der Text. *Hier sind die gewünschten ›Schnappschüsse‹! Die Fotos von den Kleinen sind besonders niedlich, Marmaduke wird Großpapa von Tag zu Tag ähnlicher, doch Aphra ›kommt nach mir‹, wie alle hier sagen! Es wäre schön, dich bald mal wieder zu sehen, wenn du mal wieder in unsere ›Ecke‹ kommst, allerdings vermute ich, dass es nicht mehr lange dauern wird, bis ich mich wieder ›in das Getümmel‹ der Muttertags-Signierstunden stürzen muss! Würdest du mich bitte wieder an dem ›üblichen Ort‹ unterbringen? Es ist ein wunderhübsches Hotel, obwohl es für meine alten Beine ein ganz schöner Marsch von Knightsbridge zu dem großen Marks & Spencer's ist! Ruf mich bald an, ja, mein Täubchen. Alles Liebe für euch alle von Mam xx*

Kate las den Text noch einmal durch, um sicher zu sein, dass sie die Namen von Jennifers Kindern richtig mitbekommen hatte.

Dann las sie ihn zur Sicherheit noch einmal durch.

Als sie ihn zum vierten Mal zu lesen begann, weil sie ihre totale Verblüffung noch nicht überwunden hatte, verließen sie ihre Nerven, und sie schob das ganze Zeug mit zitternden Fingern in den Umschlag zurück.

Rose Ann Barton war Jennifer Spencers Mutter. Das war ein Doppelleben, das den *Corkickle-Bälgern* alle Ehre machte, abgesehen von der Tatsache, dass sie eigentlich eine unechte Rose Ann war, aber trotzdem… Um die alte Dame, die die gleiche zaghafte Angewohnheit wie ihre Großmutter hatte, alle Redensarten von mehr als zwei Worten Länge in Anführungszeichen zu setzen, mit dem gut frisierten Verkaufs-Zugpferd in Einklang zu bringen, brauchte es einen so verdrehten Plan, der selbst Rose Anns lockeren Umgang mit der Realität in den Schatten stellte.

»Aber nichts ist seltsamer als der Mensch«, hauchte Kate.

Als sie noch hin und her überlegte, woher sie die Wäschemangel bekommen hatten, sauste Jennifer mit einer riesigen blauen Tiffany-Tüte und einem Tefal-Dampftopf herein. Sobald sie verschwunden war, bündelte Kate die gesamte Post und stand auf, um sie zu Jennifers Büro hinüberzubringen.

Sie überlegte, ob sie den Umschlag nicht mit Klebeband wieder verschließen sollte (das hätte ihre Mutter auch gut gemacht haben können, nachdem sie vielleicht noch ein Foto hinzugefügt hatte). Doch als sie Jennifer am Telefon irgendeinen unglücklichen Menschen aus der Rechtsabteilung wie ein Velociraptor-Dinosaurier nach dem Sprachunterricht in der Luft zerreißen hörte, spürte sie plötzlich etwas von Isobels Widerstand in sich, und sie schob den Umschlag in die Mitte des Stapels, sodass Jennifer wissen würde, dass sie ihn gesehen hatte.

Es ist ja nicht so, dass ich hart werde, rechtfertigte Kate sich, mir werden nur langsam... die Regeln klar.

Sie brachte die Post in Jennifers Büro und legte sie vorsichtig in den Eingangskasten.

»Viiiiieeelen Dank«, formte Jennifer lautlos mit den Lippen, zerstörte allerdings die Wirkung ihres Lächelns sofort wieder, als sie ins Telefon brüllte: »Ich habe schon Leute wegen genau dieser Schlampigkeit gefeuert, verstehen Sie, Tamsin!«

Kate lächelte zurück und ging davon, um sich mit Elaines Post zu beschäftigen.

So unwahrscheinlich es auch war, fand sie dennoch bei ihrer Rückkehr noch einen weiteren Blumenstrauß auf ihrem Stuhl vor. Es war ein bescheidener Strauß aus fünf blauen Hyazinthen, die in rotlilafarbenes Papier und Goldband verpackt waren, aber weder Karte noch Aufkleber hatten. Kate nahm ihn hoch und atmete den zarten Geruch ein. Er erinnerte sie an Ostereier, doch sie hatte keine Ahnung, wer ihn ihr geschickt haben könnte.

»Sind Sie schwanger?«, fragte Sarah von der Produktion, als sie mit einem Stapel Formulare vorbeiging.

»Nein!«, sagte Kate und dachte sofort an ihren Magen. War der so schlimm? »Warum?«

»All diese Blumen für Sie. Als ich unten im Postraum war, wurden schon Wetten abgeschlossen.« Sarah blieb stehen. »Oder heiraten Sie?«

»Nein, auch nicht.«

Sarah neigte den Kopf zur Seite. »Ahh«, schmeichelte sie, »könnten Sie den Postraumjungs nicht stecken, dass Sie sich verlobt haben? Ich habe um ein paar Biere gewettet.«

»Was sind die anderen Möglichkeiten? Dass ich gerade eine lebensrettende Operation überstanden habe? Oder dass ich Miss West-London geworden bin?«

»Nun«, sagte Sarah geheimnisvoll, »wie man so hört, sollen Sie und R. A. Harper ja wohl miteinander ausgehen …«

Kate starrte Sarah an. »Megan?«

Sarah fuhr sich mit dem Finger über die Lippen. »Ich kann meine Quellen leider nicht nennen.«

»Das ist alles kompletter Unsinn. Ich bin einfach nur … ein sehr beliebtes Mädchen.«

»Ja, klar«, sagte Sarah und ging den Flur weiter hinunter. Kate hörte, dass sie im Vorbeigehen: »Es ist ein Mädchen!« in Jos Büro rief.

Jennifer kam zur Feierabendzeit in ihr Büro und bot ihr an, sie nach Kensington mitzunehmen. Sie hatte den gleichen Ausdruck im Gesicht, den auch der Wolf gehabt hätte, wenn er Rotkäppchen hätte anbieten können, sie auf dem Soziussitz seiner Vespa zu ihrer Großmutter mitzunehmen.

»Oh, vielen Dank, Jennifer, aber ich habe noch eine Einladung zum Abendessen«, log Kate fröhlich. Woher weiß sie, wo du wohnst?, fragte die Stimme in ihrem Kopf betont. Kate steigerte die Wattleistung ihres Lächelns noch ein wenig mehr.

»Es liegt fast auf meinem Weg«, versicherte Jennifer ihr, obwohl Kate genau wusste, dass das eine ziemliche Verdrehung der Wahrheit war, denn schließlich lebte Jennifer in St. John's Wood.

»Tja, leider habe ich ja eine Verabredung zum Abendessen«, beharrte Kate.

»Schade, ich hätte mich gern ein bisschen über dieses neue Brainstorming-Projekt mit Ihnen unterhalten«, sagte Jennifer seufzend. »Ich denke, dass Sie sehr erfreut sein werden ...«, sie warf ihr an dieser Stelle einen bedeutsamen Blick zu, »... über den neuen Gehaltsrahmen, den wir für Sie und Isobel ausgearbeitet haben. Das wird für Sie eine große Herausforderung sein, und ich muss wissen, dass Ihnen ein paar ziemlich vertrauliche firmeninterne Informationen anvertraut werden können.«

Kate nickte und traute sich nicht, irgendetwas zu äußern, was Komplizenschaft und Unschuld gleichermaßen suggerieren würde.

»Solange wir uns einig sind, wo wir stehen«, sagte Jennifer mit einem weiteren bedeutsamen Blick.

»Ja, ich denke, dass mir das ziemlich klar ist«, sagte Kate. »Ich weiß genau, über was ich meine Mutter auf dem Laufenden halte.«

Jennifers Hals verkrampfte sich, doch sie zerrte von irgendwoher noch ein Lächeln. »Na, dann wünsche ich Ihnen ein schönes Abendessen.« Sie wandte sich zum Gehen, machte dann auf dem Absatz kehrt und fügte hinzu: »Bitte schicken Sie morgen als Erstes den Dampftopf mit einem passenden Wortspiel auf der Begleitkarte zu IAA. Er ist für den stellvertretenden detektivischen Chefkoch bestimmt.«

Kate hob die Daumen hoch, weil sie wusste, dass das Jennifer ärgerte und außerdem war das ein krönender Abschluss ihrer Unterhaltung.

»Gute Nacht!«, sagte Jennifer knapp. »Nacht, Elaine!«, rief sie zu Elaines Büro hinüber, obwohl Elaine schon vor einer dreiviertel Stunde weggegangen war, um sich ihre Chakren wieder ins Gleichgewicht bringen zu lassen. Wie abgemacht schaltete Kate Elaines Computer gegen sechs Uhr aus und nahm ihren Reservehut und den Mantel vom Haken.

Kate hatte keine Eile, nach Hause zu kommen. Die Wohnung rief alle möglichen ungewollten Gedanken über Giles und Schuld- und Wutgefühle Cress gegenüber hervor, und sie wusste auch einfach nicht, was sie zu Harry sagen sollte.

Vielleicht war das ja die Hälfte des Problems, dachte sie, während sie weiteres Papier in den Drucker einlegte, um Elaines längst überfällige Ablehnungsbriefe zu erledigen. Vielleicht musst du nur schweigen und einfach weitermachen. Oder vielleicht musst du damit aufhören, Harry als deine Strafe dafür anzusehen, dass du mit Giles Schluss gemacht hast. Sie starrte aus dem Fenster auf die Rücklichter der vorbeifahrenden Autos, die sich wie rote Perlen eines Rosenkranzes auf der Straße aneinander reihten, während sie aus der Stadt hinausfuhren.

Vielleicht denkst du viel zu viel über all diese Dinge nach, konterte sie ärgerlich. Der letzte Brief wurde ausgeworfen, und sie legte alle Briefe in Elaines Kasten, damit sie sie am nächsten Morgen unterschreiben konnte. Der Geruch der Hyazinthen in der kleinen Vase auf ihrem Schreibtisch hatte sich bis zum Abend ausgebreitet, hing wie eine Wolke in ihrem Büro und überdeckte sogar den Geruch der Rosen. Obwohl Kate nicht wusste, wer sie ihr geschickt hatte, wollte sie trotzdem nicht darüber nachdenken. Wenn sie anonym bleiben wollten, wollte sie diese Geste wirklich nicht zerstören.

Als sie unter ihrem Schreibtisch nach ihrer Handtasche griff, sahen Giles' wilde orangefarbene Rosen sie vorwurfsvoll an. Mikes und Lauras Bouquet stand in einer von Jennifers großen Vasen zur Freude aller auf dem Aktenschrank, doch die anderen hatte sie versteckt gehalten.

Kate holte tief Luft, als ob sie in einen Nesselstrauß fassen würde und hob sie aus dem Eimer, in den sie sie gestopft hatte. Eine Collage ihres Jahres mit Giles tauchte blitzlichtartig vor ihren geschlossenen Augen auf, gefolgt von einem Schwall Einsamkeit, der so stark wie Gas war, und sie brach in Tränen aus. Sie tauchte den Kopf in die weichen Blütenblätter und weinte Tränen der Scham und der Erleichterung und des Bedauerns in ihre dornenlosen Tiefen hinein. *Wieder*, dachte sie verzweifelt. Wann höre ich denn bloß damit auf?

Doch unter all dem Kummer sagte ihr etwas, das nach diesen Rosen duftete, dass es richtig gewesen war, was sie getan hatte. Tröstende Gedanken sickerten aus dem Nichts in ihren Kopf: Das Ende eines Abschnitts bedeutete, dass sie am Anfang eines neuen Abschnitts stand. Diese Rosen waren nicht die gleichen, die Giles ihr im Juli geschenkt hatte, sie waren nur gleichartig. Es würde jeden Tag weitere orangefarbene Rosen geben, Tag für Tag für Tag, wenn sie das wollte. Sie musste nicht darauf warten, dass sie ihr von Giles oder irgendjemand anderem geschickt wurden. Sie konnte sich ihr Zimmer mit verdammten Rosen im Gegenwert einer U-Bahn-Monatskarte schmücken. Oder mit jeder anderen Blumensorte, die sie haben wollte. Also würde es neue Rosen und neue Menschen zu entdecken geben und neue Seiten an ihr selbst, die sie noch nicht kennen gelernt hatte. London und all seine Geheimnisse hielten sich für sie bereit. Sie musste ihre eigenen Möglichkeiten nie wieder so begrenzen, wie sie es bisher getan hatte. Und wenn alles schief ging, würde sie auch damit fertig werden. So, wie sie mit den vergangenen acht Monaten fertig geworden war.

Kate kniff die Augen fest zusammen, als die sich wieder mit neuen Tränen füllen wollten.

Sie verließ die U-Bahn am Earl's Court, eine Station früher als sonst, weil sie die Heimkehr so lange wie möglich hinausschieben wollte. Mit einem vagen Gefühl von Abscheu trug sie Giles' Rosen seitlich. Vor einem Monat hätte die Vorstellung, dass Giles ihr Rosen ins Büro schicken könnte, sie mit hysterischer Freude erfüllt. Doch da nun alles vorbei war – was rein technisch gesehen ihr Fehler war – waren sie ihr unbehaglich.

Sie hatte schon daran gedacht, die Rosen per Kurier in

Lauras Büro zu schicken – ohne Karte natürlich – und so zu tun, als wären sie von Mike. Doch dann hätte sie das Mike erklären müssen, und selbst wenn Laura sich über sie gefreut hätte, hätte er wahrscheinlich irgendetwas falsch gemacht und die Wirkung zerstört, und das Letzte, was Kate wollte, war, einen weiteren Streit vom Zaun zu brechen.

Der Geruch nach Grillhähnchen stieg ihr in die Nase, als sie an einem Lebensmittelladen vorbeiging, der um diese Zeit noch geöffnet hatte. Sie war schon drauf und dran, hineinzugehen, und sich etwas davon zu kaufen, als sie ihr Spiegelblick im Schaufenster entdeckte. Sie sah aus wie eine Braut in Alltagskleidern. So konnte sie nicht nach Hause kommen. Einen Moment lang war Kate versucht, die Rosen in den Eimer mit den verwelkten Chrysanthemen vor dem Laden zu stecken, davonzugehen und sie wie teure Wechselbälger in dem Neonlicht des darüber hängenden Schildes schimmern zu lassen. Doch in letzter Minute hielt irgendetwas sie auf. So etwas wäre billig gewesen. Und was immer sie und Giles füreinander auch gewesen waren, ihre Beziehung war niemals billig gewesen.

Plötzlich hatte sie auch keinen Appetit mehr auf Hähnchen.

Kate wandte sich von dem Laden ab und ging die Straße in die andere Richtung hinunter, vorbei am Exhibition Building bis zur Brompton Street. Hier war sie in der leeren Zeit nach Weihnachten herumgewandert und hatte die Weihnachtsbäume in den Fenstern gezählt. Befangen überquerte sie die Straße und betrat den Friedhof.

Friedhöfe hatten Kate nie gestört, weil sie zu jung für den Film *Thriller* gewesen war. Sie ging an den Grabstellen vorbei, bis sie zu einem Grab kam, auf dem keine Blumen waren. Sie entfernte das Band, streute die Blumen auf die stoppelige Erde und drehte den Kopf weg, noch ehe sie den Namen auf dem Grabstein lesen konnte. Dann ging sie mit energischen Schritten davon.

Harry und Dant saßen am Küchentisch und sahen schockiert und ernst aus, als sie die Wohnung betrat.

»'nabend.« Kate wickelte sich den Schal von ihren glühenden Wangen. »Oder sollte ich besser sagen ›Willkommen zurück in London‹?«

»Fabelhaft, zurück zu sein«, sagte Dant. »In der Art eines ›vom-Regen-in-die-Traufe‹-Ortwechsels.«

Harry sah mit seinen großen Labradoraugen zu Kate auf. Sie waren sehr traurig, aber Kate war erleichtert darüber, dass sie nicht wütend waren. »Kate, Dant hat mir alles erzählt.«

»Wirklich?«, fragte Kate und sah zu Dant hinüber. Wie viel war denn alles? Würde Harry sie gleich erwürgen, um Cressidas literarische Ehre zu verteidigen?

»Cress kommt nach England zurück, sobald sie ihren Gips los ist«, sagte Dant lahm. »Sie hat angekündigt, dass sie die anstrengende Leitung der Weinbar aufgeben und sich hier niederlassen wird, um sich ganz auf ihre schriftstellerische Karriere zu konzentrieren.«

»Nun, das wird sie ja wohl auch müssen, was?«, sagte Kate automatisch, sah dann Harrys verzerrte Miene und biss sich auf die Lippen. »Und was wird aus ihrer Wohnung?« Sie zwang sich dazu, diese offensichtliche Frage zu stellen, einfach nur deshalb, falls ihr die offensichtliche Antwort entgangen war.

»Sie verkauft sie. Aus reinem Trotz, vermute ich.«

»Aber …«, begann Kate, »wenn Cress hier wohnt, dann …« Sie stockte, weil sie nicht wusste, wie sie weitersprechen sollte, ohne zutiefst selbstsüchtig zu klingen.

»Tja, unsere Cress ist immer mehr für Überraschungen gut«, sagte Dant. »Ich denke, es ist einigermaßen selbstverständlich, dass du und ich nicht mit der neuen, unverändert schlechten R. A. das Badezimmer teilen wollen, nachdem wir wissen, was sie alles mit deiner Feuchtigkeitscreme machen kann. Doch sie wirft uns nicht raus.«

»Cress möchte, dass ich bleibe«, sagte Harry. »Also, sie sagte nicht, dass sie möchte, dass du und Dant auszieht, aber es sieht so aus, als ob ...« Kate sah ihn genauer an. Ihrem Eindruck nach schien er nicht so glücklich zu sein, wie er eigentlich sein müsste, nachdem er nun das Angebot bekommen hatte, die Wohnung mit der Frau zu teilen, von der er schon geträumt hatte, seit er überhaupt zu träumen gelernt hatte. Vielleicht hatte Dant ihm ja doch alles erzählt. Auch all das, von dem sie nichts wusste.

»Du musst nicht hier bleiben«, sagte Kate. »Komm mit uns mit. Wenigstens weißt du, wie wir morgens sind. Ohne ihre ganze Aufmachung könnte Cress sich als Kobold entpuppen. Entschuldige«, sagte sie, als sie Harrys Miene sah. Ihr Takt wurde auch nicht besser.

»Also, sie hat mich darum gebeten, und ich glaube, dass sie im Augenblick einige Hilfe gebrauchen kann.« Harry fummelte mit dem Taschenmesser herum, das vor ihm auf dem Tisch lag, neben einer Anzahl Teile von der Waschmaschine, die offensichtlich mal wieder kaputt war.

Oh Gott, dachte Kate mit plötzlich schuldbewusstem Verlangen, er ist wie etwas aus einem Erste-Weltkrieg-Film. Und ich kann ihn nicht aufhalten. Sie erkannte sofort, dass Harrys Gewissen ihn festnageln würde. Seine Treue zu Cress würde jedes neue Gefühl, das er ihr gegenüber empfinden mochte, zunichte machen, und je mehr sie versuchen würde, ihn von seinem ehrlichen und noblen Weg abzubringen, desto mehr würde das seinen Instinkt verstärken, Cressida schützen zu müssen.

Also kann Dant ihm nicht alles erzählt haben, dachte sie bitter. Ihr ging durch den Kopf, dass jetzt der richtige Zeitpunkt war, um das volle Ausmaß von Cressidas hinterhältigem Verhalten aufzudecken – schließlich verdiente sie doch offensichtlich nicht so viel Treue, egal, ob sie nun gerade in Bedrängnis war oder nicht.

»Und nachdem Giles nun zurück ist«, murmelte Harry leise, doch Kate war aufgestanden und beugte sich über den Tisch, wie Jennifer es machte, wenn sie Sue Ellen aus Denver nachahmte.

»Weißt du, Harry, eines habe ich aus dieser ganzen elenden Trennung von Giles gelernt, dass man an sich selbst denken muss. Jetzt erkenne ich, dass Cress das ins lächerliche Extrem getrieben hat, weil sie, ganz nüchtern gesagt, nicht in der Lage ist, an irgendjemand anderen zu denken, doch das Letzte, was ich dir wünsche, ist, dass du ausgenutzt und beiseite gestoßen wirst.«

»Also, ich wusste nichts von diesem Beiseitestoßen«, murmelte Dant.

»Du hast …?«, begann Harry.

»Halt das Maul, Dant«, warf Kate über die Schulter. »Wenn du also Cressida wirklich liebst«, fuhr sie zu Harry fort, »und wenn du ihr wirklich helfen willst, dann solltest du ein paar Dinge über sie erfahren. Dinge, die Dant dir, wie ich vermute, nicht erzählt hat.«

Sie wandte sich zu Dant um, der nur mit den Schultern zuckte.

»Der Grund, warum Dant und ich diesen Unflat von Cressida umgeschrieben haben, ist, weil sie …«

»Lass es.« Harry stand auf. »Erzähl mir nichts mehr. Ich weiß, dass sie ein Miststück war, doch ich glaube immer noch, dass …« Er wandte sich an Dant. »Kannst du uns bitte eine Minute allein lassen?«

»Mit Sicherheit nicht. Du sprichst über meine Schwester. Außerdem, wie soll ich denn sonst herausfinden, was hier vor sich gegangen ist?«

Kate starrte Dant an, doch es war deutlich, dass er sich nicht rühren würde. Sein Gesicht hatte mal wieder diesen irritierend dumpfen Ausdruck. Kate konnte verstehen, warum seine Mutter ihn am liebsten abgefackelt hätte.

Harry wandte sich Kate wieder zu. Auf seinem Gesicht spiegelte sich ein Durcheinander von Gefühlen wider. »Als wir miteinander sprachen … wie ich Cress gegenüber empfinde … habe ich dir gesagt, dass ich glaube, ich könnte sie glücklich machen. Und nun hat sie mich mehr oder weniger darum gebeten … Ich glaube nicht, dass ich das ablehnen kann. Nicht, ohne ihr die Tür vor der Nase zu schließen, wenn sie gerade wieder versucht, ein netterer Mensch zu sein.«

»Harry, du musst nicht…« Kate wühlte wie verrückt in ihrer Erinnerung nach sich aufopfernden Frauen, doch sie konnte keine passende finden. Wer war das griechische Mädchen gewesen, das zugestimmt hatte, das Monster zu heiraten? »… die Frau aus ›Die Schöne und das Biest‹ sein«, endete sie lahm. Werde erwachsen!, wollte sie ihm zuschreien.

»Pasiphaë«, half Dant trocken aus.

»Ich weiß. Ich weiß das alles.« Harry sah jetzt durch und durch elend aus. »Und ich wünschte, du hättest das mit dir und Giles nicht gesagt, weil das alles nur noch schlimmer macht, halt's Maul, Dant«, warnte er, noch ehe Dant überhaupt wissen konnte, was er sagen wollte. »Ach, verflucht. Was für ein beschissener Haufen Scheiße.«

Kate streckte die Hand nach Harry aus, doch der hatte sich schon umgedreht. Er nahm das Telefon im Vorbeigehen mit und ging in sein Zimmer. Die Tür fiel mit einem Klicken zu.

Sie und Dant starrten hinter ihm her.

Kate erhob sich halb von ihrem Sitz und sank dann wieder zurück. Sollte sie zu ihm gehen? Gab es eine Möglichkeit, ihn umzustimmen? Wenn Cress wirklich entschlossen war, neu zu beginnen und sich zusammenzureißen, dann war Harry wenigstens stark genug, um ihr zu helfen. Ich könnte sie wenigstens daran hindern, Dant noch weiter zu zerstören. Kate schob den Gedanken, was das Harry antun würde, weit von sich. Aber er wollte es doch so sehr. So verzweifelt gern. Cress hatte wahrscheinlich sein Leben mehr geformt als ihr eigenes.

»Armer Harry«, flüsterte Kate.

»Armer Harry, mein Arsch«, sagte Dant. »Nun ja, wirklich armer Harry.«

Sie schwiegen eine halbe Minute lang für Harry.

»Ach ja, ich habe ja etwas für dich«, sagte Dant und griff

in seine Gesäßtasche. Er zog einen Umschlag heraus und gab ihn ihr. »Ich habe sogar noch etwas anderes für dich. Sag niemals, dass ich nicht an dich denke.« Sein Lockenkopf verschwand unter dem Tisch, er wühlte in seinem Rucksack herum und kam schließlich mit einer großen Stange Toblerone wieder hoch, die er vor ihr auf den Tisch knallte.

Kate versuchte, den Umschlag zu öffnen. Ihre Nägel, die sie über das Wochenende abgeknabbert hatte, waren zu kurz, um die Klappe zu greifen, und schließlich musste sie das Buttermesser vom Frühstück zu Hilfe nehmen.

Ein Scheck über 50000 Pfund glitt auf den Tisch. Kate schüttelte den Umschlag, um zu sehen, ob er noch eine kurze und wütende Mitteilung für sie enthielt, doch da war nichts mehr. Nur der Scheck zulasten des Kontos der Ehrenwerten Cressida Grenfell. Ausgestellt von ihr. Über fünfzigtausend Pfund.

Kate sagte nichts. Nach ein paar Sekunden legte sie ihn nieder, öffnete die Toblerone-Stange und aß zwei Stücke auf einmal, während sie noch immer den Scheck anstarrte.

»Ist er echt?«, fragte sie schließlich.

»Natürlich. Man kann meiner Schwester nachsagen, was man will, aber Schecks lässt sie nie platzen.«

»Aber sie hat doch ihren Vorschuss noch nicht.«

Dant sah sie mitleidig an. »Das Schütteln von Cocktails zahlt sich offensichtlich besser aus, als wir gedacht haben.«

»Gott.« Kate nahm den Scheck hoch und betrachtete ihn erneut.

»Du hast doch nicht wirklich gesagt, dass du dich von deinem Wunderknaben getrennt hast?«, fragte Dant im Plauderton.

»Doch, am Wochenende. Ich bin zu dem Schluss gekommen, dass er der Richtige für mich gewesen wäre, als er mich als zitterndes Häufchen Elend in Heathrow zurückgelassen hat, doch jetzt wahrscheinlich nicht mehr, weil ich weniger zittere und mehr schimpfe.« Und er wird nie erfahren, wie viel Kontrolle das erforderte, dachte Kate, als ihr Magen sich wieder wütend meldete und ihr ein Bild zuwarf, auf dem sie und Giles ihre Glücksmahlzeit in der City gehabt hatten.

Doch das war wirklich nicht sehr lustig gewesen, erinnerte sie sich plötzlich.

»Gut.«

Sie sah zu Dant auf.

»Ich meine, es tut mir Leid und so weiter, aber es freut mich, dass du gemerkt hast, dass du von ihm nicht das bekommen hast, was du verdienst.« Dant hielt ihren Blick ziemlich unerschrocken fest, obwohl er errötete.

Dant Grenfell, Beziehungsberater? Sie fuhr eilig fort…
»Wie sollen wir das nun machen?«, fragte sie.

»Was?«

»Das mit dem Geld. Ich habe doch gesagt, dass wir es teilen werden, und das halte ich auch nur für fair.«

»Und was willst du mit deiner Hälfte tun?«

Kate dachte nach. »Wie wäre es, wenn ich mich erst in Kensington Gardens total mit Champagner betrinken und mir danach eine fabelhafte neue Stereoanlage als Ersatz für die kaufen würde, die ich zurückgeben muss und dann noch ein Vermögen für neue Schuhe ausgeben würde?«

»Nahe liegend. Und dann auch noch das lächerlich teure Abendessen bei Petrus.«

Isobel, die baldige Hausbesitzerin, hatte ihr sehr klar gemacht, wofür Kate ihr Geld verwenden sollte, und obwohl Kate seinerzeit darüber gespottet hatte, erschien ihr das jetzt leider sehr sinnvoll zu sein. »Ich denke, ich sollte damit eine Wohnung anzahlen, wenn Cress uns hier hinauswirft. Bei meinem Gehalt werde ich keine hohe Hypothek bekommen, also denke ich mal, dass ich das meiste aus einem solch hohen Betrag machen sollte. Gott, ist das nicht langweilig? Worüber lächelst du eigentlich?«

»Über die Tatsache, dass du von ›ich ziehe hier in vier Monaten aus‹ zu ›ich kaufe jetzt eine Wohnung, weil die Hauspreise in London so verrückt hoch sind‹ vorangekommen bist.«

»Das passiert uns allen«, sagte Kate grimmig. »Das ist der Alterungsprozess.«

Dant brach sich ein Stück Toblerone ab und kaute es. »Also«, begann er um einiges zögernder als sonst, »wir müssen das Geld ja nicht unbedingt teilen. Wir könnten… uns zusammen eine Wohnung kaufen. Da wir ja beide ausziehen müssen. Und wir können das Geld damit verdoppeln, das wir ausgeben können. Wir können das einem Anwalt übergeben. Und du musst mich nicht heiraten.«

Kate sah ihn an. Das war wirklich äußerst sinnvoll. Leider würde es wahrscheinlich in einem tragischen Doppeltodesfall-Schocker mit einem Tranchiermesser enden, noch ehe sie ganz ausgepackt hatten.

»Und womit willst du deine Tage verbringen?«, forschte sie nach. »Die Wohnung ordentlich halten, bis die Brotverdienerin nach Hause kommt? Ein bisschen saugen? Ein wenig Staubwischen? Werde ich dir Haushaltsgeld geben müssen?«

»Nein«, sagte Dant abwehrend. »Ich habe mich dazu entschlossen zu schreiben. Ich will nicht einsehen, dass Cress all den Ruhm absahnt, obwohl ich der Talentierte bin. Und wir können dann in diesen krank machenden Artikeln ›Ich und mein Zwilling‹ in den Sonntagsbeilagen erwähnt werden. Und Anna kann über uns schreiben.«

Er sah richtig wütend aus, aber seltsamerweise wie ein ganz normaler Mensch. Kate fragte sich, was ihn so normal wirken ließ, und dann stellte sie fest, dass sich irgendwo in ihm plötzlich eine Art Energie bemerkbar machte. Das stand ihm gut. Er würde niemals so getrieben werden wie Giles, doch wenigstens schien er den ersten Gang eingelegt zu haben.

»Wow!«, sagte sie. »Dann fang an damit, Freundin!« Sie lehnte sich über den Tisch, um ihm mit der flachen Hand gegen seine zu schlagen, doch Dant schnappte sich ihre Hand und zog sie mit überraschender Kraft zu sich herüber. Kate blieb nur eine Millisekunde, um mitzubekommen, was überhaupt los war – und um festzustellen, dass sie mit ihrem Pullover einmal quer den Butterteller durchpflügt hatte – ehe ihr Mund seinen berührte.

Dant schmeckte nach Toblerone und Rotwein und Tabak, und die Bartstoppeln, über die sie gerade erst gedacht hatte, dass sie eine Rasur gebrauchen könnten – schrammten nicht unangenehm über ihre Wange. Zu ihrer Überraschung merkte Kate, dass ihre Hand nach oben griff, sich in seinem Haar verfing und ihn näher zog, während die andere Hand um seine Schultern fasste. Sie konnte die weichen Daunen in seinem Nacken spüren und erschauerte bei dem Gedanken daran, wie behaart er sein musste. Er versuchte nicht, ihr die Zunge in den Hals zu rammen, sondern küsste sie mit dieser Art Leidenschaft, die ihr klar machte, wie sehr er sich noch im Zaum halten konnte.

Dant hörte plötzlich auf, und Kate blieb keuchend halb über den Küchentisch gebeugt zurück, innerlich völlig verloren.

Schweigend sahen sie sich an. Kate sah, dass Dants dunkler Blick sich in einem schnellen Dreieck von Verlangen um ihr Gesicht bewegte, von ihren Augen zu ihrem Mund zuckte und zurück zu ihren Augen. Es war, als hätte sich eine Schutzwand zurückgezogen, und da war er, direkt vor ihr. Klar und deutlich und gleichzeitig überraschend.

»Gott, das war wahrscheinlich ein bisschen unsensibel«, sagte er schließlich. »So kurz, nachdem du deinen Mann in die Wüste geschickt hast und so weiter.«

»Dant, du musst nicht so tun, als hättest du eine Persönlichkeitstransplantation hinter dir«, sagte Kate und wischte sich diskret über den Mund. Verdammt noch mal, sollte das bedeuten, dass sie das nicht mehr versuchen konnte, ohne wie eine komplette Schlampe auszusehen? Der Blutrausch in ihrem Körper stoppte und protestierte schreiend bei der Vorstellung, dass sie diesen Gefühlstornado nie wieder spüren würde. Vielleicht war sie ja wirklich eine komplette Schlampe? Weil die Gedanken an Giles und auch an den armen Harry aus ihrem Kopf verschwunden waren, als hätten sie niemals existiert. Wie Regen, der von Marmor ablief. »Du scheinst zu vergessen, dass ich weiß, wie du bist.«

»Diese Wohnung«, sagte er und sah ihr gerade in die Augen. »Die werden wir doch als Mitbewohner beziehen, oder?«

»Natürlich.« Kate starrte genauso unerschrocken zurück. Was machte es schon, wenn er sie durchschauen konnte? »Alles andere würde nur Probleme machen.«

»Natürlich.«

Eine höfliche Pause entstand.

»Flach-auf-dem-Rücken liegende Mitbewohner«, sagte Dant leise.

Kate riss die Augen entsetzt auf, doch sie konnte ein dreckiges Lachen nicht unterdrücken. Sie wollte lachen und lachen und lachen.

»Kate Craig! Du dreckiges Flittchen!«

Sie hob die Hände, als er sie mit einem Blick moralischer Entrüstung anschaute. »Das ist nur die Reaktion auf meinen ungeheuren persönlichen Verlust. Ich lache trotz des Schmerzes. Interpretier da nichts hinein.«

»Jagut«, sagte Dant.

»Ja. Gut«, sagte Kate.

»Jagut.«

»Ja. Gut.«

»Jagut.«

Sie kamen sich über den Tisch hinweg näher und näher, und der Abstand zwischen ihren Gesichtern schrumpfte zusehends. Kate fühlte sich, als würde sie von einem Magneten angezogen: Sie nahm fast nichts anderes mehr wahr als Dants halb satirischen, halb hungrigen Mund. Mit einer einzigen Armbewegung befreite er den Tisch von der schmutzigen Wäsche und den Teebechern, die laut zu Boden klapperten.

»Du hast zu viele Filme gesehen«, bemerkte Kate sarkastisch. Doch sie konnte nicht aufhören, sich Dants leicht geöffneten Lippen weiter zu nähern.

»Und du sprichst nur in Songtexten.«

»Jagut.«

»Ja. Gut.«

»Jagut.« Zum ersten Mal bemerkte Kate Dants Zähne; sie glänzten und waren scharf. Der warme Geruch seines Atems, der ihrem so nahe war, stockte ihr vorübergehend den Atem, und sie schloss die Augen.

Kate hörte, dass sich Harrys Tür öffnete, und sie fuhr schnell zurück. Dant, der mit dem Rücken zur Tür dastand, hörte das nicht, und der Schock flog deutlich sichtbar über sein Gesicht, als Harry sagte: »Können wir uns ein chinesisches Essen kommen lassen? Ich glaube, ich muss mich heute sinnlos besaufen.«

Gut, dachte Kate und glättete verlegen ihr Haar, als Dant auf seine Fersen zurückfiel. Wurde ja auch Zeit, dass er etwas über Nerven herausfand.

Sie warf ihm einen Blick durch ihre Wimpern zu, doch sein Gesicht war wieder unbewegt, wenn nicht sogar verstört. Na gut, dann geht es uns allen ja so, dachte sie.

Kate nahm Cressidas Wagenschlüssel, die noch immer auf dem Tisch lagen. Sie konnten ja den Mini noch ein wenig nutzen, ehe die böse Hexe in die Stadt zurückgebraust kam. Sie hängte sich ihre Handtasche über die Schulter, ging zu Harry hinüber und legte einen Arm um ihn. Er fühlte sich wie Mike an. Und genauso wie bei Mike wusste sie instinktiv, dass sie ihm nicht zu viel Mitleid zeigen durfte. Stattdessen umarmte sie ihn nur kräftig.

Er drückte ihren Arm voll Trauer, doch er sagte nichts.

»Warum bringen wir nicht Cressidas Wagen zurück und essen in Chinatown zu Abend? Ich zahle«, sagte sie.

»Nein«, sagte Harry, »du hast ein schreckliches Wochenende mit Giles hinter dir. Ich zahle.«

»Nein«, sagte Dant und griff nach seinem Mantel. »Es sieht so aus, als sei ich hier der Einzige, der etwas zu feiern hat. Also geht das Abendessen auf mich.«

»Ja«, sagte Harry sarkastisch. »Gut.«

»Nein, wirklich«, sagte Kate. Sie drückte Harrys Arm liebevoll und schaute dabei Dant heimlich an. Zum ersten Mal war keine Feindseligkeit in seinen Augen. Nur warme Verwirrung. Ganz im Stil von Rose Ann. »Ich lade uns ein.«

Danksagung

Ich muss betonen, dass alle Personen in diesem Buch komplett erfunden und erdichtet wurden. Völlig. Vor allem die Verlage. Ehrlich, ich würde es nicht wagen. Nicht, nachdem alle bei Little, Brown und Headline so nett zu mir gewesen sind.

Ich möchte allerdings David, Hugo, Harry, PierPaolo, Bill und Ingo für all die Wegwerfzeilen danken (und dafür, dass sie mich darauf aufmerksam gemacht haben), meiner Schwester Alice für ihre Ausarbeitung sehr überzeugender Gründe, nicht in London zu leben und Shona für ihre fachliche Unterstützung, sowohl auf dem technischen, redaktionellen als auch dem sympathischen Kaffee-Sektor.

Auch Dank an Daryl, dass er den Bus durch Nordlondon gejagt und am anderen Ende so gut auf mich aufgepasst hat. Du hattest immer Recht.

Und natürlich danke ich auch James Hale, Imogen Taylor, Cassie Chadderton, Emma Gibb, Anna Telfer – und meinen fantastischen Eltern – die besten, die ein Mädchen sich nur wünschen kann.

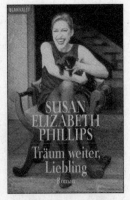